La tierra desnuda

Rafael Navarro de Castro
La tierra desnuda

Papel certificado por el Forest Stewardship Council®

Primera edición: enero de 2019
Séptima reimpresión: septiembre de 2025

© 2019, Rafael Navarro de Castro
© 2019, Penguin Random House Grupo Editorial, S. A. U.
Travessera de Gràcia, 47-49. 08021 Barcelona

© Diseño: Penguin Random House Grupo Editorial, inspirado en un diseño original de Enric Satué

Penguin Random House Grupo Editorial apoya la protección de la propiedad intelectual. La propiedad intelectual estimula la creatividad, defiende la diversidad en el ámbito de las ideas y el conocimiento, promueve la libre expresión y favorece una cultura viva. Gracias por comprar una edición autorizada de este libro y por respetar las leyes de propiedad intelectual al no reproducir ni distribuir ninguna parte de esta obra por ningún medio sin permiso. Al hacerlo está respaldando a los autores y permitiendo que PRHGE continúe publicando libros para todos los lectores. De conformidad con lo dispuesto en el artículo 67.3 del Real Decreto Ley 24/2021, de 2 de noviembre, PRHGE se reserva expresamente los derechos de reproducción y de uso de esta obra y de todos sus elementos mediante medios de lectura mecánica y otros medios adecuados a tal fin. Diríjase a CEDRO (Centro Español de Derechos Reprográficos, http://www.cedro.org) si necesita reproducir algún fragmento de esta obra.
En caso de necesidad, contacte con: seguridadproductos@penguinrandomhouse.com

Printed in Spain – Impreso en España

ISBN: 978-84-204-3479-7
Depósito legal: B-25815-2018

Compuesto en MT Color & Diseño, S. L.
Impreso en Liber Digital, S. L., Casarrubuelos (Madrid)

AL3479A

Quienes dibujamos no sólo dibujamos a fin de hacer visible para los demás algo que hemos observado, sino también para acompañar a algo invisible hacia su destino insondable.
JOHN BERGER, *El cuaderno de Bento*

Índice

1. Bajo un sol de injusticia — 11
2. La república de los gatos — 19
3. Los duendes del bosque — 33
4. La lana mojada — 51
5. A los topos no les gusta la música — 69
6. Pinos en la nieve — 83
7. El pico y la pala — 93
8. Debajo de las piedras — 109
9. El gato garduño — 119
10. La máquina de coser — 137
11. Crápulas y calaveras — 155
12. Con la iglesia hemos topao — 179
13. Tres inviernos y una primavera — 207
14. Un roal para quedarse — 241
15. Los tiempos de las cerezas — 269
16. La meteo de las vacas — 293
17. Escopeta y perro — 315
18. El entierro de la zorra — 341
19. El agua no tiene huesos — 371
20. La herida — 409
21. Rabia — 431
22. El mulo y la apisonadora — 449
23. Algunos brotes verdes — 469
24. Un quinto piso sin ascensor — 501

1. Bajo un sol de injusticia

> *Que los hijos sean o no un seguro de vida,*
> *no está del todo claro, pero en Celama sabemos*
> *que los hijos son manos que vienen, bocas también.*
> Luis Mateo Díez, *La ruina del cielo*

Corren los años treinta del siglo pasado. Corren hacia el desastre. Pero estas montañas no lo saben. Ni lo saben ni se lo imaginan. Es un asfixiante mediodía de agosto. La señora Josefa sube por el camino de la Solana. No le da tiempo a llegar a su cortijo. No alcanza, siquiera, a apearse de la mula. Bajó al pueblo antes que el sol para vender sus hortalizas y volver a subir antes de que el aire se hiciese irrespirable. Pero se entretuvo charlando con las comadres. La canícula la alcanza en las rampas más duras del camino. Aún no llega a los treinta pero aparenta más de cincuenta y está preñada de nueve meses.

Resuenan voces lejanas, de otros tiempos. Se pisan las huellas de un pasado que es presente. El arado traza carriles mil veces repasados. La fisonomía del valle es la fisonomía del esfuerzo, la suma de una fatiga sobre otra fatiga. El tiempo detenido, la paciencia infinita. No se oye ni una queja, ni un lamento, solo un leve crujido de huesos. Es la tierra que se despereza hasta el infinito.

El valle se asfixia, se ahoga, busca el aire y no lo encuentra, boquea, ensaya una inmovilidad obligatoria, se pospone, mete el hocico debajo de las piedras, clama por un soplo que no llega, se estanca entre las sombras, dormita y sueña. Se trata de un paisaje bucólico y pastoril, donde el tiempo discurre plácidamente y la vida es tan dura como los cantos que jalonan el camino.

Reina en las huertas una quietud de cataclismo. El valle parece desierto, abandonado, como si las gentes hubiesen huido precipitadamente de algún desastre. El aire, inmóvil y ardiente, se niega a entrar en los pulmones. Ni un grito, ni una risa, ni un ladrido. Solo el zumbido de las moscas y los cascos de la mula golpeando contra los guijarros.

El comadreo es muy propenso a truculencias y dramatismos. En el pueblo ya se han encargado de meterle el miedo en el cuerpo con historias sanguinolentas de final incierto. Pero la Josefa no tiene miedo. O, dicho de otro modo, el miedo es una sensación esquiva, huidiza. Está ahí, en alguna parte. Va y viene. Aparece y desaparece como esos dolores que le atormentan las entrañas. La soledad es, sin embargo, una presencia física palpable. Como el hambre al hambriento se le impone, sin poder ahuyentarla. La Josefa se siente sola. No se trata de que allí no haya nadie. No se trata de que, en caso de necesidad, alguien pueda acudir en su auxilio. Se trata más bien de un sentimiento general, difuso, como si de alguna manera se diese cuenta de que el trámite es demasiado valioso, demasiado importante, para compartirlo con una mula vieja y testaruda. Tal vez sienta que si está sola en este momento crucial es que está sola irremediablemente.

Arde el sol por encima de los árboles achicharrados. Con un pañuelo, que alguna vez debió de ser blanco, la Josefa espanta las moscas y se seca el sudor que le chorrea por debajo del sombrero. Otro sudor de otra índole le recorre la espalda. Es un sudor frío. De vez en cuando un dolor agudo se le enzarza entre los huesos y la mujer se aferra a las crines con todas sus fuerzas. Luego, el dolor pasa y ella abre la boca en busca del aire que le falta. Con el vientre cubierto de espuma, la mula, que sube con desgana, como si contara sus propios pasos, pierde las manos en un socavón del camino y, quizá por eso, o porque ya tocaba, la Josefa no puede aguantar más. Allí mismo se desahoga sin más ceremoniales. De medio lado sobre la montura, da a luz al que va a ser su primer y último hijo varón, un niño enclenque y esmirriado, de rasgos desmedidos, que empieza a chillar con la fuerza de un seísmo. Un alarido atraviesa el valle sembrando los campos de añicos de silencio. La Josefa arrea la mula, tira la vara que había machacado entre los dientes y, con una mano roja de sangre, se desabrocha los botones de la camisa empapada. Aparece una teta redonda y blanca, luna llena poco acostumbrada a la luz del sol, y el llanto cesa como por ensalmo. Si hay algo que esta mujer sabe hacer es saciar el hambre ajena. Podría alimentar a la humanidad entera con la savia de sus entrañas. El niño, por su parte, tampoco necesita muchas lecciones. Diminuto entre esos pechos, mama sin dificultades, con la naturalidad de un bostezo. Poco a poco se le van cerrando los ojos que traía bien abiertos y, acunado por el movimiento de la mula, se queda dormido, inconsciente, envuelto en los olores que van a cimentar su memoria: el sudor, la leche, la sangre y el cuerpo de una mujer.

Unos cincuenta metros por debajo de los Peñoncillos, con una inmovilidad aparente, pasa la acequia de los Habices. Vista desde arriba parece un espejo con forma de culebra. Hasta allí baja la Josefa después de acomodar al niño en un serón de esparto. Con el cuenco de las manos se lleva el agua a la boca y después al cuello, al pecho, a la cabeza y a la nuca. La mujer se estremece. A pesar del calor, el agua baja helada de las montañas. Le cuesta volver a subir hasta el cortijo. La distancia es corta pero la pendiente fuerte. Tiene que pararse varias veces para recuperar el aliento, dejar en el suelo el cubo, que es de hojalata pero parece de plomo. Las sombras se achican, se esconden bajo los árboles escasos. El sol ya no puede subir más. Cae de tal manera que si la tierra no es plana terminará por serlo. Hasta las montañas se vencen de tanto peso. La mujer se acuerda de los hombres que están en el tajo. La que estarán pasando con la que está cayendo. Por fin llega a la puerta del cortijo. A cubierto bajo la higuera, limpia el cuerpo de su hijo con un trapo que humedece en el cubo. El niño ni se inmuta. Ni el frío del agua ni el fuego del aire ni el choque de ambos sobre su piel parecen molestarle. Nadie diría que acaba de aterrizar en esta tierra en llamas. Cuando ya está limpio, la Josefa lo deja bajo la protección de la higuera, al cuidado de los gatos, y marcha hacia los corrales, donde la reclaman una multitud de bocas. Al menos allí hará más fresco.

La siega vino temprana aquel verano. Una vez terminada, desde primeros de agosto, en los Habices y en la Hoya de la Terrera, ciento quince hombres y veinte mulos se partieron el lomo durante cuarenta días. Entre ellos estaba el José, que acababa de ser padre, pero aún no lo sabía. Para no variar, los jornales eran de miseria. Los trabajos correspondían a la ley de laboreo forzoso con la que el nuevo gobierno republicano pretendía poner a producir las tierras baldías de los terratenientes. El decreto formaba parte de la recién estrenada reforma agraria. Pero una cosa era aprobar unas leyes en el congreso y otra, muy distinta, aplicarlas en los campos. Desbrozaron, removieron piedras, levantaron muros y paratas, araron y dejaron la tierra lista para acoger la semilla. La Hoya era una sartén donde el aire no corría. Un sudor oscuro, teñido de tierra y polvo, los cubría de la cabeza a los pies. Abajo el peso de las piedras ardientes, arriba un sol inmisericorde. Una pregunta se repetía en todas las cabezas. ¿A quién se le ocurre hacer esto en pleno mes de agosto? Cuando al anochecer llegaban a sus casas derrengados, con la manos desolladas y ampollas en los pies, volvían a oír la misma pregunta, ahora en boca de sus mujeres. Pero ¿a quién se le ocurre? ¿Qué necesidad hay? ¿No podríais esperar a que escampe un poco? Peor sería estar con los brazos caídos. Lo hacen para jodernos. Les han obligado a darnos faena y se lo han tomado a pecho. ¿No queríais trabajo? Pues ahí tenéis dos platos. Convertir esos montes en sembrados les había costado lo suyo. Cobrar las 690 pesetas que les adeudaban iba a ser todavía más difícil.

La obligación de los hombres, su cometido, era traer dinero a casa. Lo tenían bien jodido porque, para juntar una miseria que nunca alcanzaba, había que partirse el lomo desde que salía el sol hasta que se ponía. Las mujeres, por su parte, se encargaban de todo lo demás; y lo tenían más jodido todavía, puesto que no hallaban reposo ni cuando el sol se echaba. Los hombres buscaban consuelo en el alcohol y en las barras de los bares. Las mujeres lo encontraban en el comadreo y las palabras. Ellas lo sabían todo, lo controlaban todo. Ellos no se enteraban de casi nada. Unas y otros separaban las piernas, doblaban la cintura y, con la espalda bien recta, tocaban la tierra con la palma de las manos. Otro método no se conocía en este hoyo atrapado entre montañas.

Es la hora en la que las luces se confunden con las sombras. Ya no es de día pero tampoco de noche. El calor es aún sofocante. Valle abajo, hacia el oeste, empiezan a brillar las primeras estrellas cuando el padre, que todavía no sabe que lo es, llega a los Peñoncillos. Viene del tajo en la Hoya de la Terrera. Trae el lomo molido, las manos descarnadas y la hoz en la cintura. Por la puerta abierta entran sus voces sin encontrar respuesta. Intrigado por ese remolino de gatos sobre la mesa, en torno al serón, sale al porche para comprobar las razones de tanto amontonamiento. Esta mujer se ha debido de dejar algo olvidao y los gatos se están poniendo las botas. Solo comprende cuando, al asomarse, se topa de frente con dos ojos redondos que le miran fijamente como los de un mochuelo. Luego descubre una nariz y unas orejas afiladas, enormes, inimaginables en un bebé recién nacido. De un manotazo espanta a los gatos, con tanta violencia que alguno termina estampado contra la higuera. Descubre a su hijo desnudo bajo los trapos y lo levanta a la altura de sus ojos. Sus miradas se encuentran tras comprobar el padre que no falta nada. Este niño viene bien armao. No sabe qué decir. No sabe qué hacer. Sonríe. No acierta con más intimidades. Incómodo, vuelve a dejar al niño en el serón tal como lo encontró, como si no supiese dónde colocarlo, como si temiese hacerle daño. Se da la vuelta y rodea la casa. Una sonrisa incómoda, arrobada, desaparece detrás de los peñones.

En los corrales, debajo del cortijo, se impone la penumbra. Ya casi no se ve más allá de las cercas de palos que cierran las entradas. Los animales se amontonan al fondo de la gruta que hace las veces de corral. Están tranquilos. La caída de la noche ha hecho que se resignen a quedarse sin paseo. Allí encuentra el hombre a la Josefa, arrodillada en el suelo, ordeñando una cabra que patalea y se resiste. A duras penas consigue la mujer sujetarla por una pata y el ajetreo hace tambalear el cubo, que está a punto de rodar por el suelo. Parte de la leche se derrama entre el estiércol. La mujer se lamenta, gruñe, refunfuña, maldice, no parece haber advertido la presencia del marido. Él se acerca indeciso y opta por sujetar a la cabra que sigue dando guerra. Ella levanta la cabeza y le mira, pero no suelta los pezones firmemente apretados entre los dedos. Déjalo, mujer, ya no son horas de ordeñar. Como saliendo de un trance, ella libera las ubres y el hombre suelta al animal, que corre a la penumbra para perderse entre el rebaño. La Josefa hace ademán de incorporarse pero no puede. Él la levanta al peso y la sostiene entre sus brazos. ¿Sabes, marido? Ha sido un niño. Sí, mujer, y bien despabilao que viene.

Ya tendrá tiempo de acostumbrarse a esta escena que, de alguna manera, le lastima. Su esposa se sienta bajo la higuera, acomoda al niño en un brazo y ofrece un pecho generoso. Nunca antes había visto las tetas de su mujer de esta manera, con esta naturalidad, a plena luz del día, bajo un sol implacable e indiscreto. Sabe, sin saber, que nunca ha estado ni estará tan cerca de su mujer como lo está ahora este renacuajo. Pero este renacuajo es su hijo y ella, la mujer, la madre de su hijo. Es domingo y no hay trabajo. No tiene que ir a la Hoya a pelearse con las piedras. Confundido en una maraña de sentimientos desmadejados, se amodorra bajo la higuera y espera que amaine el sol para volver a sus tareas.

Mujer, ¿este niño es que no llora?

Desde el día en que nació, yo no lo he vuelto a oír.

De este modo vino al mundo. Con los ojos abiertos, sobre las albardas trenzadas de esparto, a la altura de la acequia de los Habices, bajo un sol de injusticia. Fue el comienzo de una vida a ras de suelo, pegada a la tierra, sometida a los frutos y las estaciones, encadenada al ritmo cansino de las bestias, una vida como la que habían vivido su padre y su abuelo antes que él y el abuelo de su abuelo antes que ellos y todos los hombres y mujeres que habitaron este valle, desde que el tiempo es tiempo y las gentes sufren. Ochenta veranos después, bien entrado el siglo veintiuno, este niño enclenque y esmirriado, que ya será un anciano enclenque y esmirriado, todavía subirá cada mañana, haga frío, calor, lluvia o nieve, por este mismo camino de la Solana que le ha visto nacer y le verá morir. A lomos de su mula, bajará luego al pueblo, donde vive ahora, antes de que anochezca, cargado de leña, de hortalizas o simplemente con un par de botellas de gaseosa llenas de vino mosto, que él mismo cosecha cada año, por si encarta para la cena. Y una de estas tardes será la última. El mulo volverá solo a casa sin necesidad de que nadie le arree ni le enseñe el camino.

2. La república de los gatos

> *—Lo que hace falta aquí es crear riqueza. Eso es lo que hace falta.*
> *—Hombre, claro —dice el viajero, contestatario—*
> *y repartir la que haya.*
> *—Claro, claro —asiente don José Fierro, paternal y tolerante, a sus palabras—. Y repartir la que haya. Pero, para repartirla, amigo mío, hay que tenerla. Y, para tenerla, hay que crearla, que, con la que hay, está claro que no basta. Así que digo yo que lo primero será crearla y luego ver cómo se reparte.*
> *—No, no —vuelve el viajero a la carga—. A mí dígame primero cómo se reparte y luego ya veré yo si la creo o si me quedo en la cama mientras los demás trabajan.*
> JULIO LLAMAZARES, *El río del olvido*

Los tiempos se revuelven, turbulentos y hermosos. Un mundo nuevo pugna por nacer. Otro, viejo, se resiste a morir. Los ecos de esta trifulca llegan hasta el valle. Los que no tienen tierra pelean por sus derechos. Los que la tienen defienden sus privilegios. Esta historia es más vieja que las montañas, más vieja que el hambre que las parió. Como de costumbre, ganarán los de siempre y la cosa quedará en un intento, eso sí, un buen intento. Visto desde aquí, ochenta años después, a la luz de la historia y de la distancia, podría decirse que allí se perdió la última gran batalla y, por lo tanto, la guerra. Si alguna vez los campesinos pudieron soñar con una vida digna, fue entonces. Luego vinieron las tinieblas y el campo se metió en un túnel del que no parece que vaya a salir nunca. Pero todas estas cuestiones importan bien poco, cuando uno contempla el mundo desde el fondo de un serón.

Desde su serón de esparto, ve pasar el verano entre las hojas de la higuera. Rodeado de gatos por todas partes, se entretiene observando los higos que engordan, día a día, colgando de las ramas. Él, por su parte, también engorda, pero más despacio. No va a ser un niño muy grande. Los gatos no se apartan de su lado. Le enseñan a estirar los músculos por las mañanas y a echar la siesta por las tardes, le enseñan a acicalarse de arriba abajo, no solo por coquetería, como hace todo el mundo, sino para quitarse de encima cualquier olor a comida que pueda atraer a los depredadores. Le enseñan a moverse despacio y a pasar desapercibido; y las virtudes de la paciencia y del silencio. De entre los bichos domésticos, no hay otros más pacientes y silenciosos que los gatos. Son capaces de un grado tal de ensimismamiento que cualquiera diría que andan desentrañando los misterios de la existencia. Entre lección y lección, unas cuatro o cinco veces al día recibe la visita de unas tetas enormes, mucho más grandes que él. De vez en cuando, también se acerca su hermana mayor, la Angelita, que, no se sabe por qué, le ha cogido manía y se entretiene tirándole de las orejas y haciéndole cosquillas en la nariz con una hebra de esparto.

La abuela viene a pasar una temporada para echar una mano con el recién nacido. Se queda hasta el verano siguiente. Ya no se marchará nunca. El abuelo, en paradero desconocido como todos los veranos, anda mareando el acordeón por las montañas. Las últimas noticias llegaron del cortijo de las Mimbres, hace un par de semanas. Al parecer, la borrachera duró tres días. Cuando ya no quedaba nadie en pie, el abuelo subió al mulo y enfiló hacia el sur, por la parte de la Cortichuela. No se sabe nada más y nada más se sabrá hasta que llegue el otoño.

La abuela, que, como siempre que falta el abuelo, no abre la boca más que para dirigirse a las bestias, las flores o los árboles, le habla al crío en cuanto tiene oportunidad. Debe de ser que todavía no lo considera una persona, sino un proyecto, un animalillo, un bicho o algo parecido a una planta. Tú eres un niño de la montaña. Si alguna vez te falta algo no lo busques en ninguna otra parte. Todo lo que necesitas está aquí, entre estas piedras, entre estos picos, entre estos barrancos.

Has nacido en lo alto de un mulo. No irás más lejos que donde ese mismo mulo te pueda llevar. Él no lo sabe, no puede saberlo, pero eso es lo único que heredará de su abuela, la capacidad, innata o aprendida, de hablar sin distingos a plantas y animales. Eso y, tal vez, el don de la fertilidad. Porque la abuela tiene un don. Su sola presencia engorda a los animales. El timbre de su voz reverdece las plantas. El tacto de sus manos hace germinar las semillas. Hay gente así, sin que nadie sepa cómo ni por qué. Es seguramente por eso que su hija, la Josefa, siempre que puede, cuando la pilla distraída, coge al niño y se lo planta entre los brazos. Muy de vez en cuando, también el padre se asoma al serón para hacerle una visita. Lo levanta, con toda la torpeza de unas manos hinchadas y plagadas de mataduras, y lo mira sonriendo de arriba abajo. ¿Te has fijado que este niño ni siquiera parpadea? Y es cierto: esos ojos como platos, semejantes a los de un gato, miran con tal fijeza y tal insistencia que se diría que perciben el crecimiento de los frutos que cuelgan, cada vez más gordos, de las ramas de la higuera. Al final, empiezan a amarillear y caen a su alrededor como una lluvia almibarada. Es entonces cuando le trasladan a los Peñoncillos, bajo techo, al abrigo de los muros, justo al lado de la chimenea encendida. Su primer verano se ha terminado. Va a echar de menos las carantoñas y la compañía de los gatos.

Por alguna misteriosa razón, o por varias al mismo tiempo, la población permanece estable. La natalidad y la mortalidad andan de la mano, sin que nadie lo promueva ni lo pueda explicar. Hay gatos por todas partes, gatos de todos los tamaños y colores. Más o menos un par de docenas, aunque no habría modo de contarlos. Blancos y negros, grises y marrones, manchados o atigrados y bastantes de tres colores, igual que la bandera, que son hembras como todo el mundo sabe. No hay gatos machos de tres colores y esto tampoco nadie lo sabe explicar. Aquí las cosas se saben pero no el porqué. A los gatos, ropa y calzado, la comida se la tienen que buscar ellos. Solo de vez en cuando les ofrecen algunos despojos, a modo de agradecimiento por los servicios prestados. No mucho más, porque, si no, dejarían de prestarlos. Su misión es mantener el terreno limpio de roedores y de otros bichos molestos, pero también sirven para cuidar de los pequeños y tenerlos entretenidos.

Entra el otoño cargado de penalidades. El padre aún no ha cobrado los jornales de la Hoya. Anda trabajando en la almendra, que es lo que toca por estas fechas. La campaña empezó temprano, pero lo poco que va sacando no les alcanza para pagar la renta. Este es el problema de las familias del valle, que no son dueñas del suelo que pisan, y las tierras arrendadas, si por un lado les llenan la barriga, por el otro les vacían los bolsillos. Hambre, no pasan. Dinero, no juntan. Siempre tienen algo que comer porque ellos mismos lo engordan o se lo arrancan a la tierra a base de fatigas y no pocas penalidades. Pero el alquiler de todos los meses les cuesta sangre, sudor y lágrimas. Aun así, no tienen queja. Peor están en el pueblo, que también han de pagarlo y no tienen ni un mal mendrugo, por más duro que sea, que llevarse a la boca.

Una mañana ventosa, antes de que la primera borrasca entre por el poniente, el abuelo aparece con el mulo por las lomas del Cerrajón. Este hombre es como las vacas, que vuelven solas a los establos antes de que arrecien las tormentas. Trae un jamón, algo de miel, unas cuantas botellas de aguardiente y un par de damajuanas de vino, que él llama manguanas. De dinero, ni hablamos. Unas pocas monedas que no le alcanzarán ni para el tabaco. No va a ser de mucha ayuda. De momento, no le presta al recién nacido más atención que a los gatos. Para él, estos bichos son todos iguales. Otra cosa será dentro de nada, cuando el niño ande, hable e incluso se le parezca. Entonces sí que se tomará su tiempo para dejarle un legado. El amor a la vida y una afición incombustible por la farra, el vino y las mujeres. La lluvia se desata inclemente justo cuando el viejo entra por la puerta. Ya están todos reunidos en el cortijo, que así llaman ellos a esta triste chabola, con el suelo de tierra batida donde prospera la humedad. Los padres, los abuelos y los nietos. Demasiada gente para tan poco espacio. Menos mal que los gatos tienen prohibida la entrada.

Los Peñoncillos es una construcción somera, de circunstancias, hecha de retales y de ingenio. Se levanta, a modo de atalaya, sobre unas peñas que le sirven de cimientos y le prestan el nombre. Sus habitantes se las arreglan, como pueden, en dos escuetas habitaciones. Una para dormir y otra para todo lo demás. La planta baja se reserva a los animales. Los huecos entre las peñas se destinan a los bichos que tienen, más o menos, las mismas comodidades que las personas. No hay luz, ni agua corriente, ni baños. Todo llegará, más tarde que pronto. En verano, las placas de uralita, que sirven de cubiertas, caldean de tal modo las estancias que nadie permanece dentro mucho rato, salvo que sea estrictamente necesario. En invierno, los muros, demasiado estrechos, dejan pasar la humedad y el frío sin más salvoconductos. Unos huecos pequeños hacen las veces de ventanas e impiden que nos moleste la luz del sol. No dista mucho del camino de la Solana, por el que lleva casi una hora llegar al pueblo y casi dos hacer la vuelta cuesta arriba. Algunos metros por encima de la acequia se acaban los terrenos cultivados y empiezan las montañas que nunca terminan.

Cuando fue a cobrar, le dijeron que volviese otro día, que el jefe no estaba. Cuando volvió al otro día, le informaron, a través de una rendija, de que hasta el mes siguiente no había nada que hacer y ya le avisarían. La tercera vez, ni siquiera le abrieron la puerta. Los hombres se iban encontrando aquí y allá. Por los caminos no se hablaba de otra cosa. No había otro tema en el casino o en las barras de los bares. A todos les habían dicho lo mismo. Nadie había visto ni un real. Al principio unos pocos, y luego cada vez más, empezaron a juntarse para buscar la manera de reclamar sus jornales. Desde el ayuntamiento, por primera vez gobernado por cargos electos, los animaban a asociarse para defender sus derechos. Y así lo hicieron. Lo que hasta hace nada habría sido inimaginable, ahora era posible. Empezaron a reunirse en asamblea, a discutir, a proponer, a tomar decisiones. Eligieron representantes y los mandaron a hablar con los caciques en nombre de todos. Se manifestaron en la plaza alta y por las calles del pueblo cantando, riendo y coreando consignas. Colgaron pancartas de los árboles y pintaron por las paredes, con letras, temblorosas y desiguales, trazadas con tizones: «Pan, tierra y libertad». «Ni curas ni patrones». «La tierra para el que la trabaja». «FNTT-UGT». Alentados por la inaudita complicidad de las autoridades, viendo que hasta la policía rural simpatizaba con su causa, se animaron a sembrar trigo en algunos baldíos que no eran suyos y quiso la tierra sumarse a la fiesta y ser generosa y regalar aquel año una buena cosecha que segaron entre todos y trillaron en la era Portachuelos. Nunca los mulos habían trabajado tan contentos y tan dispuestos. Cuando se juntaron para repartirse la harina, todo el mundo lo tenía bien claro. ¿Ves qué fácil? Que nos dejen las tierras abandonadas y se acabó el hambre. Dieron en llamarse Hijos de la Tierra. De haber sabido lo caras que les iban a salir tantas libertades, quizá no se las habrían tomado.

De algarada en algarada, el valle no salía de su asombro. Por primera vez, desde que el mundo es mundo, los campesinos se sacudían de los lomos la opresión y el miedo, como si fuesen pulgas. Desde el otro lado de las rejas que protegían sus cortijos, los terratenientes temían por sus huesos, sus posesiones y sus prerrogativas. La posibilidad, nada desdeñable, de un levantamiento popular que les hiciese pagar caros siglos de explotación y prepotencia les llenaba de pavor y de furia. Los términos se habían invertido. El miedo, lo único que verdaderamente habían poseído, lo único que nadie hasta ahora les había podido quitar, dejó de ser monopolio de los sin tierra. Liberados de esa carga, la vida era una fiesta y una promesa.

    El amarillo de las aulagas y las retamas.
    El rojo de las amapolas.
    El morado de las flores del romero y del cantueso.

A primeros de octubre, pasados los arcángeles, aprovechando que iba al pueblo una vez más a reclamar inútilmente su salario, el José decidió pasar por el registro a inscribir a su hijo. Era un pequeño cubículo sin ventanas, semejante a una ratonera, con una única puerta que daba a la calle, forrado de papeles hasta el techo y saturado del humo que brotaba sin cesar de un cigarrillo pegado a unos dedos. El secretario le iba a hacer dos preguntas muy sencillas y bastante previsibles para las que, aun así, le iba a costar trabajo encontrar respuestas.

Y dígame, ¿cuándo nació la criatura?

Pues... a primeros de agosto.

Pero, hombre, ¿no me sabe usted decir el día?

Es que así, de sopetón, no estoy seguro.

Comprenderá usted que yo no puedo poner aquí fecha de nacimiento: primeros de agosto. ¿La madre tampoco se acuerda?

Vaya usted a saber, las mujeres son imprevisibles. Pero digo yo que poco han de importar unos días más o menos. Ponga usted el 5 que es el día de la virgen y así no se nos pasa.

¿Qué virgen?

Hombre, Nuestra Señora de las Nieves.

Ah, esa. Me parece un poco irregular, pero hay que admitir que la cosa no está mal pensada. Fecha de nacimiento: 5 de agosto de 1932. ¿Nombre?

Se lo tuvo que pensar más de dos veces y, aun así, no se decidía. En los Peñoncillos, las decisiones se toman por mayoría simple. Y, en este caso y sin que sirva de precedente, su suegra y él eran mayoría, teniendo en cuenta la abstención del abuelo. Pero la Josefa era mucha Josefa. La controversia fue acerada pero nada concluyente. Él quería que se llamase como él, que para algo era su padre. La Josefa quería llamarlo Blas, como el abuelo, que para algo era su abuelo. Y la abuela, contundente como siempre, había sentenciado: como le pongas ese nombre lo desgracias para toda la vida. Va a ser un tarambana como su abuelo, un crápula desgraciao, un bala perdida sin oficio ni beneficio. Madre, no hable así de su marido, que es mi padre.

El secretario, viendo que el pobre hombre no se determinaba, insistió.

Decía que qué nombre le van a poner.

Pues...

Pues sí que estamos bien. No me irá usted a decir ahora que tampoco sabe cómo lo van a llamar.

Hombre, tenga usted en cuenta que un nombre es para toda la vida.

Ya me hago cargo, ya. Pero yo no tengo todo el día. ¿No se lo podían haber pensado antes?

Blas, se va a llamar Blas, como su abuelo.

No parece usted muy convencido.

¿Yo? Nada. Es la parienta la que lo tiene bien claro, y ya sabe usted que donde hay patrón no manda marinero.

Pues, para la próxima vez, a ver si se viene también ella y vengan ustedes antes, que ya va para dos meses.

Me doy cuenta. Es que me ha sido imposible. Estaba trabajando en la Hoya de la Terrera.

Vaya por dios, lo siento mucho. Está la cosa bien fea. No cobran ustedes ni de casualidad.

No crea, tenemos a don Luis de nuestra parte.

Muy buen alcalde y mejor persona, pero me parece a mí que no va a ser suficiente. Créame usted que aquí hay quien manda más que el alcalde y no digamos ya si es un alcalde socialista. En fin, ojalá me equivoque. Firme aquí. La semana que viene se pueden pasar, que ya estará el libro de familia.

Muchas gracias, muy amable.

De nada, a mandar, y que tengan ustedes suerte.

Cobrar o no cobrar, esa era la cuestión. No solo por el dinero, que buena falta les hacía, sino porque si cobraban todavía quedaba algo de justicia, pero si no, entonces es que ya no había más que sueños vanos y vanas esperanzas. Todo dependía de esas 690 pesetas, de si eran abonadas porque, que lo fuesen o no, iba a configurar su futuro o su miseria. 690 pesetas divididas entre 115 jornaleros apenas pasaban del duro, es decir, una miseria, sobre todo teniendo en cuenta las penalidades que pasaron para merecérselas. No era una cuestión de dinero, era una cuestión de justicia. Lo que estaba en juego era si las cosas iban a seguir como siempre, con unos cuantos propietarios que imponían la miseria y el hambre para seguir amasando fortunas, o si, tal vez, había alguna posibilidad de que las gentes pudiesen vivir dignamente de su trabajo. La cuestión iba a quedar zanjada en unos pocos años y ya no se volvería a discutir.

El partido de la porra iba a tener que esperar. De nada sirvieron las amenazas, las palizas ni las zanahorias. A pesar de las advertencias y de las pistolas, de los puñetazos y las patadas, a pesar de las pesetas contantes y sonantes, que se ofrecían golosas para comprar los votos, el pueblo habló alto y claro. Una peseta un voto, pretendían los terratenientes. Un hombre un voto, demostraron los humildes. No se dejaron comprar ni amedrentar. Y eso que, a la puerta de los colegios electorales, se enseñoreaban los pistoleros acariciando sus herramientas, y todo el mundo sabía que las amenazas no eran faroles de perro ladrador; habían sido cumplidas muchas veces y lo habrían de ser unas cuantas más. Todos los privilegios quedaron suspendidos. Nuevos derechos flotaban en el aire. La historia dio un salto mortal con tirabuzón y cayó cabeza abajo. Y semejante portento no se había conseguido con violencia sino con la fuerza de los votos. Una desfachatez sin precedentes, que habría que pagar más tarde con sangres y tormentos.

Le llamaban Luis Alegría no se sabía bien si porque era un hombre afable, que lo era, o por el júbilo que supuso su nombramiento en las elecciones parciales del 31 de mayo de 1931. Empleado de Tranvías Eléctricos, se puso inmediatamente al servicio de los humildes y de la causa republicana. Depuró cargos en el ayuntamiento; incluso suspendió de empleo y sueldo a dos guardias municipales y un alguacil que habían dado palizas y encerrado a la gente solo por sospechar que iban a votar a las izquierdas. Abrió una escuela en el pueblo, una escuela pequeña, humilde, sin crucifijos, donde los niños y las niñas compartían aulas alegremente y los maestros daban rienda suelta a su entusiasmo por los principios inmortales de la Ilustración. Con todos los medios a su alcance, que por lo demás no eran muchos, se enfrentó a los terratenientes y a los hacendados que se negaban a acatar las disposiciones de la recién aprobada reforma agraria. Publicó el Registro de la Propiedad Expropiable, donde se reseñaban todas las fincas y terrenos sin explotar, susceptibles de pasar a engrosar el patrimonio municipal. El Coto de los Poyos, la Dehesa del Arroyo del Cerezo, las fincas de los señoritos y también las de la Iglesia, que no eran menos. Hizo suya la causa de la Hoya de la Terrera y llevó a los tribunales a los propietarios que se resistían a pagar. Durante años, dio la cara por todos y fue la voz, alta y clara, de los que nunca la habían tenido. Los resultados, poco alentadores, no iban a ser muchos, por no decir ninguno. Pero su actitud valiente y generosa le valió un hueco indeleble en la memoria de este valle y otro, de funestas consecuencias, en el rencor de los poderosos.

Ha pasado el tiempo. El Blas ya se sostiene sobre sus piernas. En vez de una hermana, ahora tiene tres. Llegaron las mellizas para hacer ruido, llenar la casa de llantos e inaugurar ese extraño sortilegio, según el cual se va a pasar la vida rodeado de mujeres. La abuela, la madre, las hermanas, las novias, las amantes, las putas, la esposa, las hijas. Los hombres no serán más que una presencia inestable o un anhelo insatisfecho que nunca llegará. De momento, él no es más que un niño con las rodillas llenas de costras y un tirachinas en el bolsillo. No se trata de un juguete ni de un entretenimiento, es una herramienta de trabajo. Porque aquí, como te descuides, te sale el trabajo antes que los dientes. Otra cosa es que sea remunerado. Espantar pájaros con un tirachinas puede resultar divertido las tres primeras horas. Pero cuando se te amontonan los días unos encima de otros, cuando el frío se te mete en el cuerpo y no hay manera de sacarlo, cuando los grajos, con más hambre que vergüenza, se entretienen en torearte de haza en haza desde que sale el sol hasta que se pone, la cosa ya no resulta tan graciosa.

En vez de manos, un manojo de huesos quebrados, crujientes y doloridos, cubiertos apenas por la piel manchada de la edad. La abuela errática siembra los campos desnudos. Volea las semillas, a un lado y a otro, como si echara de comer a las gallinas. No sigue pauta alguna, ni método conocido. De arriba abajo, de aquí para allá, en algunos sitios se detiene como si no supiese por donde seguir; por otros se diría que nunca pasó. El resultado es un campo bien alfombrado de granos, de punta a punta, de cabo a rabo. Todos los otoños le encomiendan a ella esa tarea, por las cualidades prodigiosas de sus manos. Cuando siembran las habas, son sus carriles los primeros en brotar, los más sanos, los más generosos. El mulo y el padre, aprovechando las primeras aguas que el cielo les había regalado, removieron antes la tierra con el arado. Volverán a pasar, con la reja, para enterrar las semillas. Llega entonces el turno de los chiquillos. Hasta que la cebada despunte, tendrán que pasarse las horas y los días ahuyentando pájaros de aquí para allá, sin más descanso que el que los bichos quieran concederles. Más vale que llueva pronto o esta tarea, como tantas otras, se les va a hacer eterna.

Bandadas negras en el amanecer pálido y helado. Los gritos de los pájaros posándose sobre los campos. La soledad, la humillación de un espantapájaros picoteado. Un sol perezoso que se demora por detrás de las montañas. El humo que sale de los matorrales. Pequeños fuegos a los lados del camino. Fuegos fugaces que se apagan antes de que las manos se calienten. Niños acarreando niños por los despoblados. Espaldas minúsculas acarreando cuerpos más minúsculos todavía. Los pequeños cuidando a los más pequeños, alimentándolos, abrigándolos, poniéndolos a la sombra, ofreciendo agua a esas bocas diminutas. Pequeños dedos desmenuzando el pan y limpiando los mocos con pañuelos renegridos. Los llevan y los traen. Los cuidan, día y noche. Calman sus llantos con abrazos y palabras cariñosas. Refrenan sus caprichos con severidad y azotes. Ya son padres o madres y no levantan dos cuartas del suelo.

Los grajos están pesados esta mañana. Quizá el hambre o quizá el frío los mantiene pegados al terreno; el caso es que no pueden resistir la tentación de esos campos en los que relucen, mal enterrados, algunos granos de cebada. La Angelita y el Blas, cada uno con una melliza a cuestas, los espantan a base de piedras, palmadas o chillidos. La bandada levanta el vuelo, pero para volver a posarse unas decenas de metros más allá. A veces da un par de vueltas en el aire como para sopesar las intenciones de los críos. Luego aterriza a prudencial distancia y sigue comiendo, como si tal cosa. Miedo no parece tener mucho. Hambre, toda la que quieras. Los niños, con sus hermanas a cucurumbillos, colgando de la espalda o de las caderas, tienen que rodear el terreno para no pisar lo sembrado, y vuelven a chillar o levantar a los bichos a pedradas. Si no se acercan lo suficiente, los grajos no reaccionan. De vez en cuando, como para darles un respiro, la bandada desaparece y el Blas deja a su hermana en el suelo y entretiene el aburrimiento haciendo puntería con el tirachinas. El blanco es el sombrero, lleno de agujeros, del espantapájaros que hicieron la semana pasada, pero no acierta casi nunca. La Josefa les dio un saquito viejo y un sombrero de paja, más que nada para que se entretuviesen, sabiendo como sabía que para otra cosa no iba a servir. Con un par de palos cruzados y unas cuerdas, apañaron el muñeco, pero no pasó un día antes de que los grajos lo tomasen por el pito del sereno. A la mañana siguiente, ya se le posaban en los hombros y le cagaban el sombrero sin consideración alguna.

Aprovechando que los pájaros se le ponen a tiro, el niño tensa la goma de cámara de bicicleta y dispara una piedra mediana, elegida para hacer daño. La bandada, como siempre, levanta el vuelo, pero un grajo herido queda aleteando sobre el suelo. Los hermanos corren hasta allí, saltando de alegría. La Angelita, siempre la más lanzada, coge al bicho agonizante y lo sostiene entre las manos. Luego se lo pasa a su hermano, que lo sujeta con aprensión entre las suyas. El pobre animal se debate con los últimos estertores y, después de incalculables minutos, muere. Sin apartar los ojos de ese cuerpecillo inerte y cálido, el chico piensa que morir puede ser una cosa bien fácil y matar, no digamos. La próxima vez se andará con más cuidado.

Qué bien, lo has matao. Igual los otros se asustan y ya no vuelven.

Yo no quería matarlo.

Pues, si no querías matarlo, no haberle tirao.

La ley estaba de su parte. Las evidencias eran incontestables. Allí estaban las paratas sujetando la tierra y los sembrados primorosos, como testimonio del trabajo realizado. Pero, aun así, después de un par de años de dimes y diretes y de otros tantos recursos de amparo, acogiéndose a unos supuestos e inescrutables defectos de forma, un juzgado de instrucción dictaminó en favor de la propiedad y de los terratenientes. Ya no cabía recurso alguno. Definitivamente no iban a cobrar un dinero del que ya ni se acordaban. La desolación alcanzó hasta el último rincón. Todo estaba perdido. No se imaginaban que era mucho más lo que todavía se podía perder.

Se acabó lo que se daba. La historia puede retomar sus pasos por la senda que traía marcada. Es la historia del expolio, que empezó, va a hacer ahora, unos ocho mil años. Por aquel entonces, los campesinos refinaron sus artes y sus técnicas, hasta producir mucho más de lo que necesitaban para su propia subsistencia. Este avance prodigioso iba a ser su ruina y su condena. La aparición de excedentes hizo posibles las ciudades y los oficios. Las gentes, liberadas del oneroso trabajo de la tierra, pudieron dedicarse a cultivar las artes, las letras, las ciencias y la política. Pero como el aburrimiento es amigo de las malas ideas, algunos de estos ociosos dedicaron sus energías, su tiempo y su talento a especular y buscar la manera de vivir a costa de los demás. Mientras unos seguían partiéndose el espinazo, otros se estrujaban los sesos para ver el modo de sacar provecho de tantas fatigas. Gastaban las tardes maquinando artimañas y triquiñuelas. Tanta dedicación tenía que dar sus frutos. Inventaron la propiedad y el dinero. Pusieron precio al trabajo, a la tierra, que hasta entonces había sido de todos, y a los frutos de la tierra. Y como el precio lo ponían ellos, y hasta el día de hoy lo siguen poniendo, pues ya estaba todo dicho. Quizá los campesinos, antes de alimentar a tanto aprovechado, debieron pensárselo dos veces. Más les habría valido seguir el ejemplo de los gatos, que trabajan lo estrictamente necesario y luego tienen todo el día para retozar al sol, acicalarse de arriba abajo y amarse los unos a los otros. Al abuelo no le gustan mucho estos animales. Él aprendió la lección en la oscuridad de las noches, acarreando nieve por las montañas. Ahora que su nieto ha crecido y que tal vez pueda entenderle, no deja de repetirle la misma cantinela. Que no te cuenten cuentos, niño. Nadie nace para matarse a trabajar. Eso no tiene sentido. Son inventos de los curas y de los patronos. ¿De qué otro modo, si no, iban a vivir a nuestra costa?

3. Los duendes del bosque

Sus soldados son flores de madera y su ejército no tiene bandera, sólo un corazón condenado a vivir entre malezas sembrando flores de algodón.
Roberto Iniesta, «La vereda de la puerta de atrás»

La guerra eran sombras furtivas que cruzaban el pueblo de madrugada. La guerra eran cuchicheos y susurros detrás de las tapias. La guerra eran disparos en el monte a la caída de la tarde. La guerra eran noches eternas trenzando esparto alrededor de la lumbre. La guerra eran duendecillos hambrientos que se escondían en las montañas. Había que cuidarlos, alimentarlos, velar por ellos, sin que los niños supiesen cómo ni por qué. Cuanto menos supiesen, tanto mejor.

Padre, ¿por qué hay ahora tantos duendes si antes no había ninguno?

¿Es que antes vivían en otra parte?

¿Dónde duermen los duendes por la noche?

¿Por qué no podemos verlos?

¿Y por qué tenemos que darles nosotros de comer?

No hagas tantas preguntas y no hables de esto con nadie. Con nadie, ¿te has enterao? Los duendes son un secreto, los del pueblo no deben saber que se esconden en el monte y, mucho menos, que les llevamos comida. ¿Entendido?

Trece de trece. En las elecciones municipales del 3 de mayo de 1936, el pueblo habló alto y claro. La victoria del Frente Popular fue arrasadora. De los trece concejales que correspondían, la totalidad provenía de partidos republicanos de izquierdas. ¿Alguien pensaba que los ricos, los señoritos, los patrones, los curas y los militares se iban a quedar de brazos cruzados? No, nadie. Cuando los generales emprendieron su cruzada nacionalcatólica para salvar al país del comunismo, el ateísmo y la francmasonería, todo el mundo, incluso sin tener muy claro el significado de esas palabras, comprendió que venían a por ellos y que no se iban a andar con contemplaciones.

Menos mal que estuvieron espabilados. El alzamiento militar triunfó en la capital la tarde del 20 de julio de 1936, sin mayores contratiempos ni resistencias reseñables. Dos días después, la guardia civil entró en el pueblo, tomó el ayuntamiento, incautó la documentación y buscó, de puerta en puerta, a los cargos republicanos. No venían ni a imponer el orden ni a tomar el poder, lo que querían era sangre, sangre roja como todas las sangres. Pero no encontraron a nadie. El alcalde y los concejales habían huido, llevando consigo a sus familias. Don Luis se llevó su alegría, la causa de su alegría, que no era otra que una mujer preciosa, y una chiquilla espigada, con una melena rubia que le cubría la espalda. Una melena tan improbable que no había ojos en el pueblo capaces de olvidarla. Tampoco los ojos del Blas, todavía pequeños y ensimismados, iban a olvidar aquella cabellera amarilla, que le deslumbró desde la grupa de un caballo, por las fiestas del Rosario y que, no mucho después, iba a reconocer en el acto, el día que tuvo que contemplarla tendida sobre la nieve manchada de sangre.

De la noche a la mañana, en un pueblo de apenas mil habitantes, casi ciento cincuenta personas desaparecieron sin dejar rastro. La mayoría huyó por las montañas. Otros erraron el camino. Dirigieron sus pasos valle abajo, hacia la ciudad rendida que estaba siendo ajusticiada. Incluso un pueblo tan pequeño y tan humilde, analfabeto y huraño, encajonado entre montañas hasta el extremo de llamarse el Hoyo, un pueblo olvidado, hundido, empantanado en la memoria de los tiempos, tenía bien claro desde el primer momento que la asonada militar no perseguía la victoria sino el escarmiento, la ejemplaridad y, a ser posible, el exterminio.

Al anochecer se echaban las trancas. Todos los animales bien encerrados. Los niños, también. Tenían prohibido salir de las casas tras la puesta de sol. Retumbaban disparos en la sierra. Nadie tenía muy claro quién disparaba a quién. Aquí la cosa no era como una batalla, donde unos disparan y otros responden. La cosa parecía más bien una montería, donde unos pocos tiran y otros corren como conejos o se esconden entre los chaparros, igual que las alimañas. Pero no eran conejos ni alimañas, eran hombres, mujeres y niños. Había gentes que huían y otras que perseguían. Aquellas, desarmadas y desvalidas, y estas bien alimentadas y con fusiles. Todo el mundo tenía algún amigo que no tuvo más remedio que escapar o esconderse como buenamente pudo. Dentro de nada todo el mundo iba a tener algún muerto al que no habría modo de enterrar. Más allá de políticas o ideologías, el valle tenía muy claro quién necesitaba ayuda y quién no. Y ejerció una hospitalidad más vieja que la guerra.

A media tarde, cuando el valle ya tiene bien ubicados a los civiles, cuando el paso de las Azuelas queda despejado y ya no son horas de acometer la montaña, el padre iza al Blas a lomos de la mula. Debajo del niño, un hatillo de leña; debajo de la leña, un capacho con algo de comida. Algunas patatas, higos secos, hogazas de pan, fósforos, un cacho de tocino, tal vez alguna manta, lo que se haya podido reunir, que nunca será mucho ni bastante, pero que el hambre de los refugiados sabrá agradecer porque, poco o mucho, no tienen otra cosa y su vida de prófugos en las montañas depende de ello. El hombre y el niño cogen el camino del río, este incómodo sobre los palos y aquel atento a cualquier signo de vida o movimiento. De vez en cuando, detiene el mulo y, con el encendedor de mecha, vuelve a prender el pitillo apagado entre los labios. La mirada, fija en el cauce y en las vertientes que se levantan hacia las cumbres, es la mirada del cazador que acecha su presa; aunque, en esta ocasión, el padre no pretende cazar, sino evitar que los cacen. En cuanto alcanzan el agua, baja al niño del mulo para que los dos beban un poco y el chiquillo estire las piernas. Luego, empuña el hacha y hace algo de leña que viene a engrosar la que ya traían. La leña es la excusa y la coartada, lo mismo que el niño, porque ¿quién llevaría a un crío tan pequeño si trajese intenciones tan riesgosas?

Si uno tenía suerte, la generosidad se pagaba con la cárcel. Si no la tenía, el precio era la misma vida. Pero la suerte era un bicho escaso. No abundaba por aquellos parajes. Aun así, el valle se volcó generoso. Sin embargo, no todo fueron generosidades. También hubo algún espabilado que supo sacar tajada de la desgracia de los que huían. Aquí, en las montañas, las gentes de ciudad estaban indefensas, desvalidas, a merced de la caridad de los paisanos. Muchos tenían dinero y en la capital gente dispuesta a preocuparse por ellos. Unos cuantos desalmados aprovecharon la coyuntura, con la connivencia de los guardias, que tampoco hacían ascos a unos ingresos extraordinarios. Cuanto mayores eran estos ingresos, mayor el celo con el que perseguían la ayuda desinteresada y la saña con que la castigaban. Ya no se trataba de cumplir órdenes y acabar con toda afinidad republicana; se trataba, también, de llenarse los bolsillos y hacer fortuna, al mismo tiempo que servían a la patria.

Poco después de vadear el río, a la altura de la fuente de las Chorreras, en un recodo de la vereda, se topan con el Manolín, el padre del Paco y de la Antonia, que baja arreando al mulo, con cara de haber ganado la lotería. El padre da un repullo, que el niño no comprende, igual que no comprende la tensión y el mutismo que los acompañan desde que salieron de casa. Él mismo no ha abierto la boca en todo el camino, advertido de que los duendes podrían asustarse. No sabe por qué, pero ese hombre le da miedo. Tiene las manos demasiado grandes, las orejas demasiado grandes, la cabeza demasiado grande, todo en él parece desmedido y amenazador. El Blas ya ha tenido la oportunidad de comprobar cómo se las gasta. Sus hijos son sus mejores amigos y, siempre que puede, se escapa a visitarlos. No tiene más que seguir la acequia unos quinientos metros para llegar a su casa. La Antonia y el Paco no temen a su padre menos que él. Es evidente que le rehúyen y guardan las distancias, no vaya a ser que se le escape algún guantazo.

Cuando recupera el aliento, es su padre el que habla primero.

Coño, vecino, qué susto me has dao.
¿Susto por qué? ¿Quién pensabas que era?
Pues no sé. Es que has aparecido tan de repente.
Bueno, hombre, tranquilo, que no pasa nada. ¿Y adónde vas a estas horas? Si puede saberse.
A por una miaja leña, que se nos echa el invierno encima.
Muy lejos vas tú a buscarla. ¿No estarás buscando otra cosa?
¿Y qué otra cosa iba yo a buscar en el monte?
No sé. Tú sabrás. Pero yo que tú me daba la vuelta y tiraba para casa. Mira que la noche se acerca y no están las cosas para andar por ahí y menos con un chiquillo.
Todavía hay tiempo. Me llego a la Central, que hay mucha leña, y me vuelvo para abajo.
Tú mismo. Que conste que yo te he avisao.

O amenazado, piensa el padre, que se queda allí plantado, sin saber muy bien qué hacer. Si darse la vuelta y volverse para casa cagando leches o terminar la tarea que se traía entre manos. Toparse con el Manolín, a estas horas y por estos andurriales, tiene un lado bueno y otro malo. El bueno es que si él anda por aquí trapicheando, los que no estarán seguramente sean los civiles, que a estas alturas ya tienen muy claro lo que tienen que ver y lo que no. El malo es que, con la mala sangre que gasta y el negociazo que está haciendo, es muy capaz de denunciarle, aunque solo sea por fastidiar o por afán de multiplicar sus ganancias. Sabe también que el trato con las autoridades no se basa tan solo en un porcentaje de los beneficios, sino en el intercambio de información, que sirve a los unos para incrementar el negocio y a los otros para cubrir el expediente. La cosa es entregar, de vez en cuando, a algún pardillo que no pueda pagar, para que los guardias se apunten algún tanto de cara a sus superiores. El padre duda un momento. No les quedan más que dos o tres horas de luz. El otoño está muy adelantado. Piensa en la gente que va a pasar la noche en la montaña. ¿Qué será de ellos cuando llegue el invierno? Esta gente de ciudad no sabe valerse por sí misma. Sin ayuda, no llegan ni a la pascua. De manera que arrea al mulo y tira vereda arriba con los pies ligeros y el corazón reventándole en el pecho.

Un crujido, como de ramas que se tronchan, los detiene un poco antes de llegar a la Central. El padre aguza el oído y se lleva un dedo a los labios indicando silencio. Suenan hojas pisoteadas, piedras rodando ladera abajo y chocando con otras piedras, ramas partidas. Casi de puntillas, se adelanta unos pocos pasos para atisbar entre la maleza. Suelta el aire que se le había quedado atascado. Suspira. No hay cuidado, es una piara de marranos que baja a beber al río. Y el crío, que huele el miedo de su padre igual que un perro, recupera el aliento y la sonrisa, aunque no sabe muy bien, ni se imagina los peligros que los acechan.

Llegaban los señoritos echando humo, tanto por las orejas como por los tubos de escape de sus ostentosos coches. Con modales cuarteleros y apremios de burdel, querían arramblar con todo. Por primera vez en su vida, conocían lo que siempre les había faltado, hambre, y, claro está, no sabían qué hacer con ella. Cosas de la guerra, el pueblo y la ciudad estaban desabastecidos. Y si los caminos lo permitían, se adentraban valle arriba. Cuando veían las huertas y los animales, los ojos se les salían de las órbitas. Traían dinero a espuertas. Querían comprarlo todo. Mal comprendían y peor aceptaban que no se les quisiese vender nada. No era por fastidiar, es que nadie andaba tan sobrado.

Agárreme esas gallinas que se las compro todas.

Mire usted que lo siento, pero las gallinas no están en venta.

Dígame lo que valen, que yo le doy cuatro veces eso y más.

No hay dinero que pueda pagar estos animales.

No me ha entendido. Yo le doy lo que me pida. Dinero no es lo que me falta.

Me va usted a perdonar, señora, pero es usted la que no comprende. El dinero ni pone huevos ni vale para caldos. Pero le voy a dar un par de docenas y alguna hogaza para que no se vuelvan ustedes de vacío. El dinero se lo guarda, que quizá algún día le sirva para algo.

Un poco más adelante, abandonan la vereda y acometen la Sierra, primero hacia el sureste, como si fuesen al pico de los Poyos. Luego hacia el oeste, hacia Fuente Fría, por donde el sol está cada vez más bajo y amenaza con esconderse por la parte de la umbría. De vez en cuando, se detienen y el padre guiña las orejas. Si no lo conociese lo bastante, el Blas pensaría que se han perdido o que no sabe adónde van. El niño no entiende qué está pasando. Piensa que encontrar a los duendes no debe de ser tarea fácil e intuye el peligro que conlleva. A pesar del frío, de las piernas entumecidas, de los palos que se le clavan en el culo, no abre la boca. Después de unas cuantas vueltas en una dirección y en otra, después de unas cuantas miradas angustiadas a un sol que se escabulle, el padre toma una determinación, tira el cigarrillo y enfila la loma directamente hacia la cumbre.

No había manera de juntar dos pesetas, una al lado de la otra. Que el dinero no se comiese no significaba que no lo necesitasen. El problema de la renta era un quebradero de cabeza que no se disipó hasta que no estuvo del todo claro que no había forma humana de pagarla. Jornales no había y vender algo en el pueblo, lo poco que les sobraba, era casi imposible porque nadie tenía un real. Cada vez que lo intentaban, terminaban regalándolo todo a los parientes y amigos, cada día más famélicos y más desesperados. Menos mal que su casero, don Aurelio, no era uno de esos señoritos acaparadores y desalmados, sino un rentista, soltero y acomodado, sin más aspiraciones que sacarle el jugo a la vida hasta la última gota. El hombre estuvo generoso y comprensivo, hasta que llegaron a un entendimiento satisfactorio para todos. Bien mirado, tampoco es que tuviese muchas alternativas porque ¿quién le iba a pagar una renta por un cacho de monte? Así, a ojo, calcularon la correspondencia, para pagarle en especie, más o menos, lo equivalente al alquiler. De este modo, el buen hombre pudo mantener el estómago lleno durante toda la guerra, lo que no era poco, dadas las circunstancias. El pueblo se moría de hambre. Claro que para hambre la de los refugiados, que las pasaban canutas en las montañas. No muy lejos del casco antiguo, por la parte de la umbría, en el barranco del Huenes, los lugareños arrojaban los cadáveres de los animales muertos de alguna enfermedad incurable y quién sabe si contagiosa. Los cuerpos desaparecían de la mañana a la noche sin dejar rastro. Estaba claro, no era cosa de las alimañas. Eran los fugitivos que, en cuanto caían las sombras, arriesgando el pellejo, bajaban a llevarse esos despojos infectos y malolientes. Más podía el hambre que el miedo a las balas o a las enfermedades. De nada sirvió que pusiesen carteles ni que avisasen a todo el mundo de que aquella carne no se podía comer. Solo cuando la guardia civil, informada de los hechos por algún desalmado, preparó una emboscada para cazarlos, dejaron los fugitivos de bajar hasta allí. En el fondo del barranco, entre cadáveres putrefactos de burros, gallinas y marranos, quedaron también algunos hombres a los que nadie nunca reclamó, no se sabe si por miedo o por desconocimiento.

Unos doscientos metros pendiente arriba, se topan entre la maleza con un muro de roca infranqueable. Abandonadas las dudas, el padre se mueve ahora con una prontitud y una seguridad pasmosas. Ayuda al niño a desmontar, descarga la leña y los avíos escondidos en el fondo del serón y se dirige a la pared entre los piornales. Detrás de unos ramajes secos y de una laja del tamaño de una mesa de camilla, descubre una hendidura en la roca suficientemente ancha como para que entre una persona. Allí dejan el capacho con los víveres y vuelven a tapar la entrada, cuidando que no quede rastro alguno. Un sol enrojecido se despide por el horizonte cuando algo se mueve entre los matorrales. El padre empuña el hacha y se adelanta para proteger a su hijo. El mulo tira de la cuerda, intenta liberarse. Ojalá sean jabalíes o zorros o hasta lobos. Pero el hombre sabe bien que ninguno de esos animales tendría el descaro de arrimárseles ni la torpeza de anunciar sus movimientos con semejante jaleo. Por fin, de entre las retamas surge el desaliño: el duende es un señor con barba y lentes para la vista, cubierto con una manta de la cabeza a los pies. Se quedan todos petrificados hasta que les saca del pasmo la evidencia de que allí no hay amenaza alguna. Las miradas de los dos hombres confluyen en dirección al escondite donde quedaron los víveres.

Buenas tardes.

Buenas tardes tenga usted.

Alberto Gutiérrez, abogado. ¿A quién tengo el gusto de saludar?

Déjese de nombres, no vaya a ser que algún día nos los pregunten.

Perdóneme, tiene usted razón, es solo que me gustaría saber a quién debo la vida y los agradecimientos.

No hay para tanto.

Cómo que no. No saben ustedes lo que están haciendo.

Lo que haría cualquiera.

Si así fuese, no estaríamos aquí pasando penalidades. ¿No llevará usted tabaco por un casual?

Lo bastante como para compartirlo con usted.

Muy agradecido. ¿El chico es suyo? No debería estar aquí.

Sí. Ya nos marchamos, que se nos echa la noche encima. Quede usted con dios.

Yo no soy creyente.

Es un decir. Yo tampoco.

Escucha, chaval, obedece a tu padre, que es un buen hombre. Cuando todo esto termine estoy a su disposición para lo que sea.

Muchas gracias.

No, muchas gracias a ustedes.

Una mañana de agosto, cuando la guerra apenas se perfilaba, el Blas acompañó a su padre al pueblo, para llevar a don Aurelio un borrego, que habían convenido, como parte del pago del alquiler. El niño iba subido en la mula con el cordero desollado balanceándose entre las piernas. Con una mano se agarraba y, con la otra, iba espantando las moscas que se arremolinaban en torno a las vísceras. Cuando cruzaron el puente del río Huenes, se encontraron con el maestro, que iba camino de su casa con aire sombrío, la cabeza gacha y andares furtivos.

Buenos días, don José. ¿Adónde va con tanta prisa? Parece que haya visto usted un fantasma.

De buenos, nada. Han matado a Federico.

¿Qué Federico? ¿Algún pariente?

Pero, hombre, qué burro eres. Más te valdría haber ido a la escuela. ¿No sabes quién es el poeta de tu ciudad?

Usted sabe bien que aquí, en mis tiempos, no había escuela y en el valle no hay más poetas que los ruiseñores, los mochuelos y el agua de los arroyos.

Federico García Lorca era el poeta más grande de España.

¿Y quién lo ha matao? Si puede saberse.

Pues quién va a ser, los fascistas, los nacionales. Dicen que en el pelotón había uno del pueblo. ¿Es que no sabes que estamos en guerra? ¿Nunca lees un periódico?

Ni eso ni nada que tenga letras, don José. Yo no sé leer ni mi propio nombre. Soy alfabeto.

Querrás decir analfabeto.

Pues eso, como se diga.

Para ti me parece que ya es un poco tarde, pero al menos podías llevar a tu chico a la escuela.

Él no quiere ir. Es más terco que una mula. Qué le vamos a hacer, ha salido a la madre. Y además nos hace falta en casa. Hay mucha faena.

Tú, chaval, por lo menos podías saludar. A ver, explícame eso de que no quieres ir a la escuela.

Blas saltó de la mula tratando de limpiarse la sangre de los pantalones. El maestro le tendió la mano amigablemente, pero él escondió la suya, avergonzado, cuando se dio cuenta de que también estaba manchada.

Venga, chico, dame la mano, que solo es sangre de borrego. ¿Es verdad eso de que no quieres ir a la escuela?

Sí, señor, es verdad, no quiero ir a la escuela.

¿Y podrías explicarme por qué?

No, señor, eso ya no lo sé, yo solo sé que no quiero ir.

Pues si yo fuese tu padre te traía de las orejas.

No pasó mucho tiempo antes de que el Blas encontrase la respuesta a la pregunta que le había hecho el maestro. Y no pasó mucho tiempo antes de que este encontrase la muerte de espaldas a un muro, igual que tantos otros maestros, en aquellos días convulsos. Se ve que a los generales y a la iglesia no les hacía mucha gracia eso de la educación y la instrucción públicas. Blas se enteró de la noticia por la Antonia, la hija del Manolín, que ya no tenía que ir al colegio. Entre las gentes de la montaña, eran las niñas las que iban a la escuela. Los niños no tenían más destino que el trabajo de la tierra y ese no se aprendía ni en los libros ni en las enciclopedias. Si tenían algún futuro, estaba aquí, en el filo de una hoz o en el mango de una azada. La herencia de la familia les estaba destinada, ya fuese un regalo o una condena. Las niñas, por su parte, tenían que marcharse y, además de las habichuelas, buscar un marido para lo que, tal vez, algunos estudios podían ser de utilidad. La Antonia adoraba a su maestro que, además de un puñado de letras y algunos números, le había enseñado que no todos los hombres eran brutos, ásperos y desalmados, como el bestia de su padre.

Para ella, la escuela era una liberación que la apartaba algunas horas de las duras faenas de la casa y de las amenazas, los insultos, los desprecios y las vejaciones. No fueron muchos los conocimientos que se llevó de su paso por las aulas. Aprendió a leer y a escribir sin demasiada soltura y que había otros mundos distintos, más allá de las mezquindades y las violencias que le habían tocado en suerte. Pero ahora todo eso se había acabado. Ya no volverían a la escuela. Don José estaba muerto y enterrado. Y la Antonia no podía contener un llanto que, aunque ella no lo supiese, iba mucho más allá de la pérdida del maestro. El Blas no sabía cómo consolarla. Se quedó pensando un rato, conteniendo la pena en el fondo de la garganta. No quería que ella le viese llorar. Tenía ganas de abrazarla, pero sus brazos no le respondieron.

Don José era un buen hombre. ¿De qué sirve saber tanto para que luego te maten como a un perro?

Los mochuelos se llaman a voces desde los troncos secos. Las sombras ganaron la batalla. Ni rastro de la luna. Dentro de nada, no van a ver ni el suelo que pisan. Menos mal que ya alcanzaron el camino de la Solana, que podrían recorrer con los ojos vendados. Les falta muy poco para llegar a los Peñoncillos cuando retumban disparos a sus espaldas por la parte de la Sierra. El padre tira del mulo, que no parece que tenga mucha prisa. Cruzan los sembrados a paso ligero y llegan a los corrales.

Anda, corre, tira para casa que estás helado. Descargo la leña y subo enseguida. Espera un momento. Tú no has visto nada. ¿Vale? Hemos subido al monte a por leña. Es muy importante que no hables con nadie de esto, ni siquiera con tus hermanas y mucho menos con la Antonia y el Paco. ¿Lo has entendido?

Sí, padre. Pero ¿quién era ese señor de las barbas?

No sé. No lo conozco. Alguien que ha tenido que dejar su casa y su familia y se esconde en el monte.

—¿La comida era para él?

—Claro, esa gente necesita ayuda.

—¿Entonces los duendes?

—Qué duendes ni qué ocho cuartos.

—Madre dice que la comida es pa los duendes.

—Mira, Blas, ya vas estando mayorcito para esas historias. Esto es un secreto entre tú y yo. De hombre a hombre, los duendes no existen. La comida es para la gente que anda escondida en la montaña. Pero no quiero que se lo cuentes a nadie. ¿De acuerdo?

—Y el Manolín, ¿qué hacía en el río?

—No lo sé. Pero tampoco quiero que eso se lo cuentes a nadie. No le vayas a decir a tu madre que lo hemos visto. Venga, tira para la chimenea que te vas a coger algo. Y ni una palabra a nadie. ¿Entendido?

—Sí, padre.

—¿Tú crees que son verdad las cosas que cuentan del Manolín?

—No sé, mujer. ¿Qué es lo que cuentan?

—Dicen que anda vendiendo comida a los refugiados y que se está haciendo de oro.

—Baja la voz, que te van a oír los niños.

—Pero ¿tú crees que puede ser cierto?

—Yo solo sé que cuando el río suena, agua lleva. Y no quieras saber más que ya tienes más que de sobra.

—O sea, que tú sabes algo.

—Yo no sé nada ni quiero saber. Vender unas papas tampoco es una cosa tan mala.

—Ah, sí. ¿Entonces tú por qué las regalas? A mí me parece de aprovechaos y de abusones. Además, dicen que no las vende precisamente baratas. Está sacándole los ojos a esa pobre gente.

—No seas así. No lo sabemos. Y haz el favor de bajar la voz, que no quiero que los niños se enteren de esto.

—No sé por qué te empeñas en defenderlo.

Ni lo defiendo ni lo dejo de defender. Simplemente no me meto donde no me llaman.

Yo lo que no entiendo es cómo ese hombre puede tener la mujer que tiene, que no se la merece. A mí me parece que la pobre no sabe nada. ¿Es verdad que va por ahí comprándolo todo?

Algo habrá de saber. A mí me quiso comprar el marrano el otro día.

Ya decía yo. O sea que a eso vino el muy desgraciao. ¿Y qué quiere que hagamos nosotros sin el marrano?

Eso mismo dije yo. Pero me ofreció mucho más de lo que vale.

¿No se lo venderías?

Quita, mujer, ¿estás loca?

Lo que pasa es que luego va y lo vende por el triple. Escúchame lo que te digo. No quiero que le vendas ni un puñao de harina. Así te ofrezca el oro y el moro.

No tengas cuidao, mujer, que no se me pasa ni por las mientes.

Una montonera de niños. Un amasijo de brazos, piernas, cabezas y culos. Se zambullían en las montañas de hojas como si fuesen piscinas. De uno en uno o todos a la vez. Unos encima de los otros. Las más pequeñas desaparecían entre las farfollas. A veces parecía un juego, otras una pelea, pero no era más que la exaltación y el gozo de los cuerpos cuando se juntan. Gritos, amenazas, insultos, risas y, al final, el llanto. Siempre alguna de las mellizas terminaba llorando y las madres tenían que intervenir. Si es que sois más brutos que un arao. Tenéis que tener más cuidao. ¿No veis que son más pequeñas? Siempre acabáis igual. Venga, basta ya de juegos. Cada uno a su sitio y a trabajar, que tenemos mucha faena. No quiero oír ni una mosca.

Las dos familias se juntaban para limpiar el maíz, como para tantas otras cosas. O, mejor dicho, se juntaban las mujeres y los niños porque, desde que empezó la guerra, los hombres andaban distanciados.

No se tiraba nada. Pero no era por la guerra, siempre había sido así. Las farfollas blancas se amontonaban a un lado. Se usarían más tarde para rellenar los colchones. Las verdes al otro, servirían para alimentar a los animales cuando viniesen días malos y no se los pudiese sacar de los corrales. Las mazorcas se amontonaban en el centro. Había que dejarlas al sol un par de semanas, antes de juntarse otra vez para desgranarlas. Los granos de maíz se soltaban a mano o con hierros. Otro método no había. Era una tarea muy pesada y muy monótona que hacía sufrir los dedos y las articulaciones. Quizá por eso las canciones, las risas y las bromas no siempre encontraban su lugar. Sentados en corro, debajo de la higuera, los niños se aplicaban a la tarea con la boca cerrada y los dedos doloridos. La bronca había sido gorda. Los juegos fueron otra vez demasiado lejos y hubo que sacarlos a pescozones de entre las farfollas. Una tentación permanente. Un poco apartadas, junto a la puerta del cortijo, las madres se afanaban con la lengua casi tanto como con las manos. Y quizá fuese por eso, que el gesto les pasó inadvertido. La Antonia se levantó de pronto, sorteó como pudo las montañas de hojas blancas y verdes, casi tan altas como ella, se acercó al Blas, al otro lado del corro, y lo tomó entre sus brazos. Fue un gesto tan limpio, tan puro y tan imprevisible que el niño no supo cómo reaccionar. Se quedó inmóvil, con las manos colgando, hasta que la niña lo soltó sin mediar palabra. Por toda explicación, le mostró una panocha con los granos rojos. Y volvió a su sitio saltando por encima de las farfollas. Según la tradición, el que pelaba una panocha de maíz con los granos colorados tenía licencia para abrazar a quien tuviese más cerca. Esta costumbre, como todas las costumbres, encerraba una utilidad práctica. Estimular a la chiquillería para que trabajase más rápido a ver a quién le tocaba. Desgraciadamente, había pocas panochas con los granos colorados y también pocos abrazos. Este, por el momento, no iba a caer en saco roto. Su destinatario lo iba a guardar celosamente, a salvo de deterioros o desmemorias. Pasados unos momentos de incertidumbre, el Blas se sentó en el suelo y retomó la tarea. Nadie se había dado cuenta de nada, salvo el Paco, el hermano de la Antonia, que estaba sentado a su lado. Los amigos compartieron una sonrisa y algunos codazos. Pero a esta ¿qué le ha dao? Tú no eras el que estaba más cerca.

Los mataron al amanecer cuando los pájaros cantaban. El juicio sumarísimo, las pruebas circunstanciales, la generosidad, el delito. Murieron por ayudar a los que huían. No importa que no supiesen quiénes eran, ni qué les obligaba a esconderse. Se les acusaba de ayudar a los necesitados, por mucho que esto fuese un mandato divino y una obligación de las montañas. No importa que muchos de ellos no lo hubiesen hecho. Qué casualidad que todos pertenecían a los Hijos de la Tierra, eran socios fundadores y no precisamente de los menos señalados.

Aquella descarga de fusilería tuvo dos efectos fulminantes. Segó la vida de siete hombres inocentes, a los que no se conocía maldad alguna, y transformó de golpe la fe de medio pueblo en un ateísmo militante y sin fisuras. Que el hecho tuviese lugar contra las tapias de la sacristía tuvo cierta importancia. Que el cura, además, bendijese el acto e incluso pretendiese confesar a las víctimas en vez de a los verdugos, fue definitivo. Nadie tenía la menor duda, los pecados de aquellos eran insignificantes comparados con los de estos. La sangre de los muertos estaba más limpia que las manos de los vivos y aquella misma sangre, salpicando las piedras de los muros, convirtió aquel lugar, hasta entonces más o menos respetado, en un símbolo de la infamia. Nadie, salvo la lluvia y el viento, se tomó la molestia de limpiarla. Para algunos, era un aviso a navegantes. Para la mayoría, la savia que alimentaba la memoria de los muertos. En asuntos de creencias, nada volvió a ser nunca lo mismo.

Las lágrimas del padre. Las lágrimas y el miedo. Podía olerse por las huertas y los olivares y llegaba hasta los riscos, donde no era difícil distinguirlo entre las aulagas y los romeros, por más que ya hubiesen florecido. Vino al valle para quedarse y aquí sigue hasta hoy, más indestructible que los cañaverales o las esparteras. En los Peñoncillos tardaron varios días en enterarse. Tuvo que ser precisamente su vecino, el Manolín, el que les trajese la noticia. Fue desgranando los nombres en una letanía tanto más cruel cuanto más indiferente. Se sabía la lista de memoria y es que había contribuido a confeccionarla. Recitó los nombres de carrerilla, sin que faltase ni sobrase un solo apellido. Este hombre no tenía corazón y, si lo tenía, lo llevaba bien guardado. En cuanto terminó la relación de los hechos, pasó a los asuntos que le llevaron hasta allí, que no eran otros que sus negocios clandestinos, cada vez más indisimulados. Quería comprarles algún pollo, un borrego, patatas, leche, castañas, lo que fuese, cualquier cosa que sirviese para llenar el estómago. Así, como quien no quiere la cosa, mostró un fajo de billetes que traía en el bolsillo. Pero, hombre, Manolín, ¿es que no tenéis bastante en casa? Si necesitáis algo no tienes más que pedirlo, pero no te voy a vender lo que necesitamos para nosotros. Eso es asunto mío. Yo sé lo que me hago. Y tú harías mejor en no meterte donde no te llaman. Salió de allí echando pestes y dando patadas a los gatos que retozaban junto a la acequia. Iba rabioso porque no quisieron venderle nada. Fue entonces cuando el padre se desmoronó en un llanto inconsolable. Tantas veces le había repetido que los hombres no lloran y, ahora, allí estaba, hecho un mar de lágrimas, debajo de la noguera. Le podía haber tocado a él. Le podía haber tocado a cualquiera. ¿Qué sentido tenían aquellas muertes? Muy sencillo. Que os quede bien claro y de una vez por todas. ¿Qué os habíais creído? Sois como el perro que muerde la mano que le da de comer. Lo nuestro no se toca. Nos pertenece por usurpación o por linaje que, a fin de cuentas, viene a ser lo mismo. Conque avisados estáis y que no vuelva a repetirse.

    Pero el hijo no se hacía esas cábalas sino las suyas propias. El Blas no comprendía la causa de aquellas lágrimas inauditas. Pero sabía que tenían algo que ver con los secretos. Con los secretos y con los duendes, que no eran duendes. Eran un señor con barba y lentes para la vista. También el Manolín tenía algo que ver, aunque no sabía muy bien por qué, más allá de su mala leche y sus modales desabridos. La clave del asunto tenía que ser toda esa gente que desaparecía y se escondía en las montañas. La sierra debía de estar de bote en bote.

4. La lana mojada

> *Fue el aburrimiento de la tierra, lo mismo que cuando se ha hecho una injusticia y cae un rayo y mata un pastor.*
> Luis Berenguer, *El mundo de Juan Lobón*

La guerra seguía su curso en alguna parte, y la vida también. Tan lejos de la civilización como de la barbarie, las cumbres se levantaban hacia el cielo, ciegas y sordas al despropósito que las rodeaba. En la parte alta del valle, donde acababan las huertas y empezaban los riscos, las gentes podían abstraerse de la tragedia, acuciados por las necesidades de siempre, igual de perentorias y de inaplazables. Era preciso atender a los animales, sembrar, segar y ordeñar. Había que escardar el huerto, un día sí y otro también, y darle de comer a la tierra, no fuese a ser que también ella se enfadase. Las gentes estaban tan ocupadas que poco tiempo les quedaba para otras tribulaciones.

Visto lo visto, le dieron la espalda al pueblo, de donde no venían más que malas noticias y peores augurios, y dirigieron su atención hacia las montañas, que tal vez todavía podían ofrecer algún consuelo. Paredes a plomo. Moles de pizarra. Piedras desnudas, sin vida ni movimiento, un desierto de calizas donde la vida se antojaba inimaginable. Construcciones caprichosas y altivas. Esquistos. Un laberinto yermo, que desembocaba en un barranco, un precipicio o un muro. La loma del Calvario y la cuesta del Resuello. El que las bautizó sabía de qué hablaba. La mirada buscaba en la distancia el lugar hacia el que se dirigía y solo encontraba obstáculos aparentemente insalvables. Parecía imposible llegar hasta allí. No tenía sentido ni siquiera intentarlo. Y además ¿para qué? Si allí no había nada. ¿Qué se le había perdido a nadie por esos despoblados? Sin embargo, si uno seguía avanzando, descubría una laguna detrás de un recodo, cursos de agua por todas partes, praderas insospechadas, llenas de cabras salvajes, que vigilaban nuestros movimientos para valorar la amenaza, decidir el momento justo de salir huyendo. Más allá, no había nada. Solo piedras y rocas amontonándose unas sobre otras desde hacía millones de años. Quien no había estado allí difícilmente comprendía lo gordos y lustrosos que volvían los animales al final del verano. ¿Qué comerían por esas pedreras? Otra cosa eran las personas. Las gentes volvían escuálidas, demacradas, con los ojos más grandes, los pómulos fuera, la carne pegada a los huesos, sin sobrante alguno debajo de las pieles renegridas.

El Blas iba a recordar la hoya de Borreguiles como el lugar más bello de la tierra. Claro que eso no es mucho decir tratándose de alguien cuyo mundo no va más allá de la cuenca de su río. Allí, a casi tres mil metros de altitud, su padre le dio la alternativa cuando aún no había cumplido los seis años. Iba a aprender muchas cosas. Que la vida no forzosamente merece la pena, que la victoria no es forzosamente de quien la merece y que el chocolate es una cosa marrón oscura, dura por la mañana y blanda por la tarde, dulce como la miel, pero mucho más sabrosa. Enviaban el vacío a pasar el verano en los pastos de alta montaña. Los machos, las hembras preñadas y las que no daban leche. En total, casi cien cabezas entre ovejas y cabras. Cien cabezas que el niño iba a tener a su cargo. Las cuentas todas las tardes. Asegúrate bien de que no falte ninguna. A duras penas era capaz de contar hasta diez. Pero el padre no se hacía esa cuenta ni ninguna otra. Era una manera de ahorrarse bocas y tareas durante el verano. Las habían apartado la tarde anterior y Blas comprendió que había llegado el momento.

Esta mañana los Peñoncillos son un ajetreo. Los perros ladran. Las colas de un lado a otro, como espantando moscas. Una montonera de cabras agolpadas contra los palos que cierran el corral. El padre termina de cargar la mula. Se asegura de que las cinchas estén bien apretadas, la carga bien equilibrada. Repasa. Comprueba. Recuerda. Entra y sale. Mete más cosas en los serones. La madre no ha abierto la boca en toda la mañana. Se acerca, se aleja. Observa. Va de un lado a otro, sin que nadie, ni siquiera ella, sepa bien qué se trae entre manos. ¿Has cogido las mantas? Claro, mujer, no te preocupes. ¿Lleváis suficiente comida? Que no se te olvide la navaja. El Blas ya ha metido su hatillo en el serón y espera junto al mulo nuevas instrucciones. Un aire tenso revolotea alrededor. Está asustado, alerta. Todo se mezcla, puro batiburrillo. El orgullo de que confíen en él y el miedo a defraudar esa confianza. La abuela le acaricia el pelo con una enorme sonrisa. Se agacha y susurra unas palabras en la oreja del mastín.

Si te encuentras al abuelo dile que no vuelva. Dile de mi parte que ya no hace falta que vuelva, que la fuente de las Chorreras se ha secado. Y cuida de mi nieto por esas montañas. No vayas a dejar que le pase nada. Te hago responsable. Para septiembre, lo quiero de vuelta sano y salvo.

Luego desaparece en dirección a la huerta sin dejar de sonreír.

El mulo se está poniendo nervioso y el padre tiene que sujetarlo por el ronzal. Las cabras amenazan con echar abajo la cerca de palos que las separa del monte. Los perros ya no pueden contener los ladridos. Piden sierra, aire, espacio, corren de un lado a otro reclamando el momento de partir. Se ve que tampoco les gustan las despedidas. El hombre besa a su esposa en la mejilla.

Tranquila, mujer. Todo va a ir bien. Yo a su edad ya estaba en el Picacho con los animales.

Entonces no había guerra.

No te preocupes, allí arriba no alcanzan las balas. Mañana a la noche estaré de vuelta.

Luego se vuelve hacia su hijo que parece aguardar alguna indicación.

Y tú, ¿a qué esperas? Suelta las cabras, que se nos va la mañana, y despídete de tu madre, que te va a echar de menos.

Quiere marcharse cuanto antes, no vaya a ser que se le escurra alguna lágrima. La inquietud de su madre es contagiosa. Huye de sus brazos. Escapa de sus besos. No abre la boca, por la que no saldría una palabra por más que se lo propusiese, y corre a abrir las cercas antes de que las echen abajo.

Salen por Hazallanas en dirección al Huenes. Las cabras se abalanzan sobre los cerezos. El padre afina la puntería para mantenerlas alejadas de los árboles. Un ruido seco. Una piedra que encuentra los costillares. La voz del niño, firme pero suave, sin gritos ni aspavientos. Los animales que vuelven la cabeza y no solo le obedecen, se diría incluso que le entienden. El padre, atónito por esta habilidad de su hijo, que no sabe de dónde ha sacado, deja caer las piedras al suelo y confía al niño el cuidado del rebaño.

Les lleva dos días de camino, siempre cuesta arriba, llegar a los pastos de Borreguiles. Hacen noche en la loma de Dílar, en las Chorreras del Molinillo, donde hay agua en abundancia. A esa altura, un arroyo se junta con el río. Se desliza por la roca pulida y se convierte en cascada, cuando la pared mete la barriga. El padre desnudo bajo las aguas heladas. Es la primera y última vez que lo ve de este modo, sin ropa, como su madre, que es su abuela, lo trajo al mundo. Le sorprende esa picha pequeña, encogida, arrugada en medio de ese cuerpo robusto como una encina. Parece hecho solo de músculos, salvo en la cintura, donde se acumulan las carnes. Venga, quítate la ropa y métete en el agua. Está fría, pero luego lo vas a agradecer. El niño obedece y se desnuda sin poder evitar comparaciones. Pronto le duelen los tobillos. Cayendo desde la pared, el agua le corta la respiración. Su picha se encoge y se engurruña, igual que la de su padre. Empiezan a dolerle los huevos y sale corriendo para vestirse encima de una piedra. La desnudez se le hace extraña, más molesta que el agua helada, y se cubre enseguida de esos ojos que le observan muertos de risa. Si serás pichafría. No tienes de qué avergonzarte, con ese instrumento que Dios te ha dao. Quién lo pillara. Claro que, para lo que lo uso, lo mismo da que da lo mismo. Tu madre ya no consiente más que un achuchón de higos a brevas. Espero que tú tengas más suerte, si no de poco te va a servir tanto aparato. Y se lo come una risa triste, que el niño no comprende. En la noche oscura, duermen uno al lado del otro, juntos pero sin tocarse, sin rozarse siquiera, arrebujados entre las mantas, imprescindibles en estas alturas por más entrado que esté el verano.

Hay lecciones que no se olvidan. Aunque los pies ya no sepan dónde pisan, aunque las piernas se nieguen a obedecerle, aunque el sol apriete y la loma no vaya a terminar nunca, el Blas no consiente en subirse en el mulo. Quiere demostrarle a su padre que ya no es un niño, que puede andar tanto como él. El padre no insiste. Con los hombros encogidos, se sube en el mulo, se repantinga encima de la carga y fuma tranquilamente un cigarrillo como si fuesen de excursión. Solo los más fuertes son capaces de mostrar a las claras sus debilidades. La humildad es una cualidad imprescindible si es que uno quiere sobrevivir en las montañas. El padre se distrae, contempla el paisaje sobrecogedor. El mulo, sin nadie que le retenga, afianza el paso. Y el niño, echando el bofe, junta las pocas fuerzas que le quedan para no quedarse demasiado atrás. Unos cuantos resuellos más tarde, ahora sí sobre la cabalgadura, donde le subió un agotamiento más poderoso que su orgullo, cómodamente instalado sobre las mantas, se deja acunar por su propia pequeñez y escucha los consejos de su insignificancia. Las montañas no tienen fin, tus fuerzas sí. Debes aprender a economizarlas.

Al día siguiente, desde la cuerda, contemplan el valle de alta montaña donde el Blas va a pasar el verano. No te salgas de aquí. La hoya es lo bastante grande para que coman las cabras. Muévelas de un lado a otro, pero no pierdas de vista los Borreguiles. Así no te me despistas y, cuando venga, siempre podré encontrarte. ¿Ves todo ese agua? Ahí es donde nace el río. Si sigues el curso todo para abajo, en un día te plantas en el pueblo.

Cae la noche, la primera noche solo en la montaña. Y el Blas se siente minúsculo, insignificante, indefenso, como una lombriz al descubierto, bajo un cielo inmenso, plagado de estrellas, por primera vez al alcance de su mano. Nunca ha visto tantas juntas. Nunca ha visto tantas cayendo del firmamento. Pero, por más que caigan, siempre quedan las mismas. Arrebujado entre los animales, se le espanta el sueño y piensa en su madre, sin imaginar que ella también lo ha extraviado y anda buscándolo entre las sábanas vacías. El padre no ha tenido tiempo de volver y debe de andar por el camino de los Neveros, que es el que ha elegido de regreso a los Peñoncillos. Piensa también en su abuela y, aunque no consigue recomponer su rostro en la noche oscura, sí distingue sus palabras entre el murmullo de los borreguiles. Tú eres un niño de la montaña. Todo lo que necesitas está aquí, entre estos picos y estos barrancos.

No pasaron muchos días antes de que el niño comprendiese que no iba a estar tan solo como se había imaginado. En el término municipal había casi veinte mil cabezas de ganado censadas y otras tantas, como las suyas, sin censar. Casi todas pasaban el verano en las cumbres, buscando los pastos de montaña. La hoya de Borreguiles era paso obligado y punto de encuentro, ya que podía albergar varios rebaños al mismo tiempo. Los pastores que llegaban por la parte del río solían traerle recado de su familia. Casi siempre, pan tierno y algún pedazo de tocino. En los Corrales, al otro lado de los Peñones, estaba el Eduardo, que era del pueblo y conocido de la familia. Aunque no era hombre de muchas palabras, por no decir ninguna. Pastor a tiempo completo, vivía bajo las estrellas y su techo era el firmamento. Pasaba los veranos en las montañas y los inviernos en la costa, para regresar con las crías a finales de abril. De un lado a otro, seguía el curso del río, pasando por el pueblo para acercarse a la ciudad. Cuando iba para abajo, cobraba la jatería, una paga en especies que apenas alcanzaba para llenar el morral. Cuando venía para arriba, vendía la lana y los borregos. Todo lo que tenía cabía en un zurrón. No eran suyas las casi mil ovejas que le seguían, como tampoco eran suyos los frutos de sus desvelos. Tenía, sin embargo, dónde caerse muerto. Las montañas enteras eran su casa y, dentro de nada, serían también su sepultura.

Si le hablabas no contestaba más que con un encogimiento de hombros. El niño se preguntaba si, además de mudo, no sería también sordo o, quizá, tonto de capirote. O todas estas cosas al mismo tiempo. Siempre que le necesitaba aparecía de repente. Si se quedaba sin comida, allí estaba él para ofrecerle un mendrugo y un cacho de queso. Si a una cabra se le atravesaba el parto, si había quedado el cabrito con las patas fuera, que ni para delante ni para atrás, llegaba en ese momento para sacarle del apuro. Metía la mano hasta el codo, tanteaba un rato como quien busca en el fondo de un saco y sacaba al animalillo ensangrentado con una facilidad que más de una partera quisiera para sí. No había nada que no supiese y que no estuviese dispuesto a compartir. Le enseñó a andarse con ojo y a distinguir una culebra de una víbora. Le enseñó a hacer fuego con las boñigas de vaca; en esas altitudes no había otra cosa que quemar. Le enseñó a recoger manzanilla y a hervirla, a buscar el agua en los veneros, en las grietas de la tierra donde mana transparente. Y le enseñó a anticipar la tormenta por la forma de una nube. Y todas estas lecciones sin una sola palabra, sin abrir la boca, sin discursos ni pizarras. No mucho después, cuando aprendió en sus propias carnes el peso de la soledad, viendo las semanas sucederse idénticas una detrás de otra, el Blas empezó a pensar que el Eduardo llevaba demasiado tiempo en las montañas y se le había olvidado hablar. Temió que también pudiese sucederle a él; pero, cuando lo pensó un poco, llegó a la conclusión de que eso era imposible. No paraba de hablar a los animales, a las piedras y a las plantas. Y llegó incluso el día en que intercambió algunas palabras con un silencio testarudo.

Le han explicado muchas veces lo que no debe hacer si le sorprende una tormenta en mitad de la montaña. Nunca, bajo ningún concepto, de ninguna de las maneras, debe guarecerse debajo de un árbol porque atraen los rayos. Tampoco puede buscar refugio en cuevas u oquedades. Nunca debe permanecer solo en campo abierto, porque sería un blanco perfecto. Tampoco puede quedarse junto al rebaño, porque a los relámpagos les encanta la lana mojada. Y, sobre todo, no debe correr. Nunca se debe correr bajo una tormenta eléctrica. Pero nadie le ha dicho lo que sí puede hacer. Así que mira alrededor y no se le ocurre nada. Tiene ganas de esconderse, pero no sabe dónde. Tampoco es que haya dónde hacerlo. Está solo en la montaña desnuda. Empapado. Temblando. Paralizado sobre una piedra. Contando los segundos entre el rayo y el trueno. No le da tiempo ni a contar hasta uno. Con cada llamarada mira alrededor, esperando ver las piedras saltar por los aires o las sabinas arder y humear por todas partes. Pero no pasa nada. ¿Dónde caen esos rayos que hacen añicos el cielo? Los pelos de punta. El aire vibrando en las mejillas. La tierra temblando bajo sus pies. No reconoce ese olor, pero no lo olvidará nunca. Huele a electricidad y a muerte. Cada estallido parece más fuerte que el anterior. Las cumbres se iluminan como si amaneciera de repente. El ruido, ensordecedor como de algo que se parte por la mitad, algo que se resquebraja, algo muy grande, más grande que el cielo o las montañas, más grande que la tierra. Las ovejas y las cabras se han arrejuntado en una masa informe, temblorosa y mojada. Los perros, chorreando, no se apartan de su lado con la cabeza gacha. El frío y el miedo se confunden, se espesan, casi no le dejan respirar. La espera es cada vez más tensa entre rayo y rayo. Caen por todas partes, vuelan a su alrededor. Es cuestión de suerte que le encuentren, de suerte y, tal vez, de tiempo, ese tiempo que no pasa, paralizado por la tormenta. Y, entonces, hace lo que no debe hacer. Llama a los perros y corre entre el rebaño. Obedece a su instinto antes que a su cabeza. Se confunde entre los animales como antes lo habían hecho ellos. Para buscar calor y consuelo en la compañía. Y allí, tumbado, chorreando, hecho un ovillo, con los ojos cerrados, oliendo a chamusquina y a bicho mojado, se acuerda de su abuela, y le habla al cielo y a la tierra, y susurra unas palabras al oído de la tormenta.

Una fuerza poderosa, sobrehumana, lo levanta por los aires. Quizá sea el rayo que por fin le ha encontrado y ahora se irá volando con los angelitos. Pero el granizo le golpea en el rostro y no le parece que eso sea como estar muerto. Esa misma fuerza le deposita suavemente en el suelo sobre una manta y le cubre con una piel de borrego completamente empapada. La lana mojada también abriga. Escucha. Le parece oír entre el estruendo de la tormenta. ¿De dónde salen esas palabras? Otro relámpago incendia la ladera y el niño distingue la jeta del Eduardo, que le sonríe desdentado, antes de desaparecer en la oscuridad. El pastor se apresura y empieza a apilar piedras a su lado. A fogonazos, de rayo en rayo, el Blas le observa ir y venir, recopilar lajas, amontonarlas cuidadosamente a su alrededor. El hombre parece feliz con esta tarea que se ha buscado en medio de la tormenta. Por más fuerte que truene, no se le borra la sonrisa. Y el niño se queda dormido en esa confianza, en esa ausencia de miedo, acunado por las piedras, cubierto hasta la cabeza con una mortaja de borrego. ¿Será posible que el Eduardo me haya hablado?

Al despertar e incorporarse, se golpea la cabeza contra una piedra. Es una laja enorme que le cubre como una lápida. Se sostiene sobre unos muretes de pizarra de no más de medio metro. Un olor nauseabundo se le pega al cuerpo. Es el Eduardo que ronca a su lado enroscado como una cochinilla. Cuando el Blas consigue salir por la abertura de un costado, no puede imaginar la fuerza necesaria para mover esa piedra. No parece tarea para un hombre, salvo, tal vez, si ha sido acometida más con el ingenio que con las manos. El sol ya está alto en un cielo azul, limpio, inimaginable hace solo unas horas. Alrededor pastan las cabras, indiferentes, como si nada hubiese pasado. El Eduardo ya ha salido del pequeño refugio que ha construido para él, se recompone la camisa, recoge el cayado y se aleja con prisas hacia el barranco donde le aguarda su rebaño. Cuando al niño le salen las gracias es demasiado tarde para que sean escuchadas. Chorreando, una piel de oveja se seca sobre las piedras. El aire de la montaña, cada vez más cálido, le trae cinco palabras que se repiten en sus oídos. La lana mojada también abriga.

No muy lejos, en las Posiciones, a unos quinientos metros del Picacho, se atrincheran los soldados para defender la cumbre de un enemigo improbable. Su padre le ha advertido que no hable con ellos, que no se acerque siquiera, sin dar más explicaciones. Quizá no confíe en esta tropa que, de alguna manera, es el enemigo, o le preocupa lo que el niño pueda contar, que se vaya de la lengua. El Eduardo también se mantiene alejado de los uniformes y da rodeos enormes con tal de evitarlos. Más de una vez le ha visto salir corriendo al ver que se acercaban. Sea como sea, al Blas no le parece muy peligroso ese grupo de chavales, por más que lleven pistolas y se pasen el día engañando al aburrimiento, a base de sacarles brillo a los fusiles. La guerra no ha dejado de hacer de las suyas. Pero aquí, a estas alturas, por encima de las nubes, parece un cuento de viejas de esos que les cuentan a los niños para meterles miedo. Los problemas del Blas son más acuciantes y más sencillos. Un zorro que se empeña en robarle la comida, una culebra que espanta el ganado, un macho que cojea, comer, dormir, protegerse del frío, cuidar que las cabras no se desparramen y que no falte ninguna. Una, dos, tres, cuatro, siete, nueve, dieciséis... Menos mal que las conoce a todas por su nombre y apellidos. Las matemáticas, por el momento, no son de gran ayuda.

Por encima de la laguna de las Yeguas, estirado sobre una piedra, absorbiendo el sol de la mañana como un lagarto, el aburrimiento se despereza, harto de sí mismo. El pasto es más blando pero está húmedo. Con el relente pegado a la piel, el cuerpo prefiere la pizarra. Las cabras tampoco se mueven, hipnotizadas por el fulgor transparente de las aguas. Si no se mueven, no comen. El niño, entumecido por el frío de la noche y el sueño sobre las piedras, comprende que ha llegado el momento de menearlas un poco. Es preciso que coman. Para eso están aquí. Quiere que cuando suba su padre las encuentre más gordas y lustrosas. Ese es ahora el significado de sus días. De la mañana a la noche, cada uno de sus gestos, todo lo que hace, tiene ese único sentido. Que engorden y que no se pierda ninguna. Es ya un pastor niño. Ya no vive para sí, sino para su rebaño.

Estirándose sobre una roca, cuando otea el horizonte en busca de un camino que seguir, aparece la tropa a paso ligero. Con el desaliño en el uniforme, pertrechado para el combate, cargado de cantimploras, el destacamento se dirige hacia unos veneros que brotan de la montaña. Dos soldados se separan del grupo y bajan por la ladera, mientras sus compañeros hacen acopio de agua.

¡Eh, chaval!, ¿esas cabras dan leche?

Alguna.

¿Y no podrías decirme cuál?

Aquella, la de las pintas marrones.

¿La de los cuernos grandes?

No, eso es un macho. La pequeñita de detrás. Esa que se rasca las orejas.

El Blas, que se ha sentado en una piedra, observa divertido cómo intentan coger a la cabra. El animal, extrañando, guarda las distancias. Han dejado los fusiles en el suelo. Uno por un lado y otro por el otro, intentan rodearla. Pero el Blas sabe que eso es imposible, así no la cogen ni en cien años. Ruedan por el suelo detrás de la cabra. Ríen. La puta de la cabra, la madre que la parió. Cuanto más torpes, más inofensivos y más humanos. Parece mentira que esta tropa vaya a ganar la guerra, si no saben ni agarrar una cabra.

¿Por qué no dejas de reírte y nos echas una mano?

Vale, pero apartaros un poco, que la estáis asustando. Rubia, ven pacá. No tengas miedo, que no pasa nada.

En dos minutos, el niño llena los cazos que traían los soldados. A cambio, le ofrecen un envoltorio con algo dentro. Una cosa marrón que parece un bicho muerto en sus manos negras.

¿Por qué lo miras así? ¿Es que no te gusta?

Coño, tú, yo creo que este no sabe lo que es.

Pruébalo, es chocolate, está rico.

Los disparos revientan cuando el chocolate se deshace en su boca. Con los cazos llenos de leche, los soldados salen corriendo ladera arriba, igual que las monteses con las que sus compañeros están afinando la puntería. No aciertan ni una. Cerca de la cumbre, las cabras se paran y vuelven la cabeza. Por esta vez han tenido suerte.

Es pronto todavía y no hace demasiado calor. El Blas decide subir hasta el collado de la Carihuela, dando un rodeo por los Lagunillos, no vaya a ser que la tropa, de puro aburrimiento, se entretenga en tirar contra sus cabras. No sería la primera vez, como le han contado otros pastores. El collado es el paso natural hacia la costa. Desde allí, se ve el mar. O, al menos, eso le han dicho. Pero él no está muy seguro, porque no sabe lo que es el mar, ni alcanza a imaginárselo. Y, además, no se cree todo lo que le dicen. Consciente de ser un niño, sabe que le mienten precisamente por eso, por no haber crecido todavía, como si su edad y su tamaño no pudiesen asimilar la verdad o convivir, al menos, con la ausencia de mentiras.

Llega a la Carihuela un par de horas después y, efectivamente, no ve el mar, no porque no se vea sino porque la calima y la bruma lo convierten en un infinito gris, difícilmente reconocible para unos ojos que nunca lo han visto. Unos ojos que sí reconocen, en cambio, en medio del nevero los cuerpos tendidos sobre la nieve sucia. No se atreve a acercarse, pero los distingue claramente. Un mulo, un hombre, una mujer y una niña más o menos de su edad. La melena rubia extendida sobre la nieve ensangrentada. Ahí están las balas que quebraron la última noche y le espantaron el sueño. Él creía que tiraban para espantar a los zorros. Esta familia tampoco verá el mar. Ni el mar, ni el barco soñado que los saque de esta infamia, ni ninguna otra cosa.

¿Qué le pasa al Eduardo? Padre, ¿por qué no habla?

No lo sé, hijo. Me da a mí que no le da la gana. Le ha cogido rabia a este asco de mundo.

¿Nunca ha hablado?

Sí, de pequeño hablaba y, por lo que dicen, bastante. A los diez años encontró a su padre muerto y el susto se le comió la lengua.

Pero ¿entiende lo que le dices?

Claro que entiende, lo entiende todo perfectamente. No tiene un pelo de tonto. Tu madre hablaba mucho con él cuando andaba por el valle. Yo, menos. A mí casi ni me saludaba. Pero es buena gente. Confía en él. No le tengas miedo. Una vez estuvieron charlando en el camino de la Solana. No sé cómo, pero tu madre se entendía con él, lo mismo que si hablase. Yo estaba en la cama con un dolor de barriga que no me tenía. Hacía un tiempo de perros. A la hora de comer, llamaron a la puerta. Tu madre fue a abrir y allí estaba el Eduardo, hecho una sopa, con unos manojos de zahareñas. Se frotó la barriga, encogió los hombros y salió zumbando otra vez para el Purche, donde había dejado el rebaño. Al parecer, tu madre le había contado que yo andaba mal de las tripas. Y el buen hombre se pegó ese alpargatazo solo para traerme las plantas. Tu madre preparó unas tisanas con aquellas hierbas y a la mañana siguiente ya estaba curado.

Yo le oí hablar la otra noche.
¿Y qué te dijo?
Que la lana mojada también abriga.

Cuando los encontraron, el Eduardo seguía agarrado a las piernas de su padre, que colgaba por el cuello de una rama de olivo. Nadie sabrá nunca si pretendía sostenerlo en vilo para salvarlo o, por el contrario, tirar hacia abajo para acortar su agonía. Lo que sí se sabe es que hicieron falta varios hombres para separarlo de aquellas piernas. No volvió a hablar en toda su vida. Las circunstancias del suceso permanecieron tan oscuras como sus causas. Las especulaciones no iban a terminar nunca. Cuanto menos se sabe de algo, más se habla de ello, quizá por desentrañar lo inescrutable. Las gentes toleran mal las preguntas sin respuesta, prefieren inventar una y darla por cierta, antes que quedarse con las manos vacías.

Una mañana, muy temprano, los soldados bajan desfilando de las cumbres. Llevan a cuestas todo el campamento. Los gritos y los cánticos le sacan de los sueños. Asomando la cabeza por la boca de su madriguera, el Blas los observa hasta que desaparecen a media ladera en dirección a la hoya de la Mora. Van cantando el «Cara al sol», lanzando las gorras al aire, abrazándose, besándose, haciéndose bromas, como si fuesen de fiesta pero armados hasta los dientes. Parece que la guerra se acerca a su fin; sin que una sola bala haya salido de sus fusiles más que para abatir inocentes desarmados, ya fuesen animales, hombres, mujeres o niños. Blas se tumba un rato sin comprender nada. ¿Echará de menos a sus vecinos de la montaña? Habían llegado a cierto entendimiento, aunque sin demasiadas intimidades. La relación se basaba menos en la afinidad que en el intercambio. Blas no conseguía superar las prevenciones de su padre. Para los soldados, el niño no era más que un bicho seco, algo arisco y medio mudo. Algo así como las cabras, que dan leche y basta. Él les subía algún cazo todas las mañanas y ellos le recompensaban con galletas o un trozo de chorizo. Dejó de hacerlo el día que subió a la Carihuela y, en vez del mar, se topó con unos cadáveres. Entonces entendió de golpe el miedo del Eduardo y las cautelas de su padre. Cuando sale de su agujero, descubre un petate encima de la laja que hace de tejado. Está lleno de comida. Hay galletas suficientes para un batallón, algo de queso, unas tripas de chorizo y más chocolate del que va a ver junto en toda su vida. Después de todo, las faldas del Picacho no son un destino tan malo. O, al menos, para algunos. En la solapa del petate hay un yugo y unas flechas bordados.

A mediados de septiembre, el Blas volvió a los Peñoncillos con algunos kilos menos y mucha mugre más. Sucio de meses, flaco como un galgo. Se le veía, sin embargo, más grande y más fuerte. No es que hubiese crecido mucho, es que había envejecido. Las alpargatas escuálidas, los pantalones raídos y un macuto bordado. Podría decirse que venía de la guerra. Se había marchado por San Juan con cinco años y volvía ahora, para San Miguel, con seis sin festejar, pero muy bien cumplidos. Tres meses en la sierra dan para mucho. Aunque uno esté de veraneo. Es de este modo que los cuerpos de los campesinos envejecen más rápido que los calendarios. El sol curte el cuero. El frío cura los jamones. La intemperie corroe hasta las piedras.

Regresar no es fácil. El regreso nunca está exento de resquemores. Incluso cuando uno vuelve de la guerra o de tres meses solo en la montaña, de arrostrar penurias y conjurar fantasmas, de engañar al hambre con subterfugios, de intentar inútilmente darle esquinazo al aburrimiento, no se vuelve a casa libre de prevenciones que empañan la alegría que se le presupone al momento. Cuando entró por la puerta, Blas no cabía en su cuerpo esmirriado. Traía un velo triste en el fondo de los ojos, una especie de telaraña llena de polvo, que deslucía el instante. Todos parecían más contentos que él; y no es que el niño no lo estuviese, es que arrastraba el lastre de la experiencia vivida y el presentimiento de la carga que le quedaba por vivir. Por más que se sintiese a salvo y orgulloso de sí mismo, su mirada había perdido la inocencia de los niños y su edad le había abandonado prematuramente. La infancia se le quedó dormida para siempre, allá por los pastos de Borreguiles, en el fondo de una madriguera.

Un mes después cayeron las primeras nieves sobre las cumbres. Se esperaba al Eduardo por el pueblo, pero el Eduardo no aparecía. Llegaron noticias de un rebaño que andaba sin dueño por el barranco del Guarnón. Casi mil ovejas huyendo del frío, sin rumbo, acompañadas por unos perros famélicos, tan desnortados como ellas. Por el hierro grabado en los lomos se supo que eran las suyas, pero no había ni rastro del pastor. Se le buscó lo que se pudo; la nieve era mucha y el invierno arreciaba. Las autoridades no gastaron mucha suela, ocupadas en preparar la victoria que se avecinaba, aunque todavía se iba a demorar unos cuantos meses. Se les estaban juntando tantos muertos que otro más poco importaba. Sobre todo tratándose de un pastor desdentado y mudo. Fueron los vecinos del valle los que se organizaron para buscarlo, entre ellos el padre del Blas. Pero la montaña helada los mandó de vuelta con las manos vacías. No lo iban a encontrar hasta el verano siguiente, cuando unos pastores, de paso hacia la costa, dieron con él debajo de los Tajos de la Virgen. Estaba más seco que la mojama, pero muy bien conservado, debido al frío y a la nieve que había sido su lápida durante todo el invierno. El lugar tenía peligro y ya se había cobrado algunas vidas. Se habló de la niebla, de un despiste, un traspiés o, tal vez, un desprendimiento. Pero al Blas no le parecía tan sencillo. Le había visto subir el Veredón más rápido que las cabras, habría podido cruzar esos tajos con los ojos vendados. El Picacho era su casa. Nunca le habría ganado la partida si él no se hubiese dejado.

Un acto de contrición o desagravio. Una penitencia o un exvoto. Muchos años después, ya mayor, mediados los años noventa, volverá a los Borreguiles. Nunca será muy de vírgenes ni de santos. Y mucho menos de misas o confesionarios, pero ese año se dejará convencer para subir de romería, el día de la virgen, hasta las cumbres más altas. Habrá causado una ofensa y no se le ocurrirá otro modo de expiarla. Si le llevasen de excursión a la luna, no se le haría más extraño. Encontrará el Picacho irreconocible, un paraíso devastado.

5. A los topos no les gusta la música

> *La capacidad de aprendizaje musical existe en muchos animales. Hay pájaros que se enamoran de los trinos de otros. Y abandonan el suyo. Aunque también es cierto que donde mejor canta un pájaro es en la rama de su nido.*
> Manuel Rivas, *Todos los animales hablan*

Ya está bien entrada la primavera. En los Peñoncillos, todo el mundo sabe que cualquier día de estos el abuelo sale por la puerta. Es más, no se comprende cómo no se ha marchado todavía. ¿Será que se está haciendo mayor? Nadie sabe y nadie pregunta. Pero su marcha flota en el aire como el humo de sus cigarrillos. Huele a tabaco por todas partes. Hace ya varios días que la abuela enmudeció y perdió la sonrisa. No volverá a hablar hasta el próximo otoño. Con las personas, se entiende. A partir de ahora, sus palabras quedan reservadas para los animales y las plantas.

No cae ni una gota. No le da la gana llover. En abril, aguas mil. Pero este pasó de largo sin una mala llovizna. Los dichos se hacen de palabras y las palabras, tantas veces, se las lleva el viento. Cuando la tierra roñosa se aprieta y resquebraja empiezan los problemas. Escaseces y miserias, esfuerzos, fatigas que se echan a perder, que se marchitan, que se pudren, trabajos vanos, inútiles, estériles, como si nunca se hubiesen hecho, y otra vez hay que volver a empezar, empezar desde cero a la sombra de la incertidumbre, del no saber si servirá para algo, si traerá cuenta, porque el que no siembra no cosecha, pero el que siembra, muchas veces, tampoco. Quizá, una piara de marranos que baja hambrienta de las montañas buscando la tierra blanda y húmeda y jugosa. Esos hocicos, con colmillos como puñales, olfatean desde kilómetros y destrozan una huerta en una noche de fiesta. De fiesta para ellos, claro, no para los que han labrado, sembrado, abonado, escardado y mimado la tierra con esmero para verla ahora pisoteada, horadada, vuelta del revés, patas arriba, sin orden ni concierto, desaparecido cualquier rastro humano, ya sea de hombre o de mujer, bajo las pezuñas de las bestias. Cuando la seca aprieta y el campo amarillea, las huertas se antojan más jugosas y atraen a todo tipo de bichos. Esta primavera, en los Peñoncillos, los problemas son más pequeños, pero no por eso menos insidiosos.

Primero aparece una montonera junto a la planta y uno ya sabe que está condenada. Si se tiene la suficiente paciencia, se puede ver perfectamente cómo se la traga la tierra. A pequeños tironcitos se va hundiendo poco a poco, hasta que solo las puntas sobresalen del suelo. Al final, desaparece del todo, sin dejar rastro. Otras veces languidece tendida, herida de muerte desde las raíces, agonizando entre los carriles. Las matas de berenjenas son sus preferidas. Pero llegado el caso, no le hacen ascos a nada. El baile comienza al atardecer y continúa toda la noche. Estos animalillos deben de dormir de día. Su presencia indica una tierra saludable y pletórica. Se les encuentra en tierras de cultivo, prados y jardines y, en menor medida, en los bosques. Prefieren suelos blandos y húmedos, fáciles de excavar, pero pueden habitar en cualquier terreno.

Esta tarde les toca a ellos. Mala tarde para estar de guardia. Hace varios días que el sol no siente ninguna piedad. El Blas lleva una silla de enea colgada de un hombro y la legona apoyada en el otro, a la manera de un fusil. El abuelo acarrea el acordeón debajo del brazo y, en la otra mano, una botella de vino con un vaso bocabajo que va tintineando sobre el gañote. Bajan rodeando el cortijo hacia los cañaverales que bordean la acequia. La cruzan por un tronco caído que hace de puente. Quién sabe si por los años o por los vinos que lleva encima, el caso es que el abuelo titubea, da un traspiés. Peligran el vaso y la botella. Pero el viejo la sujeta con firmeza y se rehace, recupera el equilibrio. Antes preferiría partirse la crisma que consentir que el vino se derrame. Mientras el abuelo coloca la silla cuidadosamente debajo de un almendro, asegurándose de que quede bien asentada, el Blas recorre la huerta evaluando los daños. Las matas por estas fechas ya tienen dos cuartas de alto. Hoy parece que no falta ninguna. Pero los carriles, primorosamente trazados, están llenos de verrugas, montoncitos de tierra aquí y allá, como si al huerto le hubiese salido un sarpullido. El acordeón empieza a llorar unas pocas notas lánguidas. Poco a poco se irá animando. Son las cinco de la tarde y el sol aprieta que es una barbaridad.

El abuelo toca sentado en la silla, con el acordeón en las rodillas y la legona apoyada en el respaldo. Blas vigila. Pero quién sabe si por casualidad o, tal vez, porque los topos de alguna manera son conscientes del peligro, o tal vez simplemente porque esta tarde no tienen hambre o hace demasiado calor, el caso es que no hay el menor movimiento en la huerta ni el más mínimo atisbo de vida o de amenaza.

Carece de pabellón auditivo externo, es decir, no tiene orejas. Pero que no tenga orejas no quiere decir que no oiga; al contrario, tiene un oído fino, delicado, extremadamente sensible a determinadas vibraciones. Los ojos son diminutos y en ocasiones están cubiertos de piel. Cuando se vive bajo tierra, la ceguera no es una carencia, sino la consecuencia lógica de una economía de medios. No se trata de otra cosa más que de eliminar lo superfluo. Tiene una piel fina y resbaladiza que facilita el movimiento por la madriguera, tanto hacia delante como hacia atrás. En los machos el pene queda orientado hacia la espalda y carecen de escroto.

Sin embargo, algunas tardes el abuelo languidece. Cabecea sobre la silla y el acordeón coge polvo en el suelo. Apura un vaso tras otro, con la mirada perdida y húmeda. Está y no está. Como si ya se hubiese marchado. Vacía la botella en el vaso. La sacude para que caiga hasta la última gota. Solo le falta exprimirla antes de arrojarla entre los matorrales con un gesto de fastidio.

Se me está acabando el vino, niño. Dentro de poco, va a haber que salir zumbando. Solo hay dos cosas en esta vida que merezcan la pena, el vino y las mujeres. Y, escúchame bien lo que te digo, por este orden, el vino y las mujeres. Luego está la música, claro está, pero la música no es más que un medio para conseguir las otras dos.

Se muerde la lengua. No pregunta. Aunque lo está deseando, no pregunta. Sabe de sobra que, en los Peñoncillos, no se habla de este tema. Quisiera preguntarle al abuelo cuándo se marcha, adónde, cómo, con quién, dónde pasa los veranos, pero no lo hace. De este tema no se habla, tiene que conformarse con las suposiciones que, sin embargo, no le bastan. Estas cuestiones son las que se le arremolinan mientras el abuelo duerme. Le maravilla esa capacidad de quedarse dormido de cualquier manera, en cualquier momento, con la cabeza colgando y hasta con el cigarrillo encendido entre los labios. Un día de estos se va a quemar o se le va a caer y vamos a salir ardiendo.

Y son precisamente estas tardes, estas tardes sin música, estas tardes de silencio, de modorra y melancolía, cuando al abuelo le pesa el vino o la escasez de vino o las ganas de marcharse. Son precisamente estas tardes, cuando la tierra empieza a removerse, a palpitar desde abajo y las plantas se tambalean y al huerto le salen granos, mientras el acordeón duerme en el suelo, cansado de sus propias canciones. Y el Blas coge la legona y se acerca de puntillas, con la mirada fija en la montonera que se agita, en la mata que tiembla, y calcula el golpe con la azada en alto, espera el momento como quien aguarda que se pose la mosca para lanzar la mano, y descarga el hierro que casi nunca acierta. El resultado suele ser un estropicio y alguna planta menos. Raras veces, un topo muerto. El Blas puede matarlos porque no los ve. Si los viese, sería incapaz. Golpea la tierra a ciegas, sin pensar en las consecuencias. Y luego se aparta sin más comprobaciones. Tiene que ser el abuelo el que remueva la tierra, el que rebusque en la herida, para sacar a veces, pocas, un topo herido o tal vez muerto, que termina enseguida en las fauces de los perros.

Al anochecer se reúnen en la terraza debajo de la higuera. Ni demasiado alegres ni demasiado tristes; unas pocas notas de acordeón amenizan la asamblea, sobre un fondo de chicharras y de grillos. Hay que tomar decisiones rápidas. Se impone hacer algo antes de que sea demasiado tarde. Cuatro o cinco matas de berenjenas y otras tantas de pimientos. Los tomates parece que aguantan aunque ya han aparecido algunas montoneras en los carriles. ¿Y los calabacines? A salvo, de momento. El que viene de la huerta da el parte de bajas, porque es una guerra, aunque no se oigan tiros. El padre, más expeditivo, apuesta por los venenos. Vuelve cada tarde tronchado de sacar papas para comprobar cómo su trabajo se esfuma y la despensa se vacía. Sabe que, sin la huerta, el verano se va a hacer muy largo, más que largo, infinito, y que ni siquiera los acordes del abuelo podrán acallar la sinfonía de tripas. El jornal llega para pagar la renta y poco más. Aunque lloviese ahora, no serviría de nada, ya no iban a engordar los granos aquejados de raquitismo. Tal como viene el año, será difícil alimentar a los animales, y no digamos a las personas. La Josefa no es partidaria. No le gustan los venenos. Con tanto bicho, ¿cómo vamos a evitar que se envenene cualquiera? Pues habrá que tener cuidao, no nos queda otra. Sí, pero por la noche hay que soltar los perros porque, si no, van a ser los jabalíes los que rematen la faena. Y esos venenos cuestan un dineral. Qué va, el Pepico me ha contao que venden en el pueblo unos polvos que son mano de santo. Se esparce un poco por los carriles y en dos días se acabó el problema. La abuela apoya a su hija con argumentos diferentes. Visto que ya no habla a las personas, se los cuenta a un gato negro que ronronea en su regazo. Los topos también son criaturas del señor, y es normal que tengan hambre. No le parece razón suficiente para masacrarlos. Propone cultivar un pequeño huerto para ellos al lado de la huerta. Un huerto para los topos, dice, para que tengan qué comer y no se coman lo nuestro. El gato levanta la cabeza y mira a la mujer como si aprobase sus palabras. El padre ni siquiera escucha el argumento. Tú me dirás, madre, qué prefieres, que coman ellos o que comamos nosotros, porque la cuestión no es otra. Me parece a mí.

Visto que no hay acuerdo y que todas las soluciones parecen inciertas, se decide intentarlo de todas las maneras. El Blas queda encargado de bajar al pueblo a la mañana siguiente en busca de venenos y de traerlos a los Peñoncillos, siempre y cuando no cuesten más de dos reales. Se ofrece además a ayudar a la abuela con el huerto de los topos. Entretanto, seguirán turnándose por la tarde en la vigilancia. Al abuelo y al nieto se les encomienda un turno doble, dado que su custodia es la que mejores resultados garantiza, aunque nadie entienda cómo ni por qué. Las niñas se ofrecen voluntarias con el declarado secreto de cazar un par de topos para quedárselos y jugar con ellos. Pero ¿qué vais a hacer con esos bichos tan feos? Qué va, son tan monos. El padre de la Antonia nos trajo uno el otro día y era monísimo, con esos ojitos cerrados. ¿Y qué hicisteis con él? Se lo comieron los perros, pobrecito.

No deberíamos dejarnos engañar por su aspecto vulnerable e indefenso. El topo es un depredador nato. Igual que las musarañas tiene un alto índice metabólico, lo que se traduce en un apetito insaciable, voraz. Necesita estar comiendo a cada rato si no quiere desfallecer y, después, morir. Incansable, recorre sus galerías una y otra vez, en busca de los incautos que se hayan aventurado en ellas. Su plato favorito son las lombrices, a las que puede paralizar con una toxina que tiene en la saliva para comerlas después. Los topos mantienen despensas repletas de presas vivas que esperan indefensas el momento de ser devoradas.

El veneno fue un fracaso. Desaparecía de los carriles sin dejar rastro; los topos no, muy al contrario, parecía que se multiplicaban y que atacaban el huerto con bríos renovados. Cada mañana aparecían nuevas toperas entre las matas y cada tarde desaparecían las plantas como por arte de magia. El padre insistía en que no había que desanimarse tan pronto y, al anochecer, como le habían dicho, iba dejando montoncitos aquí y allá, con mucho cuidado y casi con cariño, pero con aviesas intenciones. Alguien se comía el veneno cada noche, eso estaba claro. Pero nadie podía asegurar de quién se trataba. El padre no cejó, hasta que empezaron a aparecer gatos muertos entre los caballones.

La huerta de los topos fue un éxito tan clamoroso como efímero. Entre la abuela y el nieto aclararon un cacho junto al huerto, bien pegado a la reguera. Mulleron la tierra profunda y la abonaron con abundante estiércol. La mantenían tan fresca y húmeda que las plantitas de berenjenas, que la abuela trasplantaba cada día, prosperaban por segundos. Enseguida se llenó de toperas por todas partes y las plantas empezaron a desaparecer. Durante algunos días, aquello fue una fiesta para los topos, un paraíso creado especialmente para ellos. A escasos metros adelantaba el huerto, el huerto de verdad, como si disfrutase de unos días de asueto. Libre de amenazas, prosperaba a ojos vista. Todos celebraron el éxito, aunque tal vez prematuramente. Pronto se vio que aquello no era más que una tregua, que la guerra continuaba y la victoria no estaba del todo clara. Pese a los esfuerzos del Blas y su abuela por mantener la tierra blanda y húmeda, y por reponer las plantas que iban siendo devoradas, los topos empezaron a desbordar. Atraídos por esa despensa siempre tierna, se habían juntado tantos que ya no cabían y terminaron desparramándose por todo el huerto. Fue peor el remedio que la enfermedad. Hubo que rendirse ante la evidencia. Los topos habían ganado la partida.

Una tarde, viendo al abuelo salir de su modorra y que en el huerto ya ha empezado el baile, el Blas le pide que toque una canción. El abuelo acepta a regañadientes, no sin antes aclararse la garganta con un trago más largo que la acequia. Debe de haber tenido sueños alegres y bulliciosos porque sus dedos dibujan notas saltarinas que invaden el huerto. El chico se vuelve y observa la tierra y las plantas con atención. Todavía distingue algunos temblores, pero, poco a poco, conforme la música se afianza, desaparece todo movimiento y se impone la calma entre los caballones.

Es el Blas quien ata los cabos, el que saca conclusiones, el que suma dos más dos y le salen cuatro.

Esta tarde no, abuelo. Deje el acordeón en casa.

Y eso a qué viene, te estás volviendo un niño caprichoso. ¿No me has dicho que toque hace un momento? ¿Es que ya no te gusta la música?

A mí sí, es a los topos a los que no les gusta.

Anda ya, no digas gilipolleces. Y ponte el sombrero que me parece a mí que te ha cogido mucho sol.

La cita es a las cinco de la tarde, en el camino de la Solana, a la altura de los Habices. Allí, la acequia lo cruza entubada bajo tierra. De un lado están los Peñoncillos, del otro las tierras que el padre del Paco, el Manolín, ha comprado recientemente con las ganancias que sacó de la guerra. No hay mal que por bien no venga, dicen algunos. Cuando unos sufren, hay otros que encuentran la manera de sacar provecho. Pagó a tocateja y eso desató la rumorología. Tendrá el dinero debajo del colchón. Dicen que lo esconde en los corrales, en un agujero en el suelo cubierto de estiércol. Con lo apretao que es, me da a mí que ese lo llevará siempre encima, no vaya a ser que se lo quiten. Pero a los chicos esta controversia ni fu ni fa, ni les va ni les viene. Otra cosa será cuando crezcan y estos asuntos de dinero cobren para ellos un sentido que todavía no tienen. Cada uno tiene que recorrer su parte de acequia para encontrarse donde el camino la corta. El Blas se apresura porque sabe que el Paco le estará esperando. El Paco es su mejor amigo. Su hermana tampoco le es indiferente. Es una niña tímida y retraída, que solo abre la boca si se le pregunta, pero el Blas no encuentra la manera de apartarse de su lado. Al Paco esta tendencia de su amigo no termina de hacerle mucha gracia. ¿Y tu hermana? ¿No está contigo? ¿Vienes a buscarme a mí o a ver a la Antonia? Hombre, no te pongas así, una cosa no quita la otra. Las desavenencias, sin embargo, no les duran más que los papaviejos que les hace la abuela algunas tardes en los Peñoncillos. Y es que el Paco y la Antonia siempre tienen hambre. No es que en su casa les falte de nada, es que su padre contabiliza hasta los higos que se comen. Quién sabe si por austeridad, por agonías o por simple afán de amargarles la vida. El caso es que les tiene racionada la comida. La cosa se entiende malamente. Sobre todo ahora, que nadan en la abundancia, por más inmunda que sea su procedencia. Con hambre o sin ella, están juntos siempre que pueden. Su pasatiempo favorito es bajar al pueblo en busca de aventuras y merodear por las calles como perros vagabundos. El camino les lleva casi una hora para abajo y cerca de dos cuando vuelven cuesta arriba. Pero a ellos no les importa. Siempre vuelven a casa con el convencimiento de que el esfuerzo mereció la pena.

El Paco le espera agazapado al borde del agua, apuntando con el tirachinas. Cuando el Blas llega apresurado, un bicho salta y desaparece debajo de la superficie.

Vaya, hombre, ya la has espantao. La tenía a tiro.

¿Qué era? ¿Una rana?

Sí. ¿Tú te comerías un bicho de esos?

¿Qué dices? Vaya asco. ¿Tanta hambre tienes?

Hay gente que se las come. Dicen que saben igualito que el pollo y que están riquísimas.

Hay gente para todo, pero conmigo no cuentes. Anda, vamos y robamos unas cerezas, que creo que abajo en el río ya están maduras.

¿Y ese saco? ¿Para qué lo llevas?

Tenemos que traer algunas cosas.

¿Qué cosas, si puede saberse?
Nada, basuras, ahora te cuento.

A la entrada del pueblo hay niños apostados en las esquinas. Armados de serones y cepillos, acechan el paso de las cuerdas de mulos que bajan de las montañas. A estas horas todavía no hay demasiado movimiento. Se disputan las cagadas de las bestias como si fuesen oro. El estiércol es un bien muy preciado. No hay otra cosa que echar de comer a los huertos. Y si no comen, no producen. Cuando los dos amigos llegan al río, oyen ruidos de carreras y gritos. Se vuelven a tiempo de ver cómo dos niños tiran a una niña, que ya estaba recogiendo la mierda fresca de una recua de mulos, que avanza detrás de ellos. El arriero sigue caminando sin inmutarse. Ni siquiera vuelve la mirada ante la disputa que se ha creado, mientras los niños llenan el serón y la niña se desgañita ante la injusticia y se tira a por ellos pataleando y dando puñetazos. Pero son dos y más grandes y la apartan sin contemplaciones. Queda sentada en el suelo entre insultos y juramentos. Tiene el pelo corto y los ojos grandes. Le salen culebras por la boca, pero no derrama ni una lágrima. Siempre más dispuesto, el Paco se decide a intervenir.
Ella ha llegado primero.
¿Qué dices?
Que ella ha llegado primero.
Métete en lo que te importa.
Me meto en lo que me da la gana. Ella ha llegado primero y la mierda es suya.
Porque tú lo digas.
Devuélvesela o te parto la cara.
¿Tú y cuántos más? ¿Ese amigo canijo tuyo?
Le suelta tal tortazo que se acaban las discusiones. El niño empieza a llorar. El Paco le quita el serón de las manos y vuelca el contenido en el de la niña.
¿Te han hecho daño?
No, no es nada.

Pues tira, sal corriendo, antes de que te lo quiten otra vez.

La niña se sacude el polvo y desaparece por un callejón hacia el barrio alto. El Blas la sigue con la mirada y una sonrisa.

Mira que eres burro.

¿Y qué querías que hiciese?

No sé. Pero vaya hostia que le has soltao.

Bien merecida que se la tenía.

La niña era guapa.

Pero si era una enana. Siempre estás igual.

Bueno, vamos a lo nuestro que se nos hace tarde.

Al Paco no le convence mucho el plan de su amigo; pero, aun así, le echa una mano. Ya es casi de noche cuando suben por el valle acarreando el saco lleno de chatarras: latas, tuberías, alambres y cualquier cosa que haga ruido. Pasaron la tarde en el pueblo, rebuscando basuras en el río, que poco a poco se estaba convirtiendo en un vertedero, ante la mirada y las burlas de los niños que no comprendían lo que estaban haciendo. Si el pueblo era un pasatiempo para ellos, ellos también eran un entretenimiento para el pueblo, que veía en la gente de la montaña una colección de bichos raros, con maneras incomprensibles. Incomprensible les parecía que se metieran en el agua a recoger las porquerías que nadie quería. La niña del pelo corto también pasó la tarde observándolos desde las huertas, a la espera de nuevos excrementos que recoger. No habría mejor servicio de limpieza. Aprovechando un momento en que ellos la miraban, se acercó a la orilla y gritó su nombre. Paquita. El ruido del agua no les dejaba oír y se llevaron las manos a las orejas. Que me llamo Paquita. Insistió. ¿Qué dice? No oigo nada. Y otra vez desapareció corriendo río arriba por donde asomaba otra ristra de mulas.

El saco pesa bastante y les cuesta llegar hasta los Peñoncillos. Lo esconden en la huerta y se despiden apremiados para no llegar tarde a sus casas. Aunque la guerra se acabó, el toque de queda continúa. Igual que los animales, tienen que encerrarse antes de que caiga la noche.

¿Qué haces mañana? ¿Puedes echarme una mano?
Qué remedio. ¿No somos amigos?

Un suave tintineo se apodera del huerto. Lo acuna, lo duerme, lo calma. Cuelgan desechos por todas partes. Latas oxidadas, botellas rotas, hierros retorcidos, tuberías, cartones. Al ruido de los metales se suma el de los vidrios entrechocando. Los chicos han pasado toda la mañana adornando los árboles y los encañados como si fuese navidad. Una navidad de chatarrería. Con hilos, cuerdas y alambres, cuelgan la basura arracimada buscando en el roce la sonoridad.

¿A ti te parece que esto servirá para algo? Yo creo que nos vamos a llevar una buena bronca.

No te preocupes. Yo me hago responsable. Tú no has tenido nada que ver.

Anda que si le hago esto a mi padre en la huerta, nos pega un tiro a cada uno.

Desde un punto de vista estético, los resultados son algo más que discutibles, pero ateniéndonos a la práctica, que es lo que importa por estos parajes, no cabe duda de que el invento funciona. Los cartones, suavemente mecidos por la brisa, hacen repiquetear los metales. Las latas vacías aportan los tonos más graves y los vidrios completan la escala con los agudos. La música amansa a las fieras. Solo falta comprobar qué efecto causa en los topos. A malas, no hay más que meter todo en el saco y devolver las basuras al río donde las encontraron.

El primer día sin topos desató el escepticismo. El segundo generó ciertas dudas. El tercero sembró la incertidumbre. ¿Y si el chico tiene razón? Y al cuarto, se acabó el debate. El invento del Blas había dado resultado. La orquesta de chatarreros espantó a los topos. Habían pasado cuatro días sin que se perdiesen plantas ni apareciesen nuevas toperas. El ingenio había funcionado.

Al padre le costó trabajo reconocer el éxito de su hijo, porque significaba admitir su propio fracaso. ¿Qué va a pasar cuando no sople el viento? Buscaba objeciones donde no las había. Pero, para entonces, los topos ya se habían marchado y no le quedó más remedio que aceptar la derrota. Aunque no dijesen nada, la madre y la abuela no podían ocultar su felicidad por tener un niño tan listo, porque la huerta se había salvado con una solución tan económica y porque hasta los topos habían sobrevivido y andarían tan felices en los huertos de los vecinos. Después de todo, también eran criaturas del señor, aunque no les gustase la música.

Fue desaparecer los topos y el abuelo salió por la puerta. Parece que no le hizo gracia que no les gustase su música. O quizá fue la vista de las botellas vacías colgando de los árboles lo que lo impulsó a coger el camino. Este niño promete, sería cosa de mandarlo a la escuela. Dejarlo aquí, mareando cabras, es un desperdicio.

6. Pinos en la nieve

El bosque donde se acumula la nieve me impone una dura prueba, dos horas para subir cuatrocientos metros de ladera. Los pájaros carpinteros martillan los troncos muertos. Después vienen doscientos metros de buen terreno endurecido. Pero, a continuación, un calvario para atravesar una comba entorpecida de pinos enanos.
SYLVAIN TESSON, *La vida simple*

Otra madrugada de invierno. Todo está oscuro en la habitación. El Blas se engurruñe bajo las mantas para conservar el calor. El aire se convierte en vaho al salir de su garganta. Primero suenan los ladridos de los perros y, enseguida, las voces y las risas de los niños. Hoy parecen especialmente alegres y bulliciosos. Salta de la cama, coge la ropa y corre tiritando a la cocina, para vestirse junto a la chimenea, que ya lleva bastante rato encendida. Huele a leña, a humo y a leche caliente. Un fuego enorme ilumina la estancia. La Angelita, su hermana mayor, ya está lista y le regaña. Siempre tenemos que esperarte. Su madre le enrolla en el cuello la bufanda, mientras traga con dificultad el pan con aceite de la mañana, y le entrega un viejo gorro de lana de su padre que le queda enorme. Date prisa, se hace tarde, los niños esperan. Fuera siguen las risas y los gritos. Cuando sale por la puerta, le recibe una lluvia de bolas de nieve. Todos se mueren de risa. Los niños del valle se reúnen aquí para hacer el camino juntos. Los del pueblo acortan por la Umbría para subir al cerro. Llevan tanta ropa encima, tan vieja, tan remendada y tan grande que parecen espantapájaros escapados de las huertas, fugitivos de algún sembrado. Por encima de un embozo, se escapa una sonrisa. Es la Antonia, que no le quita los ojos de encima. Los perros vienen a saludarle sacudiéndose el polvo blanco de los lomos y agitando la cola frenéticamente. Ellos también están contentos. Se contagian de la alegría de la nieve, la alegría de las primeras nevadas que son una fiesta para los niños. Luego vendrán otras y otras y otras y pasará la euforia y la alegría se convertirá en hastío y todos, hasta los niños, llamarán al sol para que caliente la tierra y derrita la nieve. Maldita nieve que hiela los pies, que enfanga los caminos, que deja a los animales encerrados y entorpece todas las tareas. Pero hoy no. Hoy no hay tiempo para muchos juegos. Hoy hay que subir al Huenes a plantar pinos. Ese cerro pelado y gris que esta noche debe estar blanco y resbaladizo y frío.

El 24 de octubre de 1941 se firmó el consorcio con la dirección general de montes para la repoblación del cerro Huenes. El Huenes se levanta 1.798 metros sobre el nivel del mar. Los trabajos empezaron un par de años después. Aunque se creó una gran cantidad de empleo, el acuerdo no significaba otra cosa que una máscara más entre los disfraces del expolio. El pueblo perdió para siempre el aprovechamiento del cerro ya fuese para pastos o forestal. A partir de entonces, si alguien quería sacar leña, meter las cabras o simplemente recoger unas gavillas de esparto, tendría que pagar. Los jornales eran tan miserables y las condiciones tan duras que nadie que tuviese otra cosa mejor que hacer subió a los pinos para nada. Es por eso que la repoblación fue en gran medida obra de ancianos y de niños. Las montañas, que siempre habían sido de todos, fueron poco a poco encontrando un dueño. El coto de los Poyos y la dehesa de Arroyo del Cerezo, que eran públicos, habían pasado a privados por herencia en 1911. ¿Herencia de quién? Expropiados de su vida y su sustento quedaban a merced de unos jornales cada vez más inciertos y tacaños. Algunos, a pesar de todo, pensaban que los pinos dieron trabajo al pueblo durante varios años y que buena falta hacía. Pero la mayoría lo tenía bien claro. Pan para hoy y hambre para mañana.

Se hace tarde, hay que darse prisa. Son las cinco de la mañana, tienen que llegar antes de las ocho. Tres horas largas de camino cuesta arriba que, con la nieve, se van a hacer más largas. Primero hay que subir por la pista hasta Hazallanas, el collado de los cerezos. Allí, por un momento, se paran las risas y los juegos. Un silencio suave llega desde arriba. La niebla se ha levantado. La luna se transparenta entre las nubes más altas. Una claridad difusa ilumina la montaña desnuda. Es inmensa, blanca y redonda. Es bonita, pero da miedo. Se ven muchos fuegos por la ladera, marcando el camino entre los tajos y las peñas. Es la gente que sube hacia la sierra. Los mayores van más lentos y salen más temprano. Algunos hacen noche en la montaña porque no les da tiempo a bajar y volver a subir al día siguiente. Mala noche habrán pasado.

Bajan trotando hacia las Azuelas. Los chicos chillan, se exhiben, miden sus fuerzas los unos con los otros. Al Blas no le importa quedarse rezagado. No tiene que demostrar nada. Prefiere estar cerca de esa sonrisa, devolverla, acompañarla. Para ellos es un juego cruzar el río, un juego de niños, nunca mejor dicho. Conocen cada paso, cada apoyo, el lugar exacto donde poner los pies. Pero hoy las piedras, cubiertas de hielo y nieve, sobresalen blancas entre las aguas negras. El juego se vuelve peligroso. Menos mal que el río, por estas fechas, no lleva mucha agua. Y menos mal que la luna se cuela a ratos entre las nubes que viajan ligeras hacia el este y tropiezan con las cumbres.

Cruzan de uno en uno, esperando que el de delante alcance la otra orilla, fijándose dónde pisa y calculando si serán capaces de hacer lo mismo. Temen el agua helada. Mojarse no es una buena idea. La Antonia se ha quedado la última, o mejor dicho la penúltima, porque el Blas se hace el remolón y deja que la niña pase por delante. Resuelta y decidida, empieza a saltar de piedra en piedra bajo la atenta mirada de sus compañeros, que la animan desde la otra orilla. Está a punto de alcanzarlos, cuando un pie resbala y cae de culo al río. No reacciona. No se mueve. Atenazada por el frío o el miedo, paralizada, tal vez, por un amor propio congelado. El caso es que no se levanta, sentada entre las aguas gélidas y oscuras. Mira alrededor con ojos muertos, de porcelana. No contesta, no atiende a los gritos de sus compañeros, no se mueve. Levántate, corre. Pero no se mueve y Blas salta de piedra en piedra, levántate, corre, levántate, y le tiende una mano y otras manos se tienden hacia él y tiran todas juntas y la sacan del agua, casi a la fuerza, como si ella no quisiese. Está chorreando de cintura para abajo. Tiene que irse a casa y cambiarse de ropa. Ya no tendrá tiempo de llegar a los pinos. Menuda suerte, hoy te libras, le dicen para animarla. Pero ella niega con la cabeza, la mueve de un lado para otro antes de que le salgan las palabras. Blas comprende enseguida que la Antonia teme más a su padre que al frío, al trabajo o a las ropas mojadas. La conoce bien y sabe que no habrá modo de convencerla de que se vuelva a casa. La Angelita insiste todavía. Tienes que irte, Antonia. Estás chorreando. Te vas a coger una pulmonía. ¿Quieres que te acompañe? Por fin la Antonia consigue articular palabras entre sus labios morados. Yo a mi casa no vuelvo. Mi padre me mata.

 La vereda se pierde entre las piedras, desaparece reptando bajo la nieve. A veces, la luna consigue abrirse paso entre las nubes blancas y transparentes y pueden seguir las huellas de los que les han precedido. Ladera arriba, el primer fuego no está muy lejos, donde arrancan los tajos del Contadero. Blas intenta no perderlo de vista, para orientarse, mientras él y su hermana arrastran a la Antonia que avanza a trompicones, atenazada por el frío y las ropas mojadas. El fuego es cada vez más tenue. Ojalá no se apague antes de que consigamos alcanzarlo. Y así, corriendo, tropezando, resbalando sobre la nieve, llegan a la carrera hasta la primera fogata cuando ya esta languidecía. Hay dos ancianas sentadas junto a la lumbre, cubiertas con mantas hasta la cabeza.
 Pero ¿adónde vais con tanta prisa? No está la sierra para carreras. Mirar dónde ponéis los pies, que están los tajos a la vuelta.

Es que esta se ha caído al río.

Válgame dios, niña, menuda noche has elegido para darte un baño. Anda, arrímate al fuego y quítate esa ropa, que te va a dar algo.

La Antonia es la única que se ha acercado a un fuego cada vez más mustio. Tiende las manos a las llamas marchitas. Podría hundirlas entre las brasas y no sentiría nada. Los demás no tienen frío después de la carrera que se han pegado. Ella mira alrededor, pero no parece dispuesta a quitarse la ropa, siendo como es el blanco de todas las miradas. Una de las ancianas la cubre con su manta andrajosa, mientras la otra se acerca con una brazada de chaparros secos y la arroja al fuego. Las llamas se levantan chisporroteando contra la nieve blanda que ha empezado a caer de un cielo cada vez más pálido. Viendo que la niña no reacciona, las viejas toman la iniciativa. Una la frota, de arriba abajo, las manos, los brazos, la espalda, las piernas, como si quisiese sacarle lustre por todas partes. La otra, de rodillas en la nieve, ya le ha quitado la falda y tironea para bajarle ahora el pantalón que lleva debajo.

Aparta esas manos, niña. ¿No ves que soy madre y abuela? He visto muchos chochos pelaos como el tuyo. Y vosotros, hacer algo. Estrujar esos trapos y acercarlos al fuego. ¿No sois los niños de la Josefa?

Sí, señora, pa servirle.

Qué buena mujer. ¿Y adónde vais? ¿A los pinos?

Sí, señora, adónde vamos a ir.

¿No sois un poco pequeños?

No, yo voy a cumplir diez años.

Muy cuesta abajo tiene que andar el mundo para que tengáis que estar aquí, pasando penalidades, a estas horas de la madrugada.

Sobre el fuego, las ropas humeantes en la punta de un palo. De un amarillo claro a la luz de las llamas, la piel, la textura de la piel, al Blas no se le escapan la forma de esa pierna y el arranque de esas nalgas, que consigue entrever, cuando la

Antonia vuelve a vestirse intentando ocultarse bajo la manta. Le faltan manos. Incluso aquí, a estas horas, en estas circunstancias, la belleza puede aparecer de repente y deslumbrarnos como una llamarada. Siempre se muestra cuando menos se la espera. El niño aparta los ojos. Ha sido solo un segundo. Pero le ha bastado para guardar un tesoro en la retina. No sabe aún que algún día recorrerá esa piel con las puntas de los dedos, intentando adivinarla en las noches ciegas.

Harapos sobre harapos, suben tropezando por las laderas nevadas. Fantasmas oscuros, doblados, sobre la nieve recién caída. Espantapájaros astrosos, agujereados, sorteando abismos y barrancos y retamas vencidas en el amanecer. La nieve sucia de fango allí donde ya ha sido pisoteada. Cada vez más huellas se apelotonan, se apresuran hacia la cumbre. A la vuelta de un recodo, la vereda se encuentra con la que viene del pueblo, más ancha y clara y sobre todo más transitada. Las piernas cansadas en fila india. Todo el mundo está aquí. El hambre del pueblo arrastrando los pies por las cuestas escarpadas. Pasos difíciles en los que la miseria se antoja un regalo.

Ha parado de nevar. La Antonia se retrasa. El Blas y su hermana la arrastran de las manos como témpanos. Llegan a Fuente Fría cuando ya clarea. Arrodillados en el suelo o sentados, hay mucha gente trabajando sobre la nieve, apartándola con las manos para empezar a cavar. Sobre todo ancianos y niños. Otros remolonean aquí y allá, tomándose un respiro después de la ascensión. En la pista, donde terminan las rodadas, algunos hombres están descargando los pinos del camión cubierto de barro hasta los cristales. Son plantitas de una cuarta, con cepellón, que vienen apiladas en cajas de madera. Arden pequeñas hogueras aquí y allá. La gente se disputa un hueco para acercar las manos aunque sea un momento. Solo unos pocos llevan guantes. Casi ninguno herramientas. El capataz vocea órdenes y escupe insultos en todas direcciones.

Vosotros por aquí, vosotros por allá. Cagando leches, que no tenemos todo el día. Me cago en mi puta calavera, a este paso no salimos de aquí ni cuando las ranas críen pelo. Apagar esos fuegos. No quiero ver a nadie haciendo el vago. El que tenga frío que se lo quite trabajando, que pa eso hemos venido.

La tierra helada y las manos desnudas. Tienen que cavar cien agujeros si quieren cobrar. Ni uno más ni uno menos. Ni uno más porque cobrarían las mismas dos miserables pesetas de jornal. Ni uno menos porque en esto, como en todo, el capataz es inflexible. Cien agujeros de tres cuartas de profundidad. No de sus manos de niños sino de las manos enormes del capataz que sirven para medir y para amenazar. ¿Se hielan antes unas manos de diez años que unas manos adultas? Primero se congelan los dedos. Duele mucho y no los pueden mover. Después la mano entera se contagia de inmovilidad y de torpeza. Pasado un tiempo, ya no sienten nada. El dolor desaparece. Siguen cavando con las manos desnudas. No sienten los golpes ni las heridas que se hacen. Cuentan los hoyos una y otra vez. Siempre faltan muchos para llegar a cien. No pueden volver a casa sin las dos pesetas. Así que tienen que aguantar y seguir cavando. Ojalá salga el sol un rato y podamos calentarnos y descongele la tierra endurecida. De este modo sería más fácil. Pero la tierra está dura como una piedra. No hay herramientas, así que usan palos y cantos afilados para perforarla. Es lento y pesado y aburrido y duelen las manos. ¿Le dolerán también los golpes a la tierra? A veces, cuando están cavando, descubren un peñasco grande. Es mejor abandonar y empezar otro agujero en otra parte. No conviene empecinarse demasiado. Si ella no quiere, no hay manera de forzarla. La tierra puede ser más o menos generosa, pero nunca regala nada, impone sus condiciones. Ahora no. Aquí no. Y hay que intentarlo en otro sitio. De vez en cuando, se acerca el capataz, siempre precedido por sus voces. Grita, insulta, se lamenta de su triste destino. Se caga en las montañas y en la madre que las parió, en los árboles, en los pájaros y en todos los bichos inmundos, incluidos los niños, que habitan estos parajes. Amenaza al cielo con la vara de avellano con la que mide los agujeros y nunca le parece suficiente.

Blanca, inmaculada. Una hondonada para los niños. Sin una sola huella ni piedras que sobresalgan. Parece buen terreno, no demasiado pedregoso. Acumula sin embargo más nieve que otros lugares. El capataz dispone las líneas para que avancen todos a la par. Un agujero cada dos o tres metros. La Antonia se queda atrás desde el principio. Ella, que normalmente es la primera, que desconoce la fatiga, que nunca parece cansada, no puede hoy ni con su alma. Los demás empiezan a entretenerse para que los alcance, antes de que el capataz note su retraso. Pero comprenden que a este ritmo no van a acabar nunca. Entonces empiezan a cavar más deprisa. El Blas se adelanta dos o tres hoyos y, aprovechando que el capataz no está a la vista, se cambia de línea con la Antonia, que no entiende nada. Ponte en mi fila, corre, antes de que nos pillen. La niña comprende y obedece. Retoma el trabajo donde su amigo lo dejó. Por un rato va la primera en la hondonada, a la par con su hermano, el Paco, que es de los más diestros. Pero tiene la torpeza metida en las manos, el cuerpo arrecido y la cabeza lenta. Aparta la nieve como espantando moscas y empieza un nuevo agujero sin convencimiento, como si no estuviese segura de querer o poder hacerlo. Pronto la adelantan todos y ahora es el Paco, respondiendo a un silbido de su amigo, el que intercambia su puesto para dejar la ventaja a la niña cansada. Y así se pasan el día, horadando la tierra, excavando agujeros de tres cuartas, acechando el descuido del capataz, cambiándose de fila, cediéndole el sitio a la más lenta, en una carrera que nadie quiere ganar. Sus rastros parejos en la hondonada llena de nieve. Hasta que sale el sol sobre las filas de pinos minúsculos. Un poco demasiado tarde, rozando casi el horizonte, allí lejos, en el llano, muy por debajo de sus pies congelados. Un sol que no calienta cuando los alcanza desde abajo como muy bien saben estos niños de la montaña. Cogen sus dos pesetas y bajan corriendo por las laderas para llegar a casa antes de que anochezca. En el camino de regreso, la Antonia parece recuperada. Tal vez sea el sol o el hambre o las ganas de coger la cama. Tal vez sea la querencia o tal vez un espejismo. Mañana no subirá a los pinos, ni pasado mañana ni al otro. Pasarán varios días antes de que la fiebre le devuelva el entendimiento. Un mal paso y casi se la lleva una pulmonía. Cada madrugada, a la luz de la luna, el Blas busca sus ojos entre un gorro y una bufanda. No los encuentra. Solo se le aparece una mancha amarillenta, iluminada por el fuego, entre los pliegues raídos de una manta costrosa.

Han pasado los años. Aquellos pinos que no levantaban más que dos palmos del suelo se han convertido en troncos de varias cuartas de ancho. Muchos de ellos yacen sobre la tierra, muy bien apilados junto a la pista, esperando los camiones que los lleven a la serrería. Una subcontrata se encarga de los trabajos forestales y se queda con la madera sin que el pueblo obtenga ningún beneficio, ni siquiera aquellos que plantaron los árboles con sus propias manos.

El Blas está cansado. Sus huesos sostienen el peso de los lustros. Su memoria arrastra el esfuerzo de todas las montañas que ha subido y bajado tantas veces, de todas las montañas que han sido su hogar a lo largo de su vida. Piensa en todo lo que le han dado y en todo lo que le han quitado. Sería rico de haber podido recoger algún día el fruto de sus fatigas.

Hoy el cerro Huenes está lleno de pinos de buen porte. Se puede pasar un buen rato observando a las ardillas corretendo por sus ramas. Si el otoño viene húmedo, las gentes del pueblo suben al bosque en busca de setas. Algunos bajan con las cestas cargadas y otros, incluso, se sacan un dinero vendiendo los níscalos a buen precio. Una pista forestal llega casi hasta la cumbre, hasta el refugio de la Cortichuela, donde se puede visitar un jardín botánico y pasar el día en un área recreativa, de esas con bancos y mesas de madera, asando chuletas en barbacoas prohibidas. Los domingos, el bosque se llena de coches y de gritos. Los ancianos sestean bajo los pinos más frondosos, los niños juegan al escondite entre los troncos y los padres se afanan con la intendencia. Nadie alcanza a imaginar que aquellos árboles los plantó un grupo de chavales de diez años, con las manos desnudas y ropas de espantapájaros, un frío y crudo invierno, hace más de sesenta años.

Al atardecer, el bosque recupera su quietud y su silencio. Cuando los últimos coches desaparecen por la pista, las ardillas bajan de los árboles para rebuscar restos de comida. El sol se pone sobre un paisaje de plásticos y latas olvidadas. Esta gente no se lleva su basura. Cada generación deja una huella con la forma de sus pies.

7. El pico y la pala

> *Había incluso labradores en las tierras cultivadas de la veguilla, cuya fertilidad y condiciones consideraba constantemente el Tuerto. Y hasta una vez, indignado contra un jornalero porque no sabía cavar, le arrebató la azada y se puso a manejarla con recios golpes que removían idénticos pellones. Era admirable.*
> *Y eso que esta azada no está bien –dijo al soltarla–. Pica demasiado, tiene mal puesto el mango... ¿Lo ves, animal? ¡Así se cava!*
>
> JOSÉ LUIS SAMPEDRO, *El río que nos lleva*

El Blas ya estaba acostumbrado a las excentricidades de su padre, que cada año, por su cumpleaños, le hacía un regalo más estrambótico. El año anterior, sin ir más lejos, le había regalado un rollo de alambre de acero y las señas exactas de varias familias de conejos. Si no abusas, ahí tienes carne para toda la vida. Pero la cosa no resultó tan sencilla y el chico descubrió que aquello no era lo suyo. Se le daba muy bien colocar los lazos en las bocas de las madrigueras. Cuando volvía al día siguiente había algún conejo atrapado. Su padre le había enseñado a desnucarlos con un golpe seco de los nudillos. El Blas lo intentó, pero era incapaz de rematar la faena. Le faltaban determinación y firmeza. Entonces probó a degollarlos, como había visto hacer a su madre, pero el cuchillo no encontraba la sangre y la agonía se le hacía eterna. Esos bichos no se morían nunca. Al final terminó deseando que los animales se escapasen. Cada vez colocaba los lazos con menos cuidado y si, aun así, encontraba un conejo dando saltos y tironeando del alambre, él mismo lo soltaba, con cuidado de no hacerle daño. Cuando volvía a casa con las manos vacías y la cabeza gacha, contestaba avergonzado las preguntas de sus padres. No hubo suerte. El lazo se rompió. Cayó una hembra preñada y la he soltao. Yo creo que los conejos se han mudao. Pronto dejaron de preguntarle, quién sabe si le dieron por imposible o de alguna manera intuían sus dificultades. Alguna vez llevó a casa los conejos vivos, pero era reconocer que no se había atrevido a matarlos. Nunca se llevó bien con la muerte. Una aversión tan habitual por estos parajes como por cualquier otro, contra lo que cabría suponer. El asunto quedó zanjado el día en que el padre apareció con dos conejos colgando del cinto. El Blas comprendió que quedaba relevado de esa desagradable tarea.

Este año, por su decimotercer cumpleaños, su padre le ha regalado un pico y una pala y cincuenta plantones de cerezo de un metro de alto, para que no le falte algo dulce en sus fiestas de aniversario. Un regalo a largo plazo que llega, sin embargo, por adelantado. En el valle, los juguetes se llaman herramientas y los juegos, faenas. Si te regalan un tirachinas no es para que afines la puntería, sino para que espantes los pájaros de los sembrados, como el Blas tenía comprobado. Que te regalen un pico y una pala puede resultar insólito si lo que esperas es un balón o tal vez una bicicleta. Pero esos eran regalos con los que el Blas no sabría ni soñar y que, por otra parte, no tendrá en toda su vida. Él se conformaría con que su padre no le regalase nada. Que sería, por otra parte, lo más normal. Sabe bien que sus regalos no traen más que disgustos y complicaciones.

Pero, padre, todavía faltan meses para mi cumpleaños.

¿Y qué culpa tienen los cerezos? Si esperamos estarán todos más secos que la mojama. Yo sé que hoy te vas a cagar en mi madre, que es tu abuela, pero si eres capaz de sacarlos adelante, algún día me lo vas a agradecer. Tendrás que plantarlos, regarlos, cavarlos, abonarlos, podarlos y luego, si hay suerte, coger las cerezas. Te vas a cagar en mis muertos un montón de veces y solo por eso merece la pena.

El padre, como todos los padres, pensaba en el futuro. El hijo, como todos los hijos, no veía más allá del presente y de las mataduras de sus manos.

La pala es la única herramienta que se puede recoger del suelo sin necesidad de agacharse. Basta con pisarle suavemente la cabeza para que levante el mango al alcance de la mano. Siempre y cuando uno haya tenido la precaución de dejarla con la cuchara mirando para arriba.

Es sábado por la mañana muy temprano. Demasiado temprano para ser sábado. Aquí las gentes madrugan y trabajan de lunes a domingo. No hay días libres, ni puentes, ni fiestas que guardar, salvo la virgen del Rosario, que no hay más que una. Los días se suceden idénticos, encadenados los unos a los otros. Pero a los niños, los fines de semana, se les da un poco de cuartelillo. Hoy, no. El padre quiere aprovechar sus días de asueto para plantar los cerezos con su hijo y lo levanta cuando en el cuarto todavía reina la oscuridad y se adivina por los rincones el sueño de las mujeres. Ni manda, ni ordena, ni le dice a nadie lo que tiene que hacer. Simplemente, lo hace. Predica con el ejemplo. Se pone él el primero y ofrece su constancia y su tenacidad como botón de muestra y patrón a imitar. El chico no rechista. Nunca ha visto a su padre cruzado de brazos y a su madre mucho menos. Sabe que si le dieron dos manos fue para que las usase.

Eligen una loma bastante inclinada, demasiado para este cometido. A pesar de que la tierra es buena, no es que les guste demasiado, es que no hay más hueco por debajo de la acequia. Plantar frutales en semejante pendiente es ponérselo difícil. Cuando lleguen las primeras cosechas y no haya forma de afianzar una escalera ya tendrán tiempo de lamentarse. Llegará el día en que el terraplén se cobre su tributo, pero eso ahora ellos ni se lo imaginan.

El padre clava unas estacas para marcar los lugares donde empezar a cavar. Con la hoz y la azada desbrozan la tierra alrededor. Cuentan diez pasos entre una y otra para que los árboles no se estorben. Es importante que dispongan de espacio suficiente. Mirándolas desde lejos comprueban que estén más o menos alineadas. Luego vuelven a la primera y uno agarra el pico y el otro la pala.

¿Tú sabes manejar estas herramientas?

Pero, padre, si son un pico y una pala.

Con media hora le basta y le sobra para comprender que no sabe manejar esas herramientas. Le falta el aire y le flaquean las fuerzas, mientras el padre no se ha descompuesto ni el flequillo. Parece increíble que vaya tan lento y le cunda tanto. Pero no dice nada y el padre tampoco. Calla y observa y aprende. Se fija, por ejemplo, en que su padre no levanta el pico tan alto ni golpea tan fuerte. Nunca lo levanta por encima de su cabeza. Entre la precisión y la fuerza elige la primera. De este modo ahorra energía y no pierde eficacia. Se escupe en las manos como hace él antes de agarrarse al palo y trata de imitar sus movimientos pausados y constantes. Van turnándose con las herramientas. Uno cava con el pico y el otro saca la tierra con la pala. De vez en cuando el padre lía un cigarrillo. Despacio, que no hay prisa, no te pelees tanto, más vale maña que fuerza. Hacen dos montones, uno con la primera tierra, la más superficial, y otro con la más profunda. Cuando el agujero ya es lo bastante grande, echan al fondo el primero revuelto con dos paladas de estiércol. Luego meten el plantón y rellenan con el resto. Pisan la tierra alrededor y vuelven a empezar. Los agujeros son tan hondos que el Blas, menudo como es, casi desaparece dentro. Hecho un ovillo, cabría entero más que de sobra. Si se muriese y hubiese que enterrarlo, no haría falta cavar una tumba más grande.

Hay que cogerla por la cruceta. Suavemente. Con las dos manos. Hay que colocarlas a la altura del vientre y dejar que su cabeza descanse sobre el suelo. Luego, hay que apoyar el pie en el canto y al mismo tiempo vencer el cuerpo hacia adelante para dejar que nuestro peso descanse sobre el suyo. Nunca se debe golpear el canto a patadas. A más de uno se le ha rajado la bota y, después, el pie. No se debe forzar la tierra con la sola fuerza de los brazos. Tiene que ser el cuerpo entero el que trabaje al mismo tiempo. Una vez que la hemos hundido en la tierra, hay que flexionar las rodillas para hacer fuerza desde abajo. La pala es una herramienta que exige coordinación y cariño.

El dolor lo despierta en mitad de la noche. Las manos agarrotadas. No puede mover los dedos, arqueados como garras. Imposible estirarlos. Imposible cerrar el puño. Consigue enderezarlos aplastándolos contra los muslos. El dolor se disipa ligeramente. Intenta moverlos, abrir y cerrar los puños, pero casi no le responden. Cada pequeño movimiento es un grito. Guarda las manos en los sobacos y se acurruca. Trata de dormir un rato. Ya debe de faltar poco para que amanezca. Se pregunta si será capaz de agarrar el pico por la mañana, de agarrar el pico con las dos manos y cavar y cavar y cavar. Ojalá no haga demasiado frío.

Padre, yo creo que esta mañana no voy a poder trabajar.

Y eso por qué, ¿te has quedao manco?

Me duelen mucho las manos. Tengo los dedos agarrotados. No creo que pueda con el pico.

Pues estamos buenos los dos. Yo me desperté anoche de lo tiesos que los tenía. No había forma de estirarlos.

Pero ¿a usted también le duele?

Pues claro, qué te creías, ¿que soy de piedra?

Yo pensé que estaría acostumbrao.

No, hijo, no. Hay cosas a las que uno nunca se acostumbra y el pico es una de ellas.

El pico es la herramienta más mala, la peor de todas con diferencia. Basta que tengas que usarla unas pocas horas para que todo tu cuerpo, tus manos, tus brazos, tu espalda, tus riñones, tu cabeza y hasta tus pestañas se acuerden de ella el resto de sus días.

En el amanecer húmedo de relente, el griterío gozoso de los pájaros. La ladera escarpada, inmensa, llena de pinchos. Las manos cuajadas de ampollas. Los arañazos, las mataduras, los cortes. Demasiados dolores para un cuerpo tan joven. Las maderas y los hierros al hombro, chocando unos con otros. Una familia de perdices brota de pronto entre los romeros. Coño, qué susto me habéis dao. Una cagada fresca encima de una piedra. Ese zorro no debe de andar muy lejos. Las aulagas y las retamas que se agarran al suelo con todas sus fuerzas. El sol detrás del Cerrajón. El día que empieza y no se le ve el final, como a la ristra de estacas que el padre clavó la víspera bien alineadas.

El pico y la pala. La escaldilla o el almocafre. La legona, la azada o el azadón. La vierga, el rastrillo o la hoz. La vara de abatir almendras o aceitunas. Siempre un palo entre las manos para atormentar los callos y las articulaciones.

Poco a poco, día tras día, va aprendiendo las ventajas de la lentitud, la necesidad de la lentitud, para sobrevivir en un mundo áspero hecho de fatigas. Aguza el ingenio. Busca las vueltas. Ya no cava los agujeros hasta el fondo de una sola vez. Aparta solo la tierra más blanda, más mullida. En el lugar de las estacas va dejando alcorques que luego inunda con el agua de la acequia. Al día siguiente será más fácil. La tierra, mojada, agradecida, se deja penetrar con menos esfuerzo. Aun así, no consigue plantar más que dos o tres cerezos por jornada. Desde el lunes el padre marchó al tajo y el niño quedó solo en la ladera, rodeado de plantones pidiendo agua y tierra. Tiene que espabilar o se van a secar todos. Algunas tardes, si llega con tiempo y luz, el padre sube al terraplén para acompañar la faena. Revisa las estacas. Coloca otras nuevas. Pisa la tierra alrededor de los plantones. Aparta alguna piedra demasiado pesada para el niño. Por más cansado que venga, siempre coge el pico. Agotado, lleno de barro de la cabeza a los pies, el hijo sabe que el padre no lo está menos y agradece la ayuda y el esfuerzo. No necesita mayores recompensas.

La abuela trae un gato colgando del rabo. Tieso, completamente rígido, como se quedan las cosas cuando se congelan o mueren. Este ya no caza más ratones. El Blas ha pasado la mañana peleándose con una piedra en el fondo de un hoyo. Cuando consigue liberarla del suelo, cae en la cuenta de que él solo no la saca de allí ni en cien años. El repecho se las trae y la abuela llega arriba al límite de sus fuerzas. Menudo balate. Anda que, cuando los arbolitos estos digan de echar cerezas, a ver quién es el guapo que las recoge. Una vez recuperado el resuello, la anciana se mete en el agujero para echarle una mano al nieto con la piedra. A la de tres, niño, y con mucho cariño que esta nos cae en un pie y nos desgracia pa los restos. No lo consiguen ni a la primera, ni a la segunda, ni a la tercera, pero a la cuarta la levantan lo suficiente y la piedra rueda por la ladera como un obús del veinte. Menos mal que no pasaba nadie por la reguera. Si esa te pilla, no lo cuentas. El siguiente problema es salir del agujero. Sin pensar en el camino de vuelta, la anciana se había metido con mucha determinación y no menos dificultades. Ahora no encuentra la manera de salir. Durante un rato, el nieto tira de su abuela desde arriba sin resultado alguno. Al chico no le alcanzan las fuerzas ni a la vieja las piernas artríticas. No tengas cuidao, niño. Échame unas paladas de tierra alrededor y déjame aquí plantada. Lo mismo crezco como los cerezos. Qué cosas dice, abuela. Visto que desde arriba no hay manera, el Blas vuelve a saltar dentro del hoyo y, después de darle algunas vueltas, se pone a cuatro patas y ofrece el lomo a modo de peldaño. Una vez fuera, arrojan el gato al fondo. Lo cubren de estiércol y de tierra y le plantan un cerezo encima.

Venga, bonico, pórtate bien. Verás que este sitio te va a gustar. Vas a ver qué a gusto estás aquí. No te va a faltar de nada. Tienes que ponerte grande y dar muchas cerezas, que hay mucha hambre en el mundo. Mira que si no fuese por nosotros mañana estarías más seco que la mojama, más tieso que ese pobre gato que te he puesto a los pies para que los tengas calentitos.

El cariño con el que le habla a la planta. El mimo con el que afianza la tierra alrededor del cepellón. Qué distintas maneras si las compara con la rudeza de su padre. Este cerezo será el primero en brotar dentro de nada y el último en sucumbir cuando lleguen los gusanos.

Por las tardes, vienen las niñas de visita. Cada una con su vara y su marranillo. Llevan los animales de paseo para que se aireen. La Antonia viene también y esto al Blas le hace el trabajo más ligero. Cuando el sol empieza a bajar, redobla sus esfuerzos. Qué bien. Ya te quedan muy pocos. Esto está quedando muy bonito. Y él se esmera con el pico para que ella lo vea.

Los gorrinos se amontonan. Saltan unos encima de otros, se pelean. Ruedan ladera abajo entre agudos chillidos como de ratas asustadas. Vuelven a subir a trompicones, arrastrando el culo demasiado pesado. Les encantan el agua y el barro. Se revuelcan en la reguera y hay que mantenerlos apartados de los cerezos para que no causen algún destrozo. La Antonia, preocupada, no aparta la vista del suyo. Como le pase algo al marrano, me la cargo. Voy a tener que lavarlo antes de volver a casa o se me va a caer el pelo. Intenta poner orden con la vara, pero no hay manera. El Blas no le quita los ojos de encima. Delgada como un palo, parece una caña con ojos y los picos de las tetas que ya despuntan. Al final, como sucede tantas veces, los juegos terminan en riñas y corre la sangre.

La pelea fue demasiado lejos. Alguno de los bichos debe de estar herido. Se ven manchas rojas aquí y allá. Las niñas corren para evitar el desastre y separar a los más enardecidos. Cada una mira por su cochinillo en ese remolino de carnes y dentelladas y lo revisa de arriba abajo en busca de lesiones. Al Blas se le corta la risa cuando ve cómo el rostro de la Antonia se tiñe de blanco y el llanto se le escapa como un torrente. Un llanto silencioso, callado, sin un lamento. Se mira las manos teñidas de rojo. Es su marranillo el que está herido. Sangra por el culo. Un mal mordisco le costó el rabo. Con el cerdo en brazos, chillando y pataleando como un condenado camino del patíbulo, el Blas sube hasta la acequia mientras sus hermanas intentan consolar a la Antonia, que no tiene consuelo posible. El agua se lleva el barro y la sangre. La hemorragia se ha cortado. El marranillo está bien, pero quedó rabón para el resto de sus días. Tampoco es nada del otro mundo. Bastante peor podría haber sido. A muchos bichos les cortan el rabo y no pasa nada. Y, además, tan chico, ni se habrá enterao. Es por el susto que chilla tanto y porque no le gusta el agua fría donde lo metió el Blas sin miramiento alguno. Mira que eres bruto. Hay que secarlo bien, no vaya a ser que se resfríe. Frótalo con el saquito que, como se nos enferme ahora, lo que nos faltaba. La Angelita ofrece un trueque como solución de emergencia. Llévate el mío, si son igualitos, nadie se va a dar cuenta. A mí no me importa que no tenga rabo. Pero la Antonia, que ya ha conseguido detener el torrente de lágrimas, señala una mancha en el lomo del lechón, una marca de nacimiento. Es lo primero que mira mi padre cuando vuelvo a casa. Igual tiene miedo de que le den el cambiazo. Y se aleja por la acequia con el cochinillo en un brazo y la resignación en el otro.

Menos le duelen las bofetadas que el desprecio y la saña de su padre. La Antonia ha crecido a base de palos y amenazas. Dentro de nada dejará de llorar, habrá agotado todas sus lágrimas. Endurecida por una aspereza y una acritud perennes, solo sabe obedecer y callar. Inmune al desaliento, desconoce el cansancio y la fatiga. Las quejas y los lamentos hace ya tiempo que fueron desterrados de su vocabulario, arrancados de cuajo por las golpizas de su padre. Enraizada y nudosa, se asemeja a una de esas retamas que el Blas no consigue arrancar del suelo por más que se lo proponga. Un día se propondrá también arrancarla a ella de esa violencia y de esa humillación en las que ha crecido. Y no será tampoco tarea fácil.

Debió de ser más o menos por aquel entonces cuando el abuelo, viendo que el chiquillo había cogido soltura con las maderas y los hierros, decidió él también darle trabajo. La cosa era acabar con las escaseces y las penurias de su bodega, que estaba siempre tiritando. Los fines podían ser loables, pero la empresa iba a resultar más complicada de lo previsto. Solo salió adelante gracias al tesón y la constancia del chiquillo que, aunque todavía no le gustaba mucho el vino, sentía devoción por el abuelo y hubiese hecho cualquier cosa que este le hubiese propuesto, por más descabellada que fuese.
Hoy me llevo al niño, que necesito que me eche una mano.
Y ¿adónde? Si puede saberse.
A lo del Pepico, a podar las viñas.
Y por qué no las poda él, ¿es que se ha quedao manco?
No hay otro vino como el suyo en todo el valle.
Y bien que lo disfruta. Eso es lo que dicen, que baja por el camino todas las tardes haciendo eses.
Pues nosotros también lo vamos a disfrutar. Me va a dar unos sarmientos para que los plantemos.
Pero, padre, ¿usted ha plantado algo alguna vez en su vida?

Venga, niño, levántate que tenemos que podar las viñas.
Pero, abuelo, ¿qué viñas? Si no tenemos viñas.
Las del Pepico.
¿Y por qué tenemos que podar las viñas del Pepico?
Porque hace el mejor vino del valle y nosotros también lo vamos a hacer.
Cuando llegaron a lo del Pepico, ya les estaba esperando con las tijeras dispuestas y los vasos de vino llenos hasta el

filo. Antes de ponerse a trabajar, vaciaron los vasos unas cuantas veces y los volvieron a llenar para calentar el cuerpo. Era el vino del año, recién trasegado, y era preciso sopesar sus cualidades. Discutieron si tenía más o menos cuerpo, más o menos azúcar o más o menos alcohol. No se ponían de acuerdo sobre si predominaban los aromas afrutados, a tierra o a madera. Uno opinaba que era mucho mejor que el del año anterior. El otro no estaba tan seguro. Para salir de dudas, se servían otro vaso y volvían a empezar. Pero ambos coincidían, sin ningún género de dudas, en que estaba buenísimo y que cada trago entraba mejor que el anterior. Que distinguiesen una vid de un olivo, llegado el momento de podar, no estaba del todo claro. Pero al Blas le maravillaba la seguridad de su abuelo manejando las tijeras como si llevase toda la vida haciéndolo, bien fuese por destreza o por la borrachera que llevaba. Al niño también le dieron unas tijeras y algunos tragos de vino para que fuese haciendo el gusto. Con unas hebras de esparto, el abuelo iba preparando unos ataíllos de sarmientos de cuatro cuartas de largo, cortados en punta por la base para que, cuando llegase el momento, no los fuesen a plantar cabeza abajo. Y así echaron una mañana que, a pesar de las brumas del alcohol, al niño se le iba a hacer inolvidable. Volvieron a los Peñoncillos a la hora de comer, cogidos de la mano. Además de los sarmientos, el Blas acarreaba a su abuelo que subía tambaleándose y se fue directo a la cama.

Los entierras debajo de una noguera y fíjate bien dónde los dejas, no vaya a ser que luego no demos con ellos.

Las dificultades fueron otras, llegado el momento de desbrozar la ladera. Era un cacho de monte tupido por encima del cortijo. Pasaron varias mañanas dándole al azadón, arrancando matojos y pinchos, removiendo piedras, hasta que se hizo evidente que así no iba a haber manera.

Demasiado campo para nosotros, niño. Va a haber que pegarle el cerillazo. No hay más tutía.

Así que limpiaron un poco las lindes, esperaron un día propicio, con un viento suave que subía por la ladera y, armados cada uno con una caja de fósforos, le prendieron fuego al monte sin mayores precauciones. Tú por aquí y yo por allí. Al principio las llamas avanzaron despacio, pero luego se alzaron unos cuantos metros y treparon por la ladera con furia desatada. Por la parte alta, el terreno lindaba con una revuelta del camino y el abuelo confiaba en que hiciese de cortafuegos. El niño, por su parte, confiaba en el abuelo, aunque el tamaño de las llamas no dejaba de espantarle. Se hizo la noche en mitad del día. La columna de humo era tan espesa que el sol no conseguía atravesarla. Las aulagas y las retamas chillaban desesperadas cuando el fuego las alcanzaba. Visto desde arriba, adonde subieron para controlar que las llamas no saltasen al otro lado del camino, la sensación era de hecatombe. En los Habices parecía el fin del mundo. Todos los vecinos y algunos arrieros que bajaban del Purche se habían congregado en el camino alarmados por la humareda. Pero cuando las llamas llegaban arriba se extinguían mansamente, tal como el abuelo había previsto. La situación estaba bajo control. El espectáculo se terminaba. Quiso la suerte cambiar de signo y el viento, que por momentos se había calmado, empezó a soplar con fuerza ladera abajo. Revivieron las llamas donde antes se habían muerto y el fuego enfiló hacia el poniente, por donde el cortijo se interponía en su camino. Cundió el pánico entre la concurrencia. Armados de ramas y de palos corrieron todos a enfrentar las llamaradas, demasiado altas. Más pálida que los muros recién blanqueados, la Josefa no se lo pensó dos veces y salió corriendo hacia los corrales para poner a salvo los animales. El abuelo y el nieto fueron los últimos en llegar desde la parte alta. La gente retrocedía. El fuego avanzaba. Es inútil. No os empeñéis. Hacerme caso. Venir conmigo. Alguien va a salir malherido. Lo único que vais a conseguir es chamuscaros las pestañas. Con una calma que más parecía temeridad, el anciano fue organizando a la gente en una línea cerca del cortijo. Mandó quemar algunos matorrales y arrancar otros a golpes de azadón. Pero este hombre está loco. ¿No ha tenido ya bastante fuego? Hacerme caso y arrimarle la cerilla. Solo un fuego apaga otro fuego. Que arda este cacho y luego lo apagáis. Y así, poco a poco, fueron limpiando una franja con pequeñas fogatas que encendían y apagaban. Cuando las llamas llegaron allí, no pudieron hacer otra cosa que rendirse porque la tierra ya estaba quemada. El nieto no se había separado de su abuelo, como un asistente de su general. El cortijo se había salvado y la loma, aunque negra y chamuscada, estaba lista para el hierro. Todavía pasaron algunas semanas apartando piedras hasta las lindes y desenterrando las raíces que habían sobrevivido al incendio. Cada día bajaban a comer a los Peñoncillos cubiertos de tizne y oliendo a chamusquina. Hasta que una mañana de lluvia metieron el mulo y dejaron la ladera que daba gusto verla. Para plantar los sarmientos liaron a la abuela, a la que todavía no se le había pasado el disgusto. Este hombre no tiene cabeza. Menuda ocurrencia. Un poco más y salimos todos ardiendo. Pero, mujer, ¿quién iba a saber que el viento iba a cambiar? Ya, ya, que tienes menos sesos que un mosquito, eso es lo que pasa. Que un día me matas del disgusto. Y tú, niño, aplícate el cuento. No vayas a tomar ejemplo del zumbao de tu abuelo, que no hace una a derechas. Pero, a pesar de la retahíla de reproches, iba plantando las vides con la misma alegría y el mismo cariño de siempre. Sustos aparte, la ladera desnuda estaba preciosa y las viñas, de prosperar, podían ser un gran avance.

Fue la primera vez que vio al abuelo con una herramienta en las manos que no fuese el acordeón. La primera vez y seguramente la última. Las viñas estaban plantadas. Ahora solo había que cuidarlas, lo que era harina de otro costal. Las viñas y el potro que los cuide otro. Me las riegas este verano que, si no, no agarran. Un cubo de agua a cada una. Era fácil de decir. Hacerlo iba a ser otra cuestión.

Escondidos entre las cañas, fuera del alcance de miradas adultas, los niños juegan a bodas y casamientos. Siempre al mando de la tropa, la Angelita oficia la ceremonia. El Blas y la Antonia se han casado ya varias veces sin mediar divorcios ni desavenencia alguna. En la riqueza y en la pobreza. En la salud y en la enfermedad. Hasta que la muerte los separe.

¿Queréis?

No seas tonta, pues claro que queremos, es que no te enteras.

El que no te enteras eres tú. El juego es así. Tienes que decir: sí, quiero. Y si no, no hay boda que valga.

Bueno, vale, no te pongas así. Sí, quiero.

¿Y tú, Antonia?

Sí, quiero.

Ya puedes besar a la novia.

Y este es el momento en que la niña tira al Blas al suelo de un empujón y huye acequia arriba para escapar de sus labios. Es la parte más divertida. Los pequeños se tronchan de la risa por el desplante de la novia en el último momento y el desconsuelo del novio, que no sabe cómo reaccionar. Eso no vale. Tenemos que darnos un beso. Hasta que un día la alcanza por encima del huerto de los cerezos, que ya están todos brotados sin faltar ni uno. Ella se resiste todavía. A punto están de caer a la acequia. Y en esas andan cuando sus labios, sintiéndose a salvo de miradas, se posan sobre los del Blas, antes de salir volando como una mariposa.

Se pasó aquel verano cuidando las viñas y los arbolitos y acechando por el valle los movimientos de la Antonia, que había encontrado trabajo. La niña bajaba cada día hasta el cortijo de los Titos y volvía a subir, recogiendo pavos por los corrales. Juntaba una docena larga y los subía hasta los cerros para que comiesen cigarrones. Desde la acequia, en la ladera de enfrente, mientras calmaba la sed de sus cerezos, el Blas la seguía con la mirada sin que la niña pudiese imaginar lo bien acompañada que iba. Otras veces, la espiaba desde las viñas, donde se pasaba los días enteros acarreando cubos de agua hasta las plantas. De vez en cuando, la Antonia desaparecía entre los frutales con su emplumada comitiva y el Blas tenía que combatir la impaciencia hasta que volvía a aparecer al otro lado. Algunos días, cuando terminaban de comer en los Peñoncillos y toda la familia, cada cual a su manera, buscaba el modo de aliviarse de un calor insoportable, el Blas echaba a correr por la acequia abajo y no paraba hasta llegar al punto por donde sabía que la Antonia cruzaría con los pavos en cualquier momento. Allí se echaba a la sombra, sudando como un pollo y escuchando a su corazón, que retumbaba por encima del canto de las chicharras. Pensaba en alguna excusa plausible que justificase su presencia tan lejos de los Peñoncillos y a esas horas tan intempestivas. Pero no se le ocurría ninguna. Pensaba también en todas las cosas que le gustaría decirle a la Antonia, aunque no le daba muchas vueltas porque estaba seguro de que no se iba a atrever nunca. Este convencimiento le hacía sentir una rabia, una impotencia y una tristeza que no se disipaban hasta que aparecía la Antonia entre los cañaverales. De pronto, las palabras se volvían prescindibles y se levantaba corriendo para ayudarla a cruzar la acequia con los pavos, lo que no era tarea fácil. Más de uno se negaba a pasar por los palos que hacían de puente y tenían que cogerlo en brazos para pasarlo al otro lado. Menos mal que por estas fechas todavía no pesaban demasiado. Los demás cruzaban haciendo equilibrios y eran tan torpes que había que tener cuidado para que no acabasen en el agua. Una vez terminada la operación se sentaban en el suelo y el Blas le ofrecía algo de comer que había escamoteado para ella en los Peñoncillos. Fuese lo que fuese, la Antonia lo engullía de dos bocados igual que los pavos hacían con los cigarrones. Luego se mojaban la cabeza y bebían todo el agua que eran capaces porque más arriba ya no la iban a encontrar. Por encima de la acequia de los Habices se acababan las sombras y, a esas horas, hasta las retamas agachaban el cogote pidiendo clemencia. Ladera arriba, entre los romeros y las aulagas, como buenamente podía, el Blas seguía los pasos de la Antonia, que andaba siempre como si llegase tarde. Unos pasos más atrás, venía la piara con no pocas dificultades.

Desde luego, estos pavos parecen tontos. Te siguen a todas partes como si fuesen perrillos.

Tú también me sigues a todas partes y no tienes un pelo de tonto.

Ya, pero no es lo mismo.

Antes de llegar al cortijo de las Viñas, se tendían a la sombra de algún peñasco y dejaban que los pavos retozasen a su aire. No se decían nada, como sucede tantas veces cuando se tiene demasiado que decir. Respiraban, sudaban, buscaban acomodo sobre las piedras ardientes. A veces, disimuladamente, aprovechando que la mirada de la Antonia se perdía en el azul, el Blas seguía con la suya el rastro del sudor que le bajaba por el cuello, pasaba junto al crucifijo y se perdía bajo la camisa que cada día le quedaba más prieta. Y es que, al acabar la guerra, por devoción o por conveniencia, esta familia se había vuelto practicante. Se pasaban así las horas muertas, hasta que llegaba el momento de volverse y la Antonia se levantaba como un resorte. Si fuese por el Blas, allí se hubiesen quedado para el resto de sus días.

La niña tenía que hacer el camino de vuelta devolviendo los pavos a sus dueños. Conforme iban bajando, cada animal se volvía solo a su corral. Lo mismo que hacía el Blas cuando llegaban a la acequia. Allí había que repetir la operación de cruzar por los palos. Luego se despedían sin palabras o, mejor dicho, no se despedían en absoluto. Hasta que un día, cuando ya habían conseguido pasar todos los pavos al otro lado, el niño le estampó un beso en los labios y la bofetada retumbó por los Habices igualito que un disparo.

Lo que quedaba del verano se lo pasó acarreando cubos de agua y dándole vueltas a ese tortazo que escapaba a su entendimiento. En el otoño, de vuelta de sus andanzas por las montañas, el abuelo no pudo por menos que felicitarle. Las viñas habían agarrado y sobrevivido a la seca y a los calores. Ya sabía yo que podía confiar en ti. Esto hay que celebrarlo. Y le sirvió un vaso de vino mosto que enturbió aún más sus pensamientos. Todo podía resumirse en una frase que el abuelo repetía todo el rato: estas mujeres, no hay un dios que las entienda.

8. Debajo de las piedras

Lo que cuenta para ellos no cuenta para nosotros. Mira, las manzanas, por ejemplo. Ellos se comen una manzana para estar sanos. Nosotros nos comemos una manzana porque alguno la ha robado. Y qué me dices de construir una casa. Ellos construyen para invertir su dinero y dejárselo a sus hijos. Nosotros construimos para tener un techo. Joder. Ellos joden para tener niños. Naisi se quitó la máscara y la tiró al suelo. Yo jodo para morir. ¿Y tú?
JOHN BERGER, *Lila y Flag*

En el verano de su decimoquinto cumpleaños, el Blas descubrió el amor debajo de unas peñas. Cada mañana, después de ordeñar, subía a los altos del Purche. El año venía seco y para junio el valle ya estaba agostado. Había que subir las cabras monte arriba en busca de verde. Salía muy temprano para coger altura antes de que el sol convirtiese las lomas en un calvario. Llevaba la merienda en el morral y la excitación en el cuerpo.

Se levanta el primero y sale sin hacer ruido. Todo empezó más o menos por San Juan. Va ya para dos semanas que sale del nido de noche lo mismo que los mochuelos. No hace falta que le saquen de la cama a escobazos, como sucedía cada mañana hasta no hace tanto. Saliendo del sueño, los padres intuyen su inquietud, pero no aciertan con las causas.

¿Y el chico? ¿Dónde anda?
Ya está en los corrales. Ordeñando.
Las cabras se lo van a agradecer.
Me escama tanto entusiasmo.
Algo trama. Pero qué le vamos a hacer. Que todas las penas sean estas. Tiene el ganao que da gusto verlo.

No sé. Creo que deberías llevártelo a la siega. Yo me puedo apañar con los animales.

Mujer, ya tienes bastante trabajo.

Las niñas también pueden hacerse cargo.

No me gusta que anden por ahí. Aquí ya tienen bastante faena. ¿Has hablado con él?

No suelta prenda.

El Blas vuelve de los corrales con dos cubos llenos de leche y los deja en el fregadero. La Josefa observa admirada esos cubos rebosantes.

Vaya, no se ha dao mal la mañana. Voy a tener que ponerme a hacer quesos o tanta leche se nos va a echar a perder.

De brazos cruzados, la madre mira al hijo, que sale por la puerta en dirección a los corrales, con la preocupación metida en el cuerpo y la intriga en la mirada. ¿A qué vendrán tantas prisas? A la abuela, más perspicaz, no se le escapa el detalle. El Blas se coloca el flequillo, frente a un cacho de espejo roto que cuelga de la higuera, antes de desaparecer detrás de los peñones.

Una nota, unas llaves oxidadas, algo de comer, un cacho de alambre viejo, un rollo de pleita, tal vez algunas monedas, incluso, con algo de suerte o de paciencia, una pistola o un buen fajo de billetes en una bolsa. Debajo de las piedras uno puede encontrar muchas cosas, pero sobre todo alacranes, escorpiones y culebras. Tampoco es difícil toparse con alguna víbora. Se las distingue por su cabeza aplastada y sus vivos colores, que no se sabe si sirven de reclamo o de advertencia. Todas las precauciones son pocas a la hora de remover una piedra. Pero esta vez el Blas se descuidó y se topó de frente con el veneno más dulce. Algunas mordeduras dejan marcas para toda la vida.

La Manuela no era demasiado bonita, con ese pelo cortado a cepillo, pero tenía un cuerpo elástico e increíblemente dotado para el placer propio y el ajeno. Las piernas, largas y fuertes, estaban llenas de arañazos hasta el arranque de los muslos, por debajo de la falda. Eran las caricias de las aulagas. La mirada afilada y la nariz ligeramente torcida hacia la izquierda, sin que nadie supiese cómo ni por qué, le daban un aire violento, desafiante, que intimidaba sin proponérselo. Algunos años y bastantes escarceos después, frente al cadáver desfigurado de la muchacha, el Blas terminaría reconociendo que habría sido imposible encontrar mejor maestra.

Era hija de una prima hermana de su padre. El de ella, un ateo recalcitrante, había muerto el año anterior, cuando se negó a entrar a la iglesia por la boda de su hermano. Llevaba lloviendo toda la primavera. Los caminos estaban impracticables. Las huertas eran lodazales en los que toda tarea había sido imposible. Peligraban los cereales. Las hortalizas estaban sin plantar. Las casas criaban moho por las paredes y las gentes aguantaban y esperaban. Justo aquella mañana salió el sol. Todo eran buenos augurios. Parecía que por fin escampaba. El pueblo era una fiesta y encima había boda. El aire templado repartía por todas partes una sensación de alegría y de milagro.

Cuando la Manuela y su madre salieron para la iglesia ataviadas de ceremonia, el padre, sentado a la puerta de la cueva donde vivían, se despidió lacónico.

Nos vemos en el convite, que a mí las cruces me cierran el estómago.

Perdida ya toda esperanza de convencerlo, las mujeres no contestaron y, con una sonrisa, se alejaron calle abajo cogidas del brazo. Allí lo dejaron, debajo de las parras, liando un cigarrillo, con un vaso de vino en el poyete. Nunca se hubiesen imaginado que era la última vez que lo veían con vida. Porque, en el mismo momento en que los novios salían por la puerta de la iglesia bajo una lluvia de arroz y de confeti, otra lluvia muy distinta se abatió sobre él con fatales resultados. Preñada de lluvia hasta reventar, la ladera había cedido. Llevó toda la tarde y parte de la noche retirar las piedras y el fango que bloqueaban la entrada de la cueva y cubrían su cuerpo exánime. Una cuadrilla vestida de gala tuvo que emplearse a fondo durante horas, las horas destinadas al baile y al banquete. Sin comerlo ni beberlo, la noche de bodas se había convertido en un velatorio y el casamiento en un funeral.

El vaticinio de su hermano, cuando se enteró de que no acudiría a su boda, se había cumplido.

Tú lo que quieres es aguarme la fiesta.

Las beatas del pueblo no disimularon cierta satisfacción ante aquel castigo divino y hasta el cura hizo mención en su homilía a la necesidad de escuchar los designios del señor, porque si no los peligros eran evidentes, como bien había quedado demostrado.

Al día siguiente, la Manuela, que hasta entonces había hecho gala de un fervor inquebrantable, se cortó el pelo al rape como un muchacho, proclamó que su padre estaba equivocado, que Dios sí existía, pero que era un criminal para el que no había perdón posible, se hizo cargo del rebaño de la familia y se echó al monte con las cabras, para abrazar, desde ese día, una vida más acorde con los dictados de la naturaleza que con los de un cielo ensangrentado que ella ya nunca obedecería. Rompió todas las cadenas, burló todas las reglas, escupió sobre los convencionalismos. Hizo lo que le vino en gana hasta el día de su muerte que, seguramente por eso, fue bastante prematura.

No parecen importarle mucho las dificultades del terreno. El Blas aprieta el paso y sube cada vez más deprisa. Cruza el valle como una exhalación. Por el camino de la Solana, apremia a las cabras. Sus amigos, la Antonia y el Paco, deben de estar dormidos, pero aun así sube ligero y sin hacer ruido. No quiere que lo vean. No habla. No se para con nadie. No mira atrás. Con voces y chasquidos, mantiene las cabras apartadas de las huertas y de los árboles. Más de una termina en lo alto de un olivo y tiene que bajarla a pedradas. No tiene tiempo para remilgos. En Hazallanas quedan todavía cerezas tardías. En otro momento se habría llenado los bolsillos, pero hoy no, hoy ni las mira. Cualquiera pensaría que corre para alcanzar la sierra antes de que el sol apriete demasiado. En realidad, sus prisas tienen una explicación más sencilla. No quiere perderse el espectáculo.

En el cortijo del Lelo terminan las tierras cultivadas. Enfila hacia el barranco para apartarse un poco. Hay demasiadas tentaciones para los animales y demasiada gente. Él no está para entretenimientos. Lleva una imagen fija clavada en la retina y el corazón desbocado. Le falta el aire pero no se detiene. Cuando empieza a subir, los ladridos de los perros hacen que se vuelva. Está subiendo tan deprisa que las cabras se le quedan atrás, ramoneando entre los matorrales. Ve algunas figuras dobladas en la huerta, escardando, seguramente. Algunos niños corretean entre las gallinas, tirando piedras a la alberca. Pero no hay cuidado. Los perros están lejos. Se levantan algunas manos para saludarle en la distancia. Devuelve el saludo y ataca la montaña.

Culebreando entre los romeros y las aulagas, la vereda se hace cada vez más empinada hasta llegar a unos tajos que sortea con un zigzag de vértigo. Hay que tener cuidado por si las cabras desprenden algún peñasco, no sea que alguno te vaya a dar en la cabeza. Una vez arriba, el terreno se apacigua. Allí se toma un descanso. Sentado sobre una piedra, con las piernas colgando en el vacío, comprueba que todas las cabras han salvado la pared. Deja entonces que se desparramen a su aire y contempla el valle extendido a sus pies. Una bandada de grajos pasa por debajo de los riscos. De un negro azulado, las plumas brillan con el sol de la mañana. Le gusta estar por encima de los pájaros. Le gusta andar por encima de las nubes. Cuanto más sube, mejor respira. La falta de oxígeno no va con él. Ha nacido en las montañas, allí donde los terrenos lindan con el infinito, y siente la llamada de las cumbres. Por eso, no es extraño que suceda aquí, precisamente aquí, a casi dos mil metros de altitud. Saca un poco de tabaco que trae escondido en los calzones. Se lo ha dado su padre, pero su madre no lo sabe, ni lo aprueba. Con la punta de los dedos pulgar e índice, sujeta el pitillo y se lo acerca a los labios, a la manera de los principiantes. Las manos, temblorosas, lo han liado como han podido. Quedó retorcido como un sarmiento. Al inundar los pulmones, el humo le calma un poco. Está cada vez más excitado.

El rebaño aparece por debajo de las crestas de los Hundideros. Le parece distinguir a su prima delante de las cabras. No es buen terreno por el que marcha, pero avanza muy deprisa. Ha debido de coger por la parte del río para evitar los sembrados y las huertas. La mañana está transparente y tibia. Va a hacer mucho calor. El sol empieza a castigar, pero es temprano todavía. Habrá madrugado mucho para estar aquí a estas horas. Ella también tiene que ordeñar antes de salir y hace el doble de camino porque sube desde el pueblo. A pesar de la pendiente y de lo abrupto del terreno, estará aquí en unos pocos minutos. Cada vez la distingue con más claridad. No parece llevar prisa, pero no se detiene ni un momento. Las piernas, largas y poderosas, avanzan a grandes zancadas sabiendo dónde pisar sin necesidad de pensarlo.

El Blas se pone en movimiento. A partir de aquí, el barranco parte la montaña en dos mitades, dos laderas tendidas, que terminan una en el cerro del Sanatorio y la otra en el Cerrajón. Con cuatro voces, reúne las cabras y empieza a subir por la primera hasta encontrar refugio en una construcción rocosa en medio de los pastos. Es un amontonamiento de piedras que ofrece la única sombra de este paraje y sirve de cobijo en caso de tormenta. En toda la ladera, no habría otro lugar donde esconderse, si uno no quiere ser visto. Con el sexo inflamado, se acomoda entre las peñas. Busca una posición que le permita observar sin ser observado. Espera. Siente la sangre palpitándole en las sienes. Desabrocha la cuerda de esparto que le sujeta los pantalones. Se toca. No aparta los ojos de la salida del barranco, por donde su prima aparecerá de un momento a otro. Revive, anticipa la escena que se repite cada mañana. La Manuela surge desde abajo salvando los tajos. Se vuelve hacia el vacío para controlar el rebaño. Jadea. Se limpia el sudor de la frente con el antebrazo y sigue, por la ladera de enfrente, en dirección al Cerrajón. Unos cincuenta metros más arriba, se detiene, se sube la falda, la sujeta con los dientes, se baja las bragas hasta las rodillas y orina. A esa distancia, no puede estar muy seguro de lo que ve o de lo que imagina. Tal vez nada más que una sombra, una pincelada oscura debajo del vientre, sobre un lienzo blanco. Todo sucede muy despacio. No es un mero acto fisiológico, es un acto para ser mirado. La Manuela se sabe observada y por eso se regala, se entretiene, se distrae en cada gesto. Y el Blas ya no intenta controlarse, se abandona a su deseo, intensifica las caricias, se pierde.

Un ruido brusco, como de algo que se cae, le arranca de sus ensoñaciones. Se vuelve. La Manuela está a su espalda, a unos pocos pasos. Erguida, jadeante, con las piernas separadas. Ha debido de saltar desde la roca. Le mira fijamente. Primero a la cara y luego baja los ojos hasta su sexo, que sigue duro, enorme. Parece más grande entre esas patas de alambre. Blas está paralizado, inmóvil, como un animalillo sorprendido en el bosque por un haz de luz imprevisible. Indefenso, desconcertado. La chica deja caer la falda y se saca las bragas. Es la primera vez que ve una mujer desnuda y no lo va a olvidar nunca. Aunque vive rodeado de mujeres, nunca las ha visto sin ropa y menos así, al alcance de la mano. Hace ya tiempo que las hermanas cubrieron su esquina con sábanas viejas y no consienten que nadie las traspase. Tal como está, con los pantalones por los tobillos, a ella no le cuesta nada derribarle. Le saca casi una cabeza y es más fuerte que él. Con dieciocho años bien cumplidos, tiene la ventaja de la experiencia y de la determinación. A horcajadas, empieza a restregarse sujetándolo por las muñecas contra el suelo. No hace falta. Todavía no ha reaccionado. No mueve ni un músculo. Cuando quiere darse cuenta ya está dentro de ella, o quizá sea mejor decir que ella lo rodea, lo envuelve, lo abraza, lo abarca con sus entrañas. Es tan fácil y suave y dulce que todas las cosas que le han contado en el pueblo se le antojan estupideces. Nadie sabría describir esa sensación, y él menos que nadie. Ahora ella le suelta y se desabrocha la camisa. Le ofrece el pecho, las tetas blancas y planas como una masa de pan a la que le faltara levadura. Tiene que ser ella quien guíe sus dedos hasta los pezones, grandes, oscuros, erectos. La boca abierta, los ojos cerrados, la espalda tensa, ligeramente arqueada. El movimiento cada vez más frenético. Un grito que se le escapa entre los dientes. Una convulsión que recorre su cuerpo, lo traspasa, lo atraviesa de dentro afuera. El Blas piensa en los espasmos de los pollos en el momento de morir, cuando los sujeta por las alas y las patas mientras su madre los degüella con el cuchillo. Estas palpitaciones son como aquellas, igual de violentas y desesperadas.

La Manuela se tiende sobre él y permanece inmóvil. Huele a sudor y a monte, a jara y a romero, a sangre y liebres muertas. Él siente su sexo palpitando en torno al suyo. Ella acerca los labios temblorosos a su oreja y susurra unas pocas palabras. Habla despacio y muy bajo, como si temiese ser oída en estas soledades.

Si se lo cuentas a alguien, te mato. Te rajo de arriba abajo. Te la corto y se la echo a los marranos.

Sin esperar una respuesta, se incorpora de un salto y, con la falda en la mano, desaparece ágilmente entre las peñas. Sin un ruido. Del mismo modo que había aparecido.

Amores y desamores, pasiones y desengaños, gestos generosos que no pudieron ser agradecidos. Mezquindades y vilezas que quedaron sin condena. Estas montañas, como todas las montañas, esconden secretos que nunca serán desvelados.

Tendrán que pasar muchos años antes de que el Blas abra la boca. El milagro que ha compartido con su prima, o mejor dicho, que su prima le ha regalado, dormirá en la sombra, caliente, húmedo, silencioso, hibernando debajo de unas peñas camino del Purche. Solo a su amigo, el Paco, habrá de describirle estos placeres, convertidos en penas, una noche de borrachera. Más tarde, mucho más tarde, ya no será raro verle pararse de pronto, paseando por el Collao, y señalar hacia las montañas. ¿Ves aquellas rocas por encima de los tajos? Allí fue donde lo hice por primera vez. En mi vida he visto un coño más feo. Cuatro pelos contaos.

Lo hicieron cada día hasta finales del verano. Cada día, se entregaban el uno al otro debajo de una piedra camino del Purche. Una piedra grande como un carro, vencida sobre otras piedras, que hacía las veces de refugio o de cubil o de nido, según se mire. Siempre era ella la que imponía las reglas. Un poco por la timidez del muchacho y su inexperiencia, y un mucho porque este comprendía y aceptaba con admiración que ella pertenecía a una especie animal, como la garduña, que es inútil tratar de domesticar. Se puede domar a un zorro. Se puede domar a un elefante. Se puede, incluso, domar a un león. Pero no había nacido el hombre capaz de domar a la Manuela. Iban a pasar muchos años antes de que el Blas lo comprendiese.

En el pueblo se decía que por dos reales se la chupaba a cualquiera. Muchos alardeaban con detalles de habérsela beneficiado y aquella jactancia sucia se le hundía en la garganta como el cuchillo de un matarife. Enmudecía, bajaba la cabeza, quería morir o matar allí mismo a alguno de esos bravucones. Pero defender a su prima podía ser contraproducente, tenía un secreto que guardar, así que se daba la vuelta y se alejaba en silencio, tragándose la rabia y la impotencia. Nunca llegaría a saber si aquellas fanfarronadas eran ciertas. Se habla demasiado. Cuando las palabras se arremolinan, las verdades se ofuscan. Es difícil distinguir dónde termina la realidad y empieza la ficción. Le costó algún tiempo reunir aquellas monedas. Cuando por fin las dejó en la mano de su prima, no hicieron falta palabras. Ella se las tiró a la cara con todas sus fuerzas. La marca morada debajo del ojo le duró una semana. Lo que tú y yo hacemos no se paga con dinero. Si lo que quieres es otra cosa, tendrás que merecerlo. Se sienta en una piedra y separa las piernas. No lleva bragas. Hace días que no lleva bragas. O el Blas no las ve. Cuando se sube la falda, ya no están. Y esa ausencia es broza seca en los rescoldos de sus ganas. Acércate. Ponte de rodillas. Le coge la cabeza y la hunde entre sus muslos. Le guía, le enseña, se hace agua en su boca y se marcha. Nos vemos esta tarde. No hace falta que traigas dinero.

De aquel verano le quedaron un puñado de recuerdos imborrables y una muletilla o frase hecha, que habría de repetir un millón de veces a lo largo de su vida, ante la jocosidad cómplice de sus amigos y la incomodidad patente de su esposa, que nunca terminó de acostumbrarse a la procacidad de su marido. Esta noche nos vamos al Purche.

A mediados de septiembre, la Manuela desapareció sin dejar rastro. Las cumbres se volvieron páramos desde los que el Blas oteaba inútilmente la llegada de un rebaño. La espera se le hacía intolerable debajo de las piedras. Tuvieron que pasar muchos días hasta que comprendió que la ausencia era ineludible, que su prima no iba a volver, que la había perdido de la misma manera que la había encontrado, sin saber cómo ni por qué, y que esa incertidumbre era más dolorosa que la misma pérdida. Le quedaba la esperanza de encontrarla en el pueblo, por las fiestas del Rosario. En vano, la buscó por todas partes. No hubo manera. Parecía que se la hubiese tragado la tierra.

Fue por aquel entonces cuando le apodaron el Garduña.

9. El gato garduño

Si no le queda a usted nada, le dice: ¿Quiere trabajar? Y usted responderá: Claro que sí, le agradezco que me dé la oportunidad de trabajar. Entonces, él dirá: Me sirves, y usted: ¿Cuándo empiezo? Le dirá adónde ir, a qué hora y seguirá su camino. Quizá necesite unos doscientos hombres, así que habla con quinientos, que se lo dirán a otra gente, y cuando llega al sitio del trabajo hay allí unos mil hombres. El jefe dice: Pago veinte centavos por hora. Más o menos la mitad de los hombres se marcharán. Pero aún quedan unos quinientos y están tan muertos de hambre que trabajan aun por unas galletas. Bueno, este tipo tiene un contrato para recoger los melocotones o cortar el algodón. ¿Lo entiende ahora? Cuanta más gente haya y más hambrienta esté, menos tendrá que pagar.
JOHN STEINBECK, *Las uvas de la ira*

El otoño venía temprano. Llevaba lloviendo un par de semanas y no tenía pinta de parar hasta el día del juicio. Nunca las montañas le habían parecido tan agrestes, tan inhóspitas y tan hurañas. Calado hasta los huesos, indiferente a la lluvia que arreciaba desde el cielo, pateaba las cuerdas y las cumbres, saltaba collados y barrancos. Salía antes que el sol y volvía anochecido. Nadie sabía por dónde andaba. No podía parar quieto. A veces se sentaba en los riscos con la mirada perdida y los pensamientos emborrascados. El agua le chorreaba por el flequillo. Hacía semanas que no se lo colocaba delante del espejo que colgaba de la higuera. Pero enseguida se levantaba y reemprendía la marcha sin un rumbo decidido. Le parecía oír cencerros por todas partes, pero en el monte ya no quedaban más cabras que las monteses. De tantas vueltas, el valle se le quedó pequeño. No hubo pico lo bastante alto ni cuesta lo bastante empinada como para que no los acometiese. Comía menos que un pajarillo y raras veces pronunciaba más de dos palabras seguidas. Rehuía a la gente como las alimañas y los bandidos. Abatido por la pérdida, espoleado por la búsqueda, se entregó a un furtivismo al que ni él mismo encontraba sentido. Si lo que pretendía era encontrar a la Manuela, era tan fácil como bajar a su casa a buscarla. El dolor de haberla perdido no lo iba a dejar atrás por más montañas que subiese. Era demasiado joven para comprender que cada pérdida precisa su duelo, su despedida, que hace falta enterrar a los muertos y brindar ante el rostro descompuesto de los amores contrariados. El vacío que su prima le había impuesto era una losa invisible sobre sus espaldas. Arrastraba por las laderas la pesada carga de lo que le faltaba. No era que su prima ya no estuviese, sino el desconsuelo irremediable de no saber cómo ni por qué. Iba ya necesitando unas alpargatas nuevas, cuando su padre, atosigado por la Josefa, decidió tomar cartas en el asunto. Hasta las cabras estaban mareadas.

Si sigue así, se va a enfermar. Ya no está el tiempo para andar por el monte.

A partir de mañana, los animales se quedan en los corrales y tú te vienes conmigo, que hay mucha faena.

La campaña de la almendra había terminado. Mojado y hambriento, el valle aguardaba la aceituna, que se hacía de rogar. La cosecha venía buena, pero era preciso que escampase. De la siembra ni se hablaba por esos campos anegados. Iba a tener que esperar. La gente capeaba el temporal como buenamente podía. Los que no tenían tierras o animales las estaban pasando canutas. Pero en los Peñoncillos no faltaba entretenimiento ni algo que comer. Su padre lo puso a majar el esparto que recogieron en agosto y guardaban bien escondido debajo de los corrales. Luego limpiaron los almendros antes de que fuese demasiado tarde. Entre dos chaparrones, apareció el abuelo, que volvía de dios sabe dónde, y se fue directo a las viñas a supervisar su cosecha, que no era mucha y se estaba echando a perder de tanta agua. Como no escampaba, decidieron vendimiar y que fuese lo que dios quisiese.

Seguir esperando no tenía sentido. A estas alturas, la uva ya no iba a mejorar mucho. Todo lo que podía hacer era pudrirse colgada de los sarmientos. Viendo al nieto abatido y que no soltaba prenda no pudo menos que preguntar. ¿Y a este, qué le ha dao? Pero nadie supo darle indicaciones, salvo la abuela que, con el regreso del marido, estaba exuberante como todos los otoños. Yo digo que son penas del corazón. Alguna moza que le ha tocao las castañuelas. Se está haciendo hombre y eso duele. El abuelo entonces le ofrecía un vaso de vino. Bebe, chaval, que esto es bueno para el alma. Y hazme caso, no te atormentes, deja de darle vueltas. Solo un clavo saca otro clavo.

Nadie sabe de dónde salió aquel apodo ni quién fue el primero en utilizarlo, el caso es que en poco tiempo quedó más afianzado que si hubiese pasado por el registro civil. Todos lo usaban cuando se referían a él. ¿Has visto al Garduña? Pasó por aquí hace un rato. Iba camino del río con las cabras. Coño, Garduña, ¿dónde te metes?, no hay quien te ponga los ojos encima.

Para las fiestas del Rosario fue el diluvio. La borrachera duró tres días. Al tercero, el Blas llevaba tal cogorza que si se hubiese topado de frente con la Manuela no la habría reconocido. El Paco se pasó todas las fiestas tratando de animarlo y de sonsacarle sus tribulaciones. Coño, Garduña, que parece que te acaben de sacar una muela. Habían subido al valle para descansar un poco y robarle más vino al abuelo. La última noche consiguió arrastrarle al baile para echar un vistazo a las mozas, aunque el Blas ya no estaba ni para bailes ni para vistazos. Cuando el Paco estuvo seguro de que no había padres a la vista, sacó la botella y le ofreció a su amigo.

¿Tú has visto qué cuerpos? Y esa, ¿quién es?

¿Quién?

Coño, la morena.

No me jodas, Paco, que todas son morenas.

La pequeñita, esa de las tetas infladas. Me parece que nos está mirando.

Ah, esa. Si se llama como tú. Es la Paquita.

¿Qué Paquita? ¿Es que la conoces?

La niña que recogía las boñigas. Sí, hombre, ¿no te acuerdas? Si la hemos visto más veces por el río.

Joder, ¿la enana con el pelo rapado? Menudo culo ha echao y menudas tetas. A esa no solo le ha crecido la melena. Tú espérame aquí sentadito que enseguida vuelvo. No te me vayas a perder que no estás para andar por ahí solo y esconde la botella, que como aparezcan mis padres nos la vamos a cargar.

Creo que me he enamorao. ¿Tú has visto cómo se me arrimaba? Se me ha puesto más dura que una piedra. Si no llega a aparecer la madre, yo no sé lo que hubiera pasao. La vieja traía una mala leche. Pobrecilla, se la ha llevao de las orejas. Anda, vámonos a los tejares y nos la meneamos un poco, que aquí ya está todo el pescao vendido.

Con la lluvia repiqueteando sobre las uralitas, tendidos entre las pilas de tejas y ladrillos sin cocer, entre los que corretean los ratones, el Paco deja volar su mano y su imaginación y no para de hablar de unas y de otras, pero sobre todo de la Paquita, del culo que se le ha puesto y de las tetas que se le adivinan, y de todo lo que habría pasado de no haber aparecido la madre. Tendrías que haberlo visto. Estaba a punto de meterle mano. Dos segundos más y le como los morros. Y quizá por eso, por esas intimidades, o quizá porque el alcohol a veces abre ventanas que habían quedado atascadas, el Blas se decide a hablar y a contarle a su amigo lo que le reconcome.

Escucha, Paco, ¿tú sabrías guardarme un secreto?

Coño, pues claro, pa eso están los amigos. Pero ahora te va a dar por hablar. Mira que me desconcentras.

Es importante.

Venga, venga, pues desembucha que falta te hace.

Y así es cómo el Garduña se suelta a hablar de su prima, la Manuela, del coño de su prima, de las piedras y del tórrido verano camino del Purche. Poco a poco, los detalles se vuelven más concretos y más jugosos, y él sigue contando, con pelos y señales, porque en cierto modo le alivia y porque su amigo exige más y más concreción, rechaza ideas generales y apremia imágenes palpables, húmedas, cuanto más mojadas mejor.

¿No te estarás quedando conmigo? ¿De verdad que te la chupó?

Muchas veces.

¿Y qué se siente?

No sé. Como si no hubiese en el mundo otra cosa que sus labios.

Si serás cabrón. Ahora lo entiendo todo. Joder con el mosquita muerta. Bien callado que te lo tenías. Pero sigue, sigue, no te pares ahora que estoy a punto. ¿Quieres que apostemos a ver quién llega más lejos?

No me jodas, Paco, que esto es muy serio.

Pues será muy serio, pero tú también estás a cien.

¿Y ahora qué?

Pues ahora, nada.

Nada. ¿Cómo que nada?

Pues eso, nada. Que va para dos meses que no le veo el pelo.

O sea, que se acabó lo que se daba y por eso andas por ahí como un alma en pena.

Más o menos.

Pero ella ¿qué te dijo?

Nada. Simplemente desapareció.

Joder con la Manuela. Vale más que te olvides de ella. ¿No has visto la de mozas que había en el baile? Mira la Antonia, sin ir más lejos. Está feo que yo lo diga porque es mi hermana, pero se está poniendo de toma pan y moja y, además, está loquita por tus huesos.

Ya me gustaría, ya, pero no me deja ni arrimarme.
Es que mi padre la mata.
Pues eso. Si le tienen prohibido hasta bajar al baile.
Pobrecilla, desde que echó las tetas no la dejan ni a sol ni a sombra, la tienen amargá.

En mitad de la noche, el aullido desgarrado de una zorra en celo. Llama a los machos con todas sus fuerzas, con una urgencia y una desesperación de vida o muerte. Sufre, no hay duda. Una necesidad imperiosa, impostergable, que va mucho más allá del placer o de la reproducción, que exige ser saciada de inmediato, lo mismo que comer, cagar o respirar. Solo los marranos chillan así a las puertas del matadero, cuando intuyen lo que les espera. Se diría que la están matando, que su vida está en juego o que sufre una agonía indecible. Tumbado en su jergón, con los ojos abiertos y las manos debajo de la nuca, el Blas reconoce esos tormentos, esa herida invisible que se ensancha por dentro, esa falta que duele como un miembro amputado. En la madrugada oscura, escucha esos gritos sin poder sumarse a ellos. Las niñas se asustan. Él no. Ya sabe que la vida no es más que ese tormento que necesita ser saciado. Y envidia a los animales, allí en el bosque, que pueden gritarlo con todas sus fuerzas.

Para pascua sale el sol y empieza la campaña. Se acabaron los domingos y las fiestas de guardar. Los señoritos tienen prisa, no vaya a ser que se ponga a llover de nuevo y se pierda la cosecha. Ellos, tan devotos, no respetan ni las fechas más señaladas. Y si a alguno se le ocurre faltar, que no se tome la molestia de volver al día siguiente.

Los olivos se agarran a las laderas. Las aceitunas se agarran a los olivos y se esconden entre las ramas para escapar de los palos. Los hombres se agarran a las varas y tensan los músculos entumecidos por el frío y las fatigas acumuladas. El sol se hace de rogar. Tienen que clavar estacas para levantar los mantones y evitar que los frutos se pierdan por las cuestas abajo. Hacen falta muchos golpes para dejar un árbol limpio o, al menos, lo suficientemente limpio para que el capataz autorice pasar al siguiente. Hay que doblar bien el lomo y apretar los riñones para arrastrar los mantones cargados de unos árboles a otros. No te digo ya si el terreno se pone para arriba, que es siempre o casi siempre, porque en estas tierras escarpadas no existe el terreno llano, o tira para arriba o tira para abajo, no se sabe qué es peor, y eso lo pagan bien caro los huesos y las articulaciones.

Si el capataz se descuida, le engañan irremisiblemente. Dejan atrás algunas ramas cargadas de aceitunas. Una forma como cualquier otra de aliviar la faena. Cuando acabe la campaña, ya vendrán otros a la rebusca. Tendrán que sudar la gota gorda para llenar unos pocos sacos, pero igual les hace el avío. Eso si no los pillan, porque si los cogen con las manos en la masa o paseando los sacos llenos por los caminos les va a costar la broma algo más que unos sudores. En esos casos, la visita al cuartelillo es inevitable, igual que los moratones, los ojos hinchados, las brechas y los palos. Si fuese por el Blas, muchas más ramas se librarían del vareo. Los señoritos ya tienen bastantes cortijos, bastantes tierras, bastantes coches, bastantes caballos y bastantes criados. No necesitan ni el dinero ni el aceite. En su cuadrilla todos son padres de familia y sí que necesitan el jornal por más miserable que sea. Hombro con hombro, todos a una, trabajan como si fuesen uno solo. Siempre los primeros, dejan los árboles más limpios que una patena y no consienten que se pierda ni una aceituna. El Garduña trabaja como el que más, nunca escatima el esfuerzo ni rehúye las tareas más duras. Lo hace por respeto a su padre y porque dos jornales valen más que uno y la familia los necesita. Pero en el fondo de su corazón siente que está mal, que hay algo retorcido e injusto en el hecho de que ellos estén arrastrando mantones cargados y vareando sin descanso, de la mañana a la noche, mientras muchos no tienen ni un mal chusco de pan que llevarse a la boca y otros pocos andan amasando fortunas a costa de sus sudores. Intuye que mientras haya hombres como ellos, dispuestos a dejarse la piel por unas migajas, seguirá habiendo estómagos vacíos y bolsillos llenos.

Mover el culo, que hay que acabar esta ristra de olivos antes de que anochezca.

No te jode, si será hijo puta. Porque no se puede, que si no nos tendría vareando hasta por la noche. Si tiene tanta prisa que coja una vara y arrime el hombro.

Eh, tú, chaval, ¿qué andas mascullando?

¿Yo? Nada, que me parecen muchos árboles para el poco rato y las pocas fuerzas que nos quedan.

Si no estuvieses perdiendo el tiempo, no quedarían tantos. Conque agarra el palo y cierra la boca, que no te pagan para darle a la lengua. Estás avisao. No quiero ver ni una mala aceituna en esas ramas.

Como usted diga, jefe.

Cállate la boca, que por menos hay muertos enterraos y algunos incluso sin enterrar.

¿Y qué tenemos que hacer? ¿Callarnos y agachar las orejas por esa miseria de jornal que no alcanza ni para llenar el estómago? Que hay que partirse el lomo está del todo claro, pero que lo hagamos para que otros se llenen los bolsillos no me parece a mí que sea de recibo.

El chico tiene razón.

Puede ser, pero lo que no tiene son los papeles y si sigue así no se los van a dar.

El certificado de buena conducta era imprescindible hasta para matarse vareando olivos. Nadie podía trabajar sin ese papelucho debidamente cumplimentado. Para conseguirlo, había que hacer una visita al cuartelillo en el pueblo de al lado. No se hacía esa visita sin sufrir palpitaciones, porque algunos que habían estado allí antes fueron apaleados y otros se perdieron por el camino sin dejar rastro. No se sabe si a la ida o a la vuelta, el caso es que no volvieron. Tal como estaban los tiempos, todo el mundo era culpable de algo y, durante el paseo, eran inevitables las aprensiones. Todo dios sacaba leña sin permiso, recogía esparto o metía las cabras donde no debía. Llevaban haciendo estas cosas algunos miles de años. Y ahora, de pronto, eran delito y podían costarte una buena paliza. Lo que no se perdonaba, lo que raras veces quedaba sin castigo, era una palabra fuera de tono, una queja, una reclamación, el mínimo comentario en demanda de justicia.

Es año nuevo, aunque nadie lo diría. En el amanecer helado, los hombres se reúnen en la plaza Alta. Aquí están todos, los del pueblo y los de la montaña que ya llevan pateado un buen trecho para llegar a estas horas. No falta nadie. El hambre es mucha y la necesidad aprieta. Se forman corros. Se deshacen. Algunos hombres van de un lado para otro, se frotan las manos y golpean los pies contra el suelo. Otros, pacientes, se sientan en las aceras, saben que la espera puede ser larga y además inútil. Pocas palabras. Unas cuantas conversaciones calladas, inaudibles apenas a unos pasos. Algún pitillo compartido, saltando de boca en boca. La tensión se puede masticar. Lástima que no alimente ni llene los estómagos. Habría de sobra para todos. Lo que no hay para todos es trabajo y nadie está seguro de que se lo vayan a dar a él. Esta incertidumbre inunda la plaza y cala hasta los huesos de los hombres cansados. Es como un ritual, una humillación cotidiana, un acto de vasallaje y sometimiento que se repite cada día para escarnio de los jornaleros. Cuando llegan los terratenientes eligen con el dedo o con unas pocas palabras. Tú, tú, tú y tú. Como si los hombres no tuviesen nombres y no los conociesen de toda la vida. Los civiles también están presentes, tal vez para impedir tumultos, algo más que improbable en esa situación. Pero, por las miradas y los gestos que cruzan con los patrones, es evidente que influyen en su elección, si no la traían ya bien consensuada. De esta manera se imponen castigos, se ajustan cuentas, se corrigen actitudes, se toman represalias, se juzga y se condena. Los elegidos van subiendo a los camiones en caso de que los haya. Si no, se agrupan con las varas al hombro para enfilar en formación hacia los olivares. En ningún momento se menciona el salario ni las condiciones. ¿Para qué perder el tiempo si tendrán que conformarse con lo que les echen?

Al Garduña este procedimiento le revuelve las tripas, le subleva todas las mañanas. Sus pocos años no se han hecho a esta indignidad y probablemente no se vayan a hacer nunca. Tiene que morderse los labios y tragarse la lengua hasta el fondo para no saltar. De no ser por las miradas reprobatorias de su padre, no lo conseguiría. En una de estas esperas empieza a fumar. Coge un cigarrillo que le tiende un jornalero y aspira con una rabia que le inunda los pulmones. Por poco no revienta del ataque de tos. Coño, no le des tabaco, ¿no ves que no es más que un niño? Pues será un niño, pero está aquí como todos, con dos cojones y la vara en la mano. Cada mañana desea con todas sus fuerzas que no lo cojan, no porque no quiera trabajar, sino para ahorrarse el oprobio de dejar atrás a los que se quedan en la plaza con los brazos colgando. Pero lo cogen, siempre lo cogen, porque va con la cuadrilla de su padre y no hay en todo el valle hombres que trabajen igual. Hasta que un día, casi sin proponérselo, se sale con la suya. Las palabras que tuvo con el capataz debieron de llegar a los oídos que no debían. El señorito va marcando a los compañeros hasta que llega a él y pasa al siguiente, como si no lo viese. Nadie dice nada. Nadie mueve un dedo. Le duele el reproche en los ojos de su padre, le duele el silencio alrededor. Intenta desentrañar esas miradas que se despiden antes de darse la vuelta, esa mansedumbre, esa obediencia muda que ni rechista. No dirás que no estabas avisado. Pero en la mayoría de los rostros encuentra también calor, comprensión y respeto, transparentándose apenas bajo el semblante mugriento de la vergüenza. Cuando la necesidad y el miedo se casaron, tuvieron una hija y la llamaron sumisión.

Esta escena se repite durante algunos días. Días de invisibilidad en los que los ojos del capataz le pasan por encima sin rozarle y el chico se queda en la plaza, con una sensación de fracaso no más grande que su orgullo. Los hombres intentan animarse los unos a los otros. Mañana será otro día. Quizá tengamos más suerte. Y van desapareciendo cabizbajos, pensando en el modo de llevar hoy a casa algo que se pueda masticar. Con las tripas huecas, esperarán a la noche para echarse al monte. Apretarán unos haces de aulagas o retamas, se los cargarán al hombro y los bajarán a cuestas hasta los hornos para cambiarlos por una o dos hogazas de pan, dependiendo del porte de la carga y del humor del panadero.

El correctivo dura una semana. Una semana en el Hoyo, que así llaman al pueblo hasta sus propios habitantes, da para mucho. Casi sin darse cuenta, el Blas empieza a explorar los vericuetos de la farra, el trapicheo y el estraperlo. Más de una tarde, llega a los Peñoncillos desbordando alegría y con un tufo a bodega que tira para atrás. Más de una noche, no aparece por el cortijo antes de que los pajarillos empiecen a cantar. En vez de enderezar conductas, los castigos sirven para terminar de desviarlas. Aprende dónde conseguir un buen dinero por un porte de leña y cómo torear a los civiles en las noches sin luna. Aprende que la injusticia es el estado natural de las cosas y que, si no te dejan sobrevivir por las buenas, habrás de hacerlo por las malas. Que en este cochino mundo solo hay dos caminos posibles: obedecer y agachar la cabeza o buscar tu propio hueco y asumir las consecuencias.

La luna es dueña de un cielo que clarea. El Blas llega a los Peñoncillos por la parte del monte. Se lava en la acequia helada y vuelve a subir hacia el cortijo con una brazada de leña menuda debajo del brazo. Sabe que todos duermen porque no sale humo por la chimenea. Su madre aparece por la cocina cuando ya las llamas crepitan entre los sarmientos. Trae cara de escasos amigos y de haber dormido tan poco como su hijo, aunque por razones opuestas. Estuvo esperándolo despierta, revolviendo las sábanas, intentando acallar los ronquidos de su marido, dando cabezadas entre la inquietud y el sueño.

Sí que has madrugado esta mañana. ¿Dónde estuviste anoche?

Con el Paco, en la Cantinilla.

¿Toda la noche?

Se nos hizo un poco tarde.

Claro, y ya te dio tiempo hasta de hacer la cama.

Solo la he estirao un poco.

Pues te ha quedao planchá. Mismamente como la dejé yo ayer a la mañana.

¿Adónde quiere ir a parar, madre?

A que tú has dormido esta noche lo mismo que los mochuelos y a saber en la rama de qué olivo.

Una mañana, viendo que la cosa se prolonga y que, por este camino, lo único que va a conseguir su hijo es buscarse más problemas, el padre lo manda al pueblo de al lado, a por el certificado de penales y de buena conducta. Los malos tragos cuanto antes mejor. Y como el chico dé un poquito más que hablar, no se lo expiden ni para cuando se jubile.

El Blas, con la inconsciencia y la arrogancia propias de su edad, recorre los cinco kilómetros que le separan del cuartelillo con aire despreocupado y rumiando los planes que le han propuesto para esta misma noche. Se trata de un porte de papas que ya tiene comprador. Pero las papas ¿de quién son? Tú eso no quieras saberlo y no le eches mucha cuenta, que el dueño tiene tantas que no se va ni a enterar.

Cuando llega al cuartelillo, lo dejan tres horas sentado en un rincón. De vez en cuando, le lanzan miradas burlonas y comentarios despectivos que dejan bien claro que no es que estén muy ocupados sino que, simplemente, no les da la gana de atenderle. Una forma como cualquier otra de demostrarle quién manda aquí. De puro milagro, el chico no abre la boca ni se le escapa el menor gesto de disgusto o de protesta. De puro milagro, también, le llaman a la mesa justo cuando estaba a punto de levantarse y salir por la puerta.

¿Tú eres ese al que dicen el Garduña?

Sí, señor, así me llaman.

¿Y se puede saber por qué te han puesto ese apodo?

Eso no sabría decirle. Creo que porque me parezco a los gatos.

¿Gatos? Qué coño tendrán que ver los gatos.

El Blas encoge los hombros y cierra la boca. El humor del sargento puede empeorar con cada palabra que salga de sus labios y las guarda celosamente como si se le estuviesen acabando.

No me gusta ni un pelo ese motecito que te han puesto. Te voy a firmar los papeles porque eres un crío y me das pena. Pero, escúchame bien, como vuelva a oír hablar de ti las cosas van a ser muy distintas la próxima vez que nos veamos. ¿Entiendes lo que te digo?

Sí, señor, perfectamente.

Pues hala, arreando y que no te vuelva a ver por aquí.

Y, efectivamente, no lo vuelve a ver. Pero no porque el Blas no vaya a volver al cuartelillo, que lo hará dentro de unos años y en circunstancias más desfavorables, sino porque, cuando lo haga, este sargento ya habrá pasado a la reserva para disfrutar de un descanso bien merecido o no, depende de a quién le preguntes, porque para el sentir popular lo que este hombre se merecía era una cosa bien distinta.

El gato garduño no es un gato. De la familia de los mustélidos, no se toca nada con los felinos. Ni siquiera son primos lejanos. Alcanza la madurez sexual entre los dieciocho y los treinta y seis meses. Tiene dos épocas de apareamiento cada año, una en invierno y otra en verano.

La desolación denota su presencia. Sus huellas son montañas de plumas ensangrentadas y cuerpos desmembrados. La garduña es un depredador nocturno de tamaño mediano. Sus escuetas hechuras y su gran agilidad hacen que se cuele por cualquier resquicio y que no haya cerca que no pueda sortear. En el valle se le atribuyen cualidades vampíricas. Como muchos cazadores, busca el cuello de sus víctimas. Dicen que les chupa la sangre hasta dejarlas secas. Esto no es un hecho comprobado. Lo que sí está claro es que no deja supervivientes ni hace prisioneros. Mata todo lo que respira aunque luego no sea capaz de comérselo. Al menos eso es lo que dicen. Ha aprendido a convivir con los hombres. Cautelosa y huraña, sabe que su supervivencia depende de su invisibilidad. Es más fácil ver un burro volando que una garduña. En el pueblo, y aun en el valle, son muy pocos los que aseguran haberla visto y, de estos pocos, la mayoría miente. Esta invisibilidad alimenta su mala reputación y su leyenda sanguinaria. La amenaza resulta tanto más temible porque no tiene rostro. Anda que, como venga el gato garduño, estamos apañaos.

Por aquellos tiempos, el camino de la Solana era un hervidero. Gentes que subían y bajaban con los más diversos cometidos. Recuas de mulos inacabables cargados de paja, granos, papas, aceitunas o lo que fuese. Jornaleros, mineros, trabajadores de las centrales, que eran muchos. Un trasiego constante, que el padre del Paco quiso aprovechar para cebar sus ahorros. Puso un bar a medio camino entre el Hoyo y el Purche. No era el negocio como para hacerse rico pero no iba nada mal, tal como andaban las cosas. Allí estaba el Paco, bregando con arrieros sedientos, cuando vio pasar el rebaño que enfilaba hacia la sierra. Aprovechando que el padre no estaba y que todavía no había mucho meneo, dejó a su hermana, la Antonia, a cargo del negocio y subió corriendo para el Collao, todo lo rápido que le dejaron las piernas y le consintieron los pulmones. Sabía que el Blas andaba en la aceituna por esas labores. En línea recta, por trochas y sembrados, evitando las vueltas del camino para ganar tiempo, llegó a los olivares resoplando y pidió cuentas de su amigo. La tarde se acababa y los hombres ya estaban recogiendo los mantones y cargando los mulos. Lo encontró en la parte alta, con un saco al hombro más grande que él.

¿Qué haces tú por aquí? ¿No deberías estar atendiendo en la barra?

He venido a buscarte.

¿Y a qué viene tanta prisa? Vas a echar el bofe.

He visto a la Manuela, viene con el rebaño por el camino arriba. Me pareció que debías saberlo.

Coño, ¿y qué quieres que haga?

Pues decirle algo, qué vas a hacer.

Pero ¿qué le digo? No se me ocurre nada.

Tú arrímate al camino y hazte el encontradizo. Luego, ya veremos. Me voy corriendo que he dejao sola a la Antonia y van a empezar a llegar esta panda de borrachos. Párate luego en el bar, que te invito a un vino y me cuentas. ¿Vale?

Vale, luego nos vemos y gracias por el aviso.

Pero luego no se ven, no se verán hasta el día siguiente, porque el Garduña, una vez más, va a perder los pasos que traía marcados, para confundirse en la noche y en el monte tras el rastro de sus apetitos.

Veinte o treinta mulos cargados de aceitunas. Unos cien kilos cada uno y es el segundo porte que hacen hoy. Los jornaleros, agotados pero contentos, con ganas de cachondeo, porque el día se acabó, cuando pensaban que no se iba a acabar nunca. Enfilan todos por la Solana abajo. El rebaño de la Manuela aparece por un recodo del camino. Primera parada en el bar del Manolín, que está ahí precisamente para eso, para aprovechar esa euforia del trabajo concluido. El Blas se hace el remolón y se queda atrás sin buscar excusas. No tanto, sin embargo, como para no oír las guasas y los piropos que los hombres le dedican a su prima.

¿Adónde vas tan sola, guapa?

Mira que la noche viene fría. ¿No quieres que te calentemos un poco?

Vaya piernas y vaya culo, viva la madre que te parió.

¿Cuánto quieres por un revolcón detrás de las gayumbas?

Mira que hemos cobrao esta misma tarde.

No te hagas la remolona que todo el mundo sabe de qué pie cojeas.

Que te gusta más un rabo que a un tonto una volaera.

Me vais a comer la pepita del coño, desgraciaos.

Eso es lo que tú quisieras.

El coño de tu madre, capullo.

El Garduña escucha los improperios desde detrás de un olivo despeluchado de tantos palos como recibió. Un revoltijo de emociones lo tiene atragantado. Duda entre salir corriendo, abrazar a su prima y comérsela a besos, o mirar para otro lado y hacer como si no la viese. El deseo y el orgullo pugnan en sus entrañas sin que ninguno salga vencedor. Si fuese por él, se cruzarían en el camino como dos extraños, como si no se conociesen. Como si tantas veces no hubieran muerto juntos para volver a nacer. Pero la Manuela ya se acerca con paso resuelto. Se mete dos dedos entre los labios y lanza un chiflido a los perros, para que aparten las cabras de los olivos antes de que alguien vea el estropicio que están haciendo.

¿Y tú qué? ¿No me dices nada? ¿Qué haces ahí pasmao?

El Garduña no se determina. Incapaz de articular palabra, busca con la mirada a los hombres que bajan por el camino y que se vuelven hacia su prima. Ella sigue el rastro de sus ojos, comprende y espera a que la cuadrilla desaparezca detrás de los olivos. Entonces se acerca lo suficiente como para ser olida y solo en ese momento el Blas acierta a abrir la boca.

¿Dónde has estao?

Por ahí. ¿Qué importa? Ahora estoy aquí. ¿Es que no te alegras de verme?

Él intenta digerir esas palabras. Busca una claridad más allá de esa presencia. ¿Por qué te fuiste? ¿No sabes que te estuve esperando? Tocarla, las ganas de tocarla son su única certidumbre. Pero no sabe cómo hacerlo o no se atreve o no se decide. Ella se acerca todavía más y esa proximidad hace temblar los cimientos de sus rencores. No quedan sino dos cuerpos deseando estrellarse el uno contra el otro.

Voy a hacer noche en el monte, debajo de las piedras. ¿Te vienes?

Ahora te alcanzo. Tengo que hacer una cosa.

Arriba te espero. Ya sabes dónde estoy.

A la carrera, alcanza a la cuadrilla que ya enfila el camino de la Solana. Los hombres marchan contentos porque es viernes y han cobrado. Los mulos, cargados hasta los topes, aprietan el paso rumbo a los corrales. Cuando llegan a la altura de los Habices, la mayoría gira a la derecha rumbo al bar del Manolín; otros siguen por el camino en dirección al pueblo y el Garduña se pierde acequia arriba hacia el barranco del Lelo. No quería desaparecer con la Manuela delante de todos y por eso este rodeo, que le sirve además para conjurar los titubeos. Barranco arriba, saltando piedras y matojos, deja atrás los resquemores y se doblega ante un deseo que se le impone desde dentro.

Apenas pronuncian un puñado de palabras. Son sus cuerpos los que no paran de hablar en toda la noche. Por turnos, uno encima del otro, alternándose en el esfuerzo, la entrega y el abandono, se dicen hola y adiós, se dicen no hay un antes ni habrá un después, es este placer y este momento lo único que nos queda, apurémoslo hasta la extenuación y el agotamiento. A fuerza de espasmos y contracciones, dejan las cosas claras. Y cuando les vence el cansancio entre las mantas cochambrosas, el Blas se levanta, cubre a su prima dormida, aviva el fuego y se viste despacio junto a la lumbre. Allí abajo, hacia el poniente, tendida sobre el llano, la ciudad también duerme, pero con los ojos abiertos. Esa infinidad de luces le hace sentir más solo aquí arriba, en la montaña, pero también a salvo de multitudes y atropellamientos. Es la visión de un mundo domesticado. Un mundo donde la oscuridad ya no existe, ni el silencio. Le atrae y le espanta. Allí están las comodidades, los lujos y el dinero. Y aquí están ellos, descalzos sobre la tierra desnuda. Cuando se apaga una luz, otra se enciende. Dentro de nada, igual que una polilla, se va a dejar tentar por esas candilejas.

10. La máquina de coser

> *Y María Lionza se quedó. Al igual que todas las mujeres de la montaña, que con el sabor del amor en la boca se quedan viudas de hombres vivos que están al otro lado del mar.*
> MIGUEL TORGA, *Cuentos de la montaña*

Dicen que la edad es un grado y que más sabe el diablo por viejo que por diablo. Pero en ninguna parte está escrito que no se pueda llegar a la edad madura sin haber aprendido nada o, peor aún, leyendo torcido los renglones de la vida. Nunca es tarde para aprender y a Fina, la costurera, le había llegado el momento. Lo que no se imaginaba ella es que iba a ser un crío, que no le llegaba a la altura del sobaco, el que le iba a dar la vuelta a su existencia como si fuese un calcetín. El que, a escobazo limpio, igual que a los ratones, iba a expulsar de su casa la resignación y el miedo. Y el que devolvería a su cuerpo las ganas de vivir y morir sin contemplación alguna, sin reparos ni comedimientos.

Josefina, la costurera, llegó al pueblo con el Francisco poco antes de la guerra. No era de aquí, de las montañas, y dejaba familia por otras tierras más calmadas. Llevaban de novios algo más de dos años. Se habían conocido en la capital, donde ella iba para modista y él cursaba la carrera de derecho. El 22 de febrero, el Francisco salió de concejal por el partido socialista. El 14 de abril, día de la República, se casaron en el pueblo. El 18 de julio estalló la guerra y el 22, de madrugada, se acabó todo. La vida en común les había durado cuatro meses. Otra semilla que no llegó a arraigar en una tierra sedienta de sangre.

Pero ¿de dónde has sacado eso?

Mujer, no preguntes, que es mejor que no sepas.

¿Tú sabes disparar?

No, no tengo ni idea. Pero habrá que aprender, qué remedio nos queda.

Vas a conseguir que nos maten a todos.

Si no nos defendemos, nos van a matar de todas maneras.

Aquella última noche, el Francisco había aparecido resoplando con una escopeta escondida en un saco. Aquella última noche, el pueblo era un trasiego de sombras preparando la estampida. La Josefina no podía imaginar que era la última, que no volvería a ver a su hombre con vida, ni a tener noticia alguna de su suerte. De haberla tenido, seguramente su vida habría sido muy distinta. No se la habría pasado esperando a un fantasma que habría de morir unas pocas horas después de haberla besado, entre un mar de lágrimas compartidas. Porque el pobre Francisco no llegó al amanecer. Hombre de letras, no era el más indicado para estas escaramuzas y refriegas. Pero él, comprometido hasta la médula, no quiso huir a las montañas, como hicieron todos, y cogió el camino contrario, río abajo, para defender la libertad que estaba amenazada. A la entrada de la ciudad, en unos huertos de frutales, una cuadrilla de falangistas exaltados le dio el alto cuando apenas clareaba. Ellos sí sabían disparar y les bastó una ojeada al saco para pegarle dos tiros allí mismo y añadirlo a la larga lista de desgraciados que iban a regar los campos con su sangre aquella última noche. A la mañana siguiente, cuando la guardia civil, después de poner patas arriba el ayuntamiento, llegó a aporrear su puerta en busca del concejal huido, no sabían que ya estaba a salvo, a salvo de sus golpes, de sus violencias, de sus balas y de sus humillaciones, a salvo de todo, y que ya no podrían hacerle daño, ni arrancarle una sola palabra, por más que se lo propusiesen. Muerta de miedo pero respirando aún, la Josefina fue incapaz de articular palabra, mientras los guardias lo pateaban todo y registraban la casa de arriba abajo. Encelados con presas más grandes, no repararon en ella y la respetaron. Pero el susto le iba a durar para diez años.

¿Dónde preguntar? ¿A quién pedir cuentas? ¿A los perseguidores? ¿A los torturadores? ¿A los verdugos? Incluso muchos años después, cuando se suponía que todo había acabado, hacía falta algo más que narices para acercarse al cuartelillo a denunciar la desaparición de un concejal republicano o de un maestro o de un jornalero o de cualquiera que no tuviese amigos en la Falange. Así que tocaba callar, agachar las orejas y rumiar en silencio la desesperación y la impotencia. Que esto era así, nadie se atrevía a ponerlo en duda. Que sería así para siempre nadie, tampoco, se lo podía imaginar. Tras cuarenta años de dictadura y otros tantos de democracia son pocos los que se han atrevido a llamar a la injusticia por su nombre y a hablar de los muertos como si alguna vez hubiesen existido.

Era el drama de los desaparecidos, que nadie puede comprender del todo, salvo aquellos que perdieron a un ser querido sin saber cómo ni por qué. Fueron muchos los que se despidieron atropelladamente de los suyos para no volver a saber más. No eran muertos propiamente dichos, sino fantasmas que la duda y la esperanza traían de vuelta a cada rato, tercas como ellas solas. La incertidumbre no dejaba cicatrizar las heridas. El luto se volvía hábito. Las tumbas siempre a medio cavar. Bocas abiertas esperando una lápida que les sellase los labios. Algunas veces, pocas, alguien regresaba de entre los muertos. Volvían mudos, inválidos, mutilados, envejecidos, cambiados hasta el extrañamiento. Pero eran ellos y estaban de vuelta. Acarreaban historias atroces que se negaban a contar y que les atormentaban los sueños. Otras veces llegaban noticias de lugares remotos, inconcebibles, que nadie sabía ubicar en el mapa. Tu padre, tu hijo, tu hermano, tu marido, tu novio, tu amante está vivo, respira en alguna parte. Solo sueña con volver a tu lado. Y estos mensajes inciertos avivaban la esperanza de los que seguirían anhelando por toda la eternidad.

Enterrada en vida. Añorando fantasmas. Sin más compañía que los gatos de las vecinas, el runrún de la máquina de coser y las musarañas de su mente. Encerrada a cal y canto, solo salía a por agua y comida cuando no le quedaba más remedio. Sin familia en el pueblo. Con todos los amigos muertos o desaparecidos. Señalada como la mujer de un republicano que se había destacado en la defensa de los trabajadores. Llevaba cerca de diez años más sola que la una. Menos mal que no había en el pueblo otra que cosiese como ella. De otro modo, quién sabe cómo habría sobrevivido. Seguía por la radio los avatares de la guerra, cada día con menos esperanzas y más temores. Pero ella se aferraba al más mínimo resquicio para alimentar la ilusión y conservar la cordura. Brunete, Belchite, Teruel. Cada pequeña victoria en el campo de batalla, por insignificante que fuese, le servía como señal transformadora del curso de los acontecimientos. Cualquier cosa antes que reconocer una evidencia incontrovertible. Y cuando parecía que todo acababa, llegó la derrota y ya no supo qué pensar. ¿Qué hacer? Era inútil seguir esperando. El pánico la corroía. Los muertos se apilaban en las cunetas. La gente desaparecía por los barrancos. Cada vez que alguien tocaba a su puerta, el corazón le reventaba pensando que, ahora sí, venían a buscarla. Y en estas andaba cuando un muchacho y un mulo pasaron por debajo de su balcón entornado ofreciendo verduras. Y una cosa tan tonta, tan irrelevante, bastó y sobró para ponerle el mundo patas arriba.

Chico, ¿qué llevas ahí?

Ya no me queda mucho. Algo de leche, un queso, unas pocas verduras.

Espérate, que te lo compro todo. Tú no eres del pueblo, ¿no?

No, señora, vengo de la montaña.

¿Y vienes a vender todos los días?

No lo sé, es la primera vez que vengo.

Ya me parecía a mí. Pues si vuelves, pásate por aquí que yo te compro.

La semana que viene. Si a usted le parece bien.

¿Y podrías conseguirme media docena de huevos?
Pues claro, eso está hecho.
¿De verdad? No me como una tortilla francesa desde antes de la guerra. Entonces hasta la semana que viene.
Muchas gracias, señora.
No, muchas gracias a ti.

Harto de humillaciones, de injusticias y de miserias, esa primavera el Blas había decidido dedicarse a la venta ambulante. No volvió al tajo con su padre, lo que le hizo acreedor de su desprecio y de una sarta de sandeces inacabable, que el chico soportaba estoicamente. Con la mirada baja y los hombros encogidos, aguantaba el chaparrón y esperaba paciente que escampase. Discutir era inútil. A su padre había que rebatirle con hechos antes que con palabras.

Una cosa te voy a decir, aquí el que no trabaja no come. ¿Qué piensas hacer? ¿Quedarte en casa como las mujeres? Tú eres un hombre y los hombres tienen que ganarse el jornal o no valen nada. A la vida hay que echarle dos cojones. Y si a uno no le gusta, se aguanta. ¿Tú te crees que yo tengo ganas de pasarme los días doblando el espinazo? Hay que agarrarse al palo y dejarse de historias. Va a resultar que tenía razón la abuela y con ese nombre que te pusimos vas a salir al tarambana de tu abuelo, que no dio un palo al agua en toda su vida.

Todo empezó una mañana, haciéndole un mandado a su madre, que iba a bajar al pueblo unos quesos y algo de leche que tenía apalabrados. El chico se ofreció voluntario y, espabilado como era, llenó los serones por su cuenta y riesgo. Añadió algunas coles, unos cuantos manojos de acelgas y espinacas, algunas lechugas y algo más de leche de la que les habían pedido. La madre lo despidió agria, recriminándole la ocurrencia. Verás que esas lechugas se las comen las gallinas. Pero las recriminaciones se acabaron, cuando llegó de vuelta a la hora de la comida con los serones vacíos y los bolsillos llenos. La familia lo esperaba sentada a la mesa, con los reproches tan bien dispuestos como los platos. Sin estar muy seguro de cuál iba a ser el recibimiento, el Blas fue dejando las monedas en la mesa, atisbando el rostro de los padres en busca de una reacción, ya fuese positiva o negativa.

Pero ¿de dónde has sacao tanto dinero?

Lo he vendido todo.

Pues sí que se te ha dao bien.

Para la semana que viene tengo algunos encargos.

Coño con el niño, que nos ha salido negociante.

El niño lo que tendría que hacer es venirse a la siembra como todo quisque y traer un jornal a casa, que buena falta nos hace.

Venga ya, hombre. Deja de refunfuñar, que, a como está el jornal, si este sigue así, dentro de nada te está sacando las castañas del fuego.

Blas coloca en el capacho las cosas que trajo para ella, se lo echa al hombro y entra por la puerta sin pedir permiso. La Fina, atónita, le abre paso. No consigue recordar cuándo fue la última vez que alguien entró en su casa. Mucho menos un niño. Un hombre, ni te cuento. La clientela pocas veces traspasa el umbral. Más de una vez ha tomado medidas en los escalones de la entrada. Temen señalarse. No quieren que se les relacione con una republicana, más roja que los ratones coloraos. Pero a este niño de las montañas eso no parece importarle o más bien es que se crio ajeno a tales controversias. El caso es que está ahí, en medio de la cocina, y pregunta con la mirada dónde dejar las cosas. Ella despeja la mesa y se disculpa por el desorden.

Lo siento. Es que no esperaba visitas.

Le tiemblan las manos. Se le caen las cosas. Las mejillas se le encarnan. No para de hablar. Las palabras se atropellan en sus labios, se amontonan unas encima de otras, sin orden ni concierto. Se repite. Da las gracias veinte veces. Se disculpa sin motivo. Es evidente que está nerviosa.

Cuando el Blas entra por la puerta, ella se abotona la camisa hasta arriba. Pero luego, como quien no quiere la cosa, vuelve a desabrocharse, quién sabe si para lucir escote o porque le falta el aire con tanto atropellamiento. El pecho se le hincha a trompicones. Una col hermosa rueda por el suelo y, cuando se agacha a recogerla, sorprende los ojos del muchacho posados en sus tetas. La col cobra vida entre sus manos. Se escapa. Ella intenta agarrarla y taparse al mismo tiempo. Desmañada, torpe. No hay manera. Los botones parecen demasiado grandes para esos ojales. Una vez que está todo colocado en la fresquera, busca el dinero para pagarle y lo hace generosamente. Repite las gracias varias veces. No, gracias a usted, señora. ¿Quiere que vuelva la semana que viene? Claro, claro. Si no es mucha molestia. No sabes lo mucho que te lo agradecería.

Y cuando él se ha marchado, de espaldas contra la puerta, ella intenta domar su corazón desbocado, en una lucha inútil contra sus palpitaciones.

Esto no puede ser.

Soy una mujer casada.

Podría ser su madre.

Pero el caso es que no lo es. Y por eso las carnes se le abren y se desbordan por las costuras, mientras los cascos de la mula, cada vez más apagados, se van alejando calle abajo en dirección al río.

Era inevitable. Tenía que llegar el día en que el muchacho se animase a ayudarla. Y llega, claro que sí, más pronto que tarde. El espacio entre la mesa y el fregadero es demasiado estrecho. Allí se frotan sus cuerpos cuando ella intenta pasar con las lechugas. Él se ha apartado lo justo para franquearle el paso, pero no tanto como para que no se toquen. Apurada, ella se lleva la mano al pecho en un intento de proteger el escote. Pero una sola mano no basta para acertar con los ojales. La otra está ocupada sosteniendo la carga. Blas le coge las verduras y las deja sobre la mesa. Empieza a abrocharla muy despacio, mientras ella, desconcertada, contiene la respiración al borde del desmayo. Cuando lleva dos botones, el Garduña cambia de idea y lo que ha hecho para arriba lo deshace ahora para abajo. Con una lentitud y una seguridad pasmosas, desconcertantes, impropias en un adolescente, va liberando botón a botón hasta que la camisa queda abierta de par en par mostrando un torso rotundo y tembloroso. La piel se eriza de punta a punta. Mismamente como una gallina desplumada. Una mano se le posa en el pecho y desaparece por debajo del sujetador. Saca una teta firme y el Blas acerca los labios. La costurera protesta pero no se mueve. Suspira. Tiembla todo su cuerpo pero no se mueve. Tan pronto se ofrece generosa como busca una huida imposible contra el fregadero.

No podemos hacer esto.

Es una locura.

Soy una mujer casada.

¿No ves que podría ser tu madre?

Demonio de chico.

Hace falta estar loca.

Ya es lo que me faltaba. Perder los papeles por un crío.

Con los labios ocupados, el chico no malgasta palabras, concentrado como está en ese gesto primitivo. Por detrás, la otra mano ya ha esquivado la falda, sortea las bragas y se pierde entre las carnes blandas y palpitantes. Toda sudor, la mujer calla y cierra los ojos. Es entonces cuando el Blas la guía hasta su entrepierna. Ella aparta la mano como si quemase.

Madre de Dios. Pero ¿qué llevas ahí?

Con lo chico que eres.

Quién lo iba a decir.

¿Es que la edad no cuenta?

¿No respetas ni las carnes ajadas?

Si le diese un respiro, seguramente ella se escabulliría, confundida como está en plena turbulencia. La Fina no se aclara. Quiere y no quiere. Y por eso el Blas la lleva de la mano, sin soltarla ni un momento, hasta lo inevitable. Las ropas revueltas yacen sobre las losas. La mesa de la cocina es el lecho duro donde él la acomoda entre caricias y lechugas. Bocarriba, ella se aferra a la madera gastada como si flotase en un mar embravecido. Un mar de contradicciones que seca su cuerpo hermético, cerrado a cal y canto, lleno de telarañas, cegado de soledad y clausura, incapaz de soñar este momento. Él se da cuenta de que no va a ser tan fácil. Le excita esa mezcla de avidez y rechazo. Prueba entonces con los labios hasta hacerla florecer como un almendro con los primeros soles del invierno.

No, no, no. Para. ¿Qué haces? ¿Te has vuelto loco? ¿Por qué me haces esto? Tú lo que quieres es volverme loca. Para, para. Métemela. Quiero que me la metas ahora. No, para, apártate, ¿es que quieres matarme?

Pero su cuerpo se contrae, se encoge, se repliega sobre sí mismo, en cuanto ve acercarse esa verga dispuesta para ella. Junto al fogón, casi al alcance de la mano, la aceitera viene a socorrerlos. El niño la vierte sobre su piel y la extiende delicadamente como si fuera un bálsamo. Vientre abajo, el aceite tibio se derrama entre sus piernas. Y solo así consiguen entregarse del todo, vencida toda reticencia, entre aromas de almazara y lágrimas de agradecimiento.

Más ducho para los sentidos que para los sentimientos, el Blas pregunta.

¿Qué te pasa? ¿Estás triste?

Todo lo contrario, es que creía que estaba muerta y ahora he resucitado. Demonio de niño. Pero ¿a ti quién te ha enseñao estas cosas?

En la calle Trastorre, detrás de la iglesia, el mulo inquieto tironea del ronzal, demasiado tiempo amarrado a la reja. Los postigos se cierran ansiosos en cuanto oyen los cascos acercándose por el empedrado. El chico que entra con prisa y sale con pausa, llega compuesto y repeinado y se marcha todo revuelto, desmadejado, como un ovillo que cayó en manos de los gatos. Los gritos, los gemidos, los sollozos, las obscenidades, las blasfemias que las vecinas aseguran escuchar a través de los muros. Y todo allí, precisamente allí, junto a la casa de dios, lindando con el templo. ¿Qué se habrá creído esa pelandrusca? Una mujer casada. Y encima con un crío que no tendrá ni quince años. Menos mal que es uno de esos brutos de la montaña, que si no se iba a enterar esa. Se disparan los cotilleos y las habladurías. Los seriales de la radio pierden audiencia. Pueblo chico, infierno grande. La parroquia ya tiene entretenimiento. La maledicencia se apresta cada vez más afilada. Lo que sucede allí no es un acto de amor entre un hombre y una mujer por más que se lleven quince años, es un rito satánico, un atentado contra la moralidad y, sobre todo, el recordatorio lacerante de una castración colectiva. Se comprende fácilmente que las gentes, condenadas a una vida de miserias, privaciones y mezquindades, toleren con dificultad la felicidad y el placer de sus vecinos. Se comprende, pero nada más. Menos mal que no les alcanza para imaginar lo que sucede entre esas cuatro paredes. El éxtasis bajo las sábanas. Las carnes abiertas hasta el delirio. De otro modo, ya estarían encendiendo las hogueras.

Aunque tenga dieciséis años, su cara de niño y su baja estatura hacen que parezca mucho menor. El cotilleo es despiadado. Esa roja que se acuesta con chiquillos. Esa puta corruptora de menores. En la tienda, las madres se pegan a sus hijos cuando entra la costurera y los sujetan bajo la protección de sus faldas hasta que la mujer se aleja. Pero, a fuerza de placer, el Blas le ha devuelto el sabor a su vida, hasta tal extremo que ya no teme perderla. Libre de complejos, desnuda de temores, la Fina sonríe y responde educadamente a todas las injurias. Ya no teme salir a la calle y lo hace con unos tacones que alimentan la envidia colectiva.

Cada vez que se ven, él la encuentra más bonita y no es cosa suya. Es que la Fina está floreciendo como un vergel en primavera. Se ha arreglado el pelo. Ha desempolvado los vestidos de antes de la guerra, cuando iba para modista y el viento todavía agitaba las faldas y dejaba espacio al lucimiento y la coquetería. A veces, incluso, se pinta los labios de un rojo intenso que hiere los ojos, pero que al Blas, sin que pueda comprenderlo, le dan ganas de mordisquearlos. Debe de ser por el parecido con las cerezas. Él, por su parte, va también hecho un figurín. La Fina le arregla los pantalones y las camisas, adecuándolos con maña a su escasa estatura. Le deja la ropa como un guante. En algo se tenía que notar una novia costurera. Y se nota. Vaya que si se nota.

Sube la Antonia a paso ligero por el camino de la Solana. Con el culo fuera, más tiesa que un palo, carga al hombro un saco de pan. Es muy raro verla fuera de la barra donde su padre la tiene enclaustrada desde hace tiempo. No la deja atender las mesas por miedo a que la manoseen y le tiene prohibido hablar con los hombres más allá de lo imprescindible. Viéndola desde atrás y desde lejos, el Blas no puede estar del todo seguro. Pero esos andares son inconfundibles, lo mismo que esas ropas, más de hombre que de mujer, que no dejan a la vista ni un centímetro de carne, por más que estén en pleno agosto y cerca ya del mediodía. Sí, tiene que ser la Antonia. El Blas la alcanza porque viene subido en el mulo. De haber dependido de sus piernas, no le habría visto el pelo.

¿Adónde vas con tanta bulla?
¿A ti qué te parece?
Anda, súbete al mulo que yo también voy para los Habices.
Prefiero ir andando con mis piernas.
Deja al menos que el mulo cargue el saco.
Mis cargas las llevo yo porque son mías.
¿Estás enfadada conmigo?
¿Y por qué habría de estarlo?
No sé. Tú sabrás. Anda, mujer, no seas cabezota. Deja que te lleve el saco que todavía queda mucha cuesta.
Bueno, pero no vayas a tocar el pan que es para el bar y viene contao.

Una vez que acomodan el saco sobre el animal, siguen caminando sin pronunciar palabra. El Blas, sobre la montura, va reteniendo al mulo para acompasar sus pasos a los de la muchacha, aunque no hace mucha falta porque la Antonia no afloja el ritmo y la bestia no parece tener prisa. Sin apartar la mirada del camino, se detiene a veces para colocarse el pañuelo que le cubre la cabeza y secarse el sudor que le chorrea por el cuello. Y una de esas veces el Blas descabalga y se pone a su lado.

¿Qué haces?

Es que me da no sé qué ir ahí subido mientras tú vas caminando.

Mira que eres tonto.

Siguen andando un rato, uno al lado del otro, sin abrir la boca más que para buscar el aire que les falta. El camino se va empinando y el sol cada vez más alto da alas a las chicharras. La Antonia sube más y más deprisa y el Blas se mantiene a su lado con la lengua fuera. De pronto, la chica se para como si hubiese cambiado de idea.

Anda, ayúdame a montar que no quiero que por mi culpa te des la pateada.

Sin poder reprimir una sonrisa, el Garduña se sube al mulo de un salto y le ofrece la mano a su amiga, que, con la misma facilidad, salta detrás de él. Al principio va muy tiesa, casi sin rozarle, pero cuando el camino se encabrita no encuentra más asidero que su cintura y se agarra con fuerza para no salir volteada. El Blas mantiene las riendas tensas para retener al animal. Cada vez tiene menos prisa y menos ganas de llegar, aunque esto no es algo que él se pueda explicar o confesar. Cuando el camino se apacigua, la Antonia no afloja el abrazo y a cada paso del animal va más pegada a su espalda. El chico puede sentir su calor, su humedad y sus palpitaciones. Le parece que respira ahora con más dificultad que cuando iba caminando. Si volviese la mirada se daría cuenta de que esas humedades no son del sudor de sus cuerpos, sino las lágrimas calladas que se le escapan. De cruzarse con alguien, no sabría desentrañar el sentido de esta estampa. Los pasos demasiado lentos, como si no fuesen a ninguna parte o como si no quisiesen llegar nunca. El mulo subiendo tan despacio que se diría que no avanza. El chico con una sonrisa de pánfilo sujetando las riendas. Y la chica pegada a su espalda escondiendo un llanto silencioso que no puede contener. Es la Antonia la que rompe el encantamiento o lo que sea.

Para. Yo me quedo aquí.

¿Aquí? Pero si falta todavía el repecho más fuerte.

Sí, pero como mi padre me vea llegar contigo no me va a dejar un hueso sano.

¿Y qué tiene de malo?

Eso se lo preguntas a él, a ver qué dice. Anda, tira para arriba, que no quiero que nos vean llegar juntos. Arre, mulo.

La mula sale trotando por el azote que le ha dado la Antonia en el lomo. Ella se limpia los ojos y se echa el saco al hombro.

Me ha alegrado mucho verte. Estás cada día más guapa.

Tú sí que estas guapo, condenao. Y encima tan elegante. A saber qué le harás tú a esa pa que te arregle los bajos.

Pero el Garduña no puede entenderla porque el mulo ya se aleja y ella ha susurrado esas palabras más para sí que para el mundo.

Tú no vuelves al pueblo. Como me llamo Josefa que no vuelves.

Pero, madre, ¿y eso a qué viene?

Sabes muy bien a qué viene. ¿Es que no has oído lo que van diciendo por ahí?

Sí, una sarta de mentiras. Parece que en el pueblo no tienen nada mejor que hacer que pasarse el día dándole a la lengua.

Tú te estás acostando con esa vieja bruja.

El padre tercia, seco.

No digas eso, que la Fina siempre ha sido una buena mujer y lo sabes perfectamente.

Pues se está ventilando a tu hijo y encima es más roja que un demonio.

Y eso qué tendrá que ver. Aunque le pese a alguno, aquí todos tenemos la sangre del mismo color.

Es una mujer casada y le dobla la edad.

Para su desgracia. Pobrecilla.

Encima la vas a defender.

La vida es dura para todos, pero más aún para una mujer sola.

Pero ¿no te das cuenta de que es un chiquillo?

Esto tenía que pasar antes o después, ya tiene dieciséis años. Y tú, chaval, dime la verdad. ¿Es cierto lo que dicen?

No, no es cierto, padre.

O sea, que no te has acostao con la Fina.

Yo no digo eso. Yo solo digo que no soy ningún niño ni ella es ninguna bruja.

Pero habrase visto qué descaro. Encima el mocoso va y lo reconoce.

Mire, madre, todo el mundo tendría que poder vivir su vida. No hacemos daño a nadie. La gente tendría que meterse en sus asuntos y dejar en paz a los demás, que ya tenemos bastante.

Pues tú al pueblo no vuelves.

Venga, mujer. El chico se saca un jornal y esto se ha acabao, ¿verdad, Blas? Prométeme que no vuelves donde la costurera.

Se lo prometo, padre.

Pero muchas veces los ojos dicen lo contrario que los labios. Muchas veces las miradas desmienten a las frases y algunas veces los hombres pueden comprenderse con los cuerpos más allá de las palabras. Ajena a estas complicidades, la madre queda apaciguada.

Que no me entere yo de que vuelves por allí. ¿Eh? No quiero oír ni una palabra más.

Pero tiran más dos tetas que dos carretas. Lo que hacen no es malo, de eso el Blas está seguro. Lo malo es que se sepa. La solución la encuentra pronto en la clandestinidad y el furtivismo, lecciones que lleva ya bastante adelantadas. La leña se saca de noche. De noche se recoge el esparto. También el amor encontrará su lugar bajo las estrellas. A los pocos días, el padre le brinda una oportunidad que ni pintada. Hay que bajar el esparto al pueblo y él viene demasiado cansado de la siega.

Esta noche le bajas la pleita al Joaquín. Cuídate bien de que nadie te vea. Si alguien te sorprendiese la tiras al río y sales cagando leches. Lo mejor es que entres al pueblo por la parte de la umbría, por detrás de la iglesia, ¿entiendes?

Claro, padre.

¿Podrás hacerlo?

No se preocupe.

Y haciendo honor a su apodo, pasada la medianoche, el Garduña recorre sigiloso las calles desiertas. Pegado a los muros, busca las sombras que escupe la luna. Debajo de la camisa, los metros de pleita enrollados a la cintura, las costillas intentando retener el corazón dentro del cuerpo. Con el gusto de lo prohibido, saturado de adrenalina, hace la entrega, cuenta bien el dinero y vuelve sobre sus pasos. Una vez superado el peligro, se dispone para el placer. No hay un alma en la calle. Ni una sola luz encendida. Tampoco en casa de la Fina, que duerme sola y no espera visitas. Tiene que saltar tres tapias y cruzar dos patios para alcanzar la puerta trasera que, al no dar a la calle, está siempre abierta. Igual que la costurera que, después de unos cuantos días de ausencia, una vez superado el primer sobresalto, sale del sueño de par en par y con hambre de ser devorada.

Las conciencias se apaciguan, las lenguas se adormecen, los rumores se disuelven en nuevas habladurías. Los amantes pueden disfrutarse sin prisas, sin temores, sin apremios ni atropellamientos. Lejos la amenaza de que algún cliente toque la puerta en cualquier momento. Sin temer al qué dirán. La noche los protege y los acuna. Una luna de miel entre tinieblas. A partir de ahora solo se encontrarán cuando todos duerman. El tiempo detenido a la luz de las velas. El placer dilatándose hasta la mañana.

Una noche cerrada y gélida, inhóspita como ella sola, el Blas llega saltando tapias con el corazón disparado y el saco al hombro lleno de víveres. Oyó tiros por la parte de la umbría y puso pies en polvorosa, no fuesen a pillarlo en una guerra que no era la suya. La Fina le espera en la cama, tumbada boca abajo, con un libro entre las manos.

¿Cómo vienes así? ¿Te ha pasado algo?

Nada, nada. Son las ganas de verte. ¿Qué estás haciendo? No sabía que supieses leer.

Pues claro, ¿qué te creías? ¿Tú sabes?

¿Yo? Ni mi propio nombre.

¿Quieres que te enseñe?

Prefiero que me enseñes otras cosas.

Y ya no hacen falta más palabras porque los dos han empezado a arrancarse las ropas que les sobran. Y sobra incluso la estufa, llameando en un rincón, que no puede competir con la temperatura de sus cuerpos. Se aman sobre un batiburrillo de sábanas y un somier de literatura, porque la Fina, en una casa tan chica, no encontró mejor sitio para esconder los libros del Francisco que debajo del colchón. Un lecho algo incómodo que podría costarles la cárcel y hasta la vida. Pero eso ahora no les inquieta, ocupados como están en su entrega cotidiana, que es lo único que hace los días llevaderos y las noches memorables. Temblando todavía, entre sudores propios y ajenos, abrazado a ese cuerpo rendido y satisfecho, el Blas no consigue conciliar el sueño. Está preocupado por la mula que dejó amarrada en un recodo del arroyo Huenes. ¿Qué pasa si la encuentran? Prefiere no pensarlo. Se levanta mucho antes de lo habitual y sale por la puerta de atrás sin hacer ruido.

¿De dónde viene ese ansia entre cuerpos tan dispares? ¿Esa avidez infinita que no se acaba? ¿Por qué este niño enclenque, escuchimizado, este niño de las montañas, la arrastra hasta el estremecimiento? Tenía que pasarle a ella. Como si no tuviese suficiente y ahora esto. Pasada ya de los treinta y cinco y encamada con un crío. ¿Qué va a decir la gente? Que digan lo que quieran, le importa un comino. Quiere sangrar hasta el delirio y que la sangre limpie sus temores, igual que cada luna lava sus entrañas.

Algunas veces, en mitad de la noche, le despertaba la máquina de coser. Era la Fina que se había desvelado y estaba aprovechando el tiempo. Él no recordaba en qué habría estado soñando, pero tenía una erección como la de un caballo. Entonces decidían aprovechar esa vitalidad y esa dureza como un regalo y se entregaban otra vez al amor con bríos renovados. Luego, rendidos y satisfechos, él regresaba a sus sueños y ella a sus costuras. La máquina de coser no descansaba nunca.

Solo ahora, después de un año en la cama con ese niño de las montañas, descubre de pronto, como un fogonazo, que no era feliz con su marido entre las sábanas. Pobre Francisco. No es que le disgustase, pero no era lo mismo. Él no se entretenía en los pliegues de su cuerpo. Él no la esperaba. No escuchaba sus silencios, ni sus respiraciones, ni sus pausas. Él no la acompañó nunca hasta ese paroxismo niño con la lengua traviesa, las manos pequeñas y el sexo grande. Enviudó de repente el día que llegó a ese entendimiento. Dejó de esperar a un fantasma idealizado, que ya no lo era tanto, y decidió volar libre. Todo se lo debía a ese chiquillo esmirriado con la piel tan suave como sabia y al que ahora tenía que abandonar sin más remedio.

Para las fiestas de San Antón había baile en el pueblo. La mañana transcurrió blanca y fría mientras se colgaban los adornos y los faroles. Hubo que improvisar un chambao para proteger a los músicos. No era cosa de retrasarse demasiado. En cuanto empezó a oscurecer, la orquesta se lanzó a tocar porque el cielo, cada vez más blanco, amenazaba tormenta. Se puso a nevar a la tercera canción. Solo los más aguerridos y los más fiesteros aguantaron el tipo. Todos los ojos y todos los comentarios eran para el Garduña, que parecía un ministro o un artista, nadie lo tenía muy claro. Llevaba corbata, camisa blanca y un traje de chaqueta cortado a medida. Era el mismo que había lucido el Francisco el día de su nombramiento. Se encendieron las hogueras. Corría el vino caliente con mucha canela. El viento se había calmado. La nieve caía despacio, acariciadora, cuando la Fina llegó a la plaza como un espectro. Erguida sobre sus tacones, maquillada, con un vestido escotado que dejaba ver las piernas y los brazos desnudos, no parecía de este mundo. Se quedó allí parada, temblando, dejando que la nieve cuajase sobre su peinado, la última moda de los años treinta. Abrazados, todo lo juntos que pueden estar un hombre y una mujer, bailaron un pasodoble demasiado corto que nunca se acababa. La canalla, alborotada y borracha, aplaudió a esa pareja desigual, él apenas alcanzaba con la nariz la altura de sus tetas, pero bien avenida. Cuando calló la orquesta, la Fina desapareció entre la ventisca. Su vestido, empapado de nieve derretida, se iba a esconder muchos años en las retinas de los mozos. Los recuerdos del Blas excluían las ropas pero iban a ser igualmente perdurables.

    Dicen que no se despidió de nadie porque no tenía a nadie de quién despedirse. Dicen que solo se llevó su pena y la máquina de coser metida en una caja. Dicen que al salir del pueblo, río abajo, en dirección a la Vega, no volvió la vista ni un segundo, y que pagó con sus carnes a los arrieros que aceptaron llevarla a la ciudad. Dicen que acabó en un burdel de mala muerte, que era lo que se merecía. Pero Blas sabe bien que todo eso es mentira. Mezquindades y envidias por alguien que se atrevió a vivir la vida y que salió del hoyo con la cabeza bien alta.

11. Crápulas y calaveras

> *Jamás arrancó remolachas de la tierra con una pandilla de emigrantes mejicanos, ni estuvo en la cárcel por borrachera quince o veinte veces. Ni recogió limones a las seis de la mañana sin camisa porque sabes que al mediodía hará más de cuarenta grados. Solo los pobres saben lo que significa la vida; los ricos y aposentados tienen que imaginárselo.*
>
> CHARLES BUKOWSKI, *Erecciones, eyaculaciones, exhibiciones*

Si la guerra había pasado de puntillas por el valle, la posguerra vino para quedarse y traía los pies de plomo. No se iba a acabar nunca. Por aquellos días no era extraño encontrarse un muerto detrás de unas zarzas o en el fondo de un barranco. Solían llevar puestos unos cuantos agujeros de bala y tenían el aspecto inconfundible de haber sido arrollados por un trolebús. Solo que en el pueblo no había trolebús. También podía suceder que uno desapareciese de pronto sin dejar rastro y nunca más se volviese a saber de él. Pero esto era mucho más raro. Tal era la impunidad de los verdugos, que se tomaban pocas molestias, o ninguna, para ocultar los cadáveres. Las causas de estos sucesos podían ser de índole muy diversa. Se ajustaban cuentas antiguas y modernas. Pero el brazo armado era siempre el mismo y tenía nombre y apellidos. Todo el mundo sabía a quién no se debía contrariar. El más mínimo agravio podía costarte el pellejo. Las gentes callaban y acataban. El miedo se podía agarrar con las dos manos.

La Manuela no tenía miedo y no tener miedo era peligroso. Su cuerpo apareció una mañana a la salida del pueblo, junto al viejo molino, desmadejado debajo del puente. Quien lo dejó allí no quiso ocultarlo, sino más bien que todos lo viesen, desnudo y atormentado. Tenía un balazo en el vientre, pálido y ligeramente abultado, y otro entre los ojos, todavía abiertos, en los que se reflejaba el odio y el desprecio que debió de sentir en el último momento por su verdugo, al que sin duda conocía. Ni rastro de miedo en aquella mirada. Solo ese gesto desafiante que la había caracterizado durante su corta vida.

El coño de tu madre, capullo.

Se deslomaba trabajando para no tener que ir al tajo. La aversión que le producían los capataces y los patronos había alcanzado el rango de fobia insuperable. De curas y de monjas, mejor ni hablamos. Especímenes muy comunes de la familia de los parásitos. Como buen gato garduño, el Blas decidió concentrar sus fuerzas en su propio territorio, que no era otro que los Peñoncillos. Amplió las huertas por todos los rincones. De la acequia para abajo, no quedaba un solo palmo de terreno sin desbrozar y sin cultivar. Poco a poco le iba ganando la guerra al monte. Después de algunos veranos de suplicio, acarreando cubos de agua desde la acequia, las viñas del abuelo se arrancaron a dar vino. Tal vez por la orientación de la loma, que miraba hacia el norte, o tal vez por las propiedades del suelo, una tierra ennegrecida que más parecía ceniza, el caso es que el caldo nunca alcanzó las virtudes del que hacía el Pepico, por más que el abuelo se negase a reconocerlo. Pero la generosidad de las viñas se dejaba beber y se subía a la cabeza como cualquier otra. Los cerezos, por su parte, habían crecido lo suyo, especialmente uno en medio del terraplén, y ya daban más picotas de las que podían comerse. Los Peñoncillos se estaba convirtiendo en un vergel. Frente a esos progresos, los reproches de su padre se quedaban en agua de borrajas. El padre no entendía la obstinación de su hijo, que seguía negándose a ir a los jornales. Pero se le caía la baba cuando volvía al anochecer y lo encontraba detrás de aquel mulo enorme que se había agenciado volteando la tierra con una habilidad admirable. Le había costado muchos sudores y muchos tropiezos, pero al final se hizo con el animal, que no le daba la gana, y con la herramienta que, aunque simple, tenía su truquillo. Tres veces por semana, bajaba al Hoyo a vender la leche de puerta en puerta y, ya de paso, todo lo demás. Vendía verduras, carne, huevos, quesos y todo lo que les sobrase en el momento, salvo el vino que, aunque era mucho, estaba bien custodiado. El abuelo se habría dejado matar antes que vender una sola botella, no fuese a faltarles luego. Por encima de mi cadáver. Con el corazón demasiado blando, el Garduña no era un buen comerciante. Siempre se dejaba regatear más de la cuenta y fiaba a todo el mundo sin avales. A pesar de todo, se sacaba un jornal, lo que no era poco tal como estaban los tiempos. Y es que la prosperidad de los Peñoncillos contrastaba con las penurias del Hoyo, que nunca habían sido tantas. Había muchas labores en el campo, pero los sueldos ya no eran de miseria, como acostumbraban, sino de hambruna e indigencia. La gente se mataba a trabajar para al final morirse de hambre, de frío o de un simple resfriado. Frente a tantas calamidades, el Blas se ablandaba y se dejaba engatusar. Lo que perdía en dinero se lo ganaba en amigos y cariños, que también hacían falta. No llevaba las cuentas de sus deudores porque no sabía escribir y tenía la cabeza llena de pájaros. Pájaros con faldas, que el llamaba periquitas. Aceptaba el trueque como forma de pago. La mayoría de las veces cambiaba la comida por cosas inútiles que nadie quería, como una cafetera o una plancha. Se las llevaba a su madre, a la que poco le faltaba para tirárselas a la cabeza. Mira que eres borrico, nosotros pa qué queremos estos chismes. Pero otras veces la Josefa se ponía loca de contento cuando aparecía con un collar o un pañuelo para ella, por más que no valiesen nada. Si las deudas eran grandes el trueque podía resultar más ventajoso. Fue así como se agenció una pareja de pitirras que puso a criar en el gallinero. Las gallinas resultaron tan buenas madres que nunca les faltaba un pollo que echar a la olla ni huevos para las sartenes. Los tumbos por el pueblo posibilitaban el flirteo y el donjuanismo aunque con escasos, por no decir nulos, resultados.

La venta ambulante le servía además para hacer contactos y concertar trapicheos de muy diversa índole, sobre todo portes de leña clandestinos. Por aquellos tiempos el negocio de la leña, aunque ilegal y penado con la cárcel, era el más boyante. No había otra manera de cocinar o calentarse. Menuda o gruesa, todo el mundo la necesitaba y estaba dispuesto a comprarla bajo cuerda, menos por gusto que por necesidad. También se podía comprar leña legalmente a los señoritos y a las monjas, que eran los dueños de las tierras y de los montes, pero a unos precios que no cabían ni en los bolsillos ni en las imaginaciones.

Eran los años cincuenta. El agua de su río movía las turbinas de tres centrales, pero en el Hoyo no tenían luz eléctrica porque no había forma de pagarla. Tampoco tenían agua corriente; al ayuntamiento no le alcanzaban los fondos para canalizarla hasta las casas. La deuda acumulada de las centrales, que no pagaban sus impuestos, igualaba el presupuesto anual del consistorio. Solo con que la hubiesen pagado hubiese bastado para hacer la luz, traer el agua y construir un puente de mampostería a prueba de riadas. Las artimañas del expolio eran infinitas. Una vez más sus riquezas se las quedaban otros y ellos, igual que sus animales, tenían que conformarse con las sobras.

El hecho no habría tenido mayor trascendencia de no ser por el vendaval de comentarios que desató a su alrededor. Le llamaban el estudiante porque no solo sabía leer sino que, además, leía. Uno podía encontrárselo en la era Portachuelos con los pies colgando del muro, la mirada hundida en un libro y el aire ausente de los que están ahí como si no estuviesen. Fue un gesto sencillo, espontáneo, fruto de la ingenuidad y del orgullo. Pero dio tanto que hablar que se transformó en un símbolo y las consecuencias de esta transformación iban a ser fatales. El mozo estaba esperando en la cola para cobrar. El silencio era sepulcral. Los hombres iban avanzando. Cuando a uno le tocaba cogía sus dos pesetas y se marchaba sin abrir la boca. El capataz tampoco daba ni las buenas tardes. Con más desprecio que desgana, dejaba las monedas sobre el pupitre que usaba de escritorio y marcaba con una cruz un nombre en una lista. Al llegar su turno el chico, que acababa de cumplir los dieciocho, se quedó mirando las pesetas pero no las tocó. Dijo: eso se lo puede quedar usted. Yo soy un jornalero. No acepto limosnas. Se dio la vuelta y se marchó con las manos en los bolsillos vacíos. Eso fue todo lo que pasó. Iba a ser más que suficiente. El relato de los hechos corrió de boca en boca. Algunos testigos aseguraban que el chico había escupido sobre las monedas. Otros que había insultado al capataz y que hubo que sujetarlo porque se lo comía. Y los más poéticos, de su propia cosecha, añadían que, cuando se alejaba entre los olivos con el puño en alto, había gritado: viva la república. Nada de esto sucedió verdaderamente. Lo que sí es cierto es que, a los pocos días, muy de mañana, fueron a buscarlo a su casa. Lo sacaron a rastras por la puerta. La madre, sin parar de gritar, se aferraba a las piernas de su hijo. Como ni a culatazos hubo manera de separarla, se la llevaron a ella también. Cerca del cementerio le metieron dos balas en la barriga por puro entretenimiento y hasta se liaron un cigarrillo antes de rematarlo con un tiro en la nuca. A la madre, todavía agarrada a su hijo, no le hicieron nada. ¿Qué más podían hacerle? Si abres la boca, la siguiente eres tú. Pero, en el fondo, lo que querían era que hablase y seguramente por eso la dejaron con vida. Nada más disuasorio que el testimonio de una madre que había visto morir a su hijo por nada o por menos. Una vez más, quedó demostrado que aquí los estudios, los conocimientos y los saberes no ocupan lugar, pero no traen más que desgracias.

Se llamaba Cantimploro y el Blas no le cambió el nombre por no añadir más confusión a la que el bicho ya traía. Bien mirado, no era un mal nombre porque no iba a pasar un día que no acarrease en sus alforjas alguna botella de vino. Criado a base de palos, era un animal asustadizo y desconfiado y si reaccionaba con obstinación o con violencia no era tanto por maldad como por puro miedo. Había que acercársele de frente y acariciarle el pecho. El Blas no paraba de hablarle, como le había recomendado la abuela, y siempre le ofrecía unos puñados de grano antes de darle los buenos días. El que se lo vendió no quiso ocultar sus resquemores. Ten cuidado con este, que gasta muy malas pulgas. Puede cargar lo mismo que dos de su misma estirpe. Ahora que de engancharlo al arao ya te estás olvidando. Por más palos que le he dao no ha habido forma de enseñarlo. A mí no me sirve. No es por otra cosa que lo vendo tan barato. Barato no, baratísimo, porque hacía tiempo que estaba en venta y al Cantimploro nadie lo quería. Aun así, le costó unas cuantas semanas reunir el dinero, que no salió tanto de la venta ambulante como de los portes de leña que bajaba de estraperlo por las noches a los hornos del pueblo. Anda que cuando tenga al Cantimploro sí que me voy a hinchar, ese puede cargar lo mismo que cuatro. Cuando su padre lo vio llegar en la cumbre de aquel mulo desproporcionado no pudo sujetar los improperios. Pero este niño es tonto. Pues no le ha comprao el mulo al Joaquinito. ¿No te ha dicho que esa bestia da más coces que el hambre y que no sabe trabajar? Me lo ha vendido muy barato. Ni barato, ni regalao, te vas ahora mismo y se lo devuelves. Pero no se lo devolvió porque era su primer mulo y otro, mejor o peor, no podía pagar. Como quien no quiere la cosa, dejó pasar los días buscándole tareas fáciles al Cantimploro para que se fuese haciendo a la faena y demostrarle así a su padre que servía para algo. En un par de mañanas, cargó la pila de estiércol y la extendió por los baldíos. Hay que reconocer que ese animal es una bestia, pero cualquier día de estos nos va a costar un disgusto. Sin embargo, el mal genio del Cantimploro se fue limando poco a poco y no trajo ninguna desgracia. Muy al contrario, iba a llegar el día en que esa mala leche sacase al Blas de un buen apuro que, de no haber sido por el mulo, podría haber acabado mucho peor.

La primera vez no les hizo falta llegar hasta la ciudad. Les bastó con acercarse a los Llanos donde, de luna en luna, si el tiempo lo consentía, llegaban las putas a lomos de borrico para ofrecer sus encantos y sus habilidades. Allí, entre los pinos, se montaba el sarao y se improvisaba el tugurio. Había música, vino y mujeres ligeras de ropa que guiñaban los ojos y se humedecían los labios. El encuentro era tan señalado que los hombres aprovechaban para cerrar negocios, apalabrar compraventas o tramar chanchullos de todo tipo. El trapicheo estaba a la orden del día. Todo el mundo sabía que por allí los civiles no asomaban ni de casualidad. Las autoridades miraban para otro lado y hacían oídos sordos ante este desenfreno, por las mismas razones que promovían denodadamente el fútbol y los toros.

Es domingo, 15 de abril, día de san Telmo, patrón de los marineros y de los pescadores, que de haber alguno por estos lares, tal día como hoy, no haría mal en encomendarse a la protección de su santo. La temperatura no ha hecho otra cosa que subir en las últimas jornadas. Un aire bochornoso agita los brotes de los chopos que crecen en las riberas anegadas. Van a dar las dos de la tarde cuando el Paco y el Blas llegan al pueblo a lomos del Cantimploro. Acomodados sobre la albarda, esconden la botella de vino que traen ya medio vacía. La gente se congrega en la plaza Alta para contemplar el espectáculo. Del cielo azul nievan pelusas blancas, que cubren el suelo como una alfombra de algodón. Son los vilanos, las semillas de los chopos hembras que lanzan al viento sus primaveras. El río, enardecido por el calor, atraviesa el pueblo con modales de estampida. Estas aguas no vienen de las nubes sino del deshielo. Agresivas y violentas, del color de la tierra, ya inundaron las alamedas y algunas huertas. El molino y la barbería hacen aguas por los costados. Aparte de la impresión y del miedo, aparte de la angustia por lo que se ha perdido y lo que todavía se puede perder, todo son urgencias, prisas y ajetreos. Las gentes del barrio alto ultiman el aprovisionamiento. Las del casco antiguo, desde la seguridad del margen izquierdo, echan una mano, admiran los portentos de la naturaleza, y apuestan, unos más y otros menos, a ver a qué hora se va el puente. El puente no son más que unos troncos de chopo tendidos, claveteados de tablas de lado a lado y las aguas embrutecidas caben apenas por debajo. Si sigue este calor no pasa de la siesta. Ni de milagro aguanta hasta esas horas. ¿No ha visto usted cómo suben las aguas? Digan ustedes lo que quieran, pero yo por ahí ya no pasaba, eso en cualquier momento sale navegando.

Los mozos tienen que desmontar porque, como era previsible, el Cantimploro se niega a cruzar por encima de las tablas. Se hubiese negado de todas maneras, pero el ímpetu de la crecida y el atropellamiento de gentes y animales de un lado al otro no ayudan en nada. Todo el mundo procura ubicarse y ubicar lo necesario porque, cuando las aguas se lleven el puente, el pueblo quedará partido en dos mitades incomunicadas, por más que no las separe ni un tiro de piedra. Si esto llega a ser así y la crecida se sostiene unos cuantos días, habrá que lanzar cuerdas de una orilla a la otra y mandar algunos víveres, por vía aérea, al barrio alto, que no tendrá otra manera de abastecerse ni de comunicarse con el mundo. Cada uno por un lado, el Blas y el Paco tiran del cabezal con todas sus fuerzas, pero el Cantimploro no levanta un pie del suelo. Aunque gaste anteojeras ya de cotidiano, prueban a taparle los ojos con un pañuelo. Le dan varias vueltas para que pierda las referencias y le enfilan de nuevo al puente como quien no quiere la cosa. Pero sentir las maderas y recular es todo uno. No hay manera de que el animal ponga las pezuñas sobre las tablas.

El agua sigue subiendo y ya lame los tablones. Voces, gritos, las últimas carreras. Cruza un padre que trae a su hijo agarrado de la oreja. Cuando ya han pasado, junto al Blas y al Paco, que siguen allí parados sin saber qué hacer, el padre suelta la oreja de su hijo y le da un azote en el culo. Anda, tira para casa, que ya hablaremos tú y yo. ¿Y este qué? ¿Tampoco quiere cruzar? Eso, un buen estacazo y verás si pasa o no pasa. Tira, mulo. Y el hombre descarga el bastón sobre el lomo del Cantimploro, que empieza a cocear pero no avanza ni un milímetro. Mal lo tenéis, muchachos. O cruzáis ahora o no cruzáis, porque esto ya no aguanta mucho más. Yo que vosotros me volvía para casa.

El puente ha quedado desierto. Nadie más se anima a cruzarlo. El agua se cuela entre las maderas y se arremolina contra las vigas. Desde las riberas, decenas de ojos, tal vez cientos, están fijos en el río enfurecido, el puente que tiembla, el Blas y el Paco que no se determinan y el burdégano enorme que recula. Unos los animan a cruzar cuanto antes. Otros que ya ni se les ocurra. Unos apuestan a que pasan. Otros a que con el mulo ni de coña. La mayoría está de acuerdo en que ya no deberían intentarlo. La situación se presta a un cachondeo que sirve para rebajar la tensión de un destrozo inminente.

Ese hombre tiene razón. Sería mejor que nos volviésemos.

Anda ya, Paco. ¿Tú quieres estrenarte, o no quieres estrenarte?

Pues claro que quiero, no voy a querer. Pero explícame tú a mí cómo cruzamos y, sobre todo, cómo volvemos, que ese va a ser otro cantar.

La cosa es pasar al otro lado. De la vuelta no eches cuentas. Habrá que dar un rodeo por el camino de los Neveros.

Pues menudo alpargatazo.

A ver. El que algo quiere algo le cuesta.

Llega entonces un arriero con tres mulas castellanas trotando detrás de él. Son animales elegantes, más apropiados para el desfile que para la carga.

Eh, vosotros. Quitaros de en medio que voy pal otro lao. ¿Qué hacéis ahí pasmaos? Si vais a pasar, es ahora o nunca.

Perdone usted. Es que al mulo no le da la gana.

Ah, es eso. No me extraña. A mí tampoco me apetece. Están las aguas un poco oscuras como para darse un baño. Venga, deprisa, descúbrele los ojos y déjalo suelto que olisquee. Ya verás si pasa o no pasa.

Qué va a pasar, si este tiene más miedo que vergüenza.

Os digo yo que este pasa y además él solito sin que le fuerce nadie. Hacerme caso que yo de estos animales entiendo un rato. Quitaros de en medio y dejármelo a mí.

El Blas y el Paco hacen lo que el mulero les dice y se apartan a un lado. El arriero arrima las mulas al Cantimploro, que empieza a relinchar en cuanto advierte la presencia femenina. El hombre consiente todavía unas cuantas zalamerías y luego echa a correr por el puente con sus mulas detrás. Venga, guapas, que como nos descuidemos no llegamos ni a los postres. El Cantimploro, aunque estéril y castrado, no es ajeno a los ardores de la primavera y cruza resoplando detrás de las hembras. A la carrera, los dos amigos son los últimos en cruzar antes de que el puente, con un crujido de protesta, empiece a combarse.

¿Cómo sabía usted que el mulo pasaba?

¿No os he dicho yo que de estos animales entiendo lo mío? Lo que pasa es que estas tres señoritas hace ya unos días que me vienen con ganas y eso el macho lo huele de momento. ¿No veis cómo se le está poniendo la tranca? Anda, sujetarlo, no vaya a ser que todavía me monte a alguna y me la lastime, que este más que un mulo parece un elefante.

Se conoce que el buen hombre debe de llevar prisa. Sin más palabras salta encima de su mula más coqueta y desaparece río arriba, en dirección a la Fabriquilla. El Blas y el Paco tienen que esmerarse para retener al Cantimploro, que hubiese seguido a esa recua hasta el fin del mundo. Es entonces cuando los lamentos del puente se vuelven alaridos. Hasta que, retumbando como un trueno, se parte en dos mitades. Una desaparece enseguida arrastrada por la corriente. La otra queda varada, como un barco medio hundido, enganchada a unas mimbres que crecen en la orilla. Por ahí ya no pasamos, se dicen. Vuelven a montar y enfilan hacia el cementerio.

Pese a las apariencias, el Paco era virgen de solemnidad. Ya pasaba de los veinte; pero, por más que lo había intentado, nunca había llegado a consumar. Y es que por aquellos tiempos no era nada fácil que una moza se dejase antes del matrimonio. Le llamaban el Posturas porque siempre que bajaba por el pueblo iba hecho un figurín y, cuando bailaba, lo hacía con unas poses y unos ademanes más propios de un salón vienés que de unas fiestas de pueblo, más aún si el pueblo, como este, agonizaba entre montañas. Era el rey del pasodoble. Las mozas se lo disputaban. Pero más allá de la pista de baile ya no querían saber nada, porque su reputación, solo en parte merecida, no era precisamente buena y la llevaba pegada a la espalda como una sombra. Él había puesto los ojos en la Paquita, aquella chiquilla a la que, además del pelo, le habían crecido las tetas, y quería poner algo más. Ella consentía sus manos más allá de donde termina la espalda, siempre y cuando sus padres no estuviesen a la vista. Cuando bailaban, sus pasos se hacían uno y los dos tenían que esforzarse por mantener una distancia que se acortaba peligrosamente. Como te arrimes a ese desgraciao te parto el lomo. No quiero verte más con mi hija, que eres un borracho.

Al final, los padres, viendo que los años corrían y que a la hija no se le pasaba la querencia, terminarían transigiendo y aceptando el casamiento, como mal menor y a regañadientes. Nunca iban a reconocer que la idea no era tan mala. A la niña se le estaba pasando el arroz y, después de todo, el Paco se ganaba bien la vida, su padre había juntado un buen puñado de tierras y hasta tenía un bar en el camino de la Solana. Valía más un yerno crápula que ningún yerno y daba tanto que hablar una hija soltera cerca de los veinticinco como un golfante fiestero, aficionado a las mozas y al frasco en la misma medida.

Pasado el cementerio, sacan de nuevo la botella y la apuran hasta el fondo. No importa, traen más. Últimamente vino no les falta. Y bien que se ganan cada gota deslomándose en las viñas del abuelo. Fuman también como carreteros y esto les cuesta algo más, porque el tabaco sí que hay que pagarlo, y con dinero.

El Paco, que monta detrás, no ha parado de hablar en todo el camino. No conoce mujer y es natural que le inquiete la perspectiva de hacerlo.

Pero yo ¿qué le digo?

Pues qué le vas a decir, nada. ¿Tú vienes aquí a darle a la lengua o a mojar el churro?

Pero ¿no tengo que hacer nada?

Hombre, nada, lo que se dice nada. Tú mira, toca y escucha, lo demás viene por añadidura.

No sé, no puede ser tan fácil. ¿Tú has estado con una puta alguna vez?

No, claro que no.

Acabáramos, entonces ¿de qué estamos hablando?

Coño, Paco, me quieres hacer caso. No te estrujes la sesera que no hay para tanto. Es lo mismo que marcarse un pasodoble y ahí no hay quien te gane. Tú no gastes cuidao que son putas y conocen su oficio. Cuando quieras darte cuenta ya estás en el cielo con los angelitos.

Lo primero que distinguen entre los pinos es el llanto del acordeón y las risas de las mujeres. Lo segundo son las docenas de mulos amarrados a los árboles y el abuelo sentado en una silla. Fue el primero en llegar y ya veremos si no será también el último en marcharse. El Blas y el Paco se sientan a su lado y apuran los tragos que les ofrece el viejo.

¿Habéis traído vino?

Claro, abuelo, ¿cómo no vamos a traer?

Eso está bien. Mala cosa sería que nos faltase habiendo tanto en la bodega. ¿Y el puente? ¿Todavía aguanta?

Ya no hay puente que valga. Ha sido cruzar nosotros y se lo llevó el río.

O sea, que esta noche la pasamos al raso. Desde luego a los Habices no volvemos.

Como no sea por el camino de los Neveros.

Quita, quita. Yo no subo por esa cuesta de mataos.

Están encantados en compañía del abuelo, que es toda una institución en el mundillo de la farra. Todo el mundo lo conoce por su nombre y todo el mundo le saluda con respeto. Los hombres se le acercan para estrecharle la mano y las putas, las únicas mujeres que allí hay, se le sientan en las rodillas y lo cubren de besos de arriba abajo. Él reparte sonrisas y vasos de vino. Es generoso hasta la privación y por eso seguramente nunca le falta de nada.

Liando un cigarrillo detrás de otro, ya sea para el abuelo, para ellos mismos o para el primero que se acerque, si es que se descuidan, el Blas y sobre todo el Paco no consienten que se les escape ni el más mínimo detalle. Un repertorio lujurioso que solo es posible aquí, entre los pinos. Una mano posada en un culo. Una teta desbordando de un escote. Las bocas pintadas susurrando al oído palabras que se mueren por ser escuchadas. Las medias rotas. Los tacones trastabillando entre los guijarros. Los guiños, los besos, las caricias, los pellizcos, las risas revoloteando como las pelusas de los chopos. Una intimidad, una complicidad imposibles, inimaginables en estos tiempos de miedos y pacaterías. El vino corriendo a mares, derramándose por el suelo, por los labios, por las gargantas desnudas. El deseo picoteando entre las piedras como una piara de gallinas.

Cada vez más animadas, las mujeres bailan con unos y con otros, solas o entre ellas. Hacen y deshacen, eligen y rechazan, provocan y seducen. Es el mundo al revés. Aquí no son los hombres los que tienen que sacar a las damas, ellas no esperan recatadas a ser elegidas. Nadie se llama a engaño. Las mujeres están trabajando. Lo hacen por dinero. Incluso beben por dinero para que los hombres beban más. Pero la alegría es compartida; aunque sea todo un teatro se parece al teatro, de la prodigalidad.

Deslumbrados por tanta exuberancia y abotargados por el vino, el Blas y el Paco no se han movido de su sitio al lado del abuelo, que anima el baile a golpe de acordeón. Entre canción y canción, se les acerca una mujer con modales de señora y aires de marquesa. Debe de ser la única que conserva el maquillaje en perfecto estado de revista. El abuelo le coge la mano al vuelo y se la besa delicadamente. A un gesto suyo, alguien acerca una silla para la dama.

Señora, un admirador más que un amigo.

Si serás bribón. ¿Dónde te metes? Hace años que no se te ve el pelo. En la ciudad se te echa de menos.

Ando retirado en las montañas. Ya no me da el cuerpo ni el bolsillo para tanto refinamiento. Déjame que te presente a los muchachos. Este es mi nieto. Se llama Blas como su abuelo. Y este es el Paco. Buenos mozos de la sierra igual que yo. A ver si me los cuidas, que se están iniciando.

Eso está hecho. ¿No me tocarías esa canción que tanto me gusta?

Pues claro, mujer, yo por ti toco lo que haga falta. Aunque me parece un poco melancólica para la ocasión.

Tanto mejor, es bueno para el negocio, que así los cuerpos se arriman y se acortan las distancias.

El abuelo empieza a desgranar unos acordes pausados. Al Blas y al Paco, subyugados por unas tetas que, pese a la edad, se mantienen firmes y que, por algún prodigio de alta costura, no ocultan más que las puntas, el gesto les pasa inadvertido. La mujer ha buscado con la mirada entre las putas más jóvenes y, con una leve inclinación de cabeza, ha señalado a los mozos sentados a su lado. No tardan algunas en acercarse. El Paco no se hace de rogar. Al Blas, reticente, lo sacan a la fuerza. Vuelve enseguida junto al acordeón. El abuelo ultima la melodía con una lágrima resbalándole por la mejilla.

Tóquele un pasodoble, abuelo, que esto tan lento no es lo suyo.

Con un pañuelo que ha sacado del bolso, la mujer limpia la lágrima que se le ha escapado al abuelo antes de limpiar las propias frente a un espejo que sostiene con la otra mano. La música sale volando. Lo mismo que los pies del Posturas, que parece haber nacido para el baile antes que para las trochas. Las putas se quedan pasmadas y se lo empiezan a disputar con malos modales. Hubiesen llegado a las manos de no ser porque el Paco, unas cuantas canciones después, desaparece entre los árboles, arrastrado de la mano por una morena pintona con la que no le han hecho falta palabras ni prolegómeno alguno. Cuando quieras darte cuenta ya estás en el cielo con los angelitos.

Al abuelo le brillaban los ojos. Siempre le brillaban los ojos. Llevaba un vaso de vino pegado a la mano, como una mosca cojonera revoloteando alrededor. El abuelo cantaba todo el rato, como si ensayase una voz que no fuese la suya, como si buscase una canción que nunca hubiese cantado. Si no estaba cantando, estaba silbando, y si no estaba silbando, tarareaba. Cuando se acercaba, podías escuchar su acordeón, aunque no lo llevase encima. El abuelo parecía de fiesta hasta en los funerales y, de haberlo tenido, se hubiese marcado un pasodoble en su propio entierro. Pero no lo tuvo, ni lo podría tener. Aquel mismo verano, cuando consiguió reponerse de los excesos de la noche de San Juan, cargó el mulo con todo el vino que pudo sin que al animal se le doblasen las piernas, afianzó el acordeón con una cuerda y se despidió de su nieto sin demasiadas efusiones.

No te vayas a olvidar. Para los santiagos me despampanas las viñas. Mete bien las tijeras que si no la uva no engorda. Yo estaré de vuelta para la vendimia.

Pero fue preciso recoger las uvas y pisarlas. Y el abuelo no había vuelto. Hubo que trasegar el vino y catarlo. Y seguían sin noticias. Se hizo imperioso podar las viñas y cavarlas. Y nada se sabía. La inquietud crecía conforme las barricas se vaciaban. Y cuando se quedaron secas, todo el mundo se temió lo peor y lo peor se hizo. No volvieron a ver al abuelo. Se quedaron sin música en los Peñoncillos.

Al caer la noche, se encienden las hogueras y la fiesta degenera hasta la ebriedad y la inconsciencia. Si de día ya escaseaban las ropas, ahora, entre las sombras, las llamas iluminan más carnes que vestidos. La mayoría de los hombres, borrachos como cubas, más o menos satisfechos, ya volvieron a la cruda realidad de sus casas, una vez acabados la función, los ahorros y las fuerzas. Quedan los más crápulas, a los que habría que terminar echando si esto no fuese un bosque sin puertas ni ventanas. Las putas, exhaustas, sacan fuerzas de donde no las hay para finiquitar los últimos servicios. Debajo de las ojeras y de los borrones del maquillaje se les dibuja la sonrisa. Están contentas porque han sacado en una jornada lo mismo o más que en dos semanas de burdel. El Garduña no se ha decidido en toda la tarde. Ninguna mujer ha conseguido atraer su atención o despertar su deseo y mira que lo han intentado. Quizá haya sido el exceso de alcohol o, quizá, la avalancha de recuerdos. El caso es que se ha dejado contagiar antes por las notas melancólicas del abuelo que por la lascivia de un bosque desmelenado. Lo único que consiguió despertar su interés fueron unos ojos negros que se aburrían, un cuerpo escuálido que no sabía dónde meterse, un esqueleto, sentado sobre unas piedras, que no dejaba de mirarle. Estuvieron un buen rato jugando con los ojos al gato y el ratón. Hasta que la chica desapareció y ya no hubo manera de encontrarla. El Blas no sabe cuánto tiempo ha pasado, cuando el Posturas vuelve del bosque como un aparecido. Trae el rostro transfigurado. Es él pero parece otro. Momentos después, la morena surge entre las sombras y se sienta al otro lado de la hoguera. Sin mediar palabra, el Paco agarra la botella y se sienta junto a su amigo. Este enciende el cigarrillo que se acaba de liar y se lo pasa. Es todo lo que tienen que decirse en este momento.

Poco a poco, los acordeones se van apagando lo mismo que las llamas. Poco a poco, se van apurando los culos olvidados en el fondo de las botellas caídas. Hay cuerpos entrelazados debajo de los árboles. El amanecer los sorprende entre un amasijo de carnes, olores y ropas. Huele a vino, a perfumes y a sudor. El Garduña despierta no por los ronquidos ni por el estruendo de los pájaros ni por la sequedad de la garganta o el dolor de cabeza, sino por un placer infinito que lo envuelve. Entre sueños había volado a los altos del Purche, debajo de las piedras, pero al abrir los ojos descubre que sigue aquí, entre los pinos. Un cuerpo famélico se retuerce sobre el suyo como el rabo amputado de una lagartija. Se desliza, se agita, con una lentitud de regodeo. Por un momento le ha parecido reconocer esos ojos, esas costillas, esa nariz torcida, esa figura. Pero no es ella, no puede ser ella, aunque sean los mismos movimientos y parecidos estertores. A su lado, el Paco ronca boca arriba, con el pecho cubierto por una cabellera negra. Cierra los ojos y se abandona, a esa cadencia tan reconocible como extraña, que se va a pasar buscando el resto de su vida.

De curda en curda, de fiesta en fiesta y de juerga en juerga se les fueron la mitad de los cincuenta. No perdonaron una. Hicieron muchas veces las rutas de los pueblos siguiendo el calendario de los santos patrones. San Juan, san Antón, san Canuto, san Cecilio, san José, la virgen del Rosario y el día de todos los santos, que se asaban castañas al fuego y los más valientes cataban el vino del año, cosa de ver si ya estaba potable para los cristianos. Durante el verano recorrían las eras del valle, donde había cachondeo por las noches, porque los mozos se quedaban hasta el amanecer vigilando los sacos de grano recién trillado y las mozas más lanzadas se escapaban de sus casas para hacerles compañía y alguna que otra carantoña. Las viñas del abuelo eran una fuente inagotable y el Garduña iba refinando sus artes de viticultor. El Posturas, por su parte, se escapaba en cuanto podía del bar de su padre, donde su hermana, la Antonia, seguía encadenada a la barra por unos grilletes no por invisibles menos dolorosos y crueles. Como el pueblo se les quedó pequeño, dirigieron sus pasos hacia la ciudad, que prometía un pasmo de posibilidades. Tenían que hacer un par de portes de leña y con eso les alcanzaba para quemar la noche. En cuanto caían las sombras, bajaban al pueblo con el Cantimploro cargado hasta los topes. Uno se quedaba con el animal escondido en algún barranco y el otro se acercaba hasta las primeras casas para asegurarse de que no había moros en la costa. Luego descargaban en algún horno o en algún patio y volvían a la sierra para repetir la operación. Si todo salía bien, llegaban a la capital antes de la medianoche, con dinero suficiente para darse un homenaje. Pero otras veces tenían que tirar la leña en cualquier parte y perderse valle arriba porque los civiles estaban rondando y no había manera de acercarse al hoyo. Más de una vez les rondaron las balas, y más de dos se libraron de milagro. En la ciudad, aunque la cosa no era tan distinta, les parecía todo mucho más sórdido. Las putas los llamaban desde los callejones, algunos tan estrechos que el Cantimploro no pasaba sin arañarse los costados. Eran seguramente las mismas mujeres que habían conocido en los pinares, pero aquí, entre los muros, les faltaba alegría y les sobraba premura. Poco tardaban en echarles mano al paquete, restregarles las tetas por la cara y reclamar su dinero. Estaba claro que lo único que buscaban era cobrar y acabar cuanto antes. Y eso era precisamente lo que conseguían de espaldas a un muro. Así la cosa tenía poca gracia y terminaron aburriéndose de esos desahogos callejeros. Entonces descubrieron los burdeles que algunas veces, si la cosa estaba tranquila y no había demasiada concurrencia, ofrecían algo de humanidad además de la jodienda.

Primero disparaban y luego gritaban: alto a la guardia civil. Si te cogían con el mulo cargado de leña ibas de cabeza al cuartelillo sin más consideraciones. Lo que allí se hacía lo llamaban hacer el tambor, porque recibías palos por los dos lados. Bastaba que te pillasen con un hacha o una sierra para que te las confiscasen y raro sería que te librases sin una buena paliza. Lo mismo pasaba si te encontraban cualquier cosa de esparto, ya fuese trabajado o sin trabajar. Que llevabas un conejo, una perdiz o unos simples pajarillos, ya te estabas preparando. Que escondías en las albardas unas botellas de vino, ya te estabas despidiendo. Fuese como fuese, valía más no toparse con ellos y era preferible un rodeo de varias horas que exponerse a sus caprichos y arbitrariedades.

Una mañana de primavera, bien cerca de los juanes, trasponen hasta la ciudad; por una vez, no es un viaje de placer, sino de negocios. Cogen prestadas dos mulas, además del Cantimploro, para cargar las cerezas. Los cerezos del Blas estaban pletóricos. Nunca los habían visto tan cargados. Les llevó varios días recoger las picotas y meterlas en cajas. El trabajo se hizo pesado en el talud, tan inclinado que no entraban ni las bestias. Tanta fruta no hay forma de colocarla en el pueblo. Les han dicho que en la ciudad, en el mercado de San Agustín, se las compran seguro. Y allí que se van, más por probar que por convencimiento. Cuando llegan al mercado, a los fruteros se les salen los ojos de las órbitas. Picotas como aquellas no son fáciles de encontrar y sí, en cambio, de vender. Se les acercan los tratantes como quien no quiere la cosa y, sin demasiados regateos, acuerdan un precio que, justo o no, les parece exorbitante. El Blas y el Paco nunca han visto tanto dinero junto. Y, como no puede ser de otra manera, deciden celebrarlo. Con los fajos de billetes en los bolsillos buscan acomodo para las mulas, en unas cuadras junto al río, y completan la ruta de las bodegas sin perdonar ni una. Solo se llevan al Cantimploro para que acarree las botellas y les descanse los paseos. Comen y beben hasta reventar. No hay capricho que no se concedan. Entre trago y trago, llama su atención un escaparate. Tienen que enseñarle el fajo al dependiente para superar sus reticencias. Se prueban todos los sombreros, ladeándolos frente al espejo. El Blas elige uno con el ala estrecha y levantada en la nuca. El Paco se decanta por una gorra plana a cuadros blancos y negros. Cuestan una pasta, pero ¿qué importa? Para una vez que tienen dinero. Hasta se compran un par de puros, los más caros que encuentran en el estanco, y se van a fumarlos al parque del Triunfo. Están allí tirados, debajo de unos tilos, tratando de encontrarle el gusto a esos humos tan caros, cuando se les acercan dos hombres mal encarados. Uno de ellos saca una navaja que da miedo, no solo por el tamaño de la hoja, sino por lo oxidada que está. El otro les sugiere, de muy buenas maneras, que se vacíen los bolsillos y que ya les están dando todo lo que lleven. Como siempre, contesta el Paco, más chulo que un ocho.

Como no queráis los puros. Porque otra cosa no llevamos.

Esto basta y sobra para que se caldeen los ánimos. Los hombres levantan la voz y hacen aspavientos con los brazos y con el cuchillo. El Cantimploro se está poniendo nervioso. Como los ladrones no pueden conocer los retruécanos de su carácter, se han arrimado al animal para que su cuerpo los cubra de posibles miradas inoportunas. Las coces y los meneos los pillan de improviso y terminan los dos en el suelo, más asustados que maltrechos. El Garduña y el Posturas aprovechan la coyuntura para largarse, tirando del Cantimploro, que sigue coceando y dando patadas al aire.

Menos mal que no les ha dao de lleno, porque si no no lo cuentan.

Anda que, si nos pinchan con eso, antes nos mata el tétanos que los cortes.

Mal deben de estar las cosas para que vengan a atracar a unos desgraciaos como nosotros.

Les habrá despistao lo de los puros; pero si no es por el mulo, se llevan hoy una buena tajada.

Quita, quita, a esos me los como yo con patatas.

Menos lobos, que eran dos y llevaban navaja.

¿Y qué te piensas tú? ¿Que yo no la llevo?

Eres más bruto que un arao.

Como la noche todavía es joven, deciden acercarse a un burdel del que les han hablado en el pueblo. Todavía no lo conocen porque, por lo que les han dicho, queda fuera de su presupuesto y de su categoría. Pero hoy es un día especial y nada les parece fuera de su alcance. Les abre una moza joven que más parece una diosa que una puta. Los mira de arriba abajo y quiere cerrarles la puerta en las narices. El Blas lo impide con la punta del pie y entonces entra en la sala una señora mayor que se lanza hacia ellos con los brazos abiertos.

Madre de dios, pero si son los nietos del Blas, ¿es que no os acordáis de mí?

Sí, señora, cómo no vamos a acordarnos. Era usted la más guapa aquella noche en los Llanos.

Muchas gracias, es lo que habría dicho tu abuelo. Es increíble lo que te pareces a él, en la cara y en las maneras.

Eso dicen.

Pero pasar, pasar. No os quedéis ahí. Estáis en vuestra casa. Y tú, ¿qué haces ahí pasmada? Corre a avisar a las chicas y que vayan abriendo alguna botella de las caras que esta noche tenemos invitados.

Como es entre semana, el negocio está tranquilo, por no decir muerto y enterrado. Cruzan varios salones en los que se adivina entre las penumbras el lujo y el boato y los aposentan en otro, menos ostentoso pero más acogedor. Nunca nadie los ha tratado de este modo. Los cuidan, los miman, los agasajan. Los tratan como nietos, como hijos, como hermanos, como amigos, como compañeros y, de remate, como amantes. Los lavan de arriba abajo, les dan de comer y de beber cuanto les apetece, que mucho no es con el día que llevan. De vez en cuando, suena una campanilla y alguna de las chicas se levanta para atender. A la que le toca desaparece con un gesto de fastidio. Se va haciendo tarde y la mayoría de las mujeres se despiden. Solo se quedan con ellos las más jóvenes que no parecen tener muchas prisas ni ganas de irse a la cama. La madame, emocionada, los retiene entre sus brazos un buen rato, al abrigo de sus tetas.

No os olvidéis. Le dais saludos al abuelo de mi parte.

Eso no va a poder ser, señora. Ya va para dos años que no tenemos noticia. Salió para la sierra como todos los veranos y nunca más se supo.

Vaya por dios. ¿Qué me estás diciendo? El Blas era un gran hombre. Todavía recuerdo cuando nos conocimos. Venía a la ciudad a vender la nieve en la calle Varela.

¿El abuelo vendía nieve?

¿No sabes que tu abuelo era nevero? Seguramente el último nevero de la sierra y el más guapo, puedes creerme.

Cuando quieren darse cuenta, los juegos y las risas se han vuelto lúbricos. Las ropas han ido desapareciendo y el alba les sorprende en un cielo encarnecido. Si existe un paraíso debe de estar entre estas cuatro paredes. Les cuesta un mundo abandonarlo.

Llegan al Hoyo un par de horas después, arreando a las bestias porque en casa les estarán echando de menos. El Blas confía en el dinero de las cerezas para calmar los ánimos. Pese al despilfarro, le queda un buen fajo en el bolsillo. Al enfilar el puente nuevo, ven unos corrillos asomándose al río. Ya no es ese puente de palos por el que cruzaron hace unos años. Es una construcción de ladrillos suficientemente alta para dejar paso a las crecidas. Más vale tarde que nunca. Cuando lo cruzan, se asoman también para ver lo que mira la gente con tanto regodeo. Y allí está el cadáver de la Manuela, deslavazado sobre las piedras.

Lo que se contaba por el pueblo era que su prima se había acostado en la cama que no debía. Y que, en esa misma cama, para rematar la faena, había tenido la desgracia de quedarse preñada. Las balas que le regalaron no eran tanto para ella sino para el retoño que esperaba. Había quien no quería saber nada de ese niño todavía por nacer y, tal como estaban los tiempos, no fue de extrañar que la cosa acabase por las malas. La Manuela y el fruto de su vientre no eran las primeras, ni serían las últimas víctimas del dueño de aquella cama. Aunque tal vez sí fuesen las más inocentes, al menos en lo que al vástago se refiere. Ni que decir tiene que aquella cama tenía dosel, era de madera maciza y estaba delicadamente labrada. No había otra igual en todo el pueblo y no era la cama que se le suponía a una pastorcilla huérfana, que no tenía dónde caerse muerta, como todo el mundo podía comprobar. Desgajada del mundo, la Manuela nunca tuvo otra cosa que ofrecer más que la rotundidad de su cuerpo y la fiereza de su deseo. Y ahora ni eso le quedaba.

Acodados en el pretil del puente, el Blas y el Paco no pueden creer lo que tienen delante de los ojos. A sus mentes turbias por el exceso de alcohol y la falta de sueño aquello les parece una mala pesadilla. Llevan en danza más de treinta horas y las que les quedan. Les duele la cabeza como si alojase una bala. El sol se les mete por los ojos igual que una navaja.

Entonces aparecen los civiles. Llevan varios años dándoles esquinazo y de pronto los tienen encima. La gente se evapora como si fuese humo. Solo el Garduña y el Posturas se quedan allí, obnubilados.

¿Qué hacéis ahí parados? Venga, circulando.

Es que es mi prima.

Querrás decir que era porque esta ya no está pa muchos bailes.

Hay que reconocer que la moza está de muy buen ver. Le fallan un poco las tetas, pero mira qué caderas y qué piernas. Está para hacerle un nudo.

Me cagaría en la puta de tu madre pero sería un insulto pa las putas.

Por un momento, se hace el silencio. Solo se oye el agua del río. El Blas ha pronunciado esas palabras con una tranquilidad temeraria y los guardias, dos chicos jóvenes todavía sin amoldar a las armas ni a los uniformes, no están acostumbrados a respuestas y menos a insultos de tal calibre.

¿Qué has dicho?

He dicho que tres cuernos son pocos para la mierda que llevan debajo.

El guardia ya está levantando el arma, pero el Paco, más rápido, lo sienta de un puñetazo. El otro, visiblemente nervioso, los encañona con el fusil. Aparecen tres de a caballo que no traen aires de andarse con contemplaciones.

¿Qué coño está pasando aquí?

Resistencia a la autoridad, mi teniente.

Qué resistencia ni qué leches. Coño, pero si son el Garduña y el Posturas. Estos dos ahora mismo al cuartelillo, que hace tiempo que les tengo ganas, y tápenme ese cuerpo, que ya está bien de exhibiciones.

Les atan las manos a la espalda. Los registran de arriba abajo. Al Paco le quitan la navaja. Al Blas, el fajo de billetes. Con sendas cuerdas de esparto, los amarran a la silla de una yegua torda y se los llevan a rastras hasta el pueblo de al lado. El camino hasta el cuartelillo se les hace eterno. No son más que cinco kilómetros de buen terreno llano. Nada para lo que están acostumbrados. Pero les parecen quinientos y escarpados.

Si serás cafre. Mira que pegarle a un guardia civil.

A ver, ¿qué querías que hiciese? Tú te has cagao en su puta madre y te has quedao tan pancho.

Tengo la boca como la suela de un zapato.

A mí me estallan los sesos. No nos vendría mal un trago de vino.

Esta vez sí que la hemos cagao.

No lo sabes tú bien, capullo.

El guardia joven arrea a la yegua. Las cuerdas se les clavan en las muñecas. El sol es una lápida sobre sus espaldas. Menos mal que se han comprado los sombreros. Hacen en silencio el resto del camino. Las imágenes de las últimas horas atraviesan sus mentes como balas o cuchillos. Las cajas llenas de picotas, el fajo de billetes, las botellas de vino, la navaja oxidada, el Cantimploro coceando, los labios pintados, los cuerpos desnudos, los coños, las tetas, los culos y la Manuela desvencijada sobre las piedras. Los dos van rumiando el mismo pensamiento. Ya va siendo hora de sentar la cabeza.

12. Con la iglesia hemos topao

> *Guio don Quijote, y habiendo andado como doscientos pasos, dio con el bulto que hacía la sombra, y vio una gran torre, y luego conoció que el tal edificio no era alcázar, sino la iglesia principal del pueblo. Y dijo: Con la Iglesia hemos dado, Sancho. Ya lo veo, respondió Sancho, y plega a Dios que no demos con nuestra sepultura.*
> MIGUEL DE CERVANTES, *Don Quijote de la Mancha*

A la mañana siguiente, entre los barrotes que los custodiaban, con los ojos hundidos en las cuencas moradas, tuvieron que contemplar cómo el Manolín, el padre del Paco, entraba en el cuartelillo igual que Pedro por su casa. Bromeaba. Reía. Saludaba a todo el mundo con una familiaridad que iba más allá de las lindes del espanto. Palmadas en la espalda, apretones de manos, incluso algún abrazo. Solo le faltaba el tricornio para ser uno de ellos. Entregó al teniente un dobladillo de papeles, entre los que se adivinaban los billetes, y aquel lo guardó en un cajón sin apenas mirarlo. Ese intercambio no era un gesto desconocido, sino más bien todo lo contrario: estaba claro que no era la primera vez y esa complicidad espantaba, porque hablaba de repetición y de rutina. En la mente del Paco se iban encajando las piezas como en un rompecabezas. El Blas, más avisado, solo encontraba confirmación a lo que ya sabía. Nunca habían hablado de este tema. Ni de la guerra, ni de los refugiados, ni del dinero que el Manolín se había embolsado a cuenta de la desesperación y la penuria. Fue el mismo teniente, el que más mandaba y el que más duro pegaba, el que se levantó de su escritorio para abrirles la puerta de la celda. Venga, chaval, que ya has cobrado bastante. Tira para casa y que no te vuelva a ver por aquí. Y tú, Garduña, ¿dónde coño te crees que vas? Anda para adentro que todavía no hemos terminado contigo. El Posturas se volvió hacia su amigo como buscando una explicación, pero no la encontró porque el Blas ya se retiraba cojeando hacia el fondo de la celda. No es justo. No hemos hecho nada. Yo tengo tanta culpa como él. No me toques los cojones, Paco, que todavía la tenemos. Vete con tu padre y dale las gracias que te está ahorrando una sarta de hostias. Sentado en el suelo, con la espalda contra la pared, el Blas levantó la mirada para indicarle a su amigo que se dejase de leches. Solo entonces se volvió el Posturas hacia la salida. El Manolín se acercó para ayudar a su hijo, que también andaba renqueando. Pero este le apartó de un manotazo. Ni se te ocurra volver a ponerme las manos encima.

Tres noches más iba a pasar durmiendo sobre el suelo desnudo sin una mala manta que echarse por encima. Tres días más haciendo sus necesidades en una bacina a la vista de todos. Le escatimaban la comida y el agua y le prodigaban los tortazos y los palos. Tantas veces se había reído con esa guasa del tambor para comprobar ahora, en sus carnes, que no tenía ni pizca de gracia. Cuando conseguía conciliar el sueño, ya fuese de día o de noche, le despertaban a voces, a palos o con un cubo de agua sucia arrojado entre las rejas. Los guardias se morían de risa, se conoce que les divertían sus gestos de fastidio y su desconcierto. De vez en cuando, venían de visita. No le acusaban de nada, no le preguntaban nada. Simplemente le golpeaban por un lado o por el otro, le tiraban al suelo, le pateaban. Tuvo tiempo de conocerlos a todos. Reconocía a los más crueles. Recibía con alivio a los más compasivos. Algunos parecían disfrutar, otros preferían la humillación y el regodeo. Y unos pocos actuaban con una precisión rutinaria, como cumpliendo órdenes, y eran capaces de apalearle con una desgana insufrible mientras comentaban el último partido de fútbol o lo que habían comido esa misma mañana. El peor con diferencia era el teniente, que venía de vez en cuando, como si no confiase demasiado en la saña de sus subordinados, o tal vez en busca de diversión para entretener las largas horas de cuartelillo.

Siempre que el miedo se le instalaba en el cuerpo volvía al pozo de su infancia, donde lo metieron un día colgado de una cuerda. Era una cuerda de esparto que él mismo había trenzado. Como la había hecho con sus propias manos sabía que era fuerte, pero también que tenía puntos débiles por los que podía descoserse en cualquier momento. ¿Y si se rompía?

Enroscado como un feto, hecho una bola sobre el suelo de cemento, llamaba al sueño con las pocas fuerzas que le quedaban. Se acordaba de su abuela y de sus palabras. Niño, échate un rato, que dormir alimenta más que los garbanzos. Pero cuando cerraba los ojos se le aparecía el cadáver de su prima desvencijado sobre las piedras. El agujero negro debajo del ombligo, los ojos abiertos, la extraña posición de los brazos y de las piernas. ¿Habría sentido miedo la Manuela alguna vez? No, ni siquiera de ese dios despiadado en el que ella creía, ni siquiera de la muerte que se le había acercado de cara cuando aún no había cumplido los treinta. Pero él sí que tenía miedo. Estaba acojonado. Y, cada vez que el sueño le vencía, a pesar del tormento de los huesos y de las articulaciones, a pesar del frío y de la peste a sudor, orines y excrementos, volvía al fondo del pozo del que un día creyó que no iba a salir nunca. Hacia arriba, por la boca, solo veía el techo de la cueva y las caras de su padre y de su hermana, iluminadas apenas por la luz del candil. Hacia abajo la oscuridad más profunda y algún reflejo en el agua que se agitaba como si estuviese viva. Su padre iba largando cuerda y él intentaba agarrarse a las paredes para no seguir bajando. Pero estaban húmedas y resbaladizas y no había forma de sujetarse. Nadie sabe cómo pudo suceder. Algo así nunca había pasado. Lo cierto es que el animalillo chapoteaba desesperadamente en el fondo del aljibe y era cosa de sacarlo cuanto antes porque estaba claro que no iba a aguantar a flote mucho tiempo. De madrugada, los corrales habían entrado en pánico. Un griterío de rebuznos, cacareos y bufidos despertó a la Josefa y luego a toda la familia. No encontraron rastro de zorros, garduñas ni alimaña alguna. Solo cuando los animales, amontonados al fondo de la gruta, se fueron calmando, pudieron oír un chapoteo desesperado que salía del pozo. Quién sabe por qué, el padre eligió a la Angelita y empezó a anudarle la cuerda a la cintura al tiempo que le explicaba lo que había que hacer. Pero su hermana se arrancó a llorar, a chillar y patalear de tal manera que el padre desistió, no tanto porque se compadeciese de ella, sino porque con aquella actitud la empresa tenía poca pinta de salir airosa. Él no chilló, ni lloró, ni pataleó. No es que le faltasen ganas de hacerlo, es que le habían educado en la certidumbre de que eso no era tolerable en un hombre, así tuviese cinco años o cincuenta. Dejó que su padre le atase la cuerda sin apartar la vista del brocal, más allá del cual no se veía nada, y luego se introdujo por la boca sin rechistar. El miedo era esa oscuridad y esa indefensión, colgado de una cuerda que podía romperse en cualquier momento. Mientras iba bajando intentaba agarrarse inútilmente a las paredes. Clavaba las uñas en el limo que se desmoronaba. De haber podido lo habría intentado con los dientes. Desde arriba su hermana decía: qué valiente. ¿No tienes miedo? Pero él no le contestaba de puro pánico y de puro obvia que le parecía la respuesta. Su padre, con la cuerda por encima del hombro, le gritaba. ¿Ya estás en el agua? Date prisa. Agárralo fuerte y dame una voz en cuanto lo tengas bien cogido. Cuando el agua le llegó a la cintura estaba tan asustado que no se atrevía a moverse. A su lado, algo pataleaba desesperadamente y no fue el valor sino el miedo lo que le decidió a abrazarse al choto con todas sus fuerzas, no tanto para salvarlo como para salvarse. No fue capaz de emitir sonido alguno. Tuvo que ser su hermana desde arriba la que, atisbando en la oscuridad y en el silencio que se había hecho de pronto, se diese cuenta. Ya lo tiene, padre, creo que ya lo tiene. Y los sacaron a los dos hechos una sopa, temblando de arriba abajo. El Blas tardó dos días en articular palabra y dejar de temblar. Al choto lo repudió su madre y hubo que criarlo a base de biberones. Las niñas le pusieron Renacuajo por lo pequeño que era y por su gusto por el agua. Se peleaban para darle de mamar. Unos meses después hubo fiesta en los Peñoncillos. Como siempre, la olla quedó vacía y los perros se dieron un banquete con los huesos y los despojos. Por la tarde, tras una pesada digestión, el Blas tuvo una corazonada. Bajó corriendo a los corrales. Conociendo como conocía a los animales, un rápido vistazo le bastó para salir de dudas. Se habían comido al Renacuajo.

Se consolaba pensando que de haber querido matarle ya lo habrían hecho. Pero ¿y si la cuerda se rompía? ¿Y si se les iba la mano? Un mal golpe y le dejaban tieso como a un conejillo.
Si lo que buscaban era el escarmiento no hacía falta que se tomasen tantas molestias. El Garduña ya había tenido más que de sobra para aprender la lección y otra cosa no parecía que les interesase. Nunca se presentaron cargos ni se formuló acusación alguna. Era culpable de ser lo que era, y eso el Blas estaba dispuesto a confesarlo sin más violencias ni vejaciones. Sí, soy un campesino sin tierras. Sobrevivir es mi delito. La culpa la tengo yo por haber nacido o acaso mi madre que me parió en lo alto de un mulo.

Lo último que recuerda es que le abrieron la puerta y lo pusieron de patitas en la calle como si tal cosa. Hala, chaval, hasta la próxima. Tú verás si quieres que sea antes o después. El sol le cayó encima como un mazo. Las piernas no le sostuvieron. Cuando despertó ya estaba en los Peñoncillos con dos muelas menos y el cuerpo cubierto de hierbas y ungüentos de la cabeza a los pies. Unos arrieros, que iban al Hoyo a por un porte de tejas, lo habían llevado hasta el pueblo hecho una piltrafa. Allí lo recogió su padre, con el Cantimploro, que ya había recibido noticias de la liberación. Había tenido suerte. Ningún hueso roto ni daños irreparables aparte de las muelas. En una semana, como nuevo. Aunque, eso sí, con más cicatrices que un torero. Era lo que decía la abuela como opinión más optimista y autorizada. La Josefa no lo tenía tan claro viendo a su hijo del color de las picotas, descosido por todas partes, incapaz de dar un paso, con las manos tan hinchadas que no podía ni sostener una cuchara. Apenas conseguía tragar nada que no fuese un caldo y había que acercárselo a los labios partidos como si fuese un pajarillo. Allí no había ningún médico que pudiese aventurar un diagnóstico y, de haberlo habido, no hubiesen podido pagarlo. Lástima las ganancias de las cerezas. De no haberse quedado en el cuartelillo hasta medicinas hubiesen podido comprar.

La convalecencia se alargó dos semanas; pero, poco a poco, se fueron convenciendo de que la abuela tenía razón. La recuperación iba a ser completa.

El Posturas venía a hacerle compañía. Le traía vino y tabaco que fumaban a escondidas de la madre. Tenía que liarle los pitillos y llevárselos encendidos a la boca porque no podía levantar los brazos. No solo de caldos vive el hombre.

Tú lo sabías todo, ¿no?

¿Todo? ¿El qué?

Coño, Blas, no te hagas el tonto, ya sabes de lo que te estoy hablando. De los negocios de mi padre y de sus tratos con los civiles.

Algo había oído.

Y ¿por qué no me dijiste nada?

¿Para qué iba a servir? Eran ganas de amargarte la vida.

Supongo que, como siempre, tienes razón. La Antonia te envía saludos.

¿Qué tal está?

Amargá, ¿cómo va a estar? Mi padre la tiene frita. Ese desgraciao. Te juro que un día le parto la cabeza.

Venga, Paco, que es tu padre.

Sí, para mi desgracia. Aunque más lo siento por mi hermana y por mi madre. Esas pobres sí que lo tienen crudo. Les ha tocao el gordo. Si al menos la Antonia se echase un novio. Pero a ver quién es el guapo que se le arrima con ese padre que dios le ha dao.

¿Tú crees que eso sería la solución?

Otra no hay. Que se case y que se vaya bien lejos. Bueno, te dejo, que tienes que descansar.

Dale un beso a tu hermana.

Todavía renqueando, arrastrando una pierna que no le obedece, recorre los quinientos metros de acequia que separan los Peñoncillos del bar del Manolín. Hay un montón de mulos amarrados a la entrada. Es viernes por la tarde y un griterío eufórico atraviesa las paredes. Se asoma por la ventana con la esperanza de que el Manolín no se encuentre entre la concurrencia. El Paco está atendiendo las mesas, se apresura de una a otra llenando los vasos con una jarra enorme. Detrás de la barra, la Antonia friega los platos maquinalmente, con la mirada ensombrecida por el tedio, el hastío o quién sabe si algo peor. A pesar de todo, el Blas la encuentra bonita con ese pañuelo que le cubre los cabellos. Se queda mirándola un buen rato, hasta que la muchacha levanta los ojos hacia la ventana y un brillo le atraviesa las pupilas. Ha sido un instante y el Garduña no está seguro de si ese brillo no habrá sido cosa de su imaginación o de sus ganas. ¿Será que se alegra de verme? La Antonia se ha quedado plantada. Los segundos van goteando despacio entre el bullicio, hasta que la chica esboza una sonrisa y desaparece por la puerta de atrás secándose las manos con un trapo. Tiene que apoyarse contra el muro porque la cadera, acusando el paseo, empieza a dolerle y no sabe cómo colocar la pierna. Entonces, doblando la esquina, aparece la Antonia y se le queda mirando.

Madre mía, cómo te han dejao.

Pues si llegas a verme hace un par de semanas.

Esta vez eres tú el que tiene la cara como un mapa. ¿Te duele?

Ya no tanto. Lo peor es por las noches. No sé cómo ponerme en la cama. Pero estoy bien. Mira, ya puedo hasta caminar.

Y separándose del muro da dos pasos hacia ella. Pero una punzada se le atraviesa en la cadera y le hace perder el equilibrio y apretar los dientes. La Antonia extiende el brazo y las manos se encuentran en el aire.

¿Estás bien? Mira que eres bruto. Anda que venir andando hasta aquí en este estado.

Es que tenía ganas de verte.

Yo también, pero me han faltado arrestos para ir a tu casa.

No te iba a comer.

Tú no, pero mi padre ya sabes cómo es. Desde que sacó al Paco del cuartelillo anda más encabronao que nunca. Dice que toda la culpa es tuya y que nos mata a palos como se entere de que volvemos a verte.

Pues sí que estamos jodíos.

No lo sabes tú bien.

Brotan lágrimas calladas y la Antonia se acurruca entre sus brazos doloridos.

Ya no puedo más, Blas. No puedo más.

La rodea con los brazos, no solo para confortarla, para sentirla, sino buscando apoyo, ayuda para sus piernas temblorosas.

Cásate conmigo, Antonia, cásate conmigo.

Un estruendo de rechifla sale por la ventana y quiebra sus intimidades. Voces, aplausos, chiflidos, una jarana insolente y descarada. El Posturas aparece doblando el muro.

Coño, ¿queréis apartaros de la ventana? ¿No veis que estáis dando el espectáculo? Meteros en la cocina que, como se entere padre de esto, la vamos a liar bien gorda.

Entre los dos hermanos ayudan al Blas, al que a cada paso se le traban las articulaciones. A salvo de miradas indiscretas, entre un batiburrillo de ollas y cacharros, vuelven a abrazarse y las bocas se encuentran con una ansiedad desesperada. El Paco regresa a la cantina rumiando la alegría y la preocupación. De aquí no sale nada bueno. El Blas tiene que sentarse en una mesa y la Antonia se acerca para acomodarle. Él la estrecha por la cintura y la ciñe contra su cuerpo. El rostro hundido en el pecho. Las manos en las nalgas.

Despacio, Garduña, que tenemos prisa. Primero hay que casarse y largarse de aquí. Aunque no sé cómo lo vamos a hacer antes de que mi padre nos pegue un tiro.

—¿Y adónde quieres que vayamos?
—Eso ahora no importa. Lo difícil es la boda.
—¿Y eso por qué? Todo el mundo se casa.
—Sí, pero nosotros no somos todo el mundo.

Poco a poco, con dispares resultados, las hermanas fueron abandonando los Peñoncillos por el tortuoso camino del matrimonio. Un camino que podía resultar una liberación o una condena. De ahí, tal vez, los largos años de noviazgo que en la mayoría de los casos no servían para nada, salvo para poner a prueba las paciencias, puesto que excluían las dos experiencias fundamentales: la sexualidad y la convivencia. No eran pocos a los que les bastaba la noche de bodas para comprender que se habían equivocado dramáticamente y que la cosa ya no tenía vuelta de hoja. No eran menos las que se liberaban del yugo para ponerse las cadenas, sin que hubiese modo de determinar cuál era la carga más pesada. En algunos casos, la presa del sacramento daba lugar al amor, aunque fuese por necesidad antes que por vocación. Encontrándose bajo el mismo techo y las mismas sábanas, algunas parejas superaban el extrañamiento y descubrían afinidades insospechadas. Encadenados el uno al otro, el hombre y la mujer no tenían más remedio que soportarse y, en muchos casos, hasta lo conseguían.

La más pequeña de las mellizas, la que salió más brava, se había casado de penalti con un arriero que, de haberse muerto en ese momento, lo habría hecho en lo alto de su mulo porque otro sitio no tenía. A nadie le pareció muy buena idea, pero el tamaño de la barriga no dejaba espacio a los escrúpulos y la velocidad con la que engordaba mitigaba los miramientos. Cuando todo el mundo se temía lo peor, el arriero heredó un terrenillo por la parte de la Umbría. No eran más que cuatro o cinco marjales en los que en invierno apenas entraba el sol. Tenía una construcción más pequeña aún que los Peñoncillos. Era un lugar frío y húmedo, pero a ellos no parecía importarles. Siempre se los veía felices, rodeados de mocosos y de flores.

Angelita, la mayor, se casó con el hijo del tendero del pueblo, después de tres años de noviazgo durante los cuales no habían pasado solos ni cinco minutos. Aquello sí que parecía un buen partido y lo era, al menos desde un punto de vista pecuniario. Pero el hijo del tendero, que iba a heredar el colmado de su padre, resultó un estirado tan devoto del dinero como de la virgen del Rosario. No es que fuese un mal hombre, es que la alegría se le perdía entre rezos y contabilidades y siempre andaba apesadumbrado por las cuentas, que no salían, y los pecados, que se acumulaban. Nunca nadie vio sonreír a la Angelita cuando él estaba a su lado.

La otra melliza seguía en los Peñoncillos y no mostraba el menor interés ni por el matrimonio ni por los hombres. Vivía dedicada a los animales y a las plantas, en los que volcaba todo su cariño y, viéndola tan lozana, nadie habría dicho que le faltase nada. Solo buscaba la compañía de la Merceditas, su mejor amiga, y de la abuela. Con la Merceditas no había modo de saber en qué se entretenían porque su juego favorito desde niñas había sido desaparecer y lo hacían tan bien que no dejaban el menor rastro. Con la abuela, se dedicaba a escuchar y no perdía ripio. Mira, niña, los hombres son una calamidad, pero una calamidad imprescindible. Si algún día encuentras al tuyo ya verás que entiendes lo que te digo. Eso sí, tú no vayas a tener prisa, que las prisas son muy malas consejeras. Debió de tomárselo al pie de la letra porque tardó años en casarse. Los pocos pretendientes que la cortejaron desaparecían enseguida desalentados por una frialdad inconmovible. Y cuando por fin le dio el sí a un albañil, que prometía para oficial, fue para que la hiciese desgraciada el resto de sus días. Al menos en parte la abuela tenía razón. Que los hombres eran una calamidad estaba del todo claro. Pero que fuesen imprescindibles no terminaba de compartirlo. De haber podido, ella habría prescindido del suyo en menos que canta un gallo.

Lo que pasa, niña, es que te has equivocao. Ese no era el tuyo.

¿Y me lo dice usted ahora? Ya me lo podría haber dicho antes.

Es que los hombres son como los melones, hay que abrirlos y catarlos para saber si merecen la pena.

La experiencia con el albañil le había bastado. Ya no quería abrir ningún hombre y mucho menos catarlo. Con poco más de veinte años, tuvo que conformarse con los recuerdos que no consistían en otra cosa que en unas manos y unos labios. Las manos y los labios de la Merceditas, que habían sido su extravío y su delirio. En los Habices nadie pudo imaginar nunca que aquellas niñas, inseparables desde la infancia y mucho más allá, en la oscuridad de los corrales y en las intimidades de los huertos, no jugaban con sus muñecas de trapo, sino a los médicos, y que la doctora y su paciente eran siempre las mismas. La melliza, que casi siempre ejercía de enferma, y a juzgar por los cuidados que requería debía de estar bastante grave, no llegó a comprender que aquellos placeres pudiesen ser otra cosa que juegos infantiles. O, tal vez sí, no habría forma de saberlo. Y no las separó la muerte, sino el matrimonio, porque la Merceditas estaba felizmente casada y ella atada y bien atada a un albañil que no la satisfacía. Corrían tiempos obtusos en los que lo sobrenatural imperaba sobre lo natural y los instintos languidecían entre el abandono y el ostracismo. Cuando, en presencia de alguna mujer, el pulso se le aceleraba o se le encendían los rubores, buscaba cualquier explicación menos la evidente. Si hubiese escuchado esos requerimientos de la naturaleza tal vez hubiese comprendido que el albañil no era el suyo ni ningún otro. Porque lo suyo era otra cosa y tenía maneras de mujer. Nadie, ni siquiera ella, encontraba explicación para esa actitud con la que trataba a su marido y menos para la paciencia con la que él correspondía a esas asperezas. El albañil no debía de ser precisamente un prodigio de delicadezas, pero seguramente la quería y nunca hubo noticia de que la maltratase. Al final, aunque ya era oficial de primera y de los buenos, acuciados por la falta de trabajo, terminaron emigrando a Barcelona, donde, según parece, les fue bien en casi todos los aspectos de la vida.

A la Josefa la idea le parece tan estupenda como inviable. La Antonia es muy buena chica, pero el cafre de su padre no lo va a consentir nunca.

¿Ella te quiere?

Pues claro, madre, no me va a querer.

Y tú, ¿la quieres a ella?

También, ¿no se lo estoy diciendo?

Coño, pues entonces la cosa es más grave de lo que me imaginaba.

Pues no sé qué tiene de grave, nos casamos y ya está.

Sí, así de fácil. ¿Tú crees que el Manolín va a dejar que la Antonia se case contigo?

¿Y por qué no? ¿Qué tiene de malo?

Pues porque es un facha y un resentío y porque este mundo se ha partido en dos mitades y él está del otro lado. Tendrás que hablar con el padre Antonio. Solo él puede deshacer este entuerto y yo no contaría mucho con su ayuda. Piensa que en esta casa no pisamos una iglesia desde que Franco era cabo, y ahora que es general anda el cura muy crecido.

Después de la guerra, la iglesia conoció renovados esplendores. Cada domingo acudían los vencidos para fingir su arrepentimiento y escenificar su conversión. Los vencedores, por su parte, emperifollados de arriba abajo, llegaban en tropel a enarbolar su prepotencia. Era como si la victoria, que los vencedores habían perseguido en nombre de dios, fuese también una prueba incontestable de su existencia. ¿Habrían ganado la guerra si dios no hubiese estado de su parte? Los designios del señor podían ser inescrutables, pero no lo eran tanto los de un clero exultante que, con el triunfo del general, veía afianzados sus privilegios, esos mismos privilegios que la república había amenazado y que ya nunca más se iban a poner en duda. En los Habices, por encima de las acequias, donde el tañido de las campanas no alcanzaba más que cuando el viento soplaba del suroeste y, aun así, a duras penas, estas diatribas tenían poca importancia. Salvo que uno quisiese casarse, ya fuese por amor, por conveniencia o por devoción. El matrimonio, para la mujer, era además una necesidad y un salvoconducto, porque solo por esa puerta se podía abandonar la casa paterna para habitar la propia.

La dictadura extendía sus alas. Se habían hecho muchos planes para el pueblo. Iban a tener que esperar. El alumbrado público, las alcantarillas, el agua corriente, las comunicaciones, todo quedó pospuesto durante décadas. Se apagó la luz y se cerraron las puertas. Fue el silencio. Fue el olvido. Todo lo que había pasado dejó de existir. Todo lo que tenía que pasar quedó aplazado hasta nueva orden.

Repartían magdalenas y pestiños a la salida de la escuela. Iban vestidas de negro y con el pelo tapado, igual que las viudas y las muertas. Aquella generosidad era más para llenar el redil que los estómagos vacíos, preferían salvar almas antes que cuerpos desnutridos. Como los dulces no alcanzaban, había que repartirlos y el reparto nunca era equitativo, sino directamente proporcional a la devoción de los chiquillos. Una devoción que había que demostrar cada semana acudiendo a la catequesis. Los niños contaban los días y acudían en manada, atraídos más por los aromas de la bollería que por la salvación eterna o el perdón de sus pecados. Muchos iban a espaldas de sus padres, que consideraban que aprovechar el hambre como vía para el adoctrinamiento no era juego limpio ni siquiera entre cristianos. Pero la mayoría dejaba con gusto que los niños acudiesen a la parroquia por ver si el fervor de los hijos pudiese redimirles del que ellos no sentían y, ya de paso, comían algo, que buena falta les hacía. Aquellas monjas eran las mismas que racaneaban los jornales como el más desalmado de los terratenientes. Nadie sabe cómo llegaron a juntar tantas fincas, tantas tierras de labor, que parecía que la sierra fuese suya. Como eran tantos los terrenos, los arrendaban a los campesinos siempre y cuando estos les entregaran la mitad de sus cosechas. A pesar de estos pequeños sinsabores, los efluvios de aquellas bollerías debieron de surtir algún efecto entre los chavales de aquella generación porque, muchos años después, en pleno siglo veintiuno, iban a erigir una estatua, con una placa conmemorativa, en memoria de aquellas santas por su caridad y su misericordia. Pagaron el dispendio con el dinero de todos, incluidos algunos, como el Blas, que nunca cataron esos bollos ni llegaron a olisquearlos, porque no les alcanzaba la fe para tantos privilegios. A pesar de la crisis galopante, el erario público estuvo generoso. No tenía dinero para cambiar las bombillas de las farolas, pero no escatimó gastos en la conmemoración. Todos los bolsillos, hasta los más humildes, aportaron lo suyo para costear los fastos, salvo los de las monjas que nunca, que se sepa, pagaron impuestos, ni los van a pagar por el camino que llevamos.

La arrogancia de la torre se yergue sobre los tejados. El tañido de las campanas trepa por el valle casi hasta los Peñoncillos. Antes que iglesia había sido mezquita; antes que campanario, alminar. Las campanas sustituyeron al almuédano para llamar a la oración y a la obediencia. El Garduña hace un alto en la era Portachuelos para liar un pitillo y afrontar el decisivo encuentro. Allí sentado, observando el pueblo desde arriba como una cigüeña, piensa que el desprecio que siente por el cura debe de ser un sentimiento recíproco. No termina de entender esa aversión, ese rechazo que va más allá de la cabeza y se le impone por todo el cuerpo, como el asco que le atraviesa cuando se topa con un bicho muerto o con una culebra.

En su mente, con una nitidez pasmosa, bien conservada a pesar de los años, la imagen del cura con sotana y alzacuellos, llegando a los Peñoncillos, de medio lado sobre el borrico.

A su padre casi le da un pasmo solo de verle tan tieso, pateando los sembrados, agitando una vara de avellano con gesto amenazante. Pero eso no iba a ser nada comparado con el disgusto que supuso conocer sus pretensiones.

Les habían mandado a la fuente del Hervidero con cualquier excusa tonta que el Garduña no era capaz de recordar. Las madres hacían esto de mes en mes. Se quitaban a los niños de encima cuando los hombres estaban en el tajo y aprovechaban para hornear el pan, todas juntas, en el mismo horno de leña. Se apuraban para acabar antes de que volviesen unos y otros. Escondían las hogazas y limpiaban el horno y las tablas de amasar sin que quedase rastro de harinas o cenizas. Lo hacían así para evitar que los maridos y los hijos se lo comiesen todo ese mismo día. La tentación de los bollos recién horneados era demasiado grande. Si querían que durasen un par de semanas, no había más remedio que evitarla y, como el que parte y reparte se lleva la mejor parte, ellas sí que se desayunaban, aquellas mañanas, con panes recién hechos. Aquella vez, el Blas y sus amigos subieron al Hervidero rodeando el cerro Huenes a media ladera. Era un camino que conocían bien porque hacía muy poco que lo habían sembrado de pinos a un lado y a otro. Luego tiraron barranco abajo, por la parte de la Umbría, para pasar por el Hoyo antes de regresar a los Habices. Cuando llegaron al pueblo llevaban una buena pateada encima. Con las piernas cansadas y los estómagos vacíos decidieron hacer un alto. Había un muro de piedra medio derruido y por allí se colaron en busca de sombra y de algo digerible. Dieron con una huerta espléndida, primorosamente trabajada, pero no repararon en que aquellos carriles se extendían bajo los muros de la iglesia y la sombra amenazante del campanario. Como estaban a primeros de mayo, no había más que habas en aquellos caballones, aunque, eso sí, todas las que quisiesen y más. Estaban hartos de comerlas porque pasaba ya de dos semanas que en sus casas no se comía otra cosa. Habas cocidas para desayunar, crudas para comer, de cualquier manera para merendar y en la cena machacadas para engañar a los ojos, que no a los estómagos. Lo del jamón todavía estaba por inventar. Pero el hambre era tanta que se echaron unos pocos puñados a los bolsillos para reponer energías. Se tumbaron en un pasto, que no reconocieron como trigo, y estaban desgranando las vainas cuando oyeron unas voces y unos gritos encolerizados. Era el cura que venía trotando por el huerto, arremangándose los faldones y escupiendo por la boca maldiciones y juramentos, poco o nada acordes con las exigencias de su cargo. Debió de tropezar, y tal vez caer, porque de pronto desapareció entre las matas y ellos escaparon corriendo como conejos por un boquete del muro antes de que el párroco los alcanzase o incluso que los reconociese entre las plantas que estaban muy crecidas. Pasado el sofocón, subieron a los Habices por el camino de la Solana y no volvieron a acordarse del asunto hasta que el cura apareció por los Peñoncillos con la reclamación bien asentada en el derecho canónigo y el gesto avinagrado por las malas intenciones. Exigía dos pesetas por las habas y otra por el trigo que, según él, había quedado dañado. La misma factura presentó al Manolín, el padre de la Antonia y del Paco, así como a los padres de la Rosario, la Merceditas y el Pepico, que también habían tomado parte en la aventura. Aquellos puñados de habas iban a ser los más caros de la historia. Como siempre, el precio más alto lo pagaron con sus carnes la Antonia y el Paco, que se llevaron una paliza de aquí te espero. La pobre niña no abriría la boca cuando los amigos, reunidos en corro, se preguntaban cómo era posible que el cura los hubiese reconocido a todos, sin faltar uno, si a la mayoría de ellos ni siquiera los había visto antes. Hasta que, al final, a la Antonia se le escaparon las lágrimas y no pudo retener las palabras entre los labios magullados. Había sido ella la que, atormentada por los remordimientos, contó en el confesionario todos los detalles con pelos y señales. Había sido ella la que, presionada por el cura, enumeró todos los nombres confiando ingenuamente en el secreto de confesión y la indulgencia divina. Grande era el dolor de huesos, pero mayor aún era el del alma atormentada por la culpa y el despropósito.

Ahora, apurando el cigarrillo en la era Portachuelos, el Garduña recuerda aquel incidente con una sonrisa. Va a ver a don Antonio, que así se llama, el mismo cura que les sacó los ojos a sus familias por un puñado de habas. Si el perdón divino pudo comprarse entonces con dinero, tal vez ahora también se pueda comprar una cartilla de matrimonio y una ceremonia sencilla, aunque sea un paripé y una comedia. Lo malo va a ser el precio, piensa, acordándose de lo caras que les salieron aquellas habas. Que os sirva de lección. Ya habéis aprendido algo, le dijo su padre. Si aprieta el hambre coger lo que queráis. Eso sí, sin abusar. Pero la huerta del cura ni mirarla.

Tira la colilla, salta encima del Cantimploro y enfila hacia la Torre, en el corazón del pueblo, con determinación. Los malos tragos, cuanto antes mejor.

Al pie de la iglesia, se queda mirando un rato la casa de la Fina, abandonada desde que la costurera se marchó. ¿Qué habrá sido de esa mujer? Con desconchones en el enfoscado y matojos prosperando entre las tejas, la casa tiene un aspecto lúgubre y raído, pero la evocación de sus interiores le provoca un estremecimiento entre las piernas. Justo enfrente, al otro lado de la calle, mucho más cuidada, está la casa del cura, rodeada de muros coronados de cristales que protegen los patios y las huertas. Un portón de madera obstruye el paso y las miradas. El Garduña se sacude un poco el polvo antes de dar tres o cuatro aldabonazos que no obtienen respuesta. No sabe qué hacer. Está a punto de irse, pero le parece oír ruidos al otro lado. Vuelve a llamar con insistencia. Tal vez no le hayan oído. Retumban pasos en su inquietud y en el silencio. Quizá algunas voces susurrantes al otro lado de los muros. Pero, de nuevo, enmudecen las piedras y las maderas. Espera todavía un buen rato. Entre la preocupación y el alivio, entretiene los minutos. Solo ahora se da cuenta de hasta qué punto teme el encuentro con el cura. Casi que se alegra de que no le abran. Aunque no se engaña. Aguza las orejas. Está seguro de que hay alguien en la casa y de que le han oído. Se arma de valor y llama una última vez y ahora sí que los pasos suenan claramente en el empedrado y se acercan. Se sacude un poco más el polvo y se alisa el flequillo sobre la frente cuando se abre el portillo en medio del portón. Le franquea el paso una mujer joven, más o menos de su edad, que viene también recomponiéndose las ropas y el peinado. Con una ingenuidad impropia de un pícaro, el Garduña piensa que debe de venir del huerto, de amasar o de hacer algún esfuerzo, porque a la moza le falta el aire y le sobran los colores. Pero esa misma ingenuidad no le impide calibrarle de un vistazo las tetas y el culo que el vestido a duras penas consigue disimular. La moza está de toma pan y moja y esto lo pone más nervioso. Como, entre unas cosas y otras, no le salen las palabras, tiene que ser ella la que se arranque y él, cuando contesta, no consigue hacerlo más que entre balbuceos.

Buenos días.

Buenos días.

¿Querías algo?

Claro, claro. ¿Está don Antonio en casa?

Sí, pero ahora no puede recibirte. Está muy ocupao. Ha dejao dicho que no lo molesten.

Es que vengo de lejos. Venía a hablarle de una cosa importante.

¿Y qué es esa cosa tan importante?

Mi boda. Quiero casarme con la Antonia.

¿Vienes de la sierra? ¿No será la Antonia del Manolín, la del bar de los Habices?

Esa misma, ¿la conoces?

Claro que sí. Hicimos la comunión juntas. Anda, pasa, que voy a hablar con el padre a ver si puede recibirte. Aunque no te garantizo nada.

El cura se sienta en una silla debajo de la parra. A su lado, un mastín enorme, con los dientes fuera, que siempre lo acompaña. De reojo, el Blas intenta comprobar si es cierto lo que dicen por el pueblo. Dicen que, debajo de la sotana, el padre lleva siempre dos pistolas de hierro y una tercera que es de carne pero se convierte en hueso. Dicen que son muchos y muchas los que ya han tenido que catar esa medicina sin que nadie pueda hacer nada por remediarlo. Cuentan que los domingos, poco antes de las doce, se acerca a los bares del pueblo repitiendo el mismo procedimiento. Pide un vino y golpea la barra con las pistolas para que todo el mundo le escuche. Me cago en la puta. Todo dios para misa pero cagando leches. Ya me estáis tocando los cojones. Al que rechiste, lo dejo frito aquí mismo. Luego apura el vaso tranquilamente mientras los parroquianos van saliendo con la cabeza gacha y el rabo entre las piernas. Convertidos en feligreses, tendrán que esperar en la iglesia a que el cura termine la ronda y luego escuchar ese sermón borracho plagado de amenazas y de blasfemias. Al parecer, el mastín también asiste a los oficios, vigilando a la concurrencia a los pies del altar. Y es que, después de la victoria, se fueron relajando los fervores y el templo empezó a languidecer como tantas otras cosas. El Blas no encuentra rastro de las pistolas, aunque bien pudiera ser que estuviesen disimuladas debajo de la sotana. Esas ropas darían de sobra para vestir una mesa camilla. El cura es alto y ancho como un armario.

Vaya, vaya, pero a quién tenemos aquí. Si es nada menos que el Garduña. ¿Tú eres el que se quiere casar con la Antonia, la hija del Manolín?

Sí, señor, por eso he venido.

¿Y vienes desde muy lejos?

Me parece que sabe usted bien de dónde vengo.

Lo decía porque no sé por qué me da que has hecho el camino en balde. ¿Y tu familia? No se la ve mucho por la iglesia.

No, señor, los Habices quedan lejos y hay mucha faena.

Y el Manolín. ¿Qué piensa de todo esto?

No sabe nada.

A ver si lo entiendo. De manera que quieres casarte con la hija sin que se entere el padre. ¿Es eso lo que me estás diciendo? Todo esto me parece un poco raro. ¿No le habrás hecho una barriga?

No, señor, ni siquiera la he tocao.

Conmigo no te hagas el recatado que, con tus antecedentes, eso no hay dios que se lo trague.

Mire, padre. La Antonia se quiere casar conmigo y yo con ella. No veo cuál es el problema.

El problema es que las cosas no se hacen así. La Antonia es una buena cristiana que iría para santa de no haber nacido en este hoyo y no voy a echarla a perder casándola contigo.

El que la va a echar a perder es su padre, que cualquier día de estos la desloma.

Cuidado con lo que dices, Garduña, que están los cementerios llenos de insinuaciones como esas. No sé por qué me has cogido hoy de buen humor. Así que te voy a dar un consejo. Olvídate de esa moza. Apártate de la Antonia y sobre todo de su padre. No quiero oír ni una palabra más de este asunto.

Mientras el cura sube por las escaleras, el Blas advierte dos bultos en las caderas que no pueden ser ni las carnes ni los huesos. Tiene que apartar la mirada porque la mole se vuelve al alcanzar el rellano.

A propósito, ¿tú crees en dios?

Mire, padre, yo ni creo ni dejo de creer. A mí ese zapato no me aprieta.

Eso me estaba pareciendo.

La comitiva sube por la Solana con andares desacompasados. Delante, muy compuesto, marcha el Manolín, camisa blanca abotonada hasta el cuello y chaqueta negra. Monta un mulo ruano que, como todo, se le queda chico. Detrás, las dos mujeres vienen a pie, madre e hija, con la boca cerrada, los labios fruncidos, la mirada baja y los pensamientos enriscados. A la altura de la acequia, el Manolín dobla a la izquierda hacia sus terrenos. La Antonia, que ha dejado que se le adelanten unos pasos, en cuanto ve que su padre desaparece entre los nogales lo hace ella también, pero en dirección contraria. Su madre, de reojo, ve cómo se esfuma entre las cañas y tiene que ahogar un suspiro y disimular sus inquietudes. La Antonia, antes de perderse del todo, vuelve la cabeza. Por un instante se encuentran esas dos miradas. Madre e hija cara a cara unos segundos. Unos segundos que bastan, sin embargo, para compartir anhelos y temores. Date prisa. Vuelve pronto. No dejes que tu padre te eche en falta. No tema, madre, enseguida vuelvo. Guárdeme el secreto que llevo en las entrañas. Y la hija sale corriendo consciente de las premuras y de los riesgos. A la vuelta de un recodo, la espera el Blas con los brazos abiertos y hay lágrimas y besos, abrazos y magreos. Y hay deseos y ansiedades, hasta que la Antonia consigue desasirse y se aparta unos pasos para sofocar los calores.

No hay tiempo que perder.

¿Hablaste con el cura?

Sí.

¿Y qué te dijo?

Que me casa con Satanás antes que contigo. Que eres un ateo, un rojo, un putero y un borracho.

Vaya ojeriza que me tiene. ¿Qué le habré hecho yo a ese hombre? Y ahora, ¿qué hacemos?

No lo sé. Pero algo hay que hacer. Yo no aguanto más.

Se tira otra vez en sus brazos y se limpia las lágrimas de los ojos. Luego se da la vuelta y desaparece corriendo acequia abajo.

Guiado por la desesperación y mal aconsejado, decide hacer un segundo intento. Llega a la iglesia bien pasado el mediodía y lo primero que ve, al traspasar el pórtico, es a su hermana, la Angelita, la que se ha casado con el tendero beato, arrodillada delante de un banco, con las manos entrelazadas y los labios murmurando. Se sienta a su lado y, viendo que no reacciona, se arrodilla junto a ella para estar más cerca. Solo entonces la Angelita le dedica una sonrisa e interrumpe sus plegarias.

¿Tú qué haces aquí?

He venido a hablar con el cura.

¿A estas horas? Pues como no te acerques al confesionario.

¿Y eso qué es?

¿Ves esas mujeres que están ahí esperando? Pues el cura está ahí dentro tomando confesión.

¿Cómo se hace?

Te pones en la cola y esperas. Cuando te toque, el cura te dirá Ave María Purísima, y tú le contestas: sin pecado concebida y luego te persignas.

¿Me persigno?

A ver, Blas, que te haces una cruz en la cara. Así. ¿Ves?

Ah, eso. Y luego, ¿qué?

Luego el padre te hará unas preguntas y tú contestas.

¿Qué preguntas?

Los pecados que has cometido y esas cosas.

¿Y yo qué le digo?

Pues dile que has insultado a tu madre y que has pegado a tu hermana, que soy yo.

Pero eso es muy feo y, además, no es verdad.

Es que como le digas la verdad lo llevas claro.

Ave María Purísima.

Sin pecado concebida.

¿Hace cuánto que no te confiesas?

Padre, usted sabe bien que yo no me he confesado en mi vida.

¿Eres consciente de que vives en pecado mortal?

Mortales somos todos y pecadores, también.

Vaya con el Garduña, nos ha salido ingenioso. No te voy a negar que llevas en eso más razón que un santo. Pero algunos se arrepienten y buscan el perdón y otros, como tú, se obcecan en sus desatinos. Pero, dime, ¿qué pecados has cometido? Y no me vayas a contar que has faltado a tus padres, que ese cuento ya me lo conozco. Hablemos de los pecados de la carne, que según tengo entendido tienes ahí materia para rato.

¿A qué se refiere usted?

Me refiero a las mujeres, animal, ¿o es que también te lo haces con las bestias?

Mire, padre, yo lo único que quiero es casarme con la Antonia y no me parece a mí que eso tenga nada de malo.

Algo de malo habrá cuando su padre no quiere ni oír hablar del asunto y, entretanto, pues yo tampoco. Anda y tira para la sierra, que no está hecha la miel para la boca del asno. Sería como echar margaritas a los cerdos.

Un poco de respeto, padre, que yo no le he faltao.

Llega al pueblo pasada la medianoche, sin aliento, sin el dinero y más blanca que la luna. El brillo de los cuchillos debió de bajarle la sangre a los pies. Trae el susto y el asco metidos en el cuerpo, pero más miedo le da entrar por la puerta de su casa con las manos vacías.

Eran dos. Surgieron de entre las sombras un poco antes de la Cantinilla. Allí la reguera corre junto al camino y prosperan las zarzas y los cañaverales, no es difícil esconderse incluso a plena luz del día. El más alto la agarró por detrás, con una mano estrangulándole la garganta y la otra manoseándole las tetas. El otro, más canijo, hacía brillar el filo para que lo viese bien y no opusiese resistencia.

¿Dónde tienes el dinero, guapa? Dime que lo llevas bien escondido. Va a ser un gusto tener que buscarlo. Lástima que no haya más luz, que si no la fiesta iba a ser completa.

La Antonia pataleó e intentó revolverse, pero el que llevaba el cuchillo se lo plantó en el cuello y tuvo que quedarse quieta para no clavárselo ella misma. El otro, entretanto, ya había metido las manos por debajo de la ropa y ella se arrepintió de haber escondido tanto los billetes. No tardó mucho el desgraciado en palparlos entre los trapos y menos aún en subirle la falda y bajarle los pantalones. Se guardó el dinero en un bolsillo y empezó a tocarla donde nunca nadie la había tocado. La Antonia apretó las piernas y el otro apretó el cuchillo. Después de olerse los dedos, el más alto los había metido hasta el fondo. Luego empezó a jadear, se desabrochó la bragueta y le separó los muslos. Ella sintió como si un hierro la traspasase cuando sonaron voces y risas que salían de la Cantinilla. Los hombres echaron a correr y desaparecieron entre las sombras. En medio del camino, la Antonia vomitó todo el asco que llevaba dentro. Entre la oscuridad y el miedo, no se dio cuenta de las gotas de sangre que le perlaban el cuello ni de las que se le escurrían entre los muslos.

La primera bofetada restalló en el aire como un látigo.
Pero esta niña es tonta. ¿Te has dejado robar el dinero? ¿Es que no lo llevabas bien escondido?
Claro que lo llevaba escondido, para mi desgracia.
¿Y aun así te lo han quitao?
Eran dos y llevaban un cuchillo.
Pues yo no veo que te hayan hecho na. ¿Es que no te has defendido? Tú lo que eres es una zorra descuidada. Esto pa que la próxima tengas más cuidao.
Pero a la Antonia ya no le salen las palabras, ni las palabras ni ninguna otra cosa. Ni siquiera lágrimas brotan de sus ojos. Se deja golpear, insultar, humillar, sin tratar de defenderse. Su madre, sentada en un rincón, con la cabeza gacha, esboza un llanto culpable y silencioso. Y solo al final, cuando cesan los golpes y la brutalidad sale por la puerta con un portazo, se acerca a su hija y la abraza, aunque no se sabe bien cuál de las dos está más necesitada de consuelo. No llores, mamá. Todo se va a acabar antes de lo que te imaginas. No sé cómo pero se va a acabar.

Un pañuelo colgado de una reja. A veces azul, a veces verde, a veces estampado. Nunca rojo, por mucho que le guste, porque es un color proscrito especialmente en su familia.

Son los pañuelos que le cubren siempre la melena. Después de restregarlos contra una piedra junto a la acequia, la Antonia los tiende a secar y si no está su padre los cuelga de la reja. Es la señal convenida. El Blas puede verlos desde el camino de la Solana. Si están allí, ondeando al viento, se acerca a hacerle una visita. Si no están, más vale que ni asome. Esta mañana cuelgan allí, mojados y coloridos. El Garduña se acerca al bar por la parte de atrás, para que los parroquianos no le vean, y se asoma por la puerta de la cocina. Entre un amontonamiento de cacharrerías, el Paco, que está rellenando unas jarras, deja la damajuana en el suelo y corre a cerrar la puerta que comunica con el bar.

Coño, Blas, más vale que no te vean. Aquí hasta las paredes tienen ojos, bocas y orejas. Como se entere mi padre de que andas por aquí, ya es lo que nos faltaba.

¿Es que pasa algo?

¿No te has enterao?

¿De qué?

A mi hermana, que le robaron la otra noche cuando bajaba para el pueblo.

¿Quién?

No se sabe, no pudo verlos bien, parece que unos arrieros que pasaron por aquí.

Me cago en la puta. No podemos dejar que baje sola.

Por eso no te preocupes. El capullo de mi padre sube cada tarde para acompañarla. A ese hijo de puta un día lo mato.

Coño, Paco, no seas así. Tampoco está mal que venga a buscarla.

Sí, te creerás tú que viene para que a la Antonia no le pase nada. A ese maricón lo único que le preocupa es su dinero. Bájate pal huerto que le digo a la Antonia que estás aquí. Y daros prisa que el viejo aparece en cualquier momento.

La espera nervioso entre los rodrigones. Las tomateras, cargadas de tomates, le sacan la cabeza. La Antonia aparece enseguida. Viene con la mirada baja, ligeramente ladeada, y se echa en sus brazos. Es cuando las bocas se separan que descubre el moratón en la mejilla.

Qué cabrones. ¿Es que te pegaron?

No, esto no me lo hicieron los ladrones.

Y entonces, ¿quién te lo ha hecho?

Quién va a ser, el bruto de mi padre.

¿Es que se ha enterao de lo nuestro?

Qué va, fue por dejarme robar la recaudación.

Será hijoputa. Lo de ese hombre no tiene remedio ni perdón. Vámonos, vámonos ahora mismo.

¿Ahora? ¿Adónde?

De momento, a los Peñoncillos y mañana ya veremos.

Tú estás loco. Yo no voy a ninguna parte sin pasar antes por el altar.

Mujer, podríamos casarnos en algún otro sitio. Tal vez en la ciudad o en otro pueblo.

Seríamos unos renegados y unos prófugos. En ningún sitio nos casan sin el consentimiento del padre y ya sabes que el mío tiene muy buenos contactos en el cuartelillo. Muy lejos no íbamos a llegar. Sin el certificado, terminamos los dos apaleados, tú en la cárcel y yo en el Hoyo.

Y entonces, ¿qué hacemos? No pienso dejar que ese bestia te siga maltratando.

Convencer al cura.

¿A ese viejo resabiao? Eso es imposible.

El padre Antonio no es tan malo. Tú déjamelo a mí y no te acerques a la iglesia, que cada vez que te arrimas lo empeoras todo. Tengo una idea. Esto es cosa de mujeres.

Vale, vale. Tú mandas. Pero cuanto más tiempo pase más nos arriesgamos a que tu padre se entere y entonces sí que vamos a hacer un pan como unas hostias.

Los cascos del mulo repiquetean sobre los guijarros. El Manolín desmonta y amarra a la reja el animal. La Antonia y el Blas se agachan entre las matas.

Coño, ahora sí que estamos listos.

Yo ya estoy harto. No le tengo miedo. Voy a decirle cuatro cosas a ese hijo de perra.

Estate quieto. ¿Quieres echarlo todo a perder? Deprisa, coge unos tomates y no hagas ruido.

Con los frutos en el mandil, la Antonia sale del huerto conteniendo la respiración y las emociones. El padre la ve llegar desde la puerta de la cocina.

¿Qué estabas haciendo?

¿Pues no lo ve? Cogiendo unos tomates.

Pues espabila, coño, que están los vasos vacíos y los hombres esperando.

Cuando sube de la huerta, después de encerrar a los animales, se encuentra a las cuatro mujeres debajo de la higuera, sentadas en corro alrededor de una bandeja de pestiños. La Antonia está resplandeciente. Es como si una luz la iluminase desde dentro por más que el moratón aún persista en su mejilla. Su madre, inquieta, se retuerce las manos. La Josefa mastica un pestiño como si tal cosa. Y la abuela sonríe de lado a lado, con la confianza de los que saben que lo que tiene que ser será. El Blas intuye que algo está pasando, pero no averiguaría el qué ni aunque le diesen una semana para pensarlo.

¿Qué pasa? ¿Qué celebramos?

Viendo que las otras no abren la boca ni para coger aire, tiene que ser su madre la que apure el último mordisco antes de contestarle.

Que os casáis el sábado.

¿El sábado? ¿Qué sábado?

El sábado que viene, ¿cuál va a ser?

Imposible. Pero si faltan tres días. ¿Cómo lo habéis conseguido?

Tú no preguntes y no te preocupes por nada que lo tenemos todo atado y bien atado.

¿Y el Manolín?

Mi marido no sabe nada y nada ha de saber, hasta que ya no haya más remedio. Es sabido que lo que une dios no lo separa el hombre y luego ya veremos, que ese mismo dios nos pille a todos confesaos. Pero una cosa quiero que me prometas, Blas. Quiero que me prometas que me vas a cuidar a la Antonia como si fuese tu hermana.

No, señora, eso no se lo puedo prometer, la voy a cuidar como si fuese mi esposa.

Eres un buen mozo. Con eso me basta y me sobra. Ya puedes besar a la novia.

13. Tres inviernos y una primavera

> *Pero no debemos engañarnos. Nuestro amor al campo es una mera afición al paisaje, a la naturaleza como espectáculo. Nada menos campesino y, si me apuráis, menos natural que un paisajista.*
> *Tampoco hemos de olvidar la lección del campo para nuestro amor propio. Es en la soledad campesina donde el hombre deja de vivir entre espejos.*
> *Y esos magníficos pinares y esos montes de piedra, que nada saben de nosotros, por mucho que nosotros sepamos de ellos. Esto tiene su encanto, aunque sea también grave motivo de angustia.*
> ANTONIO MACHADO, *Juan de Mairena*

Los preparativos para la boda no supusieron grandes esfuerzos. Sacrificar un choto y guisarlo, que es lo que se hace aquí para las celebraciones. Remeterle las costuras a un vestido blanco que una prima lejana, casada hacía poco, les había prestado. A la Antonia no le importó nada calzarse aquellas galas de segunda mano porque eran el pasaporte a la libertad y, una vez ajustadas a su cuerpo, más escueto por algunas partes y más generoso por otras, lucían mucho mejor que en el de la prima que las había estrenado. Si le quedaban algunas dudas, al Blas se le quitaron todas el día en que la sorprendió probándose el vestido en la cocina de los Peñoncillos. Iba a casarse con la mujer más guapa del valle. Su madre y su inminente suegra lo apañaban allí a escondidas, no fuese a ser que el Manolín descubriese el pastel antes de tiempo. Las mujeres lo echaron a patadas porque trae mala suerte que el novio vea a la novia engalanada antes de la boda, pero la Antonia, muerta de risa, desconcertada por la suavidad de unas telas que habían sido cortadas para resaltar sus encantos antes que para esconderlos, no pudo evitar un poco de coquetería y se volvió hacia él y se giró hacia un lado y hacia el otro y se dejó acariciar de arriba abajo por esa mirada hambrienta que había visto tantas veces desde que dejaran de ser niños o incluso antes.

Los preparativos de la huida iban a ser más problemáticos. Como tantos recién casados, salían de viaje esa misma noche, pero el suyo era un viaje solo de ida y de destino incierto. Tenían que llevar todo lo necesario para sobrevivir al invierno en las montañas y eso no era cosa que se improvisase ni se tomase a la ligera. Se iban al cortijo del Hornillo a cuidar una finca que no necesitaba muchos cuidados porque no era más que un cacho de sierra sin oficio ni beneficio. Un trabajo por el que no les pagaban nada, pero al menos tendrían un techo y pastos para los animales. Confiaban en que la saña del Manolín no alcanzaría hasta aquellos barrancos.

Amanece una mañana de cenizas. El aire, sucio de tierra y polvo, destiñe un cielo rojizo en el que no se divisa nube alguna. No tiene pinta de llover, pero si llueve va a ser barro puro lo que caiga del cielo. Se acaba el mes de agosto y estos días turbios y bochornosos no extrañan a nadie. No hay invitados a la ceremonia porque, de haberlos, no habría habido manera de guardar el secreto. Esconder una boda en el Hoyo no es tarea fácil. Que no se entere tu padre de que te vas a casar es un asunto complicado. Más aún que no se entere de que te marchas para siempre. Empieza a clarear cuando el Manolín sale para la ciudad aparentemente ajeno a la conspiración que se trama a sus espaldas. Nadie sabe qué asuntos le reclaman en la capital ni a qué hora estará de vuelta. Estas expediciones le suelen llevar el día entero y en eso confían todos para sacar adelante sus propósitos. Al menos, que no vuelva antes de que estén casados. Con el certificado expedido de poco valdrán ya sus violencias y sus agresiones. Lo mejor sería abandonar el valle antes de que esté de regreso. ¿Y si se ha enterado de alguna manera? Es poco probable, ya habrían llegado las voces al Cerrajón o, peor aún, la sangre al río. La Antonia, que no ha pegado ojo, salta de la cama en cuanto oye el portazo y los cascos del mulo que se alejan calle abajo. Se acerca a la ventana para asegurarse de que el padre no vaya a volver. Mal aire te dé, capullo. No me vuelves a ver el pelo. Y a partir de ahí, todo son carreras y apresuramientos. Va a ser un día duro, largo y tenso. Es el día de su boda y de su liberación.

Por detrás de ellos, diecinueve filas de bancos vacíos que huelen a mohos y sahumerios, a maderas viejas y carcomas. Los dos primeros dan de sobra para acogerlos a todos. Por parte de la novia no están más que el Paco y su madre. Por parte del novio, los padres y las hermanas, las dos casadas con sus maridos y la soltera con su alegría. Llegaron todos juntos y se acomodaron ajenos a todo protocolo. Se habían puesto de acuerdo para llegar a la vez, a la hora convenida y no pararse en la puerta de la iglesia, no fuese a ser que alguien barruntase el acontecimiento o que su presencia despertase peligrosas curiosidades. Van bastante arreglados, pero no tanto como para que el encuentro parezca una boda. Solo la Antonia con su vestido blanco, que a pesar del calor llegó al templo cubierto con un capote, está a la altura de las circunstancias. Cuando se descubre es como si entrase el sol en esa nave desierta y tenebrosa. Se ríe todo el rato, aunque de vez en cuando echa un vistazo hacia la puerta como si temiese una aparición que descomponga el encantamiento. El Blas, por su parte, se siente como un sapo que no merece el beso. Dicen que aquí se casó una hija de Moctezuma hace quinientos años. Muchas bodas habrán sido desde entonces, pero pocas tan escuetas y tan recogidas. El cura no gasta mucha saliva. Con aires de fastidio, como el que hace lo que hace sin querer y a su pesar, va desgranando las fórmulas en su versión más abreviada. Ni una palabra de más. Ni una sola pausa. Ni el más mínimo intento de disimular las ganas de salir corriendo. Cualquiera se lo tomaría a mal, pero aquí todos lo agradecen. La familia del novio, porque no es de iglesias y pisar el templo les parece un despropósito y una impostura. La familia de la novia, porque teme que el regreso del Manolín pueda adelantarse y no quiere ni pensar en la reacción del padre cuando se entere de que su hija se ha casado a sus espaldas, y nada más y nada menos que con el Garduña. También el Paco y su madre vuelven la cabeza hacia la entrada de vez en cuando. Más cerca de los artesonados del techo que de las losetas del suelo, el Blas no baja de las nubes. Ni siquiera cuando la puerta de la sacristía, debido a alguna corriente de aire, se cierra violentamente. El portazo provoca tal respingo colectivo que los bancos se tambalean y a punto están de venirse abajo. Ni cuando, poco después, entre el pánico general y las respiraciones contenidas, se abre la puerta de la iglesia y el pavor no se diluye hasta que entra una mujer joven que se sienta discreta en las últimas filas. Todo sucede tan rápido que allí, delante del altar, con la Antonia cogida de la mano, no deja de pensar que ha sido más o menos como en los juegos de la infancia, cuando la Angelita los casaba entre las cañas con las mismas formalidades e idénticas premuras. En la riqueza y en la pobreza, en la salud y en la enfermedad, hasta que la muerte los separe. Solo que esta vez la novia no sale corriendo y se deja besar y devuelve el beso. Y, aunque los labios están pegados y esta vez es de verdad, ninguno de los dos termina de creérselo. Sin mayores bendiciones, una vez despachado el trámite, el cura desaparece por la puerta de la sacristía. Incrustados el uno en el otro, los novios no se despegan. Con el anillo en una mano y la cartilla en la otra, la Antonia se entrega sin reparos. Hace ya un rato que no mira hacia la puerta. Más o menos desde que el cura pronunció: yo os declaro marido y mujer. Las familias se apresuran hacia la salida cada una con sus urgencias y preocupaciones. Solo la abuela se da cuenta de que los novios se han quedado allí plantados, a los pies del púlpito, uno en brazos del otro, como si el mundo no existiese. Venga, niños, que es para hoy. Antes de alcanzar la salida, la Antonia saluda a la mujer que entró en plena ceremonia y las dos se funden en un abrazo hondo, con demasiados matices para las entendederas del Blas. No comprende esas lágrimas, esas efusiones y esas complicidades, pero reconoce enseguida a la moza que, hace nada, le abrió la puerta en casa del párroco. Cuando salen por el pórtico, detrás de la anciana, los recibe una lluvia de arroz más rácana que el cura. Unos pocos puñados que se han traído las hermanas y que no bastarían para dar de comer a un perro. Tirar la comida no es lo suyo y hoy no va a ser una excepción.

Sin más formalidades, salen todos de estampida a cumplir sus cometidos. Aunque ya está el hecho consumado, los temores y las urgencias no se las quitan de encima. Podría aparecer el Manolín en cualquier momento para aguarles la fiesta. El miedo que le tienen es una presencia incontestable. La familia del novio marcha hacia los Peñoncillos para preparar el banquete y la despedida. Y la de la novia, es decir, su hermano, el Paco, porque la madre se va con la Josefa para echarle una mano, hacia su casa en el Barrio Alto a recoger el ajuar y los avíos. El Blas acompaña a la Antonia para ayudarla con sus cosas. Cruzan el pueblo montados en el Cantimploro y las calles no salen de su asombro viéndolos así, emperifollados. Nadie tenía noticia de que hubiese boda aquel día, pero otra explicación no hay para estos atuendos. Ante la mirada estupefacta de los adultos, una chiquillería alborotada se amontona detrás de ellos. Aplauden, chillan, vociferan sin saber lo que se está festejando. Hasta que, desde una ventana que se abre al paso de la comitiva, se oye una voz alta y clara. Vivan los novios. Y los niños contestan a coro: vivan, y ya no paran de corear hasta que llegan a su casa. Era la voz de la Paquita, la novia del Posturas, que estaba enterada de la boda, pero no ha ido a la ceremonia por no descubrir ante sus padres el secreto del casamiento. Ahora que está prometida con el Paco, quién sabe si sus padres no habrían ido con el cuento a su futuro consuegro. Y además no hubiesen comprendido que se celebrase una boda en la familia y no se les invitase.

Cargan los mulos a toda prisa y se acomodan encima de los bártulos. El Blas tiene que ayudar a la Antonia que, con el traje de novia, no lo tiene fácil para encaramarse al Cantimploro. El Paco se adelanta para recoger a la Paquita. Las dos parejas dejan atrás el río, los repechos del Puntarrón, la era Portachuelos y enfilan por el camino de la Solana en dirección a los Peñoncillos. Toda de blanco, la Antonia se abraza a la espalda del Garduña como ha hecho tantas veces, pero ni el abrazo ni las lágrimas son las mismas, ni los sentimientos se parecen a nada que ya haya vivido. Se siente tan libre y tan ligera que el vestido se le va quedando chico por momentos. Aunque, de vez en cuando, echa un vistazo camino abajo, no vaya a ser que el pasado les siga los pasos. El Blas anda pendiente de que el mulo no se entretenga. Venga, Cantimploro, que tenemos prisa. Y, de cuando en cuando, se vuelve hacia la Antonia, suelta las riendas, le coge la cara con las dos manos y le muerde los labios.

¿Vas bien?

En la gloria.

¿Y esas lágrimas?

Son de fiesta y de alegría. Me siento como si hubiese vuelto a nacer. ¿Me quieres?

Desde el día en que nací, en este mismo camino, en lo alto de un mulo.

Unos pocos pasos por detrás, el Paco y la Paca no disimulan sus deseos. Se abrazan y se acarician como lo hacen los cuerpos que ya se conocen, que no se regatean ni ganas ni rincones. Con otros ropajes habrían parecido, ellos también, recién casados. Ella delante, entre sus brazos, de medio lado sobre la montura, tiene que reconvenirle cuando se acercan a los Peñoncillos. Saca esa mano de ahí que nos van a ver todos. Allí los esperan los amigos y los vecinos que han sido invitados a comer sin más indicaciones y no se lo pueden creer cuando ven llegar a la Antonia vestida de novia. Pero ¿cómo? ¿Os habéis casao y no habéis dicho na? Ten amigos para esto. Eso no se hace. ¿De qué os quejáis? Al menos os hemos invitado al banquete. Suenan acordeones y corre el vino. El choto desaparece de las ollas, que quedan impolutas, aunque no habrá sido por lo que comieron los novios, que tienen el estómago cerrado. No hay un solo hombre que no baile con la novia y que no felicite al novio. Todos se alegran por él y la mayoría le envidia la suerte. La Antonia, que ha probado el vino por primera vez en su vida, no baila, flota sobre un suelo polvoriento, arrastrando el vestido blanco, que está cada vez más negro, igual que el cielo que se oscurece por momentos. De unos brazos a otros, llega a los del Blas que la están esperando. Y en este momento, en medio de esta canción borracha y extasiada, empiezan a caer los primeros goterones. Muchos no son, pero sirven de señal para el zafarrancho de combate. Las mujeres se apresuran a recoger el festín. El padre del Blas y el Paco corren a cargar al Cantimploro, el novio baja a los corrales a preparar a los animales y la Antonia entra a los Peñoncillos para cambiarse el vestido embarrado que ya no le va a servir de nada. Alguien llega del pueblo con noticias apremiantes. Han visto al Manolín por la parte del cementerio. El plan es salir del valle antes de que caiga la noche.

Mira que es grande y casi no se le ve debajo de la carga. Dos sacos a cada lado. Uno de trigo, otro de centeno y dos de patatas. El de harina va en el centro para no perjudicar el equilibrio. Ollas, peroles y sartenes. Herramientas de todo tipo. Un azadón, un hacha, un pico y una pala. Toda la ropa de abrigo que han sido capaces de juntar. Y encima, coronando ese amontonamiento, una jaula hecha de cañas con media docena de gallinas y un gallo colorado. El pobre Cantimploro no se ha visto nunca tan cargado, que no se le ven ni las orejas. En medio del barullo, se agita nervioso y busca el camino del Hoyo. No se imagina que esta vez la ruta tira para arriba, ni que va a tener que arrastrar esa carga al otro lado de las montañas. Las emociones se desatan en el momento de la despedida. No hay mujer que no llore ni hombre capaz de deshacerse el nudo de la garganta. Los saludos y los abrazos, breves como suspiros. Nadie ha conseguido desembarazarse de esas premuras y esa inquietud que los acompaña a todos desde que empezó el día. La Antonia, además, se da la vuelta enseguida limpiándose las lágrimas, y enfila hacia la sierra con esos pasos suyos que más parecen marcha militar que paseo. Al verla partir, el Blas tiene que desprenderse de los brazos de su madre, porque como se descuide ya no la alcanza. Su suegra, mientras se aleja, le manda unas últimas palabras. Cuídamela, Blas, que no tengo otra. Sabe bien que es su manera de andar, pero cualquiera diría que tiene prisa. Prisa por salir del valle, por escapar de la brutalidad y dejar atrás el decorado de sus humillaciones. Treinta pasos por delante, la Antonia se da la vuelta y su marido, tirando del Cantimploro, aprovecha para alcanzarla con una pequeña carrera. La carga se bambolea. Revolotean las gallinas. Los recién casados se despiden por última vez y, cogidos de la mano, reemprenden la marcha hacia su nueva vida. El desconcierto enfila hacia el Collao por el camino de la Solana. Le sigue una veintena de cabras de las más escogidas.

Quién sabe si por el exceso de vino o por el exceso de emociones, el caso es que el estómago se le retuerce como un guiñapo. Debe de ser la falta de costumbre. Poco antes de alcanzar la fuente de la Miguita, la Antonia no puede aguantar más, se dobla por la cintura y vomita lo que le sale, que no es mucho, porque casi no ha probado bocado desde el día anterior. El Blas la sostiene entre los brazos y le presta el pañuelo para que se limpie. Anda, vamos hasta la fuente y descansamos un poco. La fuente no es más que un chorrillo que mana entre las piedras. Pero ese agua fresca les devuelve la vida en esta jornada de ajetreos y tensiones. Muchas otras veces han estado aquí sentados, sudando de arriba abajo, rodeados de pavos por todas partes. Pero hoy es diferente porque el camino no tiene vuelta y ya no se pueden sacar los anillos de los dedos. El Blas abre la navaja y corta un trozo de pan y otro de queso.

Toma, come un poco.

No tengo hambre.

Yo tampoco, pero hay que comer. Verás que te asienta el estómago. ¿Quieres que nos quedemos aquí un rato?

No, ya me encuentro mejor. Prefiero que subamos hasta el Collao. No me voy a quedar tranquila hasta que salgamos del valle.

Como tú quieras, pero no hace falta que corramos tanto.

Tienes razón. Es que los nervios me están royendo las entrañas.

No tengas cuidao. Tu padre ya no nos alcanza. Al paso que me traes, no nos coge ni en tranvía. Y si lo hace, lo mismo le va a dar. Ahora somos marido y mujer. ¿Estás contenta?

¿No lo voy a estar? Es solo que temo por mi madre y por mi hermano.

Estate tranquila, mujer. El Paco sabe cuidarse y no va a dejar que le haga daño a tu madre. El Manolín se calmará en cuanto comprenda que ya no tiene nada que hacer.

Ojalá tengas razón.

Cada vez más empinado, el camino del Purche no se anda con contemplaciones. La Antonia tira del Blas. El Blas tira del mulo. Cada uno va cavilando sus propias tribulaciones. Hace tan solo cuatro días, ninguno de los tres se hubiese imaginado que hoy iban a estar aquí, camino del barranco, con la casa a cuestas y las maletas llenas de extrañezas y de incertidumbres. A partir de ahora están solos. Sin más ayuda que la que las montañas quieran ofrecerles.

El Garduña se detiene para despedirse del valle con un último vistazo. Hacia el sur el cerro del Sanatorio y, más allá, el Cerrajón, desafiando a la gravedad con sus crestas y sus tajos. Entre esas puntas descubrió el amor y ahora se acuerda, con un escalofrío, porque el recuerdo de esos goces trae aparejado el rastro de la muerte y del acabamiento. La Manuela ya no va a trepar más por estos riscos, ya no va a cazar más conejos, y su memoria la representa arqueada y tensa por un placer infinito, pero con el vientre marcado por el paso de una bala. Aún no sabe que un placer así no es fácil de encontrar, ni abunda por estos parajes. Desde que salvaron el Collao, la Antonia ya no ha vuelto la mirada, ni siquiera ahora, al saltar la cuerda, donde van a perder de vista el valle y por mucho tiempo. Camina unos cuantos pasos por delante y él se descubre imaginándola desnuda. Resultaba más fácil con el traje de novia. Sus ropas de siempre no dan ninguna pista. Daría cualquier cosa por quitárselas allí mismo. Pero sabe que va a tener que ser paciente, aunque no puede imaginar hasta qué punto.

Al saltar la cordillera, hacia el nordeste, se topan de frente con unos nubarrones negros que no presagian nada bueno. En los altos del Purche, desde abajo, llegan hasta ellos los últimos rayos del sol, que antes de ponerse consigue atravesar un cielo macilento. El viento silba entre las copas de los pinos y tiemblan las espigas de la cebada. Los sembrados temen la tormenta. Más ahora que ya están listos para las hoces. El Blas tiene que espabilar para mantener a las cabras apartadas. El camino es ancho y claro. A partir de aquí, los recién casados siguen los pasos de los neveros, aquellos hombres que se ganaban la vida y se dejaban la salud acarreando nieve desde las cumbres. El abuelo había sido uno de ellos y, como ya se ha dicho, uno de los últimos. Nunca le habló de las nieves ni de las fatigas de portearlas, pero estaba al tanto de aquellos pesares porque no se caían de la boca de las gentes.

Toda la nieve de la sierra, por sus dos vertientes, tenía un dueño. Nadie podía pisarla, cogerla, transportarla ni mucho menos venderla sin permiso. La guardia civil tenía encomendada su custodia. Cuando los neveros llegaban a la ciudad, después de veinte horas de pateada, no podían colocarla sin presentar la preceptiva licencia y pagar las preceptivas tasas. Esto es algo que las montañas nunca terminaron de comprender, no les alcanzaban las entendederas para tanto. ¿Cómo podía ser que esa nieve blanda que caía del cielo fuese de alguien? Y si era de alguien, ¿cómo podía ser que no fuese suya, que la sufrían y la padecían y tenían que echarla de los tejados para que no se les hundiesen encima? Los neveros ganaban dos reales por cada día de trabajo con jornadas de veinticuatro horas. Guiaban cuerdas de hasta veinte mulas. La primera llevaba un cencerro que servía de guía a las que la seguían exhaustas en medio de la noche. Cada animal acarreaba unas dieciocho arrobas de nieve. La tercera parte la perdían por el camino. Una y otra vez, los hombres tenían que reequilibrar las albardas. Era el serón más expuesto al viento el que antes se derretía. La carga desequilibrada y el agua helada que les chorreaba por el cuerpo mortificaba a los animales. No vivían mucho dedicados a estas faenas. Salían al amanecer y volvían al amanecer. Descansaban un día y, al siguiente, retomaban la faena. Entraban de madrugada a la ciudad, donde vendían el hielo en la casa de la nieve en la calle Varela, en hospitales, casas de socorro, hoteles, cafeterías y pastelerías. El negocio, si es que se le puede llamar así, se fue al traste mediados los años veinte, cuando se abrió en la capital la primera fábrica de hielo. Pero el camino donde aquellos hombres se dejaron la piel y las lumbares aún sigue allí, por si alguien quiere transitarlo.

Es su noche de bodas y les sorprende en la sierra por la parte del Dornajo. Viene tan oscura que no se ven los pies ni las palmas de las manos. El viento sigue aullando entre las copas de los pinos. La vereda ya no es tan clara como antes. El camino de los neveros enfiló hacia las cumbres y ellos tienen que caminar a media ladera por un terreno que desconocen. Sería una imprudencia seguir adelante. Allí mismo descargan al Cantimploro, que se ha portado como un jabato, y se tienden sobre el jergón. La Antonia lo ha extendido en un rellano apartando las piedras. La luna no da señales de vida en un cielo sin estrellas cada vez más encapotado. No se ven ni el blanco de los ojos, aunque están tan pegados el uno al otro que el mismo aire entra y sale de sus pulmones. Ninguno de los dos se ha quitado ni las alpargatas, tal es el cansancio y el desconcierto que les embarga. Tumbados así, uno junto al otro, no aciertan apenas a rozarse. Todavía no han conseguido traspasar esa barrera invisible que se interpone entre los cuerpos que se han deseado demasiado.

Mujer, ¿no me vas a contar cómo hicisteis para convencer al padre Antonio? Qué hombre más amargao. Yo pensaba que no nos casaba ni de milagro.

No había que convencerle a él, había que convencer a la Rosarito.

¿La Rosarito? ¿Y esa quién es?

La mujer que limpia en su casa. Esa que me saludó a la salida de la iglesia.

No lo entiendo. ¿Y esa qué tiene que ver?

Desde luego, los hombres, es que no os enteráis de nada. Pues que la Rosarito además de la casa también le limpia otras cosas.

¿Qué me estás diciendo? Vaya con el viejo verde, si es que estos curas viven como dios. Pero sigo sin entenderlo, ¿qué pinta la Rosarito en todo esto?

Coño, Blas, que parece que te has caído de un guindo. Pues que la Rosarito es amiga mía y le han sobrao argumentos para convencer al padre Antonio.

Hay que reconocer que la moza está de muy buen ver.

Cuidao, Blas, que estamos casaos.

Perdona, mujer, es que no me entra en la mollera que esa chica tan joven esté con ese viejo avinagrao que encima es cura y está como un tonel.

Pues a mí me parece que está bien claro. No encontró otra manera de salir de su casa y, por lo que yo sé, don Antonio no la trata tan mal. Yo hubiese sido capaz de cualquier cosa con tal de librarme de mi padre.

¿Por eso te has casao conmigo?

Bien sabes que no, pero si no llega a ser por eso no te lo habría puesto tan fácil.

La Antonia se acurruca en el hombro del que ahora es su marido, cuando empiezan a caer las primeras gotas y el Blas tiene que levantarse, pensando en algún invento que los proteja de la lluvia y del previsible granizo. Apila los sacos a los lados del jergón y encima las albardas a modo de techumbre. Luego lo cubre todo con una manta que ata a los arreos después de sujetarla con piedras en las puntas. Antes de cobijarse en ese improvisado refugio, tiene la precaución de cubrir también la jaula de las gallinas. En la oscuridad descubre que la Antonia se ha quedado dormida. Tendido boca arriba, en ese espacio tan reducido, no sabe cómo colocarse para no despertarla. Un trueno retumba por las laderas y su mujer, como si lo hubiese oído, se vuelca entre sus brazos igual que una niña. Él la acoge con cariño, espantando el deseo, con la mirada puesta en el tenderete que, de momento, los protege de la granizada. Ojalá la tormenta no dure demasiado o este chiringuito se nos va a venir encima. Cierra los ojos y se concentra en esa respiración que siente en el pecho y que no es la suya. A pesar del agotamiento, sabe que el sueño no le encontrará fácilmente entre ese amasijo de turbiedades y emociones.

A esas mismas horas, en el valle de la Solana, hay quien se retuerce las manos viendo caer los rayos al otro lado de las montañas. En el Hoyo son otras las preocupaciones. El Paco y su madre están sentados a la mesa, aguardando al padre que aún no ha dado señales de vida. Cuando lo hace, es más que evidente que todavía no sabe nada. Debió de irle bien en la ciudad porque le acompaña una jovialidad desacostumbrada. La mujer le sirve la cena con las manos temblorosas. El Paco no ha dicho esta boca es mía. El silencio habla por los codos, pero el Manolín empieza a comer sin percatarse de nada. No echa en falta a la hija hasta que apura el primer vaso de vino.

Y la Antonia, ¿todavía no volvió del bar?

El bar no abrió hoy y la Antonia no va a volver.

¿Qué tonterías estás diciendo?

Lo que oye, padre, que la Antonia ya no vuelve.

Cómo va a ser eso. ¿Adónde va a haber ido?

Yo mismo la acompañé al altar esta mañana.

¿Al altar? Pero ¿de qué coño me estás hablando?

Sí, marido, nuestra hija se casó esta mañana.

Eso no puede ser. Cómo se va a casar sin mi consentimiento.

Pregúntele al padre Antonio, que ofició la ceremonia.

¿Estáis hablando en serio? Ese hombre debe haberse vuelto loco. Sabía yo que esa puta un día me la jugaba. Es que lo sabía. Lo estaba viendo venir. Seguro que ha sido cosa del Garduña. ¿No? ¿Ya no decís nada? Ese borracho degenerao. Ese muerto de hambre. Mira que lo pensé en su momento y estuve blando. Una palabra mía, ¿lo oís? Una sola palabra mía y no habría salido del cuartelillo. Ese mosquita muerta. Tenía que haberlo aplastado cuando tuve oportunidad.

Empiezan a volar los vasos y los platos, las amenazas y los insultos, las mesas y las sillas. Se quiebran los cristales y los corazones. Pero quiere la fortuna que nadie salga herido, al menos en las carnes, otra cosa son los sentimientos. Hasta el dormitorio, donde el Paco llevó a su madre para apartarla de los proyectiles, llegan los últimos improperios y la sentencia inapelable.

Os juro por lo más sagrado que el día que los coja los mato a los dos con mis propias manos.

Cuando se despiertan, uno en brazos del otro, son marido y mujer o quizá no, porque todavía no han consumado su matrimonio como imponen los cánones y ninguno se ha hecho aún ni a las ideas ni a las formas. Con la cara recién lavada por la tormenta, la mañana se levanta azul y transparente. Debajo de las mantas y de las albardas, el Garduña no sabe qué hacer con una erección tan previsible como incómoda. La Antonia sigue acomodada en el hueco de su hombro como si no se hubiese movido en toda la noche. Pero, ahora, al abrir los ojos, sí que se mueve y se pega y se abraza a su hombre todavía más, con todo su cuerpo, usando los brazos y las piernas. Algo deben haber notado estas porque, de pronto, la Antonia se queda quieta. Luego, por encima del pantalón, tantea el bulto con una mano. El Blas la tiene cogida por la cintura y también tantea hasta donde le alcanza el brazo. A la Antonia se le escapa una risa de niña. Pero ¿esto qué es? Esto es que te quiero. La risa infantil se convierte en una risa nerviosa que no se aclara. Las bocas se juntan. Pero la Antonia retira la mano, se incorpora de un salto y sale del tenderete que los protegió del granizo durante toda la noche.

El día entero es un ajetreo. Después de comer algo, vuelven a cargar al Cantimploro y se ponen en camino. Las cabras se mueven a sus anchas, con toda la sierra para ellas. El mulo sigue dócilmente la vereda como si conociese el camino. La mañana vino fresca y así se quedará hasta la tarde. Ya no tienen que ganar más altura, pero tampoco perderla. Están a dos mil metros por encima de un mar que ninguno de los dos ha visto nunca. La Antonia parece contenta, pero de vez en cuando se le enturbian los gestos y el semblante. El Blas la coge de la mano y avanzan despacio entre los robles canijos como si tuviesen todo el tiempo del mundo. Las prisas se quedaron al otro lado de las montañas. Seguir huyendo ya no tiene sentido. La vida juntos es lo único que les queda. Cruzan el barranco de San Juan o lo que ellos creen, por lo que les han dicho, que debe de ser el barranco de San Juan. Pasan por delante de algunas chozas, habitadas en esta época del año. Se ven rebaños por las laderas. Suenan cencerros, ladridos, juegos de niños y cloqueos. Huele a humo, a gente y a comida. Las montañas no están solas. Hasta que lleguen las nieves, van a tener en su destierro más compañía de la que habían imaginado. Sentada a la puerta de unos corrales hay una anciana trenzando esparto.

Buenos días.

Buenos días tenga usted. ¿Vamos bien por aquí para el cortijo del Hornillo?

Perfectamente. No tiene pérdida. Seguir la vereda valle adentro. Lo vais a ver enseguida, en el lindero del bosque, debajo de las cumbres.

Muchas gracias, señora.

No hay de qué. Pero ¿no venís un poco tarde? Al verano ya no le puede quedar mucho.

No, señora, es que venimos pa quedarnos.

Eso salta a la vista. Pero ¿es que vais a pasar aquí el invierno?

Sí, señora, estamos recién casados.

Pues menudo sitio habéis elegido para el viaje de novios.

Cuando dos se quieren, el sitio es lo de menos y a mí este valle me parece precioso.

En eso tienes razón, guapa. Pero aquí, cuando llegan las nieves, no bastan las calenturas del cuerpo. Es muy malo el invierno por estos parajes.

No será para tanto.

Hacerme caso, que yo me he pegao unos cuantos y todavía no sé cómo estoy viva.

Entonces, ¿no hay nada más que seguir la vereda?

Sí, si está ahí mismo. Lo vais a ver desde aquellas peñas.

Muchas gracias. Que tenga un buen día.

Y vosotros también y que sean muchos. Aquí estamos, mi marido y yo, para cualquier cosa. Hacernos una visita cuando queráis que aquí las horas se hacen muy largas. Pero no tardéis mucho, no vaya a ser que ya no estemos. ¿No sabréis, por un casual, a qué día estamos?

Sí, señora, es veintiocho de agosto.

Madre de dios, San Agustín, ya decía yo que estaba refrescando. Andar con Dios y hacer mucha leña que dentro de nada la estáis necesitando. Ahí, enseguida, por debajo de los robledales hay mucho castaño seco. Lo malo es subirlo hasta aquí. Pero con esa bestia que traéis no tendréis problema.

Otra vez muchas gracias.

No se merecen.

Muros de pizarras y techos de pajas. Vistos desde fuera no hay mucha diferencia entre el corral y la casa. Vistos desde dentro, tampoco. La casa, eso sí, tiene chimenea o, mejor dicho, un agujero en una esquina con un pequeño tiro para que se escape el humo. Aunque no lo parezca, es un gran avance porque en estas sierras las chozas no acostumbran. La gente hace el fuego en el suelo y deja la puerta abierta para no asfixiarse. Permanecen sentados, acuclillados o tumbados casi todo el tiempo por ver de respirar un aire que no les envenene los pulmones. Por la puerta abierta sale el humo y entra el frío en la misma medida. Esta es la razón de que tantas chozas terminen en llamas. Los techos de paja de centeno arden como el chamizo y las vigas de chopo, también. Por lo demás, no es mucho lo que se puede perder. Cuando prenden las techumbres, sacan sus cuatro bártulos y esperan a que se quemen del todo para reconstruirlas al día siguiente. Otra cosa es que las llamas se desaten cuando las gentes duermen y pueda haber daños personales.

Con nieve o sin ella, las montañas se yerguen hacia el cielo, hermosas hasta el estremecimiento. El paisaje que los circunda no puede ser más bello. El bosque trepa por las lomas peladas. Los prados verdes. Muros de roca por debajo de las cumbres. El azul del cielo, inimaginable. Ellos no son de esos que miran un bosque y no ven más que leña. Conmovidos, le dedican unos instantes a esa belleza antes de dedicarse a otros asuntos más perentorios. Todavía no saben lo dura que puede ser la vida dentro de una postal. Descubren bancales en las laderas. Un pequeño horno de leña, construido con piedras y barro, donde cocer el pan. Un manantial, que ofrece agua clara, apenas a unos pasos por encima del cortijo. Es buena señal que corra ahora que estamos a finales de agosto. Nadie les ha explicado que, en estas altitudes, el problema del agua no es cosa del verano sino del invierno, cuando las nieves lo cubren todo y sepultan hasta los manantiales. Ya tendrán tiempo de aprenderlo en sus propias carnes. Encuentran, también, boquetes en los muros, agujeros en el techo por los que se verán las estrellas. Trabajo no les va a faltar, ni hoy ni mañana ni pasado. Empiezan por la casa y siguen por los corrales. Parecen niños montando un campamento. Cuelgan los sacos de las vigas que les parecen más fuertes para ponerlos a salvo de los ratones. Lástima no haberse traído algún gato en la jaula de las gallinas. No se puede estar en todo. Estirar el jergón y cubrirlo con mantas les recuerda a los dos un asunto pendiente que no se atreven a mencionar. Se les va el día entretenidos hasta que les sorprende la noche. Al Blas se le hicieron livianas las tareas pensando en otros entretenimientos. La Antonia también pensaba en lo mismo, pero sus pensamientos no eran tan claros ni tan elocuentes y estaban manchados de temores y de prejuicios. No fue capaz, en su momento, de contarle a nadie lo que sucedió en el camino de la Solana y menos que a nadie al Blas, que iba a ser su marido. No fue capaz de expresar esa humillación y esa vergüenza, ese asco y esa culpa. Y ese secreto que se ha guardado le enturbia los deseos de pavores y le va a pesar en el amor y en los placeres. En la puerta de la choza, antes de retirarse, el humo del cigarrillo se pierde en un cielo plagado de estrellas.

Si hubiese postigos, la Antonia los cerraría; pero, como no hay ni ventanas, le basta un soplido al candil para verse sumidos en la oscuridad más impenetrable. Solo entonces consiente en desnudarse y el Blas tiene que ir adivinando sus contornos por el sonido de las ropas al abandonar el cuerpo. Cuando se tiende a su lado no está completamente desnuda, pero casi. Tiembla de arriba abajo y el crucifijo se mece en su pecho al ritmo de su respiración atropellada. Palmo a palmo, unas manos expertas van reconociendo el terreno como si fuesen ojos, unos labios voraces escrutan la piel centímetro a centímetro. Ha dejado de temblar pero no se mueve. Está tendida boca arriba con las piernas juntas y los brazos extendidos a lo largo del cuerpo. En vano el Garduña acecha entre el silencio alguna reacción a sus caricias. Ni un gemido, ni un susurro, ni el más leve estremecimiento. Solo la carne prieta, inconmovible y asustada. Se dejaría cortar un brazo con tal de verle la cara y el otro con tal de verle todo lo demás. Vientre abajo, una mano se aventura por debajo de las bragas y las piernas se cierran sobre ella como una guillotina. Aprisionada entre los muslos se hace la muerta y allí se queda como si el tiempo no existiese. Pero sí existe y, poco a poco, los músculos se van destensando y liberan unos dedos juguetones que cada vez tienen más espacio para moverse a sus anchas. Un leve jadeo se insinúa entre las sombras y entonces la Antonia se saca las últimas prendas que le estorban. Las piernas se separan para recibirle y el Blas acude despacio. Piensa que es una iniciación y no deja de tenerlo en cuenta. Nunca hubiese creído posibles esa quietud, esa impasibilidad y ese silencio. La Antonia está temblando de nuevo, pero no es el placer lo que agita sus carnes. Tiene las palabras en la punta de la lengua. No le salen. Tal vez nunca le lleguen a salir.

Los vecinos les prestaron un arado que no era más que un hierro oxidado en la punta de un palo. Uncido al Cantimploro parecía de juguete. Voltearon la tierra en los bancales y sembraron hasta el último grano que habían traído. Se pasaban los días acarreando leña desde el bosque. El Blas la troceaba con el hacha y la Antonia iba y venía con el Cantimploro cargado hasta los topes. Con barro y piedras fueron poco a poco reconstruyendo los muros hasta que no dejaron ningún boquete reseñable. Como no tenían paja, cubrieron con brezos las techumbres y los sujetaron con pizarras para que el viento no se los llevara. Juntaron todas las castañas que pudieron pensando, ingenuamente, que les iban a durar dos años. El primer invierno se les echaba encima e iba a ser el hambre. Un hambre que ninguno de los dos conocía y que iban a tener que compartir.

De pronto, el día en mitad de la noche. Corren hacia la luz, hacia ese resplandor que quema. Una columna de pavesas se eleva hacia el cielo. Lo más pavoroso del fuego es el ruido, ese crujir de mandíbulas masticándolo todo hasta las cenizas. El tejado es una antorcha gigante en medio de las montañas. La Antonia y el Blas llegan a la carrera, para comprender que no hay nada que hacer y que se ha perdido todo. No hay rastro de sus vecinos. El Blas se acerca a la puerta por la que salen las llamas. Sus voces se pierden en el humo sin encontrar respuesta. La Antonia, llorando, tiene que apartarlo de la entrada. Oyen cencerros entre el estrépito de las llamaradas y salen corriendo hacia los corrales. Detrás de la choza, envueltos en mantas, aún prendidos del sueño del que les arrancó el fuego, el viejo y la vieja cargan el mulo con los pocos enseres que consiguieron rescatar.

Un poco más y no lo contamos. No llores, niña, que no hay para tanto. Cuatro cacharros viejos y cuatro trapos. El techo, de todos modos, no pasaba de este invierno.

Pero ¿qué hacen ustedes?

Lo que teníamos que haber hecho hace ya unas semanas. Marchar pal pueblo. Pero a este cabezota de mi marido no le ha dao la gana.

¿Ahora? ¿En mitad de la noche? ¿Por qué no se esperan a mañana? Pueden quedarse con nosotros.

No os preocupéis, que hemos hecho este camino tantas veces que no nos hacen falta ojos para encontrarle las vueltas. Cuidaros vosotros, que a partir de ahora este no es lugar para cristianos. Si lo veis muy mal, tirar pal pueblo y preguntar por nosotros. Un techo no os habrá de faltar.

Muchas gracias. Vayan ustedes con cuidao.

No hay de qué. Y andaros con ojo que la montaña es muy traicionera.

El primer invierno fue el hambre. El segundo, el frío. El tercero, la extenuación y el agotamiento. Pero al final salió el sol y llegó la primavera.

Los días cada vez más fríos. Las noches cada vez más largas. Los sacos cada vez más vacíos. Para el día de los santos, las gallinas dejaron de poner. La harina no alcanzó más que hasta la Inmaculada. Las últimas patatas se las comieron por navidad y para reyes se acabaron las castañas. Ya no les quedaba otra cosa que la leche de las cabras, que tenían que compartir con los chotillos recién nacidos. Para entonces, estaban extraviados entre las páginas del santoral y la nieve se había adueñado del Hornillo y de todo lo que alcanzaba la vista. Los días, todos iguales, eran blancos y fríos. Las noches se hacían eternas con los estómagos vacíos. Dormían abrazados sobre el jergón, para juntar los calores, que casi nunca les alcanzaban ni para el amor ni para el sueño. En cuanto el fuego se extinguía en la chimenea, se despertaban helados y entonces era el hambre, agazapada entre sus cuerpos, lo que les impedía volver a dormirse. El Blas llevaba pensándolo varios días y varias noches. Era su miedo a matar lo que mantenía alejada cualquier determinación. Hasta que una mañana la Antonia se levanta muy resuelta y, envuelta en una manta, se pone sin más a restregar la navaja contra una piedra. Su aliento son vaharadas blancas entre las penumbras.

¿Qué haces?

Estoy afilando la navaja.

Eso ya lo veo, mujer. Pero ¿para qué?

Voy a matar una gallina.

Hace tiempo que lo vengo pensando.

Pues yo no lo he pensao mucho, pero lo vamos a hacer ahora mismo. De todas maneras se nos van a morir de hambre. Si no podemos alimentarlas, al menos que nos alimenten ellas a nosotros.

¿Quieres que te ayude?

No hace falta, ya me apaño sola. Tú vete encendiendo el fuego que aquí no hay quien pare.

No consiente que los animales le vean el cuchillo ni las intenciones. Los coge con cariño y, antes de que se den cuenta, ya están desangrados, desollados y listos para la cazuela. El hierro, en sus manos, guarda el instinto de la sangre. El filo encuentra la yugular y permanece inmóvil, mantiene abierta la herida para que el cuerpo se vacíe cuanto antes. Firmemente sujetos entre sus muslos, los animales ni rechistan. No mueven ni un músculo mientras la vida se les escapa a borbotones. Solo cuando las últimas sangres chorrean por la punta del cuchillo los cuerpos se estremecen, patalean, aletean, como si por fin, en el último momento, hubiesen comprendido. Pero la resistencia llega tarde y dura solo unos segundos. La Antonia aprieta las piernas y tensa los brazos para contener esos estertores. No consiente que se pierda ni una sola gota de sangre. Caen todas en el cazo que ha dispuesto en el suelo para recogerla. Lástima no tener ni una mala cebolla.

Estrujar las piedras. Rebañar los baldíos. Barrer, rebuscar entre las lajas, hasta el último grano de las eras. No desperdiciar nunca nada. Exprimir los huesos exhaustos, una y otra vez, hasta la última sustancia. Aguzar el ingenio. Si no hay huesos, borrajas. Un hombre o una mujer que no han comido no son más que el hueco que les ocupa el estómago y las ganas de llenarlo.

Los inviernos pueden ser duros o blandos, cortos o largos, malos o buenos. Todo lo peor lo tuvo el segundo que, además de inclemente, iba a ser fatídico. Las nieves no esperaron a los arcángeles y ya no les dio la gana de marcharse. Detrás de ellas, las cabras monteses invadieron el valle huyendo de los rigores de las cumbres. Hambre no tenían porque el invierno anterior les había servido de escarmiento y se habían pasado el verano acarrilando patatas. El otoño vino seco pero el sol no calentaba y la nieve, trasformada en hielo, no cedía ni un palmo. Ya habían perdido la esperanza de librarse de ella hasta el año que viene cuando llegaron las noticias. Las trajo el Paco, que llegó una noche clara y limpia, tan fría que uno temía que la sangre se le congelase en las venas antes de llegar al corazón. Madre mía, qué frío. ¿Cómo podéis vivir aquí? Llevaban más de un año sin verse y eso fue lo primero que dijo cuando le abrieron la puerta de la choza. La Antonia, una vez superado el pasmo, se echó en brazos de su hermano, mientras que el Blas, atizando el fuego, pensaba que algo muy malo tenía que haber sucedido para que el Posturas llegase en plena noche y con estas nieves. Muy desencaminados no iban sus pensamientos, pero se quedaron cortos. Sentados los tres a la lumbre, con las piernas cruzadas sobre el jergón, porque sillas no había, empezaron a intercambiarse novedades, que eran muchas, después de tanto tiempo. El Paco comía y hablaba sin parar. Estaba felizmente casado. La Paquita esperaba un hijo para la primavera. Ahora vivían en el Hoyo, en una casita por detrás de la iglesia. Tres veces tuvo la Antonia que llenarle el plato. Hasta que el Blas, que casi no había abierto la boca, aprovechó una pausa para intervenir.

¿No habrás traído tabaco?

Claro, no voy a traer.

Pues deja que me líe un cigarro y suelta ya de una vez lo que te trae por aquí a estas horas y con la que está cayendo.

El Paco, que hasta ese momento había disparado las palabras una pegada a la otra, enmudeció de pronto y dejó el plato en el suelo.

Tu padre murió anoche en los Peñoncillos. Me pareció que tenía que venir a decírtelo. Lo entierran mañana en el cementerio.

Llegó el cólera hasta el Hoyo chapoteando entre las aguas del río, que estaba contaminado. Esa enfermedad no era propia de estos tiempos, al menos en este continente. Pero, como allí todo llegaba tarde, nadie se extrañó del retraso, por más que acumulase cincuenta años. Sin sueros ni antibióticos, no quedaba otra cosa que esperar a que la muerte tirase los dados. La mitad de los enfermos moría en el plazo de una semana. Una semana de agonías entre vómitos y diarreas, en la que los cuerpos, incapaces de asimilar una gota de agua, se vaciaban lentamente hasta el colapso. Las autoridades no hacían otra cosa que imponer cuarentenas y limitar los movimientos para evitar que la epidemia se extendiese. Más que atención médica, lo que se ofrecía a los humildes era control policial y vigilancia. Sobre todo en pueblos como este, dejados de la mano de Dios y de la ciencia. Las gentes escapaban por las montañas para sortear los controles. Los que se quedaban no tenían más remedio que enterrar a los muertos, quemarlo todo y esperar que la mala suerte o las bacterias no los señalasen.

En la puerta de los Peñoncillos, una pira anunciaba la desgracia. Estaba todavía humeando cuando el Garduña y el Posturas llegaron hasta allí. Salieron del Hornillo de madrugada una vez que el Paco había repuesto un poco las fuerzas. No perdieron ni un minuto. No se consintieron ni un respiro. Sin mulos ni cargas, acostumbrados a las pedreras y los desmontes, no cruzaron la sierra, la sobrevolaron. Esas cuatro piernas bajaron por el valle como una exhalación, atravesaron el pueblo y llegaron al cementerio en el momento en que cuatro hombres, largando las cuerdas, bajaban la caja al fondo del hoyo. Fue llegar ellos y los llantos se recrudecieron. No verse durante años y tener que reencontrarse en la calamidad. Al abrazarla, el Blas encontró a su madre envejecida y descompuesta como nunca la había visto. Pese a todo, entre el hervidero de sollozos, a la Josefa se le transparentaba en los ojos la alegría de ver a su hijo. Juntos, hundieron las manos en la tierra y la arrojaron sobre las tablas. Antes de que lo hiciesen todos los demás, que eran tantos que poco trabajo iban a dejar a los sepultureros. La abuela, además de tierra, tiró también una hoz al fondo del agujero. Pero, madre, ¿qué está usted haciendo? Pues no lo estás viendo. ¿Qué va a hacer ese hombre sin su herramienta? Allí estaba todo el pueblo y el valle al completo, como sucede siempre que se marcha alguien que va a dejar huella en los corazones. Estaba incluso el Manolín, aunque nadie lo hubiese invitado. El Garduña cruzó una mirada con su suegro, una mirada que no se entretuvo, pero que le bastó y le sobró para vislumbrar el rencor y la mala leche. Todavía faltaban algunos años, pero el día en que ese hombre se muriese no iba a estar el cementerio tan concurrido.

No esperó a la luz del día para salir de vuelta hacia el Hornillo. La Antonia estaba sola y los animales encerrados. Dejó a su madre y a su abuela sin consuelo y corrió a llevárselo a su mujer, que también lo necesitaba. El camino, cuesta arriba, no era tan llevadero, y menos cargado como iba con un saco de harina y un espejo con marco de madera del tamaño de una cuartilla. La harina se les había acabado y la Antonia, que no sabía vivir sin pan, se la iba a agradecer. Al espejo no le hizo demasiado caso; pero, al final, iba a encontrar su momento y su disfrute. Su mujer lo recibió llorando, pero no le dijo que llevaba haciéndolo desde que él y el Paco salieron por la puerta.

Siempre se van primero los mejores.

¿Por qué dices eso?

Porque ojalá se hubiese muerto mi padre en vez del tuyo.

No digas eso, mujer, que está muy feo.

Pues estará muy feo, pero es lo que me sale. Si no llega a ser por él no estaríamos aquí enterrados. ¿Qué van a hacer ahora tu madre y tu abuela?

Se bajan al Hoyo, qué remedio.

Tendrías que estar con ellas y echarles una mano.

Ya llegará el día. Tú no eches muchas cuentas que mi madre se apaña sola. Y, además, están las hermanas pa lo que haga falta.

Sabañones en las manos y en las orejas. Los pies envueltos en trapos por debajo de las alpargatas. Al abrir la puerta, no encuentran al otro lado más que un muro de nieve que alcanza casi el dintel. Tienen que excavar un túnel para salir de la choza y otro para liberar a las cabras que berrean de hambre en los corrales. No les queda más remedio que soltarlas porque no guardaron nada con lo que alimentarlas. Habrá que andar mucho valle abajo para que encuentren algo comestible. El Blas y el rebaño desaparecen entre los árboles acogotados. La Antonia enciende la lumbre y coloca la olla más grande sobre las trébedes. Luego empuña la pala y llena la olla con la nieve que se amontona en la misma puerta. Otro procedimiento no hay para conseguir agua. Tendrá que repetirlo muchas veces a lo largo del día. Echa más leña al fuego, se envuelve en una manta y sale de la choza con la pala en la mano. Su mirada sigue el rastro que dejaron las cabras en la nieve hasta el lindero del bosque. Más que huellas son agujeros, hundidos como iban los animales hasta las trancas. Ni el rebaño ni el marido están a la vista. Vuelve los ojos hacia el cielo para hacerle algunas preguntas. Hacia el este, las cumbres blancas se destacan sobre el fondo azul por el que el sol tardará aún en salir. Pero, por el oeste, se acercan las nubes que, seguramente, no tardarán tanto. Ojalá que no vengan muy cargadas. De cualquier modo, más vale darse prisa. Las horas se le van subida a los tejados, quitando la nieve a paladas, antes de que llegue la ventisca. Las vigas de chopo no aguantarán el peso si se sigue acumulando. Mientras atiende a los animales, después de desenterrar la leña y acarrearla hasta la choza, el cielo se ha oscurecido. Empieza a nevar. Las nubes, más bajas, tropiezan con las montañas. Fuera de la choza todo es blanco. La ventisca arrecia. Los copos caen cada vez más gruesos y más violentos, arrastrados por un viento que no cesa. Ya han borrado las huellas que el rebaño dejó a la mañana y ocupado los tejados que la Antonia despejó. La mujer tiene que volver a subir. Se arrebuja bien en la manta para que la nieve no se le meta por todas partes y la sacude de vez en cuando para aligerarla del peso igual que a las vigas. Cuando le parece que ya ha despejado bastante el tejado de la choza, salta sobre la nieve que se acumula contra los muros y trepa por la que cubre el corral como si fuera un iglú. Allí vuelve a empuñar la pala, que lanzó desde abajo hasta el tejado, cada vez más inquieta. La niebla se espesa alrededor. ¿Cómo encontrarán el camino de vuelta? Parece imposible. A cada rato se toma un respiro y atisba entre los rugidos del viento en busca de cencerros. Pero no oye nada. No los oiría ni aunque estuviesen a veinte pasos. Una angustia sin rostro le anida en el pecho. Salta otra vez del tejado y hace sonar la campana que cuelga a la entrada de la choza. Si se hace de noche, será imposible que encuentren el camino de regreso. Siente el cuerpo blando y helado, siente las fuerzas que se le escapan y vuelve a tocar la campana y a escuchar la ventisca sin encontrar respuesta. No está segura de cuánta luz puede quedar todavía, pero trepa al tejado de nuevo y se esfuerza, furiosa, por quitar de encima toda la nieve posible, que será poca si sigue cayendo de este modo. La pelea parece inútil, la batalla perdida, pero el esfuerzo le sirve para sacarse del cuerpo los miedos y las ansiedades. Por un momento, el viento amaina y la niebla se transparenta. Desde el tejado, apoyada en la pala para mantener el equilibrio, escruta valle abajo en busca de algo que se mueva, cualquier cosa que no sea blanca y que se mueva. Pero no hay movimiento alguno, más que el de la nieve que sigue cayendo. Ahora que la niebla se ha levantado un poco y que puede ver los primeros árboles del bosque, comprende que la oscuridad no era solo por la venda espesa de las nubes. La noche se acerca, baja volando desde las cumbres y no hay rastro del rebaño ni de su marido. Golpea la campana con todas sus fuerzas, con una rabia que no sabe contra qué se dirige. Golpea y escucha. Golpea y escucha. Hasta que, por fin, le parece oír cencerros por alguna parte. Es un sonido muy débil que se pierde, vibra unos instantes y desaparece. Tal vez acechanzas del viento. Tal vez cascabeles de su imaginación. Vuelve a tocar la campana y espera. Y, ahora sí, surgiendo del bosque desnudo, oye un chiflido que no puede dejar de reconocer. Una vez más hace sonar el metal helado y el chiflido le responde cada vez más nítido, más cerca. Entra en la choza y coloca sobre los rescoldos unos puñados de leña seca y fina. De rodillas sobre las lajas del suelo, sopla despacio hasta que aparece el humo y después las llamas. Unas llamas pequeñitas sobre las que va colocando unos palos menudos y luego otros más gruesos y al final unos troncos cuando ya no hay quien las detenga. Desde la puerta, se oyen claramente los cencerros y ve aparecer las primeras cabras entre los robles. Las sigue su marido que se hunde en la nieve hasta los muslos. De todas maneras vuelve a tocar la campana y sonríe cuando el silbido le responde entre las sombras. No se había dado cuenta, pero ya casi no se ve nada. Corre a abrir la puerta del corral. Conforme van llegando, las cabras entran dócilmente, sin necesidad de que nadie les enseñe el camino. Ya no son más que sombras negras en el túnel de nieve que conduce hasta el abrigo. Lo mismo que ellas, el hombre va directo hacia la lumbre. La Antonia tiene que ayudarle a quitarse la ropa. Lo envuelve en una manta seca y le frota todo el cuerpo de arriba abajo para sacarle el frío y el entumecimiento.

Tengo miedo. Una de estas noches no vuelves. No sé cómo encuentras el camino de vuelta.

Yo no lo encuentro, mujer, lo encuentran las cabras.

Pues menudo consuelo, me dejas más tranquila.

No tengas cuidao, que estas no se pierden por la cuenta que les trae.

Algunas veces, pocas, esos frotamientos se transformaban en caricias y el fuego, que ardía en la chimenea, se propagaba hasta los cuerpos. La Antonia, que no compartía del todo esos ardores, se dejaba hacer y satisfacía a su marido, sin saber muy bien de dónde sacaba ese hombre ni las fuerzas ni las ganas. Consciente o inconscientemente, había desarrollado con las manos una destreza infalible para salir del paso en aquellas ocasiones, tantas, en las que el deseo no le alcanzaba y el agotamiento le daba más que de sobra. Casi todas las cosas que se pueden hacer en una cama le parecían guarrerías y, las que no, acrobacias. La habían educado en el convencimiento de que el cuerpo era algo feo y sucio que había que esconder y el placer un pecado merecedor de castigo y contrición. Pero, al mismo tiempo, le inculcaron que se debía a su marido y que lo que en ella era censurable era en él natural y comprensible. Eran estas contradicciones lo que se interponía entre su cuerpo y el delirio. Pero, en apenas unos minutos, era capaz de aliviar las apremiantes calenturas de su marido sin que este, abandonado a sus caricias, pudiese hacer nada por remediarlo. Para no manchar, recogía la simiente en el cuenco de una mano mientras se aplicaba con la otra, salvo cuando estaban a cielo abierto que, entre divertida e impresionada por ese portento, la dejaba derramarse violentamente sobre la tierra. Tal habilidad había alcanzado que no le llevaba más tiempo ni más esfuerzo que ordeñar una cabra.

El tercer invierno fue la extenuación y el agotamiento. Iba a ser sin embargo un invierno benévolo. Las nieves no fueron tantas y la primavera no se hizo de rogar. Tantos animales se les habían juntado que las horas del día no alcanzaban para atenderlos a todos. Las dotes que nunca tuvo para dar la muerte le sobraban al Blas para regalar la vida. No había parto que se le atravesase ni enfermedad que se le resistiese. Ni las gusaneras ni las ubreras eran un problema para él. Todo era capaz de curarlo a base de cariños y de emplastos. A su lado, los animales prosperaban como los zarzales en una ribera. Era cosa rara que sus cabras pariesen un choto. Esas entrañas no engendraban más que hembras, úteros anchos y fértiles para engrosar el rebaño. Y lo hacían siempre de dos en dos. Por este procedimiento, la cabaña no había crecido, se había multiplicado. Tantas cabezas se les juntaron que los corrales se quedaron pequeños y las manos no alcanzaban para tantas ubres. Ordeñaban al caer la tarde, a la luz del candil, porque les llevaba tanto tiempo que de hacerlo por la mañana les habrían faltado horas para que los animales se alimentasen. Si todo iba bien, acababan hacia la medianoche, pero eran muchos los días que les sorprendía la madrugada con la espalda doblada, exprimiendo pezones entre los dedos agarrotados. No siempre las cabras venían a las manos y el ordeño, muchas veces, era una pelea y una lucha, que los mandaba rendidos al jergón, donde el sueño les vencía antes incluso de quitarse las ropas. Se levantaban muy temprano y el Garduña tiraba para el monte con el rebaño y no volvía hasta el anochecer. La Antonia gastaba todo el día cuajando quesos y hablando con las piedras. Y cuando por fin llegaba el momento de encontrarse, era para ordeñar hasta el desfallecimiento.

Solo los sábados se distinguían en esa sucesión de días idénticos. No es que fuesen más descansados, pero al menos los pasaban juntos de la mañana a la noche. Salían hacia el pueblo bien temprano para llegar antes del mediodía. La Antonia se adentraba entre las casas y pregonaba sus quesos y su leche, mientras el Blas la esperaba entreteniendo al rebaño por las laderas. Luego se encontraban junto al río y emprendían el camino de vuelta, cuesta arriba, que no les llevaba menos de cuatro horas. Llegaban con el tiempo justo para comer algo y ponerse a ordeñar. A base de piedras y de palos, el Blas había separado el jergón del suelo para escapar del frío de las lajas. Cuando se metían en esa cama improvisada, llena de bultos y de escollos, a pesar de que fuese sábado, no les alcanzaban las fuerzas ni para las manualidades. Pero se dormían contentos porque habían estado juntos en vez de separados, como era lo normal, él trajinando cabras de arriba abajo y ella amasando cuajos y prensando quesos de la mañana a la noche.

Todas las frutas maduran. Todas las flores se marchitan. Algunas plantas florecen una sola vez en su vida y luego languidecen para el resto de sus días. Esto puede parecer cruel o hermoso según los ojos que lo miren. La Antonia iba a florecer aquella primavera y sus encantos habrían de deslumbrar a las montañas hasta finales del verano. Luego, volverían las nieves y ya no iba a haber un sol capaz de derretirlas.

No lleva encima ni el crucifijo. La piel del color de las aceitunas. Contra el muro de piedra, bajo las cumbres nevadas, parece la sombra de un ciprés con las curvas de una guitarra. Sin saber por qué, sin pensarlo siquiera, el Garduña se esconde entre los matorrales. La contemplación de la belleza resulta dolorosa cuando la acompaña el presentimiento de su fugacidad, la certidumbre de lo que nos está vedado. Lleva tres inviernos largos casado con ella, tres inviernos largos intentando adivinar, con las puntas de los dedos, las formas, los paisajes, los pliegues de ese cuerpo, y ahora, de repente, ahí está, delante de sus ojos, completamente desnuda, majestuosa, deslumbrante, bajo un sol que, por primera vez, la acaricia. Nunca antes la había visto como su madre la trajo al mundo. La Antonia está de espaldas, con los pies metidos en un balde, echándose agua por encima para quitarse la espuma que la cubre de arriba abajo. El espejo cuelga de un palo insertado entre las lajas. No se inmuta. Es imposible que no esté oyendo los cencerros, pero no se inmuta. Liberada del pañuelo, mucho más larga de lo que la recordaba, la melena le chorrea libremente hasta la cintura. Que él sepa, nunca se la ha cortado desde el día antes de su boda. Aunque es tan baja como él, las proporciones de sus huesos la hacen parecer más alta. Y tal vez sea en esta mañana luminosa, en este paisaje conmovedor, cuando el Blas, amatojado entre los piornales, llega al convencimiento de que no hay nada más hermoso sobre la faz de la tierra que una mujer desnuda, salvo, tal vez, otra mujer desnuda. Y, en este mismo momento, le acomete la vergüenza. No se le hace muy cabal que un hombre ande espiando a su mujer entre los matorrales como un bandido.

    Le faltan unos pasos para llegar hasta ella cuando Antonia se vuelve. No parece sorprendida sino contenta de verle. Con una mano se cubre los pechos y con la otra el pubis, pero lo hace sin prisas ni convencimiento. Las dos son demasiado pequeñas para esconder esos encantos. El Blas se ríe de ese pudor que le parece fingido. La Antonia también se ríe, deja caer los brazos y se muestra erguida. No la mira, la admira. Estudia con los ojos esas formas que hasta ahora estaban reservadas a las manos. Unas manos que no le han engañado. Las tetas llenas, repletas, no se sabe de qué, pero repletas, son de una redondez perfecta. El vello encrespado se desparrama por el vientre, desciende por los muslos, desaparece entre las piernas. Los arcos de las caderas envolviéndolo todo. En la naturaleza esos contornos no se dan más que en las frutas, las mujeres y las flores. Es esa mirada, la mirada hambrienta de su hombre, lo que vuelve al cuerpo más hermoso, orgulloso de sí mismo, seguro en su rotundidad y en sus promesas.

A su lado, él parece un esqueleto de lo blanco que está y las pocas carnes que le sobran. La Antonia le ha quitado las ropas y lo mete en el barreño. El agua está tibia. Lo lava de arriba abajo, de la cabeza a los pies. Así lo lavaba su madre cuando era niño; aunque, si la memoria no le engaña, ella no se tomaba la molestia de calentar el agua. Si fuesen trapos se colgarían de una cuerda para secarse al sol, pero, como no lo son, se tumban en el pasto, uno al lado del otro. Ni se tocan, ni se rozan. A él le extrañan su flacidez y su desgana. Será que se está haciendo mayor. O tal vez sea el agua que, aunque estaba templada, el viento de la sierra enfría sobre su piel y la estremece. A veces, las cosas físicas no tienen causas físicas, sino otras que se nos escapan, como la novedad y la sorpresa de esta escena imprevisible, llena de matices que van más allá de los instintos. Lentamente el sol hace su trabajo y la Antonia, desperezándose, el suyo. Sabe cómo enardecer a ese hombre y a ese cuerpo. Se ha dejado saborear por esa mirada hasta que el hambre se le impone. La busca con la boca y con las manos, con toda su piel estremecida. Pero esta vez no se conforma con el placer ajeno y busca el suyo en el fondo de sus entrañas. Se monta sobre él y se traspasa. Siente el placer que la atraviesa y deja que recorra todo su cuerpo como nunca antes lo había hecho. El Blas tiene que sujetarla por las caderas, pararla, retenerla, acompasarla. Quiere dilatar ese momento igual que se dilatan sus membranas y sus ansias. Ruedan por la pradera, entre los chotos asustados y divertidos. Se abrazan, se retuercen, se enroscan. Parecen dos culebras que se aman hasta el acabamiento. Hacia el final, él tiene que rendirse y deja que sea ella la que, cabalgándole, encuentre por sí misma el infinito. Y lo encuentra, vaya que si lo encuentra, bien escondido entre sus beaterías y sus aprensiones.

Cuando llegan al jergón, la Antonia no apaga los candiles y se desnuda por primera vez delante de sus ojos. Hay muchas maneras de quitarse la ropa. Ella lo hace para él y su mirada.

De un clavo en la pared cuelga el crucifijo y ahí se va a quedar, cogiendo polvo, toda la primavera y parte del verano.

Las montañas también están desnudas. Conforme las nieves se retiran hacia las cumbres, los pastos se adueñan de las laderas. El agua corre abundante y generosa. El gozo de los animales es comparable al de la pareja. Con tanta hierba no hay más que abrirles la puerta y se crían solos. El Blas marea el rebaño sin alejarse demasiado del Hornillo y siempre vuelve con tiempo para el amor y los retozos. Nunca le abandonan los apetitos, lo mismo que a sus cabras y a sus machos, que están siempre dispuestos. Hasta que una tarde enardecida, con el sol todavía alto, y el aire algo más que tibio, regresa hacia el Hornillo y encuentra a su mujer en la puerta de la choza. El peine hace su tarea delante del espejo.

Ya están todas preñás.
¿Cómo puedes estar tan seguro?
Qué sé yo, mujer, no dejan a los machos ni arrimarse.
Ay, qué marido tengo, que sabe más de cabras que de mujeres.
¿Y eso a qué viene?
A que yo también estoy preñá y no te has dao ni cuenta.
Es que tú sí me dejas arrimarme.
Vete preparando los arreos. Nos volvemos para casa. No estoy dispuesta a parir a mis hijos en este despeñadero podrido de nieve.

Cada mañana, después de comer algo, abren las puertas de los corrales y se entregan al amor con todas sus fuerzas. Las ropas, que tanto trabajo costaba sacarse de encima, salen ahora volando en todas direcciones. El día se extiende por delante como una llanura desierta. No les queda más que esperar a que madure el grano para hacer las maletas. No tienen tampoco que acarrear estiércol, voltear la tierra, sembrar las patatas, regarlas ni acarrilarlas, porque no estarán aquí cuando llegue la cosecha. Hacer leña sería absurdo, igual que arreglar los desperfectos del tejado. No tienen más que segar la cebada para llevársela con ellos. Sacaron un buen dinero con la venta de los chotos. Deciden vender el rebaño entero. En el pueblo no van a encontrar sitio para tanto bicho. Libres de los compromisos y de las obligaciones que impone la vida en la montaña, se consagran al placer y al cuidado de ese vientre que poco a poco va perdiendo las formas. Si alguna época de su vida merece el nombre de vacaciones, son estos últimos meses en la sierra. Les ha costado bastante, pero al final lo han conseguido. Una luna de miel en condiciones.

14. Un roal para quedarse

> *A la sombra de mi sombra*
> *me estoy haciendo un sombrero,*
> *un sombrero de largas pajas*
> *que he recogido del suelo.*
> *Lo haré con el ala ancha*
> *que casi llegue hasta el cielo,*
> *pa muchas veces no ver*
> *las cosas que ver no quiero.*
> MANOLILLO CHINATO,
> *Amor, rebeldía, libertad y sangre*

El día que las subieron a los camiones, descubrieron que, en tres años, habían juntado más de cuatrocientas cabras. Ellos nunca las habían contado. Quién sabe si hubiesen sabido hacerlo. El caso es que no se habían tomado la molestia. Lo que sí contaron fue el dinero que les dieron, que era mucho. O, al menos, lo intentaron. Porque uno y otro, cada uno por su lado, llegaron a cifras muy dispares. Si les hubiesen querido engañar lo habrían tenido chupado, y no sería de extrañar que esos marchantes avispados lo hubiesen hecho al fin y al cabo. El Blas pensó que lo más probable era que la Antonia, más estudiada, tuviese razón y no discutieron mucho. Sea como fuere, era un dineral con el que nunca habían soñado. Bastaba con eso por el momento, aunque pronto iban a tener que echar cuentas más exactas.

En medio de la nube de polvo que habían levantado los camiones al alejarse por la pista, tal vez sintieron algo de pena, pero los sentimientos que más claramente se imponían eran el alivio y el relajo. Dentro de los cajones, que ya desaparecían de la vista, se apretujaba el rebaño. Allí, entre berridos, iban su sustento y su martirio. Se habían quedado descansando.

La Antonia empieza el camino de vuelta a lomos del Cantimploro no tanto por la panza que acarrea como por la insistencia de su marido, que es todavía más pesada. El Blas, que camina a su lado, se lo pasa temiendo que su primer hijo nazca encima de una bestia como le había sucedido a él. Vuelven a los Habices casi de la misma manera que se marcharon hace ya tres largos años. Con la casa a cuestas, unos sacos de grano y un puñado de cabras de las que no han querido desprenderse. Faltan las gallinas, que en la sierra no se les han dado. Pero se suma una nueva criatura que se bambolea en el vientre de la Antonia y un buen fajo de billetes que el Blas palpa a cada rato en el fondo de la faltriquera. Habrán andado un tercio del camino cuando la Antonia detiene al Cantimploro.

Ayúdame a bajar, que se me están moliendo los riñones.
Pero, mujer, no puedes hacer el camino a pie, aún nos queda mucho trecho.
Mucho o poco, yo aquí no aguanto más.

Y el Blas tiene que cogerla en brazos, porque su mujer se apea de la cabalgadura y lo habría hecho con su ayuda o sin ella.

Mira que como te pongas aquí de parto yo no sé lo que hacemos.
Pues ¿qué vamos a hacer, marido? Parir, si parir es lo que toca.

Y la Antonia enfila la vereda abajo sin atender a mayores consideraciones. Después de andar un rato tiene que pararse y se sujeta la barriga con las dos manos.

¿Estás bien?
Sí, no te preocupes tanto. Es solo que me pesan las carnes.
¿Seguro que no te duele nada?
Que no, hombre. Quieres estar tranquilo. Todavía me falta para salir de cuentas.
Yo creo que irías mejor subida en el mulo.
Mira que eres pesao. ¿No ves que voy mejor andando que baqueteada sobre las albardas?

Es noche cerrada cuando llegan a los Peñoncillos. Han decidido pasarla allí. Nadie los espera y a estas horas no sabrían adónde ir. No les asiste ningún derecho, pero ¿quién va a venir a decirles nada? Mañana será otro día, ya tendrán tiempo de ubicarse. El cortijo y el terreno llevan casi dos años abandonados. Dos años son muchos si te asedian el monte y la desidia. Es increíble cómo le cunde al deterioro por estos parajes. Al día siguiente, ya se nota la falta de los hombres y de las mujeres. Dos años después, es el imperio del descuido, la decadencia y el abandono. Pero esta noche no pueden darse cuenta de hasta qué punto la molicie se ha adueñado de los Peñoncillos. Se lo impiden la oscuridad y el agotamiento. La puerta nunca tuvo llave y sigue sin tenerla. Entran con el candil en la mano para comprobar que las estancias están vacías. La Josefa y la abuela debieron de quemarlo todo antes de marcharse. Delante de la casa, no muy lejos de la higuera, todavía es visible la mancha negra sobre el suelo, donde nunca crecieron ni las malas hierbas. Dentro, el hedor es insoportable. Huele a pescado podrido y a excrementos, a vómitos y podredumbres. De esta forma la muerte se quedó pegada a las paredes. No se lo piensan dos veces y se instalan debajo de los higos maduros y de las estrellas, después de encerrar a los animales en el corral. Las ramas descuidadas llegan casi hasta el suelo. Les basta con alargar el brazo para alcanzar los frutos. El Blas prefiere los que todavía aguantan verdes, con las carnes prietas y consistentes. La Antonia escoge los amarillos, que se derriten entre los labios como el almíbar. Y es esa facilidad y esa dulzura lo que los ayuda a dormirse entrelazados, con la sensación de estar en casa, de haber regresado a los paisajes de la infancia y a la seguridad de un hogar que ya no es el suyo. Ninguno de los dos es capaz de recordar, en este momento, que fue aquí, exactamente aquí, en el mismo sitio en el que ahora están tumbados, donde la Antonia abrazó al Blas por primera vez, hace ya muchos años, un día que estaban desgranando panochas y a ella le tocó una con los granos colorados.

Los temores y las inquietudes rondan entre las malezas que asedian los Peñoncillos, pero no hacen tanto ruido como para perturbar sus sueños. Han llegado a tiempo para la vendimia y para el parto. Ninguna de las dos cosas va a resultar sencilla.

El movimiento general seguía el curso de las aguas. Ellos, también. El valle se mudaba al pueblo y el pueblo a la ciudad. Llegaron a la Solana cuando todo el mundo se marchaba. No les importó porque venían de tierras más ásperas y crueles. Las inclemencias que dejaban atrás hacían del valle un paraíso. Un paraíso que nadie quería ya ni regalado. Todavía no eran conscientes de que sobrevivir aquí solo era posible de una manera: conseguir un cacho de tierra, grande o chico, a ser posible de riego, y eso había que tenerlo o que pagarlo. Hicieron falta unos cuantos años para que lo comprendiesen. Allí no iba a quedar nadie que no tuviese un roalillo. Otra forma no había de subsistir por aquellos andurriales.

A la mañana siguiente, bastante antes de salir el sol, los despierta el estruendo de los pájaros y el aire dulzón de la fruta madura. Ninguna de esas cosas había en las barranqueras de donde provienen. Y solo ahora, que amanecen arrullados, se dan cuenta de que las han echado de menos. Desde que el ombligo empezó a distanciársele de las caderas, la Antonia se muestra cada día más reacia a los acercamientos de su marido y ha recuperado las artes manuales de no hace tanto. Es su manera de complacerlo y quitárselo de encima. El Blas, por su parte, no ha perdido la fogosidad de los últimos meses. Por más hinchados que estén ese vientre y esas tetas no deja de desearlos y le va a costar trabajo acostumbrarse a la abstinencia. Pero esta mañana, enardecidos, se entregan a la liturgia de los cuerpos, la única que conocen. Debajo de las mantas se despojan de las ropas y se procuran todos los placeres que la barriga consiente.

Un puñado de higos les sirve de desayuno antes de emprender el camino hacia el pueblo, donde no saben lo que los espera. La Solana huele a ausencias y abandonos. La Antonia cabalga delante para que la panza no les estorbe. Desde el camino pueden ver el bar del Manolín. Más que cerrado, parece abandonado. No saben si el negocio seguirá funcionando, pero lo que sí saben es que ni el Paco ni su madre aparecen por allí ni por asomo. Los olivares, los almendros, las huertas por debajo de la acequia, todo les parece igual a como lo dejaron hace ya tres largos años. Sin embargo, hay algo que se les hace extraño sin que acierten a explicárselo. Les lleva un buen rato y un buen trecho caer en la cuenta. No se ve a nadie por ninguna parte. Ni niños, ni ancianos, ni perros, ni gentes trabajando en los bancales, ni cuerdas de mulos subiendo hacia la sierra, ni una voz, ni un ladrido, ni humos, ni chiflidos. La quietud es absoluta y no se corresponde con el ajetreo que les resuena en la memoria. Habían esperado encontrarse con gente, pero no lo hacen hasta que están a la altura de la Cantinilla. Hay algunas bestias amarradas en la puerta y otra con su jinete asoma por los repechos de la era Portachuelos. Les cuesta reconocerla, pero lo hacen, sin lugar a dudas, cuando la figura se acerca. Resulta inconfundible con ese aire desgarbado y desmedido, tieso como un palo, con las mangas demasiado cortas para los brazos y las piernas demasiado largas para la cabalgadura, que casi arrastran los pies por el suelo. La Antonia da un repullo al reconocer a su padre. Instintivamente busca con la mirada un sitio donde esconderse. De haber ido a pie, se habría metido entre los cañaverales de donde salieron una noche dos desgraciados para robarla y ultrajarla. El Blas la abraza más fuerte y le estampa un beso detrás de la oreja. El Manolín no debe de haberlos visto y, si lo ha hecho, no los ha reconocido. Cabalga con suficiencia y hay algo indefinible en su postura o en sus movimientos que resulta amenazante y repulsivo. A pesar de la distancia, cada vez más menguada, los dos pueden sentir ese rechazo casi físico, esa aversión que se acrecienta conforme se acorta el trecho que los separa. Las cabalgaduras están a punto de cruzar los pasos. El Blas detiene al Cantimploro y entonces el padre y suegro se les queda mirando. La rabia y el rencor se le escapan por los ojos, la sangre se le agolpa en el rostro. Parece que le van a reventar las venas del cuello y los puños cerrados. No aminora la marcha, sino todo lo contrario. Cocea con saña su montura y, al pasar a su lado, escupe en el suelo. Ellos no se han movido, no han abierto la boca. La Antonia tiembla de arriba abajo. Es mayor el miedo que la pena. Estuvo a punto de saludar, pero no le salieron las palabras. Nunca se había imaginado cómo sería el reencuentro con su padre y comprende, de pronto, que hace años que no piensa en él, que lo ha borrado de su memoria como si estuviese muerto o, peor aún, como si nunca hubiese existido. Hay algo más terrible que la orfandad y es el odio de un padre que solo busca tu desdicha. El Blas, por su parte, tampoco las tiene todas consigo. Sabe que ese hombre es cruel y rencoroso y que no se va a quedar de brazos cruzados. Aunque tampoco se le ocurre qué daño podría hacerles, ahora que están fuera de su alcance. También tiene mala leche que haya tenido que ser él el primero que encuentren. No lo habían pensado mucho, pero viendo que el Manolín enfila valle arriba, camino de los Habices, se apresuran hacia el pueblo y van a la casa de la Antonia para saludar a su madre. La mujer no da crédito ni a sus ojos ni a sus oídos. Deshecha en lágrimas, todas sus atenciones se centran en la barriga de su hija.

Madre de dios. Pero ¿de cuanto estás? Parece que vayas a romper aguas en cualquier momento. Un poco más y me hacéis abuela sin que me entere.

Pero, madre, que usted ya es abuela.

Pues más abuela, que yo sé lo que me digo, o es que va a pesar lo mismo la barriga de una nuera que la de una hija. ¿Habéis visto a tu padre?

Por el camino nos lo hemos topao.

¿Y qué os ha dicho?

Ni una palabra y casi que me alegro.

Ese hombre está amargao. Cuidao con él, que nunca se le ocurre nada bueno. Me da a mí que no te va a perdonar nunca.

Mire, madre, soy yo la que tendría que perdonar y tampoco sé muy bien si sabré hacerlo.

Siguen luego camino hacia la casa de la Angelita, al otro lado del río, muy cerca de la escuela. Es una vieja casona que alberga en los bajos el negocio de la familia. La puerta está abierta de par en par. Después de algunas carreras y algunas voces, allí se juntan todos y se desata la llantina que no hay forma de aplacarla. La familia del Blas es más propensa a sensiblerías y efusiones. Y al juntarse tantas mujeres y tantas penas, el contagio es incontenible. Lloran la hermana, la madre y la abuela, y se desgañitan las niñas pequeñas, que no conocen a sus tíos ni entienden nada de lo que está pasando, pero se lían a berrear porque las demás lo hacen. Al Blas, que de lágrimas no entiende, le da la risa floja y no puede parar. Va de unas a otras repartiendo besos e intentando consolarlas. Pero sus carantoñas no encuentran más respuesta que el recrudecimiento de los llantos. Viendo que no hay manera, se arrima a su cuñado para dar tiempo a la bonanza. El hombre, tímido de natural y apocado de nacimiento, no sabía dónde meterse y ha buscado refugio detrás del mostrador. ¿Cómo va eso, cuñao? ¿No tendrás un pitillo? No trago humo desde hace meses. El cuñado ni fuma ni se le conoce vicio alguno que no sean las misas y los rezos, pero le ofrece una cajetilla de las que venden en la tienda. Coño, tabaco de importación, parece que va bien el negocio. Quiere pagar el gasto, pero no se lo aceptan. Y allí se queda, al pairo, echando humo como si fuese el último cigarrillo de su vida. Doblan las campanas de la iglesia. Resulta que es domingo y por eso andan todos tan emperifollados. Tal vez por eso la Solana estaba tan despoblada. La Angelita y su marido cogen a las niñas y salen corriendo para el templo. Y menos mal, piensa el Blas, que si no aquí nos quedamos estrujando los pañuelos. La Josefa, que en aquellas coyunturas se quedaba a cargo del negocio, los mira y los remira y poco a poco va asimilando la sorpresa y los pesares.

Pero ¿qué hacéis aquí? ¿Cuando habéis llegado? ¿Dónde están vuestras cosas?

Llegamos anoche, nos quedamos a dormir en los Peñoncillos.

Qué buen color y qué guapos estáis; pero, madre mía, qué flacos. Abuela, ponga a calentar el puchero que estos niños vienen desnutridos. Y tú, Antonia, pobrecita mía, tienes que comer más, que si no la barriga se te va a chupar los huesos. Pero, venga, contarme, ¿qué estáis haciendo aquí?

Hemos venido para quedarnos. La sierra es mucha sierra para los niños.

Pero ¿qué vais a hacer? ¿Dónde vais a vivir?

Pues mucho no lo hemos pensao, pero nos gustaría quedarnos en los Peñoncillos, ¿verdad, Antonia?

Yo solo sé que no voy a criar a mis hijos en un ventisquero.

Igual podríamos volver a arrendar el terreno. Hemos juntado algún dinero. Vendimos el rebaño antes de volver.

Sí, ya me contó el Paco que habíais reunido un buen puñado de cabras. Lo malo es que don Aurelio ha puesto el terreno en venta.

Lo mismo nos lo quiere alquilar entre que lo vende o no lo vende.

Me da a mí que no lo vende ni pa dios. A los ricos ya no les interesan esos desmontes y los pobres no pueden pagarlos. Ya nadie quiere vivir en la Solana.

Pues nosotros sí, ¿adónde vamos a ir si no?

Coño, y por qué no lo compramos. Igual alcanza con el dinero de las cabras.

Pero, qué dices, Antonia, ¿tú te ha vuelto loca? Qué más quisiéramos nosotros.

Quién sabe, lo mismo la Antonia tiene razón. Esas tierras no las quiere nadie.

Estáis las dos como un cencerro.

El brote de cólera supuso un éxodo, pero no mayor del que ya venían causando el hambre y la injusticia. Todo el mundo sabía que, de no haber injusticia, tampoco habría hambre; pero, como no había modo de acabar con la primera, menos se podía pensar en librarse de la segunda. La Umbría y la Solana se habrían bastado y sobrado para alimentar a sus gentes, pero la propiedad de la tierra no lo consentía. Todavía abundaba el trabajo en el campo, aunque, eso sí, en unas condiciones más propias de la edad media que del siglo veinte. De manera que hacían las maletas y se marchaban a las ciudades, donde no es que las cosas fuesen más justas, pero sí lo suficiente para llenar el estómago. El cortijo del Lelo, el cortijo de las Viñas, el del Tito y el de los Habices, que hasta hace nada albergaban incontables familias de braceros, ya no cobijaban más que a unos pocos despistados, ajenos a los signos de los tiempos. Las techumbres se resentían. Los muros empezaban a agrietarse. Era cuestión de tiempo que se convirtiesen en corrales, aptos tan solo para recoger a los rebaños.

La mayoría se marchó para no volver nunca. Algunos regresaron al cabo de los años para acabar sus días en el valle que los había amamantado. Y alguno, como el Pepico Ruano, volvió a los cuatro días, en cuanto descubrió que su miseria era suya, que él mandaba sobre ella y que eso era preferible a que nadie mandase sobre él. Nunca se adaptó a esas ciudades sin sol, a esas noches sin vino y a esa lengua sin música, tan bronca e incomprensible como los gruñidos de los cerdos. De manera que, en cuanto hubo reunido un poco de dinero, volvió al pueblo para dedicarse a su pedazo de tierra y a sus animales, que eran su vida y su condena, pero al menos eran suyos.

Coño, Pepico, ¿ya estás de vuelta? Pues sí que te ha cundío.

Qué me va a cundir. Vengo tan pelao como me fui.

¿Y eso? ¿No encontraste trabajo?

Sí, sí. Trabajo hay allí pa dar y regalar. Ahora que de otra cosa, ni hablamos.

Pues no lo entiendo.

Coño, pues que aquello no está hecho pa nosotros. Prefiero estar aquí en el valle, aunque sea sin un duro. De comer no creo que nos falte y de lo demás que falte lo que quiera.

Pues yo estaba pensando en marchar al extranjero.

Ni se te ocurra, Blas, hazme caso, tú allí no pintas na.

Los años no han pasado en balde, pero don Aurelio conserva intactas la presencia y la elegancia. Lo recibe de punta en blanco en la puerta de su casa y lo estrecha entre sus brazos como se hace con los hijos o con los nietos después de las ausencias. El tiempo ha difuminado la presencia de ese hombre en la memoria del Garduña, pero la vista de esos bigotes astifinos reaviva los aromas de un cariño compartido. Desde que era niño se había portado bien con él y ahora no va a dejar de hacerlo. Don Aurelio lo hace pasar y enseguida le planta un vaso de vino encima de la mesa. Él se sirve otro, pero no hace más que mojarse los labios de vez en cuando. Lo felicita por su matrimonio y, con lágrimas en los ojos, le expresa sus condolencias por la muerte de su padre. Se interesa por su madre y por su abuela. Se interesa por la Antonia y su familia. Pregunta por cada una de las hermanas y por cada uno de los cuñados. Y al Blas le parece que el interés es sincero y la curiosidad innecesaria. Tiene la sensación de que ese hombre lo sabe todo o, en cualquier caso, más que él, que lleva varios años deportado. Quiere saber sobre su boda clandestina y su huida a las montañas. Hablan, o mejor dicho habla, porque el anciano lleva la voz cantante, de lo divino y de lo humano. Del padre Antonio, ese cura déspota, que los había casado a regañadientes, y de su suegro, el Manolín, que al parecer se la tiene jurada y que, a pesar del tiempo transcurrido, conserva intactos sus rencores. Don Aurelio le recomienda encarecidamente que se mantenga lo más alejado posible de esos hombres. Tú y toda tu familia.

Hazle caso a este viejo. Apártate de tu suegro, que creció torcido desde que era un niño. Nunca se le conocieron más que malas intenciones. Pero, dime, Blas, ¿qué te trae por aquí? ¿A qué se debe el gusto de esta visita?

El Blas se queda callado, busca en vano las palabras y apura el vaso de vino como para camuflar en él su desconcierto. Ante tanta comprensión y tanta familiaridad, se le hace incómoda la idea de estar quedándose en los Peñoncillos sin haber pedido permiso a don Aurelio ni haberle informado siquiera. Se dispone a hacerlo, cuando este se le adelanta para echarle un capote. Está claro que ese hombre anda al tanto de todo y no da puntada sin hilo.

Mira, Blas, yo ya sé que la Antonia y tú os estáis quedando en los Peñoncillos. Y no tengo ningún inconveniente. Podéis quedaros allí el tiempo que os haga falta. ¿Es por eso que has venido a verme?

Sí, don Aurelio, por eso y porque tengo oído que quiere usted vender el terreno.

Entiendo que eso no debe hacerte mucha gracia, precisamente a ti, que te has criado allí. Pero están los tiempos muy malos. Al campo ya no hay quien le saque una peseta. Estoy un poco justo de liquidez y he puesto en venta algunas propiedades. Espero que lo entiendas. Es cosa de vivir sin apuros lo poco que me quede. Después de todo, el día que yo falte se lo va a quedar todo el caudillo.

No me tiene que dar usted explicaciones, don Aurelio, ¿no lo voy a comprender? Lo que yo quería saber es cuánto pide por los Peñoncillos, si no es mucho preguntar.

Pero, hombre, ¿estás interesado en comprar la finca? Haber empezado por ahí.

Mire, don Aurelio, yo interesado sí que estoy, otra cosa es que el interés se pueda costear.

La finca está valorada en treinta mil pesetas; pero, entre tú y yo, esas pesetas son algo más que negociables.

Ya me parecía a mí que este era mucho tonel para tan poco vino. Me va a tener usted que disculpar por venir a molestarle para nada. Si yo ya se lo decía a las mujeres, que esto quedaba fuera de nuestras posibilidades.

Tranquilo, Blas, que hablando se entiende la gente. Y de molestias nada, que aquí nadie ha venido a molestar. Nada me gustaría más que venderte a ti los Peñoncillos, que, después de todo, lo has levantado con tus propias manos y las de tu padre, que en paz descanse. ¿Cuánto podéis ofrecer?

Pues no sabría decirle, tendría que consultarlo con la Antonia. Pero nada que se parezca a esas treinta mil pesetas.

Entonces, no se hable más. Consúltalo con tu mujer y luego venís a verme. Malo será si no llegamos a un acuerdo.

No sé si va a poder ser.

¿El qué? ¿Que lleguemos a un acuerdo?

Eso tampoco, pero yo me refería a que venga la Antonia. Es que está preñá y va pa nueve meses.

Pero, hombre de dios, eso no me lo habías contado. Enhorabuena. Aligérate entonces. Hay que arreglar este asunto cuanto antes, que dentro de nada estáis necesitando un techo y una huerta. Ah, y entretanto, tenéis allí una casa. Hacer cuenta que es la vuestra.

Muchas gracias, don Aurelio. Una última cosa le quería preguntar. No quisiera abusar de su confianza.

Venga, hombre, suéltalo, que estamos entre amigos.

Es que yo me venía preguntando si no sería mucho pedir que, en el ínterin, nos dejase usted coger las uvas y limpiar las viñas. Se están echando a perder. Y no sé qué me da, que me pongo malo, me hierve la sangre solo de ver las plantas de esa manera.

Pues claro que sí. Sin ningún problema. Si todavía me acuerdo del día que las plantaste con el golfo de tu abuelo. No eras más que un mocoso. Un poco más y quemáis el valle entero. Eso sí, me traes alguna botellita, aunque solo sea para catarlo, ya ves que yo mucho no bebo, no me lo consienten ni las úlceras ni los doctores.

Cuentan y recuentan los billetes mugrientos. Pero, por más vueltas que les den, no pasan de las diecisiete mil pesetas. Mucho falta aún hasta las treinta mil que pide don Aurelio. Están a punto de desistir de la empresa, cuando la Josefa ofrece su ayuda, que no es mucha, pero al menos redondea. Quién sabe si ese pico no podría bastar.

Yo tengo tres mil pesetas y os las dejaría con gusto.

Pero, madre, ¿de dónde ha sacado usted ese dinero?

Pues lo mismo que tú, de vender los animales. A la muerte de tu padre, tuvimos que deshacernos del mulo y de las cabras. Ni unas pocas gallinas me pude quedar. A ver qué íbamos a hacer con tanto bicho en casa de tu hermana, que no tiene ni patio.

Eso sumaría veinte mil. Todavía estamos lejos.

¿No te dijo don Aurelio que el precio era negociable?

Eso me dijo, pero me parece a mí que esto va a ser mucho negociar.

Por probar no se pierde nada.

No sé. Es ponerle en un compromiso. Esa tierra vale mucho más.

La tierra vale lo que quieran dar por ella y, por lo que yo sé, nadie hasta ahora le ha ofrecido nada. Ese hombre es muy comprensivo. Lo tiene tan fácil como deciros que no.

¿Tú qué dices, Antonia?

Yo creo que tenemos que intentarlo. Tu madre tiene razón. Y además no nos vamos a ver en otra como esta. Si dejamos pasar el tiempo, el dinero se va a esfumar y a saber si seremos capaces de juntarlo de nuevo.

Meten los billetes en una bolsa de tela, de esas que se usan para guardar el pan, y se encaminan hacia el pueblo con alguna ilusión y muchos recelos. El camino se les hace largo hasta la casa de don Aurelio, pero una vez allí todo son puertas abiertas y efusiones. De ningún modo parece aquello una cita de negocios, pese a que don Aurelio les ha hecho pasar a una habitación tan llena de libros que para meter uno más haría falta tirar los tabiques. Después de los saludos y de los abrazos, y después de palparle la barriga a la Antonia con el respeto y la ternura, por no decir la envidia, del que nunca fue padre ni lo va a ser, el anciano desaparece por una puerta para volver a aparecer al momento con una botella y algunas viandas, que acomoda como puede sobre el escritorio, entre la montonera de papeles. El vino es para tu marido, que yo sé que le gusta, y los embutidos para ti, que ahora tienes que alimentarte. Una cosa os voy a decir. He vivido siempre como he querido. No me arrepiento de nada. Pero si hay algo en este mundo que me hubiese gustado hacer y no hice es lo que vais a hacer vosotros ahora. Traer un hijo al mundo. Creerme que os envidio. Darle la importancia que se merece. Porque no debe de haber en esta vida nada más grande ni más hermoso. No es que yo lo sepa, pero me lo puedo imaginar. Pero venga, sentaros. No tenemos prisa, ¿no?

El viejo no para de hablar. La Antonia, con la bolsa bien apretada sobre la barriga, entretiene la mirada por los lomos de los libros. El Blas, que ya ha vaciado dos vasos, apura el tercero para calentar el ánimo. Y debe de ser este último trago el que le da las fuerzas para colarse en una pausa entre dos frases.

Mire, don Aurelio, nosotros veníamos para hacerle una proposición. Le tenemos en gran estima y no nos gustaría que se lo tomase a mal. Es todo lo que tenemos. Lo que modestamente hemos podido juntar. No tenga usted miramientos. Bien entenderíamos que lo rechazase.

Escúchame, Blas. Uno no debe avergonzarse de lo que tiene o de lo que deja de tener. La única vergüenza posible es la de tener algo sin merecérselo y, hasta donde yo alcanzo, los que están en ese caso no se avergüenzan nunca. Así que déjate ya de tantos remilgos y vamos a ver lo que traéis en esa bolsa, que me parece a mí que guardáis algo.

La Antonia le entrega la bolsa. El anciano echa un vistazo dentro, saca los billetes y los deja sobre la mesa.

¿Cuánto dinero hay aquí?

Veinte mil pesetas, don Aurelio, es todo lo que hemos podido reunir en estos años.

Vaya, pues sí que os ha ido bien en la sierra, no esperaba que tuvieseis tanto dinero.

¿No lo va usted a contar?

No hace falta, estoy seguro de que ya lo habéis contado vosotros.

Nos hacemos cuenta de que es muy poco, pero es todo lo que podemos ofrecer.

Escucha, Blas, ¿no te dije yo que malo sería que no llegásemos a un acuerdo? Vamos a hacer un trato, a ver que os parece. Os voy a vender los Peñoncillos por veinticinco mil pesetas. Estas veinte mil que me pagáis ahora y cinco mil que me dejáis a deber. ¿Estáis de acuerdo?

Pero, don Aurelio, es que a saber cuándo podremos pagarle el resto, mire que no están los tiempos para muchas alegrías.

No te vayas a hacer mala sangre con eso, que no hay prisa. Me lo pagáis cuando podáis. Si habéis sido capaces de juntar este dinero en mitad de la sierra, mucho más podréis reunir aquí en el valle. Entonces, ¿estamos todos de acuerdo?

El Blas y la Antonia se miran sin atinar a responder, pero no hace falta que contesten porque don Aurelio ya los está abrazando como si le hubiesen hecho un favor o como si le acabasen de dar una buena noticia. No es que se alegre más que ellos, es que ellos no salen de su asombro. Llena los vasos de vino y propone un brindis por los Peñoncillos y por la criatura que viene de camino. Bebe incluso la Antonia, que un traguito es bueno para la sangre y hay que celebrarlo. Luego, el anciano se sienta frente al escritorio, despeja un hueco como puede sobre la madera y empieza a escribir. Cuando se queda satisfecho, le tiende el papel al Blas que, sin mirarlo, se lo pasa a la Antonia. La Antonia sabe leer pero otra cosa muy distinta es descifrar esa caligrafía, más aún con los ojos empañados y las manos temblorosas. Como no sabe qué hacer, se lo pasa de vuelta a don Aurelio, que lo deja sobre la mesa y termina de completar una segunda cuartilla que estaba rellenando.

Esto es una copia, igual a la que os he dado, para que vosotros os quedéis con una y yo con otra. Aquí dice que, a día de hoy, el propietario, que soy yo, vende la finca denominada Los Peñoncillos, en el paraje de los Habices, a los compradores, que sois vosotros, por el importe de veinticinco mil pesetas. Solo falta que lo firmemos y está hecho.

Don Aurelio estampa su firma con mano de espadachín. La Antonia garabatea su nombre como una colegiala y el Blas se queda con la pluma en la mano sin saber qué hacer.

Venga, Blas, haz una cruz ahí mismo, que con eso basta.

Yo es que con las cruces no me llevo.

Coño, pues haz un redondel. Muy bien. Ahora haz otro igual en este papel. Perfecto. Te ha quedado que ni pintao.

¿Y ya está? ¿Así de fácil?

Así de fácil. Los Peñoncillos son vuestros. Pero todavía hay un problema.

¿Qué problema, don Aurelio?

El derecho de tanteo y retracto.

¿Y eso qué es?

Una norma muy granuja, hecha para que los grandes propietarios acumulen más terrenos. Significa que los colindantes tienen un derecho de compra prioritario.

Perdone usted la ignorancia, pero ¿quiénes son los colindantes?

Los colindantes son los propietarios de las fincas que lindan con la que se vende, es decir, los vecinos de los Peñoncillos. Vamos que, si viniese ahora mismo alguno de ellos, no me quedaría más remedio que venderle a él el terreno, en las mismas condiciones en las que os lo he vendido a vosotros.

Pues a mí no me parece tanto problema. ¿Quién iba a tener tan mala sangre como para hacer eso?

Tu suegro, por ejemplo, que ahora linda con lo tuyo y haría cualquier cosa con tal de amargarte la vida.

La Antonia no puede contenerse.

Madre de dios bendito, pero entonces, ¿qué hacemos? Como se entere, estamos apañaos.

No tiene por qué enterarse, Antonia. De momento, este secreto se queda entre estas cuatro paredes. No le contéis a nadie que habéis comprado los Peñoncillos, ni siquiera a vuestras madres. Si alguien os pregunta, decir que es mío y que os lo tengo arrendado. Solo hay que dejar que pase el mes que estipula la ley. Cumplida esa fecha, ya no puede haber problemas.

Esa misma tarde se mudan a los Peñoncillos. La abuela, la Josefa, la Antonia con su barriga y el Blas con sus resquemores. Mucha faena no supone. Las cosas de las ancianas caben en un hatillo y las de la pareja, no menos escasas, ya están en los Habices. La alegría no puede ser completa porque se siente amenazada. Cuando llegan al cortijo vacío caen en la cuenta de que no tienen más allá de lo imprescindible. Habrá que improvisar unos jergones. La ausencia del padre flota en el aire, su agonía en las conciencias. Van a hacer falta muchas manos de cal para sacar el olor de los enfoscados. Después de unos instantes de desconcierto, en los que se aparean una multitud de sentimientos variopintos, ponen manos a la obra, que buena falta hace. La abuela, ajena a tantas contradicciones, está exultante. Volver a los Peñoncillos le ha desatado la lengua que en el pueblo se había quedado dormida, aletargada, como si la ausencia de plantas y animales la hubiese privado de contertulios. Enseguida desaparece hacia los corrales parloteando como una cotorra. El Blas y la Antonia no reaccionan. Se ríen, se abrazan, pero ni abren la boca ni mueven un dedo, no pueden creer que aquello sea suyo. Y, al mismo tiempo, no están seguros del todo. La Josefa se enjuga las lágrimas con el pañuelo y decide coger el toro por los cuernos.

Pero, coño, ¿es que no me vais a contar nada? ¿Qué ha pasao? ¿Habéis llegao a un acuerdo con don Aurelio? ¿Aceptó el dinero que le llevasteis? ¿Qué os pasa? ¿Qué hacéis ahí como dos pasmarotes?

Sí, madre, sí. Está usted en su casa. Ahora los Peñoncillos son nuestros.

Madre mía, qué alegría, no me lo puedo creer. Y que tu padre no esté aquí para verlo. Pero ¿por qué no estamos celebrándolo como dios manda?

Porque hay un problema. Nadie puede saberlo hasta que pase un mes. Por eso no hemos querido decir nada delante de la abuela, que, con la labia que tiene, es capaz de soltárselo al primero que pase.

No entiendo nada. Eso me lo vais a tener que explicar.

Pero tienen que dejar las explicaciones para más tarde, porque la abuela ya vuelve de los corrales con un gato famélico entre los brazos.

¿Dónde están las gallinas?

No tenemos gallinas, abuela. No se acuerda usted que tuvimos que venderlas.

A quién se le ocurre. ¿Y qué vamos a comer ahora? Yo quería cenar esta noche una tortilla. Nos hacen falta unas pocas y algunos pollos para el caldo.

No se apure, abuela, que yo se los consigo.

Pues ya estás tardando porque, si no, nos vamos a quedar en las guías como este pobre bicho.

El tiempo venía bueno. El otoño se retrasaba. La Josefa era una máquina. La abuela, un fantasma, una presencia confusa, que hablaba hasta con las paredes. La Antonia estaba a punto de reventar, indefensa y aturdida entre arcadas y desfallecimientos. Las viñas eran una selva intransitable, una maraña de sarmientos entre los que se podían encontrar algunos racimos. Los cerezos, con las malezas por la cintura, tenían más hojas amarillas que verdes y, las que aguantaban de este color, estaban mustias y arrugadas de tanta sed. Había que limpiarlos y regarlos cuanto antes, si no querían perderlos. Las primeras atesoraban la memoria del abuelo. Los segundos los recuerdos del padre, mucho más precisos, presentes y crueles. Brozas y nostalgias. Eran muchos los terrenos y los cortijos que presentaban ese aspecto y más iban a ser con el correr de los años.

A base de riñones y de cabras fueron desbrozando todo el terreno. El Blas y la Josefa no se consentían un respiro. El hijo admiraba la capacidad de la madre, inmune a la fatiga cuando a él le flaqueaban las piernas. Era incansable, incombustible, no se detenía hasta que la oscuridad imposibilitaba las tareas e, incluso entonces, encontraba algo que hacer en los corrales o en el cortijo a la luz de los candiles. La fuerza de su madre alimentaba la suya, pero lo que les volvía invencibles era saber que la tierra que pisaban les pertenecía, que los árboles, las plantas y las piedras eran suyos y que cada gota de sudor se derramaba para ellos. Sarna con gusto no pica. Los esfuerzos y las fatigas se entregaban generosos porque se sentían libres.

Dejaron las viñas para más tarde. Empezaron por los cerezos, que les pareció más urgente. No pararon hasta que estuvieron todos bien limpios, cavados y regados. Luego siguieron con las almendras, que ya estaban por los suelos. Llenaron unos pocos sacos y los vendieron en el pueblo. Con el dinero que sacaron compraron media docena larga de gallinas y algunos pollos. Gallo no encontraron, ya habría tiempo de buscarlo. Si se daban prisa, aún estaban a tiempo para las siembras del otoño. Había que desbrozar los secanos por encima de la acequia. Y en eso estaban, cuando la abuela, que hacía la guerra por su cuenta y andaba hablando con las malas hierbas que prosperaban por los huertos, tuvo un encuentro que le pareció agradable, pero que no lo iba a ser tanto.

He estao hablando con un hombre muy simpático que bajaba por el camino.

¿Y quién era?

Qué voy yo a saber. A esa distancia, no distingo un burro de una yegua.

¿Y qué le ha contao?

Quería saber si es verdad que hemos comprao los Peñoncillos. Parecía muy interesao.

¿Qué? Y usted, ¿qué le ha dicho?

Pues que le voy a decir, que sí, que se lo hemos comprao a don Aurelio.

Pero, abuela, ¿usted cómo sabe eso?

Es que os oí la otra noche que estabais hablando en la cocina. La verdad, no sé a qué viene tanto misterio.

La Antonia se queda clavada, con la boca abierta y la cuchara en el aire. A la Josefa, por su parte, le cuesta lo suyo tragar la comida, que se le ha atravesado en la garganta, y no vuelve a probar bocado. El Blas hace un amago de optimismo.

Un poco de calma. Igual no era el Manolín.

¿Y quién iba a ser? A estas horas y bajando por el camino. Y, además, si no era él, ¿a qué viene tanto interés?

Abuela, piense un poco, ¿no sabe si no era mi suegro el hombre con el que ha estao hablando?

Pues podría ser. No se ha presentao, pero la voz me resultaba familiar.

La virgen de los santiamenes, ahora sí que estamos apañaos.

No te sulfures, Antonia, que en tu estao no te conviene. Falta muy poco para que se cumpla el plazo que dijo don Aurelio y no podemos hacer nada. Así que no hay para qué calentarse la mollera.

Si la Antonia ha hecho bien las cuentas, están ya más que cumplidas y, quizá por eso o por el disgusto que se ha llevado, amanece de parto a la mañana siguiente. Veinticuatro horas le lleva traer al mundo a su primera hija. Un ratito largo que no se lo desearía ni al capullo de su padre. Veinticuatro horas dan para mucho y hay tiempo para todo. Tiempo para la alegría y para el miedo, para la risa y para el llanto, para la euforia y la impotencia, y hasta para que se persone allí, en medio de los sudores y los suplicios, la mismísima guardia civil preguntando, sin modales, por el propietario de la finca. El Blas los lleva a un aparte para que los tricornios y los capotes no acrecienten las preocupaciones.

Pero, hombre, ¿no ven ustedes que estamos de parto?

No queremos molestar. Ya se ve que viene la cosa complicada. Solo queríamos saber quién es el dueño del terreno y dónde podemos localizarlo.

Descompuesto por los alaridos de la Antonia, que también parecen haber templado el ánimo de los guardias, el Blas no anda muy lúcido y solo atina a seguir el consejo que les había dado don Aurelio. Mentir a las autoridades no se le hace muy cabal, pero decirles la verdad, tampoco. Así que opta por lo primero y les dice a los civiles que ellos tienen el terreno arrendado y que el propietario es don Aurelio. Observa con alivio cómo se alejan los guardias y no le da más vueltas al asunto apremiado, como está, por otras prioridades. Vuelve junto a los gritos y los padecimientos de donde lo echaron varias veces porque no hacía otra cosa que estorbar. Las mujeres, que van de un lado para otro, no entienden que prefiera estar dentro, junto a su esposa, que al otro lado de la puerta torturándose las manos y los pensamientos. Pero él sí entiende cuál es su sitio y se coloca en un rincón, bien pegado a la pared, quieto como una estatua, para no incordiar ni a los trajines ni a los tormentos. Ha traído al mundo los suficientes cabritos como para saber de sobra que un parto que se prolonga tan peligroso es para la que pare como para el que es parido. El alumbramiento les puede costar la luz incluso a los dos si la cosa se atraviesa demasiado. Cada minuto que pasa, se acrecientan los temores y los riesgos. Tan centrado está en su mujer, y en la entereza que demuestra después de tantas horas de padecimientos, que no cae en la cuenta de que va a ser padre hasta que ve aparecer la criatura cubierta de sangre entre esas piernas desfallecidas. La Josefa se lleva a la niña, que ha venido al mundo berreando, y él se queda junto a la Antonia. Está enteramente cubierta de sudor, con unas ojeras que parecen pozos y el pelo apelmazado sobre la frente. Pero la sonrisa no le cabe en el rostro, ni la satisfacción en el cuerpo. Por fin es madre y todo ha terminado. Mientras la matrona cose el desaguisado, el Blas sale a tomar el aire y a llenarlo de humo. Debajo de la higuera, su madre está lavando a su hija, igual que debió de hacer con él el día que lo parió. Allí mismo la habría abrazado de haber sabido cómo hacerlo.

Madre, ¿de verdad que me dio usted a luz en lo alto de un mulo?

Sí, hijo, sí. Pero lo mío no fue tan difícil. Los segundos siempre vienen más ligeros. ¿Qué buscaban los civiles?

Preguntaban por el dueño de la finca.

Madre mía, pues ya podemos hacer las maletas. No le vayas a decir nada a la Antonia, que bastante ha tenido la pobre. Y ni una palabra a la abuela, que ya sabes que es como una radio encendida.

Las faldas remangadas, los pies descalzos y las piernas desnudas. Las mujeres pisan las uvas. No son muchas pero son suyas. Hasta la Antonia, recién parida, se quita las alpargatas y se mete en la tina con su hija en brazos. Las tijeras van abriendo camino en esa jungla de sarmientos. Aquí y allá aparecen algunos racimos que los hombres van juntando en los serones. La poda, el desbroce y la vendimia son todo uno. El Paco y la Paca han venido a echar una mano. En lo alto del mulo, metido en un serón, traen a su primer hijo que todavía no anda y, en el otro, la prensa del Manolín que han cogido prestada sin que el padre se entere. Vino también el Pepico Ruano, que ya se ha casado y tiene varios hijos, y algunos vecinos, todos contentos de arrimar el hombro y de que los Peñoncillos vuelvan a ser lo que eran. La vendimia, a pesar de lo pobre que se presenta, se convierte en una fiesta. Solo el Blas y la Josefa andan un tanto ensombrecidos por la visita de los civiles, que todos los demás ignoran y que nada bueno puede presagiar. Las viñas quedan podadas y aclaradas que da gusto verlas. El abuelo no las habría dejado mejor. Poca uva han sacado pero les parece mucha porque es suya. Dentro de la tina, todo son risas y jolgorios. Después de unas horas, solo las mujeres más jóvenes, que se van turnando, aguantan el trote. La tina está en alto para que el jugo rosado que desborda por el aliviadero pueda caer dentro de un cubo. Como tantas veces vio hacer a su abuelo, el Garduña se agacha para beber a morro de ese caño y, como habría hecho él, aprovecha la coyuntura para echar un vistazo a esas piernas que se agitan. El caldo está dulce. El sol ha sido generoso este verano. Al vino no le faltará grado para calentar las gargantas. Las piernas, manchadas de zumos y pellejos, no necesitan alcohol para calentarle el ánimo. Ya está del todo claro que de aquella prensa, por más que sigan farfollando, no sale mosto ni para pasar el invierno, cuando, por el sendero que sigue la acequia, aparece el Manolín todo peripuesto, como si viniese de la iglesia o de algún festejo. Parece más contento que unas castañuelas. Incluso reparte besos y apretones de manos a quien quiera recibirlos. Quien más quien menos está enterado de las diferencias de la familia. Nadie entiende nada. ¿Qué hace este hombre aquí? El Manolín encamina sus pasos hacia la prensa, donde el Blas y el Paco están terminando de apretar los últimos racimos. Habla con una jovialidad desconcertante.

¿Qué? ¿Cómo ha ido la cosecha? Muchas manos me parecen para tan poca faena.

¿Qué hace usted aquí, padre?

He venido a por lo mío.

¿Se refiere usted a la prensa? No se preocupe, que ya hemos terminao, y cuando quiera se la lleva.

Me refiero a la prensa y a todo lo demás.

¿Qué quiere usted decir?, se arranca el Blas.

Tú sabes muy bien lo que quiero decir, Garduña. ¿O es que os creíais que os ibais a salir con la vuestra?

Hable usted claro y váyase de aquí, que no es bien recibido.

Más claro, el agua. Que todo esto es mío, que esta misma tarde firmo con don Aurelio. La ley me ampara. Conque ya estáis recogiendo los bártulos que mañana no quiero veros por aquí. ¿Te parece eso bastante claro?

Es usted un desgraciao y un capullo.

De todos los presentes, solo la Antonia, la Josefa y el Blas comprenden verdaderamente lo que está pasando.

Padre, no nos puede usted hacer eso.

Por mis santos cojones que lo puedo hacer y lo voy a hacer con gusto.

No será usted capaz.

Soy capaz de eso y de mucho más.

El Blas ya no se contiene y entre varios tienen que agarrarlo.

Aunque es un instrumento bien pesado, que hacen falta dos hombres para levantarla, el Manolín se echa la prensa al hombro y se aleja por la vereda. Todos se quedan admirados de esa fuerza descomunal. Lástima que no se aplique a mejores menesteres.

Ya lo habéis oído. Mañana no quiero a nadie por aquí y sacar vuestras cosas que todo lo que quede será mío. Conque ya estáis espabilando, que se hace tarde. Avisaos estáis. Que no tenga que venir con la guardia civil, que va a ser peor.

Se acabó la fiesta. Cunden la desolación y el desconsuelo. Nadie sabe qué pensar. Tiene que ser la Antonia la que explique los acontecimientos que pueden resumirse en una sola frase. Su propio padre los deja en la calle por puro resentimiento. Al fin pueden contar que los Peñoncillos son suyos, justo cuando están a punto de dejar de serlo. Que don Aurelio les ha vendido la finca por veinticinco mil pesetas y que ahora el desgraciado del Manolín se la va a quedar por lo mismo. Poco han durado las alegrías y los sueños. ¿Qué van a hacer ahora? Faltan cinco días para que se cumpla el plazo que estipula la ley. Esa dichosa ley de la que no saben ni el nombre ni las señas. ¿Pero qué saca tu padre echándoos de aquí? El gusto de jodernos.

Acompañan al Manolín dos guardias con sus fusiles. Aporrean la puerta de tal manera que parece que quisiesen echarla abajo, antes de que les abran. Lo hace don Aurelio sacándose punta a los bigotes.
 ¿A qué vienen esos golpes? ¿Es que se está acabando el mundo?
 ¿Es usted don Aurelio?
 El mismo que viste y calza.
 ¿Es suya la finca denominada los Peñoncillos en el pago de los Habices?
 Mía fue durante muchos años, pero ya no lo es. La vendí recientemente.
 Aquí don Manuel está interesado en esos terrenos.
 Ahórrese las presentaciones, que ya nos conocemos. ¿Qué pasa, Manuel? ¿Qué andas maquinando? Los Peñoncillos ya no son míos, ahora son de tu hija y de tu yerno. ¿Es que eso no te acomoda?
 Menos guasa, don Aurelio, que usted sabe por qué hemos venido. Mis tierras lindan con las suyas y yo estoy interesado en comprarlas. Me asisten la ley y el derecho.
 Podría ser, pero no veo de qué modo te puedo ayudar; esas tierras ya no me pertenecen.
 No se haga usted el tonto que sabe muy bien de lo que estamos hablando.

Si te interesan los Peñoncillos, tendrás que hablar con tu hija y con el Blas, que son sus legítimos propietarios.

Los guardias empiezan a impacientarse.

¿Tiene usted copia del contrato de compraventa?

Por ahí tiene que andar, aunque no va a ser fácil encontrarla. Esta casa es un desastre.

Pues vaya usted a buscarla, que no tenemos todo el día.

Como ustedes manden, pero háganme el favor de tener paciencia, que ya les digo yo que no va a ser sencillo. Esta cabeza mía, ya no sé ni dónde la tengo.

Don Aurelio se da la vuelta y les cierra la puerta en las narices. Con toda la parsimonia del mundo encamina sus pasos hacia el estudio. Va haciendo cuentas mentalmente. Le bailan las fechas en la cabeza. Por ahí debe de andar la cosa. El escritorio es el mismo batiburrillo de siempre, pero él recuerda bien en qué cajón guardó el documento. Se coloca las lentes sobre la nariz y busca en el papel el dato fatídico. El contrato está firmado el dos de octubre. Hoy es día cuatro. Si no le doliesen los huesos se pondría a dar saltos de alegría. El plazo está vencido. Pasan dos días del mes estipulado. Se sirve un culo de vino y se lo vuelca de un trago en el estómago. Luego, vuelve donde los guardias con una sonrisa más larga aún que sus bigotes.

Señores, hemos tenido suerte. Aquí está el contrato. Miren qué rápido lo he encontrado. No pensé yo que fuese a ser tan fácil.

¡Eh, chaval! Acércate un momento. ¿Sabes dónde viven el Paco y la Paquita?

¿Qué Paco? ¿El Posturas?

Ese mismo, ¿sabes dónde vive?

Sí, señor, son vecinos míos.

Pues corre a buscarlo y que venga a verme.

¿Ahora mismo?

Pues claro, ¿cuándo va a ser?

¿Y yo qué gano con eso?

Tú te ganas esta moneda para que te compres algo y un pescozón como no te des prisa. Le dices que es urgente, que don Aurelio quiere hablar con él.

Lo que usted mande.

Pues venga, sal volando, que es para hoy.

Hace rato que el sol se ha ahogado en las aguas del río y don Aurelio en su impaciencia, cuando el Paco llega a la carrera. Primero uno y luego el otro, se ponen al día de los recientes acontecimientos. Entre resuello y resuello, el Posturas le cuenta al anciano lo magra que ha resultado la vendimia y lo abruptamente que ha terminado con la aparición del energúmeno de su padre. Viene directo de los Peñoncillos, que ha dejado sin consuelo y preparándose para la mudanza que se antoja inminente. Don Aurelio, por su parte, le describe la visita de los guardias y la cara que se le quedó al Manolín cuando le leyeron la fecha del contrato. Dos palmos de narices.

Perdona que me ría, Paco. Ya sé que es tu padre, pero es que es un animal de bellota. Ese hombre no tiene remedio. Es más dañino que la filoxera.

¿Y eso qué es?

Una plaga muy mala que está acabando con las viñas.

Ah, eso. Qué me va usted a contar a mí, que llevo sufriéndolo desde que tengo memoria. Pero no entiendo nada, don Aurelio, ¿es que han hecho mal las cuentas? Según la Antonia el mes no vencía hasta dentro de unos días.

Las han hecho perfectamente. Lo que pasa, y esto que no salga de aquí, Paco, óyeme bien, esto entre tú y yo, que el asunto es serio. Lo que pasa es que en el último momento la cosa como que me dio mala espina y, cuando íbamos a firmar, no puse la fecha de aquel día sino la de unos días antes. Es un poco tramposo, ya lo sé, pero ha salido bien y es por una buena causa. Lo que cuenta es que firmamos el dos de octubre, que es lo que pone en los papeles, y el plazo está vencido.

O sea, que mi padre no puede quedarse con los Peñoncillos.

Así es, los Peñoncillos son del Blas y de la Antonia, pero que no se relajen mucho que me da a mí que el Manolín les va a seguir buscando las cosquillas.

Es usted un truhan, don Aurelio, aquí tiene usted un amigo para lo que mande.

Lo mismo te digo, Paco, no sabes la alegría que me da que algunos hijos no salgan a sus padres. Y ahora tenemos que darnos prisa, hay que avisar a esa pobre familia que debe de estar reconcomiéndose.

No se preocupe usted por eso, que tengo el mulo en la puerta y salgo disparao.

Te vas a hacer hoy unos kilómetros.

Los que hagan falta si es para llevar tan buenas noticias.

Si tuviese veinte años menos ahora mismo me iba contigo. Dile al Blas que pasen a verme un día de estos, que hay que celebrarlo.

Se despiden en la puerta con un abrazo. Don Aurelio le entrega dos botellas de vino para que brinden esa noche a su salud. El Paco salta sobre el mulo y enfila hacia los Habices. Ni uno ni otro han subido nunca tan deprisa por el camino de la Solana.

La desolación ya tiene listas las maletas. Los Peñoncillos son una tumba. Cada cual está en su cama con los ojos abiertos y llorosos. La puerta retumba como un tambor. Nada bueno puede significar. La cuna empieza a desgañitarse. El Garduña se libera de los brazos de su esposa y se levanta de mala gana para atender la llamada. ¿Quién anda ahí? Soy yo, Blas. ¿Paco? ¿Qué coño haces aquí? Hay que tomar unas copas para celebrar la vendimia. Tú estás mal de la chaveta. ¿Quieres abrir la puerta y dejarte de paliques? Al otro lado del umbral, la luz del candil descubre a un Paco sudoroso y sonriente, con una botella de vino en cada mano. ¿Has estado bebiendo? Todavía no, pero estas dos nos las vamos a beber ahora mismo.

Las mujeres lloran. Los hombres ríen. Ellas se sirven unos culines. Ellos apuran las botellas. La Antonia, con la niña colgando de una teta, todavía le da vueltas al asunto. No puede ser. Estoy segura, todavía no ha pasao un mes desde que firmamos. El Paco se guarda el secreto, no quiere descubrir la triquiñuela de don Aurelio. Pero su hermana no se conforma y sigue masticando el desajuste. La Josefa termina por contagiarse de las desconfianzas de su nuera y al Posturas no se le ocurre otra manera de acabar con las elucubraciones. ¿Dónde guardáis el contrato? Ahí, en ese cajón. El Paco se lo tiende a la Antonia, la única entre los presentes capaz de descifrar cuatro letras una detrás de otra. ¿Qué fecha pone? Dos de octubre. ¿Lo ves? ¿Qué te estoy diciendo? Qué raro. Habría jurado que fue más tarde. Como los papeles no mienten, finalmente se convencen. Agotadas y felices, las mujeres se retiran. Ha sido un día muy largo, cargado de trabajos y emociones. Ahora sí que van a conciliar el sueño. Mañana habrá que deshacer las maletas. El Garduña y el Posturas salen a la calle para apurar las botellas sin perturbar los sueños. El Blas, liando un cigarrillo, expone sus resquemores. Yo no quería decir nada, Paco, pero aquí hay gato encerrao. Estoy seguro de que cuando firmamos ya había pasao la virgen del Rosario. Entre tragos, risas y susurros, el Posturas le aclara a su amigo el tejemaneje.

Hay que ver este don Aurelio. Menudo zorro viejo.

Y qué buena gente que es, pa tener tantos posibles.

En cuanto criemos un choto se lo vamos a brindar por la picardía. Anda que tu padre, debe de estar rabiando.

Déjalo que rabie, a ver si de esta se le bajan los humores.

No sé por qué me da que va a ser todo lo contrario.

15. Los tiempos de las cerezas

> *No hicimos las paces hasta el tiempo de las cerezas. Él tenía un cerezo muy alto que las daba picotas y esto fue lo que nos reconcilió. Yo era un as subiéndome a las ramas y tirando puñados al suelo.*
> MIGUEL TORGA, *La creación del mundo*

El mundo giraba cada día más deprisa. A una velocidad de vértigo, daba vueltas sobre sí mismo. Pero en los Habices era como si los relojes se hubiesen parado. Suponiendo, claro, que alguien tuviese un reloj. Testarudo como un mulo, el tiempo había clavado las cuatro pezuñas en el suelo y se negaba a dar un paso.

Entretanto, una mujer le había dado ochenta vueltas a la tierra metida en una cápsula y volvió a casa sana y salva. Tres hombres llegaron a la luna. En las ciudades volaban hasta los adoquines. En los pueblos, ya no volaban ni los gorriones. Los mozos se dejaban melena. Las mozas se la soltaban. Las faldas eran cada vez más cortas. Los bajos de los pantalones cada vez más anchos. Se inventaron el seiscientos, el bikini, la píldora, la lavadora, los pagos a plazos y el friegaplatos. Por todas partes, las máquinas sustituían a las manos y los pies ya no tenían tantos callos. Pero aquí, en la Solana, los mulos desnudaban la tierra arrastrando los arados. Los hombres afilaban las hoces en los cantos de las piedras. Y las mujeres lavaban la ropa en las acequias y fregaban los platos con arena, una arena muy fina que subían a buscar a un barranco perdido cerca de las Mimbres y que acarreaban hasta el valle a lomos de las bestias. El Hoyo, por su parte, acababa de estrenar el agua corriente y miraba con asombro cómo salía por los grifos. El alumbrado público estaba tan nuevo que aún no se había fundido la primera bombilla y los niños todavía no habían aprendido a usar las farolas como blanco de sus tirachinas.

Y fue más o menos por aquel entonces cuando, a trancas y barrancas, una trilladora consiguió atravesar el pueblo y subir a trompicones hasta la era Portachuelos. Era un artilugio mastodóntico, que daba miedo verlo. Allí se habían juntado muchas gentes para comprobar si la máquina sería capaz de sortear los últimos repechos por donde ningún vehículo a motor había subido nunca sin dificultades. Fue preciso tirar algunos muros y arrellanar algunos badenes. Hubo incluso que comerle una esquina a una casa, con las consiguientes protestas de sus propietarios, porque estaba claro que por allí el cacharro no pasaba. Cuando, por fin, lo hizo, se podía ver la cocina por el boquete achaflanado que los albañiles estaban cegando a base de mezcla y de ladrillos. Todo en aras de la civilización que, como siempre, llegaba con retraso. Con lo que no se podía hacer nada era con las pendientes, empinadas hasta lo impracticable, que allí eran connaturales a las vidas y a los terrenos. Pero, tras varios intentos y ajustadas maniobras, esa máquina inaudita consiguió superar todos los obstáculos y se plantó en la era rugiendo y resoplando. Se desataron vítores y entusiasmos. Un aplauso unánime aunque desigual. Desde la cabina, el conductor saludó a la concurrencia secándose el sudor que le chorreaba por las sienes. Ni los hombres ni las mujeres. Ni los niños ni los mayores. Ni los jornaleros ni los terratenientes. Ni siquiera el cura, ni el alcalde, ni ninguno de sus acólitos que allí se habían congregado. Nadie podía imaginar que era demasiado tarde, que el progreso, en forma de trilladora, llegaba con tanto retraso que no iba a servir de nada. Que esas ruedas descomunales, esos engranajes y esas cuchillas se iban a quedar sin faena al poco de comenzarla. Que las leyes del mercado y de la competencia, a pesar de los avances o precisamente por ellos, iban a dejar sus sembrados, por abruptos e improductivos, al borde de la obsolescencia. Y que el barbecho se iba a extender alrededor para quedarse. Pero, como esos argumentos entrañaban su dificultad, la voz de la calle se hacía eco de otros más pedestres.

Ese cacharro hace el trabajo de mil hombres.

Y entonces, ¿qué van a hacer esos mil hombres?
Lo mismo que esos, poner ladrillos uno encima del otro.
Yo no sé poner ladrillos.
Pues ya estás tardando.

La obsesión general es el terruño. Conseguir un pedazo de tierra en propiedad o arrendamiento, aunque solo sean tres o cuatro fanegas. El huerto y los animales son la única manera de llenar el estómago. Los jornales están cada día más disputados y no alcanzan ni para lo imprescindible. Mayores aspiraciones son cosa de locos. El que las tenga ya puede ir cogiendo el camino. La Antonia y el Blas han tenido suerte. Lo suyo son dos hectáreas, veinte mil metros cuadrados para la ilusión y la subsistencia. Un roal para quedarse, para matarse a trabajar y caerse muerto.

Sobre las peñas, se levantan los Peñoncillos orgullosos y altivos. No se lo pueden creer. Son dueños de sí mismos. Por debajo de los pies, el suelo les pertenece. La tierra que pisan es su cobijo, su condena y su sustento. Una despensa y una madriguera. Esos cimientos sostienen el peso de cuatro generaciones. Cuatro generaciones de mujeres bajo el mismo techo. La abuela, la madre, la esposa y las hijas, asardinadas entre cuatro paredes. Más o menos como han vivido siempre desde que el tiempo es tiempo, solo que ahora esas cuatro paredes les pertenecen. El aire se enrarece, se puebla de lloriqueos y de llantos, de risas y exigencias, de promesas y reproches. El silencio sale por la puerta para no volver a entrar. La quietud debió de escapar por el tiro de la chimenea. Agobiado, al Blas no se le ocurre otro remedio. Abre un boquete en el muro, junto al fogón, y levanta al otro lado un cuarto para ellos, un rincón para sus intimidades, sus encuentros y sus desavenencias. Con la ayuda del Paco, construye cuatro paredes que les quedan mucho más derechas de lo que esperaban. Colocan incluso una ventana que mira hacia las viñas y azulejos en el suelo. El dinero no alcanza para pinturas, pero el resultado mejora todas las expectativas. Los hombres le cogen el tranquillo a la albañilería. Van a hacer juntos muchas mejoras.

La Antonia se muda encantada a sus nuevos aposentos, pero se lleva consigo a la más pequeña de la casa que todavía vive colgada de sus tetas y no descansa ni de día ni de noche. Su gozo en un pozo. El Blas comprende perfectamente a su hija. Si él pudiese también se pasaría la vida colgado de esas tetas.

Con la primavera bien asentada, la Antonia tira para el monte. Lleva un capacho colgando del hombro con una cuerda trenzada de esparto. No tiene que andar mucho. Antes, con las tierras aradas, era más difícil, pero ahora que el valle anda asilvestrado encuentra hierbas por todas partes. Borrajas, cardillos, hinojos, collejas y espárragos. El capacho queda lleno en un santiamén y la mujer vuelve a casa más cargada que si viniese del supermercado. Alguna ventaja tenía que tener tanto abandono. Y la desidia de las gentes que ya no quieren la comida, por más que sea regalada, con tal de ahorrarse unos paseos.

Vivir o sobrevivir. La vida en el valle no es imposible a pesar de la estampida. La cuestión es que uno sea capaz de producir por sí mismo todo aquello que necesite o que no necesite nada que no sea capaz de producir. La Solana impone sus condiciones. El Blas y la Antonia son maestros en estas artes. Así nacieron, así se criaron y así sobrevivieron a las montañas. No conocen otra vida más que la de la subsistencia. Ya veremos qué pasa cuando la conozcan. De momento, beben el vino que pisan y la leche que ordeñan, comen la carne que engordan y las verduras que cultivan. Las frutas las cogen de los árboles, el agua de la acequia y las hierbas del monte. Hachan la leña con sus propias manos e incluso siguen trenzando esparto para fabricar las cuerdas, las cestas y los serones que les hacen falta. Lo único que el Blas necesita y no es capaz de producir es el tabaco que quema a mansalva. Cada día fuma más. Parece una chimenea. Las plantas crecen hermosas en los huertos y se secan en los corrales; pero, por más que lo ha intentado, no consigue que le sepan como el que venden en las tiendas. Lo siembra de todos modos porque ahuyenta las plagas y, hervido, da un caldo definitivo contra el pulgón. Para afrontar estos extras, el Blas hace unos jornales de vez en cuando, en la oliva o en la almendra, en las papas o en la siega, pocos y mal pagados, es lo que hay y, si no, ya sabes dónde está la carretera. Pero a ellos les sirven porque no saben gastar y, a pesar de esas miserias, son capaces de ir juntando billetes debajo del colchón como si fuesen cromos.

Cada vez que consiente los arrumacos de su marido se queda preñada sin remedio. A duras penas el amor encuentra un hueco entre barriga y barriga. Las tetas, cada día más gordas y más caídas, se consagran a alimentar a la progenie y no consienten ni caricias ni embelesos. Si están a la vista es que tienen a una niña enganchada de las puntas. Los Peñoncillos son un pozo sin fondo. Se encadenan las tareas una detrás de otra. La vida en el campo es una danza milimétrica que se baila al compás de las estaciones. Quien pierde el paso tiene el batacazo garantizado. Y esto vale tanto para los hombres y las mujeres como para los animales y las plantas, ya sean domésticos o silvestres. El Blas y la Antonia se consagran a esa danza y no les queda tiempo ni para el amor ni para nada.

Van llegando las niñas una detrás de otra. Al Blas le hubiese gustado tener un hijo, pero acepta lo que viene con resignación. Después de la tercera, todos dan por hecho que los frutos de aquella relación no pueden ser más que hembras. Cuando la Antonia vuelve a quedarse embarazada y empiezan las discusiones sobre la nomenclatura, nadie, ni siquiera el Blas, propone ningún nombre que no sea femenino. Tan seguros están de que será niña que si naciese un niño a alguien podría darle un patatús.

Paco, el Posturas, no buscaba privilegios ni tratos de favor, por más que se tratase de su padre. Pero un poco de decencia y de justicia no le parecía mucho pedir ni una exigencia desmedida. En todo el valle no había nadie que pagase peor que el Manolín. Que te explote un terrateniente entra dentro de lo presumible, pero que lo haga tu propio padre, que al fin y al cabo es sangre de tu sangre, no tiene perdón posible. En las papas le pagaban mejor y no tenía que verle la cara a ese desgraciado que le había engendrado. Él y la Paquita vivían en el pueblo y, ahora que criaban niños, las estaban pasando canutas. El Manolín, con los frutos de la guerra, había juntado un puñado largo de terrenos y los explotaba con mano dura y mala leche. Ninguno de sus hijos se beneficiaba de esas holguras porque el padre les había retirado hasta el saludo. Cuando se cruzaban por el camino de la Solana, la Antonia terminaba bajando la mirada y apretando el paso, tal era el desprecio y el rencor que desprendía ese hombre incluso con la boca cerrada. Y si la abría, era peor, porque todo lo que salía de ahí iba de zorra para arriba. El insulto y la amenaza eran sus formas de expresión. Pero lo que más temía la Antonia eran esos silencios descompuestos, esos gestos alterados, esa virulencia en el semblante, que parecía que le iba a dar algo solo por topársela en la calle. Alguien que alberga tanto odio termina por fuerza haciendo daño.

Al principio, no eran más que menudencias enojosas que ellos atribuían a despistes o descuidos. Un corral que amanecía con las puertas de par en par y alguna gallina menos. La compuerta de la acequia que se cerraba misteriosamente y si no estaban atentos se quedaban sin regar hasta la semana siguiente. Las cabras sueltas a deshoras dándose el atracón entre las matas del huerto. Un cántaro de leche que aparecía volcado sin que nadie pudiese explicar cómo ni por qué. Un montón de contratiempos que se repetían y que sin duda eran demasiados como para ser fruto de la casualidad. Estoy completamente segura de que eché las trancas. ¿Alguien ha tocado la compuerta? No. Pues se ha vuelto a cerrar. ¿Y no será que se baja sola? Imposible, si pa cortar el agua tengo que darle de machotazos. Cada día estaba más claro que alguien andaba detrás de tanto despropósito y ese alguien no podía ser otro que el Manolín, no había nadie más que quisiese fastidiarles. No tenían ninguna prueba, pero otra explicación no había, salvo que uno creyese en duendes o en fantasmas, y allí nadie creía más que la abuela, que de vez en cuando tenía tendencia a desconfiar de lo sobrenatural. Yo creo que los espíritus están soliviantaos. ¿Y eso por qué, abuela? Porque son mu rencorosos, no les gusta vernos tan felices. El rostro de los espíritus quedó al descubierto una tarde que les tocaban las horas de riego. El Garduña soltó el agua y se bajó a la huerta como si tal cosa. Dio un rodeo por los cerezos y se escondió entre los cañaverales hasta que escuchó a lo lejos los ruidos que esperaba. Sonaban golpes sobre chapas. Corrió entonces por la acequia en dirección a la compuerta. Allí estaba su suegro, cerrándola a golpes de peñasco.

Si serás hijo de puta. ¿Qué coño estás haciendo?
Cerrando el agua, no tenéis derecho de riego.
Y eso ¿quién lo ha dicho?
Lo digo yo y con eso basta.
Yo a ti te mato, cabrón.
Venga, échale cojones, si eres un mosquita muerta, ni pa empezar tengo contigo.

El Manolín estaba muy tranquilo, se mostraba desafiante y blandía la piedra en una mano. El Blas, rojo de furia, se descomponía por momentos. El primero estaba en su salsa; el segundo, fuera de lugar. Aquel sabía muy bien lo que son un puñetazo y una paliza, este no conocía violencias más que para recibirlas, ni había tenido una pelea en todos los años de su vida. De alto, el suegro le sacaba una cabeza y de ancho, cuerpo y medio. El Garduña llevaba todas las de perder.

Menos mal que aparecieron las mujeres, que habían oído los gritos desde los Peñoncillos, porque si no tal vez el suegro le habría hecho al yerno un estropicio. La Antonia bajaba por la ladera con una niña en brazos. La seguían la abuela y la Josefa. Esto hizo que el Blas se desinflase.

La puta que te parió. Si serás desgraciao. Que me odies a mí lo puedo entender, pero que le jodas la vida a tu propia hija es que no me entra en la sesera. Eres peor que las alimañas.

Venga, chulito. ¿Qué pasa? ¿Ya se te han bajao los humos? Ya sabía yo que no tenías huevos.

Padre, váyase de aquí, tengamos la fiesta en paz.

Por esta vez te van a salvar las mujeres, pero a la próxima te rompo el espinazo. Estás avisao. Ten cuidao conmigo.

El suegro tiró la piedra y se alejó por la vereda. La Josefa, que había bajado con un garrote, estaba muy serena pero aparentaba más peligro que su hijo.

Escúchame lo que te digo, Manolín. Yo no sé cómo va a ser pero las vas a pagar. Todas juntas las vas a pagar, antes de lo que tú te crees.

La Antonia propuso denunciar a su padre e incluso se ofreció voluntaria para pasar el trago ante la benemérita. A nadie le pareció muy buena idea. Pruebas no tenían ninguna. Era su palabra contra la de él. ¿A quién iban a hacer caso los civiles? El general todavía estaba vivo y ninguna persona honrada asomaba por el cuartelillo salvo que fuese atada de pies y manos. No había guardias, jueces, ni alguaciles, había omnipotencias y la justicia siempre se decantaba del mismo lado, el de los afines y el de los vencedores. Estaban indefensos. Se sentían impotentes. Enfrentarse al Manolín solo podía traerles más disgustos. ¿Qué podían hacer? Nada. Ajo y agua. A joderse y a aguantarse. Así que tenían que quedarse de brazos cruzados cuando encontraban un almendro con la corteza cuidadosamente recortada en torno al tronco. Era un crimen y una firma. Significaba que el árbol moriría irremediablemente y que aquello no era obra de la naturaleza, sino de la navaja desalmada de su suegro. El Pepico Ruano, con la idea de ayudar, les regaló una pareja de mastines que tenía ya medio criados. Con estos sueltos por la noche, os digo yo que ese cafre no se arrima. Y parece que la cosa funcionó, al menos por un tiempo. El tiempo que tardaron los mastines en aparecer envenenados, con las vísceras aflorando por la boca y la lengua del color de las cerezas.

Quiso la casualidad, o quizá la justicia poética, que, poco después de aquellos sucesos, al Manolín le sobreviniese una apoplejía. La advertencia de la Josefa se estaba cumpliendo. Perdió el habla y la movilidad; pero, por las noticias que les llegaban, la embolia no pudo con la mala leche. Cerca de un año lo tuvo postrado en la cama y tal vez, de no haber sido tan mala hierba, se lo habría llevado al otro barrio. Estuvo una buena temporada fuera de combate, más muerto que vivo, pero volvió del otro lado para seguir dando guerra y agriar las existencias. Todos creyeron que de aquella no salía. Se equivocaron. Más atención debían haber prestado al refranero: mala hierba nunca muere.

La Antonia se empeñó que, al fin y al cabo, era su padre. Ahora que estaba vencido y quién sabe si condenado, quiso ir a visitarle. Los intentos de sacarle esa idea de la cabeza cayeron todos en saco roto. La familia respetó su decisión porque padre no hay más que uno, por mucho que sea un energúmeno. El Blas la acompañó hasta el pueblo y se quedó esperando con el mulo en la puerta de la casa. Les abrió la madre de la Antonia, que parecía un fantasma triste y consumido. Sería difícil decir si ese apagamiento era debido a la enfermedad de su marido o al suplicio de aguantarlo durante tantos años. Pese al maltrato permanente, la mujer le seguía cuidando con abnegación e incluso con cariño. La Antonia tuvo que coger aire antes de entrar en la alcoba donde su padre convalecía. La madre quiso darle ánimos con unas palabras. No temas. Está impedido. Ya no puede hacerte daño. Ninguna de las dos imaginó en aquel instante lo equivocada que estaba. Tendido boca arriba todo lo largo que era, los pies sobresalían más allá del colchón. Una colcha le cubría de arriba abajo y las manos descansaban sobre el pecho. Parecía muerto antes que dormido. Un olor nauseabundo invadía el cuarto, el olor del deterioro y la descomposición. Madre, habría que abrir una ventana. Tu padre no me deja. Dice que el mundo huele a podrido. Pues abra mientras duerme, aquí no se puede respirar. La Antonia abrió los postigos y el Manolín, los ojos. Una transformación espeluznante. La cólera se adueñó de ese cuerpo inofensivo y moribundo. El rostro enrojeció hasta el morado. Le faltaba el aire. Los ojos se le salían de las órbitas. Los puños se apretaban sobre la colcha. La Antonia pensó que de esa se moría. De haberse podido mover, allí mismo la habría estrangulado con sus propias manos. Le salía espuma por la boca y también palabras, cuando consiguió serenarse un poco. Había recuperado el habla recientemente. Hablaba con la lengua un poco pastosa, pero no había perdido el filo ni la saña.

¿Qué hace aquí esta perra?

Es tu hija, ha venido a verte.

Yo no tengo hijas, échala ahora mismo.

Manuel, por dios.

No quiero furcias en mi casa. Y tú, so puta, ¿no dices nada? ¿Qué vienes, al olor de las carroñas? Todavía no estoy muerto. Estoy vivito y coleando. No vais a poder conmigo. ¿Qué estáis esperando, a que la palme pa ver si pilláis cacho? ¿No es eso, zorra? Pues que te quede bien claro, no vais a ver ni un duro, ni tú ni el malnacido de tu hermano. Conque ya te estás yendo por donde has venido y dile a ese desgraciao lo que hay, no vaya a ser que se esté haciendo ilusiones.

La Antonia no tenía ninguna embolia pero fue incapaz de articular palabra. Salió por la puerta llorando y dejó que la arropasen los brazos de su esposo. Montaron en el mulo y enfilaron hacia los Habices. Por las Hazas, la Antonia estaba más calmada y el Blas se animó a tirarle de la lengua.

¿Cómo está tu padre?
Ya no tengo padre.
¿Tan mal está?
Por lo que a mí respecta, muerto y enterrao.

Después de los almendros florecen los cerezos. El valle se viste de blanco y es una fiesta para los ojos, las narices, las abejas y los bolsillos. Cada año, para rematar la primavera, recogen las cerezas. Unos años son más y otros menos. Pero casi siempre suficientes para capear el verano sin demasiadas apreturas. Qué razón tenía su padre y qué trabajo le ha costado aceptarlo y comprenderlo. Ya tienen tres niñas y la cuarta está en camino. La Antonia todavía no sabe que está preñada y es ese desconocimiento lo que consiente los placeres y los vicios. Quizá sea por eso que el Blas trae esta mañana una cara de satisfacción que parece tonto. Cuando llegue la tarde, será otro el semblante y se le habrán acabado las ganas y las satisfacciones. Mirando la ladera escarpada, amenazante, que se despeña por debajo de la acequia, recuerda aquellos días de pico y pala, aquellas semanas que se pasó cavando sin descanso como un topo. Varios metros más alto que el resto, un árbol destaca en medio del terraplén. Él solo da más cerezas que cuatro o cinco de los otros. Sus ramas tienen faena para varios hombres. Es el cerezo en cuyas raíces la abuela enterró al gato. Cada temporada empiezan por él la recolección porque es el más grande y el más trabajoso. Los hombres tienen que afanarse para afianzar las escaleras en la pendiente. Hay que hacerlo con mucho cuidado. La caída puede ser de órdago. La Josefa hace el trabajo de dos hombres. No es que sea más fuerte ni más rápida, es que no para ni un segundo. Sus manos parecen abejas en primavera, ajenas al reposo y al descanso. A su lado, los serones se llenan como por ensalmo. El Blas tiene que estar atento para cargarlos hasta los Peñoncillos. Si se descuida, su madre es capaz de echárselos al hombro y subirlos por el terraplén. Madre, déjele algo al mulo que no hace falta pegarse esos excesos. Este año los árboles no están muy cargados. Como ralean las picotas rojas entre las hojas verdes, el Blas decide trepar hasta las ramas más altas para ahorrarse el tiempo y la tarea de andar moviendo las escaleras. Normalmente esas cerezas quedarían para los pájaros, pero la racanería de la cosecha no aconseja tantas generosidades. A la Antonia no le gustan nada esas escaladas. Te quieres bajar de ahí que te vas a romper la crisma. Mira que la avaricia rompe el saco.

Para coger las cerezas con rabo hacen falta las dos manos. Más aún si uno quiere que le cunda. A cuatro o cinco metros de altura, con las manos ocupadas, sobre la bamboleante rama de un cerezo, es difícil mantener el equilibrio. El Blas lo pierde y se precipita en el vacío. Menos mal que se cae antes de alcanzar la copa, porque de haber llegado más arriba lo mismo no lo cuenta. La inclinación del terreno amortigua el golpe. Si hubiese caído sobre el llano igual se rompe siete huesos. Algo le debió de quedar de las enseñanzas de los gatos porque, en el aire, recompone la postura y aterriza con los dos pies en el suelo. Rueda ladera abajo. Solo se para al topar con la reguera. Cualquiera diría que se ha matado, pero se levanta como si no hubiese pasado nada. Se mira de arriba abajo evaluando los daños, buscando sangre y sacándose los pinchos que se le han quedado prendidos de la ropa. Apenas unos rasguños, no hay lesiones de importancia. Pero entonces cambia el peso al pie derecho y cae al suelo fulminado como si le hubiese alcanzado un rayo.

Me cago en mi padre. A quién se le ocurre poner los cerezos en semejante balate.

Anda, que pa haberse matao. Si es que te lo estoy diciendo. Mira que subirse a esas ramas. Ya no tienes quince años para andar trepando como un mono.

Antes de que lleguen al cortijo, el tobillo está hinchado como una bota y del color de las aceitunas bien maduras. Allí lo dejan lamentándose debajo de la higuera. Tal vez haya algo roto o tal vez no. Sea como sea, no lo van a saber nunca.

Tiene que ser el Paco, con las mujeres y los niños, quien remate la faena. Él y la Paquita vienen siempre a echar una mano y los Peñoncillos se lo compensan en especies. Menos mal que les queda poco y acaban esa misma tarde.

Coño, Blas, ahora sí que se puede decir que te has caído de un guindo.

Menos guasa, Paco, que un poco más y me desgracio pa los restos.

Tres días en un grito, con la pata en alto, sin poder poner el pie en el suelo. Tres semanas de dolores insufribles y noches en vela. Tres meses arrastrando la pierna por los campos. Un pie doblado, extrañamente retorcido hacia dentro, para el resto de sus días. Y, como no hay mal que por bien no venga, la capacidad infalible de anticipar la lluvia porque, el día antes de que caiga, el tobillo le duele como si se lo estuviese pisando una vaca.

En cuanto llega el invierno desmocha los cerezos. Los había dejado crecer bien altos porque le gusta verlos frondosos y si se los trata con cariño dan muchas más cerezas. Pero después del accidente corta las ramas más altas y poda los brotes que miran hacia el cielo. Ya va siendo hora de ponérselo más fácil. Solo indulta el cerezo de la abuela. Sus ramas escapan a las tijeras y a las sierras. Si antes destacaba en medio del terraplén, ahora semeja un padre rodeado de sus hijos que no le llegan ni a las corvas. Los pájaros van a estar encantados en esas ramas accesibles tan solo desde el aire.

Las cerezas marcaban los tiempos. Si la cosecha era buena, el año quedaba señalado. Si la cosecha era mala, también. La bonanza y la penuria quedaban consignadas en los calendarios según se comportasen esos frutos. Pero aquella temporada no la iban a olvidar, no solo porque nunca habían visto los árboles tan cargados, que parecía que se iban a venir abajo, sino porque fue el año que perdieron a la abuela.

Lo primero que se le escapó de las manos fueron las cerezas. Podía rodearlas con los dedos, pero era como si no le alcanzasen las fuerzas para arrancarlas de las ramas. Aquello le parecía divertido y la abuela se reía. Qué cosa tan curiosa, qué vieja me estoy haciendo. Atareados como estaban y viéndola tan risueña, nadie le dio demasiada importancia y la mandaron a descansar sin mayores prevenciones. Luego fue una cuchara lo que no pudo sostener y se le cayó sobre el regazo cargada de sopa. Esto ya les pareció más preocupante, porque no podía ni llevarse la comida a la boca. Se defendía como podía con la mano izquierda que sí le obedecía. Era la derecha la que no le hacía caso. La movía de arriba abajo, a un lado y otro. Podía abrirla y cerrarla y todo parecía normal, pero era incapaz de retener nada entre los dedos, por más pequeño o ligero que fuese. Nunca habían visto nada igual. Un poco extrañados, la ayudaron a comer pero la alarma no fue tanta porque no le dolía nada y seguía tan contenta. Desde luego, ya no sirvo para nada, me vais a tener que poner un babero como a las niñas. A la mañana siguiente, en el desayuno, no pudo coger el tazón ni ninguna otra cosa. La Antonia y el Blas empezaron a preocuparse. La inmovilidad se le había contagiado al brazo entero, que le colgaba al lado del cuerpo como si estuviese muerto. Pero la abuela seguía tan contenta. Bromeaba y reía. Hay que ver este brazo, que no me hace ni caso. Anda, niña, ayúdame a peinarme que no me pienso pasar el día con estos pelos. Fue el Blas el primero en fijarse en que al andar se dejaba una pierna ligeramente atrás, aunque ella no parecía darse cuenta. Era como si la parte derecha de su cuerpo se estuviese quedando sin vida. Y fueron la Antonia y la Josefa las que, demasiado alarmadas para atender a sus protestas, decidieron que había que llevarla al médico al día siguiente a lo más tardar. Pero si yo estoy perfectamente, es solo este brazo que no le da la gana. Seguro que mañana está mejor. Y, además, qué me va a hacer el matasanos ese que encima cobra un dineral. Mi prima fue a verle hace unos meses y desde entonces no levanta cabeza. La decisión estaba tomada, pero no llegó a ponerse en práctica. Esa misma noche, la encontraron las niñas en los corrales, rodeada de gallinas, conejos y cabras. Estaba sentada en una silla de enea con los ojos cerrados y la boca abierta. Sus últimas palabras revoloteaban todavía entre las pajas y el estiércol. Como no contestaba, ni a sus achuchones ni a sus voces, salieron corriendo a avisar a su madre. Bajaron la Antonia y la Josefa temiéndose lo peor. Al Blas lo dejaron con las niñas. La abuela estaba muerta y parecía que la muerte la había sorprendido charlando con los bichos. Nadie, ni siquiera ella misma, aquella misma tarde, habría sabido decir qué edad tenía. En cualquier caso eran años más que de sobra para merecerse un buen descanso.

La Solana gira. Gira sobre sí misma y alrededor del sol. Estos movimientos crean las noches y los días y ponen a bailar las cuatro estaciones una detrás de otra. Esto ya es mucho, pero no basta. Para sobrevivir aquí hacen falta muchas piernas, muchos brazos y muchas manos en una agitación perpetua, tan tenaz y constante, tan inconmovible como el baile de los astros. Por eso, aunque la abuela se había ido, tuvieron que aplicarse con los cerezos, porque la naturaleza no espera, ni entiende de dolores ni de duelos.

La gente de la montaña sabe que, por más que digan los maestros, dos más dos no suman cuatro. Tus manos y las mías juntas no hacen el trabajo de cuatro manos sino el de cinco o, tal vez, el de seis o puede que hasta siete. Los técnicos llaman a esto sinergias, una palabreja que no se les cae de la boca, mientras los campesinos se encogen de hombros como hacen siempre que alguien trata de explicarles con palabras lo que hace siglos que ellos aprendieron con sus cuerpos. Por eso se juntan, se arriman los unos a los otros. Y multiplican sus fuerzas y sus energías.

Los tiempos han cambiado. En el valle ya no está el Manolín para amargarles la vida, ni en el valle ni en ninguna otra parte, sus huesos descansan en el cementerio. La suya la perdió en sospechosas circunstancias. Pero eso tendrá que contarse más adelante, porque ahora es tiempo de hablar de las cerezas. Como cada año, desde que falta el amargado de su padre, empiezan por los cerezos del Paco y la Paquita que, al estar más bajos, maduran más temprano. Se reúnen las dos familias al completo y algunos amigos. Manos no faltarán. Risas, tampoco. Este año los árboles van a reventar. Las ramas están plagadas de cerezas. El sol acaricia las frutas y hace brillar sus pieles tersas a la luz de la mañana. Las niñas se aplican a las ramas más bajas. Los niños, más osados, trepan a las copas. Las madres trabajan en el suelo y regañan sin dejar de reírse. A los niños para que no suban más alto y se bajen de una vez. A las niñas para que dejen de darle a la lengua y se esmeren con las manos. Los hombres usan escaleras enormes y pesadas. Escaleras de tres patas que afianzan cuidadosamente sobre el terreno. Poco a poco se van llenando las cajas. Todos están contentos de ver cómo se llenan. Vuelcan las cestas y los serones y las cajas quedan repletas. Pasa un día y otro y otro. Y todos están hartos de coger cerezas y de comerlas. Ya nadie se come ni una. Pero la alegría no se apaga porque hay un montón de cajas apiladas unas encima de las otras.

Al tercer día, más o menos a media mañana, un golpe de viento hace temblar las hojas de los árboles. Nadie se preocupa demasiado. El azul domina el cielo de un extremo al otro del horizonte.

Se suceden varias ráfagas cada vez más fuertes y más cálidas. Al mediodía el viento sopla con tanta fuerza que ya no mueve las hojas sino las ramas enteras. El sol aprieta y las gentes se apelotonan en las sombras donde se sajan hogazas, quesos y embutidos. El Blas y el Paco acaban los primeros y se apartan hasta el camino para echar el cigarrillo. Desde allí es visible el valle entero y el río reptando hacia el oeste. Más allá del Hoyo, por encima de las vegas, aparece una nube del color de las cenizas. El Garduña y el Posturas se la quedan mirando, mientras comparten la bota de vino de la que no se separan nunca.

¿Tú qué crees?

No sé por qué me da que esa no viene sola.

Eso me parece a mí. Y trae una cara de lluvia que no puede con ella.

Desde ayer que me está doliendo el tobillo, con eso te lo digo todo.

Más vale darse prisa.

Apremian a las mujeres y a los niños. Se aplican sin descanso. Dejan bastantes cerezas en los árboles para centrarse en el grueso y no perder el tiempo en menudencias. Pero qué bulla os ha dao. Seguro que no cae ni una gota. Tú hazme caso, Antonia, que el tobillo me está haciendo rabiar. Lo que no cojamos hoy, ya no lo cogemos. Empieza a llover cuando la última caja queda bien apilada en la panza de la furgoneta. Un vecino se ha prestado a bajarles las cerezas hasta el pueblo. Debe de haber muchos kilos porque la furgoneta está tan hundida que casi los bajos rozan el suelo. Habrá que tener cuidado por la pista. Al principio, son unas pocas gotas, pero luego la lluvia se desata. Llueve con desprecio, como quien devuelve un dinero arrojándolo sobre la mesa. Al menos les ha consentido terminar la cosecha y todo el mundo está contento porque la furgoneta va tan cargada que peligran las rótulas y los amortiguadores. Solo el Blas y el Paco, con las últimas luces, miran al cielo. Se han escapado por los pelos, pero todavía queda mucho que perder. Las cerezas del Posturas viajan cómodamente y a salvo hacia los almacenes,

pero las del Garduña cuelgan todavía de los árboles. A las cerezas maduras no les gusta el agua. Tal vez un poco no les siente mal del todo, pero como sea mucha las desgracia sin remedio.
¿Qué te parece, Paco?
Que tiene muy mala pinta.
Eso me parece a mí. Está más cerrao que el coño de mi hermana.
No seas animal. De todas maneras ahora no podemos hacer nada. Conque no le des muchas vueltas, que mañana será otro día.

No descansa el cielo en toda la noche. Jarrea de tal manera que no hay forma de pegar ojo. El Blas oye llover y da vueltas en la cama. La Antonia, algo más amodorrada, no para de quejarse. ¿Quieres estarte quieto, que pareces una lagartija? Para no molestar más y porque no se aguanta, se levanta de noche y, después de un par de cigarrillos y un par de vasos de vino, coge el camino de la acequia. Desde arriba, con las primeras luces, empiezan a distinguirse los cerezos. El suelo está resbaladizo y tiene que bajar con mucho cuidado, clavando los talones, para no acabar en la reguera. Solo caen algunas gotas de un cielo grisáceo que promete muchas más. Llega al pie del primer árbol, el primero que se levanta en la ladera. Le basta y le sobra un vistazo. Las cerezas están rajadas. Es como si alguien se hubiese tomado la molestia de cortarlas una a una con un cuchillo. Ha sido suficiente una noche de lluvia para estropearlas. La cosecha se ha perdido. Nadie compra cerezas con esa pinta por más buenas que estén.
A pesar del mal tiempo, acuden todos en cuanto la claridad es suficiente para ponerse a trabajar. Se reúnen en los Peñoncillos, debajo de la higuera, para protegerse de las pocas gotas que siguen cayendo. Arrecia cuando el Blas los manda para casa porque es inútil. Venga, cada mochuelo a su olivo que no hay nada que hacer. Estas cerezas ya no hay

quien las venda. Cuando escampe veniros por aquí y coger las que queráis que a los pájaros no les hacen falta tantas.

Caprichos de la naturaleza. La mejor cosecha de los últimos años se había ido al traste en el último segundo. La tierra tiene estas cosas y también las nubes y los vientos. Si alguien pretendiese consignar estas insignificancias, poner sobre el papel estas menudencias, tal vez escribiría que las lágrimas se confundían con la lluvia en las mejillas de los campesinos. Pero sería faltar a la verdad. Allí nadie derramó una sola lágrima. El hombre mojado no teme a la lluvia. Las manos curtidas no se lamentan por el frío, buscan alguna tarea con la que entrar en calor. Era cosa de aplicarse con el huerto porque con la fruta ya no se podía contar. Pero los problemas de los cerezos no acababan allí. Aún podían presentar otras sañas y otras apariencias.

Del tamaño de un pulgar, tiene un aspecto blanquecino, húmedo y viscoso. El primer anillo del tórax es muy ancho y redondeado. Quizá sea por eso que lo llaman el gusano cabezudo. Se introduce en las raíces del árbol y lo mina desde abajo, desde los cimientos. Excava galerías y obstruye los conductos por los que circula la savia. Estos daños en los pies se reflejan en las ramas. Pierden las hojas prematuramente, se secan las partes leñosas, segregan una sustancia viscosa con aspecto de resina. Hay que cortar esas ramas inmediatamente y quemarlas enseguida. Habría que arrancar el árbol entero y quemar hasta las raíces. En el cuello del tronco los gusanos instalan su cámara ninfal, allí serán crisálidas y luego adultos, para continuar el ciclo de la reproducción y los estragos.

Como muchos otros depredadores, elige sus presas entre los ejemplares más débiles del grupo. Se ensaña con aquellos que muestran señales de enfermedad, vejez o deterioro. Necesita suelos bien secos y cálidos para depositar sus huevos y brozas o malezas para escapar de la helada. Es por eso que les benefician la sequía, el aumento de las temperaturas, la falta de riego y los terreno descuidados. Les encantan los frutales con hueso, pero los cerezos son sus favoritos.

Las niñas siguieron llegando hasta un total de seis y luego echaron a volar una detrás de otra. La Antonia había ido acumulando carnes y embarazos hasta un total de ocho. Su cuerpo, ajado por los años y los partos, ya no era ese arco tenso que había sido. Sus piernas hinchadas perdieron esa determinación castrense que las había caracterizado. El Blas arrastraba un pie torcido y un cigarrillo humeante debajo del sombrero, aunque, a pesar del tabaco, de la edad y de esos andares de tullido, eran pocos los que podían seguirle el paso por las sierras. Seguía siendo un saco de huesos, con menos carnes que pellejo. Solo en la profundidad de las arrugas se le notaba el paso de los años. Los cerezos seguían floreciendo y entregando sus frutos. Y, cada vez que lo hacían, rebrotaba el recuerdo de la abuela. Aquí y allá empezaron a aparecer las primeras ramas secas sin aparente explicación. El Garduña todavía no sabía de la existencia del cabezudo. Algo había oído de un gusano que estaba matando los cerezos del valle, pero muy claro no le había quedado. Por instinto, cortaba por lo sano, que es lo que se había hecho toda la vida. La deformidad empezó a adueñarse de las copas de los frutales que tan cuidadosamente había ido modelando a lo largo de los lustros. Se acordaba de su padre enseñándole a podar. Cogía una piedra en la palma de la mano y la rodeaba con los dedos. ¿Lo ves? Esa es la forma que tiene que tener el árbol. Cinco ramas principales como estos cinco dedos. Hay que buscar que la copa se abra hacia afuera y limpiarla bien por dentro. Y eso, aunque a él cinco le parecían muchas y solía dejar tres o cuatro, era lo que el Blas había hecho siempre. Pero ahora se veía obligado a cortar al capricho del cabezudo y ese bicho no entendía ni de podas ni de injertos. Cada vez había más cerezos mutilados en precario equilibrio sobre la ladera.

La estrategia es sofisticada y no carece del todo de mala leche. Los individuos adultos, escarabajos negros con pintas blancas en la espalda, atacan las copas de los árboles y se ensañan con las hojas y los brotes. Luego ponen los huevos a sus pies para que las larvas lo ataquen desde abajo. Es como los bombardeos que preceden a la infantería y a los zapadores para preparar el terreno. Hay quien cree que los escarabajos adultos acometen el árbol desde el aire para debilitarlo y facilitar el asedio de sus larvas a las raíces. Que estos animales sean capaces de tantos cálculos no hay modo de saberlo. Igual la cosa es más sencilla. Simplemente tienen hambre. Los efluvios de las flores los sacan de sus sueños y tienen hambre. Llevan sin comer todo el invierno. Durante cuarenta días se atracan de yemas y brotes tiernos. Les encantan los peciolos. Desprovistas de rabo, las hojas se amontonan en el suelo. Quedan en el aire las ramas desnudas. Pasados esos cuarenta días, con los estómagos saciados, ya están listos para el amor y para el éxtasis. Después de aparearse, las hembras ponen sus huevos alrededor del tronco a una distancia no superior a un metro. Los huevos eclosionan en el plazo de diez días. Las larvas empiezan entonces una carrera desesperada para encontrar las raíces. Morirán si no lo hacen antes de setenta y dos horas. Las hembras adultas ya lo habrán hecho después de desovar. Son muchas las especies que dan la vida justo antes de perderla.

El abandono y el descuido los convierten en una plaga incontenible. Los inviernos, cada vez más templados, no ayudan en nada. Las primaveras, prematuramente secas, tampoco. El gusano cabezudo medra en los suelos desaliñados y se extiende por el valle lo mismo que el hambre o las ganas de comer. La Solana se puebla de fantasmas. Cerezos secos de la cabeza a los pies. Nadie se toma la molestia de hacerlos leña y eso que se paga a once céntimos el kilo. Las pesetas perdieron hace poco su valor y hubo que sacarlas de debajo de los colchones para cambiarlas por unas monedas extranjeras que se te escapan de las manos. Todo se ha vuelto carísimo, prohibitivo. Todo menos sus trabajos y sus fatigas, que cada día se pagan más baratos.

Es bien sabido que una caja de cerezas no aguanta tres días en un almacén. Los marchantes también lo saben. Así que esperan sentados, mano sobre mano, a que la fruta madure. Saben que, antes o después, se la venderán por el precio que ofrecen, que es un insulto además de una miseria. En las tiendas, las cerezas se venden por encima de los tres euros y a veces pasan incluso de los cuatro. ¿Cómo es posible que a ellos les paguen el kilo a cincuenta céntimos? Está claro que alguien gana mucho dinero pero, desde luego, no son ellos. Son los mercaderes y los comerciantes, que no por nada fueron expulsados del templo, pero volvieron a ocuparlo y ya no hay hombre ni dios que los saque de allí. A esto se le llama libre mercado, que es cualquier cosa menos libre. Frente a esta coyuntura, la cooperativa del Hoyo decide tomar cartas en el asunto. Llenan una furgoneta de fruta y marchan a la ciudad para ofrecerla a las cadenas y a los hipermercados. En la mayoría de los sitios ni siquiera los reciben y donde lo hacen es para comunicarles educadamente que no les interesa, que ya tienen sus propios proveedores. La calidad de las cerezas es incuestionable, el precio competitivo, pero nadie se las compra porque se están saltando las reglas y los intermediarios y, por lo que parece, esto atenta contra la libertad de los mercados. Tanta iniciativa tiene sus consecuencias y los marchantes también toman la suya y se llama represalias. Este año no les van a comprar ni un puñado de cerezas. Así, el que viene, ya sabrán a qué atenerse. Al anochecer vuelven al pueblo con las manos vacías. No han conseguido colocar más que unas pocas cajas en una frutería de barrio. Volverán a intentarlo varios días seguidos con idénticos resultados y, al final, desisten. La consecuencia es que las cerezas se quedan en los árboles para regocijo de los pájaros y de los zorros que, como todo el mundo sabe o debería saber, no solo comen gallinas, son también grandes comedores de fruta y las picotas son sus preferidas. Mientras tanto, en el súper del pueblo, al módico precio de cuatro euros, se pueden comprar cerezas procedentes de valles remotos. Las traen en camiones que recorren cientos de kilómetros para llegar hasta aquí. No están mal, pero nadie cree que estén más ricas que las suyas. Tampoco nadie ubica del todo aquellas tierras. Nadie conoce a aquellas gentes. ¿Serán capaces de coger más de cincuenta o sesenta kilos de cerezas con sus rabos en una jornada de diez horas? ¿Se las pagarán también a cincuenta céntimos? Son las cosas sencillas, y al mismo tiempo inescrutables, de la economía de mercado. Son las cosas que explican por qué las frutas se pudren, los árboles se mueren y los campos se abandonan sin más remedio.

Atrincherados, replegados sobre sí mismos, los Peñoncillos comprenden que su supervivencia depende de su aislamiento. Solo saldrán adelante si se mantienen al margen, de este lado de las lindes. No se dejan embaucar por esa civilización engatusadora que, por un lado, promete maravillas sin cuento, pero, por el otro, exige tributos sin medida. Tienen muy claro que las primeras no estarán nunca a su alcance y los segundos serán la ruina de sus campos. Se dan la vuelta y se alejan hacia los sembrados. Ni una cosa ni otra. No quieren ni el palo ni la zanahoria. Les parece preferible vivir a expensas de las malas cosechas, las plagas, el gusano, la sequía, la helada o el granizo que quedar en manos de la mezquindad de los hombres, que es precisamente lo que está sucediendo. Prefieren que la lluvia malogre las cerezas antes que venderlas a un precio que no compensa ni el coste de cogerlas. Prefieren que el cabezudo socave las raíces antes que someterse a los caprichos del mercado. Están acostumbrados a bregar con la naturaleza. Si una rama se seca, la hacen leña. Si un árbol muere, plantan otro. Si se pierden las cerezas, esperan las almendras. Saben que al final, si la cuidan con esmero, la tierra será generosa. Quien más da, más tiene. La simplicidad gobierna la naturaleza. Otra cosa es el gobierno de los hombres. Todo irá bien mientras sigan escondiendo los billetes debajo del colchón.

16. La meteo de las vacas

> *Se nos acusó de abigeato (hurto de ganado) y sí, nos comimos muchas vacas; de invasión de tierras, sí, tomamos muchas tierras; de robo de frutas también, dicen hasta que me robé un camión de naranjas. Me querían echar hasta homicidio, pero los muertos eran nuestros, ¿cómo nos iban a acusar de eso?*
> CÉSAR DEL ÁNGEL, *Movimiento de los cuatrocientos pueblos*

En vez de una nota, dejaron un charco de sangre en medio del camino. Era tan grande que no se podía subir por la Solana sin mancharse los pies. Ocupaba el paso de lado a lado. El destinatario de ese mensaje no debió de llegar a verlo, pero es seguro que recibió recado, porque a los pocos días las vacas desaparecieron del valle sin dejar más rastro que el hartazgo de las gentes.

La Solana se inunda de cencerros. Retumban por todas partes. Bajan por las gargantas y los collados. Bien conocen todos los pasos de montaña que conducen al valle. Son las vacas que bajan de las cumbres para anunciar la helada, la nieve o la ventisca. ¿Cómo sabrán estos animales que el tiempo va a cambiar? Las vacas anticipan la tormenta, la pregonan por todas partes con su cantinela de cencerros. Los hombres temen por sus sembrados y sus huertos. A pesar del mal tiempo, hay que mantener a los animales apartados. Media docena de vacas puede arrasar un trigal en una noche. No importa lo fría que sea, no importa lo larga que se te haga.

Las borrascas llegan por el oeste. Se pasean por el llano hasta que encuentran la boca del valle y se cuelan río arriba.

Las nubes se hacen trizas en las puntas de las sierras. Cuando algunos jirones quedan enganchados en los tajos, por debajo del pico de los Poyos, es señal inequívoca de que va a llover. En el valle este fenómeno es tan incontrovertible como que la tierra gire o el sol se ponga por el oeste. Algún tiempo después, cuando llegue el hombre del tiempo en blanco y negro, que falla más que una escopeta de feria, va a ser caldo de cultivo de cachondeos y escepticismos. Pero este buen hombre ¿dónde habrá estudiao? Pues no dice que va a hacer bueno y se han quedao las nubes enganchás en los tajos.

Es verdad que daba gusto verlas. Se te hacía la boca agua. No había vacas más rollizas, ni más lozanas, ni más apetitosas. Se comprende fácilmente. Mientras las demás pasaron el invierno en el monte arrostrando calamidades, estas se solazaban en el valle a cuerpo de rey y a costa de los vecinos. Eran cuatro o cinco madres con sus correspondientes terneros. Bajaron a la Solana para los muertos, cuando el otoño se hizo fuerte, y nadie vino a recogerlas. Al resto se las llevaron los vaqueros, a pie o a caballo, pero estas se quedaron aquí, como si no tuviesen casa ni dueño. Al principio, nadie sabía de quién eran y las iban espantando de un lado a otro. Se corrió la voz por el valle para ubicar al propietario. Pero no hubo manera. A ningún ganadero le faltaban animales y nadie las reclamó. La madre que las parió. Estas vacas son una condena. Qué culpa tendrán los bichos. La culpa es del dueño que las deja malearse. Eso está muy bien, pero a mí me han dejao las coles que ya no valen ni pa las gallinas. Se fueron amontonando los meses y los estropicios. Arrasaron sembrados, huertas y viñedos. Y, encima, tenían mala leche. Más de uno tuvo que saltar de cabeza por un balate para escapar de una vaca que se había arrancado en defensa de sus crías. Quien más quien menos les estaba cogiendo miedo. Sobre todo a un par de ellas que tenían los cuernos largos, la capa negra y una fijeza en la mirada que ponía nervioso al más pintado.

Madre, gaste usted cuidao que esas vacas tienen peligro.
La que va a tener peligro voy a ser yo como las enganche. Es la tercera vez que las saco del huerto en lo que va de mañana. Me han dejao las habas que da pena verlas.
Habría que levantar unas cercas.
Lo que habría que hacer es cortarles el pescuezo. A ellas y al desgraciao ese del Chusquero, que como yo me lo tope se va a enterar.
No vive aquí, madre, es de otro pueblo.
Pues más vale que no asome. Ahora que yo lo que no entiendo es qué hacéis todos los hombres de brazos cruzaos. ¿Es que no os hierve la sangre? Si yo llevase pantalones esto se habría acabao.
Ya está denunciao a la guardia civil.
¿Y vosotros os creéis que los civiles os van a sacar las castañas del fuego? ¿Dónde se ha visto?

De las cosas del mundo se enteraba el Blas por el Pepico Ruano que, de huerto en huerto, por encima de las lindes, mientras escardaban los carriles, le iba desgranando las últimas noticias. El Pepico no solo tenía televisión, sino que la encendía cada día. Seguía con atención los telediarios de la noche y no le parecía, como a todo el mundo, que siempre dijesen lo mismo. El parte meteorológico no se lo perdía y tomaba buena nota de la evolución de las borrascas y los anticiclones.

Caprichos del viento y de la orografía. Aquella vaguada tenía una acústica tan limpia que podían mantener una conversación a decenas de metros uno del otro sin necesidad de levantar la voz ni limpiarse las orejas. De esta peculiar manera, el Garduña se iba enterando de los acontecimientos y de las actualidades, aunque con unos cuantos días de retraso.

¿Qué, Pepico? ¿Qué dice el hombre del tiempo?
Coño, Blas, pero ¿en qué mundo vives? ¿Es que no te has enterao?

Pues no, a lo que parece.

Coño, que se ha muerto el general. En su cama, más ancho que pancho. Pero, hombre, ¿no dices nada? ¿Es que no te alegras?

Pues qué voy a decir, Pepico, que lo entierren bien hondo y cabeza abajo, no vaya a ser que se despierte y encuentre la salida.

Parece que dan bueno para el fin de semana.

¿Bueno para qué? Ya va haciendo falta un poco de agua.

Este domingo toca ir a la escuela.

¿Y eso por qué? Si yo no iba ni de niño.

Hay que votar la constitución.

Ah, eso. ¿Y que dice la constitución esa?

Que somos todos iguales y que tenemos derecho a un trabajo y a una vivienda dignos.

Entonces, yo no voto.

¿Y eso por qué, si puede saberse?

Porque todo eso es una sarta de mentiras.

Mira que eres burro, ¿no ves que es un poner?

Pues si es un poner, ¿a qué viene tanto gasto de papeles?

¿Qué? ¿Y las vacas? ¿Siguen por el valle?

Por ahí siguen, haciendo de las suyas.

¿Ya sabes lo de los militares?

Algo he oído.

¿Qué te parece? La guardia civil a tiros en el parlamento. Pero ¿cómo? ¿Te ríes?

Si es que me hace gracia eso de que los civiles les tiren a los mandamases. Hace nada esas balas eran solo para el pueblo.

Menos mal que el rey le echó dos cojones, que si no estábamos otra vez en guerra.

Pues no te creas tú, que igual una guerra no nos venía ni tan mal. Pero esta vez para ganarla, claro.

Eres más bruto que un arao.

Si es que me parece a mí que, como no sea a tiros, esto no lo endereza ni la madre que lo parió.

Las vacas acumulan más de cincuenta denuncias sin que nadie, ni las autoridades ni el dueño, hayan hecho nada por impedirlo. Lo mismo les da una huerta que un sembrado. No le hacen ascos a nada. Es más lo que destrozan que lo que se comen, pero el daño queda hecho. Lo que devastan esos bichos no son sus ganancias sino su sustento. Nadie sabe cuántas cabezas tendrá el Chusquero, que así llaman al propietario, pero lo que sí se sabe es que son muchas, que andan desperdigadas por varios valles y que hacen lo que les viene en gana sin que nadie atine a remediarlo. Además de muchas vacas, el Chusquero tiene muchos amigos y muy bien escogidos. Es por eso que las denuncias se apilan en los cajones sin mayores consecuencias, por no decir ninguna. Esta arbitrariedad tiene a los campesinos soliviantados, pero a ver quién es el guapo que le levanta la voz. Resignados al atropello, cierran la boca, aprietan los puños y se pasan la vida espantando bichos, levantando cercas y lamentándose por las pérdidas, que son muchas y dolosas, porque, como es bien sabido, no se le pueden poner puertas al campo.

Amatojado entre los cañaverales, por debajo de la acequia, el Posturas anda buscando una vareta de higuera que le sirva de mango. Aquí el campo se vuelve selvático aprovechando que el cauce no es del todo impermeable. La acequia pierde por todos lados y la tierra se lo agradece. También las zarzas que se desbordan y dejan el paso infranqueable. Son las mismas zarzas, enmarañadas y tupidas, que, un poco por encima, cercan al Blas y lo acorralan. El hombre tiene que sortearlas con ademanes de contorsionista sin poder evitar que alguna se le agarre a la piel y le clave las zarpas. Casi al mismo tiempo, los dos hombres, a unos pasos uno del otro, oyen ruidos y se quedan parados, acechando entre los matorrales.

Coño, Paco, qué susto me has dao. Creía que eras un marrano jabalí comiendo brevas. ¿Qué haces ahí metido?

Busco una vareta de higuera, es que se me rompió el mango del almocafre. Y a ti, ¿qué te ha pasao? Llevas sangre en la oreja.

Nada, las zarzas. A ver si nos juntamos uno de estos días y desbrozamos esto un poco. Dentro de nada por aquí no pasan ni las lagartijas. Ando ubicando las vacas. ¿Las has visto por aquí?

¿Qué vacas? ¿Las del Chusquero?

Pues claro, ¿cuáles van a ser?

Me da que andan por el Collao, arrasando la cebada.

¿Vienes esta noche?

Pues claro, ¿no somos amigos? Aunque un día de estos terminamos todos en el cuartelillo por tu mala cabeza.

Venga ya, no seas agorero.

¿Me echas una mano a meter el mango? Ya tengo el hierro en el fuego.

Vamos, pero date bulla que tengo que dejar las vacas localizás antes de que oscurezca.

Las varas de la higuera tienen una peculiaridad muy aprovechable. Están atravesadas longitudinalmente como si alguien las hubiese perforado con un taladro. El ingenio de las gentes saca partido de este antojo de la naturaleza. El palo debe tener el grosor adecuado para abarcarlo cómodamente con la mano. La madera no debe estar ni demasiado verde ni demasiado seca. Si está muy verde se aflojará en torno al hierro. Si está muy seca se rajará cuando se la atraviese con el metal al rojo vivo. La operación no carece de dificultad. Hay que tener cuidado con el extremo de la herramienta, ardiente y puntiagudo, al meterlo por el agujero.

De quién fue la idea, no está del todo claro. Y casi que mejor, que así se compartirán las culpas y las responsabilidades. De dónde salió, ya es más fácil de decir, porque fue una noche de borrachera en la Cantinilla donde se determinaron y trazaron el plan con todos los detalles que permitieron el exceso de alcohol y la falta de intimidades. Había muchos hombres sentados a las mesas y acodados en la barra. Demasiadas orejas para esas conspiraciones. Los del valle se juntaron en un rincón cerca de la chimenea como hacían siempre. Primero hablaron de la lluvia que no llegaba y luego de las vacas que no se iban. Era el tema que últimamente monopolizaba todas las conversaciones, las vacas y los destrozos que causaban. De otra cosa no se hablaba.

Hay que ver lo rollizas que están.

¿Y cómo van a estar? Si tienen todo el valle para ellas solas. Tendríais que ver cómo me han dejao los sembraos. Da pena verlos.

Pues anda que las habas. Parece que las matas tiernas no les disgustan del todo. Algo habrá que hacer.

Esto no puede seguir así.

Eso está del todo claro, pero tú me dirás qué hacemos, más denuncias no se pueden poner.

Para mí la cosa está bastante clara. Nosotros las hemos engordao, ¿no?

Coño, y lo nuestro nos ha costao.

Pues nosotros nos las comemos.

Me parece de lo más cabal.

¿No querrás comértelas todas?

Todas no, hombre, pero en cuanto falte alguna ya verás lo que tardan en sacarlas del valle. Se las llevan de aquí cagando leches.

Hay un par de terneras que están en edad de merecer. Yo ya les tengo echao el ojo.

Toma, y yo.

¿Y quién va a ser el guapo que se atreva a cortarles el gaznate?

Hablamos con el Silverio, que va a estar encantao de afilar los cuchillos.

Habrá que pensar qué hacemos con tanta carne. Al que le pillen con una chuleta se la carga.

Pues qué vamos a hacer, comérnosla. No hay que dejar ni los huesos pa los perros.

¿A ti qué te parece, Blas?

A mí me parece que ya estamos tardando y hablando demasiao.

¿Y eso a qué viene?

A que aquí hay demasiada gente y demasiadas orejas y mi suegro, el Manolín, está entrando por la puerta. Como ese se entere de lo que estamos maquinando, se entera el cuartelillo de la misma. Así que chitón, que en boca cerrada no entran moscas.

Y es que, efectivamente, el suegro se dirigía hacia la barra. Se había recuperado de la apoplejía y nadie estaba muy seguro de si aquello era un milagro o una desgracia. Lo que sí que estaba claro es que el viejo era fuerte como un toro y más temible que sus cuernos. La inquina que provocaba era la causa del aclarado. En cuanto él llegaba, la barra se despejaba y las conversaciones se volvían subrepticias.

Es increíble la facilidad con la que arden los trigales. Una vez que las llamas alcanzan las espigas ya no hay quien las detenga. El fuego empezó junto al camino. Había varios focos distanciados algunos metros unos de otros. Menos mal que el Garduña, como siempre, tenía las viñas impolutas, que no se veía ni una mala hierba. Y que el viento se comportó razonablemente. Los viñedos hicieron de cortafuegos y no hubo que lamentar más que la pérdida del trigo. Que esas llamas eran intencionadas estaba del todo claro. Alguien había bajado por el camino y se había tomado la molestia de ir prendiendo las matas cada veinte pasos. Pero ¿quién podía haber hecho eso? Fue el Pepico Ruano el que les sacó de dudas y les trajo, sin querer, la peor de las noticias. El Manolín estaba recuperado y andaba por el valle haciendo de las suyas.

Ha sido tu suegro. Lo he visto por el camino abajo, diez minutos después de que se arrancasen las llamas.

No puede ser, pero si está en la cama renegando.

Qué va. ¿Es que no te has enterao? Va ya pa dos semanas que se le ve por el pueblo. Está mu mejorao. Debe de ser que ya le alcanzan las fuerzas pa subir a los Habices.

Pues sí que estamos bien. Y yo que creía que nos habíamos librao. Este hombre es una pesadilla.

A su mujer no le dijo ni pío, pero a su madre sí le contó los planes que tenían para las vacas. Sabía que los aprobaría y no sería mala cosa que fuese preparando los avíos.

Ya era hora, mira que os ha costao decidiros. A la Antonia ni una palabra, que es muy temerosa. Yo me encargo de todo. Y cuidao con esos bichos que, en cuanto os vean las intenciones, se van a revolver.

Se encuentran en los Habices, pasada la medianoche, como habían acordado. Eligieron esta noche porque el cielo está en blanco, la luna en cuarto creciente, y el calendario en vísperas de San José. La luna alumbra lo bastante para manejarse, pero no tanto para que los vean desde lejos. Que sea festivo al día siguiente les viene que ni pintado para justificar el festín. Y es de suponer que los civiles no se tomarán demasiados trabajos en un día de fiesta. El aire corre fresco a pesar del calor que hizo por el día. Enfilan hacia los prados del Marchena, donde el Blas ha dejado localizado al rebaño esa misma tarde, para no tener que andar buscándolo por todo el valle en medio de la noche. Cuando llegan a los prados, las vacas no están. Coño, ahora sí que la hemos hecho buena. Blas, ¿tú estás seguro de que estaban aquí? Tan seguro como que estamos nosotros ahora. Aquí mismo las he dejao zascandileando a la puesta de sol. ¿No ves las huellas por todas partes? Entonces, muy lejos no habrán ido. Están ya separándose por parejas para salir a buscarlas en distintas direcciones cuando oyen los cencerros. Callaros, coño, ¿no habéis oído eso? Yo no he oído nada. Pues yo he escuchao cencerros y sonaban aquí mismo. Te lo habrás imaginao porque aquí no hay nada. ¿Queréis cerrar la boca? Ahora sí que lo he oído. Yo también. Las tenemos que tener encima. Tienen que estar aquí mismo. Esos cencerros suenan como si los llevásemos colgando del pescuezo. Deben estar ahí abajo, metidas en el barranco, si no, ya las estaríamos viendo. Pues, venga, valor y al toro. Y todos calladitos, no vaya a ser que se nos espanten.

¿Alguien se ha traído un capote?
Teníamos que haber traído al niño del Miguelín, que dicen que va para torero.
Menos miedo, que son cuatro vacas lecheras.
Sí, sí. Esas tienen de lecheras lo que yo de cura. La única leche que gastan es la mala.
Lo que gastan son unos cuernos que parecen miuras.
A ver si os vais a rajar ahora.
Eso no. Pero tampoco es cosa de descuidarse. Teníais que haber visto cómo quedó el Antoñito.
¿Es que lo cogieron?
No, pero estuvieron a pique. Se tuvo que tirar a unas zarzas y quedó el hombre hecho un cristo. Tenía pinchos hasta en el agujero del culo.

No va a ser fácil acercarse a esos bichos maleados. Están acostumbrados a las piedras y a los palos. En cuanto sienten gente se alejan a la carrera o se vuelven y bajan el testuz en actitud desafiante. Deciden intentarlo por las buenas porque por las malas va a ser peor. Son demasiados para acercarse todos juntos sin que la manada se espante. Se piden voluntarios pero nadie lo tiene claro. Eligen al Silverio porque no teme a los animales y al Blas porque los animales no lo temen a él. Cada uno con una soga enrollada en el hombro y una brazada de alfalfa debajo del brazo se acercan a las vacas. En cuanto los olisquean, los animales echan a andar. No salen corriendo, solo se mueven lo justo para guardar las distancias. Enfilan barranco abajo, en dirección al camino de la Solana. El Silverio, más echado para adelante y menos ducho con los bichos que con los cuchillos, aprieta el paso para ver si las alcanza.

Quieto, Silverio, que me las espantas. Déjamelas a mí, que ya habrá tiempo para carreras, si no queda otro remedio. Moviéndose muy despacio y susurrando palabras sin pausa, el Blas va acercándose poco a poco. Venga, bonitas, ¿es que no os gusta la alfalfa? Lo que os pasa a vosotras es que no sabéis lo que es el hambre. El cura del pueblo come peor que vosotras. Tendríais que ver la barriga que gasta. Tiene un culo que no puede con él. Debe ser cosa buena eso de tener la despensa siempre llena. Pero esto es diferente, no crece una alfalfa como esta en todo el valle. Esto es bocata di papa. Vais a ver lo buena que está. Y poco a poco, casi al borde del camino, los animales se van relajando y consienten que el Blas se les arrime. Cuando está lo bastante cerca como para que huelan el pasto fresco, el Garduña lo deja en el suelo y retrocede unos pasos haciéndole gestos al Silverio para que no se mueva. Ya han olido el cebo, ahora solo hace falta que muerdan el anzuelo. De una en una, se van acercando las vacas y se reúnen en torno al forraje. Es catar esas hierbas y parece que se les pasan todas las prevenciones. El Garduña, que es más de cabras, pregunta por si acaso. ¿Cuáles son las que queremos, Silverio? Aquellas dos, esas más pequeñas que están a la derecha. ¿Las de los cuernos chicos? Sí, esas. El Blas coge la brazada que traía el Silverio y se acerca a las escogidas con todas las cautelas. Se detiene a una prudencial distancia y les arroja la alfalfa al suelo, de tal manera que se aparten del resto. Las terneras caen en la trampa y, mientras comen distraídas, les anudan las sogas a una pata y atan el otro extremo al olivo más cercano. Ya está hecho lo más difícil.

Salen entonces el resto de los hombres, que habían permanecido agazapados entre las sombras, y se acaban las contemplaciones y los buenos modales. Parecen demonios del infierno surgiendo de la noche. Sería difícil determinar quién tiene más miedo, si ellos o las vacas. Unos temen que los pille el toro y otros que los pille la guardia civil. Todo son gritos y aspavientos, pedradas y carreras. Fruto de la tensión y del miedo acumulados, el alboroto se les va de las manos. Hasta en el hoyo deben de oírse las voces, los cencerros y los mugidos. Más vale que los civiles no anden por el valle, porque si no lo llevan claro. El rebaño, a la carrera, enfila en dirección al pueblo. En medio de la vorágine no se percata de que dos de sus retoños quedan amarrados a los árboles. A las dos terneras se les acaba la cuerda al borde del camino. Los pobres bichos mugen desesperados y tironean de las patas como si quisiesen arrancárselas de cuajo. Allí mismo las derriban y las atan de pies y manos. Aún amarrado e indefenso, que un animal se imagine que lo van a degollar es poco probable, pero que entienda que nada bueno se puede esperar de esas circunstancias es seguro de todas todas. Las vacas mugen como descosidas. El rebaño les contesta en la distancia. Ya debe de estar echándolas de menos. Ni unas ni otro se lo pueden pensar mucho, porque cuando quieran darse cuenta van a estar desangradas en medio del camino.

¿Qué haces?

Pues ¿no lo estás viendo? Quitarme la ropa.

Y eso ¿por qué? ¿Tanto calor te ha dao? Tú te has vuelto majareta.

Hombre, no querrás que vuelva al pueblo con todas las ropas llenas de sangre.

Visto así.

Lo que yo os diga. Esas manchas no salen ni pa dios. Si te pillan con eso los civiles, mañana terminas en el cuartelillo, hartaíco de palos.

Diez hombres en calzoncillos y alguno como su madre lo trajo al mundo se les echan encima. Ni las vacas ni los hombres se dan cuenta, pero el Silverio ha empuñado su cuchillo. La hoja refulge un momento a la luz de la luna antes de desaparecer en el fondo de las gargantas. Es increíble la cantidad de sangre que puede salir por la yugular de un ternero. Este Silverio tiene buena mano, encuentra las venas a la primera. Mareado, el Blas aparta la mirada al borde del desmayo. De pronto, el silencio a la luz de la luna. Aparecen más cuchillos y hachas recién afiladas. Los hombres, semidesnudos, se apresuran. Trabajan deprisa, espoleados por el miedo y por el frío. Si se presentan ahora los civiles, alguno termina como las terneras. Allí mismo, en mitad del camino, desuellan a los animales y los descuartizan.

Los despojos y las cabezas los tiran a un barranco. Los zorros también tienen derecho a su parte del botín. El valle entero, que las ha sufrido en sus carnes, se merece una compensación a tantos desatinos.

Tres cuernos negros que espantaban. Los tricornios tenían los años contados, pero el miedo que inspiraban iba para largo. Tampoco era cosa de tentar al diablo. Cuando esos tocados espantosos despuntaban por el camino, a la altura de la era Portachuelos, la voz corría valle arriba más rápida que el viento, el agua del río o las llamas del infierno. Había que evitar las tentaciones. Lo primero era que desapareciesen las mujeres, sobre todo las jóvenes y las que estaban de buen ver, que desapareciesen como conejos entre los matorrales o las zarzas, en el fondo de un barranco o en un recodo del río, pero que no las viesen, no fuese a ser que se les despertase el apetito, ese ansia de la carne que en ellos no conocía miramientos ni contemplaciones.

Lo segundo era recoger a los animales, encerrarlos a todos y, a ser posible, que no hiciesen ruido o echarlos al monte y apartarlos de los caminos, buscar acaso una hoya agreste, poco visible y de difícil acceso. Si los veían era muy posible que les entrasen las ganas y escogiesen un borrego, una gallina o un cabrito. Aunque solo fuese para afinar la puntería. A esos hombres no les gustaba pasar hambre; aunque, con las libertades que se tomaban, tampoco era probable que la hubiesen pasado nunca, al menos en este valle.

En la Cantinilla, a la salida del pueblo, la parroquia respiraba aliviada si los veía pasar de largo, cosa que sucedía a menudo porque los guardias preferían el bar del Manolín, un poco más arriba, donde eran bien recibidos y mejor agasajados. Manolita, la cantinera, se alegraba de que no se parasen. Nunca nadie había visto que los civiles pagasen algo en un negocio y su sola presencia agostaba las ganas de beber y consumir. Si la concurrencia era familiar y todos se conocían, si no había oídos extraños o poco de fiar, los comentarios eran abiertos y descarados.

Ya van los cuernos para arriba.

Ay del desgraciao que se los tope.

Peor será si de una desgraciá se trata.

Habría que colgarles unos cencerros.

Mejor sería dejarlos encerraos y tirar la llave.

Pero si la gente no estaba muy segura de quién pudiese estar escuchando, la cosa se despachaba de forma más enigmática.

Manolita, ¿tú no tenías que tender la ropa?

Y la Manolita dejaba lo que estuviese haciendo, se secaba las manos en el mandil y salía maldiciendo por la puerta de atrás.

Madre de Dios, qué cabeza la mía.

Allí, bien visible desde todo el valle, pero no desde el arranque del camino por donde ya enfilaban los guardias, agitaba una sábana blanca, impoluta, como si más que sucia estuviese llena de polvo o de pelos de gato y no hubiese forma de sacárselos. Luego, la dejaba tendida entre dos nogales de modo que le diese bien el sol y, a ser posible, que el viento la agitase.

Normalmente, allí no se tendía la ropa. Se trataba de un gesto convenido. Esta bandera blanca, este símbolo de la paz, disparaba la alarma por las veredas. Quienes lo veían corrían a avisar a los suyos y el aviso iba saltando de huerto en huerto, de sembrado en sembrado, de cortijo en cortijo y de risco en risco. Pero hoy el valle no necesita señal alguna. La visita quedó concertada la otra noche a la luz de la luna, cuando los cuchillos azulados desmembraban la carne en suficientes porciones para todos. Quedaba por ver cuál sería el resultado. Que vendrían los guardias era una idea que rondaba muchas cabezas, ese San José, mientras los estómagos se atiborraban de chuletones y costillas y apuraban los estofados hasta el fondo, porque había que dar buena cuenta de las pruebas del delito. Mañana mismo os lo coméis todo, mira que como os pillen un cacho de carne vais listos. Y los huesos al barranco, para las alimañas, no se los vayáis a echar a los perros que a saber qué hacen con ellos. Esta carne estaría mejor si la dejásemos orear unos días. Pues si te parece cuélgala de un palo a ver si te la pillan los civiles, no te jode. Esta vez el atracón no era solo pura gula, sino obligación. Pocas veces, o ninguna, se comió tanta ternera por las fiestas de San José. Aunque a unos cuantos no les cayó bien, sabiendo, como sabían, que este banquete le iba a costar a alguien una visita al cuartelillo para hacer el tambor.

Al día siguiente, con la resaca de la fiesta, cuando algunos padecen todavía los efectos de la indigestión, aparecen los tricornios por el arranque del camino. Como era bien sabido que iban a venir más pronto que tarde, el valle parece un páramo, un desierto o un erial. No se ve ni un alma, ni un mal bicho viviente a quien pedirle cuentas o explicaciones. Pero algunos, como el Blas, han decidido echarle narices y afrontar lo que venga. A lo hecho, pecho. Lo que tenga que pasar, pasará de todas maneras. Hoy, mañana o pasado. Los malos tragos, cuanto antes mejor.

El valle no guardaba memoria de bandolero alguno. Eran las autoridades las que llevaban décadas ejerciendo el saqueo y se comportaban como tales. ¿Cómo podía ser que confiscasen animales o cosechas como si tal cosa? ¿Cómo podía ser que subiesen al monte a matar inocentes? ¿Dos o tres desgraciados atados de pies y manos como si fuesen perros? Una bala en el pecho o en la cabeza en los altos del Purche. Seguramente sin mediar palabra. ¿Qué delito habían cometido? Ninguno, como sabía todo el mundo. Y, de haberlo habido, el horror habría sido el mismo. La injusticia habría sido la misma. La impunidad igual de terrible y absoluta. ¿Cómo podían ser tanta impotencia y tanta suficiencia? ¿Cómo podía ser que arrastrasen a una moza detrás de unas retamas y la violasen entre tres con apenas quince años? ¿Cómo podía ser delante de los padres, las madres, los abuelos que tapaban los oídos de los niños para que no oyesen los gritos de su hermana, pero se obligaban ellos mismos a escucharlos para no olvidar nunca?

Se perdieron muchas vidas, bastantes honras y no pocas noches de sueño. Era la memoria lo que el valle no perdía.

Las piedras conservaban el rastro de la sangre. Los barrancos repetían los gritos como un eco. Una memoria muda, es cierto, porque no se decía, pero una memoria al fin y al cabo que pesaba en el fondo de las conciencias como los posos del aceite en los culos de las garrafas.

Después de descuajeringar unos cuantos cortijos y otros tantos corrales, los civiles llegan hasta los Habices a la altura de la acequia. Traen un humor de perros porque saben que tantos registros y fatigas no van a servir de nada. Pero algo tienen que hacer. Órdenes son órdenes. El Blas está trabajando en el huerto y llena de aire los pulmones para no salir corriendo.

Eh, Garduña, ¿qué haces?

Pues ya ve usted, mi sargento, escardando las habas a ver si les aprovecha.

¿Sabes algo de unas vacas que se han perdido?

Andarán por el monte, que es muy grande. Aquí se pierden bichos todos los días.

Sí, pero estas se dejaron la sangre y los huesos ahí arriba en el camino de la Solana.

Entonces muy lejos no habrán ido.

Menos guasas, Garduña, que te la buscas.

Pero esta mañana el sargento no tiene ganas de montear. Le duele la barriga o tal vez los riñones. No le sienta bien el traqueteo del caballo. De ir a pie, ni hablamos. Además, ¿qué pruebas podría encontrar? Nadie le va a decir nada por las buenas, habría que probar por las malas. Y todo por unas vacas miserables que deben estar ya digeridas y hasta cagadas en los corrales. ¿Qué importa quién empuñase el cuchillo? Aquí son todos culpables en mayor o menor medida, de eso no le cabe la menor duda. Eso sí, el escarmiento es inevitable, hay que calmar a los jefes y cubrir el expediente. El teniente en persona llamó por teléfono y estaba de un humor de perros. ¿Se puede saber qué coño está pasando aquí? Os están robando el ganao en las narices. Quiero que me encuentre esas vacas aunque tenga que poner todo el valle patas arriba. Perdone, mi teniente, pero me parece a mí que esas vacas ya no aparecen. Pues si no aparecen, quiero al desgraciao que las ha matao hoy mismo en el cuartelillo. Eso no va a ser tan fácil, no tenemos ninguna pista, ha podido ser cualquiera. No me conteste, sargento, y haga su trabajo que para algo le pagan. ¿Ha quedao claro? Perfectamente, mi teniente. A sus órdenes. Y es el recuerdo de esta conversación, sumado a los dolores de estómago, lo que le lleva a tomar un par de decisiones rápidas. Manda arrestar al Garduña y ordena a los guardias que suban a registrar los Peñoncillos.

No quiero que quede piedra sobre piedra. ¿Me habéis entendido? A la gente no me la toquéis, que no son más que dos vacas. Y tú, Garduña, ya te estás viniendo conmigo que tenemos que hablar en el cuartelillo.

¿Por qué yo, mi sargento? Si yo no he hecho nada.

Has hecho lo mismo que todos y esta vez te ha tocao la china.

¿Y eso por qué?

Porque estás aquí y yo no tengo cuerpo de seguir buscando. ¿Te parece bien?

No, la verdad es que no, pero se agradece la franqueza.

Debe de ser que los tiempos han cambiado lo bastante como para atemperar las brutalidades, pero no tanto como para acabar con el oprobio y la arbitrariedad. O tal vez, simple y llanamente, al Blas se le aparece la virgen estos dos días con sus noches que tiene que pasar en las dependencias de la guardia civil. Ya conoce el lugar y no es que le traiga buenos recuerdos. Cuando entra por la puerta, está temblando de arriba abajo. Las piernas no le sostienen y tiene que apoyarse en una especie de mostrador con ventanilla que hay en la entrada. Esto no estaba aquí antes, es una de las novedades que va a ir descubriendo poco a poco. De momento, le trajeron en un coche patrulla que los recogió en el Hoyo a él, al sargento y a un cabo, en vez de traerlo a rastras amarrado a la cola de un yegua. Trae las manos atadas, pero con unas esposas cromadas que no se parecen a las cuerdas de esparto que recuerda, más dañinas. En todo el camino nadie le ha puesto la mano encima y eso también es distinto y le desconcierta. Una vez dentro de las dependencias, va tomando nota de los cambios. Es cierto que más duro que una piedra y dudosamente aseado, pero tiene un catre donde echarse por las noches. Hay incluso una manta encima del colchón. La comida no es la de su madre ni la de su esposa, pero se la ofrecen tres veces al día y eso no es poco, teniendo en cuenta el hambre que hay en el mundo. Y, cuando le entran ganas de cagar, le acompañan a unas letrinas que podrían estar más limpias, pero siempre será mejor que hacerlo en una lata a la vista de todos. No cabe duda. Los tiempos han cambiado. Pero él está aquí, igual que hace veinte o treinta años, y es la misma culpa o la misma inocencia lo que le ha traído de vuelta. La misma injusticia imperecedera.

De los interrogatorios se encarga el sargento personalmente. Lo primero que hace cada vez que le llevan a la sala y los dejan solos es quitarle las esposas y ofrecerle un cigarrillo como si tal cosa.

Muchas gracias, mi sargento. Se agradecen la humanidad y la consideración.

No hay de qué, Garduña. Fúmate el cigarro tranquilo que tenemos todo el día. Y vete pensando lo que me vas a contar, que hay que arreglar este asunto cuanto antes. ¿Dónde están las vacas?

Usted sabe bien que, donde estén esos animales, ya no va a haber modo de encontrarlos.

Dime al menos quién las mató.

Las mató el hambre y la rabia del pueblo que no encontró mejor manera de hacer justicia.

¿No me vas a dar un nombre?

Ya tiene usted el mío y le sirve tanto como cualquier otro.

Lo peor son la entrada y la salida. Después de varias visitas, el Blas ya se ha aprendido el ritual y ni abre la boca, ni se sienta, hasta que el sargento le autoriza y no se relaja hasta que los guardias salen por la puerta. El sargento, por su parte, interpreta su papel delante de sus subordinados y lo hace verazmente. Habría sido un gran actor, de no haber seguido la carrera militar. Se muestra intimidante y agresivo. Incluso le golpea y le tira sobre la mesa, antes de ordenar a los guardias que salgan de la sala, con una entonación tan perfecta que cualquiera diría que lo que quiere es que se vayan para no tener testigos de sus brutalidades. En cuanto lo hacen y la puerta se cierra detrás de ellos, coge al Blas y le ayuda a sentarse, se disculpa, le quita las esposas y le enciende un cigarrillo.

Lo siento, Blas, pero así funcionan las cosas. A mí el Chusquero ese, como le llamáis, tampoco me cae simpático. No sabes el trabajito que nos dan sus tejemanejes. Pero tampoco podemos dejar que la gente ande por ahí matando vacas impunemente.

Sabe usted que aquí a las vacas no les pasa nada si no se lo merecen. Algo habrán hecho para que les metan la navaja.

Puede ser, pero así no se arreglan las cosas.

Los hechos ya estaban denunciaos. Y que yo sepa no subieron ustedes al valle a hacer averiguaciones. Tendría usted que haber visto el daño que han hecho esos animales. ¿Quién nos paga a nosotros las cosechas perdidas y las faenas desperdiciadas? Si las vacas llegan a ser de cualquier desgraciao del pueblo, anda que hubiesen tardao ustedes mucho en venir a confiscarlas y multar al propietario, que se le habría caído el pelo. Pero como eran del Chusquero ese, pues ahí las han dejao, haciendo lo que les viniera en gana y luego, claro, pasa lo que pasa.

¿Y qué pasa?

Pues lo que tenía que pasar. ¿O es que nos vamos a quedar de brazos cruzaos?

Mira, Blas, cállate la boca que cuanto más hablas más culpable me pareces. Yo lo que quiero que me digas es de quién fue la idea y quién manejó el cuchillo. Muchos no han podido ser. Matar una vaca no es tan fácil.

Y usted que lo diga. Yo, desde luego, no tengo arrestos.

Este dolor de estómago me está matando.

Eso son las preocupaciones, mi sargento. Unas tisanas de zahareñas le vendrían de perlas.

¿Unas tisanas de qué?

Zahareñas, unas hierbas que crecen en el monte.

¿Y eso se vende en la farmacia? Estas pastillas que me han recetado no sirven para nada.

En la farmacia no sé, pero en el colmao de mi hermana las tienen seguro. Y si no las tienen se las buscan. Diga usted que va de mi parte.

Eso van a ser demasiadas confianzas, Garduña, que no estamos aquí para hacernos favores.

Se hace lo que se puede, mi sargento, se hace lo que se puede.

Mi mujer te envía unos pestiños, pero te los tienes que comer todos que esto no puede salir de aquí.

¿Y eso, mi sargento?

Tu hermana estuvo amabilísima y esas hierbas han sido mano de santo.

Ya se lo había dicho yo. Agradézcale a su esposa. Estos pestiños están mejores que los de mi madre.

Luego, cuando se despiden, la comedia se repite pero a la inversa. Vuelve a ponerle las esposas y llama a los guardias. La amabilidad se convierte en acritud y desprecio. Saquen de aquí a este saco de mierda. Quítenlo de mi vista, ahora mismo.

Y el Garduña sale renqueando, como si le doliesen todos los huesos, para añadir credibilidad a unas agresiones de las que no ha sido objeto.

Es verdad que salió medio magullado, pero no era nada para lo que podía haber sido. Antes de dejarlo en libertad sin cargos, el sargento le dio unos cuantos puñetazos que no fueron fingidos porque buscaban dejar marcas y señales. Volvió a casa con un ojo a la funerala, un pómulo hinchado y algunos moratones. La Antonia y la Josefa le recibieron en los Peñoncillos al borde de la desesperación y el desconsuelo. Lo habían pasado mucho peor que él durante estos dos días de cautiverio. La madre andaba desganada y se fatigaba al menor esfuerzo. Debía de ser el nudo de la angustia y los temores que albergaba por su hijo. El Blas las tranquilizó todo lo que pudo, pero no dio demasiados detalles. No era cosa de descubrir la mascarada. Se hizo la víctima durante un par de días, para que todo el mundo creyese que había recibido lo suyo. Los amigos estaban admirados, especialmente aquellos que habían participado en la matanza de las vacas, y a la admiración sumaban el alivio y el agradecimiento. El pobre Garduña había pagado por todos y encima estaba tan contento. Vaya par de huevos. Pero ¿no les has contao nada? ¿No les voy a contar? Se lo he contao todo. ¿Y entonces por qué no han venido a buscarnos? Porque se me olvidó decir los nombres. Eso no era toda la verdad, pero tampoco era mentira. Para las fiestas de San Antón, al año siguiente, ese heroísmo de andar por casa iba a recibir su reconocimiento y su homenaje. El Blas se lo merecía, si no por esto, por tantas otras cosas.

Al poco de esos paripés y esos teatros, las vacas volvieron a bajar de la sierra y la Solana se preparó para la que se avecinaba. Según el Pepico, los televisores pregonaban el anticiclón y daban sol y buen tiempo. Nadie les hizo caso. No tardaron en presentarse el aguacero y la tormenta, con aparato eléctrico y granizo. La lluvia se llevó la sangre del camino y los vaqueros, en cuanto escampó, el ganado que había quedado desperdigado. Esta vez no quedó ni un cencerro suelto en todo el valle.

Pero, así como que no hay mal que por bien no venga, tampoco hay bien que no traiga aparejada una desgracia. La aventura de las vacas se había resuelto satisfactoriamente, pero la Josefa no se recuperaba. Nadie le recordaba ni un resfriado ni una gripe. Nadie le recordaba una queja ni un día de descanso, un solo día en que no hubiese trabajado como una bestia. Si la recordaban sentada es porque la veían trenzando espartos o pelando habas, prensando quesos o amasando. Pero ahora era evidente que la madre estaba agotando sus fuerzas. Aunque no se quejaba nunca, cada día se movía más despacio. Tenía que pararse de repente para recuperar el aire, por mucho que no hubiese caminado más que unos pocos pasos. Incluso se sentaba a descansar, cosa que no había hecho en su vida, y se quedaba dormida en cualquier sitio. No había manera de que comiese más que un pajarillo. Pensaron que era cosa de la edad, aunque no parecía normal que los años se le echasen encima tan de golpe. Un día ya no pudo levantarse de la cama y tuvieron que buscar un coche para bajarla al pueblo. El médico debió de verla tan mal que la mandó al hospital directamente. Allí no pudieron hacer nada. ¿Tantos adelantos y no pueden hacer nada? Es demasiado tarde. Otra cosa sería si lo hubiésemos cogido a tiempo. Una semana después, se había ido. Los Peñoncillos no volvieron a verla. El llanto los inundó desconsolado. Hasta el Blas, en la intimidad de los corrales, fue incapaz de contener las lágrimas. La madre era el aire y la tierra, los pies y las manos. La madre era el calor, la lumbre encendida que nunca se apagaba. La madre era el ánimo y la calma, el techo y el suelo. Y ahora que ya no está la van a echar de menos.

17. Escopeta y perro

> *El cazador, satisfecho de su hazaña, volvió a ocultarse tras la cortina de carrizos, seguro de que se bastaba él solo para acabar con los pájaros del lago. Toda la mañana la pasó disparando, sintiendo cada vez con más intensidad la embriaguez de la pólvora, el placer de la destrucción. Tiraba y tiraba sin fijarse en distancias, saludando con la escopeta a todos los pájaros que pasaban ante su vista, aunque volasen cerca de las nubes. ¡Cristo! ¡Sí que era divertido aquello!*
> VICENTE BLASCO IBÁÑEZ, *Cañas y barro*

Tardaron en superar un duelo largo y doloroso. La muerte de la madre fue difícil de digerir. Su ausencia, complicada de aceptar, y su ayuda, imposible de suplir. Durante estos años, la Josefa había estado allí y era como si no estuviese. Ahora que faltaba, no había manera de no echarla de menos. El Blas y la Antonia estaban solos y parecía que a los Peñoncillos les hubiesen cortado un brazo o una pierna. La vida continuaba y otros asuntos vinieron a revolverla.

Al amanecer es la guerra. El verano se extingue y se abre la veda. Una lluvia de plomo quebranta los sueños y la Solana abre los ojos estremecida. Un estruendo de artillería. Entre brozas y rastrojos, los animalillos tiemblan con el corazón en la boca. Los fines de semana, truena de tal manera que da miedo salir de los cortijos. Las niñas más pequeñas se levantan llorando y corren a la cama de sus padres. La Antonia las acoge como si fuesen polluelos. El Blas, después de algunas carantoñas, sale del lecho refunfuñando. Aquí ya no hay quien viva. Y no está claro si lo que le molestan son los tiros o el amontonamiento de chiquillas sobre sus intimidades. La Antonia está de acuerdo. Hace años que repite la misma cantinela. Aquí no hay quien viva. Quiere mudarse al pueblo.

Ya nadie vive en el valle. Son los últimos que quedan. Las niñas tienen que ir a la escuela y subir y bajar cada día es demasiado trasiego. Hay que ponérselo más fácil. Y ella no tiene a nadie con quién hablar, se va a volver loca entre tantas soledades. Las muertes de la abuela y de la suegra supusieron una privación para la que no estaba preparada. La privación de la palabra. Tampoco es cosa de criar a las niñas sin luz eléctrica ni agua corriente, cagando en el corral como los animales.

Mujer, siempre lo hemos hecho así.

Pues por eso mismo, ya va siendo hora de prosperar un poco. No quiero que mis hijas pasen lo mismo que yo.

A tus hijas no les falta de na.

Pobrecitas mías, pero si se van a quedar ciegas estudiando a la luz de los candiles.

Venga ya, no seas exagerá, que tampoco hay para tanto.

Pues yo aquí no aguanto más. Y encima estos tiroteos, que es cosa de locos, no puede una descansar ni los domingos. Escúchame lo que te digo, cualquier día de estos vamos a tener una desgracia con tanta pistolica.

Pero las disputas no van más allá, atemperadas por la evidencia. No tienen dinero ni modo de conseguirlo. El Blas no encuentra más que unos pocos jornales desperdigados y eso no da ni para pagar las contribuciones. A duras penas les alcanza para vestir a las niñas y cubrir los gastos escolares. En eso la Antonia es inflexible. Sus hijas tienen que ir a la escuela, sea como sea y cueste lo que cueste. Si fuese necesario, se dejaría morir de hambre para costear sus estudios. Afortunadamente, no hace falta. Y hambre no tienen. Los Peñoncillos dan de sobra para alimentarlos a todos. Tienen un techo y una lumbre encendida cuando es necesario. No les faltan un puchero ni un vaso de vino. ¿Qué más pueden desear? El Blas no comprende que los tiempos han cambiado. Rezagado y obtuso, se aferra al pasado. Otra tampoco le queda. Habrá que ver qué pasa, dentro de nada, cuando inesperadamente los progresos y las comodidades se le pongan al alcance de la mano.

Se juntan tantas escopetas y tantos perros que es admirable que no se acierten los unos a los otros. Puede verlos por la ventana mientras pone la cafetera. Van armados hasta los dientes. Erguidos en medio de las viñas, a unos pocos pasos del cortijo, se llevan la culata al hombro y tiran a unas piezas invisibles. Los disparos retumban entre los muros. El café está demasiado caliente y demasiado amargo. El Blas sopla sobre el líquido humeante y añade otra cucharada de azúcar a las tres que ya le había echado. Cada día le pierde más el dulce. Repleta de blanco, se lleva la cuchara a la boca, aprovechando que la Antonia aún no se ha levantado. Enciende un cigarrillo. Se relame. Saborea el humo y el azúcar. Resuenan nuevos escopetazos, como si estuviesen tirando en la cocina.

El Garduña puede escuchar las voces pero no distingue las palabras. La Antonia, enrabietada, ha salido por la puerta. En bata y zapatillas, chilla a los mozos impertérritos. Visten ropas de camuflaje y botas altas. Sus cuerpos, muy tiesos, cruzados de correajes. Llevan munición suficiente para una guerra. La Antonia vocifera y gesticula. Hace ademán incluso de quitarles las armas. Los chicos, que no deben de haber cumplido los dieciocho, y si lo hicieron no se les nota, aguantan el chaparrón estoicamente. Parecen aburridos, hasta que la mujer consigue agarrar uno de los cañones. Esto hace que reaccionen violentamente. Le arrancan el arma de las manos y se ponen gallitos. Ahora son ellos los que hablan sin recato ni respeto. El Blas no puede entender lo que dicen, pero le bastan los gestos para captar el desprecio, la amenaza y la chulería. Deja el café sobre la mesa y se dispone a salir. No llega a hacerlo, la Antonia se da la vuelta y vuelve hacia el cortijo. Los cazadores adolescentes bromean a sus espaldas, se regodean en la burla y el choteo. La Antonia, endemoniada, entra por la puerta.

La madre que los parió. No habrá monte para que tengan que estar pegando tiros al lado de la casa.

No te sulfures, mujer, ya sabes cómo son las cosas.

¿Que no me sulfure? Tú es que no tienes sangre en las venas. ¿No ves que son unos críos?

Sí, me da que son los hijos del Mantecas.

Pues me va a oír.

No va a servir de nada, es más cafre que los niños. ¿Qué te han dicho?

Que esto es coto de caza y que hacen lo que les da la gana. Que, si no nos gusta, que ya nos estamos largando. ¿Has visto cuántas perdices llevaban?

Unas cuantas.

¿Unas cuantas? Si siguen así, no va a quedar ni una. Y vosotras ¿qué estáis mirando? Fuera de ahí que, por hoy, se acabó el espectáculo.

Las niñas, con las narices pegadas a los cristales, se apartan de la ventana donde se habían amontonado. Las más pequeñas con algunos temores, las mayores con otros sentimientos todavía desconcertantes y recién estrenados.

¿Has visto qué guapos?

Parecen soldaos.

Yo creo que me han mirao.

Sí, qué más quisieras.

Hasta entonces la gente había cazado a base de pies, de lazos y de ingenios, y no lo hacía por entretenimiento, sino para hacer el avío y meter algo en el puchero. Casi nadie tenía para una escopeta y el que tenía pocas veces juntaba para cartuchos. No se mataba más que lo que uno pudiese comer, y eso con suerte y gracias. El valle llevaba cazando unos cuantos miles de años y nunca faltó un conejillo o un pájaro perdiz. Ahora la caza se había convertido en un deporte y, entonces, se acabó la caza. Las perdices caían del cielo llenas de agujeros y eran tantos los tiros que discutían quién le había acertado y a quién le correspondía cobrar la pieza.

Cuando se abría la veda, parecía el campo una barraca de feria. Había tantos tiradores que se fueron acabando los trofeos y pronto fue más que evidente que, de seguir así, iban a tener que tirarles a los gorriones o a las gallinas. Los conejos y las perdices desaparecieron como por ensalmo. O estaban todos muertos o muy bien escondidos.

Como ya no quedaba un bicho viviente y no era cosa de tirar las escopetas, que tanto les habían costado, los cazadores se juntaron y decidieron traer ellos mismos la caza para seguir pegando tiros. De este modo, decían contribuir a la conservación de las especies. Compraban cientos de codornices en los criaderos y las soltaban a la puesta de sol para volver al amanecer y aniquilarlas. No sobrevivía ni una. Las que no morían a tiros por la mañana, se las comían los perros y los zorros por la tarde. Y si alguna aguantaba unos días era para vagar sin rumbo por el monte, desorientada y hambrienta. Esos bichos de jaula no sabían buscarse la vida porque lo habían tenido todo. Tan atontadas estaban que se las podía coger con la mano y echarlas a la cazuela. Las niñas atrapaban algunas en la terraza. Las acomodaban en un capacho lleno de trapos para que no tuviesen frío y se esforzaban en meterles por el pico miguitas de pan. Era inútil. Todas morían en el plazo de unas horas.

Deschuponar es un trabajo entretenido y monótono, aunque no demasiado duro. El Blas anda por el Collao echando jornales para los señoritos. Cada mañana sube temprano y gasta algunas horas limpiándoles los pies a los olivos. Los árboles se lo van a agradecer; los señoritos seguramente no. Le dan dos perras por esas labores. Buenas son porque no hay otras. Los fines de semana se queda en los Peñoncillos, no vaya a ser que se tope con algún plomo descarriado.

La primera vez no es más que una presencia, un bulto entre los matorrales, una palpitación agazapada. El Garduña se siente observado y se vuelve a cada rato sin descubrir nada. Mira entre la broza, que está muy crecida, pero no encuentra señales de vida o movimiento. Estos señoritos ya podían arar los olivares, luego dicen que no dan aceitunas. Escucha, no oye nada, y retoma el trabajo con el hacha y las tijeras. Doblado bajo los árboles, va sacando chupones de las bases de los troncos hasta dejarlos desnudos y luego los apila para que los quemen cuando llegue el momento. Durante toda la mañana no le abandona esa sensación de sentirse vigilado, ese presentimiento de ojos en la espalda, por más que allí no haya nadie ni pueda haberlo en algunos kilómetros a la redonda. De vez en cuando, sorprende algunos ruidos entre las malezas. Tal vez algún conejo o algún pájaro, aunque el ruido se le antoja demasiado fuerte para bichos tan pequeños. Un zorro, a estas horas, es imposible. Al mediodía, con el sol en lo alto, vuelve a los Peñoncillos. Se lleva consigo los resquemores y mira a sus espaldas, con la impresión todavía de que lo acechan o lo siguen. Debe de ser cosa mía, porque aquí no hay más alma que mi menda.

A la mañana siguiente, entre las últimas sombras y las primeras luces, el Garduña vuelve al olivar. Acarrea las herramientas y la intriga. Más allá de Hazallanas, en cuanto alcanza los primeros olivos, las sensaciones se vuelven indicios. Descubre trazos entre los matojos, allí por donde él está seguro de no haber pisado antes. Demasiado cubierto de malezas, el suelo no ofrece más indicaciones. No se ven huellas ni cagadas. Gentes por aquí es muy raro que hayan pasado, no siendo fin de semana, que entonces sería cosa de cazadores. Igual han sido los zorros durante la noche. O, tal vez, las monteses, aunque pocas veces se aventuran tan abajo y mucho menos en esta época del año que todavía las sierras están acogedoras. Seguramente le está echando más cuentas de las que se merecen. Así que el Garduña no le da más vueltas y reanuda la tarea allí donde la dejó el día anterior. Ya tiene limpios la mitad de los olivos. En un par de jornadas habrá acabado con todos. Si tuviesen desbrozado el olivar podría quemar las sierpes y rematar la faena. Como buen campesino, sufre al ver los campos en este estado de abandono y de desidia. Le han encargado que limpie los chupones y eso es lo que hace, por más que la tierra esté pidiendo a gritos otras atenciones. Algunos brotes alcanzan el grosor de una culebra y el largo de los maizales. ¿Cuánto hará que no limpian estos árboles? Se aplica con el hacha y se cuida mucho de no dejar tocones. Cualquier otro cortaría por donde fuese, pero él no sabe hacer las cosas más que con cariño. Sin prisa pero sin pausa, va de un árbol a otro. No se quita de encima esa sensación de no estar solo, como si un público invisible le observase entre las malezas. Quizá por eso sea tan cuidadoso y tan fino con las tijeras, que en vez de un podador parece un peluquero. El calor no ha hecho otra cosa que aumentar en toda la mañana. El verano se acaba, pero el otoño se retrasa. A eso de las once, ya le parece buena hora y se sienta debajo de un olivo. Empuña la bota y corta un trozo de queso. Y, en ese momento, mientras el vino le chorrea por la garganta, descubre los ojos que le han estado observando. Al principio, no son más que un brillo que desaparece enseguida entre los jaramagos. Luego, una agitación de ramajes y matojos. Es un bicho mediano, ni muy grande ni muy chico. El Garduña no consigue ponerle nombre e instintivamente busca el hacha con la mirada. Está a su lado, apoyada en el tronco, podría cogerla enseguida en caso de necesidad. Ni él mismo sabe qué es lo que le inquieta, si en el valle no hay animales peligrosos como no sea algún escorpión o alguna víbora. Lo que le perturba es ese sigilo y esa fijeza. Cualquier alimaña, un zorro o un jabalí, hace rato que habría salido huyendo. El Blas sigue con su comida sin hacer movimientos bruscos. No aparta la mirada de esa forma entre los matorrales. Es del color de los cerezos a finales del otoño. Tiene que ser un perro, pero ¿qué coño estará haciendo ahí metido? No es normal. Hace dos días que le acecha y no se ha movido del sitio. El Blas ensaya un silbido. Le contesta una agitación colorada entre las matas amarillas. Un hocico prominente que se asoma con las orejas colgándole a los lados. Al Garduña le conmueven esos ojos suplicantes y asustados. Le arroja un pedazo de pan allí donde pueda alcanzarlo. El perro lo sigue con la mirada pero no se mueve. Le lleva un buen rato decidirse. Hasta que el hambre puede al miedo. Sale de la espesura, agarra el mendrugo y desaparece. El Blas escucha el batir de mandíbulas entre los matorrales. Anda que no te has llevao tú palos. Tienes más miedo que vergüenza.

Vuelve a los troncos y a los chupones. Se esmera con las tijeras de podar y con el hacha. Unos pocos árboles más y será suficiente para acabar mañana. Le acompaña todo el rato esa presencia subrepticia, pero ya no le inquieta porque tiene rostro y no inspira más que lástima. Hacia las dos de la tarde cuenta los árboles que le faltan y decide dar de mano. Camino de los Peñoncillos, una mancha rojiza le sigue en la distancia. Fácilmente la espanta con una piedra. No vaya a tomarse demasiadas confianzas.

¿Tú qué? ¿Es que no tienes casa? Anda y tira para el pueblo que esto es mucho campo para ti.

Desde lejos se ve que no es de aquí. Con esos andares de señorito y esa cara de angustia y desamparo que se le pone a cualquiera cuando lo sacan de su terreno y lo abandonan en un medio desconocido y hostil. El hambre se le transparenta entre las costillas. Tiene el pelo revuelto, sucio, lleno de pinchos, pero aun así se adivina que es un perro de raza, no como los perros de por aquí, que son todos de su padre y de su madre. Dicen que los cachorros de una misma camada pueden tener distintos padres, fruto de distintas cópulas. Este debe de ser el caso más normal en estas montañas, a juzgar por las jaurías que se arremolinan alrededor de las hembras en celo y por lo variopintos que resultan los hermanos.

Es el mismo olivo bajo el que el día anterior le ofreció el pan. Allí lo encuentra tumbado con la mandíbula apoyada sobre las manos. El animal golpea el rabo contra el suelo en cuanto lo ve, pero no le deja acercarse demasiado. Guarda las distancias. Merodea alrededor, aunque ya no se esconde. El andar inconfundible de un perro abandonado. La cabeza más baja que los hombros. La mirada oblicua, mendicante. La cola tímida bamboleándose entre las patas. La vergüenza y el desconcierto de los que han sido rechazados por los suyos y no saben qué esperar de los demás. Mira que eres cagao. ¿De qué tienes miedo? Qué mal lo debes de haber pasao para andar con tantas prevenciones. ¿Es que no tienes dueño? Hazme caso, la vida sin amo es la vida mejor.

Decididamente este bicho no es de aquí. Debe de ser uno de tantos perros que traen a pasear al campo y luego se dejan abandonados, así, como quien no quiere la cosa, como sin darse cuenta. Lo ha visto muchas veces. Se suben al coche, arrancan y allí se queda el perro mirando cómo se alejan, sin comprender nada. Otras veces sale corriendo detrás del vehículo, pero, poco acostumbrado a esos esfuerzos, desiste enseguida y se queda allí sentado, con el desamparo en los ojos y la vergüenza entre las patas.

El Blas no lo duda un instante y enseguida lo bautiza. Le pone Marquesa. Primero porque es una hembra y segundo porque no hay duda de que este animal está acostumbrado a una vida cómoda y regalada y que no ha trabajado en todos los años de su vida, que, por lo demás, no deben de ser muchos.

Cuando quiere darse cuenta la tiene pegada a los talones. El Blas está ultimando los olivos. Al principio no le hace caso y la perra, cada vez más confiada, se sienta a su lado, al alcance de la mano. Hace algunos intentos por apartarla, pero parece que el animal ha perdido el miedo y él no encuentra la firmeza, desarmado como está por esa mirada. Tan pegada la tiene que le estorba incluso al incorporarse y no se separa ni un paso mientras se dirige al siguiente olivo. Así se les va la mañana, uno al lado del otro, sin intercambiar palabra, como si se conociesen de toda la vida. A la hora del almuerzo, comparten la sombra y los mendrugos. El Blas se lo ha pensado tres veces porque sabe que, como le dé de comer, ya no va a haber manera de quitársela de encima. Pero al final se decide y le ofrece un trozo de pan que ella toma de su mano como si tal cosa. El hombre le acaricia la cabeza desconcertado por sus propios enternecimientos. La perra mueve la cola en señal de gratitud. Es como si hubiesen firmado un contrato invisible y, un poco después, camino de los Peñoncillos, el Garduña no hace nada para evitar que la Marquesa marche a su lado. Cualquiera que los viese diría que llevan juntos un montón de años o al menos los suficientes para que sus pasos avancen acompasados. Esta relación va a durar unos pocos meses y terminará abruptamente, como terminan todas las cosas en el valle cuando alguien traspasa ciertos límites.

Amor a primera vista. El enamoramiento es mutuo e instantáneo. Las niñas se quedan encantadas en cuanto la ven y la perra mucho más, comprendiendo enseguida que no le van a faltar mimos ni atenciones. Le dan de comer hasta que se harta. La lavan y la peinan. Y ella se deja hacer, acostumbrada seguramente a estos arrumacos y estos cuidados. Libre de pinchos y de mugre, parece otra. Con el pelo lustroso, es como uno de esos perros de concurso que salen en las revistas. Habría que pelarla. Esos rizos serán muy bonicos, pero se le van a meter espigas hasta por las orejas. La Antonia acoge a la Marquesa con ciertas prevenciones. Hubiese preferido un perro de pueblo de esos que no tienen ni nombre ni apellidos. Ese porte y esas maneras de señorita no la convencen, pero sí la alegría de sus hijas, que están entusiasmadas. Habrá que ver en qué acaba la cosa.

En la montaña todo el mundo tiene que ganarse el jornal. Los perros no son una excepción. Un perro tiene que ser buen cazador, buen pastor o buen guardián. Si no es alguna de estas tres cosas será proscrito, juzgado y condenado. Tendrá un destino fatal. La cadena, el hambre o la soga. Aquí a los perros no se los abandona, todo el mundo sabe que abandonar un perro inútil o dañino no es más que traspasar un problema. Aquí a los perros se los sacrifica. Corresponde a otros determinar cuál es el fin más piadoso.

El Blas y el Paco van de ojeadores. El Huenes no tiene escondites para ellos y conocen mejor que nadie las querencias de los marranos. No hay en el pueblo hombres jóvenes dispuestos para estas faenas. Y si los hubiese difícilmente serían capaces de seguirles los pasos, por más que pasen ya de los cincuenta. Los jóvenes lo que quieren es agarrar la escopeta y liarse a tiros. Son demasiado flojos para subirse el cerro Huenes a pata y por dos duros. El jornal es tan rácano como cualquier otro. Cada año, el Garduña y el Posturas reproducen el mismo diálogo y las mismas objeciones. Cada año los vuelven a olvidar para recaer la temporada siguiente. Pal año que viene ya no vengo. Esto no tiene ni pies ni cabeza. Si quieren jabalíes, que se peguen la pateada como se ha hecho siempre. Y si no les acomoda que aflojen el parné. Que es muy cómodo eso de esperar ahí sentao a que alguien te meta los marranos por la punta de los cañones. Encima luego ni se los comen, que dejan los bichos muertos abandonaos en los barrancos, por no tomarse la molestia de sacarlos.

Empiezan a desaparecer gallinas. Desde que ardieron los trigales no han vuelto a tener noticias del Manolín ni recado de sus trastadas. Que faltan bichos está del todo claro. No hay rastro alguno de su paradero, pero es evidente que cada día quedan menos. ¿No será cosa de tu padre? No creo. ¿Cómo se va a acercar hasta los corrales sin que lo veamos? La Antonia las cuenta cada tarde antes de cerrar las puertas de los corrales. Esa tarea ha correspondido siempre a las niñas. La madre la asume temporalmente para incrementar la vigilancia. De este modo, disipa las últimas dudas que quedaban. ¿Será posible que el zorro se las esté llevando a plena luz del día? Esta perra no sirve para nada. La ojeriza que le tiene a la Marquesa crece día a día. Desde que le robó los salchichones no ha habido reconciliación posible. La Antonia no perdona el desaguisado. La perra no olvida los azotes ni las bofetadas. Se diría que todavía le duelen los hocicos. En cuanto ve aparecer a la mujer se aparta prudentemente. Eso si no le da por gruñir y enseñar los dientes. A la Antonia esta actitud la saca de sus casillas. Será desagradecida. Yo un día a esta perra la mato. Más de una vez la ha perseguido con la escoba y a saber qué habría pasado si la hubiese alcanzado. Las niñas defienden a su perra y se enfrentan a la madre.

Lo que pasa es que no te quiere porque le has pegao.

¿No le voy a pegar? Si no ha dejao ni las cuerdas de los salchichones. A vosotras también os pegaría si hicieseis lo mismo.

Pobrecita, tendría hambre.

No es hambre lo que hace falta para comerse cinco kilos de embutidos. Lo que pasa es que la señora es muy exquisita. ¿O es que no le ponemos de comer todos los días?

Igual no es bastante. Déjala entrar un rato, que hace frío.

Como pase la perra por la puerta sale por la ventana y vosotras, como sigáis tan pesadas, vais a ir detrás de ella. El día que yo me harte se va a enterar esa de lo que es el hambre y de lo que vale un peine.

Hace ya días que el Blas anda escamado y decide aumentar las precauciones. Fue el Pepico Ruano quien le puso sobre aviso. Había encontrado en lo suyo una gallina muerta o, mejor dicho, lo que quedaba de ella, que no era nada de cintura para abajo. Con las tripas al aire, medio devorada, esa no se había muerto ni de un disgusto ni de un síncope. Vio a la Marquesa merodeando por los alrededores, emboscada y acechante. Eso ya era bastante para convertirla en la principal y única sospechosa. Si la hubiese agarrado en ese momento se habría llevado una buena paliza. Pero la perra, en cuanto lo vio, salió zumbando con las urgencias de la culpa. Sin decir nada a nadie, el Blas le busca las vueltas. Acecha sus movimientos, computa sus ausencias. El animal no se separa de él la mayor parte del tiempo, pero a veces desaparece sin dejar señas. Ejerciendo el disimulo, el Garduña aguarda ese momento, que llega a los pocos días. Está terminando los carriles para sembrar las habas cuando la perra, que lleva toda la mañana tumbada entre los caballones, se levanta y se aleja sin despedirse. El Garduña la sigue con la mirada y la ve saltar la reguera y enfilar ladera arriba hacia los cañaverales. Allí la encuentra poco después, junto a la acequia, sobre un colchón de plumas, royendo los restos de sus desmanes. No se toma la molestia ni de pegarle. Sabe que esos hábitos no hay violencia que los enderece ni palo que los corrija. Comprende ahora por qué la habían abandonado. Hay que ver lo que engañan las apariencias. Con esa carita de no haber roto nunca un plato, y es peor que las alimañas. La Antonia todavía no sospecha nada. Mejor será dejar así las cosas hasta encontrar alguna solución, aunque no se le ocurre ninguna más que la evidente. La sola idea le espanta hasta la indisposición y la zozobra. De momento busca un viejo collar que cuelga en los corrales y amarra a la Marquesa debajo de un almendro. Por una vez, la aristocracia encadenada.

Desplegados a lo largo del río, remontan el cerro Huenes entre tajos y pinares. El jaleo es mucho, aunque los hombres no sean tantos. Atruenan cacerolas y cencerros, silbatos y carracas. Los perros, sobreexcitados, corren en todas direcciones husmeando entre ladridos. El Blas se ha llevado a la Marquesa para ver si sirve de alguna ayuda. Ya va siendo hora de que esa perra malcriada demuestre algún talento. Todo el mundo le ha dicho que esa raza es cazadora, ideal para las monterías. Que ese olfato desoye las distancias y esas patas ignoran el cansancio. Al principio, la perra se porta razonablemente. Corre. Husmea. Ladra. Va de unos a otros, revuelve entre el boscaje, desaparece en la espesura. El Garduña la azuza para que no deje un escondrijo sin incordiar. Parece que la perra le entiende y hasta le obedece. Pero, en cuanto la cosa se complica y se pone emocionante, busca protección detrás de su amo y ya no va a haber modo de arrancarla de sus alpargatas. Unas cuantas piaras han salido de sus abrigos y huyen por las barranqueras gruñendo ladera arriba. Los perros más valientes las persiguen ladrando. El Garduña conoce bien los gustos y las aficiones de estas alimañas. No tiene que esmerarse mucho. De un lascazo entre los espinos levanta unas cuantas familias que habían pasado inadvertidas al olfato de los perros. Amplificado por la emoción y el miedo, el griterío de los hombres es cada vez más fuerte. La Marquesa va tan pegada a sus pies que el Blas tiene que apartarla a patadas para que no le trabe los pasos. Los jabalíes huyen por las lomas. Corren con una ligereza y una velocidad insospechadas en unos corpachones que parecen torpes y pesados. Son mucho más ágiles cuesta arriba que cuesta abajo, por eso siempre emprenden la huida hacia las cumbres. Las hembras encabezan la escapada. Las siguen los machos y la prole. No se imaginan lo que les espera. Cómodamente instaladas, a la altura de Fuente Fría, aguardan las escopetas. Se impacientan los gatillos y los cañones. Cuando se acerca el estruendo de fanfarrias, se apagan los cigarrillos y los ojos escudriñan las malezas. Las culatas buscan los hombros y los hombres, las posturas.

El Blas y el Paco se juntan bajo los pinos. Suben todavía un poco más en dirección a la Fuente, pero ya más tranquilos, fumando un cigarrillo. Poco les queda por hacer. La Marquesa sigue entre las piernas de su amo. El Garduña intenta apartarla, pero no hay manera. Coño con la perra. Al final, va a conseguir que nos demos un batacazo. Fuera, bicho. ¿Quieres quitarte de en medio? Pero la perra, acojonada, sigue trabándole los pies y no hay manera de quitársela de encima hasta que retumban los primeros disparos. La perra, entonces, se da media vuelta y huye despavorida ladera abajo. El Posturas se muere de risa.

Joder con la cazadora.

La madre que la parió.

Esa dentro de diez minutos está en los Peñoncillos tumbada a la bartola.

Peor aún. Más vale que las gallinas estén encerradas o no va a quedar ni una.

Anda, que como la pille la Antonia, se va a liar la marimorena. Algo vas a tener que hacer.

¿Tú no necesitas un perro?

Yo un perro sí, pero eso no es un perro, es una desgracia. A esa no la quiero ni regalá.

Se juntan los ojeadores en un roquedo por debajo del refugio forestal. Allí, comiendo, bebiendo y fumando, tienen que esperar a que amaine el tiroteo. Si siguen más arriba se exponen a un balazo. Poco a poco, van enmudeciendo los cañones. Solo algún disparo suelto de vez en cuando rompe el silencio de los bosques.

Anda, que tendrán queja. Mira que les hemos sacao marranos.

Lo menos cuatro o cinco docenas.

Pues yo he contao muchos más.

Me parece que bastantes han tirao para el pico de los Poyos. Yo no sé si los habrán visto pasar.

Es que esas bestias no son tontas. Deseguida huelen gente y salen escopetás.

Esperar, calla un momento. ¿Qué son esas sirenas?

Yo que sé, habrá pasao algún desastre.

No me extraña, si es que no saben ni dónde tiran.

Lo raro es que no se maten algunos. Yo no sé de dónde sale tanta escopeta. Ni en la guerra había tantas.

Es que si las llegamos a tener habría sido todo muy distinto.

¿Y tú qué sabes? Si no habías nacido.

Yo, lo que me contaba mi padre, que estuvo en las trincheras y decía que o no tenían fusiles o no tenían balas. Y que, de haberlos tenido, otro gallo cantaría.

Pues aquí no falta de na.

Yo creo que ya podemos subir. Hace rato que no suena ni un tiro.

No tengas tanta prisa que esos no se conforman. Alguno quedará todavía con el dedo en el gatillo.

Otra vez suenan sirenas. Te digo yo que algo ha pasao.

¿No va a pasar? Si esto parece San Quintín.

Hacía tiempo que el Manolín gastaba escopeta. Cazaba incluso cuando solo lo hacían los ricos y los aprovechados. Él pertenecía a la estirpe de estos últimos y siempre, gracias a sus buenas relaciones con las autoridades, se las apañaba para agenciarse un puesto en las monterías. Ahora no tenía mucho mérito porque cazaba todo el mundo. Los señoritos ya no participaban en esas batidas populares donde cualquiera podía tirarles a los marranos. Paseaban sus escopetas y sus galas de cazadores por cotos más escogidos y más caros, donde costaba una pasta abatir un jabalí y todavía había clases. Al Manolín no le alcanzaban los posibles para seguirlos hasta allí y tuvo que quedarse con la plebe a merced de rifas y loterías. Era intolerable. Entre los poderosos se había conformado dócilmente con los peores lugares. Aceptaba sin rechistar un papel subalterno que de todos modos lo encumbraba por encima de los suyos. Mientras sus vecinos andaban batiendo el monte a base de alpargatas, él esperaba sentado con la escopeta entre las piernas. Pero ahora todo había cambiado. Cualquiera tenía un arma. Le sublevaban los sorteos, esos procedimientos absurdamente igualitarios mediante los cuales cualquier pelagatos, cualquier muerto de hambre, podía hacerse con el mejor puesto, mientras otros, de más mérito como él, tendrían que conformarse con lo que les tocase. Eso era exactamente lo que había sucedido y no quiso avenirse con el resultado. Con la lengua torpe, la única secuela que le dejó la embolia, el viejo reclamaba para sí un trato preferente en nombre de la antigüedad y el abolengo. Quiso hacer valer sus relaciones y sus contactos, pero el mundo había salido corriendo y él se había quedado atrás. Sus protestas no encontraron más respuesta que el choteo de los jóvenes y el desprecio de los viejos, que de sobra conocían el origen de tantas ínfulas. Esa disconformidad le costó la vida. Abandonó el sitio que le había tocado y buscó el abrigo de unas rocas más cerca de la cañada y de las querencias de los marranos. Allí lo alcanzó el escopetazo en mitad de la espalda, justo entre los omóplatos, con una precisión de muerte fulgurante. Le perdieron la ambición y la arrogancia, a las que se sumó la mala suerte, a no ser que allí hubiese algún tirador con buena puntería y aquel disparo no hubiese sido tan accidental como podía parecer, sino que sabía lo que buscaba y lo encontró. A nadie le habría extrañado, que a este Manolín no le faltaban enemigos. Pero ninguno se habría atrevido a tirarle, de no haberse metido él en la línea de fuego.

Tufos de pólvora y bichos muertos. Sangre y adrenalina, testosterona a todo trapo. El suelo alfombrado de cartuchos. El humo y la muerte disipándose poco a poco entre los pinos. Algunos hombres se acercan para contabilizar el pobre resultado de la refriega. La mayoría andan arracimados alrededor del refugio forestal donde están aparcados los vehículos de los cazadores, el coche patrulla y las ambulancias. Nadie parece interesarse demasiado por los marranos muertos. El Blas y el Paco apuran los cigarrillos junto a la ristra de cadáveres alineados al borde del camino. Algunos cuerpos están destrozados por el impacto de diversos proyectiles.

Desde luego, hay que ser inútiles, mira que les hemos sacao marranos de los tajos y no han acertao ni a una docena.

Míralos, si la mitad son jabatos que no tienen ni el año. Tanto gasto de plomo para nada.

Yo no sé pa qué nos hemos dao el alpargatazo.

Pa la próxima vez, habrá que ponérselos en las narices a ver si de ese modo les aciertan.

Ataos de pies y manos.

O disecaos, pa que no se les muevan.

Unos amigos vienen a buscarlos con gesto ensombrecido. Ninguno se anima a desvelar la noticia.

Pero ¿qué os pasa? ¿Es que se os ha comido la lengua el gato?

Es tu padre, Paco.

¿Qué le pasa a mi padre?

Que le han pegao un tiro en toda la espalda.

Que aquella bala estuviese perdida no estaba del todo claro. Que abrigase intenciones, buenas o malas, tampoco. Pero que le acertó en la espalda y le arrancó la vida era indiscutible y palmario. El Manolín había muerto en el acto y eso ya no tenía remedio, por más que se discutiese si había sido un accidente o una venganza. Accidentes de caza había bastantes. Ajustes de cuentas, unos pocos. Entre tantas escopetas y tantos tiros habría sido difícil averiguar de dónde salió aquel disparo. Como nadie lo lamentó, ni mucho ni poco, se cerraron enseguida las investigaciones. El Manolín, además, había abandonado su puesto. ¿A quién se le ocurre? Él solito se metió en la boca del lobo. Es que no se quedó conforme con el sitio que le había tocao. Dijo que por allí no pasaba ni un marrano y se fue a buscarlos más abajo. Pues sí que le ha costao cara la jugada. Estaba claro que a ese hombre le perdían las ganas de tener.

Pues ya le han perdío del to y para siempre.

Ya está allí la guardia civil y un par de ambulancias que han hecho el camino para nada. Heridos no hay. Solo un cadáver que no necesita atenciones ni, al parecer de muchos, las merece. Va a ser necesario esperar al juez para que lo levante. Lo tienen cubierto con una manta, no para protegerlo del frío sino de la curiosidad de los morbosos. Corrillos de hombres especulan a su alrededor para explicar el suceso. La opinión general es que se trata de un suicidio. Lo que ha hecho este hombre no tiene otro nombre. Meterse ahí era cosa de locos. Salir ileso habría sido un milagro. Sí, ¿pero de quién era esa bala? Para qué darle vueltas. Lo mismo da que da lo mismo. Puede haber sido cualquiera y casi que mejor que no se sepa. Se callan las lenguas y se apartan los hombres cuando llegan el Garduña y el Posturas cariacontecidos. ¡Eh! Vosotros, ¿adónde os creéis que vais? No se puede tocar el cuerpo, bufa un guardia civil celoso de su trabajo. Se calma cuando le informan de que son el hijo y el yerno del difunto. Se acerca en un silencio respetuoso pero vigilante. Acuclillado junto al bulto, el Paco levanta la manta justo lo imprescindible. Descubre el rostro de su padre de morros sobre la tierra ensangrentada. ¿Conoce usted a este hombre? Claro, es mi padre. Tendrá usted que acompañarnos para prestar declaración. ¿Y qué quiere usted que declare? Nada, es solo una formalidad. Habrá que redactar un informe. Parece que él mismo se lo ha buscao. Eso parece. No se entiende que un hombre de su experiencia haya cometido tamaña estupidez, es que no se entiende. ¿Qué quiere que le diga? Mi padre hizo muchas cosas que no hay dios que las entienda y, a lo que parece, ya no nos las va a explicar. El Paco vuelve a cubrir el cuerpo y se aparta de la escena. El Garduña lo sigue a pocos pasos. Se sientan sobre unas peñas que sobresalen del suelo y prenden los pitillos. El Blas no pronuncia palabra. El Posturas no más de una docena. Les bastan y les sobran para llegar a un entendimiento.

Anda, que así tenía que morir, despanzurrao como un marrano jabalí.

El cementerio es un lodazal intransitable. Si las lápidas no pesasen tanto, más de una salía navegando, tal es la cantidad de agua que corre entre las sepulturas. En medio del vendaval y el aguacero, el camposanto presenta un aspecto desolador. Jarrones volcados y coronas marchitas por todas partes. El fango tiznándolo todo, las inscripciones, las cruces y las flores. El Blas y el Paco, ayudados por los de la funeraria, cargan con el ataúd hasta el agujero que ya está dispuesto entre las torrenteras. Los operarios lo hacen de mala gana resbalando sobre el barro. Normalmente son los amigos del muerto los que se disputan un hueco debajo del féretro. Pero hoy, aquí, no hay nadie más que el Garduña y el Posturas, y la Antonia y la Paquita que no se han mostrado muy dispuestas a arrimar el hombro. La chiquillería la dejaron en el pueblo a cargo de las mayores. El Manolín era el último abuelo que les quedaba, pero apenas lo conocían y las más pequeñas ni siquiera habían oído hablar de él. ¿Qué necesidad había?

Como sucede tantas veces en estas circunstancias, los hombres se ponen socarrones y las mujeres tienen que reconvenirles.

Desde luego aquí, lo que es sed, estos no pasan.

Ni sed ni ninguna otra cosa.

Ahora que, con esta humedad, deben de estar los pobres reumáticos perdidos.

Si es que a quién se le ocurre poner los muertos en esta barranquera. Cualquier día de estos terminan los huesos en el río.

Pues a mí estos remojos no me convienen.

Tú no te apures que te enterraremos en el secano pa que se críen los garbanzos.

Coño, no seáis macabros. Un poco de respeto.

El cura, bajo el paraguas negro, con mucho sentimiento, ensaya el elogio del finado. De sus palabras se puede colegir que no están enterrando al Manolín, sino a un santo recién canonizado. Buen cristiano, mejor padre y perfecto esposo. Un ejemplo para la comunidad, un dechado de virtudes y una pérdida irreparable. Padre, abrevie, que esto es el diluvio universal. Déjese de florituras que aquí estamos en familia y todos nos conocemos. Los sepultureros, impacientes, miran el fondo de la tumba, que se está llenando de agua. Como tarden mucho van a tener que lastrar la caja con piedras para que no flote. A la Antonia se le escapan algunas lágrimas que ni ella misma comprende. Padre no hay más que uno. Mira que haberles tenido que tocar precisamente este. Con la de hombres buenos que hay en el mundo, ¿no les podría haber tocado otro? No está muy segura de lamentar la pérdida. Quizá llora por eso, porque está enterrando a su padre y no encuentra ni los sentimientos ni los pesares. Los hombres van largando las cuerdas hasta que la caja chapotea en el fondo de la tumba. La Antonia se da la vuelta y camina hacia la salida. Sin abrir la boca, la siguen su marido, su hermano y su cuñada, que, en un silencio respetuoso, habían estado aguardando a que ella se resolviese. El cura ultima sus bendiciones más solo que la una.

Es la gota que colma el vaso. El Blas no se lo piensa ni dos veces ni ninguna. Si lo pensase, no lo haría. Lo que le mueve es el instinto antes que la razón o el cálculo. El instinto y las usanzas, y es que esto pasa ya de castaño oscuro y no se puede consentir. Debajo del almendro donde dejó el morral, la Marquesa rebaña lo que resta de su merienda. Agita el rabo, engulle el último bocado y se relame, sin dejar de mirarle con esos ojitos cándidos de quien no quiere la cosa. Con las cosas de comer no se juega. Este bicho no tiene remedio. El Blas se saca la correa de los pantalones. Llama a la perra, que acude solícita, le rodea el cuello con el cinturón y mete el extremo por la hebilla. De un golpe de riñones, la levanta y la sostiene en vilo con un brazo mientras con la otra mano dibuja un lazo doble alrededor de la rama. Luego deja caer al animal por su propio peso. Los nudos se aprietan sobre sí mismos y en torno a la rama del olivo y el cuello de la Marquesa. La perra protesta inútilmente. Hasta este momento, no ha sospechado nada y ahora es demasiado tarde. El Garduña se aleja por el olivar sin volver la mirada. Le siguen los aullidos cada vez más lánguidos. Y el hombre, con la cabeza gacha, aprieta el paso sujetándose los calzones para que no se le caigan. Le tiemblan las piernas y las entrañas. Cualquiera que le viese diría que tiene un apretón o que ha visto un fantasma.

¿Dónde está la señora Marquesa? No la he visto en todo el día. Esa perra finolis no me da buena espina. ¿No será ella la que se está zampando los pollos?

No te preocupes, mujer, que ya no perdemos más gallinas.

¿Y eso?

Pues que a la Marquesa se le han acabao los banquetes y los atracones.

¿Quieres hacerme el favor de dejarte de misterios?

Coño, pues que era ella la que se comía las gallinas, pero que ya no se va a comer más.

¿Qué has hecho con ella?

Colgarla del pescuezo.

¿Tú? Pero si no te atreves ni a matar un conejillo.

Pues esta vez me he atrevido. ¿De qué te ríes? Yo no le veo la gracia. Si no me crees puedes ir a verlo tú misma. Está ahí mismo por debajo de los huertos. ¿O qué te crees que he hecho con la correa?

Con razón llegaste tan descompuesto, que venías más blanco que la pared. Y yo que pensaba que estabas enfermo. Ay, mi hombre, qué cosas tiene. No te hagas mala sangre. Has hecho lo que tenías que hacer. Ahora que, a las niñas, ni una palabra. Les decimos que se ha perdío y ya está, porque como se enteren que la has matao, vamos a tener bronca para rato. Menudas son. A ver cómo se lo explicas. Y mañana mismo, en cuanto se vayan a la escuela, bajamos y la enterramos, no vaya a ser que la encuentren y tengamos un disgusto.

A la luz escasa de la mañana, el Blas, con el gesto torcido, levanta a la Marquesa mientras su mujer suelta la correa de la rama del cerezo. Descuelgan a la perra que está más tiesa que un palo. La lengua le cuelga entre esos dientes que han sido su perdición. Los ojos se le salen de las órbitas. El Blas, entre palideces, se afana con el pico y la pala, mientras la Antonia afloja los nudos para recuperar el cinturón. Es un cinturón de cuero de buena calidad, que le regaló a su marido hace ya unos cuantos cumpleaños, porque estaba harta de verlo con una cuerda de esparto alrededor de la cintura. Era un atraso y una vergüenza. Ya nadie se sujeta los calzones con una guita. Cuando libera la correa, espera un poco a que su marido termine de cavar y, empujándola con el pie, arroja la perra al fondo del hoyo. Es entonces cuando se queda pensando, con la mirada perdida en el agujero.

¿Qué te pasa, mujer? No me digas que ahora te va a dar pena.

Quita, hombre, ¿qué pena me va a dar? Es que me estaba acordando. ¿Tú te acuerdas de ese perro blanco y negro que tuvimos el Paco y yo cuando éramos chicos?

Claro que me acuerdo, el pobre era más feúcho. ¿Qué fue de él? Mucho no os duró.

Pues de eso me estaba acordando. El Paco y yo lo enterramos debajo de un nogal, mi padre le pegó dos tiros delante nuestra.

¿Y eso por qué? ¿Qué había hecho el bicho?

Nada, ¿qué iba a haber hecho? Si era más bueno que el pan.

Entonces, ¿por qué lo mató?

Qué sé yo. Por darse el gusto. Lo único que nos dijo es que le estábamos cogiendo demasiado cariño.

Joder con el viejo, la madre que lo trajo. Perdona, mujer. Se me ha escapao. No quería decir eso.

Pues ya lo has dicho y bien dicho que está.

Mucho no lo habían pensado. Poco, tampoco. Tan seguros estaban de que el viejo no les iba a dejar nada que ni echaron cuentas ni hicieron averiguaciones. Pero allí estaban la casa y las tierras que el padre había juntado a base de trapicheos y de infamias. Empezaron a aparecer acreedores. Peones que habían trabajado para el padre y a los que debía bastantes jornales. No eran unas cantidades muy grandes, pero ni la Antonia ni el Paco podían hacerles frente. Menos mal que todos, sin excepción, estuvieron comprensivos. Sabían que los hijos poco o nada sacaron de su padre y que estaban hechos de otra pasta. Por lo demás, nadie reclamaba nada. ¿Qué iba a ser de todas esas propiedades? El Paco no quería ni hablar de la herencia. La Antonia, más práctica, buscó asesoramiento. Al Manolín le había pillado la bala de improviso. No había dejado arreglados sus asuntos. Todo era de ella y de su hermano. El Posturas no se movía de sus trece. Quédatelo tú. Yo no quiero nada de ese desgraciao. Venga ya, Paco, no seas puntilloso. Pero ¿tú sabes cómo hizo fortuna nuestro querido padre? Pues claro que lo sé. ¿No lo voy a saber? Pero explícame tú a mí qué culpa tuvimos nosotros. Culpa, ninguna. Pues eso, ya que nos amargó la infancia al menos que nos apañe la vejez. Mira que, como no hagamos nada, se lo queda todo el gobierno, y eso sí que no me parece a mí que sea de recibo. El Blas apoyaba a su mujer. Coño, Paco, lo pasao pasao está y ya no tiene remedio. Llevas toda la vida trabajando y no tienes dónde caerte muerto. Te mereces más que de sobra lo que tu padre nunca se mereció. Déjate de remilgos y aprovecha. Hazte cuenta de que es tuyo, te lo has ganao con el sudor de tu frente. Y si no, piensa en tu mujer y en tus hijos, que no tienen culpa de na. La Paquita no intervenía en estas disquisiciones. Dejaba que su marido rumiase la decisión. Hasta que el Paco la consultó una noche, en la soledad de la alcoba, fumando entre sudores y sábanas alborotadas. Tenía la espalda contra la pared y el rostro de su esposa descansaba sobre su pecho. ¿Tú qué opinas, mujer? Hagas lo que hagas me parecerá bien. Ya, ¿pero tú qué harías? Yo haría cuenta de que nos ha tocao la lotería y sacaría a los niños de estas apreturas que no nos merecemos.

No hacen falta cálculos ni discusiones para que los hermanos lleguen a un reparto equitativo. El Paco se queda con la casa del pueblo y con el terreno de los Habices donde había estado el bar. La Antonia, con el resto de los terrenos que están desperdigados. No son muchos, pero de la venta saca una cantidad suficiente para cumplir sus propósitos. Los vende todos muy rápido porque no es ambiciosa y tiene prisa. Entre los dos, saldan las deudas que acumulaba el Manolín. A la vista de tanto dinero, el Blas comprende enseguida que se ha quedado sin argumentos. Sin pérdida de tiempo, su mujer lo lleva a ver una casa vieja en el Barrio Alto. Descuajeringada de arriba abajo, no tiene un aspecto demasiado saludable, pero está en venta y en el pueblo y con eso basta. Además, el precio les conviene. Con lo que sacaron de las tierras del Manolín les alcanza y les sobra para pagarla a tocateja. La Antonia, loca por mudarse, intenta seducirlo con el agua que sale por los grifos, engatusarlo con las bombillas que se prenden en los techos. Pero el Blas no se deja deslumbrar por esos adelantos, ¿qué otra cosa son, sino facturas? Se queja, refunfuña, no ve más que desperfectos por todas partes. Protesta como un niño malcriado, aunque ya vaya intuyendo que al final, como siempre, la madre impondrá su voluntad y su criterio. Paciente y comprensiva, lo intenta la Antonia con otros argumentos. Le muestra los dormitorios. Tres minúsculos, donde alojar a las niñas por edades, de dos en dos, y uno más amplio para ellos, con una ventana tan grande que se ve toda la sierra. Con tanto espacio van a poder estar a solas cuando quieran y la puerta, además, tiene cerrojo y se cierra desde dentro. La Antonia le enseña el mecanismo con una picardía juguetona que, de no haber estado por allí el propietario del inmueble, el Garduña no habría dejado escapar. Poco a poco se van diluyendo las protestas. Nunca han sido tantas como para exceder de lo testimonial. Los dos saben que la Antonia se saldrá con la suya y que solo es cosa de atender al ritual. Queda todavía un problema. ¿Qué voy a hacer con el mulo? Pues qué vas a hacer, meterlo en la cuadra. ¡Ah! ¿Pero es que hay una cuadra? Pues claro, ¿qué te creías? Y es que la mujer lo lleva todo bien cosido y cierra el trato con el dueño en cuanto salen por la puerta. Una semana después, ya están instalados. La primera noche, una vez silenciadas las chiquillas en sus nuevos aposentos, el Garduña se interesa por el funcionamiento del cerrojo. La Antonia, que con el traslado parece veinte años más joven, le enseña cómo funciona esa pieza de hierro desvencijada y algunas otras piezas que también hace tiempo que no se usan. Una vez engrasadas y calibradas, se entrega generosa y espléndida. En el jergón, sobre las losas desnudas, estrenan la habitación como mandan los cánones y exigen los apetitos. Después de todo, la vida en el pueblo igual no va a ser tan mala como el Garduña se había imaginado. La Antonia está exultante y desconocida. Los botones y los corchetes se desabrochan solos.

Mujer, no hagas tanto ruido que nos van a oír las niñas. Pues que nos oigan. Esto hay que celebrarlo.

18. El entierro de la zorra

Menos mal que dejé el alcohol antes de mudarme a Boulder. Este es el primer sitio en el que he vivido donde no encuentras una licorería en cada esquina. Aquí ni siquiera venden alcohol en Safeway, y, por supuesto, nunca los domingos. Hay solo unas pocas licorerías, casi todas en las afueras del pueblo, así que, si eres un pobre borracho con los temblores y está nevando, que Dios se apiade de ti. Las licorerías son pesadillas mastodónticas del tamaño de unos grandes almacenes. Podrías morir de 'delirium tremens' antes de encontrar el pasillo del Jim Bean.
LUCIA BERLIN, *Manual para mujeres de la limpieza*

Gracias a las efusiones de su esposa, el traslado al Hoyo no se le hace tan duro como habría sido de esperar. Cada mañana, saca el mulo de la cuadra y enfila el camino de la Solana rumbo a los Peñoncillos. Cada tarde, al anochecer, reconduce sus pasos hacia el pueblo donde le esperan los pucheros calientes y las calenturas de la Antonia, que está desconocida. Lástima que esos ardores no le vayan a durar más que unas pocas semanas, lo mismo que la novedad y las euforias. Pero, al Blas, esas semanas le sirven para hacerse a la nueva vida y cuando quiere darse cuenta ya está acostumbrado a ese sube y baja y a ese trasiego cotidiano. Un poco más tarda en descubrir el crucifijo que vuelve a bambolearse en el pecho de su mujer.

Un hueco, un agujero, un desagüe. El pueblo es el lugar por el que el río escapa de las montañas para buscar la quietud y las comodidades de las tierras calmas. La vega o el llano por los que el sol se esconde todas las tardes. Es la mecánica del retraso. Llegar siempre tarde sin remedio. Vayas donde vayas. Vengas de donde vengas. Te propongas lo que te propongas. El movimiento general sigue el curso de las aguas. Esta familia también, por más que todo se le adelante. Un plano inclinado. Pendiente abajo, como las torrenteras y las avalanchas. Llegaron al valle cuando todo el mundo se había ido y ahora llegan al pueblo cuando todos lo abandonan. Ellos no lo saben, pero acarrean el lastre de lo añejo.

Le cuesta trabajo aceptarlo pero al final lo hace. Ante los demás y ante sí mismo. Los Peñoncillos, sin las mujeres, se han vuelto enormes e inabarcables. Las tareas se le amontonan, los animales parecen haberse multiplicado. Las bocas no tienen fondo. Las huertas se han ensanchado hasta lo desmedido. Todas las horas de luz las dedica a esas faenas. Pero todas son pocas y no le bastan. El silencio le acompaña, va con él a los sembrados y a los corrales. Convive con el viento en las hojas de los árboles y con el repiqueteo de la leche en los cubos de hojalata. Es ese mismo silencio que se ha pasado la vida buscando y que ahora le altera, ensordecedor y cansino. No hay forma de llenar esas oquedades. La ausencia de la madre es especialmente dolorosa y contundente. La Josefa no le hablaba casi nunca, salvo para pronunciar la última palabra y la definitiva. Pero siempre estaba allí. Trabajaban codo con codo y a su lado todo parecía fácil y posible.

Es así como lo llaman sus habitantes, el Hoyo. Este pueblo está hundido, encajonado, atrincherado entre montañas. Por otro lado, no es fácil salir de aquí, el sueño de casi todos. Este es su hogar y será su tumba, es decir, su hoyo. Aquí uno puede llegar a sentirse encerrado, sepultado, enterrado en vida, acorralado sin remedio. Aquí no hay nada. Un hecho más notorio conforme avanzan los tiempos. Con la ciudad cada vez más cerca, el atraso queda retratado. Conforme se acortan las distancias, el pueblo queda desguarnecido. Van desapareciendo los negocios y los entretenimientos. Para eso está la capital que, ahora, con tanto coche, queda a tiro de piedra o a salto de escupitajo. La proximidad de la civilización profundiza la decrepitud y el abandono. A la primera oportunidad, los jóvenes salen zumbando. Los viejos, para los que ya parece demasiado tarde, quedan atrapados en el Hoyo, rumiando su soledad y su obsolescencia.

La Antonia sube los fines de semana para echarle una mano. Se lleva a las niñas más pequeñas porque las mayores ya no quieren saber nada. Alegan estudios y deberes para librarse de las tareas del campo, que les parecen sucias y mezquinas. Al padre, esos desprecios lo sacan de sus casillas, pero no le alcanzan ni la autoridad ni los argumentos. Papá, si es que el campo es una mierda. Pues será una mierda, pero nos da de comer. Huele mal. Huele a lo que huele. Luego bien que os gustan unos huevos fritos o unas habas con jamón. Eso se compra en el súper y ya está. Claro, hay que joderse, ¿y de dónde sacamos el dinero? Alguien tendrá que trabajar la tierra. Si no, ya me contaréis lo que vais a comprar en la tienda por más pesetas que juntéis. La Antonia, más adelantada, defiende a sus hijas. Déjalas que estudien, que es lo que tienen que hacer. Ya no están los tiempos para marear estiércol o criar gallinas. Puede ser. Pero digo yo que la gente tendrá que comer algo.

Van cayendo las hojas de los árboles y de los calendarios. El otoño se hace fuerte y se afianza. El vino se acaba. Menos mal que las viñas lo están llamando y vienen cargadas como mulas.

La distancia no justifica el ostracismo. Todos los pueblos que rodean la capital se han convertido en su cinturón y crecen como la espuma, a su imagen y semejanza. A la misma distancia, pero agazapado entre los riscos, el Hoyo pasa inadvertido. Que la exclusión sea forzada o voluntaria no hay modo de saberlo. Si supone un logro o un atraso, tampoco. El pueblo conserva los aromas y los sonidos, las rutinas y las costumbres, los aires y las maneras. Es un reducto de lo arcaico adosado al atropellamiento. Que las casas se conserven bajas, a la medida de lo humano, se antoja casi un milagro. Hay que reconocer, sin embargo, que parecen a punto del derrumbe. Todavía hay estiércol por las calles, aunque nadie se pelea por él. Tienen que ser los barrenderos los que, refunfuñando, lo recojan de las aceras. Todavía quedan gallinas picoteando entre las basuras y los escombros, huertas floreciendo entre las tapias.

Como no sabían cómo llamarlo, lo llamaron el Barrio. Otro nombre más significativo tal vez no se merecía. Lo levantaron en las últimas laderas del término municipal, de espaldas a las montañas, mirando al llano y a la ciudad, a los que pretendía acercarse y parecerse. Allí no se mataban marranos ni se criaban gallinas. Los mulos quedaron proscritos de las calles. Las acequias enterradas debajo de los enlosados y los hormigones. En vez de huertas, las casas tenían jardines. En vez de aljibes, piscinas. Allí no se plantaban cerezos sino ristras de cipreses como en los cementerios. Los rosales sustituyeron a las vides. En vez de uvas, espinas. Y a los que no les alcanzaba para tanto despilfarro, se metían en un piso bien separado del suelo y de la tierra. Hacia allá encaminaron sus pasos aquellos que no pudieron irse más lejos, por más ganas que tuviesen. Las niñas entre ellos, conforme se vayan casando y busquen la vida y la libertad, bien apartadas de los sembrados.

Cada otoño pisa cuarenta arrobas de vino y, para el otoño siguiente, ya se las ha bebido. Vuelve a pisar, vuelve a trasegar y otra vez están llenas las barricas, que así es como él las llama, aunque no sean otra cosa que bidones de plástico. De no ser por el trabajo que le lleva, aquello parecería el milagro de los panes y los peces. Descontando lo que vende, que no es mucho, y lo que regala, que tampoco, la cuenta sale bastante sencilla. Se bebe al día tres o cuatro litros de vino. Lo cual no es tanto teniendo en cuenta que el agua no la prueba y que desayuna todos los días tres o cuatro vasos llenos hasta el borde, acompañados de otros tantos cigarrillos.

Son las mismas viñas que plantó con el abuelo hace ya más de cincuenta años. La edad se les nota en el grosor de los troncos, nudosos y retorcidos. Los sarmientos, del calibre de un pulgar, están cargados de racimos. El Blas se frota las manos. No recuerda haber visto las vides con tanta uva. Desde que recortó los pámpanos, mediado el verano, para que el sol llegase hasta los frutos, anda haciendo cábalas sobre pesos y medidas. Si la cosecha no se pierde y el tiempo lo permite, no le va a caber tanto vino en el lagar. Cada día pasea entre las matas, agachándose de vez en cuando para descubrir los racimos. El verano se comportó. El otoño sigue seco. Un par de semanas más y habrá llegado el momento. Más vale no descuidarse. En estas altitudes, la maduración es brusca y repentina. Se lleva algunas uvas a la boca para comprobar su dulzura y decide aguantar un poco más. No aparta los ojos del cielo. Una tormenta ahora sería desastrosa. Si el sol sigue pegando de este modo, la fruta tendrá azúcar más que de sobra. Necesita el azúcar para que se convierta en alcohol. De eso depende que el mosto se conserve o que se eche a perder con los primeros calores. Hace días que no se habla de otra cosa. La mayoría de los vecinos ya ha vendimiado con dispares resultados. Pero el Garduña se resiste, como un jugador que mantiene la apuesta para mejorar las ganancias. Te la estás jugando. Yo que tú recogía mañana mismo. Mira que otra cosecha como esta no la vas a volver a ver en todos los años de tu vida. Pero ¿no veis que todavía le falta? Esas uvas no están maduras. Si las cojo ahora voy a tener que echar azúcar y luego me da dolor de cabeza. Puede ser, pero como tardes mucho te vas a quedar sin nada. Hazme caso. No seas cabezota, que más vale pájaro en mano que ciento volando.

Todos los años se repite esta canción. Todos los años el Garduña se la juega. Y es que sus viñas son las más altas del valle y siempre vienen con retraso. La cosa tiene su emoción. No pocas veces le ha sorprendido una helada, una ventisca o un nevazo. La vida en las montañas presenta estos riesgos y estas incertidumbres. Blas está acostumbrado y desafía al cielo con la mirada. Por si acaso, lo tiene todo listo para ponerse manos a la obra al menor signo de cambio meteorológico. Incluso ha comprado un par de bidones de doscientos litros, en previsión de que vengan bien dadas y no le quepa todo. El que no arriesga, no gana. Lo malo es que aquí, de un día para otro, se te cae el cielo encima.

Se levanta y mira al cielo. Se acuesta y escruta las estrellas. La luna no tiene cerco, se recorta limpia sobre el firmamento. Esta noche podrá dormir tranquilo. Durante el día vigila el rumbo de las nubes y sus circunvoluciones. Mala cosa, si aparecen por el poniente. Algunas juguetean con las cumbres y le ponen de los nervios. Otea las laderas y las lomas donde pasta el ganado. No hay vacas a la vista ni en el Cerrajón ni en el cerro del Sanatorio. Mala cosa, también, como suenen los cencerros. La más mínima brisa y levanta las orejas. Inspecciona las viñas cada día, por la mañana y por la tarde. Las uvas están tan gordas que parecen ciruelas. Algunos racimos pesan tanto que han tronchado los sarmientos. Cuando llegue el momento, habrá que ser cuidadoso con las tijeras. Unos pocos días más y nos va a salir el vino por las orejas. Pero, hombre de dios, ¿a qué estás esperando? Mira que la avaricia rompe el saco. Anda, que como se te vaya esa cosecha, va a ser para matarte. Aquí, de un día para otro, se te pone a nevar y es como en el polo norte. Venga ya, no seas agorero.

Avisao estás, marido. Como te quedes sin vino, te va a aguantar tu madre que en paz descanse. La Antonia le concede unos pocos días. Pero viendo que su hombre no se determina decide poner los puntos sobre las íes y tomar la iniciativa. Se acabó. Ya estoy harta de estos sinvivires. Mañana mismo matamos un borrego y pasao estamos vendimiando. Yo me encargo de darles de comer a todos. Encárgate tú de que trabajen. El Garduña obedece sin rechistar. El tiempo está refrescando. Las molestias en el tobillo, cada vez mas acuciantes, aconsejan premura y resolución. Convoca a las gentes y ultima los preparativos. Ya va siendo hora de rellenar las barricas. Nunca le ha faltado el alcohol y no tiene ninguna gana de experimentar esa carencia. El vino mosto del año anterior le baja por la garganta con las uñas fuera. Está tan fuerte que lo bebe rebajado con gaseosa. Un cóctel que él cree de su invención y que denomina caracolas. Ofrece a todo el mundo sin advertir del peligro. La combinación es traicionera. Entra con suavidad y va directa al cerebro. Al Blas no le gustan los vasos vacíos. Por eso los rellena en cuanto están por la mitad. Nadie tiene manera de saber cuántos lleva hasta que ya es demasiado tarde y no habría modo de contarlos.

Una mañana transparente y helada, demasiado tal vez para estos menesteres. Armados de tijeras y cuchillos, hombres, mujeres, niños y, sobre todo, niñas se despliegan por la ladera despojando las viñas de sus frutos. Esta vez el Blas no permitió el escaqueo por más que las protestas arreciaron. Las niñas ya no son tan niñas por mucho que la Antonia las siga llamando así. Perdieron los candores y las inocencias, pero conservan intacta la aversión por todo lo que huela a campo o a cultivos. Los racimos se amontonan en las cajas. Las cajas, unas sobre otras. El Blas va revisando las plantas, no vayan a haber pasado uvas desapercibidas. Antes de cargarlas en el mulo, se asegura de que las cajas no estén demasiado llenas para que la fruta no se aplaste. Tres cajas a cada lado. El mulo las acarrea hasta el lagar con toda la desgana del que ni bebe ni vale para fiestas. El Blas, entusiasmado por la perspectiva de las barricas rebosantes, iza las cajas con alegría, aunque la espalda se resiente.

Para la hora de comer, las viñas están limpias y los hombres, borrachos. Algunas botellas vacías han quedado abandonadas entre las plantas. Aún hay muchas cajas desperdigadas y los amigos ayudan al Blas a recogerlas. Al ritmo del mulo, no van a acabar nunca. Son muchas las ganas de comer y más aún las de jarana. Los más valientes se echan la caja al hombro y avanzan tambaleándose entre la hojarasca. Ya no están los cuerpos ni las cabezas para esos alardes. La mayoría coge las cajas entre dos, cada uno de un asa, no vaya a ser que se deslomen. El Posturas, que es de los más osados, tropieza con un sarmiento y cae de morros al suelo. La carcajada es general. Se ríen hasta las uvas desparramadas por la tierra.

¿Estás bien?

Estaría mejor si me echaseis una mano en vez de partiros el culo. Coño con el brebaje. No veas cómo se agarra.

Ten cuidao que es radioactivo.

¿Y eso qué es?

Que te pega un pepinazo de mil demonios.

El mosto del Blas es lo que tiene, arrea que da gusto.

Lo que yo te diga, dos vasos y ves triple.

Y encima es traicionero, no avisa el condenao.

Estas viñas no dieron nunca un caldo ni pasable.

Debe de ser cosa de la tierra.

O de la orientación. Esta loma mira al norte.

Pues a mí me gusta.

Claro, porque son tuyas y estás acostumbrao.

Bien que le pegáis siempre. Nunca os he visto hacerle un feo.

¿Qué le vamos a hacer? A caballo regalao no le mires el diente.

El humo esparce por la ladera aromas de borregos y tomillos. Atraídos por esas fragancias, los hombres se apresuran. La lumbre se levanta no muy lejos de la mesa donde la olla descansa suculenta. Cucharada y paso atrás. Aquí no se gastan platos ni vajillas. Un tenedor y un cacho de pan por todas herramientas. Vasos sí y siempre llenos. Ya se encarga el Garduña de escanciar hasta los topes. Los niños, espabilados, se cuelan entre las piernas y escapan con sus tajadas. Los perros y los gatos, a una distancia prudencial, aguardan los despojos. La olla va quedando vacía. La gente se reúne en torno al fuego. Cae la tarde y promete frío. Aparece un acordeón como quien no quiere la cosa. Este no quiso estropearse las manos con las tijeras, pero sí que se arrima con gusto al calor de la bulla y el jolgorio. Se ensayan algunos giros y algunos pasos. En el lagar, las cajas se amontonan hasta el techo. El Garduña no anda menos repleto que la bodega, que no le caben en el cuerpo ni más vinos ni más euforias. Esto hay que celebrarlo. Brinda una y otra vez por la generosidad de la tierra. Venga, cabrones, que esta noche nos vamos al Purche. La cosecha ha sido buena, pero igual lo hubiese celebrado de no haberlo sido. Quizá sea por eso que se agarra al culo de su esposa y no lo suelta. Aunque también agarra otros culos con los cambios de pareja. O no sabe que esas carnes no le corresponden o acaso no le importa o no quiere saberlo o incluso lo prefiere. Con la cogorza que lleva, todo podría ser. A la Antonia esos detalles no se le escapan, levanta el campamento a la primera oportunidad y despide a la concurrencia sin contemplaciones. Venga, se acabó lo que se daba. Cada mochuelo a su olivo, que mañana hay que hacer el vino y es mucha la faena. La olla no hará falta fregarla, quedó impoluta a base de migas y de hogazas. La luna despunta sobre las crestas, pero no viene tan limpia. Trae consigo un halo premonitorio que anuncia lluvias y borrascas. Al Blas ya no le alteran estos presagios o, mejor dicho, no le alterarían de darse cuenta. No lo hace, nublado como tiene el entendimiento. La cosecha se apila a buen recaudo bajo las cubiertas del lagar. Pero eso no quiere decir que aún no sea posible algún desastre. Debajo de las sábanas, busca el cuerpo de su esposa, pero esta, enfurruñada, no le ofrece más que la espalda a modo de buenas noches.

El lagar es una construcción sencilla, que el Garduña y el Posturas levantaron junto a los corrales hace ya algunos años. Joder, estamos hechos unos paletas de primera. No son más que cuatro paredes de bloques con una puerta de chapa, pero ellos se quedaron encantados. Aunque no hace falta ser muy observador para sacarle algunas pegas. El espacio es claramente insuficiente. Apenas caben las barricas y las damajuanas. A la prensa no le queda más que un hueco en un rincón. La picadora manual se quedó en la calle, porque no hay forma de meterla. A ninguno de los dos se le ocurrió poner ventanas. Luz eléctrica no hay. Tienen que trabajar con la claridad roñosa que entra por la puerta. Tampoco pensaron en algún sistema de ventilación, por lo que el aire, cuando el mosto fermenta, resulta irrespirable. Pero estos inconvenientes importan poco si los racimos se apiñan hasta el techo y las uvas están dulces como la miel.

La primavera y el verano debieron de ser propicios. Las zorras, a grito pelado, pregonaron sus ganas a los cuatro vientos. Tanta desesperación debió de encontrar respuesta, para gozo de los machos y desesperación de los campesinos. Quedaron todas satisfechas y preñadas.

Al otoño siguiente, el valle estaba plagado. Se los podía ver por todas partes, incluso a plena luz del día. Iban en grupos de tres o cuatro, cosa nada habitual en estos animales, salvo que se tratase, como se trataba, de una madre con su camada. Ella era la más grande y la más lustrosa. La seguían dos o tres zorrillos, flacos y desgarbados como adolescentes. Las zorras se las veían y se las deseaban para dar de comer a tanta progenie e impartir sus enseñanzas. Un curso acelerado de acoso y derribo. Aquello fue una carnicería y una masacre. ¿De dónde salía tanto zorro? Hay años así, que no se sabe cómo, pero uno se los puede encontrar hasta en la sopa.

Basta el mínimo descuido y puedes estar seguro de que lo aprovecharán. Una puerta abierta. Un hueco en una alambrada. Una gallina suelta por donde no debe. Una tela metálica demasiado blanda o demasiado baja. Hay que enterrar las vallas medio metro y llenar la zanja de piedras para que no se cuelen por debajo, contar los animales al echar las trancas. Si alguno queda fuera, a pasar la noche al raso, ya te puedes despedir.

Al día siguiente no se juntan tantos. Con el espacio tan limitado no harían otra cosa que estorbarse. Tal como presagió la luna, a la mañana es el diluvio. No llueve, jarrea. La lluvia repiquetea contra los bidones vacíos y las uralitas. Hubo que sacarlos a la calle para meter las cajas repletas de uvas. El lagar está tan lleno que casi no se puede entrar, y a duras penas llegar hasta la prensa. El Pepico, el Paco y el Blas, los tres que se han juntado y que se juntan siempre para este cometido, estudian la situación y evalúan las posibilidades del cubículo. Aquí no hay quien trabaje. Como no pare de llover, esto va a ser imposible. Tampoco es cosa de sacar las uvas a la calle. Pues anda que darle a la picadora con la que está cayendo. Eso ni hablar, que se me agua el vino. ¿Y qué hacemos? Yo qué sé. Algo habrá que inventar. Parar no para, eso te lo digo yo. Menos mal que la Antonia te metió en cintura, que si no estabas hoy tirándote de las barbas. Como no se les ocurre otra cosa, extienden una lona cubriendo la entrada y afianzan el chiringuito con palos y cuerdas. Allí instalan la picadora y van sacando las cajas. Hace años que no pisan la uva con los pies. Ahora usan este cacharro manual, una antigualla de museo, que es más rápido y más eficiente. Aunque, eso sí, hay que pasarse el día dándole a la manivela. Los hombres se turnan en esa tarea, que es la más pesada y onerosa. De vez en cuando, con el palo de una escoba, tienen que ir sacando el agua que se embolsa en la lona para que el tenderete no se les venga encima. Con la entrada cubierta y el cielo cada vez más negro, el candil se vuelve imprescindible dentro de la bodega. Poco a poco, las cajas se vacían y los bidones se llenan. Aquellas se apilan bajo la lluvia y estos vuelven a ocupar su sitio bajo las cubiertas. La mayoría quedan llenos, pero no todos. Al Blas no le salen las cuentas. La cosecha ha sido buena, pero no tanto como había calculado. Prensan y farfollan los últimos hollejos. A partir de ahora ya no les queda nada que hacer, todo dependerá de la química y de la naturaleza. Tapan los bidones y hacen números. Ahí habrá unas cuarenta arrobas de vino. Coño, pues tampoco es para tanto. El año pasao no salió mucho menos. Prometía otra cosa, viendo cómo estaban las viñas que iban a reventar. No lo entiendo. Esto no tiene ni pies ni cabeza. Pues de donde no hay ya no se puede sacar. Dentro de nada, en cuanto llegue el tiempo de la poda, se acabarán las elucubraciones. Las cuentas no estaban mal hechas. Lo que se hizo mal fue la vendimia.

La paciencia que le sobró para dejar madurar las uvas no le alcanza ahora para consentir que fermenten. El caldo borbotea en los toneles como una pócima embrujada. No han pasado todavía ni tres semanas desde que vendimiaron y ya se dispone a trasegar el vino con urgencias de abstinente. Este es el momento más delicado del proceso. Tan delicado que algunos hombres todavía se dejan llevar por antiguas supersticiones y no consienten que, durante estos días, las mujeres entren en las bodegas y mucho menos como tengan la regla. Al Blas esas supercherías no le competen. De buena gana invitaría a todas las mujeres del mundo o, al menos, a todas las que cupiesen en un espacio tan reducido. Lo cierto es que allí no entra ni la Antonia, pero no porque no la dejen, sino porque no le da la gana. El olor de la fermentación le resulta insoportable y el vino hace ya tiempo que no lo cata. Deberías ventilar un poco. Cualquier día de estos te va a dar un soponcio. Mira que está el aire emponzoñao. No serías el primero en palmarla del sofoco. Pero al marido esos efluvios no lo descomponen sino todo lo contrario. Esos gases y esos aromas le calientan la sangre y le alimentan, cargados como vienen de promesas y deleites. Ata un palo en la punta de una goma y lo sumerge cuidadosamente en el líquido burbujeante. Luego, chupa por el otro extremo hasta que el mosto le inunda la boca. Lo introduce en una damajuana y espera a que se llene. Una vez llena, tapa el tubo con el dedo gordo, antes de meterlo en el siguiente recipiente, para que no se desperdicie ni una gota. Repite la operación hasta que el bidón queda vacío y las damajuanas llenas. En uno de esos trasvases entre garrafa y garrafa, le puede la impaciencia y se lleva el chorro a la boca sin mayores prevenciones. El vino, a mano armada, le baja por la garganta y le chorrea la barbilla. La manga borra el rastro sonrosado pero no puede con la sonrisa. No es mal caldo el de este año. La espera mereció la pena. Esta vez sí que me llevo el primer premio. Gracias al palo que ató en la punta, los posos quedan en el fondo.

La uva contiene todo lo necesario para convertirse en vino. Las levaduras y los azúcares que fermentan en contacto con el aire y producen calor, anhídrido carbónico y alcohol. El alcohol se denomina técnicamente etanol y es el responsable de que, al tercer o cuarto vaso, las facultades motrices de cualquiera se vean afectadas de forma notoria. La manera en que afecta a los ánimos y a los entendimientos es más variopinta y discutible. La fermentación puede resultar peligrosa cuando no tiene lugar en los toneles sino en los estómagos vacíos.

Todos los años intoxica a algún incauto. Este no puede ser menos y le toca al Juanillo, que tiene la mala suerte de estar sentado con las cabras a la vera del camino, justo en el momento en que el Blas baja con el mulo en dirección al pueblo. Dos botellas de plástico de litro y medio, llenas de mosto recién trasegado, cuelgan de las albardas. Va a ser una coincidencia calamitosa, no solo para el Juanillo, que tendrá que sufrirlo en sus propias carnes, sino para el Saturnino que, sin comerlo ni beberlo, va a pagar también caras las consecuencias. Esta tarde, el Satur tiene que bajar pronto al pueblo, donde lo reclaman unos asuntos urgentes que no vienen al caso. Intentó tentar a las gallinas con unos puñados de grano, pero nada. Como no había forma de encerrarlas, pero sí mucha prisa inaplazable, le pide al Juanillo que le cierre los corrales en cuanto oscurezca. A esas horas, las gallinas se acuestan solas y el chico no tiene más que echar las trancas. Guarda las cabras allí mismo. No le cuesta nada. O, mejor dicho, no le costaría nada si no fuese a toparse con el Garduña.

Esa misma tarde y en ese mismo momento, mientras el Satur se despide del Juanillo en el camino de la Solana, el Blas enfila ese camino y en la misma dirección, solo que un kilómetro más arriba. No te me vayas a olvidar, que están los zorros a la que salta. Y el Saturnino se aleja tan contento, sin imaginar la que se avecina. El Garduña, por su parte, aparca el mulo a la altura de los Habices y sigue la acequia hacia los terrenos del Paco. El Posturas anda a manguerazos con una gallina rubia que tiene encerrada en una jaula.

Pero ¿qué te ha hecho el pobre bicho?

Si es que está chueca la condená. No hay otro modo de bajarle la calentura.

Tú verás. Pero, con este frío, te la cargas. Me bajo pal pueblo. ¿Te vienes? Llevo ahí un par de botellas pa calentar el estómago por el camino.

¿Ya? Pero si hace nada que estábamos vendimiando. Eso todavía debe de estar hirviendo.

Qué va. Está buenísimo. Yo ya lo he catao.

Pues conmigo no cuentes. No quiero que me envenenes como la otra vez.

Si serás pichafría. Te me estás echando a perder. Bueno, ¿te vienes o no te vienes?

Esta noche no, me quedo en el cortijo, así mañana me ahorro la pateada.

Lo que yo te diga, que no vales pa na.

Anda y tira pa abajo. Y ten cuidao con ese vino que es muy pronto pa menearlo. Cualquier día de estos terminas en urgencias.

Qué urgencias ni qué leches. Lo que pasa es que te haces viejo sin remedio.

Una gallina clueca puede ser un regalo o un incordio. Depende de cuándo, según y cómo. Una gallina clueca no pone huevos. Los paisanos no se andan con contemplaciones. Dos o tres días a pan y agua. Duchas frías por la mañana y por la tarde. Tal vez sea un tratamiento un poco radical, pero, según dicen en el valle, parece que funciona.

Un poco después, algunos cientos de metros más abajo, como mandan las buenas costumbres, que todavía no se han perdido del todo, el Blas se detiene a saludar al Juanillo. El Juanillo es de los pocos mozos que quedan en el valle. Una rareza y un prodigio. Tiene vocación de campesino y prefiere la compañía de los bichos a la de las personas. El Garduña le ofrece un cigarrillo y hablan del tiempo y de las cabras. El chico, que quiere ser cabrero, escucha al viejo de buena gana, sabiendo que el Garduña es un maestro en ambas cuestiones. Viene el año muy seco. Aquí no alcanza el pasto para estos animales. Se les nota el hambre en la mirada. Tienes que moverlos más. Estos bichos no pueden estar quietos. Si no andan, se aburren. Y si se aburren, no comen. Ah, y no dejes de hablarles. Cuéntales tus cosas, lo que sea, lo primero que se te ocurra, que la charla es buena para los calostros. Hazme caso, este trabajo es para andarines y para poetas. Y así, como quien no quiere la cosa, tal vez para remojar el gaznate que se le está quedando seco de tanto palique, el Blas descuelga una botella y se la lleva a los labios. Luego, se la tiende al Juanillo y este hace lo propio, sin pensárselo dos veces. El primer trago le sabe amargo como la vida. El segundo, fuerte como el amor. Y a partir del tercero, todos le saben igual, dulces como la muerte e, igual que ella, van a resultar nefastos e irreversibles. La botella pasa de mano en mano. Oscurece. Hace un rato que el sol se perdió por las veguillas. El frío se ensaña, como hace tantas veces en esos momentos que preceden al crepúsculo. El Blas se despide y le deja al chico el paquete de cigarrillos, o lo que queda de él, que ya no puede ser mucho. El Juanillo lo agradece de todos modos. Anda, chaval, vete a encerrar a los animales que esta noche va a caer una pelona de cuidao. El viejo se da la vuelta y el chico intenta levantarse para descubrir que es incapaz de mantener el equilibrio. Las piernas no lo sostienen. El cielo da vueltas sobre su cabeza. Su cabeza da vueltas sobre sí misma. Dos lunas enormes despuntan sobre las crestas. El mosto del Blas ha hecho su trabajo. De rodillas en el suelo, con la botella vacía entre las piernas, el Juanillo echa un último vistazo al camino. Tirando del mulo, el Garduña desaparece por un recodo. Joder con el viejo. Menudo aguante que tiene. Va más derecho que una vela.

Reptando o gateando, a cuatro patas como los animales, los borrachos o los niños, consigue recoger las cabras y meterlas en el aprisco. Que estén todas o no, ya es otra cuestión, porque, lo que es él, no está para contarlas. Ni para eso ni para ninguna otra cosa. Ni él mismo sabe cómo consigue llegar hasta el cortijo. Las fuerzas y el entendimiento no le alcanzan para nada más que no sea tenderse sobre el catre y echarse una manta encima. Este detalle no carece de importancia. Más que una nevera, aquella habitación es un congelador. Menos mal que el alcohol baja el punto de congelación, porque si no aquella noche el chico se habría quedado tieso como un pajarillo. Ahora, que las gallinas del Satur sí que van a pasar frío, tal como se han quedado, con los portones abiertos de par en par. Frío, o tal vez algo peor.

A la mañana siguiente, con el cuerpo descompuesto entre diarreas y vómitos y un clavo traspasándole los sesos de lado a lado, el Juanillo tiene un momento de lucidez y se acuerda de las gallinas cuyo cuidado le habían encomendado. Sujetándose la cabeza con las dos manos, corre a los corrales del Satur que no quedan muy lejos de su cortijo. Abiertas de par en par, las puertas anuncian la catástrofe. No hay gallinas a la vista por ningún sitio. El corral está vacío como si nunca hubiese estado habitado. No hay signos de violencia. Ni sangre, ni plumas, ni resto mortal alguno. Busca las gallinas por todas partes, pero ni hay rastro ni lo va a haber. Casi tres docenas de pura raza que eran una fábrica de huevos y el orgullo de su dueño. Anda que a ver cómo le explico yo esto al Satur, con lo bruto que es, este me mata. La culpa la tiene el jodío del Garduña. Ese viejo tiene más peligro que una caja bombas. La madre que lo parió.

El Blas, por su parte, se acostó como una flor y se levantó como una rosa. Este hombre tiene el estómago de acero inoxidable. Esa aleación con la que se fabrican las cubas modernas donde se fermenta el vino.

Cuando la Antonia se enteró no pudo contener los improperios.
Pero serás animal. ¿Cómo se te ocurre darle eso al chiquillo?
El chiquillo tiene los huevos negros.
Puede ser, pero no las tragaderas que tienen algunos.
Mujer, si fueron solo unos tragos.
Pues ya viste cómo terminó, dos días en cama que se pasó la criatura. Y el Satur, ¿qué dice? ¿No te ha reclamao por las gallinas?
Qué me va a reclamar a mí. Yo no tuve la culpa.
Pues si soy yo, te pongo una demanda.

Las tijeras no consienten más que cinco o seis vástagos por planta. Con dos o tres yemas cada uno de las más escogidas.

Que miren hacia el cielo, como decía el abuelo. Poco a poco, las viñas van quedando desnudas. Poco a poco, se descubre la tierra grisácea y pedregosa. Solo quedan los tocones sin brazos. Muñones atormentados sobresaliendo del suelo. Los sarmientos se amontonan en las lindes. Ya habrá tiempo de quemarlos cuando llegue el momento. Que, al podar, aparezcan algunos racimos olvidados es normal y comprensible. Que sean algunas cajas repletas de uvas fermentadas lo que aparezca entre la hojarasca, ya es otra cosa bien distinta. Algo así nunca le había pasado. Coño, sí que me estoy haciendo viejo. La madre que me parió. Con razón que no me salían las cuentas. Vaya forma de cagarla. Pues no me he dejao quince cajas olvidás.

No me extraña, con la tajada que llevabas, peor podría haber sido.

Viendo el disgusto del marido, la Antonia intenta esconder la risa, pero no debe de conseguirlo del todo a juzgar por la respuesta.

Yo no le veo la gracia. Lo menos hemos perdido cuatro o cinco arrobas.

Míralo por el lado bueno. Eso que les ahorras a los higadillos y a los intestinos. Tienes vino pa dar y regalar.

Fue un otoño fatídico en el valle de la Solana. La desolación se adueñó de los corrales. En total se habían perdido unas doscientas gallinas, setenta pollos y una docena de gallos peleones. El Blas y la Antonia tuvieron suerte. No perdieron más que una gallina castellana que, según la Antonia, no ponía huevos. Esa, por no poner, no pone ni los pies en el suelo. Fue una tarde que el Garduña se dejó los corrales abiertos. Menos mal que cayó en la cuenta cuando no llevaba andados unos doscientos pasos. Tuvo que volver a los Peñoncillos. La noche se le echaba encima. Pero la luz fue suficiente para ver salir a la zorra con la gallina en la boca. Qué hijaputa, anda que ha tardao mucho. Estos bichos están a la que salta.

Un mes después, el Octavio metió el mulo y el arado. Ya iba siendo hora de preparar la tierra para las patatas. Su haza no estaba muy lejos de las del Saturnino y lindaba con los barrancos asilvestrados por donde criaban las zorras. Había llovido unos días antes y la tierra estaba blanda y amigable. El arado la hendía con facilidad. De vez en cuando, el hierro desenterraba un amasijo de plumas sanguinolentas. Hasta que fueron apareciendo todas las gallinas del Satur sin faltar ni una. El Octavio no sabía que sus tierras eran la despensa de los zorros. De haberlo sabido, habría puesto algunas trampas o incluso algunos venenos, por más que estén prohibidos y penados. En ese momento, no supo qué hacer con tanto cadáver. Cuando, a la mañana siguiente, volvió con un par de sacos para recogerlos, no quedaba ni uno. Los zorros habían aprovechado la noche. Alguien debía de tener un cementerio en su finca sin saberlo.

El 17 celebraban San Antón, patrón de los animales. El 18, San Canuto y el 19 enterraban a la zorra. Se mataban marranos y se guisaban en la plaza. El vino corría por las calles, más caudaloso que el mismo río. Se bailaba hasta la extenuación y el agotamiento. Pero eso era antes, claro.

Hacían falta varios hombres para sujetarlo y algunos más para arrastrarlo hasta el cadalso. Pesaba casi trescientos kilos. Lo criaban entre todos por las calles del pueblo. Llevaba al cuello un lazo rojo para que todo el mundo lo reconociese y lo mimase. No había otro cerdo mejor alimentado; pero, como a todos, le llegaba su San Martín. El marrano malcriado chillaba y se resistía. Los gritos se escuchaban hasta en la última calleja. Servían de reclamo. Atraían a la gente morbosa al espectáculo sangriento. Le ataban una soga a la mano izquierda. La soga, muchas veces, no bastaba. El matarife tenía que recurrir al gancho. Una herramienta espeluznante que ponía de punta los pelos de la concurrencia. Se trataba de un garfio con un mango cruzado de madera. La punta afilada como una navaja. Se parecía a los ganchos que usan los estibadores. Solo que la carga a estibar estaba vivita y coleando y chillaba como lo que era, un condenado. El gancho se hundía en el cuello y el matarife, tirando de ese mango, arrastraba al animal de las carnes torturadas. Entre todos lo levantaban y lo tumbaban sobre la mesa de madera. El bicho gritaba desesperado. Los hombres lo sujetaban por donde podían. El cuchillo se abría paso entre las grasas. La sangre brotaba furiosa. Los curiosos y los turistas apartaban la mirada espantados. Más de uno perdía el apetito para todo el día. Pero eso era antes, claro. Ya no se matan marranos en la plaza.

A esos viejos no había quien los acostase. El menor gesto de retirada, la más mínima insinuación de despedida, y se armaba tal tumulto que la orquesta no tenía más remedio que seguir tocando. Como el repertorio no alcanzaba, una vez que llegaban al final volvían a empezar desde el principio y repetían, una y otra vez, las canciones más conocidas con la vana esperanza de que la concurrencia se cansase o se aburriese. Quién sabe cómo sería la cosa en otros pueblos, pero, como se pareciese un poco a lo que pasaba aquí, la vida de esos músicos debía de ser un calvario.
Otras veces, sin embargo, aparecían los acordeones. La gente le daba la espalda a la orquesta contratada y se entregaba a sus arrullos. Los músicos profesionales se alegraban en parte. Podían irse a descansar. Pero que no les cupiese duda, al año que viene no los llamaban. Los acordeones no tenían pausa ni final. Pero eso era antes, claro. Ahora las orquestas cumplen sus horarios y están más preocupadas por levantarle el ánimo a una concurrencia diezmada y envejecida que por apaciguarla y marcharse cuanto antes.

Son los últimos marranos. Al matarife se le van a oxidar los cuchillos. Hace nada mataba más de cien gorrinos por invierno, ahora no llegan ni a media docena. La civilización impone sus reglas. La consejería de Sanidad ya no permite esas tosquedades. En nombre de la salud pública, los cerdos tienen que ser sacrificados en los mataderos. De todos modos, tampoco es que queden muchas ganas de criarlos y menos de darse la trabajera que supone la matanza. Es cosa de locos, teniéndolo todo trinchadito en el supermercado, metido en bandejas y a unos precios que no puede comprender nadie que haya criado un marrano y sepa lo que comen esos bichos. ¿Qué harán para engordarlos? Más vale no pensarlo; porque, si uno lo piensa, deja de comer.

La Paquita y el Paco siempre eran los más bailongos. No tenían rival ni competencia. Ella era siempre la primera en arrancarse y la última en sentarse. Él no perdonaba un pasodoble y terminaba invariablemente taconeando encima de una mesa, con gestos y poses de desplante. Ninguno de los dos se despeinaba ni descomponía la figura, por más que a él se le acumulasen los tragos y a ella los bailables. El Blas era más de frascos que de meneos, aunque tampoco le hacía un feo a un agarrado. Su mujer tenía que controlarlo, porque era de manos largas y piropo en ristre. La Antonia no era tanto de fiestas y se retiraba más temprano, antes de que empezase la debacle. El Garduña estaba pendiente del dictamen del jurado. Cada año presentaba su vino al concurso, con el convencimiento de que esta vez tenía que ganar. Nunca había ganado ni siquiera un tercer premio. Pero, persuadido como estaba de que no había otro mosto como el suyo, no perdía la esperanza. El berrinche que se llevaba era cada invierno más descomunal y todo el mundo lo esperaba como un aliciente más y como si formase parte del programa de fiestas. Todos, menos él, sabían que no iba a ganar, ni ese año ni ninguno. Clamaba y reclamaba, quería impugnar los resultados y que se repitiesen las catas ciegas. Se rasgaba las vestiduras y la gente se moría de risa. Pero, coño, Blas, si ese vino no está ni para guisos. Lo que pasa es que no tenéis ni idea.

Después de tres días de fiesta, procesionaban por el pueblo. El santo era una zorra que llevaban encerrada en una jaula. El bicho enseñaba los dientes y gruñía a todo el que se acercaba. La gente echaba papeles u objetos dentro de la jaula. Todas aquellas cosas de las que querían librarse o que preferían olvidar. En el paso había también un trono y allí portaban a algún vecino elegido para la ocasión. Se trataba cada año de alguien que hubiese tenido alguna desgracia o que estuviese en necesidad. La procesión recorría las calles y, a su paso, las gentes ejercían su altruismo. Donaban garbanzos o salchichones, harinas o legumbres. Y, de este modo, aliviaban las penurias de sus vecinos que estaban en dificultades. Al final, mataban a la zorra y la enterraban con todas aquellas cosas que simbolizaban los deseos o los odios, los males o las injusticias, los desamores o los celos. Pero eso era antes, claro. Esos gestos se perdieron, lo mismo que sus fines y sus sentidos.

Una procesión irreverente. Una comitiva borracha y descarada. El entierro de la zorra. El cierre de las fiestas y el acabamiento. Contra lo que cabría suponer, no son los jóvenes del pueblo los responsables de esta escandalera. A los jóvenes ya no les interesan estas celebraciones vetustas y primitivas. Deben de estar todos encerrados en sótanos estruendosos, cegados a base de luces parpadeantes. En la calle, entre fanfarrias y alharacas, la edad media pasa de los sesenta. Hasta los acordeones peinan canas y las guitarras se ayudan de bastones. A pesar de la edad, llevan tres días de borrachera y todavía tientan las damajuanas. Sobre las andas, en un trono de madera improvisado, portan al Garduña, que este año ha sido el elegido para ese papel honorífico. Tal vez lo eligieron por la hazaña de las vacas o, tal vez, porque perdió a su madre recientemente. O quizá tuvo algo que ver el que beba como un cosaco y que, en cuestión de jaranas, no tenga medida ni final. El caso es que ahí va, borracho como una cuba, agarrándose como puede. El trono está clavado en una plataforma con angarillas. A sus pies una zorra disecada enseña los dientes. Antes la llevaban viva, encerrada en una jaula, pero las autoridades ya no lo permiten. Tampoco se recaudan viandas para ningún necesitado. Los hombres se turnan bajo los brazos para portar a ese cristo que no sangra, pero que si lo hiciese sangraría vino. Cuando lo levantan a hombros, el Blas se tambalea en su sitial debido a la borrachera y a la descoordinación de sus costaleros. Coño, un poco de cuidao, que en una de estas terminamos en el río. Vámonos palante, valientes. Izquierda adelante, derecha atrás. Entre las brumas del alcohol, acierta a sujetar las garrafas de vidrio que comparten sitio con él y con la zorra en este paso. La procesión recorre el pueblo entre la incomprensión y la indiferencia. Ya nadie recuerda sus propósitos ni sus sentidos, por más que se cumplan siglos de festejos. Así se han acabado siempre las fiestas, con un homenaje al jolgorio y a la solidaridad de los vecinos. Cubierto con pieles de animales sanguinolentas y caretas de cerdo, que todavía ayer estaban respirando, el cortejo avanza por las calles al ritmo cansino de las mentes embotadas y los cuerpos exhaustos. La comitiva se detiene a cada paso. La edad no consiente mayores esfuerzos. Es poco lo que puede avanzar con esa carga sobre las espaldas y un grado de alcohol en sangre que le podría costar la cárcel. Menos mal que aquí nadie conduce otra cosa que no sea un mulo y eso, que se sepa, se puede hacer bebido. Todavía no es extraña esa imagen por el pueblo. Una cabalgadura haciendo eses por las calles, con las riendas colgando, y un jinete ebrio que apenas se sostiene sobre los estribos. Muchos no se bajan ni del caballo para tomarse las copas. Aparcan en la puerta del bar y el camarero los atiende sobre las monturas igual que si estuviesen sentados a las mesas. Hasta las tapas se las alcanzan sobre las bestias. Pero el Blas no marcha ahora sobre su mulo sino sobre ese paso que se tambalea. La concurrencia ha ido desapareciendo. Primero las mujeres y luego los hombres. Ya solo quedan los crápulas que se abrazan los unos a los otros, no solo porque se quieren, sino porque no hay otra manera de mantener el equilibrio. Expira el último acordeón. Se secan las damajuanas. Los costaleros intentan levantar el palio. No lo consiguen. El Garduña propone la penúltima y levanta el vaso.

Si seréis maricones. Esta por mi difunta madre. Esa mujer tenía más cojones que todos vosotros juntos.

El entierro de la zorra ya no es un entierro. Disecada como va, no la meten bajo tierra porque cuesta un dineral. La guardan en un trastero hasta el año que viene. Una bola de alcanfor en la boca impide que se la coman las polillas. Terminarán haciéndolo de todos modos. Antes o después.

El Barrio Alto nunca ha estado tan alto. Sus cuestas nunca han sido tan empinadas. Y, para colmo, las paredes se mueven y el suelo tiembla bajo sus pies. El Garduña tiene que agarrarse a las farolas, lo único estable que encuentra camino de su casa. La cama también se bambolea y él se abraza a su mujer para mantener el equilibrio. La Antonia lo aparta de un codazo. A estas alturas, ni siquiera por las fiestas encuentra el amor un hueco en su calendario.

Para San Valentín, las viñas sin podar y sin cavar. ¿Cuándo se ha visto semejante despropósito? Al Blas y al mulo, este invierno, no les alcanzan las fuerzas. Hace todavía un último intento de meter las tijeras, pero es demasiado tarde. La savia brota por los cortes, a borbotones, como sale la sangre por las yugulares. Si sigue, las vides se desangran. No le queda más remedio que dejarlas hasta el año que viene y que sea lo que dios quiera. Habría al menos que remover la tierra y ayudarla con unos cuantos portes de estiércol. Hace ya un par de años que no abona. La ladera lo mira hambrienta, con cara de reproche. Carga el mulo un par de veces y comprende que la tarea está por encima de sus posibilidades. Tal vez alguien podría ayudarle. Desde luego no las hijas ni los yernos, tan atareados como están siempre y con esa aversión por todo lo que huela a campo, que cada vez que vienen poco falta para que les salga un sarpullido. Quizá los nietos, si es que encuentran el tiempo y las ganas. No. Esos valen para coger uvas y tal vez para hacer el vino, pero no los imagina acarreando estiércol y menos con el mulo y el arado. Si al menos hubiese tenido un hijo, pero no estuvo de dios y, de todas formas, ahora estaría trabajando en la construcción, sería peón o ferrallista o alicatador, ganaría un buen dinero, bebería cerveza, ese meao con burbujas que no hay quien se lo trague, y no querría saber nada de las viñas ni de la madre que las parió. Ya lo dice el dicho. Las viñas y el potro, que las cuide otro. Piensa un poco y llega a la conclusión de que los únicos que podrían ayudarlo están tan viejos como él y por más que se juntasen no habría manera. Intenta meter el tractor, pero la disposición de las vides, errática y caprichosa como el carácter del abuelo, dificulta el paso de la máquina y hace imposible la maniobra. El terreno es demasiado inclinado. El tractorista, el único disponible en todo el valle, desiste enseguida ante la imposibilidad de la tarea. Esto no hay manera, Blas, habría que haber puesto las plantas en línea recta. Con tanta maniobra voy a echar aquí la mañana y te va a salir por un pico. Eso si no vuelco y me rompo la cabeza. Al final, recurre a la química, esos potingues que venden para que no crezcan las malas hierbas y esos polvos para dar de comer a las plantas sin necesidad de boñigas. Los llaman guano o polvos de cagarrutas, pero eso no sale del culo de ningún bicho sino de las probetas de los laboratorios y del fondo de las minas. Hace algunos años que los usa, pero, como no confía en esos progresos, sigue esparciendo el estiércol como se ha hecho siempre.

Con la afición que le tiene al vino, es sorprendente lo poco que le gustan los bares. Acude, sin embargo, de vez en vez, cuando baja para el pueblo. Allí se reúnen los hombres a pegar la hebra camino de sus casas antes de que anochezca. La Cantinilla languidece. Esta clientela avejentada no alcanza para sostener el negocio. El Blas aparca el mulo en la puerta y entra para departir un rato. Son las soledades cotidianas las que le empujan hasta la barra. Ni él, ni nadie, tiene que tomarse la molestia de pedir. Manolita, la cantinera, que no es la misma Manolita que atendía hasta hace nada, sino su hija, que se ha hecho cargo del negocio, sabe de sobra lo que bebe cada uno y lo escancia sin preguntas ni pérdidas de tiempo. El Garduña siempre bebe su propio vino mosto que cada año le vende a la cantinera. No lo hace por el dinero, sino para poder tomar algo, porque él no bebe otra cosa que no sea su caldo, convencido como está de que no hay otro igual ni en el valle ni en el mundo. Sostiene, además, que cualquier otra bebida le estropea el estómago y le ataca la cabeza. La Manolita se burla de él. Anda que contigo sí que tengo un buen chollo. Así da gusto hacer negocios. No te creas, que revenderte tu propio vino me sabe un poco mal.

Hoy, como en tantas otras ocasiones, el Blas necesitaría también un niño. Un niño que le lleve de la mano, que vele por él de vuelta a casa, en estas noches turbias de tanto vino y tan poca cabeza. Pero, como ya no quedan niños en el valle y los del Hoyo pueden contarse con los dedos de la mano, esta noche tiene que encomendarse a los cuidados y la orientación de su mulo, que está tan cascado como él, pero al menos no ha bebido. Sin más remedio, confía en el animal, que conoce bien el camino, aunque lo recorre haciendo eses. El problema es encaramarse a las albardas, que nunca le han parecido tan altas ni tan inaccesibles. El animal, además, no se está quieto, y así no hay manera. Debe de ser esta dificultad la que, entre las brumas del alcohol, le alumbra los recuerdos. Aquel fue sin duda su primer trabajo remunerado y el que con más agrado evoca en su memoria.

Todo empezó por casualidad, un día que el Blas, siendo niño, andaba por la Cantinilla en busca de entretenimientos y el Bolo salía por la puerta con tal cogorza que casi se parte la crisma en los últimos escalones. Viendo que el pobre hombre no acertaba ni a ponerse derecho, el Blas se arrimó a ayudarlo y el viejo vio la luz, porque lo que es otra cosa no veía. Lo acompañó hasta su casa a modo de lazarillo y el Bolo, viéndose sano y salvo, transportado hasta su cama sin saber cómo ni por qué, le soltó toda la calderilla que le quedaba en los bolsillos. No era mucho. Pero al niño, que en toda su vida no había visto dinero ni en fotografías, le pareció una fortuna.

Quien hace un cesto hace ciento y el niño, espabilado desde que nació, enseguida vio allí un filón insospechado. Se asomaba por la puerta de la taberna y de un vistazo rápido sopesaba las posibilidades de negocio. No se atrevía a entrar porque lo habrían echado a patadas. Aquella panda de borrachos no era desde luego el mejor ejemplo y Manolita, la cantinera, la misma que agitaba las sábanas bajo los nogales para anunciar la presencia de los civiles, no le dejaba traspasar el umbral, un poco por respeto a la concurrencia y un mucho por temor a que el chiquillo agarrase tan pronto la querencia del alcohol. Era madre y sabía por experiencia que los niños solo hacen lo que ven y aprenden con los ojos antes que con las orejas. Que mil veces les puedes decir que esto no se hace, que tarde o temprano terminarán imitándolo, si lo tienen delante de las narices.

El Blas aprendió enseguida los días buenos y los que no merecía la pena. Los mejores eran, sobre todo, los viernes y los sábados, pero especialmente los primeros de mes, cuando llegaban los jornales y eran muchas las ganas de aliviar el peso de tantas fatigas acumuladas. Valoraba la situación desde la era del Cerrillo. Si había muchos mulos amarrados a la entrada era señal de que habría trabajo. Entonces bajaba hasta la Cantinilla y se apostaba en la puerta. Esperaba pacientemente hasta muy tarde. Cuando salía algún parroquiano bien borracho, se ofrecía para acompañarlo a casa a cambio de algunas monedas. Algunas veces le sujetaba el mulo junto al poyete para que pudiese montarlo. Otras su hombro hacía de bastón y sus ojos de lazarillos.

El chaval, que era muy aplicado, se aseguraba de que los borrachos no olvidasen nada, se hacía cargo de los mulos y los dejaba en las cuadras desensillados y cómodos. La gente confiaba en él y es seguro que en aquellos días evitó más de un desastre. No se marchaba hasta que el borracho traspasase la puerta de su casa y quedase seguro y a buen recaudo. Ya le había pasado alguna vez que alguno se le distrajese en la calle a merced de la intemperie y luego se lo habían reprochado. Así que no se movía de allí hasta que la puerta se cerraba con su cliente dentro y llevaba el mulo a la cuadra, lo liberaba de correas y ataduras y cerraba bien las puertas como si allí no hubiese pasado nada. Luego volvía a la puerta del bar, que no quedaba lejos del pueblo, y esperaba a que saliera el siguiente candidato. De este modo, se hacía con algún dinero y prestaba un servicio impagable a la comunidad.

Manolita, la cantinera, viendo que el chico no hacía mal a nadie, sino todo lo contrario, decidió alentar el negocio e incluso promoverlo. Blas, ven pacá. Llévate al Sardinas para casa que está como una cuba. No le cabe ni una gota. Y déjamelo a buen recaudo, que luego vienen los problemas. Y tú, pórtate bien con el chico. Esta última te la invito yo y le das la propina a este angelito que te va a llevar hasta la cuna.

Algunas veces se juntaban los borrachos y las propinas eran generosas. La Manolita, maliciosa, le guiñaba un ojo.

Como sigamos así, voy a tener que cobrarte comisión.

Culpar a aquellos quehaceres noctámbulos de la inclinación del Blas por la bebida no sería del todo justo. Aunque algo puede que tengan que ver. No parece el trabajo más apropiado para un niño. Lo cierto es que al Garduña, esta noche, no le vendría nada mal un chiquillo como él, que al menos le sujete el mulo. Como no lo hay, tiene que apañárselas solo. Lo consigue después de varios intentos. De medio lado sobre la montura, enciende un cigarrillo y deja que el animal encuentre el camino de regreso. Es una rama de olivo lo que le descabalga. Que la bestia lo haya hecho a propósito no hay modo de saberlo. El caso es que en uno de esos tumbos que va dando de un lado al otro del camino, se salió más de la cuenta y pasó por debajo del árbol. Muchos animales hacen esto para librarse de sus jinetes cuando los sienten desprevenidos.

La cabalgadura vuelve sola a casa y el jinete ebrio, descabalgado, pasa la noche al raso, al borde del camino, allí mismo donde ha caído, encogido y magullado, pero sin perder la sonrisa. La próxima vez que se caiga, no estará ni tan feliz ni tan borracho.

19. El agua no tiene huesos

> *Lo que otros pagan con dinero, nosotros lo pagamos con sudores y con inventos. Bien mirado, más caro lo pagamos que ellos, pues el sudor de uno es la sangre que se hace agua de tanta fatiga.*
> Luis Berenguer, *El mundo de Juan Lobón*

Llegaron los inviernos sin frío y las noches sin estrellas. Las primaveras se volvieron veranos y los veranos, infiernos. De primeros de mayo a últimos de octubre no caía ni una gota de un cielo inmisericorde. Por encima de las acequias, las tierras de secano eran cada día más ásperas y más roñosas. Por más que se escardasen los carriles, ya no había manera de sacar adelante los maizales solo con el agua de las nubes. Hasta los olivos empalidecían, encogidos de tanta sed. Se secaron las primaveras y los otoños, los manantiales y los arroyos. Año tras año, la lluvia se retrasaba y llegaba con los fríos, cuando menos falta hacía.

Nadie guardaba memoria de un invierno tan lluvioso. Algunos ancianos asaban castañas y, vestida de negro, la arrogancia de los niños, que ya no las quería, exigía chuches de puerta en puerta. Las fiestas antiguas pisoteadas por las nuevas. Tradiciones de importación para sustituir a las locales. Las flores lucían frescas sobre las sepulturas. Casi habían acabado de acicalar el cementerio cuando se desató el diluvio. Iba para seis meses que las nubes regateaban a las montañas. Aquella mañana cubrieron el cielo y se resquebrajaron. Jarreó sin descanso durante quince días. Luego, un par de jornadas de respiro, para volver a empezar con furia desatada. No iba a haber tregua hasta San Antón. Poco acostumbrada a esas inclemencias, la vida se detuvo y el valle boqueaba como un pez fuera del agua. La gente esperaba tranquilamente que escampase. Tanta lluvia no era normal y mucho menos en invierno. De haber hecho frío como hacía antes, la nieve habría llegado hasta los tejados. Fue cuando la pascua se echaba encima que, en la Solana anegada, dejó de salir agua por los grifos. Cuanta más caía del cielo, menos corría por las tuberías. Ya no llegaba hasta el depósito, que hacía diez años habían construido junto al cortijo del Lelo, y vieron cómo se vaciaba poco a poco sin poder hacer nada. Los platos se quedaron sin fregar. Hubo que acarrear muchas garrafas. Había agua por todas partes menos en los fregaderos. Las mujeres disponían los barreños debajo del alero para recoger de los tejados la que caía del cielo, aunque la mayoría de las veces bastaba con dejarlos a la intemperie para que se llenasen en unas pocas horas. Como allí ya no vivía nadie, salvo en los meses de verano, el mayor problema era dar de beber a los animales que seguían habitando los corrales, las cuadras y los gallineros. Poco a poco, se fueron impacientando. No podía ser que les saliese el agua por las orejas en vez de por los grifos. Era preciso subir al manantial, cuatro kilómetros río arriba, y revisar las tuberías. Pero a ver quién era el guapo que se atrevía con estas inclemencias. Allí no quería subir nadie, ni siquiera con buen tiempo. Menos ahora, que eran la crecida y la hecatombe.

Hacía menos de treinta años que el agua potable había llegado al pueblo. A principios de los noventa llegó también al valle de la Solana. No fueron instituciones, ni empresas públicas ni privadas las que la trajeron. Fueron los vecinos los que se organizaron para dar de beber a un valle sediento. La aventura se saldó con unos cuantos huesos rotos, un mulo despeñado, un variado inventario de lesiones crónicas de espalda y un montón de quebraderos de cabeza.

Los avances de la ciencia y de la tecnología no le benefician en nada. La ambición de unos cuantos empresarios, tampoco. El río se resiente, convertido en riachuelo. Las centrales eléctricas perfeccionan sus instalaciones. Las presas, las compuertas, las tomas y los canales. Sufren los animales y las plantas. Languidecen las riberas. No se desperdicia ni una gota. Toda la fuerza de las aguas se transforma en luz y en energía. Una energía que sale volando del valle por los cables de alta tensión. Cauces secos en las sierras y más bombillas en las ciudades. Este es el sentido del progreso. Por más que la cuenca entera lo lamente y lo padezca. Como no se conforman con nada, las turbinas exigen agua y más agua. Sus únicas premisas son la búsqueda de la eficiencia, la rentabilidad y el máximo beneficio. Cuando la perfección es tal que las aguas marchan todas por sus canales en vez de por el río, empiezan a pensar la manera de aumentar la producción y el abastecimiento. Parece imposible. De donde no hay, no se puede sacar. Pero, a fuerza de calentarse la mollera, encuentran una manera de aumentar el rendimiento. ¿Adónde va toda ese agua que escapa impunemente por las acequias? Es un desperdicio y un despropósito. Un atraso de moros y campesinos. Esas canalizaciones son un desastre, lo menos tienen quinientos años. Pierden por todos lados. Ofenden a la técnica y al progreso. Total, tanta agua desperdiciada para regar unos pocos huertos miserables. ¿No será mejor que atraviese nuestras máquinas para que la convirtamos en voltios y en amperios, en kilovatios hora para dar de comer a esa civilización hambrienta e insaciable? Con estos argumentos y variadas influencias, consiguen sus propósitos. Se llevan el gato al agua o, tal vez, el agua al gato, habría que decir.

La acequia de los Habices no tiene quinientos años, pasa sobradamente de los mil. Es la más larga y la más alta del valle. A lo largo de su curso tiene que salvar precipicios y balates, barrancos y pedreras. Su figura sinuosa está esculpida en la roca, excavada en la tierra o llevada en volandas por puentes inverosímiles para salvar el vacío. Si uno la recorre, de arriba abajo o de abajo arriba, es imposible que no piense en lo que tuvieron que pasar los árabes para construirla. Conservarla en uso durante un milenio tampoco es que sea moco de pavo. Los hombres que la custodian no tienen tantos años como ella, pero no le van a la zaga. Cada invierno, antes de soltar el agua por primavera, les cuesta más trabajo mantenerla limpia de brozas, sedimentos y malezas. No te digo cuando hay obstrucciones, pérdidas o derrumbamientos. Estos hombres tienen los años contados. La acequia, seguramente, también.

Hacía ya bastantes años que el agua del río no se podía beber. Bajaba contaminada de la estación de esquí, que no se tomaba la molestia de depurar sus aguas residuales. Las vertía al río directamente, sin mayores precauciones. La que bajaba por las acequias, adornada de unas espumas amarillentas algo más que sospechosas, se la daban a las bestias y a los animales, pero las gentes ni la probaban porque la gastroenteritis y la cagalera estaban garantizadas.

Fue por eso, y no por otra cosa, que les autorizaron. Las centrales eléctricas exigían el agua de las acequias durante los meses de invierno y eso hubiese significado dejar al valle sediento, a merced de un cielo caprichoso. Contaron con un permiso del alcalde de turno, que lo otorgó a sabiendas de que esos no eran ni su cometido ni su competencia. Otros intereses estaban en juego, más poderosos y suculentos. Os quitamos el agua de riego y a cambio os autorizamos a traer la potable. Eso sí, no esperéis nada más que la licencia de obras, que está la cosa muy mala y las arcas del ayuntamiento no dan para dispendios. Ellos aceptaron a regañadientes. El agua de las acequias les pertenecía, por antigüedad y por derecho. Pero estaba contaminada y les gustaba la idea de llevar agua potable hasta sus cortijos. Tarde, como todo. Tarde, como siempre. Pero más vale tarde que nunca. Y no faltó quien hiciese cálculos especulativos. Sus terrenos, con agua potable, se revalorizarían, como efectivamente ocurrió, cuando los usos recreativos sustituyesen a los agrícolas. La mayoría se avino fácilmente a dejar que las habas se criasen al albur de los cielos. Solo unos pocos protestaron airadamente, porque todavía las cultivaban y las vendían y algún año que otro, con mucha suerte, hasta se sacaban un dinero.

Fue en el noventa y dos, año de pompas y fastos, cuando construyeron el ingenio. Mientras el país se afanaba organizando juegos olímpicos y exposiciones universales, ellos se consagraron a una tarea más básica y rudimentaria, llevar el agua corriente a sus cortijos que hasta entonces no la habían tenido. O lo hacían ellos o no se hacía. Las cosas son así en las montañas. El que algo quiere, algo le cuesta. Aquí no conviene confiar en ayudas o limosnas. Si lo haces, ya puedes esperar sentado. No iba a ser su obra tan rimbombante, pero al menos tendría efectos prácticos y perdurables. Hasta el día de hoy, calma la sed del valle y trae la sangre que corre por sus venas. Desde entonces, el Blas quedó encargado del mantenimiento. Le dan algún dinero por esos trabajos. Un dinero que no compensa ni las fatigas ni los disgustos, pero tampoco estorba. Cuando el tiempo lo permita, tendrá que ser él quien recorra el río en busca del estropicio. Ya revisó las tuberías hasta la primera central sin encontrar pérdida alguna. Salía agua en Hazallanas. Eso quería decir que la avería estaba bastante alta, cerca del manantial, más allá de las gargantas intransitables. Normalmente sube solo, pero esta vez no se lo consienten, por más que en el valle no haya otras piernas como las suyas. Están las aguas bravas y la sierra fiera. Él ya no tiene veinte años, ni treinta, ni cuarenta, ni cincuenta. Pasa de los sesenta más que de sobra. A falta de otros voluntarios, convence al Posturas para que lo acompañe.

Venga, Paco, si no es más que un paseíto por el río.

Es que no tengo traje de baño.

No te me pongas guasón que está el valle sin agua.

Pues que beban vino que hay de sobra.

Mira que las mujeres se me están poniendo nerviosas.

Que se pongan como quieran. Peor estarán viudas que sin agua.

No me seas exagerao, que tampoco hay para tanto. Hemos hecho ese camino una pila de veces.

Con una habría bastao pa saber que es más malo que un demonio. Yo por esas barranqueras no me meto hasta que no escampe.

Pues claro, hombre. Esperamos que pare unos días y tiramos parriba.

Un año entero les costó completar el artilugio, un año de fatigas, incertidumbres y debates. Hasta los más convencidos tuvieron su momento de debilidad. Anda, que como no funcione el invento sí que la vamos a hacer buena. Tanto trabajo para nada. La cosa no estaba del todo clara. Como no había manera de saltar las crestas del Cerrajón, las tuberías tenían que sortearlas río abajo. Llegaban hasta las Azuelas para volver a subir hacia el barranco del Lelo, donde instalaron el depósito. Ciento veinte metros de desnivel para abajo y unos pocos menos para arriba. ¿Sería capaz el agua de remontar esa subida con la única fuerza de su peso? ¿Aguantarían las tuberías la presión acumulada? Según la teoría de los vasos comunicantes aquello era posible. Se le había ocurrido a un tal Galileo, una tarde que se aburría en su cortijo. Pero a ese señor nadie lo conocía por el valle, como tampoco a sus flamantes conclusiones. Sin haberlo estudiado, ni comprender sus fundamentos, ellos sabían que ese principio funcionaba. Se basaban en él para trasegar el vino con una goma y para piratear el agua de las acequias. Pero una cosa era un tubo de unos metros y otra muy distinta seis kilómetros de cañerías.

El promotor de la idea, de nombre Antonio, se las vio y se las deseó para sacarla adelante. Convencer a los vecinos no fue tarea fácil. El hombre era del valle y de una familia conocida. De todos los primos y hermanos, que eran muchos, fue el único que completó algún estudio. Y no se conformó precisamente con el bachillerato. El Antonio era ingeniero. Pero ni siquiera ese título pudo impedir que lo tomaran por loco el día que presentó sus cálculos y sus pretensiones. ¿Traer el agua desde los Voladeros? Este Antonio está como un cencerro. Hombre, que baje hasta aquí igual podría ser, pero que suba hasta el cortijo del Lelo sería cosa de milagro. Y digo yo, ese manantial, ¿alguien lo ha visto? ¿Trae agua durante el verano? Que se seque un manantial no es una cosa tan rara. Estamos hartos de verlo. Lo mismo se agosta la fuente antes de que consigamos ultimar las conducciones. Pero el Antonio, perseverante, desplegando sus planos y sus dibujos, defendía el proyecto con pasión y ahínco. Podéis creerme, esa fuente no se ha secado nunca. Son aguas subterráneas. Traen el mismo caudal durante todo el año. Además, es la única posibilidad que tenemos. Si alguien cree que el ayuntamiento nos va a dar agua potable algún día, va listo. No tiene la obligación ni las ganas de complicarse la vida. Hacedme caso, no nos queda más remedio que intentarlo o seguir a base de garrafas. La concurrencia se alborotó. Algunos estaban a favor y muchos en contra. Se reunían en el comedor del Molino que esa tarde hacía las veces de sala de juntas. La chimenea estaba encendida, pero el ambiente se caldeó de tal manera que alguien apartó los troncos hacia los lados para apaciguar las llamas. Es una locura. No va a funcionar. Nos han quitao el agua de las acequias durante seis meses. ¿Cómo piensas dar de beber a los animales? Yo creo que tenemos que intentarlo. El valle sin agua está visto pa sentencia.

Una vez superadas las prevenciones sobre las dificultades técnicas, tuvieron que afrontar la no menos peliaguda cuestión de la financiación. El Antonio había hecho sus números. Y la suma de todos los conceptos alcanzaba la inimaginable cantidad de quince millones de pesetas. Lo que yo te diga, este Antonio está como una cabra. ¿De dónde coño cree que vamos a sacar nosotros tanto dinero? Qué lastimica, un hombre tan estudiao y con tan pocos entendimientos.

A ver, escucharme un momento. Somos muchos vecinos. Si lo hacemos entre todos no tocamos a tanto. El que quiera participar que se apunte en este papel y luego ya veremos. El Blas se arrancó el primero y, si hubiese sabido escribir, habría estampado su nombre en la primera línea de la página. Qué coño, el mundo es pa los valientes. Yo estoy con el Antonio. Si él dice que se puede, es que se puede. Y si no se puede, pues al menos lo habremos intentao. Muchos siguieron su ejemplo, aunque no los suficientes como para financiar el proyecto. Fue la concurrencia de los señoritos la que lo hizo posible. Quizá sí confiaban en los títulos o en los conocimientos. La ciencia, para ellos, no era un asunto incierto, improbable y brujeril. Tenían muchas tierras, tanto de secano como de regadío. Unas tierras que cada día valían menos. Tal vez con agua corriente algún día servirían para algo. Más de uno ya estaba oteando el negocio, vislumbraban las construcciones y los hoteles rurales. Las trescientas mil pesetas por barba que tuvieron que poner no eran mucho para ellos. Otra cosa muy distinta fue para los campesinos. Alguno tuvo que empeñar hasta la dentadura postiza.

Hacían falta manos y piernas. El Garduña, ante el espanto de la Antonia, se alistó enseguida en aquella empresa descabellada y desmedida. De fontanería no tenía ni idea pero conocía el terreno como la palma de su mano. Conocía también la ubicación del manantial y era el único, además del Antonio, que había estado allí alguna vez. No tardó en familiarizarse con las herramientas y los materiales. Terminó hecho un as con las llaves grifas y no había manguito, codo o válvula que se le resistiese. Hay que hacer notar que la edad media de aquella cuadrilla rondaba los sesenta años y que hasta los mulos, que participaron en la empresa, estaban más cerca del hoyo que de la cuna. La Antonia, que desde el principio se opuso a esa aventura, y que solo a regañadientes había consentido en invertir sus ahorros en semejante lotería, no paraba de refunfuñar entre una sarta de lamentos.

Os habéis vuelto todos locos. Pero ¿no veis que estáis más viejos que pellejos? ¿Es que no hay mozos en el pueblo?

No les gusta subir montañas. Están todos en la construcción, ganando dinero.

No me extraña, si es que a quién se le ocurre. Hace falta estar tarao. Os estáis metiendo en un berenjenal de aquí te espero. Quiera dios que lo único que tengamos que perder sean los cuartos.

A día de hoy, una obra así solo sería posible con helicópteros y maquinaria pesada. Ellos la hicieron a base de mulos y riñones. No es que les acomodase, es que no les quedaba otra. En la parte baja del río transportaban los materiales a lomos de las bestias. Pero el cauce se escarpaba corriente arriba. Las laderas caían a plomo sobre las aguas, cada vez más verticales y amenazantes. Para ahorrarse trabajos, se empeñaron en meter los animales hasta más allá de lo razonable y lo hubiesen seguido intentando de no ser por el accidente. La mula del Pepico Ruano, desestabilizada por el peso de cien metros de tubería enrollada, perdió pie y se despeñó pendiente abajo. No paró hasta llegar al fondo, de donde ya no iba a haber modo de sacarla. Un día entero les llevó bajar hasta allí para recuperar la tubería y apartar el cadáver de las aguas antes de que las corrompiese. La molestia de enterrarlo no se la tomaron. Bastante trabajo tenían ya. Ese se lo dejaron a las alimañas y a los gusanos, que lo iban a hacer con gustos y premuras. El Pepico se quedó blanco una semana, no solo por la pérdida del animal, sino porque a punto estuvo de verse arrastrado también él. En el último segundo consiguió liberarse de la cuerda que llevaba enrollada en la mano para ayudar al pobre bicho tirando del ronzal. Por unos momentos se vio muerto y enterrado. Lo mismo que el resto de los hombres, embargados por esa desazón que le acomete a cualquiera cuando, al borde de un abismo, contempla algo que cae, ya sea un bicho o una piedra, saltando y rebotando contra las lajas y las peñas. Los debates fueron ásperos, pero al final se impusieron la solidaridad y la cordura. De los fondos que habían aportado los cincuenta valientes que se habían embarcado en el proyecto, se destinó una cantidad suficiente para comprarle un mulo al Pepico que bien que se lo merecía. Las protestas de algunos se las llevó el río. No eran pocos los que pensaban que había sido culpa suya y que a quién se le ocurre meter los mulos por semejantes despeñaderos. Pero eran más los que comprendían que aquellos hombres se estaban dejando la piel y arriesgando el pellejo para traer el agua al valle y que es de bien nacidos ser agradecidos. Decidieron que, a partir de allí, la carga tendrían que llevarla ellos mismos y que más valía andarse con ojo. De ahí en adelante, un traspiés se pagaba con la vida, como había quedado demostrado. Visto que no había fuerza humana capaz de arrastrar tantos metros de polietileno por esas cuestas intransitables, cambiaron de estrategia y atacaron desde arriba. Subían los tubos en Land Rover hasta la central más alta, el único acceso motorizado. Los tiraban al río y los desenrollaban. Luego, los arrastraban cauce abajo, entre siete u ocho hombres, sorteando corrientes, barrancos y caídas. La tarea no era fácil. La tubería se retorcía y se enganchaba. Parecía una serpiente gigantesca que se negase a ser arrastrada. Era difícil avanzar y sortear los pasos más angostos. Los hombres se resbalaban en las piedras del río. Trabajaban chorreando tanto en verano como en invierno. Y en los días del deshielo, en las gargantas más estrechas, tiraban de los tubos con el agua por la cintura. Cuando llegaban al lugar donde se habían quedado el día anterior, conectaban las tuberías y, a base de pico y pala, las enterraban allí donde era posible y, donde no lo era, las amarraban a las rocas con alambres y con clavos. Raro era el día que conseguían avanzar más de cien o doscientos metros. Por este procedimiento salvaron precipicios y barrancos, tajos y pedreras. Y, poco a poco, las gomas fueron reptando hacia el manantial que brotaba de las rocas justo debajo del pico de los Poyos. Cada tarde, cuando daban de mano, tenían que seguir el curso de las aguas para llegar al pueblo derrengados, rumiando sus contradicciones entre las sombras de la noche y las de sus pensamientos. ¿Y si todo esto no sirve para nada? Cuanto más se prolongaban los trabajos, más se acrecentaban las dudas y los resquemores. Cuanto más descomunal se presentaba la tarea, más arreciaban las burlas y las críticas. Os estáis rompiendo los cuernos para nada. Los promotores defendían la viabilidad del proyecto. Los detractores se burlaban de semejante disparate. Ellos perseveraron e insistieron.

Cuando el líquido elemento, borboteando por las tuberías, llegó hasta las Azuelas, a nadie le pareció ningún prodigio. Eso estaba chupado. Todo el camino era para abajo. Lo difícil venía ahora que la cosa se ponía cuesta arriba. El día que alcanzó el collado de Hazallanas, con un caño constante y generoso, se disiparon muchas dudas y algunos temores. Lo mismo ese tal Galileo tenía razón y el agua conseguiría remontar el mismo desnivel que ya había bajado. Pero no fue hasta una mañana lluviosa, gris y desesperanzadora, que se desataron la euforia y la alegría. Una vez instalados los últimos tramos de tubería, abrieron la llave de paso y se subieron al depósito para recibirla. Llegaron mucho antes que ella y se desesperaron. El agua no llegaba. Seguía sin llegar después de unos cuantos cigarrillos. ¿Seguro que habéis calculado bien? ¿No estaremos más altos que el manantial? El Antonio lo midió con un cacharro. ¿Qué cacharro? Un altímetro creo que se llama. ¿Y ese trasto es de fiar? Como se haya equivocao, aquí no sube el agua ni de coña. ¿Estás seguro de que has abierto la llave? Pues claro, delante de tus narices, ¿es que no lo has visto? Se disponían a bajar hacia el Collao para revisar la instalación, cuando lo oyeron claramente. Era un sonido inconfundible. El ruido que hacen las cañerías que además de aire llevan agua. Tuvieron que esperar todavía unos momentos. El ruido era cada vez más fuerte y sonaba como música en sus oídos. Llevaban un año partiéndose el alma para escuchar esa canción. El ruido del agua que salta y corre y juguetea. A cuatro metros del suelo, en lo alto del depósito, la tubería escupió unos cuantos borbotones. Luego, enmudeció unos segundos, antes de que un hilo saltase desde el tubo hasta el fondo del tanque. Los corazones se encogieron. Anda que, como sea esta el agua que llega hasta aquí, estamos apañaos. Pero, poco a poco, el hilo fue engordando. Vomitó unas últimas bocanadas de aire que se le habían atragantado y se convirtió en un caño espléndido y abundante. Caía cantando desde las alturas y se desparramaba sobre el suelo de cemento. Lo habían conseguido. El agua llegó al valle y algunos se iban a quedar con dos palmos de narices. Se abrazaron unos a otros. Nunca en su vida esos hombres se habían abrazado de esa manera. Pero, sobre todo, abrazaron al Antonio, que hizo los cálculos y era el padre de la criatura. Había estado callado todo el rato, con un gesto entre angustiado y perplejo. Cuando vieron la alegría en el rostro del ingeniero, comprendieron que ni siquiera él, a pesar de tantos estudios, lo había visto del todo claro. Y es que una cosa es la teoría y otra la práctica. Y eso lo saben muy bien estos hombres de montaña que tienen que hacerlo todo por sí mismos y con sus propias manos. El Garduña empinó la bota. Esta va por ti, ingeniero, que te lo has currao. Luego, se la pasó al Antonio, que normalmente ni bebía ni fumaba, pero aquel día se explayó. Estaba el hombre exultante. No sabía todavía que llevaba la muerte en el pecho, en forma de tumores malignos, anidándole en los pulmones. Y es que la vida tiene estas cosas. Son muchos los hombres que no llegan a disfrutar nunca de los frutos de sus fatigas. Murió a los pocos meses, antes de que el agua llegase hasta su finca.

Desde que el agua llegó al depósito, la tarea se volvió más sencilla. Había que extender tuberías por todo el valle, lo que no era poca cosa, pero el terreno favorecía el uso de las bestias y no había precipicios, torrenteras, riadas ni barrancos. No solo el terreno era favorable, también los ánimos con los que se acometían los trabajos. Ya no había dudas de que el invento fuese a funcionar. El depósito estaba lleno hasta los topes, bastaba dejarla caer hasta los cortijos. Incluso en algunos sitios pudieron usar maquinaria y ahorrarse la faena de cavar. A lo largo del camino de la Solana, una excavadora abrió una zanja y enterró las tuberías que recorrían el valle de arriba abajo. Ya habían hecho lo más difícil, pero todavía les esperaba un último sobresalto. Y es que hasta el rabo todo es toro y no conviene descuidarse.

Aquel día, el Garduña y el Posturas estaban acabando una arqueta donde morían las cañerías. Cuando tenían todas las piezas bien ajustadas, el Blas se subió hasta los Habices para soltar el agua. Abrió la llave de paso y volvió a bajar. Los gritos se le echaron encima entre las retamas. Salió corriendo hacia la arqueta de donde procedían, sin acertar a imaginar lo que había pasado. Allí no había balates ni peligros. Pero, a juzgar por la escandalera, la cosa parecía bastante grave. Encontró al Paco tumbado entre las válvulas y los contadores. Se agarraba una pierna con las dos manos y chillaba como un marrano. El Blas no entendía nada. Un caño de agua salía por el final de la tubería, con tanta fuerza que no tocaba el suelo hasta varios metros más abajo. El Garduña cerró la llave de paso, que acababan de instalar, y luego se acercó al Posturas. Su amigo se había calmado un poco. Tenía la pierna rota por dos sitios. Los huesos astillados afloraban por la espinilla y atravesaban la pernera ensangrentada.

Coño, esto sí que es una avería. Tú no mires, que da cosa solo de verlo. Pero ¿qué ha pasao? ¿Cómo te has hecho esto?

¿Está rota?

¿Rota? Está hecha pedazos.

Vaya forma de dar ánimos.

Qué quieres que te diga, no te voy a engañar. Pero ¿cómo ha sido? Es que no lo entiendo.

¿Pues no lo estás viendo? En cuanto ha llegao el agua, ha saltao el tope de la goma como un obús y me ha acertao de lleno.

Ya es mala suerte. La madre que me parió. Debía de estar mal puesto. Nunca antes nos había pasado esto. Debe de haber demasiada presión.

Bueno, no le des más vueltas y vete a buscar ayuda que me voy a desangrar.

No seas exagerao, no es más que una pierna rota.

Dices eso porque no es tuya. Ya me gustaría a mí verte con este estropicio.

El tapón que finiquitaba la red era una pieza de latón del tamaño de un puño. Disparado con la fuerza de unas cuantas atmósferas de presión, se había convertido en un arma mortífera. A ellos, esa eventualidad no se les había pasado por la cabeza. Tuvieron que aprenderlo a base de golpes, como se aprende todo por estos parajes.

Ya subían por la loma algunos vecinos. Debían de haber escuchado los alaridos. El Blas se quitó la correa y se la apretó al Paco por encima de la rodilla. Era la misma correa que un día colgó de la rama de un olivo.

Cuatro o cinco hombres se congregaron en torno al herido. Coño, menudo destrozo. ¿Cómo te has hecho eso? Al más joven de los presentes lo mandaron zumbando para el pueblo en busca de ayuda. Tenía cincuenta y ocho años. El resto se quedó cavilando la manera de sacar al Paco hasta la carretera nueva, el sitio más cercano donde podría recogerlo un coche. Subirlo al mulo no parecía difícil, pero el terreno no era bueno para la bestia. Con la pierna colgando y bamboleándose en la montura, el Paco lo iba a pasar fatal. Decidieron cargarlo entre todos como buenamente pudiesen. Con la sierra que usaban para cortar las tuberías, el Garduña cortó unas varas de higuera que crecían allí mismo. No tenía cuerdas ni trapos, así que usó esparto, que había más que de sobra. Cortó el pantalón por debajo de la rodilla y descubrió el desaguisado. Más de uno apartó la mirada. Peor pinta no podía tener, pero al menos la hemorragia se había detenido. Colocó las varas a ambos lados de la tibia destrozada y las sujetó trenzando esparto con una habilidad pasmosa. El Paco soltó un berrido y una sarta de imprecaciones.

La madre que te parió. Pero ¿tú sabes lo que estás haciendo?

¿Yo? Qué coño voy a saber. Pero algo hará. Mejor será esto que llevar el cacho colgando.

Eres más bruto que un arao.

Deja de quejarte y dale un trago a la bota, que falta te va a hacer.

El médico me lo tiene prohibido.

Pues hoy vas a hacer una excepción, por la cuenta que te trae.

También tiene malafollá la cosa.

¿Qué quieres decir?

Coño, que llevamos un año tirando tuberías y me tiene que pasar esto cuando ya no queda na y encima en el sitio más fácil.

Míralo por el lado bueno, si te llega a pasar esto en el río, a ver cómo te sacamos. Mejor que haya sido aquí, en el valle, que estamos más a mano.

Puede ser, pero a mí me parece muy mala pata.

Y tan mala, no lo sabes tú bien.

Justo cuando salieron a la carretera, bajaba un coche con los esquís en el tejado. Eran forasteros, una pareja muy joven que venía de la sierra. El coche se detuvo en el arcén, tal vez por los gestos y los aspavientos, tal vez por la perplejidad que les inspiraba aquella escena, o tal vez porque los viejos se les echaron encima y a punto estuvieron de atropellarlos. La pareja de esquiadores no daba crédito. Cuatro viejos pellejos porteaban a un quinto sujetándolo cada uno de una pierna o de un brazo. Iban todos riendo y pasándose una bota de vino, salvo el que llevaban a cuestas, que no paraba de chillar y maldecir. Me cago en vuestra puta madre. Esta me la vais a pagar bien cara. Ten amigos para esto.

Detrás venía otro, tirando de un mulo. De esta guisa, llegó la comitiva hasta el coche y, sin mediar palabra, el que venía al frente abrió la puerta y metieron al que traían chillando en el asiento trasero.

Pero ¿qué hacen ustedes?

¿Pues no lo estás viendo? Subirnos al coche, este hombre está malherido.

¿Malherido? A mí me parece que está borracho.

Eso también, pero no es grave. Lo malo es la pierna. Está rota por tres sitios.

No me joda. ¿Y ahora qué hacemos?

Pues ¿qué vamos a hacer? Tú tira pal pueblo y ya veremos.

El Blas se había subido junto al Paco y le acercaba a los labios el pitorro de la bota. El chico se agarró al volante y pisó el acelerador como si lo persiguiesen los civiles. La chica llevaba en el rostro la marca de las gafas. El cerco blanco resaltaba los ojos negros. Eran bonitos y, debido a la incredulidad y la estupefacción, se veían seguramente más grandes y redondos. El Blas pensó que la vista de aquellos ojos justificaba el descalabro.

Conduce despacio, chaval. No vaya a ser que ahora rematemos la faena.

Llegaron al pueblo y nadie los esperaba. Tocaron en la puerta del Paco y nadie contestó. El alcohol hacía su efecto, pero no conseguía mitigar del todo los dolores ni acallar los juramentos. Tu puta madre, Garduña, ¿a qué estamos esperando? Los esquiadores no sabían qué hacer. El Blas, tampoco. Tal vez nadie había recibido el aviso.

Eh, chaval. ¿Sabes cómo llegar al hospital?

Claro, he estado alguna vez.

Pues venga, vámonos volando, que el pobre Paco no está para demoras.

Ya lo habían hablado unas cuantas veces. ¿Qué pasaba si alguno tenía un accidente? Desde luego, podían decir cualquier cosa menos que había sido trabajando. Ninguno estaba dado de alta, ni tenía contrato ni nada que se le pareciese. Esas cosas, en el campo, no se estilan. Aquí se siguen los métodos de Juan Palomo, yo me lo guiso y yo me lo como. En caso de que alguien resultase herido o incluso algo peor, en lo que preferían no pensar, tendrían que ser ellos mismos los que arrostrasen las consecuencias. Tampoco era nada del otro mundo, en estas montañas siempre ha sido así. Pero en ese momento, en el coche de los esquiadores, recorriendo las calles de la ciudad, con un chaval imberbe conduciendo a toda mecha y tocando el claxon y una chavala guapísima agitando un pañuelo por la ventanilla, el Blas cayó en la cuenta de la problemática y advirtió al Paco antes de inundarle el gaznate.

No vayas a decir que estábamos de fontaneros.

¿Y eso por qué?

Coño, porque no estamos contrataos.

Ya. ¿Y entonces qué digo?

Nada. No digas nada. Déjamelo a mí que ya se me ocurrirá algo.

El coche enfiló la entrada de urgencias rechinando neumáticos. Salieron enseguida un par de enfermeros que se fijaron en las tablas que traían en el tejado.

¿Un accidente de esquí?

No, una mula resabiá, una coz de campeonato, contestó el Blas saliendo por la portezuela.

Otra cosa no se le ocurrió, así que le echó la culpa al mulo, pobrecito, con lo bueno que era. Los enfermeros sacaron al Paco del coche como buenamente pudieron y lo acomodaron en una silla de ruedas. El Posturas se cagó en su madre con la lengua pastosa de tanto vino. La pareja de esquiadores también se había bajado del coche y estaban allí los dos plantados, sin saber qué hacer. Quiten el vehículo de en medio, que en cualquier momento puede llegar una ambulancia. El Blas se despidió del chico y le dio las gracias. A la chica le estampó dos besos en las mejillas justo por debajo del cerco de las gafas.

Al Paco se lo llevaron por un pasillo y al Blas lo dejaron en una cola para que presentase los papeles en ventanilla. Pero ¿qué papeles? Hombre, la tarjeta de la seguridad social. De eso no tenemos. Pues entonces el dni. Eso tampoco. Alguna documentación llevará encima. Es que no tengo costumbre. Bueno, explíqueselo a esa señorita y dele los datos del herido. La enfermera, o lo que fuese, atendía en recepción con tanta acritud como desgana.

Que no tienen papeles. ¿Ninguno? Pero ¿de dónde salen ustedes? ¿No habrá sido trabajando? Si se trata de un accidente laboral tenemos que dar parte.

No, hombre, no. Si solo estábamos volteando la tierra pa las papas.

En la sala de curas, los médicos no daban crédito a lo que veían. Aquel entablillado era una obra de arte. Nunca habían visto nada igual. Le hicieron fotos antes de retirarlo.

Pero ¿quién le ha hecho esta maravilla?

El loco del Garduña, que está pirao.

¿Quién?

El Garduña, ese paleto que me ha traído, un vecino mío de la Solana.

Pues ya le puede usted dar las gracias, su amigo ha hecho un buen trabajo.

¿Usted cree?

No lo creo, estoy seguro. La pierna habría llegado mucho peor de haber venido colgando. Vaya golpe que le ha dado el animal.

¿Qué animal?

El mulo. ¿No le ha dado una coz?

Ah, eso. Es una mala bestia. Menos mal que me ha cogido la pierna, si me engancha la cabeza me manda al otro barrio.

Cortaron el esparto y sacaron las varas de higuera. Lo mandaron directo al quirófano. Otro procedimiento no había para recomponer esa rotura. Hicieron falta clavos y tornillos, sierras y herramientas. El Posturas no pudo verlo porque estaba sedado. De haberlo visto, le habrían maravillado esa habilidad y esa destreza. La gente que trabaja con las manos reconoce un trabajo bien hecho de un solo vistazo. Le dejaron la pierna escayolada hasta la rodilla. Tenía como mínimo para tres meses. Como ya se ha dicho, ni estaba dado de alta, ni tenía contrato, ni seguro alguno que lo cubriese. Una vez más se desataron las disquisiciones. Aunque esta vez el debate no dio para mucho. Estuvieron todos de acuerdo. Había que pagarle un sueldo al Paco hasta que se recuperase. Sacaron los fondos de la comunidad. Lo malo es que la recuperación, como era previsible, se prolongó más de la cuenta. Aquellos huesos estaban hechos trozos y tenían más de sesenta años. Como el valle era muy dado a rencillas y maledicencias, no faltó quien insinuase que el Posturas estaba ocultando la mejoría con tal de vivir del cuento durante una temporada. Nadie que lo conociese concedía el menor crédito a semejante patraña. Pero, en algunas ocasiones, de la insinuación se pasó a la denuncia descarada. Los amigos salieron en defensa del convaleciente y a punto se estuvo de llegar a las manos. Aunque bastante más tarde de lo previsto, el Paco se recuperó y volvió a los Habices a lomos de su mulo, al que le habían echado las culpas de los platos rotos. En la puerta del cortijo había una goma de media pulgada y una llave de paso nuevecita. Giró la maniqueta y el agua brotó por el extremo. Había llegado antes que él.

Ahora que el agua corría por el valle, todo el mundo quería apuntarse al beneficio.

El agua es de todos. Nosotros también tenemos derecho.

El agua será de todos, pero nosotros la hemos traído hasta aquí y nos ha costao lo nuestro. Si queréis agua, subiros al manantial y traeros toda la que queráis. Pero la que viene por las tuberías es nuestra, la hemos pagao con sangre.

En metro y medio por metro y medio, consiguieron meter un lavabo, un plato de ducha y un retrete. Todos provistos de agua corriente y sus correspondientes desagües. Hasta azulejos pusieron en las paredes. Saltaba a la vista quién había puesto unos y otros. Los del Posturas estaban más derechos que una vela. Los del Garduña presentaban un aspecto más irregular y deslavazado. Ya que tenían agua, algo había que hacer con ella. La metieron en los cortijos y recuperaron sus habilidades de albañiles y fontaneros. Más de un profesional lo habría hecho peor. La Antonia y la Paquita se quedaron encantadas. Los baños eran un buen reclamo para atraerlas a los cortijos, cosa que era cada día más difícil.

Pasan diez años de aquellos sucesos. En el invierno mojado, el valle está sin agua. Desde que enmudecieron los grifos, la Antonia no aparece por los Peñoncillos. El tiempo no acompaña, no para de llover. El Blas tiene que apañárselas solo. Sube cada mañana, cabalgando bajo el diluvio, con dos garrafas en los serones. El agua del pueblo no le gusta. Dice que sabe a polvos, aunque nadie entiende a qué polvos se refiere. La usa para las gallinas, que no son tan tiquismiquis. El resto de los animales bebe por su cuenta del despliegue de calderos y barreños que se apelotonan bajo las nubes, justo delante de los corrales. El Garduña calma la sed a base de vino mosto, cosa que haría de todos modos, aunque el agua saliese por los grifos. Se tope con quien se tope, siempre le sacan el mismo tema.

Coño, Blas, ¿qué pasa con el agua? Va ya para dos meses.

Tenemos avería en el manantial y ahí no hay quien se meta hasta que no escampe.

Pues sí que estamos buenos. Tengo a la parienta que no hay quien la aguante. Dice que si pagamos el recibo, es para tener agua y que si no lo va a pagar su madre.

Hombre, algo de razón no le falta, pero meterse en esa garganta, con la que está cayendo, sería de locos.

Es cosa tuya, tú eres el encargao, para algo te pagamos.

Pues no me paguéis, porque yo ahí no me meto. Si hay algún voluntario le dejo las herramientas, pero conmigo no contéis hasta que no amaine.

Tampoco será para tanto.

Hazme caso, que va para diez años que apaño esas cañerías y nunca he visto el río con tanta mala leche. Y si no me crees, pregúntale a quien quieras. De todos los que han subido conmigo alguna vez, el único que ha tenido arrestos para volver ha sido el Paco, que tiene mucho monte. Pregúntale al Pepe, al Ramón, al Alberto. Todos han estao en el manantial y no vuelven ni ataos. Les pagues lo que les pagues. Con esta lluvia, no hay nada que hacer. Así que un poco de paciencia, que este aguacero no puede durar siempre.

Toda la noche jarreando. A las siete de la mañana las montañas rugen como un animal en celo. El valle, acostumbrado a la sequía, hace aguas por los cuatro costados. Cada barranco es un torrente enfurecido que lo arrastra todo a su paso. Habituados a suspirar por una gota de agua, las plantas y los arbustos tienen que pelear ahora para no verse arrastrados ladera abajo. La tierra desnuda no está acostumbrada a tanta lluvia. Observa impotente cómo sus mantos más fértiles son arrastrados por las torrenteras. La lluvia sigue. Los animales bajan la cabeza. Los hombres tiemblan. Es como si el mar hubiese llegado de pronto hasta estas altitudes y las olas rompiesen contra las laderas escarpadas. Y es que aquí no sabe llover. La lluvia, tan esperada, siempre llega en forma de caminos destrozados, acequias reventadas, cultivos arrasados y aludes de tierra y lodo que sepultan el trabajo de los hombres. Lluvia inmisericorde. Si antes te echaban de menos, ahora te echan de más.

Todo el mundo lo apremia para que arregle la avería. Todo el mundo menos la Antonia, que conoce el percal. Ni se te ocurra subir con este tiempo. Si se quejan, que se quejen. Y si no se conforman, que suban ellos y lo arreglen con los dientes. De todos modos, van a ir teniendo que espabilar. Tú ya no estás para muchos trotes. Ya me gustaría saber a mí quién va a ser el guapo que apañe las gomas el día que tú faltes. Mujer, parece que me quieras enterrar, yo aún tengo buenas piernas. No digo que no, pero también tienes setenta tacos, ¿o es que te crees que las fuerzas duran para siempre?

Lo intentaron por tres veces. La primera, a primeros de diciembre, se dieron la vuelta en cuanto vieron el río que bajaba embrutecido, no había necesidad alguna de salir navegando. La segunda, el día veintiocho, renunciaron igualmente, porque, más que una inocentada, aquello les parecía un suicidio. Lo consiguieron a la tercera, que va la vencida, un día de San Antón de infausto recuerdo, que bien poco faltó para que les costase algo más que una pulmonía. Mientras el pueblo bailaba y festejaba, ellos recorrieron el río de arriba abajo buscando la avería. El barranquismo y los deportes de riesgo ya se estaban poniendo de moda, pero ellos no los practicaban por afición sino por narices. No es que no les gustasen las fiestas, es que hacía tres días que no llovía, brillaba el sol y las previsiones eran de lluvia para los siguientes. Por el pueblo, el río pasaba con fuerza, pero no tanta como la semana anterior. Había que aprovechar esa oportunidad porque a saber cuándo tendrían otra. El vecindario se estaba poniendo nervioso. Iba ya para tres meses que los grifos estaban mudos.

La cita es a las siete a la salida del pueblo. El Blas y el Paco ya están allí, antes de la hora, como es su costumbre. Llegar tarde no se les pasa por la cabeza. Dormir más, tampoco. Son como los gallos. Nunca en su vida se les han pegado las sábanas. Y ahora, con la edad, muchísimo menos. La falta de sueño y los achaques los echan de la cama bastante antes de que amanezca. Después de unas cuantas horas dando vueltas, ninguno de los dos sabe cómo acomodarse sobre el colchón para que no le duelan los huesos y las articulaciones. Así que prefieren levantarse y ponerse en movimiento. El frío y la humedad no ayudan en nada. Al Paco le martirizan las piernas, especialmente aquella que lleva recompuesta con tornillos. Al Blas le torturan las lumbares, recuerdo de aquel año que pasaron acarreando tuberías y sacos de cemento. Nada que no se quite con un buen vaso de vino, unos cuantos cigarrillos y un poco de ajetreo. Apoyados contra la barandilla, fuman para entretener la espera. A sus pies, enfundados en botas de agua, descansan los macutos cargados de piezas y herramientas. La luna todavía no se ha acostado. A su alrededor tintinean las estrellas. La luz de las farolas ilumina las aguas turbias que escapan por debajo del puente.

¿Qué dice el hombre del tiempo?

Que no llueve hasta mañana.

Pues más vale que no se equivoque porque, como se le adelanten las previsiones, salimos navegando.

Empieza a clarear cuando llega el Land Rover que tiene que subirlos hasta la central. Desde allí recorrerán el valle río abajo, siguiendo las tuberías por el mismo cauce. Más allá del cortijo de las Mimbres la pista es un lodazal intransitable. Hasta el Pepe, que va al volante y está acostumbrado a conducir por estos desmontes, parece acojonado. Mira que lleva años pasando por aquí, de noche y de día, con lluvia y con nieve, y nunca ha visto el camino en este estado. Más que un cuatro por cuatro les vendría mejor una lancha motora. Antes de empezar a descender hacia el río, un torrente atraviesa la pista. Hay que cruzarlo, solo que esta mañana no es un torrente sino una riada embrutecida. El Pepe detiene el vehículo justo antes de la torrentera. No ve nada claro que el coche sea capaz de alcanzar el otro lado.

Como te lo pienses tres veces no pasamos.

Y como no me lo piense, tampoco.

¿No será demasiada agua? Allí te cubre hasta las trancas.

Yo nunca he visto tanta.

Mira que yo no sé nadar.

Ni tú ni nadie, aunque me parece a mí que con la fuerza que baja de poco nos iba a servir.

Entonces, ¿qué hacemos? ¿Pasamos o no pasamos?

Tú sabrás, tú eres el conductor. Pero el valle lleva tres meses sin agua. Yo pa mí que habría que intentarlo.

¿Tú que dices, Payés?

Yo, lo que vosotros digáis. Pero a mí me parece que pasamos. La semana pasada bajamos a la fábrica y no había menos agua.

Pues entonces, con dos cojones, písale fuerte y no te vayas a parar en medio que entonces sí que estamos listos.

Ruge el motor y se encogen los corazones. El Pepe pisa a fondo y el Payés se agarra al asiento del copiloto. En la parte trasera, el Garduña y el Posturas llevan los ojos cerrados. Cuando los abren, ya están del otro lado. Por el costado del conductor, por donde arremetía la corriente, el agua ha alcanzado las ventanillas. Una línea de barro marca en los cristales el nivel al que ha llegado la riada. Un poco más y les pasa por encima.

Los cuatro hombres respiran aliviados, aunque saben que ahí no acaban sus dificultades, más bien empiezan los problemas que, por fuerza, tendrán que ser muchos y variados antes de que acabe el día. Después de una breve subida, el camino, resbaladizo y fangoso, se precipita hacia el río. Está lleno de zanjas y de grietas que en muchos sitios superan el medio metro de profundidad. Las ruedas van sorteándolas por un lado y por el otro. A su derecha, se abre el abismo que no termina hasta las aguas del río, cien o doscientos metros por debajo. El Pepe tira el cigarrillo por la ventanilla y, cosa que nunca hace, agarra el volante con las dos manos. El Blas y el Paco no abren los labios ni para decir esta boca es mía y si lo hiciesen sería para rogar que los dejen allí mismo, que prefieren bajar andando, que ya han tenido bastante. No lo hacen porque no acostumbran a lucir sus miedos, los macutos pesan demasiado y es mucho el pateo que tienen por delante. Solo el Payés, más acostumbrado al coche y al camino, porque trabaja en la central, mantiene aún el ánimo y es capaz de articular palabra.

Coño, Pepe, arrímate a la ladera, que como caigamos por ahí no lo contamos.

Se hace lo que se puede. Si meto la pata en una zanja no salimos ni de coña.

Mejor será eso que rodar por el barranco. Hace dos meses, en esta misma revuelta, le tiramos a un marrano jabalí y cayó rodando hasta abajo. No paró hasta que se reventó contra las peñas. El pobre bicho quedó hecho mistos.

¿Qué quieres? ¿Animarnos?

Yo solo te digo que te separes de los tajos, que está el terreno poco firme. Aquí lo mejor es quitarse los cinturones y, si se va el coche, saltar cagando leches.

En el asiento trasero, inundado de humo, el Blas y el Paco no pronuncian palabra. El Payés, cazador furtivo en sus ratos libres, sigue desgranando batallitas. También aquí mismo le tiraron no hace mucho a un macho cabrío. Herido de muerte, el bicho cayó al río. No lo encontraron hasta la semana siguiente, un kilómetro cauce abajo, descosido por las rocas y devorado por los zorros. Antes de que llegue el mediodía, se le habrán acabado las ganas de hablar. Y antes de que caiga la noche, el resto de las ganas.

Más le entretenía marear a los guardias que acechar a sus presas. Su anécdota favorita era la del día en que lo sorprendieron en el río viendo la manera de sacar una montesa que había rodado hasta el cauce. Al ver que llegaban los forestales, y que ya lo habían visto, se puso a hacer como que meaba. Cuando le preguntaron qué estaba haciendo por allí, les contestó mientras se la sacudía.

Pues ¿no lo estáis viendo? ¿Es que ya no se puede ni mear?

Luego se guardó la picha en la bragueta y se alejó río abajo como si tal cosa. Los guardias, pasmados, no vieron al macho, medio escondido entre las matas, a pocos pasos de sus pies. Eran dos, un hombre y una mujer uniformados.

La pobre debía de andar muy necesitá. No podía apartar los ojos. Se me puso gorda solo de ver cómo me la miraba. Teníais que haber visto la cara que puso.

Anda ya, déjate de historias, qué más quisieras tú.

¿Es que no me crees?

De la misa, la mitad.

Una columna de agua de ciento veinticinco metros de altura. Apilada sobre sí misma. Envuelta por una tubería de metro y medio de diámetro. La tubería está pintada de naranja. El color del minio que la protege de la corrosión y la vuelve visible desde largas distancias. Desciende por la ladera con una inclinación de setenta grados. No es un detalle de paisajistas ni de discretos. Uno puede imaginarse toda esa fuerza, todo ese peso, toda esa brutalidad, empujando palas enormes y accionando engranajes y mecanismos. Eso era antes. Ahora el método es más sofisticado. Se hace pasar toda esa energía por un agujero del tamaño de un pulgar. Es como meter un camello por el ojo de una aguja. Menos mal que es un camello deshuesado.

Por debajo de la central, donde dejaron el Land Rover, el río asusta, tanta es la fuerza que lleva y la rabia con la que brama. Tienen que gritarse a los oídos para escucharse los unos a los otros y aun así las palabras se pierden en el estruendo. Están a punto de desistir de la empresa, que más parece delirio que propósito, cuando llegan a las compuertas. Cerradas a cal y canto, desvían el agua hacia el canal de la siguiente central, que la absorbe en su mayor parte. Cauce abajo, el río parece una fiera domesticada. Esto los anima bastante y deciden seguir con sus planes, que, después de todo, no son tan delirantes. El único problema es que cada media hora la central tiene que limpiar sus filtros para que no se atasquen las turbinas. Las compuertas se abren automáticamente y dejan que el agua siga su curso natural. Esto supone una crecida cada treinta minutos y es por eso que han traído al Payés, para que reprograme las máquinas y alargue el ciclo hasta la hora. No hay más que estar atento al reloj para que no los sorprenda la riada. Antes de las en punto, deberán salirse de allí y buscar un sitio en alto, para ver pasar las aguas asalvajadas y esperar a que vuelvan a su cauce. Luego tendrán una hora para retomar los trabajos.

La primera parte del camino es una vereda clara y apacible. Serpentea por el margen derecho justo por debajo de los tajos del Cerrajón. Va siguiendo los pasos del canal que lleva las aguas hasta la central. Para ahorrarse rodear un barranco, cruzan el abismo por un acueducto. A un lado, hay veinte metros de caída. Al otro, las aguas gélidas que se atropellan y se pierden bajo tierra. Ninguna de las dos perspectivas es nada aconsejable. Los hombres, cargados con las mochilas llenas de hierros, cruzan con naturalidad y sin prevenciones. Va para mil veces que han salvado este atajo voladizo.

En el tercer barranco se acaba la autopista. El manantial queda justo debajo y ya no hay más opción que tirarse al río. A partir de aquí se acabaron las veredas y las facilidades. Cada cual busca el paso como puede. Antes de meterse en dificultades lían un cigarrillo y echan un trago de vino. La merienda la dejan para más tarde. Cien metros por debajo, corre el río manso como un corderillo, todas sus aguas desviadas hacia la central. Entre la espesura les aguarda el manantial que tienen encerrado en una arqueta bajo llave. Es el Paco, que conserva buena vista, el que descubre el estropicio.

Coño, mira qué fácil. Ya hemos dao con la avería.

¿De qué estás hablando?

Míralo tú mismo. ¿Aquello que se ve allí no son las tuberías?

Coño, que vas a tener razón, por ahí no pasa el agua ni con calzador.

Con razón no llegaba ni una gota.

¿No te dije yo que la avería estaba bien alta? Mismamente a las puertas del venero. Menuda riada ha tenido que pasar por ahí para retorcer las gomas de ese modo.

Después de destrepar el barranco, haciendo filigranas de piedra en piedra y agarrándose a las esparteras para burlar el abismo, alcanzan el manantial y la avería. Las tuberías están arrancadas y flotan corriente abajo. No les lleva mucho tiempo recomponer el destrozo. Recuperan las gomas y sanean los trozos aplastados o rajados. Conectan todas las piezas con los manguitos que llevan en las mochilas y suplen el tramo que les falta con unos metros de tubería que tenían escondida cerca de la fuente. Durante esta operación, con las botas de agua, no se han mojado ni los pies. Es entonces cuando la furia se desata. Primero no es más que un rumor, un murmullo que se acrecienta. El Payés consulta su reloj y grita. Todo el mundo fuera, cagando leches. El caudal empieza a subir. Durante diez minutos se convierte en un animal rabioso. Luego se calma de repente. Las compuertas deben de haberse cerrado. El río ya no baja por su cauce sino por el canal.

Coño, pues tampoco es para tanto.

Aquí no, porque hay espacio, pero ya verás tú en las gargantas cuando digan de estrecharse.

El plan era arreglar la avería y volver a salir por donde vinieron. Es por eso que el Pepe los ha acompañado hasta aquí, para luego volverse todos en el Land Rover. Pero el Garduña, viendo la mansedumbre del río cuando las aguas se van por las turbinas, decide seguir cauce abajo hasta la siguiente central. Es imposible que no haya más destrozos en este tramo. Ya que estamos aquí hay que hacer el esfuerzo, porque si no me parece a mí que vamos a hacer un pan como unas hostias. El Posturas decide acompañarlo y el Payés se apunta al bombardeo. Esos viejos le sacan más de treinta años. No sería cosa de achantarse. Al Pepe no le hace mucha gracia. Tendrá que volverse solo en el coche. Quedan en encontrarse río abajo, en la pista que llega a la central, a las cuatro de la tarde. Con tiempo de sobra para salir de aquí antes de que anochezca. Se despiden sin demasiados protocolos. Ninguno va muy contento con el trecho que les queda por delante.

Un panorama de tragedia. La desolación por decorado. Dan ganas de salir corriendo. Árboles arrancados de cuajo atravesados sobre el cauce. Barricadas de ramas obstruyendo el paso. Adornos de desechos arrastrados por la riada. Plásticos, latas, incluso algún neumático gastado. Una lavadora que las aguas tuvieron que traer hasta aquí por más imposible que parezca. Lodos y piedras desprendidas modificando el curso y el terreno. La furia, la rabia, la violencia. Peñascos como carros que se abrieron paso por las laderas. Su rastro inconfundible entre los árboles y las matas. Un batallón de artillería no habría causado más estragos. El santo y seña de una naturaleza desatada. Trepan sobre una roca tendida que les impide el paso. Es más alta que ellos y no hay más remedio que pasarla por encima.

Esta no estaba aquí la última vez que vinimos.

Los que estábamos éramos nosotros, que ahí mismo nos sentamos a liar un cigarrillo.

Mala idea tuvimos.

La peor. Este no es sitio pa esparcimientos.

Se agachan, se encogen, se contorsionan. Saltan, trepan, resbalan. Se cuelan entre las malezas y las zarzas. Hacen funambulismo sobre los peñascos. Avanzar por las riberas es casi imposible. Es más fácil hacerlo por el agua. Pero el caudal es cada vez mayor conforme se alejan de las compuertas y el cauce se estrecha como un embudo. Cada barranco, por pequeño que sea, trae su arroyo y su torrentera. La escorrentía es el paisaje. Todas esas aguas ya no van por los canales y no les queda más remedio que buscar las orillas. Ahí son la vegetación y las escarpaduras lo que entorpece sus movimientos. Tienen que ir cruzando el río de un lado al otro buscando un paso transitable. Pero al final las aguas son tantas que se ven atrapados sin salida. Un muro infranqueable obstruye el margen derecho. Cruzar el río es la única escapatoria, pero lleva tanta agua que ni aunque supiesen nadar sería aconsejable. Hacer el camino de vuelta no se les pasa por la imaginación. Bastante les ha costado bajar como para hacerlo ahora cuesta arriba. La idea es del Payés, que ha estado un rato cavilando. Hay que cruzar al otro lado como sea. Corta una vara de mimbre de unos cuatro metros de largo. Busca el paso más estrecho. Calcula las fuerzas y las distancias, toma carrerilla y, usando la vara a modo de pértiga, salta a la otra orilla limpiamente. El Posturas y el Garduña están a punto de aplaudir. Lo habrían hecho de no ser porque ahora les toca a ellos. El Payés les lanza la vara y los anima. Pero ellos se lo piensan un rato. El salto con pértiga no es su especialidad.

Venga, espabila, que de aquí a las olimpiadas.

¿No quieres intentarlo tú primero?

Anda, dame el palo, que ya voy yo. ¿No has visto el chico lo fácil que lo ha hecho?

No te jode. No ha cumplido ni los cuarenta. Yo a su edad saltaba por aquí a la pata coja.

Pues hoy lo vas a hacer con una pata de palo por la cuenta que te trae.

Salta uno y luego el otro. No son saltos muy limpios pero alcanzan el otro lado sin contratiempos.

Se llevan el palo por si acaso y hacen bien. Todavía van a tener que usarlo unas cuantas veces.

Antes de meterse en la garganta, el Payés consulta su reloj. Faltan quince minutos para la siguiente riada. Deciden esperar a que pase. Como los pille en el cañón les va a llegar el agua al cuello. Dos paredes de más de cien metros de altura contienen el cauce a cada lado. No las separan más que tres o cuatro metros. En ese tramo de río no hay escapatoria. La crecida no se hace de rogar. Llega puntual cuando el Garduña aún no ha rematado el segundo cigarrillo. Los tres hombres contemplan el espectáculo subidos a una peña. La escena es de una brutalidad incomparable. De este modo el agua se ha abierto paso entre las montañas a lo largo de los siglos. Remolinos, espumas y oleajes. Una marejada de campeonato. El nivel sube por las paredes de roca con una furia hermosa y aterradora al mismo tiempo. Encogidos sobre la piedra, a salvo de esas violencias, el Garduña, el Posturas y el Payés comparten sensaciones y temores. Ninguno de los tres abre la boca. De todos modos, sería inútil intentar hablarse en medio de ese estruendo. Pero las palabras son las mismas en cada una de sus mentes. Si nos coge esa venida, estamos muertos y enterraos. A los cinco minutos las aguas se apaciguan. El cauce recupera su mansedumbre artificial. El ruido se vuelve llevadero. Los hombres cargan las mochilas y se apresuran. Nadie dice nada. Los tres saben que hay que cruzar la garganta sin demora. No ven el momento de llegar al otro lado. Con el agua por encima de las rodillas y las botas inundadas, avanzan lo más rápido que pueden. No es fácil moverse en esas circunstancias. Los pies se vuelven pesados y el fondo es resbaladizo como la espalda de una trucha. Corriente arriba sería imposible adelantar. Son tantos los miedos que todavía no se han dado cuenta de lo fría que está el agua. A mitad de camino, justo en medio del cañón, los temores del Blas se ven confirmados. La tubería, machacada por todos lados, como si alguien se hubiese ensañado con ella, tiene una raja de varios centímetros. La potable se escapa por ahí y, debido a la presión acumulada, sale como un géiser y alcanza varios metros de altura.

La madre que me parió, justo aquí tenía que romperse.

Natural, ¿no ves que las gomas están apaleadas?

Pues hay que arreglarlo, con esa avería no sube el agua hasta el depósito.

¿Y no podríamos volver otro día?

¿Otro día? Quita, quita, esto hay que apañarlo como sea. Payés, ¿cuánto tiempo nos queda?

Cuarenta minutos.

¿Estás seguro de que no habrá otra crecida antes? Mira que si nos coge aquí, nos podemos ir despidiendo.

Seguro, hombre, las compuertas se abren automáticamente.

Y esos chismes, ¿son de fiar?

Que sí, hombre, guarda cuidao. Pero hay que darse prisa, que todavía nos queda un trecho para salir.

Pues venga, arreando que es gerundio, si no es más que poner un manguito. Paco, échame una mano. Y tú, Payés, no quites los ojos del reloj que aquí no valen despistes.

La sierra se escurre entre las manos. Las llaves grifas, nerviosas, no aciertan con las muescas. Se les escapan las arandelas y las navajas. Alguna pieza va a parar al agua y no la encuentran. Tienen que sacar otra de la mochila. Los dedos helados y entumecidos. Ahora que los necesitan se dan cuenta del frío que tienen. Los pies congelados bajo las aguas. Si no fuese porque ya no los sienten, serían dolor antes que carne. El tiempo se escapa cauce abajo. El Payés, cada cinco minutos, les va desgranando la cuenta atrás. Treinta y cinco. Treinta. Veinticinco. Veinte. Te quieres callar, que me estás poniendo nervioso. Si es que quedan quince minutos, hay que salir de aquí a toda hostia.

Golpes graves y secos retumban entre el estruendo de las aguas. Algunos tambores suenan así. Los cascos de los caballos, sobre el asfalto, hacen también un sonido similar. Clop, clop, clop. Deben de ser piedras entrechocando entre sí, piedras de buen porte. Los tres hombres levantan la mirada en busca de esos ruidos. Un macho sale de la espesura y salva la pared como una bailarina. Parece una coreografía bien ensayada, una acrobacia sin red sobre el abismo. Es admirable cómo escala el muro y desaparece al otro lado. Sus pezuñas son las responsables del desprendimiento. El ruido de las piedras continúa. Clop, clop, clop. O de la piedra, habría que decir, porque es una sola, del tamaño de una sandía, la que baja por la ladera saltando de peña en peña. En el último resalte parece tomar impulso como si fuese un trampolín. El Payés, que estaba más cerca de esa orilla, se pega a la pared como una lapa. Al Garduña y al Posturas no les alcanza el tiempo más que para agacharse. A unos pocos metros, la piedra revienta contra el agua como una bala de cañón.

Date prisa, que los tengo de corbata.

Pues anda que yo. Si esa nos coge se quedan las mujeres sin maridos. Pero hay que apretarlo bien que si no el agua se escapa. No ves que no tiene huesos.

Me parece muy bien, pero nosotros sí que tenemos y, como nos arrastre, ni uno sano nos va a quedar.

Dan los últimos apretones con las llaves grifas, recogen los macutos y las herramientas y salen de allí escupidos. Todavía les quedan unos cincuenta metros de garganta cuando empieza el bramido. ¿Eso qué es? ¿Un avión?

Sí, los cojones, eso es el agua que viene de estampida.

Coño, correr o estamos aviaos.

Mientras el bramido se enfurece y el nivel del agua sube por las paredes, los tres hombres manotean, resbalan, juran y perjuran. Tienen el tiempo justo para alcanzar la salida y treparse a un saliente lo suficientemente alto. La riada, embrutecida, les pasa por debajo. Han escapado por un pelo, pero el agua les llegó por encima de la cintura. Mala cosa con este frío y el mal trecho que les queda por delante.

A partir de aquí, la vereda, por llamarla de alguna manera, porque no es más que un paso de cabras en el que uno no sabe dónde poner los pies, se escapa por el margen izquierdo separándose del río. De ahora en adelante las dificultades son otras, ya no tendrán que volver a mojarse ni hacer equilibrios sobre las piedras resbaladizas. El peligro ya no serán las riadas, sino unos barrancos y precipicios donde un traspiés te puede costar cien metros de caída. El Blas y el Paco, más viejos y resabiados, aprovechan para cambiarse de ropa. Milagrosamente la muda que traían se ha conservado seca en los macutos. El Payés no fue tan previsor. Tendrá que hacer mojado el resto del camino. Aprovechan para dar cuenta de las provisiones y recuperar las fuerzas. El vino no basta para calentar los cuerpos ateridos. Todavía les quedan algunas horas de marcha. Demasiadas, tal vez, para sus fuerzas. Hace un buen rato que el Payés dejó de contar batallitas. Ya no habla de cacerías furtivas ni de guardas forestales. Se quita la ropa empapada y, con la ayuda del Garduña, la retuercen hasta que no sale ni una gota. Luego se la vuelve a poner por más que siga mojada. Reemprenden el camino inmediatamente. No hay tiempo que perder ni ganas de entretenerse.

El Pepe llega a la central bastante antes de las cuatro. En condiciones normales, el Posturas y el Garduña habrían tenido tiempo más que de sobra para bajar hasta allí. Pero esos hombres se están haciendo mayores y el río no está para paseos. En el puente de chapas, donde han quedado otras veces, no hay ni rastro de sus compañeros. El Pepe aparca el Land Rover y enciende un cigarrillo. Todavía no hay motivos para preocuparse, pero tampoco se puede decir que esté del todo tranquilo. Por debajo del puente, el río es una fiera o una manada embrutecida. Un poco más abajo vuelve a calmarse porque las aguas se desvían para la siguiente central. Una hora después, ya no es que el Pepe no esté tranquilo, es que se está poniendo de los nervios y encima se le está acabando el tabaco. Por encima de la central, la vereda no es ni muy clara ni muy aconsejable, pero decide aventurarse un trecho para echar un vistazo. Siempre será mejor que estar allí de brazos cruzados. Camina unos veinte minutos dando voces sin encontrar respuesta. Cruza tres o cuatro barrancos y decide volverse. Tiene el tiempo justo para llegar al Land Rover antes de que anochezca.

El suelo que pisan es su firmamento. Son las rocas, los troncos, los caprichos del relieve, las estrellas que los guían. Para orientarse, no miran a un cielo que desconocen sino al terreno familiar como la palma de su mano. Sus pies conocen cada apoyo, cada paso. El valle es el mapa mental de sus trazados, la guía de sus movimientos, la carta náutica de sus circunvoluciones. Señala escollos y bajíos, precipicios y collados, trochas y veredas. Consigna fuentes y manantiales, abrigos y balates, lugares en los que se puede conseguir algo de comer y aquellos en los que es mejor no detenerse bajo ningún concepto. Los cursos de agua vertebran el plano. La columna es el río y, abriéndose a cada lado como costillas, las acequias abrazan el valle protegiendo su vida y sus entrañas. El Payés y el Posturas siguen al Garduña que, por ser el encargado del mantenimiento, ha hecho este camino cientos de veces. En fila india, detrás de él, no pierden detalle de sus movimientos. Dónde pone los pies y, si hace falta, las manos. Imitan sus gestos y se mueven muy despacio. Las sombras les van ganando terreno. Menos mal que a la luna no le falta mucho para despuntar sobre las crestas y deciden esperarla. Sin ella, esta noche tendrían que pasarla al raso. En la oscuridad total sería una locura moverse entre estos barrancos y estos tajos. Esperan en silencio, encogidos sobre sí mismos, ahorrando energías y palabras.

¿Queda mucho?

Una media hora. Pero hay que andar despacio, que hay un par de pasos pa matarse.

Anda, que el Pepe tiene que estar bonico. Lleva más de dos horas esperando.

Déjalo que espere, que de eso, que yo sepa, no se muere nadie.

El zumbido de las turbinas sirve para animarlos. La central debe de estar cerca y también el Pepe con el Land Rover. La vereda es cada vez más clara y se dibuja ante sus ojos a la luz de la luna. Desemboca en una pista que les hace sentir alivio. Al otro lado del puente, el Pepe enciende los faros. Creyó ver sombras que se movían y quiso comprobarlo. La luz es un consuelo para el uno y para los otros. Por allí vienen los tres con las mochilas a cuestas. Parecen fantasmas en medio de la noche. Eso sí, fantasmas derrengados.

Pero, coño, ¿qué os ha pasao?

Nada, ¿no ves que estamos vivos?

La madre que me parió, ya estaba a punto de salir pitando pa dar parte a los civiles. ¿Lo habéis arreglao?

Pues claro, ¿qué te crees que hemos estao haciendo todo el día?

¿Os queda tabaco? Hace más de una hora que se me acabaron los cigarros.

Sí, hombre, sí, pero enciende la calefacción y vámonos volando que aún llegamos a tiempo para el baile.

No me jodas, Garduña, que aún tienes el cuerpo de jota.

Quita, quita. Estaba bromeando. Yo esta noche no estoy ni pa un magreo.

Antes de bajar al pueblo, pasan por el cortijo del Lelo para comprobar que el agua llegue hasta el depósito. No tienen ni que asomarse. En cuanto el Pepe apaga el motor, la escuchan claramente, saltando desde las alturas. Lo han conseguido. A la mañana saldrá el agua por los grifos. Las fuerzas no les alcanzan ni para celebrarlo.

Cesaron las lluvias y fue la primavera. Duró una mañana, porque al día siguiente era verano. Mira que estaban del agua hasta los moños, pero no pudieron evitar cierta añoranza. Con un poco de mala leche ya no llueve hasta los Santos. La potable salía por los grifos. Eran muy pocos los que se imaginaban lo que había costado traerla. Retiraron los barreños, las garrafas y los cubos. Se habían quedado obsoletos bajo un cielo despejado. El Blas fue a llevarle al Payés los cincuenta euros que se habían ganado con la hazaña. Era a lo que se pagaba un jornal por esos lares. El pobre hombre llevaba diez días en cama aquejado de pulmonía y de malas pulgas. El viejo, consciente de su insignificancia, le entregó el billete avergonzado. Quiso quitarle hierro al asunto y empeoró las cosas.

Si es que a quién se le ocurre. Mira que meterse en el río en pleno mes de enero. Y encima el día de San Antón, con lo a gusto que se debía de estar en el baile.

Para, Garduña, no me toques los cojones. Y búscate a otro pa la próxima porque yo allí no vuelvo ni por todo el oro del mundo.

Si fuese por dinero, tampoco nosotros volveríamos.

Y entonces ¿por qué vais?

Coño, porque alguien tiene que hacerlo.

Vosotros lo que estáis es mal de la cabeza.

A la Antonia no le dio muchos detalles. No era cosa de alimentar ni los temores ni las especulaciones. Tampoco es que le hicieran falta. Bastante mal lo había pasado aquellas fiestas viendo cómo la noche se asentaba sin que ellos hubiesen vuelto. No habría modo de describir las imágenes que pasaron por su mente durante aquellas horas, mientras se arreglaba para bajar al baile. Ya estaba acicalada de arriba abajo y los hombres no llegaban. Se acercó a casa de la Paquita para ver si su amiga tenía alguna noticia. La Paquita también estaba emperifollada para la verbena.

Yo lo único que sé es que el Pepe se subió hacia las cuatro. Había quedado en recogerlos en la central. Pero todavía no han dao señales de vida.

Madre de dios, ¿les habrá pasao algo?

¿A todos? Alguno tendría que haber vuelto.

Y ahora, ¿qué hacemos?

No sé. Yo me iba a bajar a la plaza, pero no sé qué me da irme de fiesta mientras están los hombres en la sierra.

A mí me pasa lo mismo.

Pues, entonces, siéntate aquí en el brasero y vamos a esperarlos. ¿Te hace una copita pa los nervios?

Cuando llegaron los hombres se llevaron la bronca. Pero los reproches de las mujeres se apaciguaron enseguida, viendo que sus maridos no estaban ni para debates. La Antonia tuvo que ayudar al Blas a sacarse la ropa y a meterse en la bañera. Le calentó un plato de puchero pero el Garduña se fue a la cama sin probarlo. Descontando los tres inviernos de exilio en el barranco de San Juan, iba a ser el primer San Antón en que se perdiesen el baile.

Asín te lo digo, marido. Ya te estás buscando un sustituto. Tú al río no vuelves. Como me llamo Antonia que no vuelves.

Pero iban a necesitar bastante paciencia. La comunidad del agua tardó lo suyo en encontrarle un sustituto. Candidatos no había ninguno. Casi todos estaban como el Blas, demasiado mayores para trochas y balates. Y los que no, tampoco tenían ganas de andar paseando una mochila llena de hierros por las sierras. Al final, engañaron a un pobre incauto, un forastero que acababa de llegar al valle, huyendo de la civilización y del progreso, y que no sabía dónde se metía. Era un tipo alto y desgarbado, pero se puso manos a la obra y, al cabo de los años, tuvieron que reconocer, aunque fuese de mala gana, que después de todo la cosa no iba tan mal desde que el forastero estaba a cargo de las gomas.

Nadie les dio las gracias por lo que habían hecho, ni las gracias ni nada que se le pareciese. Tampoco es que ellos esperasen ningún reconocimiento. A estas alturas de la vida ya lo tienen del todo claro. La gratitud es la excepción, mucho antes que la regla. Que de desagradecidos están los cementerios llenos. Y de ingratos, las ciudades, los pueblos y los campos.

20. La herida

> *Hay tíos que se pirran por el magro, sin ir más lejos Don Carlicos Balate se acostaba con todos los peines de la comarca. Y el Furrías, anda que ése, su mujer era tan escuchimizada que tenía que cerrar un ojo para enhebrarla. Mira, Juan Navarro, yo digo burra grande, ande o no ande, que donde hay, hay, y nalga agarradera es muy placentera.*
>
> Francisco Izquierdo, *Crónicas del buen trote*

Eran los recuerdos lo que les llevaba hasta las urnas. Votaban socialista por la memoria de los muertos. Por las mujeres, primas, hermanas, madres, violadas entre los riscos. Por los hombres asesinados contra un muro, en las cunetas y en los campos. Por el estudiante que se había negado a cobrar las dos pesetas de jornal. Por su madre que, cerca de los cien años, todavía podía contar su muerte y su agonía. Por Luis Alegría, el primer alcalde que se preocupó por ellos y se había roto los cuernos. El primero y el último. Muerto y sin enterrar. Por todo eso votaban socialista, que hasta el Blas, de la mano de la Antonia y de alguna de las niñas que le ayudaban a elegir la papeleta adecuada, acudió a las urnas un par de veces. ¿Qué pone ahí, niña? P-S-O-E. ¿Estás segura? Sí, padre, estoy segura. No vaya a ser que todavía votemos a las derechas. Pero pronto quedó claro que aquello ya no era lo mismo y no volvió más a ejercer su derecho.

Encima de la chimenea el calendario de turno. Está abierto por el mes de marzo de 1996. Los viejos y atrasados duermen debajo del colchón. Solo salen de allí, de vez en cuando, para enardecer las fantasías. El de este año es un prodigio de diseño y maquetación. Las imágenes representan mujeres elegantes y estilizadas, vestidas con trajes de noche y enjoyadas de arriba abajo. Cada lámina está cubierta por un acetato que le presta el brillo y la textura. Cuando se levanta ese acetato, las mujeres quedan completamente desnudas, con el único adorno de sus formas y sus joyas. No se sabe muy bien cómo, pero las poses, que vestidas parecían insinuantes, se vuelven, al desnudarlas, obscenas y descaradas. En cuanto la Antonia sale por la puerta, el Blas no tarda un minuto en enseñar el mecanismo a las visitas. Guiñando un ojo, levanta los acetatos y observa a sus amigos para ver qué efecto les causa esa transformación portentosa.

Joder, vaya hembra. Tiene las piernas más largas que un día sin pan.

¿De dónde has sacao este invento?

Me lo regaló el Pepico, que estuvo en la capital.

Le habrá costao un pastón.

Barato no puede haber sido. Estas cosas salen por un ojo de la cara.

A ti sí que se te van a salir los ojos como sigas mirando de esa manera.

Coño, si es que mujeres así no se ven todos los días.

Ni todos los días ni ninguno. Yo no he visto una en mi puta vida.

Toma, como que no existen, no son más que amaños de los fotógrafos.

Sí, sí, amaños. Eso lo dices tú, que hace veinte años que no sales del pueblo. En la capital te puedo llevar a un sitio donde las hay a puñados, vivitas y coleando. Y si aflojas la cartera, se quitan la ropa como las del calendario.

No será pa tanto.

Bueno, ya está bien, que me las estáis manoseando más de la cuenta.

La del mes de septiembre está que cruje.

Pues anda que la de agosto.

Venga ya, coño, que como venga la Antonia la tenemos montá pa una semana.

El prodigio tenía lugar cada cuatro años. Entraban por la puerta del ayuntamiento con una mano delante y otra detrás. Y salían al poco con cortijos, solares, negocios y coches de alta gama. Por lo que pudiese venir, que uno nunca sabe. Se sucedían las siglas unas detrás de otras. Cambiaban los nombres y los apellidos, pero no las ganas de esquilmar y de sacar algún provecho. Hubo algún alcalde que lo fue bajo todos los colores y banderas del arco ideológico. Los negocios que montó y los dineros que amasó no tenían principios ni ideologías. Instintivamente, el Garduña desconfiaba de una democracia que no era capaz de lavar la sangre de los muros, que paseaba desmemoriada por las cunetas, que consentía que los matarifes se emborrachasen en los bares y alardeasen, al tercer cubata, de lo bien que se vivía cuando se podía matar y morir sin justificación alguna. Ellos eran los que mataban, claro. Los muertos se habrían revuelto en las tumbas, de haberlas tenido. El silencio se espesaba alrededor. Las zarzas cubrían el recuerdo de la infamia. Pero nadie se había atrevido todavía a mostrar la verdad de las sepulturas. Hubo quien lo intentó, en tiempos más difíciles, y estaba criando malvas desde entonces, no se sabe bien si en un barranco o en otro. Y ha habido quien lo ha intentado más recientemente y ha sido expulsado con deshonor de la sociedad y la carrera. Casi nadie abrió la boca en su defensa. Cuarenta años de oprobio no se superan fácilmente.

Ha habido muchos robos últimamente. Desaparecen herramientas y maquinarias. El cortijo del Jesús lo dejaron impecable. Se llevaron hasta las muñecas de las niñas y los paños de cocina. ¿Quién puede hacer algo así? ¿Para qué quieren esas cosas?

Destartalada y cochambrosa, baja por la Solana echando humo. Debió de subir por la carretera nueva y ahora desciende por el valle, fisgoneando por todas partes, dando tumbos por la pista. Es una furgoneta blanca de las que hay tantas, pero si alguien la viese sospecharía de inmediato, no solo por su aspecto desastrado, no solo porque aquí todo el mundo se conoce, sino por esas maneras furtivas y como desorientadas, esa forma de moverse del que busca algo, oculta algo o no sabe adónde va. Se meten en las fincas y se acercan hasta los cortijos. Si alguien les sale al encuentro preguntan por chatarras o hierros viejos que vayan a tirar. Si no les sale nadie se llevan lo primero que pillen a mano y toman buena nota de botines más provechosos para volver con más calma y nocturnidad. Pero el Blas no desconfía y ofrece enseguida un vaso de vino a sus ocupantes. Son tres hombres de edad mediana que a él, con la suya más que avanzada, le parecen chiquillos de babero. El aspecto es sospechoso y las pintas nada recomendables. Hablan entre ellos una lengua incomprensible y aceptan sorprendidos esa hospitalidad desacostumbrada. Normalmente les echan los perros o los amenazan, de malas maneras, con llamar a la guardia civil. Uno de ellos chapurrea un poco de cristiano y el Garduña consigue entender que trabajan en la sierra sacando madera. Doce horas al día dándole al hacha y a la motosierra y no les alcanza ni para comer. Fiel a sus costumbres, el Blas no consiente que los vasos se vacíen e incluso corta una hogaza y unas tripas. El alcohol desata las lenguas y enseguida están todos hablando al mismo tiempo, cada uno en su idioma, y cualquiera diría que se entienden. De uno en uno, se golpean el pecho y pronuncian una palabra incomprensible. El Blas deduce que deben de ser sus nombres. Se señala también el pecho y pronuncia el suyo. Blas. Los tres hombres lo repiten a coro y levantan los vasos. El Garduña trata de explicarles que esos pinos del monte, que ellos están limpiando ahora, los plantó él cuando era un niño. No habría modo de saber si ellos le entienden. Los hombres empiezan a sacar fotografías y le muestran imágenes de sus mujeres y sus niños. Entre los tres deben de juntar más de una docena de mocosos. Besan las fotos y se las pasan. Como él no tiene ninguna foto que mostrar les enseña el calendario que cuelga de la pared. Es el viejo calendario, manoseado y polvoriento, de las mujeres elegantes que al levantar el acetato quedan en pelota. Los tres hombres se mueren de risa cuando les muestra el mecanismo. Van pasando los meses y desnudando modelos y cada vez se ríen más fuerte. Miran los coños y las tetas. Se dan codazos unos a otros. Levantan los vasos y brindan por su anfitrión guiñándole unos ojos pícaros y revoltosos. La borrachera es más que considerable cuando deciden marcharse. El Blas, como hace siempre en esas circunstancias, intenta retenerlos llenando los vasos. Visto que no hay manera y que los hombres, a juzgar por los tumbos que van dando, ya han tenido bastante, coge un cuchillo de la cocina y sale con ellos. Los forasteros miran el cuchillo sin comprender nada. Por un momento se les tuerce la sonrisa. El Blas, a base de señas y de gestos, consigue guiarlos hasta el huerto, y allí se pone a cortar coles y lechugas, que es lo que más hay por estas fechas. Ellos no terminan de entender hasta que les amontona las verduras en los brazos y se lleva los dedos juntos a la boca en el gesto de comer. Pa las mujeres y los niños que son muchos. Los hombres empiezan a cantar y se dirigen trastabillando hasta la furgoneta. Antes de subirse y después de dejar las verduras en el asiento, cada uno le suelta cuatro besos y un abrazo que a punto están de quebrarle una costilla. El furgón se aleja cantando y haciendo eses por el camino de la Solana.

    Aquellos vinos debieron de surtir algún efecto, aparte de los habituales, porque los Peñoncillos fue de los pocos cortijos del valle al que no le rompieron los cristales, le reventaron las rejas o le echaron la puerta abajo. La guardia civil encontró el alijo en la sierra debajo de una montaña de podas y ramajes. Una buena colección de motosierras, desbrozadoras y generadores, todas viejas y herrumbrosas. Era lo más valioso que se podía encontrar en los cortijos. No fue difícil seguir la pista. Los responsables eran una cuadrilla de rumanos que andaba por el valle con una subcontrata para limpiar los bosques. Al parecer, limpiaron algo más, pero al Garduña, tal vez porque a él no le habían robado, no le parecía del todo reprobable.

¡Pero cómo quieren que no roben si les pagan a tres euros la hora! ¿De qué van a vivir? ¿Del aire?

Anda que, tú también, menudas cosas tienes. Mira que emborracharte con esos mendas.
¿Y yo cómo iba a saber que eran los ladrones?
Después de todo, no te ha salido tan mal, creo que eres el único del valle al que no han robao.
Pa lo que había que llevarse. Pero, bueno, Paco, no me seas pichafría que esta noche nos vamos pal Purche.
Coño, Blas, que ya no estamos pa esos trotes.
Joder, pues precisamente por eso, uno no va de putas pa cabalgar sino pa que lo cabalguen.
Pero si el otro día me contaste que no se te levanta.
Eso es verdad, que está el cacharro cada día más caprichoso.
Pues entonces, ¿qué me estás contando?
Mira que eres sieso. Hoy estoy valiente. El cuerpo me pide guerra. Y si no le da la gana, pues un buen magreo hace el avío. ¿O es que a ti no se te encrespa?
Cuando quiere, pero me apaño con la Paquita, que todavía no ha perdido del todo los ardores.
Dichoso tú. La Antonia no deja que me arrime ni pa las fiestas del Rosario. ¿Tendrá uno derecho a un achuchón de vez en cuando? Venga ya, no seas maricón. Mira que en ese garito hay un ganao que quita el hipo, fíjate en lo que te digo, que esas periquitas andan a la par con las de los calendarios. Si ahí no se nos pone tiesa es que estamos muertos y enterraos.
No te me pongas cansino, Blas, que a mí no me trae cuenta y, encima, como se entere la Paquita, me la corta con un cuchillo.
Si serás pichafría. Ya no somos amigos.

Calza tacos de goma. Lleva por fuera la cadena. Escupe más humo que un demonio y suena como una carraca. Esta motocicleta no está hecha para las autovías de cuatro carriles sino para las pistas y los desmontes. A duras penas pasa de ochenta y los coches los adelantan por todos lados como una exhalación. ¿Adónde irá toda esta gente con tantas prisas? Ten cuidao, Mauri, que estos bestias no paran en mientes. Como nos enganchen nos van a dejar hechos papilla. El Mauricio ya no es un mozo pero, a su lado, lo parece. Tiene una punta de cabras y un terrenillo, aunque nadie sabe muy bien cómo se sostiene. Lo que sí sabe todo el mundo es cómo le pierden las mozas y las fiestas, que parece que haya nacido para eso. El Blas va de paquete y no encuentra manera de agarrarse. Con una mano sostiene el ducados que se lleva todo el rato a la boca y, con la otra, el sombrero de fieltro. Si lo llevase puesto se le volaría, pero, de todos modos, el Mauricio le ha obligado a colocarse un casco del siglo pasado, abierto por el rostro y con visera, que a su parecer le queda ridículo. Es de color rojo, con una línea blanca de la nuca a la frente, y demasiado grande para su cabeza. De no ser por la correa que lo sujeta por debajo de la barbilla podría salir volando. Pero el Mauricio ha insistido.

Si nos pillan sin casco es multa segura. ¿La vas a pagar tú?
¿A cuánto asciende?
Tres mil duros del ala.
Entonces me lo voy a poner, que eso alcanza pa unos cuantos homenajes.

El imaginario del putiferio rondándole los sesos por debajo del casco extravagante. Los tenderetes de las putas a la sombra de los pinos. Los escarceos con olores a resinas. Los viejos burdeles que parecían casas y lo eran. Los tresillos, las mesas de camilla y las cocinas con las ollas borboteando. El olor a pucheros y refritos, más fuerte que el acoso mareante de las colonias baratas. La familiaridad en el trato y las esperas por turno riguroso. Las putas viejas que le daban palique en los entretiempos, dejaban a un lado las labores de ganchillo y le manoseaban el paquete por debajo de los faldones. Era increíble lo que conseguían aquellas manos rechonchas.

Sabían tan bien lo que hacían que, cuando le tocaba la vez y le mandaban a las camas chirriantes y desvencijadas, estaba ya al borde del cataclismo. La chica de turno no tenía más que rematar la faena, con el mínimo gasto de tiempo y energía. Por aquel entonces, también se cuidaba el negocio, pero se hacía con otras artes y otro talante. Todo aquello se fue perdiendo y a las casas de putas, piensa el Blas, les pasó como a los campos, que solo quedaron los viejos cuidando de los baldíos. Con la modernidad, la prostitución se echó a la calle sin tapujos. Más jóvenes y más guapas. Ofreciéndose en las aceras y en los arcenes de las carreteras. Semidesnudas. Anda, que cuando llegue el invierno las van a pasar canutas. Sobre todo esas morenitas que vienen del África y no están acostumbradas a estos rigores. Alguna conoció en el asiento trasero de una C15. Chico, tampoco me parece a mí que sea para tanto. Mucho ruido y pocas nueces. Luego llegaron las latinas y las rubias. Morenas exuberantes con unas curvas que mareaban. Rubias de ojos azules con la piel transparente como los cristales. No hablaban nada. No entendían nada. Pero no les hacía falta. Suplían las palabras a base de elasticidad y entrega. Había algo frío en esas miradas. Una frialdad que desaparecía enseguida en cuanto se metían en faena. Al final, aparecieron las autopistas, los centros comerciales y las grandes superficies.

El devenir del mundo sigue sus pasos inexorables. El grande se come al chico. Las grandes explotaciones acaban con las pequeñas. Las grandes superficies acorralan al pequeño comercio. Los centros comerciales imponen su ley a base de tirar los precios, abaratar costes y diversificar la oferta. Esto vale tanto para la comida, la ropa y los electrodomésticos como para el sexo y la jodienda. Se acabaron los campesinos, ya solo quedan jornaleros sin tierra. Las putas se llaman ahora trabajadoras del sexo y, a base de especialización, quedan las profesiones deshumanizadas. El comercio de la carne monetarizado, no al peso, sino por minutos y segundos. Se exhiben las mercancías del modo más sugerente y cada uno coge lo que quiere. Importan el aspecto, la variedad y la presentación. Lo mismo da una botella de vino, un paquete de galletas, un kilo de tomates, una camisa o un chuletón de buey que un coño o unas tetas.

El sol se ha escondido y las luces de los coches se les echan encima cada vez más potentes y amenazantes. Algunos les tocan el claxon cuando los adelantan. Al Blas, el cigarrillo se le escapa de los dedos. Se agarra el casco con una mano porque, como se descuide, también sale volando.

Mauri, ¿qué les pasa a esos? ¿Por qué nos pitan?

Deben de ir con bulla. No les hace gracia que vayamos tan despacio.

Hay que joderse, y a mí no me hace gracia que vayan ellos tan deprisa. ¿No podríamos ir por una carreterilla más manejera? Tanto coche me parece un peligro.

Es que estamos en hora punta.

¿Y eso qué es?

Que salen todos del trabajo como borregos.

Acabáramos. Será por eso que corren tanto, aprietan como los mulos de vuelta a los establos.

Algo parecido, no te creas tú, pero no tengas cuidao, que estamos llegando.

Cuando se acercan a la salida, alcanzan a los coches embotellados y los adelantan por la derecha. Y ahora, ¿qué pasa? ¿Por qué se paran?

Hay un atasco.

¿Y eso por qué? ¿Ha habido algún accidente?

No creo, es que no caben tantos coches.

No me extraña. Pero anda que venir cagando leches para pararse ahora, en qué cabeza cabe.

Salen de la autovía y hacen la rotonda sorteando vehículos parados.

¿Lo hueles, Blas?

Sí, huele como a jabón.

Es que hay una fábrica ahí mismo. Este olor me recuerda a los chochos recién afeitados.

Me parece a mí que tú vienes por aquí más de la cuenta. Los coches los miran con desgana, tal vez alguno con fastidio. ¿Y estos dos? ¿De dónde habrán salido? Abandonan la rotonda y el Mauricio detiene la moto delante de una verja que les corta el paso. La verja es enorme pero, al lado del centro comercial junto al que se levanta, parece minúscula. A través de los barrotes, no se ve nada más que los campos abandonados que se extienden a lo largo de la autopista plagada de coches. Menos mal que hemos llegao. No las tenía yo todas conmigo. Pa la próxima nos venimos por los pueblos, aunque tardemos cuatro horas. Por el gasto de gasolina no eches cuentas que yo lo cubro.

El Mauricio desmonta, se acerca a la verja y toca el telefonillo. El artilugio tiene cámara y el hombre se estira, bien compuesto, por quien pueda estar observándole. El Blas, por lo mismo, ya se ha quitado el casco y se ha colocado el sombrero encima del flequillo perfectamente planchado. Anda que venir de periquitas con estas pintas. Enciende otro cigarrillo para ver si este no se lo fuma el viento. Se sacude el pantalón y se abotona la camisa hasta el gaznate. La barba, recién afeitada, luce algunos pelos sueltos que debieron de escapar a la maquinilla y a su vista cansada. Huele a colonia de bebé, ese agua que se gasta con los niños. Nadie contesta a la llamada, pero de pronto, con un chirrido, la verja empieza a deslizarse automáticamente para franquearles el paso. El Garduña ha estado aquí unas cuantas veces, desde luego muchas más de las que le habrían gustado a la Antonia, pero no deja de maravillarse cada vez que contempla el mecanismo. Mira al otro lado, a derecha e izquierda, arriba y abajo, como si tratase de encontrar al responsable de ese prodigio.

Desde luego, ¿dónde vamos a ir a parar? Si hasta las puertas se abren solas. ¿Y si fuésemos unos ladrones que viniesen a robar?

No somos unos ladrones, Blas, y además nos están viendo por las cámaras.

¿Qué cámaras?

¿Ves aquel cacharro en la esquina del edificio? Eso es una cámara.

¿Y por ahí pueden vernos?

Igualito que en la tele.

De todas maneras, podríamos traer malas intenciones.

Sí, te creerás tú que no nos conocen. Aquí ya nos tienen calaos, a nosotros y a nuestras intenciones.

Eso será a ti, que no perdonas una.

Toma y a ti. Si aquí a la segunda visita ya te tienen cogida la matrícula.

La ubicación no podría ser mejor. Está perfectamente comunicado con la ciudad y todo el cinturón metropolitano. Si no fuera por los atascos, cualquiera podría plantarse aquí en menos de quince minutos. El emplazamiento, a la sombra del centro comercial, le brinda al mismo tiempo visibilidad y discreción. Todo el mundo puede verlo desde la autovía, pero desde la entrada no hay manera de ver nada al otro lado de la verja y hasta el edificio se vuelve invisible, parapetado detrás de los grandes almacenes.

Es una construcción moderna de tres plantas. La estética está subordinada a la funcionalidad. De una sobriedad insospechada, las antenas parabólicas y las cámaras de vigilancia son los únicos adornos que cuelgan de la fachada. No hay lucecitas de colores ni reclamos de ninguna otra clase. Solamente el nombre, en grandes letras, coronando el tejado. Nadie diría que se trata de un burdel, pero toda la ciudad lo sabe sin género de dudas. Hasta los niños imitan entre risas las voces insinuantes de los anuncios radiofónicos.

Todavía es algo pronto y el aparcamiento está vacío. Lo custodian dos armarios impecablemente vestidos. Pieles oscuras y sonrisas blancas. Cadenas de oro. Todo amabilidad y cortesía. Los acompañan hasta la entrada y les abren la puerta. Un salón inmenso, mucho más grande de lo que cabría imaginar viendo el edificio desde fuera. En el centro, una barra circular sin más habitantes que los camareros, que se afanan como insectos con los preparativos. Hay plafones incrustados en el techo. Se alternan claridades y penumbras. Al fondo, a la izquierda, arrancan las escaleras. El acceso directo hacia los gozos y las sombras. El Blas y el Mauricio se acomodan en sendos taburetes. Piden un vino y un cubata. De entre la oscuridad, surgen algunas mujeres y se acercan recomponiendo sus escuetos atuendos. Tacones y tangas. Ligueros y sostenes. Pieles de todos los colores. Ni una sola les dirige la palabra. Sus cuerpos hablan por sí solos. Se muestran, se ofrecen, se destapan. Al Mauricio le faltan ojos y le sobran ganas. Con la mano en el bolsillo, acaricia el bulto que revienta su bragueta. Ellas huelen la sangre y se le echan encima. Acaparadoras, todas quieren ser la primera en estrenar las cuentas y la tarde. Lo abrazan, lo tocan y lo manosean. Le enseñan lo poco que queda por enseñar. Al Garduña, de momento, no le hacen ni caso, concentradas como están en el fruto más maduro.

Ni en la vida ni en el amor ha sido nunca un hombre de opulencias. La exuberancia le ha parecido siempre una distracción innecesaria. Las esencias se guardan en frascos pequeños. Todo lo contrario que al Mauricio, que le pierden las formas desbordadas. Caballo grande, ande o no ande. Que haya bien dónde agarrarse para no despeñarse por las curvas. Al joven le pueden las carnes. El viejo es un enamorado de los huesos. Pero ninguno de los dos acertaría a explicarlo a la hora de hacer sus elecciones. El Mauricio tiene prisa. Desde que olió los jabones en la rotonda, le apremia la calentura. El Blas, que también fue joven algún día, lo entiende perfectamente, pero le sujeta de las bridas. No corras tanto, chaval, que el gusto está en la espera y la demora.

Poco a poco, el local se ha ido llenando hasta el abarrotamiento. Hacen falta muchos hombres para colmar un salón de estas dimensiones. Probablemente varios centenares. Pero es viernes por la tarde y primeros de mes. Vienen directos del trabajo, con el mono manchado de grasas o pinturas. La clientela más selecta tiene otros espacios reservados y no viene estos días ni a estas horas. Las mujeres también se han multiplicado y van pasando de mesa en mesa, de sofá en sofá y de ardores en ardores. Algunas pescan enseguida y desaparecen por las escaleras arrastrando a un currante de la mano.

El trato no es el que se acostumbra entre personas que no se conocen. No hay prolegómenos ni tanteos, rodeos ni circunloquios. Las chicas no se presentan, simplemente se desnudan. Sus cuerpos son sus credenciales. La relación se ciñe al negocio y no se anda por las ramas. ¿Qué quiere usted tomar? ¿Café? ¿Cerveza? ¿Algo para picar? Las camareras hacen su trabajo, solo que lo que aquí ofrecen son sus propias carnes, desnudas y rasuradas.

Después de las rubias y las morenas, de las latinas y las eslavas, de las altas y las bajas, se acerca una morena modosita que no lleva encima nada más que las bragas. Debajo de los encajes se transparentan los pelos, una mata revoltosa. Una culebra tatuada se le enrosca por el lomo y termina con la lengua fuera y las fauces abiertas por debajo del ombligo. Por la forma de la cabeza, debe de tratarse de una víbora. El Blas recuerda las lecciones del Eduardo, aquel pastor desdentado que conoció en los Borreguiles. La moza tiene las tetas planas y los pezones ensartados con anillos. Se nota enseguida que le faltan tablas por su forma de acercarse. Se la ve incómoda e insegura sobre esos tacones despeñados. Sin embargo, al Garduña no se le ha escapado un aire montuno en esa forma de moverse. Hay algo tímido y acechante en la posición de los hombros y en la manera de mirar, algo que sugiere precaución y amenaza al mismo tiempo.

Parecen ustedes recién salidos de mi pueblo.

¿Ah, sí? ¿Y qué pueblo es ese?

Eso no se dice, que el mundo es muy chico y el campo ni te cuento. Y además ¿qué importa? Si todos los pueblos son iguales.

En eso llevas razón. Un pueblo es un pueblo. Nosotros venimos de la sierra.

Pues de ahí mismo salgo yo.

¿Y por qué te fuiste?

Porque allí no hay quien coma ni quien viva.

Mujer, tampoco es para tanto.

¿Que no? Allí si eres hombre lo mismo te defiendes, pero como seas mujer lo llevas claro.

Visto así.

¿No quiere usted que echemos un rato? Esta tarde todavía no me he estrenao.

¿Puedes quitarte esas cosas de las puntas?

Yo me quito lo que usted quiera. ¿No le gustan mis aretes?

No sé, me dan un poco de repelús, es que no estoy acostumbrao.

Si es que aquí, con tanta competencia, una tiene que hacer algo pa llamar la atención. Entre tanta morena y tanta rubia, las demás no nos comemos una rosca. ¿Así está mejor?

Y se mete los aretes en un dedo como si fuesen anillos, otro sitio no tiene donde ponerlos, como no sea en el fondo de las bragas.

El Mauricio está distraído, sigue los pasos a una mulata descomunal que merodea por la barra. Si esa te coge, te hace un nudo. Pero no puede apartar la vista de esas tetas y ese culo, de esos labios y esos dientes. De esos ojos que de pronto le descubren y vienen hacia él cargados de urgencias y promesas. A ella le urge la caja registradora y a él el deseo acumulado. Con una mano le quita la copa y se la lleva a la boca.

Con la otra, palpa la inflamación que se evidencia en el paquete. Vente conmigo, mijito, que este palo te lo quiebro. Y no espera respuesta porque es evidente que el Mauricio ya no está para diálogos sino para embates y embestidas. Lo arrastra entre la multitud y desaparecen. El Garduña se ríe de la desproporción y el contrapunto. La morena le saca un cuerpo y dos cabezas. Menuda yegua, pobre chico, esa con el Mauri no tiene ni pa empezar. Veremos a ver si no me lo desgracia.

¿Ve usted lo que le estaba diciendo? Estas latinas acaparan el negocio. Lo que daría yo por unas tetas como esas. Estoy ahorrando pa ponérmelas de goma.

¿No has oído lo que dicen los paletas?

¿Qué dicen?

Que la mezcla no es cuestión de arena ni de cemento, sino de movimiento.

Eso está muy bien, pero aquí lo que vende son las carnes. No lo veo a usted muy animao.

Es que con la edad se vuelve uno más lento.

Pues si no se le ofrece nada más, voy a seguir la ronda, a los jefes no les gusta verme parada y menos en una noche como esta, que está el local de bote en bote.

Hagamos una cosa. Yo voy a tomarme otro vino despacito y luego vuelves a buscarme. ¿Te parece bien?

Como usted quiera, yo voy a estar aquí toda la noche.

Es una rareza en medio de lo insólito. Entre tantos exotismos su normalidad resulta singular. El Garduña se ha encaprichado aunque no sepa por qué. El Mauricio, de vuelta ya de los fragores del combate, no puede comprenderlo.

Con las hembras que hay aquí, ¿te quieres tirar a esa paleta? Pero ¿tú te has fijao qué tetas y qué culos? Esto es el paraíso terrenal y tú te quieres acostar con una tabla. Desde luego, no hay quien te entienda.

Como gustos, hay colores.

Ya, pero es que lo tuyo es de delito. Mira qué rubia viene por ahí. Claro que yo te recomiendo una mulata. Es increíble lo que saben hacerte con las tetas.

Me quieres dejar en paz. En esto del follar no hay ciencias ni recetas.

Bueno, bueno, no te me enfades. ¿No habrás traído dinero de sobra? Todavía me han quedao ganas pa esa morena.

Algo te puedo prestar, pero vete despacito que te veo un poco disparao.

Llega entonces la moza delgaducha. El Blas le mira las costillas y las tetas. Ella se saca los aretes y se lo lleva entre la multitud. Un cruce de miradas bastó para el entendimiento. El Garduña la sigue dócilmente.

En los primeros peldaños, la chica se saca los tacones. Luego sube descalza por la escalera con los zapatos en la mano. El Garduña ya se había fijado en las líneas de sus clavículas y los contornos de las costillas por debajo de las tetas. Ahora se fija en la rectitud de su columna que se pierde entre las nalgas y en la cadencia de las caderas, que le preceden gatunas por la escalera. Se adivina la perfección del culo por debajo de las bragas. Liberada de los zancos, la cosa queda clara. Esta moza está muy monteada. En el primer rellano, una señora gorda y muy arreglada le entrega a la chica las sábanas y las toallas y le indica con la mirada un reloj que cuelga de la pared. El Blas conoce el protocolo. Sabe que, a partir de ahí, la tarifa habitual les concede veinte minutos para sus cosas y que no conviene entretenerse. La chica también lo sabe y, para no parecer remolona, aprieta el paso hasta la siguiente planta, con los zapatos en la mano y las ropas de cama bajo el brazo.

Si alguna vez se hubiese alojado en alguno, el Blas pensaría que el cuarto parece la habitación de un hotel. La chica le muestra el baño y estira las sábanas sobre la cama. No le lleva ni cinco segundos. Él ya sabe lo que tiene que hacer y empieza también a desvestirse. De pie, en el quicio de la puerta, le cuesta quitarse los zapatos. Recuerda los tiempos en los que no se los quitaba. Era ahí donde escondía el dinero. Ella, cariñosa, le echa una mano. Cualquiera no lo haría. No entra dentro de sus atribuciones. Le ayuda también a sacarse el pantalón y los calzones.

Joder con el viejo, menudo aparato. ¿Siempre la ha tenido así de gorda? ¿O es que le ha crecido con la edad?

Con la edad solo crecen las narices y las orejas, todo lo demás mengua sin remedio.

Pues no quiero ni pensar lo que habrá sido esto hace treinta años.

Más o menos igual, solo que más bravo.

Lo que es su mujer, habrá estao encantada.

Lo estuvo, pero no le duró el encantamiento más que una primavera.

Menuda putada. Eso sí que es un desperdicio.

Ella le deja que se lave solo en el lavabo, se quita las bragas y se tiende sobre el colchón con las piernas separadas. El Garduña vuelve enseguida, tira la toalla y enciende un cigarrillo. El sombrero es lo único que cubre su cuerpo esquelético. Sentado entre esos muslos musculosos, inspecciona a la chica de arriba abajo, hasta que su mirada se distrae más allá de la boca de la serpiente.

¿Qué mira?

Nada, la herida.

¿Qué herida? No me joda que tengo sangre. Hasta la semana que viene no me toca.

No, mujer, me refiero al coño.

Me había usted asustao, como se ha puesto tan serio.

Es que un coño es una cosa muy seria.

Mira que me han dicho cosas raras, pero eso no lo había oído en mi vida.

Conoce su profesión y la ejerce con dedicación y esmero. La mano ya ha rodeado el miembro todavía flácido y salta a la vista que sabe lo que hace. El Blas se recuesta sobre las almohadas y se deja hacer con el cigarrillo en la boca. Ella se arrodilla a su lado para buscar una posición más cómoda. Estira la espalda y separa las piernas, ofrece una visión completa de su cuerpo rasurado. Solo hay un pequeño triángulo de pelo entre el clítoris y la lengua de la serpiente. Ya ha comprendido que su cliente disfruta con los ojos y los pormenores y por eso se acerca todavía más, para ofrecerle el primer plano y el detalle. El Garduña apaga el cigarrillo y acaricia con los dedos lo que antes acarició con la mirada. Los dedos de la chica se agitan cada vez más nerviosos y con una precisión de vértigo. La habilidad de esas manos está fuera de toda duda, pero al Blas se le escapa una sonrisa, al pensar que, en lo que a manualidades se refiere, su mujer no le va a la zaga a esta moza aplicada y generosa. Recapacita mentalmente y llega a la conclusión de que no ha conocido otras manos como las de la Antonia. Lástima que les haya faltado vocación. El mundo se ha perdido algo grande, entregando ese arte a las tetas de las cabras.

Se está usted poniendo en forma.
No me llames de usted, que se me entibia.
Perdona, es que la edad impone.
Dejemos la edad aparte y vamos a lo nuestro que está volando el tiempo.
¿Qué quieres que haga?
¿Sabes montar a caballo?
En mi pueblo los caballos son cosas de ricos; pero, no se crea, que alguna vez sí que me he montao en un mulo.
Pues venga, vamos a ver cómo lo haces y cuidao con el usted que se te escapa.

Debía de tener el preservativo a mano, porque lo saca de pronto, muerde el envoltorio con los dientes y se lo enfunda con una habilidad pasmosa.
Esto del plástico me parece un atraso.
No digo que no, pero sin gomas no hay negocio.

Claro, mujer, si no me opongo, es que tantos progresos se me hacen fastidiosos.

Usted no piense en eso y déjeme a mí, que sé lo que me hago.

Y dale con el usted, no va a haber forma de acallarlo.

Perdón, es que me han educao a la antigua.

Con el cuerpo ligeramente volcado hacia adelante y una mano detrás de las nalgas, la chica se introduce ese sexo endurecido. Luego, se desliza con suavidad dejando que el miembro llegue hasta el fondo y vuelva a salir a la superficie. Muy despacio, repite esa operación unas cuantas veces y el Blas cree morir y tiene que detenerla y tomar aire. Cierra los ojos e intenta pensar en otras cosas. Vuela hacia las sierras y las montañas, mientras ella reanuda sus movimientos y sus esfuerzos. La molestia de fingir no se la toma, tal vez porque intuye que el viejo no lo necesita. A estas alturas, ya no elucubra con fantasías o futuribles, se regodea en el pasado. Y siempre vuelve a las mismas escenas y a los mismos paisajes. Los cuerpos desnudos debajo de las cumbres. La Manuela meando en un barranco. La Antonia metida en un barreño. Los pies descalzos de la Fina sobre los pedales de la máquina de coser. Si el sexo es una herida, es porque se nos escapa, nos regatea y no hay manera de recuperar ese infinito. Pero ahora abre los ojos y el placer es una chica flacucha que se esmera con la piel perlada de sudor y las costillas fuera. El Blas se deja llevar y agradece el esfuerzo por más que sea solo por dinero. Y ya no sabe quién es quién, o si está en un prado o un desmonte. Cuando quiere darse cuenta, la chica se ha marchado, suena el agua de la ducha y su sexo, envuelto en plástico, se arruga y se contrae. Enciende un cigarrillo y se deja carcomer por la tristeza.

Una raja o una herida. Un corte limpio o un desgarro. Los labios abiertos como las alas de una mariposa o apretados como una boquita de piñón. Carnosos o tersos, oscuros o sonrosados. Los coños le pueden parecer hachazos o amapolas, flores o animales. Un conejo o una liebre, un perro o un gato, una culebra o un ratón. Pelones o peludos, todos tienen sus encantos, salvo los afeitados por completo, que le parecen infantiles y le enturbian los anhelos. Las vulvas rasuradas tienen sus ventajas. Una suavidad insospechada. Dan ganas de acariciarlas y de lamerlas. Los coños pueden ser juguetones o ariscos, siesos o valientes, generosos o estirados. Pueden ser de mil maneras; pero, en cualquier caso, un coño es una quiebra o una herida, el principio y el final. Le preocupa bastante la cuestión de los calibres. Yo es que no lo entiendo. Todo el día hablando. Que si este la tiene muy gorda, que si aquel la tiene muy chica. ¿Y qué pasa con los coños? ¿Es que el tamaño no importa? Demasiado estrechos son un problema, pero demasiado anchos la cosa resulta insípida. Que el tamaño importa está del todo claro. Pero no es cosa ni del uno ni de la otra. Esto es como todo en esta vida. Las herramientas tienen que estar bien compensás. Se le pueden ir las horas hablando de los coños, pero el monólogo termina siempre por el principio. El coño de su prima. La vara de medir. El coño de la Manuela que fue el primero que vio y el primero que perdió. Vaya coño feo que tenía, cuatro pelos contaos entre las piernas. Pero él no lo pudo olvidar nunca y, aunque no lo sepa, se ha pasado media vida buscando ese trocito de cielo que cabe entre los muslos.

Más vale que no les paren. Llevan más alcohol en sangre que gasolina en el depósito. La motocicleta petardea y se atraganta. Hipa como un borracho en el silencio de las calles de un pueblo adormecido. El motor ruge todavía más fuerte cuando afronta las cuestas del Barrio Alto. El cielo empieza a clarear por detrás del cerro del Sanatorio. La Antonia duerme. El Blas intenta no despertarla y, por no hacerlo, no enciende ni la luz. Es la segunda vez que se desnuda esta noche, la segunda vez que se mete en una cama. Los postigos están cerrados. La oscuridad domina la estancia. Una silla se interpone en su camino. Un vaso revienta contra el suelo. La Antonia sale de repente de un sueño hecho pedazos.

¿Se puede saber qué coño estás haciendo?

Nada, nada, mujer, sigue durmiendo, es que se me ha caído un vaso.

La Antonia se da la vuelta. El Garduña se acurruca a sus espaldas. Tres segundos más y se habría quedado dormido. Pero su esposa se incorpora y enciende la luz.

Fuera de aquí ahora mismo.

¿Qué pasa?

¿Que qué pasa? ¿Tú has visto cómo hueles?

Es que hemos bebido un poco.

No me refiero al vino, me refiero a las colonias.

¿Qué colonias?

Las colonias baratas. Tú vienes de putas como yo me llamo Antonia.

Mujer, qué cosas tienes. ¿Cómo voy a hacer yo eso?

¿Tú te crees que yo me chupo el dedo? Sal de mi cama ahora mismo. Quítate de mi vista.

Se levanta al mediodía y tiene el cuerpo quebrantado. Del dolor de cabeza culpa al vino que le sirvieron en copas muy aparentes y le cobraron a precio de oro. Yo no sé pa que ponen copas tan grandes, si no las llenan más que un dedo. Pa la próxima vez, me llevo unas botellas. Del resto de los dolores no sabe ni las causas ni los orígenes. Recuerda difusamente la bronca de la Antonia. Eso explica que haya amanecido en el cuarto de las niñas. Recuerda también una culebra que reptaba por un vientre. Una chica de pueblo que nunca había montado a caballo, pero que era una amazona consumada. Aunque sea sábado, le reclaman un montón de tareas acuciantes. Los bichos no entienden de agendas ni calendarios y tienen que ser atendidos. Enjaeza el mulo y enfila el camino de la Solana. En los Peñoncillos, le esperan un montón de bocas hambrientas y otras tantas tetas necesitadas. Antes de llegar a la acequia, se topa con el Pepico Ruano que lleva ya escardados unos cuantos carriles.

¿Qué pasa, Blas? ¿Anoche hubo verbena?

¿Por qué lo dices?

Hombre, como subes a estas horas y con esa cara de pollino satisfecho.

Pues sí, estuvimos en la ciudad, de periquitas.

¿Y qué tal? ¿Cómo se dio la noche?

No estuvo mal, pero las he visto mejores. Ahora que, si no fuese por esos raticos, yo no sé qué haríamos en este mundo.

Mañana tocan elecciones.

Pues conmigo que no cuenten.

Mira que si no votamos, vuelve a ganar el del bigote.

Tampoco es que los nuestros lo hiciesen mucho mejor. Se pusieron las botas, como todos.

No digas eso, que han hecho muchas cosas buenas.

Puede ser, tú estás más informao. Pero habrá sido en las vegas porque de estos montes no se han acordao. Así que yo no voto. Si me tienen que robar, que me roben. ¿Qué remedio? Pero no estoy dispuesto a elegir a los que vayan a hacerlo. Bueno, Pepico, ahí te quedas, que tengo a las cabras encerrás.

Llega a los Peñoncillos y se sirve un vaso de vino hasta el mismo filo. Colgado de un clavo, el calendario está abierto por el mes de marzo. Como ya casi se acaba, le entra curiosidad, y pasa página al mes de abril. Una rubia despampanante se recuesta sobre un sofá. Da un trago largo antes de levantar el acetato que la cubre. En esa posición y con las piernas ligeramente separadas, el coño se le ve de arriba abajo. Tiene los labios recogidos, replegados sobre sí mismos, y la piel es sonrosada en torno a la hendidura. Ni entre los muslos ni en el vientre aparece un solo pelo. Apura el testarazo. Esto es lo que hay. Va a tener que conformarse durante una buena temporada. El mosqueo de la Antonia va para largo. Unos cuantos meses lo va a tener castigado en el cuarto de las niñas. El Blas no reconocerá nunca la evidencia, pero lo que sí reconoce son las razones de su esposa. Sobradas y de peso. Acata sin rechistar todas sus disposiciones. Va a hacer falta un gesto, un acto de contrición y desagravio.

21. Rabia

> *Cuanto más avanza este proceso, cuanto más languidece la primitiva industria doméstica campesina, más aumenta la necesidad de dinero del campesinado, no solo para comprar cosas superfluas o que, al menos, no le son indispensables, sino también para proveerse de lo necesario. No puede seguir explotando la tierra sin dinero, ni adquirir lo necesario para su manutención. [...]*
> *Todo este proceso empezó, como hemos visto, en la Edad Media, pero el modo de producción capitalista lo ha precipitado, al punto de hacer depender de él en todas partes la condición de la población rural. No ha llegado todavía a la meta y va, actualmente, abarcando nuevas regiones, transformando de continuo nuevos dominios de la producción agrícola de autoconsumo en dominios de producción de mercaderías; aumentando en diferentes maneras la necesidad de dinero del campesino y sustituyendo el trabajo dela familia por el trabajo asalariado.*
> Karl Kautsky, *La cuestión agraria*

Despampanar, escamojear, injertar, acarrilar, escardar, sembrar, arar, varear, deschuponar, segar, trillar, ordeñar, curar, vendimiar, despuntar, encañar, frailear, podar, desmochar, plantar, trasplantar, tallar, talar, remondar, desbarbillar, despimpollar, roturar, desbrozar, cavar, cultivar, mullir, estercolar, regar, aporcar, entresacar, cosechar, labrar, segar, aclarar, ensilar, encurtir, agavillar, trasegar, fermentar, prensar, aventar, enjaezar, despalillar, uncir, ovejar... Las tareas del campo son infinitas. Muchas más que letras del abecedario. Igual que las palabras, se encadenan unas detrás de otras, en una sucesión inexorable. Algunas exigen una delicadeza y una precisión más propias de cirujanos que de campesinos. Otras, una fuerza y una resistencia que se les supone a los mulos antes que a los hombres. Pero todas reclaman una paciencia y una constancia que van más allá de la dedicación de las hormigas. Muchas de estas tareas están a punto de desaparecer y la mayoría las hacen las máquinas. Los agricultores se han convertido en trabajadores especializados. El campesino es exactamente lo contrario. Tiene que dominar todas las artes y afrontar todos los esfuerzos. Los que quedan en el valle de la Solana se pueden contar con los dedos de la mano.

El pan está por las nubes. El trigo, por los suelos. Las manufacturas se cotizan. Las materias primas se deprecian. Esto no tiene lógica o, tal vez sí, la lógica del expolio. Esta historia es tan vieja que da pereza hasta contarla. Un saco de cereales vale cada día menos. Los productos de ese mismo grano son cada día más caros. Las cartas están marcadas. El campo siempre pierde. Tan mal se pagan los granos que las eras se sienten estúpidas y sus fatigas, estériles. Dando vueltas sobre los guijarros hasta a las mulas se les queda cara de tontas. Cualquiera habría querido ser panadero. Y, sin embargo, los molinos desaparecieron hace tiempo y los hornos esperan su turno resignados. Que en pocos años ninguno vaya a quedar en el pueblo es algo difícil de creer e imposible de imaginar. Si sembrar ya no tiene sentido, menos aún lo encuentra la molienda. Las piedras de los molinos se convierten en adornos, recuerdos del pleistoceno que fue ayer.
Pero una docena de hombres sigue sembrando cereales. Ellos y sus mulos. Siembran trigo, avena y cebada. Y nadie sabe por qué lo hacen, porque no salen las cuentas. Quizá porque siempre lo han hecho o quizá porque no saben hacer otra cosa. Quizá para que los otoños sigan pareciendo otoños y los veranos, veranos. O, tal vez, para dar de comer a sus animales, que no tienen culpa de nada. Sus mujeres amasan harinas que vienen del otro lado del país o del otro lado del mundo. El pan ya no es lo que era. Las levaduras están muertas. Los granos se los comen las bestias. Todos se agarran como pueden a un pasado que se les escurre entre los dedos. Cada año faltan un hombre y un mulo. A algunos se los lleva la muerte y a otros les fallan las fuerzas. El camino de la Sola-

na se vuelve infranqueable. Cada mañana se les hace más largo y las cuestas más empinadas. En cuanto falta un hombre, desaparecen sus sembrados. Los frutales se los comen las brozas y los gusanos. La tierra se cuartea, se resquebraja. Y es por esas grietas que se le escapan la humedad y la vida. El desierto avanza por esas hendiduras. Más ahora, que ya no quedan hombres dispuestos a combatirlo con sus sudores y sus espaldas. No hay quien los sustituya. Nadie dispuesto a continuar con sus tareas inútiles. Ellos se obcecan hasta la extenuación y el agotamiento. El día que faltan no es porque no quieran, es porque no pueden. Que alguno se jubile es un hecho insólito. Nunca será porque haya cumplido los años, sino porque las fuerzas no le alcancen. Quedan los cuerpos enjutos, exprimidos hasta el acabamiento, como ese ejército de cerezos carcomido desde las raíces.

No tiene callos en las manos. Las manos son un callo, igualmente endurecidas por las palmas y los dorsos. Es imposible describirlas. Para hacerlo habría que hablar de todas las cosas que han hecho en los últimos cincuenta años. De todos los cortes, las heridas, las quemaduras, los sabañones, los golpes que las han ido marcando a lo largo del tiempo. Habría que hablar del frío y del calor, del hielo y del fuego, del hierro y del esparto. Se diría que tienen más de mil años, más de mil años de intemperie. No parecen hechas de carne y hueso, sino de una materia más parecida a la piedra, suponiendo, claro, que la piedra pudiese sufrir. Estas manos están hechas de dolores y de tormentos.

Sobre una de esas palmas encallecidas descansan los plantones. Miden unos veinte centímetros de largo y parecen muertos. Las raíces desnudas cuelgan a un lado de la mano y las hojas mustias, por el otro. El Blas los sacó esta mañana de una palangana de hojalata donde planta sus semillas. El trasplante es siempre un momento delicado. Los carriles ya están inundados. El agua se desliza lentamente por los surcos. Con la espalda recta, el Garduña se dobla sobre ellos. Hunde una mano en el barro, justo a la altura que alcanzó el agua sobre la tierra, y de un solo gesto planta los plantones. Con una delicadeza insospechada, los deja tendidos sobre los caballones como si estuviesen echando la siesta o tal vez languideciendo. A la mañana siguiente, estarán todos de pie, erguidos hacia el cielo, sin faltar ni uno. Paco, el Posturas, ha presenciado esta operación decenas de veces y todavía no alcanza a comprender cómo lo consigue. Un año quiso imitar a su amigo y puso las plántulas en el barro con las raíces al aire. No le arraigó ni una. Tuvo que conseguirse otras de un vecino que tenía de sobra y nunca le confesó al Garduña el fracaso del experimento. Qué cabrón, este Blas ha heredao las manos de su abuela.

Los Peñoncillos se han convertido en una residencia de verano. Sus habitantes no vienen aquí de vacaciones sino todo lo contrario. Ya tienen agua corriente y un baño con todas las comodidades. La luz eléctrica todavía no ha llegado y aún habrá que esperar unos cuantos años. Al Blas no le importa porque vive con el sol y no usa más máquinas que un mulo y un arado. La Antonia lo lleva peor. Ya se ha acostumbrado a la lavadora, la radio y la minipimer. Y cada día ve peor a la luz de los candiles. Coño, si es que parecemos cavernícolas. A finales de la primavera, el Blas se pone meloso para convencer a su mujer de adelantar la mudanza a los Habices. A finales del otoño, ella impone sus argumentos y elige el momento de volverse al pueblo. Él usa ruegos y argumentos, razones y sinrazones, promesas y amenazas. Ella, simplemente, hace las maletas. Este año, el traslado se retrasa. La Antonia sigue enfadada y le hace pagar caras sus nocturnidades. Todavía lo tiene confinado en el cuarto de las niñas. El valle es un páramo deshabitado. Solo ellos y sus vecinos, el Paco y la Paquita, viven aquí durante el estío. Todos los grandes cortijos, que hasta hace poco habían albergado a un montón de familias, están abandonados y cerca de la ruina. El cortijo del Lelo, el cortijo del Tito, el de las

Viñas, el del Cerrillo y el de los Habices ya no son más que un amasijo de piedras, maderas, grietas, derrumbes y zarzales. El camino de la Solana vive de añoranzas. Suspira por un poco de charla y un chato de vino. Sus bares echaron el cierre hace ya bastante tiempo, en cuanto faltaron los peones de las centrales, los jornaleros del campo y el trasiego de arrieros. Sus rampas no castigan más que piernas envejecidas y cansadas, que nacieron aquí y alguna vez fueron niñas. Pero niñas, lo que se dice niñas, ya no se ve ni una. Y niños, mucho menos. Es más raro ver alguno que toparse un gato garduño al mediodía. Las hijas del Blas y de la Antonia suben algunas veces, pocas, por los Peñoncillos. Pero, aunque sus padres las llamen niñas, están muy lejos de serlo y aún de parecerlo. Andan todas ennoviadas y no es que no quieran saber nada del campo, es que hasta el Hoyo les parece un pudridero.

Las tomateras las planta el Blas sobre el barro, sobre la tierra enfangada y pegajosa. Esto puede parecer engañoso. Se diría que a las matas les gusta mucho el agua, pero ya pueden aprovechar porque no las volverá a regar hasta dentro de tres semanas. Tres semanas durante las cuales escardará los carriles un día sí y un día no. Lo que busca es conservar la humedad debajo de la superficie. Quiere que las plantas crezcan hacia abajo antes de que lo hagan hacia arriba y no le importa que parezcan mustias o resecas. A las tres semanas, vuelve a soltar el agua de la acequia y repite la operación. Cualquiera diría que lo que pretende es torturar a esas pobres plantas a base de escaseces y penurias. Una vez que aparecen las primeras flores, dejará de atormentarlas y les brindará el riego una vez por semana, aunque sin demasiados excesos, no vaya a ser que se acostumbren. El Paco no comparte ni esa austeridad ni esas agonías.

Coño, ya le podías dar al haza un enjuagoncillo, tienes las matas tiritando.

Déjalas que sufran, que así crecen más fuertes.

Si las riegas te van a dar más tomates.

Y yo para qué quiero más. Yo lo que quiero es que estén buenos y que sepan a tomate, que la carne se pueda cortar como un filete. Si les echas mucha agua, se quedan huecos y no saben más que a aire.

Se cava la tierra para que recoja el agua y se vuelve a cavar para que no la suelte. Una escarda vale por tres riegos. Aquí los riegos están contados; las escardas, no.

La araña roja no es una araña. De la familia de los ácaros, no se toca nada con los arácnidos, ni siquiera son primos hermanos. Mirada al microscopio, porque a simple vista no hay quien la vea, sí que lo parece y quizá sea por eso que la llaman así. Por eso y porque extiende una especie de telaraña por debajo de las hojas que le sirve para protegerse del frío, de los depredadores y de los pesticidas que se han inventado para aniquilarla. Tampoco es que sea roja realmente, porque durante los meses de calor, que es cuando más prospera, es de un tono verdoso que solo se torna rojizo cuando llega el invierno. Aunque no haya acuerdo al respecto, se puede decir que llegó al valle hace unos cinco o diez años y es la dueña de las huertas y el pavor de los tomates.

Llega el momento de encañar. Primero dispone las cañas de cuatro en cuatro a lo largo de los surcos. Luego las clava en el suelo y ata las puntas con un cordel. Antes lo hacía con esparto, pero un rollo de rafia no cuesta nada, y no merece la pena la trabajera de cogerlo. Une todas las puntas con cañas horizontales y va guiando las plantas con ese mismo cordel. Cada día revisa los bancales. Memoriza inconscientemente la ubicación de las primeras flores y despunta con los dedos los brotes que aparecen entre los peciolos y el tallo principal. Las tomateras demasiado frondosas no darían frutos, contra lo que sería de esperar.

Mide medio milímetro, así que ni con gafas le distingue uno las patas. Pero es bien visible en el envés de las hojas, donde se amontona por millares bajo sus telas de seda. Puede reproducirse de forma sexual o asexual y quizá sea por esto que, cuando llegan los calores, le cunde más que a las conejas. Es un ácaro polífago, pero últimamente le ha dado por los tomates. Se alimenta de la savia de las plantas y puede llegar a aniquilarlas.

A media mañana, después de ordeñar, el Blas asoma por el huerto. Las tomateras tienen ya un metro y medio de altura y trepan por las cañas. Pasea entre los encañados como quien no quiere la cosa, aunque sabe muy bien adónde va y lo que busca. En los carriles más expuestos al sol, se acerca a las matas y las huele. Varios tomates cuelgan de las ramas. Pero a él solo le interesan unos pocos, aquellos que cuajaron de las primeras flores de las plantas. Aunque no los tiene marcados, sabe perfectamente cuáles son. No podría equivocarse porque esta es una rutina mil veces repetida. De entre esos primeros frutos, escoge el más hermoso y rutilante. La navaja lo hiende de lado a lado y lo convierte en dos mitades. El olor se expande por el aire. El Garduña se acerca a la nariz una de las piezas y cierra los ojos. Luego corta una porción y se la lleva a la boca. La carne se deshace entre sus labios. Es tan sabrosa que ni la sal ni el aceite se echan de menos. Tomates así no hay otros, ni en el valle ni en el mundo. Quien no haya hecho esto alguna vez no puede saber lo que es un tomate, de ninguna de las maneras. El Garduña se queda satisfecho. Corta un racimo de esos primeros frutos y se sube hacia los Peñoncillos.

Si uno observa una huerta con los ojos adecuados puede ver el carácter de su dueño perfilándose entre los bancales. La rectitud de los carriles. Parecen tirados a máquina o a cordel. Pero ni una cosa ni otra. El Paco maneja el azadón como si fuese un tiralíneas, con el mismo cuidado que gasta con el peine cuando se coloca el flequillo sobre la frente. Todas las líneas son rectas y los trazos impecables. El orden y el equilibrio mandan entre las coles, las lechugas, los tomates y las habichuelas. Ni una sola mata fuera de lugar. Todas bien dispuestas exactamente a la misma distancia. Cualquiera diría que este hombre siembra con el metro en la mano y escuadra y cartabón. Se equivocaría sin remedio. Cuando coloca las cañas le quedan todas exactamente a la misma altura y con la misma inclinación. Encontrar una mala hierba es imposible, por más que uno recorra los carriles de arriba abajo. ¿De dónde le vendrá a este hombre el cuidado por las formas y el detalle? Seguramente de la acritud de su padre, que no consentía un descuido ni toleraba dejadeces.

La huerta del Garduña es otra cosa muy distinta. No habría modo de explicar por qué, pero la disposición de los cultivos parece errática. Los caballones buscan las curvas y las parábolas. Los rodrigones presentan alturas desiguales. La equidistancia no aparece ni por asomo. Se diría que algunas plantas crecen allí silvestres sin que nadie se haya tomado la molestia de ubicarlas, y es que es así exactamente. Aparecen calabacines que brotaron espontáneos entre las coliflores. Un roalillo de acelgas prospera entre las habichuelas. Y el aspecto general es un poco selvático y desaliñado. Los resultados, sin embargo, no son muy diferentes. Tanto el Paco como el Blas producen hortalizas suficientes para alimentar a un buen puñado de familias, y eso es algo que no puede hacer cualquiera.

Debajo de la higuera, con la punta de la navaja, gastando cuidado y mucha paciencia, va sacando las semillas de los frutos. Luego las lava con agua y las pone a secar sobre un papel de periódico. Al día siguiente, cuando estén secas, doblará el papel como si fuese un sobre y lo guardará en un estante en la alacena de la cocina. El estante está lleno de hojas de periódico dobladas de la misma manera. Todas contienen semillas de verduras y hortalizas. No están marcadas de ningún modo, pero el Garduña nunca se equivoca. La Antonia está harta de ese montón de papeles que le quita espacio en el armario y amenaza con tirarlo todo a la basura. ¿No ves que no me caben ni los platos? Podrías guardar tus semillas en otra parte. Las semillas no son mías. Ah, ¿no? Y entonces, ¿de quién son? Son de los que se fueron y de los que vendrán. Eso está muy bonico, pero al menos podrías ordenar un poco para que no ocupen tanto espacio.

El día que llega el plástico no saben qué hacer con él. Quien dice el plástico, dice las latas, los tetrabriks y los envases de materiales incorruptibles. Los papeles y los cartones sirven al menos para encender la chimenea. Después de unos cuantos siglos habitando el valle, es la primera vez que se les presenta este problema. Hasta ahora nunca habían conocido desechos que no pudiesen desaparecer limpiamente en los corrales. Las gallinas y las cabras se encargan del reciclaje. El resto lo hace el Blas, que apila el estiércol, lo voltea tres veces al ritmo de las lunas y luego lo esparce por los campos para que se convierta en trigo, tomates o lechugas. La fermentación es el secreto de ese milagro, pero él no lo sabe. Lo que sí sabe es que la mierda de los animales tiene que madurar, lo mismo que los frutos, y que para eso son precisas tres llenas y tres nuevas y que a cada cambio hay que darle la vuelta a la montonera, de modo que lo de arriba quede abajo y lo de adentro, afuera. El fundamento científico de tanto ajetreo no lo conoce. Lo hace porque su padre lo ha hecho antes que él y su abuelo antes que su padre y así sucesivamente hasta el fondo de los tiempos. ¿Qué haría su padre con todas estas latas y estas bolsas? No hay modo alguno de saberlo y otra cosa no se le ocurre que amontonarlas en la barranquera detrás de los corrales, con la idea de pegarles fuego algún día y enterrarlas. Pero el cúmulo de desperdicios se le va de las manos. Todo el que llega de visita a los Peñoncillos viene cargado de plásticos y cartones. Detrás del cortijo tiene ahora un basurero. Bajarse con el mulo todos esos desperdicios le parece un despropósito. Coño, ¿es que no podéis usar un cesto de esparto como se ha hecho siempre?

El eterno dilema del campesino se resume en una palabra: ¿cuándo? Su vida depende de si responde o no adecuadamente a esa pregunta. Sembrar antes de tiempo o demasiado tarde, podar el día equivocado, dejar pasar la oportunidad de la siega y ver impotente que un granizo desnortado arruina las cosechas. De todas estas decisiones dependen el hambre o el hartazgo. El Blas y el Paco nunca se ponen de acuerdo. El uno mira al suelo y el otro, al cielo. Aquel se fía de la tierra y este confía a los astros el peso de sus decisiones. Los resultados no parecen concluyentes. A veces acierta uno y a la siguiente la pifia sin remedio. Te dije que era demasiado pronto. Te advertí que era demasiado tarde. ¿No te lo había dicho? A quién se le ocurre podar los nogales en luna llena. Debiste esperar a la menguante.

Ya va siendo hora de poner los tomates.
No seas cagaleches que todavía es muy temprano.
Está la luna entera.
Y la tierra más seca que el ojo de un tuerto.
Pero normalmente son los santos los que dictan la agenda y el calendario.

Lo hacían en febrero, después de San Valentín. Lo llamaban echar la olla y no era otra cosa que plantar sus semillas en peroles o en barreños de hojalata. Desde que les quitaron el agua de la acequia durante el invierno, el Garduña lo hace también de esa manera. Hasta entonces disponía sus semillas cerca de la reguera, donde no les faltase humedad, y las cubría con cola de caballo para protegerlas de la escarcha y de la helada. Ahora lo hace como todos, aunque no se pongan de acuerdo con las fechas. El trasplante lo hacían en mayo, más bien cerca de los juanes. Pero como vienen los años cada vez más bochornosos, se han ido adelantando poco a poco. Y ahora, a la que te descuidas, ya están todos los plantones en el huerto para el día de la Cruz.

Las plagas lo son por su capacidad de adaptación, su destreza parasitaria y su facilidad para reproducirse. No es que sean dañinas intrínsecamente, pero se multiplican y tienen que alimentarse. La raza humana está ahí, a la cabeza, para corroborarlo. A su lado, la araña roja no es más que un bicho inofensivo y sus colonias unas cuadrillas de aprendices. Si el hombre se ensaña con ellas, no es porque supongan una amenaza, sino porque no tolera competencias en esa carrera hacia la extinción. De hecho, la araña roja no supuso ningún problema hasta que el hombre se empeñó en exterminarla. Fue cuando aparecieron los venenos y las fumigadoras que este ácaro consiguió un protagonismo que antes no tenía.

Había tantas variedades de tomates como campesinos. Cada uno guardaba sus semillas y las compartía sin reparos. De este modo, y casi sin saberlo, conservaban una herencia genética que está a punto de perderse si es que no se ha perdido sin remedio. Sus plantas acumulaban siglos de adaptación al valle y al terreno. Al intercambiar las simientes favorecían la selección natural sin darse cuenta de lo que estaban haciendo. Cada hortelano era conocido por un producto. Lo del Blas eran los tomates y las coliflores. No había otros iguales en todo el valle. Paco, el Posturas, era un as con las coles forrajeras. Más grandes y más sabrosas no se criaban otras. Pero estas costumbres exigían unos talentos y una constancia que están a punto de desaparecer. La tarea entraña sus dificultades. Repetirla durante siglos no está al alcance de cualquiera.

Los tomates del Blas son los últimos en irse. Al despuntar los ápices descubre manchas amarillas en algunas hojas. Las matas ya están crecidas y plagadas de racimos que cuelgan por todas partes. No le queda más que regarlas una vez por semana y recoger los frutos conforme vayan madurando. Pero esas manchas amarillas no le gustan un pelo, y es que viene oyendo hablar de esos síntomas desde hace un par de semanas. Una inspección más minuciosa desvela una pelusa verdosa que recubre las hojas por debajo. Aún no son demasiadas las plantas infectadas. Decide consultar con el Posturas en cuanto se lo tope.

Una mariquita en la palma de la mano. Si uno tiene suficiente paciencia le recorrerá los dedos de uno en uno. Mariquita, mariquita, cuéntame los dedos, decían los niños antes de que el mundo fuese de cemento. Que desaparezcan las mariquitas no es una desgracia estética o para los juegos infantiles. Las mariquitas mantienen a raya a los pulgones. Cuando los hombres, armados de mochilas, fumigan las plantas para librarse de estos últimos acaban también con las primeras. Desgraciadamente, los pulgones, como todas las plagas, son más resistentes a los venenos que el resto de los bichos que no tienen culpa de nada. Los pulgones volverán a aparecer y ya no habrá mariquitas para hacerles frente. Año tras año, inmune a químicas diversas, el pulgón se enseñorea. Con sus lunares negros sobre su manto colorado, las mariquitas son más difíciles de encontrar que un trébol de cuatro hojas. Afortunado aquel que las albergue en su huerto. Se ahorrará muchos problemas.

Hasta anteayer, como quien dice, no tenían plagas en los huertos o, al menos, nada que no se pudiese remediar con un poco de agua jabonosa, algo de azufre o sulfato de cobre, que era el colmo de la modernidad. Pero el sulfato de cobre a la araña roja no le hace ni cosquillas. Se defendían de los insectos con decocciones de tabaco y cola de caballo y los problemas nunca eran tantos como para que no fuesen asumibles. Fue entonces cuando les vendieron unos venenos que en realidad no necesitaban. La agricultura moderna, obsesionada por aumentar la producción y reducir los costes, se había echado en manos de la industria petroquímica. El valle de la Solana se pobló de hombres cargados de mochilas que fumigaban a discreción al primer signo de contagio. Empezaron a usarlas para sulfatar, pero luego les metían en la barriga todo tipo de potingues criminales que les vendían a precio de oro. Ellos no tenían la culpa. Ni siquiera sabían qué era aquello que estaban echándoles a sus plantas. Compuestos químicos, cuyos principios activos eran enemigos de la vida. Al principio, los resultados fueron buenos. Los herbicidas aniquilaban las malas hierbas y les ahorraban un montón de trabajo. Los pesticidas acababan con los bichos como por ensalmo. Pero, a la larga, la cosa se complicó y más de uno habría de lamentarlo. La naturaleza reaccionó con contundencia. Más les habría valido seguir con sus métodos y sus rutinas que dieron resultado durante siglos.

Coño, ¿has visto qué manchas más feas me han salido en los tomates?
Eso es la rabia qué está asolando el valle.
¿Eso que hablan tanto de la araña colorá?
Mismamente, ya no queda una tomatera sana en toda la Solana.
¿Y qué se hace con eso?
Venden unos venenos que valen una pasta. Pero yo que tú no me tomaba la molestia.
¿Y eso por qué? Si puede saberse.
Porque yo lo he echao en el huerto y se me han ido las plantas de todos modos. Al Pepico también se le fueron y que yo sepa no queda una mata sana en todo el valle.
Pues sí que estamos bien. En cincuenta años no he visto nada igual.

Ni tú ni nadie, porque antes no había estas plagas.

Coño, plagas siempre ha habido, pero que no quede un tomate en toda la Solana no me parece a mí que sea de recibo. ¿Cómo se pueden contagiar todas las plantas sin faltar ni una?

Es que ya vienen contagiás.

¿Tú crees?

Eso dice el Pepico, que como vienen todas las matas del mismo invernadero, las mandan ya con los males pa que les compremos los remedios.

Demasiada mala leche, ¿no te parece?

Puede ser, pero a mí no me extrañaría. Yo ya estoy curao de espanto.

Yo creo que esas plantas criadas bajo plástico no están acostumbradas a estos rigores. Son como un niño criao entre algodones, en cuanto sale a la calle se agarra unas anginas. Pues a las plantas les pasa lo mismo.

Tú es que eres muy bien pensao, Blas, pero me parece a mí que el Pepico tiene razón. Lo que quieren es vendernos esas porquerías.

No te digo yo que no. Pero algo tendrán que ver estos calores. Como no hace frío en invierno llegan los bichos a la primavera que parecen lobos. Y luego, encima, no le da la gana de llover.

Esto es ilegal, como tantas otras cosas. En la vieja era abandonada, entre los Peñoncillos y las viñas, el Blas apila unas brozas y algunas ramas secas. Encima va amontonando las plantas, tomates incluidos. Los frutos tienen un aspecto grisáceo y herrumbroso. Rocía la pira con gasolina y le prende fuego. Como las plantas están verdes, la humareda es espantosa y las llamas hacen despacio su trabajo. El Pepico y el Paco, alertados por esa columna de humo, asoman enseguida.

Anda que, como vengan los civiles, se te va a caer el pelo.

A quién se le ocurre, hacer un fuego en pleno mes de agosto.

¿Y qué quieres que haga? ¿Dejar que esos bichos se me arregosten en el huerto? Si los dejamos ahí, el año que viene no es que se coman las plantas, es que nos comen a nosotros. Si es que se está poniendo la cosa complicá. Con la mano que has tenido tú siempre con los tomates. Si se te van a ti, ya podemos irnos despidiendo.

Rabia llamaban a todos los males que aquejaban a sus tomates. Rabia era lo que sentían frente a tanta impotencia. Sus viejas artes ya no servían y las nuevas costaban dinero. El campo escapaba a sus saberes y sus posibilidades. Los inviernos demasiado cálidos para mitigar las plagas. Medra el bicherío sin recato ni control. La apoplejía de los frutales. La hernia de la col. La rabia de los tomates. Los olivos tienen tuberculosis. A este valle se le están acumulando los achaques.

Es como si el presente no fuese más que un burdo remedo del pasado y el futuro una promesa de calamidades. Para el Blas, el Pepico y el Paco cualquier tiempo pasado fue mejor. Y tal vez sean estas reflexiones las que les escarban las molleras mientras cae la noche y las llamas dan buena cuenta de las plantas y los frutos. Ellos también dan cuenta de la botella de vino que el Garduña ha bajado a buscar para agasajar a sus amigos. La Antonia, que estaba en el cortijo, se arrima a los hombres y a la lumbre. Su marido y ella se reconciliaron recientemente, cuando aquel consintió en participar en la romería de la Virgen. A juzgar por sus semblantes, allí se está quemando algo más que unos tomates. Yo no sé adónde vamos a ir a parar. Ya nada es como antes. Ya no llueve como antes, ya no nieva como antes, ya no hace frío como antes. Ya no quedan hombres como los de antes, mujeres como las de antes. Ni siquiera las mulas son como antes. No saben trabajar. Ya nadie sabe lo que es trabajar. Ni saben ni quieren saber ni falta que les hace. Antes te podías beber el agua del río o de las acequias tranquilamente. Ahora no puedes ni tocarla sin que te dé una cagalera. Te ibas a la montaña sin agua, había manantiales por todas partes. Ahora, más vale que lleves una botella si no te quieres morir de sed en alguna barranquera. Antes se cultivaba maíz de secano, con el agua de las nubes. Había que saber preparar la tierra, eso sí, elegir bien el momento y el lugar, doblar el lomo, pasarse la vida de escarda en escarda, pero se podía. Ahora es imposible. Ni el más habilidoso, ni el más trabajador saca el maíz adelante sin agua de riego. Para cruzar por la fuente de las Chorreras tenías que subirte en el mulo si no te querías mojar los pies. Ya no queda más que un caño, fino como un meñique. Coño, que te ibas a la ciudad y se peleaban por las cerezas o por las habichuelas de verdeo y ahora dos duros que te dan y ni las gracias con un poco de suerte. Si es que ni las fiestas del pueblo son como las de antes. Ni la gente se ayuda como antes. Cada uno va a lo suyo. Nadie quiere saber nada de nadie.

El valle, el pueblo, las montañas, el mundo en el que han crecido y han gastado sus días, el único mundo que conocen, sufre una decadencia inexorable. Todo envejece, todo se rompe, todo se olvida. Las artes del campo, las maneras, las buenas costumbres.

Pero entonces, ¿es que antes se vivía mejor?

Quita, quita, si aquello no era vida. Ahora hay muchas más comodidades.

Al Blas no se le ocurrió otra solución y se ofreció voluntario sin necesidad de que su esposa le insistiese. La Antonia seguía enfurruñada y parecía que la ofensa era para siempre. Él, poco amigo de ritos y creencias, no había participado nunca en la romería. Ella, más propensa a devociones, subía casi todos los años acompañando a la virgen. Las piernas hinchadas se lo ponen cada año más difícil, pero ella ha insistido en su penitencia y ha sido testigo de los cambios que han sufrido el Picacho y sus faldas en los últimos tiempos. Extrañada y alborozada de que su marido se ofrezca a acompañarla, le advierte, sin embargo, de las transformaciones. No lo vas a reconocer.

Está todo muy cambiao. Un autobús los lleva desde el pueblo hasta la Olla de la Mora. Desde allí, tendrán que subir caminando hasta la cumbre. El Blas empieza contento, con el cigarrillo colgando de los labios, viendo la sonrisa de su mujer que lleva meses escondida. Se siente como en su casa un día de visitas. Volviendo a los paisajes de su infancia, donde se inició como pastor y pasó más miedo que vergüenza. Pero enseguida descubre el desaguisado y se le nublan los pensamientos. ¿Qué ha pasado aquí? El río ha desaparecido, marcha soterrado, embutido en tubos de hormigón un par de kilómetros. El cauce ha sido aplanado y está jalonado de zanjas y tuberías. Ya no es un río, sino una pista de esquí plagada de cañones de nieve, por si no le da la gana de nevar. En los Borreguiles hay hasta bares con terrazas y está todo lleno de postes y de cables. Son los medios mecánicos que, en invierno, izan a los esquiadores por las lomas. Todo son desmontes y deslindes. ¿Qué ha sido de los bichos y los pastos? En vez de rebaños se ven excavadoras. Un sumidero enorme en medio de la hondonada. Allí confluyen los Borreguiles y los arroyos y desaparecen entre los hierros que protegen la entrada. Más o menos por aquí debió de ser donde el Eduardo le construyó su madriguera, una noche de tormenta, hace ya casi sesenta años. El Garduña no se lo puede creer. ¿Quién ha podido hacer algo así? Hacen cumbre, rezan y regresan. La virgen de las Nieves debe estar satisfecha. La Antonia, también. Esa misma noche, deja que su marido regrese al lecho matrimonial y consiente incluso algunos achuchones. El Blas se duerme enseguida, contento y agotado. La penitencia ha merecido la pena. Pero en sus sueños se le aparecen montañas arrasadas y la sensación es de acabamiento, como de fin del mundo o hecatombe.

A finales de los noventa el valle parece un desierto y el pueblo, un geriátrico. Unos pocos hombres, cada día menos, suben al amanecer por el camino de la Solana y bajan, al caer la noche, a lomos de sus bestias. Prosperan las zarzas y las malas hierbas por encima de los muros y hasta de los tejados.

Los frutos maduran en los árboles hasta que se los comen los pájaros o revientan contra el suelo. La herrumbre corroe cerraduras, candados, bisagras, cadenas y cualquier cosa que sea de metal, salvo las campanas, que se mantienen bien bruñidas de tanto doblar a muerto.

El pueblo se ha hecho mayor. Las aulas están vacías y el cementerio, lleno. Todas las semanas hay algún entierro y algunas se juntan más de dos. El cortejo fúnebre nunca se detiene. Las ancianas no encuentran fuerzas, ni tiempo, para lavar las ropas negras entre tanto funeral.

No es por nada, pero estamos cayendo como moscas.

22. El mulo y la apisonadora

> *Que el avión viaje más rápido que el caballo no quiere*
> *decir necesariamente que el mundo vaya a mejor.*
> ERNEST HEMINGWAY, *Las nieves del Kilimanjaro*

Un siglo se acabó y empezó el siguiente. Las fiestas fueron sonadas a lo largo y ancho del mundo. En el Hoyo también, por más que la resaca, el día uno, no se distinguiese en nada ni de las anteriores ni de las por venir. Con el viento de cola, la civilización volaba como uno de esos cohetes que llegaron a la Luna. De la estela de humo que iba dejando no quería saber nada. Algunos agoreros habían vaticinado múltiples desastres. El fin del mundo y la extinción. Una hecatombe nuclear. Tal vez un nuevo diluvio o la llegada de un asteroide que acabase con la Tierra. Hubo quien aseguró que se iba a caer la estación espacial Mir, lo que no parecía tan grave, salvo que a alguien le cayese en la cabeza. No sucedió nada reseñable. Hasta los ordenadores se adaptaron sin problemas al nuevo milenio. Sin embargo, el desastre ya estaba allí, si es que uno tenía ojos en la cara. Para reyes los almendros estaban en flor. Olía a néctar y a polen. El valle retumbaba con el zumbido de las abejas. Espoleadas por el buen tiempo, se afanaban de capullo en capullo. Llevaban las patas cargadas de polen. No era normal. Esos animales, otra especie protegida y amenazada, parecían contagiados por el signo de los tiempos. Prisas y atropellamientos. Una huida hacia adelante. Ajetreo hasta el paroxismo. Un fervor enloquecido que no conocía dudas ni lamentos. La alegría que provoca una primavera adelantada es propia de urbanitas y demás seres incautos, que desconocen la primera regla que rige la vida y la naturaleza. Cada cosa tiene su hueco en el calendario. Fuera de fechas solo hay lugar para el despropósito, la calamidad y el esperpento.

Qué pocas almendras vamos a comer este año.

¿Pocas? Yo más bien diría que ninguna.

Debe de ser esto que hablan tanto del cambio climático.

Pues eso será, pero ya te digo, ni una almendra nos comemos este año.

Y, por supuesto, llegaron los fríos y las flores de los almendros se helaron todas, una detrás de otra, y los árboles reverdecieron, pero ni un solo fruto cuajó entre sus brotes.

A la mañana es el invierno. El pueblo se despereza en columnas de humo que brotan de las chimeneas. Es un humo espeso. Se entremezcla con la niebla por encima de los tejados. El silencio es absoluto. No ladran los perros. No maúllan los gatos. Hace un momento que cantó el último gallo. Un canto afónico y cansado. Una maraña de grúas se levanta entre las casas. Parece como si una bandada de gigantescas zancudas se hubiese posado sobre el pueblo y anduviese picoteando los tejados y cagando hormigón por todas partes. Pájaros de mal agüero. Hace mucho frío. Un frío tan intenso y húmedo que ni a palos salen las bestias de las cuadras. No es buena señal que guiñe las orejas. El Blas se acerca a su mula muy despacio, le pone la mano en el pecho, le susurra al oído unas pocas palabras, quién sabe si de cariño o de amenaza, y ella le sigue dócilmente hasta la puerta.

Mira que eres mala, yo sé que eres más mala que un demonio. Menos mal que me has tocao a mí y no a otro bruto de esos que solo entienden de estacazos. Yo sé cómo tratarte. A la fuerza contigo no habría manera.

Es la sexta bestia que lo acompaña. Algunas fueron machos y otras, hembras. Todas tuvieron sus defectos y sus virtudes. Pero ninguna permanece en su recuerdo como el viejo Cantimploro, que, a pesar de su mal carácter, se hizo un hueco en su memoria. Cuando termina de ensillarla, salen los dos por el callejón abajo en dirección al río. El hombre delante, tirando del ronzal. Se detienen junto a un banco en lo que en el Hoyo llaman el paseo marítimo, por más que el mar quede muy lejos, al otro lado de las montañas. El Blas se sube en el asiento, trepa al respaldo y, desde allí, se encarama a lomos de su mula. Ya no puede hacerlo sin esta ayuda. Con las piernas colgando, de medio lado, a mujeriegas, abandona las riendas sobre la montura y se deja llevar por el animal que de sobra conoce el camino. Lo habrán hecho juntos un millón de veces. Lleva un sombrero de fieltro, la camisa abierta, un jersey de pico y un ducados encendido colgándole de los labios. Anda rumiando un asunto que le reconcome las entrañas y hace ya varias noches que le tiene el sueño alborotado.

A esa misma hora, no muy lejos de allí, enfrente del ayuntamiento, el Pepico Ruano intenta roer un mendrugo con sus últimos cuatro dientes. El pan no se deja, se resiste, no ayuda nada que tenga ya unos cuantos días. De manera que el hombre lo sumerge en el café con leche y espera paciente a que se reblandezca antes de llevárselo a la boca. Anda un poco apurado. Se le está haciendo tarde. Vacía la taza con las dos manos para calentárselas un poco antes de salir y se levanta apoyándose en la mesa para ayudar a la pierna entumecida. Este frío no le hace nada bien. La casa, además, es húmeda y no hay dios que la caliente. Las tejas rotas dejan pasar más agua de la que deberían, desamparadas entre medianeras naranjas cubiertas de poliuretano. Vive enfrente del consistorio, en la última casa de pueblo que queda en esa calle. Es una casa de dos plantas, con un patio, una higuera atormentada y cuadras para los aperos y los animales. Parece acorralada y enana, a punto de derrumbarse, entre esos bloques de pisos mucho más altos que ella. El portón de madera se abre a duras penas a una acera estrecha. Justo delante, han puesto un carga y descarga. Si se le hace tarde, está lleno de coches y furgonetas de reparto. Algunas mañanas, como esta, aparcan todos tan apretados que la mula no puede pasar entre las carrocerías. En este pueblo ya no se cabe. No es que haya mucha más gente, es que lo han llenado todo de coches y cemento. El Pepico tiene que andar preguntando por las tiendas o en el ayuntamiento para que le aparten alguno. Los vecinos le dicen que ponga un vado permanente.

Antes me cuelgo de una viga que pagar para salir por la puerta de mi casa.

Aquella pareja era de ciudad. Habían comprado un terreno por encima de la acequia y estaban adecentando el cortijo con la idea de mudarse al valle en cuanto se jubilasen. Los dos daban clases en un instituto de la capital. Aparecieron un día tan contentos porque sus cerezos estaban en flor. Era el mes de diciembre. Con un poco de suerte, decían, iban a tener dos cosechas de cerezas en el mismo año. En el comedor del Molino, donde estaban reunidos aquella tarde para tratar algunos asuntos espinosos sobre el abastecimiento de agua, se hizo un silencio sepulcral. Durante algunos segundos, nadie dijo nada y luego retomaron todos sus conversaciones, sin prestar atención a esa maravilla de cerezos florecidos antes de navidad. La pareja de maestros no supo qué pensar y rumió en silencio su desconcierto. Iban a hacer falta varios meses para que comprendiesen la reacción de sus nuevos vecinos. Para entonces, los cerezos ya estaban secos. Ni dos cosechas ni ninguna.

A la salida de la reunión, acalorada y chillona como siempre, el Blas y el Paco se quedaron un rato charlando.

Yo no entiendo a esta gente de ciudad. Con lo bien que hablan y lo estudiaos que están. Y cualquiera diría que se acaban de caer de un guindo. Pues no van tan contentos porque les han florecío los cerezos.

En pleno mes de diciembre. Y encima son maestros, que hasta habrán hecho la universidad y toda la pesca.

Pues ya pueden ir afilando la motosierra, porque van a tener leña pa todo el invierno.

Igual deberíamos decirles algo.

¿Y qué les vas a decir? Déjales que celebren si, total, la cosa ya no tiene remedio.

Blas ha llegado a la era Portachuelos y detiene a la mula con un susurro. Ha visto al Paco, el Posturas, que sube por la cuesta del Puntarrón y se para a esperarlo para hacer juntos el camino. Ya han dado las ocho y la mañana es un fragor de grúas, excavadoras, martillos y camiones. Desde aquí arriba se divisa todo el pueblo, un pueblo que el hombre apenas reconoce. Todo son estructuras de hormigón, bloques de siete plantas, asfalto y coches. No queda ni un árbol. Ni una mala huerta. El Paco viene silbando. No fuma como habría hecho hace tan solo unos meses. Tiene el corazón enfermo y agotado. Cuesta arriba, como va ahora, es incapaz de andar veinte pasos. De manera que tiene que subirse al mulo para ir a cualquier parte, porque aquí todo es para arriba o para abajo, no hay terreno llano. Esto no lo desanima y sigue subiendo cada mañana para dar una vuelta a los animales y echar el día en el huerto. El médico le ha quitado del alcohol y del tabaco. O, mejor dicho, le han quitado el miedo y la conciencia irrefutable de un cuerpo que ya no da para más. Cuando llega a su lado, el Blas se enciende un ducados con la colilla del anterior y tira de las riendas para enfilar la montaña por el camino de la Solana.

Y el Pepico, ¿hoy no viene?

Me da que esta mañana tiene problemas de aparcamiento.

Entonces, mejor no lo esperamos.

La idea debe de ser convertir el Hoyo en un dormitorio. En el pueblo no hay ni trabajos ni entretenimientos, así que habrá que conformarse con que las gentes vengan a dormir. De momento, aquí no viene nadie, más que los promotores, los arquitectos, los ingenieros, los maquinistas y un ejército de albañiles armados de llanas y paletas. Se suceden gobiernos de todos los colores pero las intenciones son siempre las mismas. Hasta los socialistas, herederos directos de aquel primer alcalde generoso, están enamorados de las obras y los ladrillos. Si aquel Luis, al que llamaban Alegría, se había puesto del lado de los braceros, los peones y el jornal, sus descendientes se muestran más amigos de la empresa y el negocio. Las jugadas favoritas son la recalificación y el trapicheo. Si venden suelo público, es a precio de saldo. Si compran algún terreno particular, pagan tres veces su valor. Siempre hay alguien que se beneficia de estas operaciones y ese alguien suele ser un amigo o un pariente. Tampoco es una cosa tan rara, porque en el Hoyo todo el mundo se conoce y todo el mundo es primo de todo el mundo, en mayor o menor medida. El crecimiento tiene que ser vertical, constreñido el pueblo como está entre barrancos y montañas. Solo se puede crecer hacia las nubes. La cercanía de la capital, por fin, está causando sus efectos. Más valdría nunca que tarde. Pero la pertinencia de ese influjo tendrá que ser juzgada por los tiempos.

El camino de la Solana también está en obras. Ya era hora de que el ayuntamiento hiciese algo por los vecinos, solo que no está muy claro a qué vecinos se trata de ayudar. Ellos, por su cuenta y riesgo, llevan siglos peleándose con esa pista para mantenerla transitable, muchas veces con escasos resultados. Han quitado piedras, cavado zanjas, tapado socavones. Han construido muretes y drenajes, le han buscado al agua una salida, para que no corra camino abajo, porque es bien sabido que no hay nada más dañino. El que más y el que menos conoce sus puntos débiles y los tramos más problemáticos. Si los dejasen y les diesen algunos medios, no harían falta ingenieros para que quedara niquelado.

En la era Portachuelos, donde arranca el camino, la entrada está cortada por una valla con un cartel de prohibido el paso. El Blas y el Paco ignoran tanto el cartel como la valla. La sortean, uno por cada lado, como si no la viesen. En este tramo la pista es tan estrecha que el asfalto la cubre de lado a lado y, aun así, es muy probable que no cumpla la normativa vigente en lo que a ancho de vías se refiere.

Y digo yo, no podrían haber dejado un cacho sin asfaltar pa que pasásemos con las bestias. Medio metro habría bastado.

No te hagas mala sangre, Paco, pero este apaño no lo hacen ni para ti ni para mí y mucho menos para los animales.

Eso me parece a mí, pero cualquier día de estos el mulo pega un resbalón y nos partimos la crisma.

Sí, me han dicho que hay que ponerles una suelas especiales para que las herraduras no patinen sobre el asfalto.

Solo faltaba eso. Yo no sé adónde vamos a ir a parar.

Las herraduras van repiqueteando sobre el asfalto nuevecito, impoluto, sin estrenar. No hay rastro de obras por ninguna parte, ni gentes, ni movimiento. Pero no muy lejos, valle arriba, ruge un motor. Por el sonido sordo y grave, nada frecuente por estos lugares, se adivina el tamaño de la máquina. Los hombres cabalgan en silencio por este camino de la Solana que se ha convertido en una carretera, aunque, eso sí, un poco estrecha. El Blas fuma un cigarrillo detrás de otro, con la mirada caída en el suelo, ahora alfombrado de negro igual que sus pensamientos. Hasta que el Paco se arranca y ataca la cuestión.

Bueno, qué, ¿vendemos o no vendemos?

Calla, calla, no me hables de eso que me pongo malo.

Pues alguna determinación habrá que tomar.

Está tomada y requetetomada. Yo no firmo.

Te van a correr a gorrazos.

Qué me vas a contar, la mitad del Barrio Alto me ha retirado la palabra.

Tú ni caso, son unos amargaos. Si es que la gente ya no piensa más que en el dinero. ¿Y la Antonia, qué dice?

Pues qué va a decir, que ya estamos firmando. De otra cosa no me habla.

Los ladrillos se han vuelto locos. Andan ofreciendo auténticos dinerales por casas viejas casi en ruinas. En realidad, las casas no les interesan, lo que quieren es el hueco. Para echarlo todo abajo y llenarlo de hormigón. Planta sobre planta, en dirección al cielo. Donde antes vivía una familia, ahora quieren meter veinte, una encima de la otra. Los promotores inmobiliarios pasean por el pueblo con maletines negros. Se discute acaloradamente sobre el contenido de esos maletines. Quien más quien menos los imagina llenos de billetes, de esos morados que nadie ha visto. Mareados por las cifras, pocos resisten la tentación. Al principio, la gente rehúsa. No es solo su casa, su patio, su huerto lo que está en juego, es su vida, su pasado, su memoria y su sentido. Pero tienen hijos. Es gente mayor. Les queda poco tiempo. Esta es una buena oportunidad de dejarles algo contante y sonante. De todos modos ya hace mucho que los hijos renunciaron a la vida de sus padres. Es esto lo que se vende, lo que se liquida, lo que se extingue. Al final, casi todos cogen el dinero, unas cantidades que no hubiesen podido ni imaginar unos pocos años antes. En el pago se incluye un apartamento para que agoten sus días en el pueblo y, si tienen suerte, el apartamento tendrá plaza de garaje. Es para que los hijos aparquen el coche porque los padres, a estas alturas, ni lo tienen ni lo tendrán. En esta tesitura está también el Blas, solo que lo suyo es todavía peor. Él no vendería, pero ya no encuentra modo de oponerse. Esta inmobiliaria es ambiciosa. Quiere la manzana entera. Ya tiene apalabrados los antiguos tejares y todos los vecinos han firmado. Todos, menos uno. La compra no se hará efectiva hasta que firme el Blas. Nadie verá un duro hasta que estampe una cruz en un papel. La Antonia lo anima hablándole de las hijas y de lo bien que les va a venir el dinero.

¿Y no podrían esperarse a que la espichemos? Vamos, digo yo, tampoco hace falta tanta paciencia.

Ferrallistas, alicatadores, peones u oficiales. Todas fueron encontrando marido en el gremio de la construcción. Y no era mala cosa, que había trabajo a espuertas y no estaba mal pagado. Para ellas, que venían del monte, aquello era una vida regalada. En cuanto volaban del nido ya no volvían a poner los pies, ni en el suelo ni en el valle ni en los Peñoncillos que las había amamantado. Ellas, por su parte, también tenían que dar el pecho. Empezaron a llegar los nietos.

Desde que, no hace tanto, se acometieron las obras de encauzamiento, todo el mundo comprendió que las riberas estaban condenadas. Se trataba de prevenir riadas e inundaciones y de construir un par de puentes y una carretera nueva que facilitase el paso y las comunicaciones. El río, encajonado entre dos muros de hormigón de cuatro metros de altura, parecía una fiera enjaulada. Algunos, pocos, que alguna vez visitaron un zoológico, contaban que los osos y los tigres estaban encerrados de forma similar. Entre muros infranqueables y fosos inaccesibles. De esa manera había quedado el río, por más que hace ya muchos años que, desdentado y famélico, fuese completamente inofensivo. A todo lo largo del pueblo, ya no había forma de acercarse a sus aguas. Hasta ese momento no se había construido nada en sus orillas. Habría sido una temeridad y, además, ¿qué falta hacía? Es verdad que el río ya no era lo que había sido. Hacía más de treinta años que no se recordaban inundaciones. Año tras año, menguaba el caudal sin que nadie acertase a explicar ni las causas ni las consecuencias. Lo que estaba del todo claro es que, una vez que las aguas quedaron a buen recaudo, los huertos y las arboledas tenían los días contados. La manía del hormigón y del ladrillo estaba desatada y esos terrenos, abonados para criar lechugas y tomates y dar de comer a los frutales, lo estaban ahora para la especulación y el mangoneo. A todo lo largo del río surgieron negocios y terrazas; hoteles rurales y restaurantes. La mayoría era propiedad de antiguos ediles y concejales. Hay que ver lo que cunde un puesto en un ayuntamiento.

Cuando llegan al desvío de los Hundideros, se acaba el asfalto. Hasta aquí llegaron el progreso y el presupuesto del ayuntamiento. Casualidad o no, justo en este cruce se levanta una colonia de chalets bien cercados y ajardinados. Según las malas lenguas, sus propietarios, todos gente bien con poco o nada que ver con este valle, tienen buenos contactos con las instituciones. Una apisonadora de veinte toneladas sube lentamente por el camino, tan lentamente que los jinetes le dan alcance y cabalgan detrás de ella. Es una apisonadora de doble rodillo. El tambor trasero es tan ancho que ocupa todo el paso. No pueden adelantarla y avanza tan despacio que tienen que ir sujetando a los mulos para que no se peguen demasiado. El ruido es atronador. Además del humo blanco del ducados van tragando el negro del gasoil. Al lado del rodillo descomunal parecen dos enanos montados sobre dos perros.

Mira el pobre José Luis. Lo metieron en un piso y no duró ni un invierno. Se pasó cinco meses mirando la calle desde la balconada y al sexto lo tuvieron que enterrar. El pobre se murió como un pájaro perdiz, encerrado en una jaula. ¿Qué coño esperan que haga yo en un cuarto piso? ¿Se habrán creído que soy una avispa para meterme en una colmena?

No queda ni un solo palmo de terreno. El suelo público se ha esfumado. El privado está vestido de ladrillos de la cabeza a los pies. Donde debía haber jardines o zonas verdes hay hoteles, bloques o negocios. El metro cuadrado cuesta un dineral y aparcar el coche, un buen rato. Harían falta un centro de salud y un colegio nuevo, pero el ayuntamiento no dispone de una sola parcela donde quepan. El cementerio se ha quedado pequeño. Como ya no entran los difuntos, empiezan a apilarlos, los unos encima de los otros. Se hacen casas como churros. Nadie se para a pensar que los futuros habitantes de esas casas necesitarán algunos equipamientos, aunque no sea más que lo justo e imprescindible. De momento, todos los pisos están vacíos y así van a seguir bastante más tiempo del que se imaginan.

De aquí para arriba la niveladora ha dejado el terreno perfectamente liso y sin una piedra, pero también ha tapado las cunetas y las regueras que con tanto esfuerzo abrieron los vecinos para mantener el agua apartada del camino. La apisonadora está afianzando el terreno, pero nadie se ha preocupado de cubrirlo con nada que no sea la tierra del lugar. Nadie cree tampoco que esto vaya a servir para mucho, lo mismo que las tímidas quejas que llegaron al ayuntamiento.

Qué bonico que está quedando esto.

Sí, muy bonico, pero el día que diga de llover por aquí no pasan ni las palomas.

En el bosque, las setas crecen más despacio. A ambos lados del río, las excavadoras convierten en solares las huertas y las alamedas. Luego excavan unas zanjas anchas y profundas y las llenan de ferrallas. En una sola mañana, las hormigoneras y las motobombas lo cubren todo de hormigón. Debe de ser un mortero de fraguado rápido. Al día siguiente, un camión grúa de veinte toneladas puede subirse encima sin mayores contratiempos. Este artefacto despliega el brazo y levanta la grúa fija, pieza a pieza, en el centro del solar. A partir de ahí el edificio crece como la espuma hasta que el cuerpo de la grúa desaparece en su interior. Fue ubicado en lo que algún día, dentro de nada, será el hueco del ascensor. Luego habrá que sacarlo por el tejado con otra grúa más grande todavía.

Yo no sé para qué quieren más casas, si aquí cada día quedamos menos. ¿No sería mejor que ampliasen el cementerio?

Desapareció sin dejar rastro en una sola noche. El viejo molino, el último que quedaba, desvencijado y cochambroso, estaba allí una tarde, viendo pasar las aguas de la acequia por debajo de sus muros, y a la mañana siguiente ya no quedaba ni una piedra, ni un cascote, ni una mala teja que recordasen su presencia. ¿Cómo fue posible? Nadie sabría explicarlo. Aquella noche algunos vecinos oyeron ruido de maquinarias y camiones.

Pero como, de un tiempo a esta parte, esos ruidos eran tan corrientes, a nadie le extrañó demasiado y siguieron durmiendo a pierna suelta. Cuando cruzaban el río Huenes, las gentes se frotaban los ojos. ¿Qué había pasado? El molino, que llevaba allí más de doscientos años resistiendo el abandono, las grietas y las zarzas, había desaparecido como por ensalmo. Su lugar lo ocupaba ahora un solar perfectamente despejado y, en el centro del solar, una valla publicitaria que anunciaba a todo color la inminente promoción inmobiliaria. La acequia atravesaba la parcela de un lado a otro. Antes no era visible, debido, en parte, al viejo edificio y, en parte, a las malezas que la sepultaban. Hasta hace no tanto movía las piedras del molino, dentro de nada va a encontrar un uso inesperado. Que el edificio estuviese en el catálogo de patrimonio histórico no le sirvió de gran ayuda. Recibió el mismo tratamiento que cualquier vieja casucha cubierta de uralitas.

Es una forma de protesta como cualquier otra. Tal vez un ejercicio de presión. Aunque con un poco de suspicacia se le podría llamar chantaje. El caso es que la Antonia, ahora que el camino de la Solana está asfaltado aunque solo sea en parte, no ha vuelto a subir a los Peñoncillos desde que estalló la controversia de la venta de la casa. Tiene las piernas cada vez más hinchadas, cataratas en los ojos y problemas de circulación. Pero no pierde el tiempo con excusas porque sabe que el silencio se expresa por los codos y es más convincente que todas las palabras. Quiere que el marido comprenda y el Garduña lo hace inmediatamente. Sabe que la Antonia no vuelve a subir hasta que se resuelva el contubernio, que es como decir hasta que se salga con la suya. ¿Cuándo te subes al cortijo? Habría que hacer los quesos o la leche se nos va a echar a perder. Qué quesos ni qué ocho cuartos, lo que hace falta es que firmemos el contrato.

Las hijas no mencionan el tema delante de su padre. No hace falta ninguna porque el Blas sabe de sobra que no piensan en otra cosa. Seguramente, ya habrán hecho las cuentas para ver a cuánto tocan. La cuestión flota en el aire en todas las reuniones. La ausencia de argumentos es más convincente que su exposición. Si al menos le dijesen algo, él podría defenderse. Pero como no lo hacen, tiene que soportar esa conjura silenciosa.

Por la mañana, cuando sale para los Habices, el Blas mira los bloques de pisos tratando de imaginar cómo será la vida en uno de ellos. La vida sin un patio soleado, sin una chimenea y, sobre todo, sin una cuadra para el mulo y los aperos. Al anochecer, cuando vuelve al pueblo, observa esas mismas ventanas casi todas oscuras y cerradas. Solo unas pocas están iluminadas y se adivina por los reflejos el crepitar de los televisores. Es el fuego moderno, lo que hace posible la vida en esas cajas inhumanas. Pensando en esto, llega a su casa y libera al mulo de sus arreos. Esta bestia le resulta imprescindible por más que estemos en el siglo veintiuno. La Antonia le espera en el salón, con la cena lista delante de la tele y las piernas hinchadas bajo la mesa camilla.

Han llamado de la promotora.

¿Y qué han dicho?

Pues qué van a decir. Que solo quedamos nosotros por firmar.

Menuda novedad. ¿Y para eso llaman todos los días? ¿Es que se creen que no lo sabemos?

Fue por aquel entonces, en medio de estas tensiones, o precisamente por ellas, que el Blas, por primera vez en su vida, se sintió enfermo. Había tenido huesos rotos y moratones, esguinces y torceduras, cortes de todos los colores y quemaduras de primer, segundo y tercer grado. Pero aún no sabía lo que eran un catarro o una gripe, unas fiebres o un desmayo, y nunca había visto un médico ni en fotografía. Estaba cerca de cumplir los setenta y tuvo que quedarse en la cama. Nunca antes lo había hecho. Fue incapaz de levantarse y eso le desconcertaba. La Antonia quiso sacarlo de las sábanas para llevarlo al médico, pero él se negó rotundamente.

A mí no me pone la mano encima ningún tío con bigote.

Don Antonio no tiene bigote.

Mujer, es un poner. La cosa sería distinta si fuese una doctora. Una mujer me da más garantías.

Pues de eso aquí no hay. Así que tú verás lo que haces.

Con las mantas hasta las narices, parecía un niño chico que se negase a ir a la escuela. Pero a la Antonia, que lo conocía bien, no se le escapaba que, con esas bromas, lo único que pretendía era ocultar el miedo supersticioso que le inspiraban la medicina y los doctores. Desde luego, vaya marido paleto que me he echao.

A don Antonio, el médico del pueblo, al principio le dio la risa, luego le pareció que aquello era un atraso y un despropósito y al final terminó aceptando, viendo que no había otro remedio y que aquella cabezonería proverbial no la iba a doblegar una simple gripe, por más virulenta que fuese. La Antonia había ido a consultarle y se la veía más sana que un roble. El que estaba enfermo era el marido, pero se negaba a venir al consultorio. Si está muy mal también puedo visitarle en casa, se ofreció el médico con la mejor voluntad porque todavía no terminaba de entender. La Antonia tuvo que explicarle que ni en casa ni en el centro de salud ni a las puertas del infierno, que el marido lo que no quería era ver un médico con bata de puro miedo que les tenía. Pero miedo de qué, si puede saberse. Vaya usted a saber, doctor, si es que estos hombres son unos atrasaos y unos orgullosos.

Bueno, si no queda más remedio, dígame, ¿qué le pasa a su marido?

Lleva dos días en cama y no parece que se vaya a levantar.

¿Tiene fiebre?

Debe de tenerla, doctor, porque no para de temblar.

¿Qué le duele?

Todo.

¿Vómitos? ¿Diarrea?

No, no. Si ese hombre no come. No tiene nada que echar.

¿Le duele la garganta?

De eso es de lo único que no se ha quejao.

¿Tose?

Por lo que yo sé, lleva tosiendo treinta años. Tres paquetes de ducados tienen la culpa.

O sea, que fuma mucho.

Todo lo que puede y más.

No sé, por lo menos tendría que auscultarlo.

¿Y eso es malo?

No, no, solo escucharle el pecho con este cacharrito.

Ah, eso. Suena como una cafetera, doctor, mismamente como una cafetera.

¿Tan mal está?

Qué va. Se queja mucho pero es la falta de costumbre. Este hombre es que no sabe estar malo.

Bueno, qué le vamos a hacer. Dele estas pastillas tres veces al día durante una semana. Una con el desayuno, otra con la comida y otra con la cena. Es importante que no se salte ninguna y que no deje de tomarlas aunque se sienta bien. Si en un par de días no mejora o sigue teniendo fiebre, vengan a verme cuanto antes y dígale a su marido que no sea chiquillo, que aquí no nos comemos a nadie.

El valle está convencido de que el consultorio es la antesala del cementerio, el camino más directo hacia la sepultura. Esta idea, muy extendida, se basa en la observación y en la experiencia y no carece del todo de fundamento. Ya sea porque no pueden o porque no quieren, ya sea porque no había o porque no había quien lo pagase, el caso es que no han ido al médico en toda su vida y, cuando lo hacen, ya es o demasiado tarde o demasiado grave o las dos cosas al mismo tiempo. Las más mínimas pruebas no hacen más que sacar a la luz un amontonamiento de achaques sin remedio. De aquí en adelante, el camino es cuesta abajo o cuesta arriba, según se mire, un plano inclinado, un tobogán hasta el fondo de la tumba. No es de extrañar, por tanto, que los llamen matasanos. Yo estaba bien hasta que fui al médico. Ahí empezaron los problemas. Aunque la relación causa efecto no esté del todo clara, se comprende fácilmente que le tengan tanto miedo a una medicina que les llega demasiado tarde cuando ya no tiene otra cosa que hacer que certificar lo irremediable. Don Antonio, que además de ser buen médico tiene buen carácter, se toma el asunto con filosofía.

Pero, hombre, ¿no podrían ustedes venir un poco antes? Si tardan un poco más, no me va a quedar más faena que firmar el certificado.

¿Qué certificado?

El de defunción, ¿cuál va a ser?

Coño, Blas, dichosos los ojos, ya pensaba que la habías espichao. Pero vaya cara que traes. ¿Es que todavía sigues pachucho?

Qué va, si esas pastillas son mano de santo.

Pues cualquiera diría que te han sacao una muela.

Peor que eso. Se trata de tu hermana.

¿Qué le pasa a mi hermana?

No te lo vas a creer, que me ha pedío el divorcio.

Anda ya, estás de guasa.

Así como te lo digo. ¿Tú me ves cara de cachondeo?

Ninguna, la verdad.

Pues entonces. Dice que o firmamos o se separa y además se queda con la casa y la vende al día siguiente.

Coño con la Antonia, eso sí que son palabras mayores. ¿Y puede hacer eso?

Ya la conoces, cuando se le mete algo entre ceja y ceja, no para hasta que lo consigue.

Manda cojones. O sea, que después de aguantarte cincuenta años te va a dejar ahora por unos duros. Yo te habría dejado mucho antes y por otras razones. Motivos no le han faltao.

Déjate de bromas que no está el horno pa bollos.

Es la verdad, siempre te han perdío los culos y las tetas. Que yo no sé cómo la Antonia lo ha aguantao. Pero a estas alturas ya no le veo el sentido. Ahora que te tiene cogido por las pelotas.

Pues tú me dirás. Igual va de farol, ¿no?

Puede ser, pero yo con mi hermana no me metía en apuestas.

Yo tampoco. Pero a ver qué hago yo ahora.

Pues qué vas a hacer. Firmar y agachar las orejas. Míralo por el lado bueno.

Ah, ¿pero es que hay un lado bueno?

Coño, Blas, os van a dar un buen dinero.

Y a mí, ¿pa qué coño me sirve?

Escardando habas o acarrilando papas, de surco en surco y de haza en haza, al Blas se le van las horas masticando sus dilemas y sus preocupaciones. Coño, si es que están todas de acuerdo, si al menos quedase alguna de mi parte. Y encima en el Barrio Alto todo el mundo malmetiendo, que al paso que vamos no me van a hablar ni las cotorras. Ya no es que no me hablen, es que ni me miran. Hay que joderse, el dinero lo que puede.

El Pepico Ruano, viéndolo ensimismado y cabizbajo, intenta darle palique y lo hace desde la distancia como lo ha hecho siempre. No estará a menos de cien pasos y aun así le habla como si lo tuviese al lado. A estas alturas, la Antonia y el Blas también tienen televisión. Pero al Garduña ese cacharro no le cautiva más que de tarde en tarde para ver alguna corrida de toros. La Antonia sí que se deja abducir por la pantalla y se pasa las sobremesas viendo novelas sudamericanas. Ninguno de los dos es capaz de seguir un noticiario, así que el Pepico sigue siendo su informante. Cada uno en su huerto, continúan con sus faenas y mantienen este diálogo sin levantar la voz. Es como si tuviesen un interfono colgando entre las matas. Un interfono viejísimo que sigue funcionando a lo largo de los años.

Está el telediario que echa humo.
¿Qué pasa?
Que dicen los expertos esos de la ONU que la Tierra se calienta.
Pues menuda novedad. ¿Y han tenido que estudiar mucho pa llegar a esos latines?
Llevan años investigando y parece que la cosa es muy grave.
Eso ya te lo digo yo, que no me sé ni el abecé.

¿Has visto lo de las torres gemelas?
¿Qué torres son esas?
Unas muy altas que hay en América. Creo que tienen más de cien pisos.
Qué barbaridad. ¿Y qué pasa con ellas?
Que se han venío abajo con toda la gente dentro.
¿Lo ves? Por eso no me quiero mudar a un piso, a mí esas alturas no me ofrecen garantías.
Coño, Blas, déjate de guasas que ha habido muchos muertos.
¿Y cómo ha sido?
Unos suicidas de esos, que han estampao un avión con todo el pasaje a bordo.
Hay que ver esa gente qué mal tiene que estar pa tener tantas ganas de morirse.
Si es que les dicen que se van al paraíso, a pegarse la gran vida.
Todo lo que tú quieras, pero a mí me dicen eso y no me mato mañana, no vaya a ser que se equivoquen.

¿Y qué? ¿Qué dice el hombre del tiempo? ¿Llueve o no llueve?
Qué va a llover, si no le da la gana. ¿No te has enterao de la noticia?
¿Yo? ¿De qué noticia?

Lo de esa mujer que han hecho ministra de la guerra.

¿Y qué pasa con eso?

Coño, pues eso, que es una mujer. ¿No habrá en este país un tío con dos pelotas para ponerlo al frente de los ejércitos?

Igual no lo hace tan mal. Mira que yo sé de alguna que manda más que un sargento.

Quita, quita y encima está preñá. No sé adónde vamos a ir a parar. Menos mal que ya nos va quedando poco, porque pa lo que hay que ver. Esto es el mundo del revés.

Pero, entonces, llover no llueve, ¿no?

Qué va a llover, hombre, no te estoy diciendo que esto es el acabose.

Al poco tiempo, llegaron las lluvias. Muchas no fueron, pero las suficientes. La apisonadora había desaparecido sin dejar rastro. Los mulos y sus jinetes seguían subiendo cada día por la Solana. Más allá de los Hundideros, donde se acababa el asfalto, el camino se convirtió en un lodazal intransitable. Hasta las bestias tenían dificultades para salvar algunos tramos.

¿Qué te había dicho yo? Tanto ingeniero y tanta máquina para hacer esta chapuza.

Mejor hubiesen hecho en dejar el camino como estaba.

Bueno, ¿qué? ¿Qué pasa con la venta? He oído que vais a firmar.

A ver, qué remedio. A la fuerza ahorcan. Como me descuide, esto me cuesta el divorcio. Hasta las niñas están todas enfurruñadas. Yo lo único que pido es que me den un piso con plaza de garaje.

Y tú, ¿pa qué quieres una plaza de garaje?

Hombre, pues tú me dirás, a ver qué hago yo con la mula el día que me echen de mi casa.

23. Algunos brotes verdes

> *El hombre de los bosques es una máquina de reciclaje energético. El recurso a los bosques es un recurso a sí mismo. Privado de auto, el ermitaño camina. Privado de supermercado, pesca. Privado de calefacción central, su brazo hacha la leña. El principio de no delegación conoce también al espíritu: privado de televisión, abre un libro.*
> *El ermitaño sabe de dónde viene su leña, su agua, la carne que come y la flor de escaramujo que perfuma su mesa. El principio de proximidad guía su vida.*
> SYLVAIN TESSON, *La vida simple*

Parece que todo empezó al otro lado del Atlántico, cuando unos cuantos bancos se fueron a la quiebra. La culpa era de la clase trabajadora, que había vivido por encima de sus posibilidades. Al Blas esto no le cabía en la mollera. De la mañana a la noche, todo el mundo se quedó sin trabajo. Fue como aquella vez que hubo un incendio espantoso en algún lugar de Rusia. Ardieron los campos y los trigales. En el Hoyo, a la semana siguiente, subió el precio del trigo un veinte por ciento. ¿Cómo era posible? Por más que se lo explicasen, no conseguía entenderlo. Era la ley de la oferta y la demanda. Como el trigo ruso se había quemado, el grano escaseaba y el precio se había disparado. Todo eso está muy bien, pero a mí no me la cuelan. Tendrá sentido cuando llegue esa cosecha, pero ahora están los silos llenos y no hay escasez ninguna. El día que falte el trigo que lo pongan más caro. Son capaces de haberle pegao el cerillazo pa sacarnos los higadillos. Y, además, el año pasao la cosecha fue muy buena y yo no recuerdo que bajasen los precios. Sea como fuere, los desastres que acontecían al otro lado del mundo se reflejaban inmediatamente en las calles del pueblo. Ahora que, cuando las cosas van bien, nadie se acuerda de nosotros, y si vamos un poquito más sobraos entonces es que vivimos por encima de nuestras posibilidades. La crisis se había desatado, aunque al Garduña no le parecía para tanto. Yo no sé de qué os quejáis. Aquí trabajo nunca ha habido y hambre, toda la que quieras.

Como el campo no cundía, se habían empleado todos en la construcción. Durante algunos años les aprovechó bastante porque en este país no se hacían más que obras. Llegó a haber muchas más casas que familias y, pese a la insensatez, seguían construyendo sin tregua. Algún día iban a comprender que los ladrillos no se comen y que ni las ortigas pueden crecer en un suelo pavimentado. Todo fue muy rápido y bastaron unos pocos meses para que se afianzase el convencimiento de que ese día había llegado. Entretanto, la firma con la constructora se iba retrasando. Al parecer, había problemas de papeles y de escrituras. La cosa parecía inminente, pero se iba posponiendo semana tras semana. El Garduña se había resignado a la venta y la mudanza, pero esa resignación no impedía que se descompusiese cada vez que pasaba por debajo de los bloques. Miraba los pisos más altos y le entraban mareos y temblores. La inmobiliaria había dejado de llamar por teléfono. Ahora era la Antonia la que llamaba un día sí y otro también. Pero nunca le concretaban nada y se estaba impacientando. Las niñas, a su vez, la llamaban cada día para ver si había novedades. La situación se agravaba por momentos y el dinero de la venta ya no era un capricho sino una necesidad imperiosa. Empezaron los despidos y los desahucios, los alzamientos y los impagos. Y el miedo se hizo carne y la carne escaseó. El Garduña se preocupaba por los nietos. ¿Qué va a ser de estos chavales cuando todo esto pegue el talegazo? Muchos estudios y muchos idiomas, pero no saben ni hacer unos carriles pa poner unas lechugas.

Viendo que a las niñas no les gustaba la leche de cabra, y a los nietos mucho menos, se quedó con las vacas del Gallinas, que eran tan viejas como su dueño, pero aún daban buena leche. Eran dos frisonas con más huesos que pellejo y unas tetas arrugadas bamboleándose entre las patas. El pobre hombre ya no podía ni con su alma y regalaba sus animales a quien quisiese hacerse cargo. A pesar de la crisis, o precisamente por ella, no hubo muchos pretendientes y la mayoría de las gallinas terminaron en las ollas espesando caldos. Pese a la oposición de la Antonia, siempre más perspicaz y menos romántica, el Blas se decidió a quedarse con las vacas. Los animales le daban pena. La leche les vendría bien a las niñas, que la gastaban por litros con tanto chiquillo. Y dos cabezas más cabían de sobra en los corrales.

Mira, Gallinas, yo me quedo con tus vacas pero con una condición.

Coño, Garduña, que te estoy regalando dos joyas y todavía me vienes con exigencias.

Sí, que me dejes traerte un poco de leche de vez en cuando, pa que no pierdas las buenas costumbres.

Hombre, si es por eso. Pero yo me conformo con que me las cuides. Hazte cuenta que va para veinte años que están conmigo. Vamos, que son como de la familia.

Por eso no tengas cuidao, que yo no quiero bichos pa malearlos.

La Antonia, como siempre, iba a tener razón. Resultó que a las niñas lo que no les gustaba era la leche, ya fuese de cabra, de vaca o de camella. Se habían acostumbrado a esos cartones que venden en los supermercados y la leche de verdad les daba asco. Los nietos se negaban a beberla y afirmaban arrogantes que aquello ni era leche ni se le parecía. No se les podía reprochar el convencimiento de que la leche salía por los abrefáciles en vez de por las ubres de las vacas, después de ordeñarlas trabajosamente. Los pobres animales perdieron su utilidad y su sentido. El Blas y la Antonia preferían la leche de cabra y terminaron tirando la de las vacas porque no tenían ni dónde meterla.

Ya te había dicho yo que esto no era buena idea.

Qué le vamos a hacer, un fallo lo tiene cualquiera.

Sí, pero darlas a estas de comer tiene faena.

No te preocupes, las regalamos y se acabó el problema.

Pues ya estamos tardando.

Pero no hubo manera de regalarlas. Nadie quería dos vacas, ni jóvenes ni viejas, por más leche que diesen. A todo el mundo le parecía más sencillo acercarse a la tienda y comprarla a sesenta céntimos el litro; bien mirado, traía mucha más cuenta y mucho menos trabajo. En unos pocos meses se les iban a pasar las exigencias, pero de momento nadie quería saber nada ni de esas tetas ni de esas leches. Pasó el tiempo y la Antonia dejó de refunfuñar cada vez que las veía. El Blas, por su parte, terminó cogiéndoles cariño, el mismo cariño que se siente por un niño tonto por más faena que dé. Y en esas estaban, cuando aparecieron los civiles pidiendo la documentación de los animales. Menos mal que aquella tarde el Blas estaba en el monte con las cabras, porque si no habrían descubierto que ni ellas ni él portaban documento alguno. Pero las vacas sí que estaban en la era, por encima de los Peñoncillos, justo donde los civiles aparcaron el coche patrulla. Ya no traían tricornios ni fusiles, ahora gastaban gorras y pistolas, pero el valle les seguía temiendo porque el miedo es libre y se agarra en la memoria. Rodeadas de gallinas por todas partes, andaban rumiando unos haces de avenate que la Antonia les había segado.

¿Esas vacas son suyas?

Mías son, para mi desgracia.

La mujer tuvo que sentarse en un poyete cuando los guardias le informaron de que la multa, por tener a los animales sin registro ganadero, ascendía a siete mil euros, tres mil por cada vaca y mil por las gallinas que tampoco estaban en regla. El reglamento ordenaba también el sacrificio de los animales, por lo que volverían a por ellos la semana que viene. De nada sirvieron las explicaciones ni las excusas. Que las vacas no eran suyas, que eran del Gallinas, que ellos solo las habían adoptado más por lástima que otra cosa, que ellos cómo iban a saber, que nunca en la vida los animales han tenido papeles ni nada que se le parezca. Pero los guardias estuvieron inflexibles. Mire, señora, las normas están para cumplirlas. Nosotros solo hacemos nuestro trabajo. Y la Antonia no quiso chinchar más porque estaba temiendo el regreso del marido con las cabras, todos indocumentados. Le dejaron un papel en las manos, se subieron al coche y se fueron por donde, en mala hora, habían venido. El Garduña encontró a su esposa en medio de la desolación, con la multa en una mano y el pañuelo en la otra. Y ahora ¿qué hacemos? Mira que te dije que esto de las vacas no era buena idea. Tranquila, mujer, algún remedio habrá pa este sinsentido. Han dicho que vuelven la semana que viene pa llevarse a los animales. Sí, se los llevan para sacrificarlos. Ah, eso sí que no. ¿Qué culpa tienen las vacas de no tener papeles? Ni las vacas, ni nadie. Decidió consultar a los amigos y así lo hizo al día siguiente.

Declárate insolvente.

¿Y eso qué quiere decir?

Que no tienes un duro.

Coño, eso ya deberían saberlo ellos.

¿Tú tienes cuenta en el banco?

Yo qué voy a tener. La Antonia es la que tiene cartilla en la Rural.

Entonces no pueden embargarte.

¿Y qué hago con los bichos?

Mándalos al monte una temporada y, si quieren, que los busquen.

Las gallinas las mandaron de vacaciones a los corrales del Pepico. Las vacas las subieron a la sierra, donde todavía iban a causar bastantes problemas, y las cabras las tuvieron monteando, al cuidado de los perros, hasta que llegase la inspección. El día en que volvieron los civiles allí no había más que gatos.

Cuando la crisis se les vino encima, el Blas y la Antonia tuvieron que aplicarse porque las hijas, casadas todas con albañiles en paro, no veían la manera de llenar la despensa ni las barrigas de los nietos. Los yernos fueron despedidos uno detrás de otro y a más de uno le adeudaban incluso varias mensualidades. Al único que siguió trabajando le hicieron un contrato de media jornada, según el cual cobraba la mitad y trabajaba el doble. Eso es lo que hay. O lo tomas o lo dejas. Pero decídete pronto que tengo ahí una cola de hombres esperando. Las esperanzas de cobrar los salarios atrasados eran pocas o ninguna. Las empresas declaraban la suspensión de pagos y los trabajadores quedaban aturdidos e indefensos. Dependiendo de las cifras, el asesoramiento jurídico no era costeable. Algunas de las hijas se pusieron a limpiar en los hoteles de la sierra. Lo malo es que hacía falta apañar siete plantas completas en una mañana para sacarse un jornal y eso no estaba al alcance de cualquiera. No es que no llegasen a fin de mes, es que no llegaban ni al fin de semana. Llevaban años casi sin aparecer por los Peñoncillos y ahora, con las apreturas, subían todos los domingos a ver qué rapiñaban. Pero los abuelos estaban encantados, no solo por la compañía sino porque, de repente, su vida y sus fatigas encontraban un sentido y un reconocimiento que nunca antes habían tenido. Hasta hace nada, no se bebían la leche de las cabras, así fuese el último líquido del mundo. La de las vacas tampoco es que tuviese mayor aceptación. Ahora se la disputaban. Para engañar a los niños, la rebajaban con agua y más de una terminó rellenando los cartones para sofisticar el engaño. Los quesos, ni te cuento. Era imposible curarlos. Se los comían todos frescos antes de darles tiempo a madurar. Hasta los yernos, que siempre lo habían despreciado, se aficionaron de pronto al vino del abuelo. Hubo que ampliar las huertas porque eran muchas familias y muchas bocas. De echar una mano, ni hablamos. Solo alguno de los nietos se entretenía de vez en cuando ayudando a los abuelos. A los demás, lo único que les acomodaba era cosechar para llenar las cestas de coles, lechugas, tomates, huevos o lo que fuese. Eran gentes modernas, de estos tiempos, convencidas de que el trabajo en el campo no consiste en otra cosa que en recoger los frutos que la tierra generosamente nos regala. Se impacientaban enseguida. ¿Cuándo sacamos las papas? ¿No están las habas todavía? Tranquilas, niñas, que esto no es una fábrica de churros. Fue preciso establecer turnos y tomar medidas para evitar celos y recelos. Era la Antonia la que tenía que poner orden y garantizar que cada hija se llevase las mismas cerezas, los mismos calabacines y la misma cantidad de patatas que antes no querían ni regaladas y ahora, por un kilo de más o de menos, podían desencadenar una pelea fratricida. Solo les faltó llevarse una báscula para evitar controversias y deshacer desagravios, justificados o no.

El valle recobra un esplendor hace tiempo olvidado. Estuvo ahí todos estos años, pero de repente se vuelve visible, igual que las cumbres de las montañas cuando levanta la niebla. Muchos ojos se vuelven hacia él. Buscan la fruta que cuelga de los árboles, las hortalizas que crecen en los huertos, los animales que engordan en los corrales. Los estómagos repletos se olvidaron de los campos y de los campesinos. Ahora que están vacíos, recuperan la memoria.

Todo el mundo sabe que no hay mal que por bien no venga. Tanto despropósito tenía que tener algún sentido. De momento, el Blas se salvó por la campana. La promotora que había pretendido comprar el Barrio Alto fue a la quiebra como todas. El proyecto se fue al traste. Y el Garduña, que ya se había resignado a mudarse a un piso, terminó por alegrarse de la desgracia ajena. Todavía se recuerda en los Habices la borrachera que cogió para celebrarlo. Lo que no sabía él ni podía imaginar es que dentro de nada iba a terminar en un quinto piso sin ascensor, sin poderlo remediar y para siempre. Muchos vecinos no se lo iban a perdonar nunca. Por su culpa habían perdido una buena tajada. Seguramente la última oportunidad de vender sus viejas casas de pueblo a precio de mansión. Después de tanto chinchar, algunos tuvieron la decencia de darle las gracias. Si llegan a firmar justo en ese momento, antes de que la empresa se fuese a la quiebra, tal vez se hubiesen quedado sin nada. Hubo casos en el Hoyo. Gentes que se quedaron sin cobrar todo lo estipulado, sin sus casas, que ya habían sido demolidas, y, sobre todo, sin los pisos que les habían prometido y que nunca llegaron a ser construidos. La Antonia no se lo tomó tan mal como habría sido de esperar. Tal vez estaba acostumbrada a los reveses del destino. O tal vez se conformaba con que su marido, aunque fuese en el último momento y demasiado tarde, aunque fuera a base de presiones y amenazas, se hubiese avenido finalmente a darle el gusto. La intención es lo que cuenta. Claro que ya te podías haber decidido antes. Anda que a las niñas no les habría venido bien el dinero, que están las pobres hasta el cuello. Quita, quita, se lo habrían gastao en seis meses y estaríamos en las mismas.

Es la única parcela que queda libre a la vera del río, es el solar donde se levantaba el viejo molino. Las demás ya están edificadas de la cabeza a los pies. Hay también un parque que habilitó el ayuntamiento. Es bonito. No está mal. Pero con tanto enlosado, tanto columpio, tanto arriate y tanto artilugio gimnástico no encuentran un hueco adecuado para sus propósitos. Los que lo diseñaron pasaron por alto las aficiones de los ancianos. La inmobiliaria propietaria de la parcela pretendía construirla hasta el último centímetro, y lo hubiese hecho de no ser por la crisis que la mandó a la bancarrota. El terreno está abandonado y los viejos lo ocupan sin pedir permiso. Desbrozan, limpian y nivelan. Acotan la cancha con unos tablones. El resultado es una pista de petanca con las medidas reglamentarias y todas las comodidades. El Blas se concede algunas tardes libres y se acerca hasta allí a jugar con los amigos. Debe de ser cosa de la edad. Que este hombre descanse antes de que el sol se acueste no es cosa acostumbrada. No tiene demasiada afición a este juego de las bolas ni a ningún otro. Pero le gusta echar el rato para intercambiar algunas impresiones y bastantes tragos. Como no pueden jugar todos al mismo tiempo, los que están parados buscan entretenimientos. Con palés y trastos viejos, recopilados por las calles del pueblo, acicalan con esmero su solar ocupado.

Lo aderezan y lo acomodan a sus necesidades. Hasta que aquello parece la terraza de un chiringuito o un club social para la tercera edad. Un poco rústico, eso sí, pero con mesas y sillas y hasta una barbacoa para encender la lumbre. En un armario desvencijado guardan las barajas, los dominós y los vasos, que ya no es cosa de andar bebiendo a morro. Consiguen incluso una pequeña nevera y cuelgan algunas bombillas de las ramas de los árboles. La luz eléctrica no se sabe muy bien de dónde sale. Parece que alguno, con rudimentos de electricista, conectó un cable a una farola. Lo dejan todo tan collejo que enseguida aumenta la concurrencia. El hogar del pensionista debe de estar desierto. Algunos, como el Garduña, con el culo más inquieto, se bajan a veces las herramientas. Y poco a poco, ratillo a ratillo, entre trago y trago, como quien no quiere la cosa, cavan una huerta primorosa junto a la pista deportiva. La acequia atraviesa de parte a parte el solar ocupado y tampoco piden permiso a nadie para soltar el agua que necesitan sus tomates, sus pepinos, sus habas y sus melones. Los espectadores comentan las jugadas y discuten los méritos o deméritos de cada uno. Y cuando se aburren se dan media vuelta y debaten sobre el huerto y sus necesidades. Ese cartel de la promotora ya me está estorbando, les hace sombra a los pepinos. Pues sí, pero debe pesar una barbaridad. A ver quién es el guapo que lo saca de ahí. Le metemos la radial y lo tiramos al río. Claro, y lo dejamos ahí de adorno. No se puede ser más burro. Yo veo esto un poco seco. Una miaja de agua no le iría nada mal. Quita, quita, que me lo desgracias. Lo que habría que hacer es darle a la legona y quitar las malas hierbas. Pues a mí no me mires, yo ya no estoy pa esos alardes. Pues anda que yo. Ya, ya, aquí el palo no le gusta a nadie, pero los tomates sí que gustan. Toma, claro, no hay otros en todo el valle. Igual habría que jugárselo a las bolas. La pareja que pierda escarda los carriles. Coño, entonces yo no juego. Tú verás, pero el que no juega no mama.

Media docena de manzanas en un cesto de mimbre. Las ha comprado la Antonia para los nietos porque ellos no comen más fruta que la que cogen de los árboles. Da la casualidad de que, durante varios días, los nietos no asoman por la casa. Así que, una semana después, allí siguen las manzanas encima de la mesa de la cocina. Cuando, al anochecer, el Blas vuelve de los Peñoncillos, lo primero que hace es sentarse a esa misma mesa, servirse un vaso de vino y encender un cigarrillo. Cada día mira las manzanas como si nunca hubiese visto una, y es que, efectivamente, nunca ha visto manzanas como estas. Rojas, brillantes, sin una matadura, bruñidas y pulidas como las platas de los ricos y los hierros de los pobres.

Y estas manzanas, ¿de dónde salen?

Pues de la tienda, ¿de dónde van a salir?

No es tiempo de manzanas.

Eso ya se acabó, marido. Ahora hay manzanas todo el año.

Y eso, ¿cómo puede ser?

Pues porque las traen de otros sitios.

¿Y en esos otros sitios hay manzanas en primavera?

Coño, Blas, que al otro lao del mundo debe de ser otoño.

No lo había pensao. ¿Y saldrá a cuenta traerlas de tan lejos?

Pues debe de ser, porque ahí están. Las deben de traer en barco. Aunque ya te digo que baratas, lo que se dice baratas, no han salido.

Un día el Blas entra en la cocina y se sienta a fumar su cigarrillo. Como siempre, se queda mirando las manzanas. Pero esta vez elige una, la revisa bien por todos lados, la pone en un plato y lo deja encima de la nevera, donde está seguro de que no le va a dar el sol.

Esta no me la toquéis, que es mía.

¿Y eso por qué? Si puede saberse. ¿Qué le pasa a la manzana?

Eso es lo que quisiera saber yo.

Tú te entenderás, porque lo que es yo no entiendo ni jota.

Cosas mías, mujer, un experimento.

Pasan las semanas y allí, encima de la nevera, sigue la manzana del abuelo, que así la llaman los niños, como si tal cosa. Las demás hace ya tiempo que se las comieron. Más de una vez la Antonia, al pasar el polvo, se lo quita también a la fruta, que queda tan lustrosa como el primer día. A veces, cuando llega de la sierra, el Blas la coge y la mira por un lado y por el otro, dándole vueltas en la mano. Ni una arruga, ni una picadura, ni el más mínimo rastro de descomposición o deterioro.

No puede ser. Esto no es normal.

¿Ya estamos otra vez con la dichosa manzana?

Pero ¿tú la has visto?

Pues sí, la veo todos los días, una manzana normal y corriente. Yo no sé lo que te ha dao. Pero hay que comérsela o va a haber que tirarla.

Qué va. ¿No ves que está embalsamá? Como las momias esas del desierto, que no se pudren ni en mil años.

Tú estás mal de la chaveta. Cómete ya la manzana y déjate de historias, que me tienes frita.

Yo eso no me lo como ni que me den dinero. A saber lo que le han echao. ¿No ves que va para dos meses y está como el primer día?

Hasta que una noche el Blas, que ha llegado cargado de cerezas, se enciende un pitillo y comprueba que encima de la nevera no están ni el plato ni la manzana. Delante de las tortillas, sentados a la mesa, están los nietos, pero no comen porque tienen las manos y la mente ocupadas con las maquinitas. La Antonia está fregando los cacharros y mira de reojo a su marido para ver qué cara pone. El Blas recorre la cocina con la mirada y ella esconde la sonrisa.

¿Dónde está la manzana?

Ya estaba hasta el moño de verla. Se la he dao al Angelito que tenía hambre.

Pero tú estas loca. ¿Le has dao eso al chiquillo? ¿Es que quieres envenenarlo?

Pero, abuelo, si estaba buenísima.

No digo que no, pero eso no puede ser bueno, hacerme caso, que no puede ser bueno. Y dejar ya las pantallitas que me estáis poniendo nervioso. Comeros las tortillas que al menos los huevos son de gallina campeá. A partir de ahora, en esta casa se comen cerezas, que hay de sobra y no cuestan dinero.

Abuelo, es que estamos hartos de cerezas.

No sé por qué sabía yo que ibais a decir eso.

Se varearon muchos olivos que llevaban décadas sin recibir un palo. Se roturaron muchas tierras que hacía años que cubrían con brozas sus vergüenzas. Se recuperaron huertos y corrales. Muchas familias pusieron gallinas. Pero los resultados fueron más bien pobres. Se habían perdido los hábitos, el manejo y las costumbres. Las gallinas, descuidadas, morían pronto, ya fuese de hambre, de sed, de pena o a manos de los zorros. La gente llegaba al campo con muchos bríos. Se deslomaba unos cuantos días, desbrozando, cavando y sembrando de todo. Pero luego les faltaba la constancia imprescindible. Se olvidaban de escardar o de regar. Se relajaban o se cansaban o se aburrían. La mayoría ni siquiera había pensado que la tierra hay que abonarla y mimarla. Y cuando asomaban a ver cómo iban sus tomates, no encontraban más que unos tristes huertos que apenas daban nada. Era más fácil ir a las huertas de los abuelos que, esas sí, daba gusto verlas. El valle reverdecía. El Garduña, también. Estaba encantado con esos esplendores inopinados y encima ya no tenía que mudarse. Trabajaba como un mulo, de sol a sol, pero ahora sus esfuerzos tenían un sentido. Los frutos de sus fatigas eran apreciados y se valoraban sus habilidades en su justa medida. Padre, yo no sé lo que les echa usted a los tomates, pero es que están de muerte. Esto no se compra en el supermercado.

No es lo que les echo, niña, es lo que no les echo. Es la sed, la sed y la paciencia. Pa criar esos tomates hay que ir muy despacito.

El Antoñito aparece un día con cinco macetas chicas como un dedal. Las lleva en el maletero del coche cubiertas con un trapo. El Antoñito es el más adelantado de los nietos y el que más desencaminados lleva los pasos. Dejó los estudios en cuanto cumplió los dieciséis, sin completar titulación alguna. Se metió en la construcción y no le faltaba trabajo. Estaba muy bien que el chico se ganase un dinero y estaba muy mal el modo en que lo gastaba. Durante un par de años, fue el rey de la noche y de las fiestas. Él habría dicho el puto amo. Primero se compró la moto y luego el coche. Lo pintó de negro con unas llamas adornándole los costados. Le cambió las llantas y los faros. Le puso altavoces como para sonorizar un estadio. Ahora lleva un año en paro y nadie sabe a qué se dedica. Entra, sale, viene y va. A veces, aparece por los Peñoncillos para comer algo o dormirse en el sofá. Hoy ha subido a la Antonia y aparca en la era, por encima del cortijo. Con las puertas abiertas, la música retruena por todo el valle. En cuanto la abuela desaparece, el nieto le muestra al Blas lo que esconde en el maletero.

¿Y esto qué es? ¿Te ha dao ahora por la agricultura?

Tabaco, abuelo, unas matas que me han regalao.

Sí, ya, tú te crees que yo me chupo el dedo. Llevo cincuenta años plantando tabaco y esas plantitas no se le parecen ni en el blanco de los ojos.

Vale, abuelo, es yerba pa fumar.

Pero eso es ilegal, ¿no?

Pues claro, por eso cuesta tan cara.

¿Y tu madre qué opina de esto?

Mi madre no sabe nada y mi padre mucho menos.

Me vas a buscar la ruina.

Venga, abuelo. Si es solo para el gasto, son cinco plantitas de nada. Eso lo ponemos en el huerto y no se entera nadie.

El Blas echa sus cuentas y decide tomar parte en el asunto. Este chico va a fumar de todos modos. Está más perdido que una lombriz en un corral. Ni estudia, ni trabaja, ni nada que se le parezca. Mucho mejor será que tenga la yerba en casa, en vez de andar trapicheando por ahí y sacando dinero sabe dios de dónde. Total, esas cinco matas, entre sus habichuelas y sus tomates, no hay quién las ubique, sería como buscar una aguja en un pajar. ¿Quién las va a encontrar? Se le escapa una sonrisa pensando en la idea de cometer un delito. A fin de cuentas, la mitad de las cosas que ha hecho en su vida eran ilegales o estaban prohibidas. El esparto, la leña, el ganado. Con tanta sanidad, hasta vender un queso de cabra o una docena de huevos queda fuera de la ley. Las leyes no están hechas para ellos o ellos no están hechos para las leyes. Incumplir una más no puede ser tan grave.

Mira, Antoñito, vamos a hacer un trato. Ponemos esas plantas en el huerto pero con una condición.

Claro, abuelo, lo que usted diga.

Las plantas son tuyas y las cuidas tú. Quiero que subas una vez a la semana a darles un vistazo y de paso me echas una mano. Si estás pensando en vender esa yerba por ahí ya te lo estás quitando de la cabeza. Ah, y ni una palabra a nadie. ¿Me has entendido? A nadie. Mira que como se entere tu madre o tu abuela nos corren a gorrazos. Solo lo sabremos tú y yo. Si alguien se entera será porque te has ido de la lengua. ¿Estamos de acuerdo?

Disimuladas entre las tomateras, aquellas plantas prosperan que da gusto verlas. Las colocaron al otro lado de la reguera, en el rincón más apartado del huerto, protegidas de la vista por las higueras y los cañaverales, pero cuidando bien de que no les faltase el sol. El nieto sube todos los viernes a los Peñoncillos y ayuda al abuelo con el huerto. La Antonia no da crédito. Pero ¿a este niño qué le ha dao? ¿Cómo lo has conseguido? ¿No le estarás dando dinero?

¿Dinero? Mujer, ¿cómo le voy a dar dinero? Lo que pasa es que le gusta echarme una mano con las plantas.

Ya, a otro perro con ese hueso. Ese niño no ha dao un palo al agua en todos los años de su vida.

Bueno, algún día tendría que empezar.

Hay que reconocer que al chico no le sobran aptitudes, pero la actitud es inmejorable. Y es que la motivación hace la mitad del trabajo. Mira crecer el cáñamo y le entran ganas de trabajar. ¿Y si las regamos? ¿Y si las cavamos? ¿No habría que abonarlas? Tranquilo, Antoñito, que las plantas tienen sus pasos y sus querencias. No gastes cuidao que llevo setenta años trabajando la tierra y sé lo que me hago. Ya, pero usted de estas plantas no sabe nada. Son plantas, ¿no? Pues entonces basta con escucharlas. Lo que hace falta es escardar los tomates, que esos sí que lo están pidiendo a gritos.

La Antonia está enganchada. Después de comer no perdona la novela. El Blas no comprende esos apegos, que parece que se vaya a acabar el mundo como se pierda un capítulo. Tampoco comprende las lágrimas de su esposa. Pero, mujer, ¿no ves que es todo mentira? Tú también te emocionas con los toros. Ya, pero es que esos bichos están vivitos y coleando. El Blas sabe que este es un obstáculo insalvable. El valle sigue sin luz eléctrica, por más que tres centrales jalonen la cuenca y se beban la sangre de su río. Sin electricidad ni televisor, no conseguirá que su mujer se quede con él en los Peñoncillos. Ahora, con tanto trabajo, sube todos los días para echarle una mano, pero se baja a la hora de comer con tiempo de sobra para no perderse ni los anuncios. Hace ya bastantes años que no es capaz de subir a pie por el camino de la Solana. Las cuestas son demasiado empinadas para sus kilos y sus piernas. Los problemas de circulación no se lo consienten. Las hijas se turnan para subirla y bajarla en coche del cortijo. Antes lo hacían a regañadientes, pero ahora van encantadas. La Antonia no podrá andar esos kilómetros, pero sí que puede ordeñar, hacer quesos, engordar a los animales, sacrificarlos, sembrar patatas, coger cerezas, escardar el huerto, cuidar nietos o pelar habas. Por más que le pesen las carnes y los años, ninguna de sus hijas sería capaz de hacer la mitad del trabajo que ella hace. El Blas la necesita a su lado. No es fácil alimentar a seis familias. Decide traer la luz y usarla como reclamo. Ya va siendo hora. En el valle, hace tiempo que esos cacharros adornan los tejados. Son unas placas de cristal que chupan la luz del sol y la convierten en electricidad. Al parecer, no son tan caras y resulta de lo más sencillo. Así que este viernes, cuando llega el Antoñito, no le deja bajarse del coche y se sube él en el asiento del copiloto.

¿Adónde vamos, abuelo?

Al polígono de Juncaril.

Eso está muy lejos, no tengo gasolina.

No te preocupes, tira pa la gasolinera que yo pago.

Llenan el depósito y cogen la autopista. Tienen que dar muchas vueltas entre las naves hasta que encuentran el sitio que le habían recomendado. Allí les hacen muchas preguntas, antes de hacerles el presupuesto.

¿Cuántas horas ven ustedes la televisión?

Antoñito, ¿cuánto dura la novela?

No sé, una hora.

Pues ponga usted dos, no vaya a ser que nos pillemos los dedos.

¿Puntos de luz?

¿Qué quiere decir?

Que cuántas bombillas tienen en casa.

Ahora mismo, ninguna. Pongamos una en cada cuarto. Cuatro.

¿Lavadora? ¿Equipo de música? ¿Qué electrodomésticos tienen?

De esos adelantos no gastamos ninguno.

Les dan por escrito el presupuesto de la instalación más básica. El nieto lee la cifra que figura al final, debajo de múltiples conceptos. Dos placas solares de ciento cincuenta watios, un inversor, un regulador, dos acumuladores de trescientos amperios hora cada uno, cableados, soportes, mano de obra. En total: cinco mil euros más iva. Coño, y decía el Pepico que no salía tan caro. La madre que lo trajo. Bueno, muchas gracias, ya volveremos, esto hay que cavilárselo un poquillo.

Con la ayuda del nieto, estudia el presupuesto. Aquello queda fuera de sus posibilidades. Consulta a los vecinos y al Pepico Ruano. Pero, hombre, si es que son unos ladrones. Te compras una placa de esas y tú mismo la instalas. Yo es que de cables no entiendo. Pues ya va siendo hora de que aprendas. ¿No me dará la corriente? Qué va, hombre, si son solo doce voltios. Tú compra estas cosas que te digo y, si tienes algún problema, me avisas que te echo una mano.

Pese a las protestas del Antoñito, el viernes siguiente vuelven al polígono.
Pero, abuelo, ¿qué pasa con las plantas? Las estamos descuidando.
No te preocupes por eso, que no hay matas mejor atendidas en todo el valle.
Otra vez no tengo gasolina.
Coño, pues sí que gastas tú. Te llené el depósito la semana pasada.
Es que me fui a la playa con los colegas.
Anda, tira pa la gasolinera que me sales más caro que un niño tonto. ¿Cómo es?
¿El qué?
Coño, el mar, la playa, ¿no estuviste la semana pasada?
Joder, abuelo, no me irá usted a decir que no lo ha visto nunca.
Así mismo te lo digo.
Pero si está a setenta kilómetros, no se tarda ni una hora.
Ya lo sé, coño, pero yo solo lo he visto por la tele y ese trasto miente más que habla. ¿Es igual a como sale en las películas?

Hombre, más o menos, en las pelis es que lo pintan todo más bonito.

¿Ves? Lo que yo te decía. Cualquier día de estos nos acercamos y le echamos un vistazo.

Claro, y nos llevamos a la abuela. ¿La abuela tampoco lo ha visto?

No, ella sí, no ves que la llevan de excursión los pensionistas.

Y usted, ¿por qué no va?

Por que a mí no me jubila ni la madre que me parió.

Esta vez no tienen que dar tantas vueltas. El Antoñito recuerda bien el camino. El abuelo, menos acostumbrado al callejeo y la circulación, está tan desorientado como el primer día. Por aquí no es, niño. Tenemos que torcer a la derecha. Qué va, es todo recto. Pues la semana pasada fuimos por allí. Ya, pero es que la semana pasada nos perdimos. No se preocupe que yo sé lo que me hago. Los recibe el mismo encargado que los atendió la semana anterior. El Blas lleva el presupuesto en la mano y el cigarrillo colgando de los labios. El nieto tiene que advertirle para que lo tire antes de entrar en la oficina. Aquí no se puede fumar. ¿Y eso por qué? Coño, abuelo, porque está prohibido. Un día de estos van a prohibir sonarse las narices. El encargado, muy amable, les ofrece la mano por encima del ordenador. Es evidente que se acuerda de ellos y es que aquí no es que haya mucho movimiento y, aunque lo hubiese, seguramente se acordaría. Ese anciano con ese sombrero que parece de otros tiempos. Y ese chaval, con media cabeza afeitada a tiralíneas y un tupé de punta que no se le descompone. Hacen una pareja inolvidable.

¿Qué? ¿Se han decidido ustedes?

No del todo, esto sale por un pico.

¿Y en qué puedo ayudarles?

Dígame una cosa. ¿Cuánto tardan ustedes en hacer la instalación?

En una mañana se lo dejamos todo listo y funcionando.

Qué maravilla. A ver, Antoñito, ¿qué pone ahí?

Baterías, quinientos euros.

No, ahí no, un poco más abajo.

Mano de obra, mil quinientos.

O sea, que ustedes en una mañana se sacan mil quinientos euros del ala. ¿Lo he entendido bien?

Hombre, es que hacen falta dos operarios especializados. Y hay que tener en cuenta el desplazamiento, los impuestos y los gastos.

Ya, me hago cargo. Pero ganan ustedes más que un ministro. Bueno, dejemos este asunto. Yo lo que quería era una placa de esas que chupan el sol. Del resto ya me encargaré yo, que salgo más barato.

Les trajeron la fotovoltaica del almacén y les presentaron la factura. ¿Efectivo o tarjeta? ¿Qué quiere usted decir? Que si van a pagar con dinero. Pues claro, hombre, ¿es que se puede pagar con otra cosa? El Blas saca un fajo de billetes sujetos con una goma y aparta los necesarios. El empleado clava la mirada. Joder con el cateto, ¿cuánto dinero llevará en el bolsillo?

A ambos lados de la carretera se extienden baldíos que, no hace tanto, fueron huertas. Pasan junto a una construcción medio en ruinas. Es una vaquería abandonada. Todavía se pueden ver los pesebres y los silos oxidados. Incluso una pila de estiércol de varios metros de largo por otros tantos de alto. Se ve que ya nadie quiere la mierda de las vacas. Sería cosa de venirse un día con un camión y una pala excavadora. Anda, que si fuésemos capaces de llevar esa montaña de mierda hasta las viñas, entonces sí que íbamos a hacer el mejor vino del valle. A un lado de la carretera, se amontonan los coches destrozados. Están apilados unos encima de otros y hay uno de color rojo sobre una plataforma, a cinco o seis metros de altura, a modo de reclamo. Allí compran una batería de camión usada que tiene un aspecto lamentable. ¿Y esto funciona? Si no funciona me la traen, que se la cambio por otra. El Blas paga a tocateja lo que le parece un precio exorbitante, a juzgar por las trazas del artilugio. Luego, paran en la ferretería y allí se agencian unas pinzas pequeñas de cocodrilo, unos cuantos fluorescentes de doce voltios, un transformador y todos los cables que le indicó el Pepico. Al final, el fajo queda bastante menguado, pero nada que ver con los cinco mil euros más iva que les pedían por la broma. Esa misma tarde, en los Peñoncillos, aprovechando que la Antonia ya debe de estar en el pueblo, enfrascada en su novela, la dedican a la electricidad y el alumbrado. Quieren darle una sorpresa. El abuelo no tiene ni idea. El nieto, algunos rudimentos. Se basan en el sentido común y en las indicaciones del Ruano. La placa la instalan en el tejado, apoyada en la chimenea y asegurada con un par de bloques de hormigón, no vaya a ser que se la lleve una tormenta. La batería encuentra su lugar en la cocina, no muy lejos de la hornilla. Los cables se cuelan por una ventana desvencijada. Saltan chispazos cuando el Blas intenta conectarlos y el viejo da un repullo. El nieto se muere de la risa. Un poco por el miedo de su abuelo y un mucho por los efectos del canuto que le cuelga de los labios. No tenga cuidao, abuelo, que eso no da la corriente, es como la batería de un coche. Pues conéctalo tú, que a mí me da como cosa. El Antoñito conecta los cables que vienen de la placa y luego los del fluorescente que han colgado de un clavo. La luz se enciende e inunda la estancia. Coño, que funciona, no me lo puedo creer. Pues claro que funciona, ¿por qué no iba a funcionar? Yo qué sé, a mí es que esto de la luz me parece cosa de brujas. Descuelgan el fluorescente y lo esconden debajo de una cama. Tapan la batería con una caja de frutas y la disimulan con algunos trastos. Los cables no los pueden quitar pero confían en que la Antonia no los vea. Hace ya algunos años que ve menos que un topo. Quieren que la sorpresa sea completa y para eso necesitan una televisión y una antena. El Antoñito los consigue en internet por un precio de risa. Explicarle al abuelo qué es eso de la red resulta más difícil que instalar los aparatos. Están viejos y usados, pero funcionan perfectamente. El nieto en el tejado orientando la antena y el abuelo en el salón dando indicaciones. La mayoría de los canales no se ven o lo hacen con dificultad. Menos mal que el que les interesa aparece en la pantalla con una nitidez pasmosa. Allí están esas mujeres tan guapas, que no paran de intrigar y de llorar. Lo mismo que estará haciendo ahora la Antonia en la casa del pueblo.

Tal y como esperaban, la abuela no se da cuenta de nada. Ni siquiera el día en que llega con el nieto y está el televisor en medio del salón cubierto con un hule. Es el hule de la mesa de la cocina. Otra cosa no habían encontrado para ocultarlo. Tampoco el Blas es capaz de ocultar la sonrisa. Anda, esta mujer ve menos de lo que yo pensaba. Debería llevarla al oculista. El Blas se acerca al aparato por si, de ese modo, su mujer se percata de esa presencia extraña. Pero ni por esas.

Hoy nos quedamos a comer aquí. El Antoñito come con nosotros.

De eso ni hablar. Yo no me pierdo la novela, que la cosa está que arde.

Pues la ves aquí y te hinchas a llorar.

El Blas descubre el televisor y la Antonia se lo queda mirando. La expresión de su rostro es clara y transparente. Si los expresase con palabras, sus pensamientos no lo serían menos. Aquí a más de uno le falta un tornillo.

¿Una tele? Pero si aquí no hay luz. ¿Para qué queremos ese cacharro?

Energía solar, abuela, que ha llegao el progreso.

Venga, Antoñito, dale al mando ese, demuéstrale que funciona. Ya lo hemos comprobao. Algunos canales no se ven muy bien, pero la primera se ve de maravilla. ¿Lo ves? ¿Qué te había dicho? A ese se le ven hasta los pelos de las orejas.

No solo se quedaron a comer, también se quedaron a dormir y allí se iban a quedar hasta que llegase el invierno.

¿Y qué vamos a hacer con los nietos chicos?

Mujer, que nos los suban a los Peñoncillos, aquí van a estar tan ricamente.

Un vistazo y estaba todo visto. No fue el mar, que después de todo no era más que agua, lo que despertó su interés y sus curiosidades. Fueron las carnes desnudas las que acapararon sus miradas. La madre que me parió, menudo despiporre, pero si van todas con las pechugas al aire. Antoñito, ¿cómo no me habías contao esto? Anda que si lo llego a saber antes, nos venimos aquí todos los domingos. El mismo atasco tuvieron a la ida que a la vuelta. Tardaron una hora en aparcar el coche. El calor era insoportable. Pero todos los inconvenientes le parecieron pocos al Garduña, a la vista de ese despelote. La playa estaba repleta, a lo largo y a lo ancho. Ellos no necesitaban mucho espacio porque no iban preparados. Ni sombrillas, ni neveras, ni tumbonas, ni nada. Se sentaron en un cacho de arena, un roalillo que quedaba libre entre dos familias numerosas. El Antoñito se quedó en bañador, ya lo traía puesto, y desapareció enseguida entre la multitud. El Blas y la Antonia, completamente vestidos, permanecieron varados en la orilla. Él, con su sombrero de fieltro, encendía un cigarrillo detrás de otro y no perdía detalle. Ella, sudando como un pollo, se abanicaba todo el rato y quería marcharse cuanto antes. Asín te lo digo, marido, como retuerzas el pescuezo de esa manera, te va a dar una coyuntura. Pues que me dé, yo este espectáculo no me lo pierdo.

La Antonia, con los refajos recogidos, hasta metió los pies en el agua y se dio un paseo por la orilla. Le habían dicho que era muy bueno para la circulación y las varices. El Blas, sin moverse del sitio, hacía trabajar los músculos del cuello y las cuencas de los ojos, que en cualquier momento salían disparados. Si alguien se lo hubiese contado, no se lo habría creído. Aquella superficie de agua no tenía fin, pero tampoco las pieles y los cuerpos desnudos, que se arracimaban hasta más allá de donde alcanzaba la vista. Para alguien que venía de la sierra, el mar era un prodigio, pero no más que las braguitas minúsculas, las carnes desbordadas y las tetas al aire.

Topless, abuelo, topless. Esto sí que le parecía, al Blas, un logro de la civilización, un adelanto y un avance, no como los teléfonos móviles y todos esos cacharros que, según él, no servían para nada. Pues sí que está el mundo cambiao. Anda que, si en mis tiempos llega a haber esto, me habría puesto las botas.

Los Peñoncillos recuperan la sonrisa. Durante algunos meses se parecen a lo que fueron. Un espacio habitado. Ruidos y ajetreos. Un verano como los de antes. Y encima, con todas las comodidades, que tienen hasta baños, luz eléctrica, televisor y agua corriente. Hay mucho movimiento, un trasiego que no cesa. Además del Antoñito, que sube todos los viernes, las hijas vienen con frecuencia para traer a los pequeños. Los dejan al cuidado de los abuelos sin saber que estos los encomiendan a los gatos, los perros y las gallinas. Las niñas las están pasando canutas para pagar las hipotecas. Tanto niño en el valle es una cosa de otros tiempos. El Blas y la Antonia no podrían estar más felices. Cuando se juntan todos para sacar las patatas, se olvidan incluso de lo que les ha costado criarlas. Esta del verano es la primera cosecha. Dentro de nada, estarán sembrando la segunda. El Antoñito ayuda a su abuelo con el mulo y el arado. El abuelo guía al animal y el nieto, el hierro. Surcan el haza de un lado al otro, volteando la tierra y desenterrando las patatas. Por debajo, dispuestos en línea, las hijas, los yernos y toda la chiquillería van sacando los tubérculos. La Antonia, viendo que hay manos de sobra, aprovecha el barullo y se sienta debajo de una higuera. Ya no puede ni con sus carnes. Desde allí contempla la escena. Hay que ver lo bien que se han dao. Hacía años que no veía papas tan hermosas. A pesar de la crisis y de los achaques, a pesar de los años y del cansancio, no recuerda un verano tan feliz en los Peñoncillos. Lástima que sea el último, por más que ella no lo sepa.

A finales de agosto, en un descuido, el mulo se comió el níspero. Era un regalo de las niñas. No quedó más que un palo de metro y medio que, poco a poco, se fue secando hasta los tuétanos. La primavera siguiente, el arbolito brotó desde los pies. Pero ya no era un níspero, se había convertido en un membrillo que se está poniendo cada día más hermoso. Son los prodigios de la naturaleza, la magia de los injertos que ofrece a veces sorpresas maravillosas e imprevisibles. Este verano, el regalo no va a ser menos prodigioso. Las niñas le regalan un móvil. Es un teléfono sencillo y barato que pagaron entre todas y con no pocas dificultades. El Blas se queda mirando el dispositivo como si fuese un bicho muerto. Pero luego sonríe, porque sabe que este regalo, como tantos otros, no ha sido elegido para él sino para ellas mismas y sus preocupaciones.

¿Y qué queréis que haga con este cacharro? Yo no sé cómo se maneja esto.

Es muy fácil, papá. No tienes que llamar a nadie, es para que te llamemos nosotras. Cuando suene, solo tienes que apretar este botón verde y contestar. Así podremos hablar contigo cuando nos apetezca.

No lo entiendo.

Mira, pero si es muy fácil, solo tienes que apretar este botón.

No, lo que no entiendo es para qué queréis hablar conmigo por este trasto si nos vemos todos los días.

Aquellas hazas, como tantas otras, estaban abandonadas. El incendio se inició en la carretera, a la entrada del pueblo, entre el cementerio y las naves de la cooperativa. Seguramente una colilla, un conductor desaprensivo. Las llamas treparon por la ladera que llevaba años sin desbrozar. Cuando llegaron los bomberos, el olor era inconfundible. Allí se estaban quemando algo mas que retamas, zarzas y romeros. Desplegaron las gomas por la ladera quemada y bombearon el agua contra las llamas. Una humareda espesa inundaba el pueblo y se colaba por las rendijas. La gente se asomaba a los balcones o salía a la calle para ubicar el fuego y sopesar el peligro. En cuanto comprobaban que estaba controlado, esbozaban una sonrisa. A estas alturas, todo el mundo reconocía aquel olor. Se extinguieron las llamas y se disipó el humo. Por encima del talud ennegrecido, aparecieron las plantas de marihuana. Habría más de cincuenta. La mitad se habían salvado. Llegó la guardia civil, requisó las plantas y abrió una investigación. El dueño de aquellas paratas tenía más de noventa años. Balbuceando como pudo, explicó que hacía más de diez que no asomaba por allí. No había razones para desconfiar. El anciano no era capaz de caminar más allá del estanco y eso ayudándose con un andador del que nunca se separaba. Los responsables de aquella plantación nunca aparecieron. Las plantas que se habían salvado del incendio fueron rociadas con gasolina y, esta vez, no escaparon de las llamas. Tal vez el precio del gramo suba esta temporada.

Joder con las plantitas. Tú solo no te puedes fumar todo esto. Me parece a mí que va a haber que echárselas a las cabras.
Pues se van a poner contentas.
El Blas empieza a preocuparse. Esas matas están creciendo más de la cuenta. Mira que las habichuelas están hermosas, pero las plantas del Antoñito les sacan la cabeza.
¿Y si las desmochamos un poco, como los cerezos?
No, abuelo, eso no, que así no se hace.
¿Y por qué no? Tú no te preocupes, que lo que no crezcan a lo alto lo crecerán a lo ancho y, además, no creo que te vaya a faltar yerba con el porte que han cogido.

Al chico lo acompaña una humareda. En cuanto se apartan de la vista de la abuela enciende un canuto que lleva siempre dispuesto, al alcance de los labios. El Garduña reconoce enseguida esos aromas. Hace ya algún tiempo que el huerto no huele a otra cosa.

Joder, Antoñito, que no son ni las diez de la mañana.

No me regañe, abuelo, que usted se mete tres testarazos de vino con el desayuno.

Ahí me has pillao. Pero es que tú tienes dieciocho años.

Pues por eso, ya soy mayor de edad.

Luego te pasas todo el día empanao.

Qué va, si a mí esto ya no me afecta. ¿Quiere usted probarlo?

Quita, quita, que ya no tengo edad pa esos experimentos.

Venga, abuelo, solo un par de caladas.

Primero vamos a trabajar un poco que hoy tenemos faena. Hay que coger habichuelas, muchas habichuelas.

¿Y eso por qué, abuelo?

Porque mañana suben tu madre y tus tías y como les dé por cogerlas ellas estamos apañaos. Más vale que no bajen ni al huerto, esas plantas huelen que alimentan. Habría que cortarlas cuanto antes. Debe de llegar el olor hasta la plaza del pueblo.

Anda ya, abuelo, no sea exagerao.

Hasta el Hoyo puede que no, pero en el camino de la Solana se huele la peste perfectamente. Tú no te das cuenta porque vienes en coche, pero yo que vengo en mulo lo huelo cada mañana antes de llegar a la altura de la acequia. Hazme caso, hay que cortar esas plantas o nos vamos a meter en un buen lío.

Solo un par de semanas más, ahora es cuando hacen el thc.

¿Y eso qué es?

Pues la sustancia, abuelo, lo que le da el sabor, es como la grasa del marrano.

Bueno, tú sabrás, te doy una semana más. Otro fin de semana ahí no pueden estar. Mira que los domingos sube mucha gente por el camino y esos aromas son muy descaraos. Y, además, como se enteren tu madre o tu abuela a mí me matan. Conque no hay más que hablar, el viernes que viene sin falta les metemos la tijera o mejor dicho el serrucho, que esos troncos ya dan para una lumbre. A propósito, ¿tú has pensao qué vas a hacer con esas matas?

Pensaba colgarlas en los corrales. Hay que esperar a que se sequen.

Pues mucho no es que hayas pensao. ¿Qué le vamos a decir a tu abuela cuando vaya a coger los huevos y se encuentre con esos arbustos colgando de las vigas? La Antonia puede que esté muy vieja y muy gorda pero no tiene un pelo de tonta.

No había caído en eso.

Pues vete pensando en algo, que tenemos hasta el viernes. Y basta ya de cháchara. Cógete esas cajas y vámonos pal huerto, que hay que llenarlas de habichuelas.

¿Todas?

Sí, todas. Una para cada hermana, que si no luego se me tiran de los pelos.

Hasta hace dos días, como quien dice, el pan duro se lo comían las personas, los hombres, las mujeres y los niños. Para eso se inventaron las gachas, las migas y la porra. Recetas todas ellas nacidas del hambre y del ingenio. Ahora se tira a la basura o, con suerte, se lo comen las bestias. Sobre un tronco cortado, el Blas lo desmenuza a hachazo limpio. Luego lo repartirá entre los perros, los gatos, las cabras y las gallinas. Al mulo, demasiado viejo como él, no le alcanza la dentadura para esas rudezas. Aparece el Antoñito mucho más temprano de lo habitual y mucho más contento de lo que lo han visto nunca. La Antonia está en la cocina calentando la leche para hacer los quesos. Hay que ver el niño, qué buen ánimo trae. Viene más contento que unas castañuelas y encima madruga. Esto me lo vas a tener que explicar algún día, marido. Pues qué quieres que te explique, al nieto le gusta la tierra. Ya, de un día pa otro. Eso no te lo crees ni tú. El Blas, sentado en la terraza debajo de la higuera, ultima el tercer vaso de vino y el cuarto cigarrillo, antes de empuñar el hacha y continuar con su tarea. El nieto ha dejado el coche en la era y baja hacia el cortijo. Anda, Antoñito, vete a los corrales y te subes la leche, que yo ya no puedo con los cántaros. El nieto vuelve al momento y mete la leche en la cocina. Trae también un cigarrillo colgando de los labios.

¿Y a ti qué te pasa hoy? ¿Es que te ha tocao la lotería? Te he dicho mil veces que no fumes delante mía. ¿Tu madre te deja fumar en casa?

Qué me va a dejar, abuela. Si me pilla, me mata.

Pues aquí lo mismo, que esto no es el bar.

Ya tengo dieciocho, puedo hacer lo que quiera.

Eso se lo explicas a tu madre.

Enfilan hacia el huerto cargados de herramientas. Llevan la podadera que les va a hacer falta. El nieto va frotándose las manos solo de pensar en la cosecha y sus efectos. El abuelo, más calmado, se entretiene con sus cuentas y sus razonamientos.

¿Ya has pensao qué vas a hacer con las matas?

Voy a bajarlas al pueblo, al trastero de un amigo.

¿Y cómo piensas meter eso en el coche?

Habrá que hacerlas cachos.

Desde luego, menuda juventud, piensas menos que un mosquito. ¿Vas a llegar al pueblo con todo el coche lleno de yerba?

Yo pensaba dejarlas escondidas y volver esta noche para llevármelas.

Todavía nos metemos en un lío. Espero no tener que lamentarlo.

El Garduña se para de pronto entre las tomateras y olisquea alrededor como un perro de caza.

¿Qué pasa, abuelo?

¿No lo hueles?

¿El qué? Yo no huelo a nada.

Pues eso, precisamente, que no huele a esas plantas tuyas que nos van a buscar la ruina.

La madre que me parió, tiene usted razón.

El Antoñito sale corriendo entre los carriles y desaparece detrás de las matas de habichuelas. El Blas llega un poco después y se lo encuentra sentado en el suelo, con los codos en las rodillas y la cabeza entre las manos. Las plantas de marihuana ya no están. En su lugar no quedan más que los tocones.

Tienen el grosor de un brazo y una cuarta de alto. Alguien ha hecho un buen trabajo. Ya me parecía a mí que anoche los perros ladraban demasiado. El Antoñito ni abre la boca ni levanta la cabeza. El Garduña lo lamenta por su nieto, que se ha quedado sin yerba, pero en el fondo está contento porque se han librado de un problema.

¿A quién se lo has contao?

A nadie, abuelo. Solamente a mis amigos.

Pues ten cuidao con ellos, que igual no lo son tanto.

Fue desaparecer las matas y desapareció el nieto. No volvió por los Peñoncillos hasta la vendimia. Se pasó el día haciendo el rácano. El mosto del abuelo nunca le había gustado. Cada cual tiene sus incentivos y sus motivaciones. Y si estos faltan, ni los músculos se mueven ni las mentes se despiertan. La Antonia seguía escamada. ¿Dónde está el Antoñito? ¿Ya no sube los viernes? Qué sé yo. Debe de haberse echado novia. ¿Qué novia ni qué ocho cuartos? Estáis tramando algo, y no sé por qué me da que no puede ser nada bueno. No te preocupes, mujer. ¿No te da pena que ya no venga los viernes? Pues claro que sí, pero ahí había gato encerrao y tú lo sabes.

Si es que yo no entiendo a estos hombres de hoy en día. Todos en el paro y mano sobre mano. Ahí tienen la tierra muriéndose de asco. Si hubiesen puesto unas hazas de habichuelas, se estarían sacando un buen dinero.

Claro, Paco, eso es muy fácil decirlo ahora que nos las están pagando a dos euros, pero acuérdate lo que pasó el año pasao.

¿Qué pasó?

Coño, ¿ya no te acuerdas? Pues que nos las pagaban a cincuenta céntimos y se las dejamos a las cabras porque cogerlas no traía cuenta.

Eso no es nada del otro mundo, el campo siempre ha sido así.

Claro, y por eso se está quedando vacío, que, cuando faltemos nosotros, no van a venir por aquí ni los gorriones. La gente de ahora ya no está dispuesta a pegarse cuatro meses escardando carriles sin saber si va a cobrar o se va a quedar a dos velas. Y eso tampoco es nada del otro mundo.

Coño, mejor que pasarse el día delante de la tele. ¿Y el nieto? ¿Ya no sube por los Peñoncillos?

Qué va, parece que se le ha pasao la vena.

Pues poco le ha durao, pa uno que subía por aquí. Yo pensaba que este se nos aficionaba.

Mira, Paco, te lo voy a contar a ti, pa que veas cómo está el mundo. El Antoñito subía pa cuidar sus plantas.

¿Qué plantas?

¿Te acuerdas de esas matas que pusimos entre las habichuelas y los tomates? Creo que las llaman marihuana. Son las yerbas que fuman ahora los chavales.

Coño, ya decía yo que olía muy raro. En la plaza del pueblo huele así todas las tardes.

De esto, ni una palabra a las mujeres. ¿Tú sabes lo que vale un gramo de esas hojas?

Yo qué voy a saber.

Pues una barbaridad. El Antoñito dice que no lo encuentra por menos de cuatro euros.

¿El gramo? Me cago en la puta y nosotros tan contentos porque nos están dando dos euros por el kilo de habichuelas.

Ahí quería llegar yo. ¿Ves por dónde voy?

No, la verdad es que no.

Coño, pues que si le dejásemos sembrar unos carriles de esas plantas ibas a ver si el niño trabajaba, se nos hacía agricultor de la mañana a la noche.

Hombre, así cualquiera, a cuatro euros el gramo se ponen a escardar hasta los civiles.

Lo que quiero decir es que, si le viesen color, trabajarían. No te digo yo esas barbaridades, pero al menos sacarse un sueldo digno y con un mínimo de garantías.

¿Garantías? Aquí lo único que está garantizao son los sabañones y los lumbagos.

Pues eso, ¿cómo quieres que venga nadie a darle a la legona? Si es que el campo no está costeao. A esta juventud le faltan alicientes.

La pérdida de la marihuana supuso el descalabro. El cuento se acabó abruptamente el día que en el Hoyo, a mediados de septiembre, empezaron las clases. Los nietos tenían que ir al colegio. Las madres estaban siempre ocupadas, los padres desaparecidos y a la Antonia, un día sí y otro también, le tocaba recoger a los chiquillos, darles de comer y pasar la tarde con ellos. Mal no le sentaba y lo hacía de buena gana, pero la mayoría de los días no le alcanzaban las fuerzas y se quedaba dormida viendo la novela. Era una abuela esclava, como casi todas las abuelas. En los Peñoncillos, una vez más, se hizo el silencio. La televisión se llenó de polvo. El Blas se quedó solo con sus gallinas y sus cabras. El camino de la Solana le parecía cada día más escarpado. Empezaron a pesarle las tareas y no había día que no echase de menos al Antoñito. ¿Por dónde andará ese tarambana? En cuanto vuelvan los calores, le pongo unas plantitas de esas, pa que se venga de paseo.

24. Un quinto piso sin ascensor

> *Distinta en extremo me parece la situación de los analfabetos, considerable masa apegada a sus tradiciones y sus privaciones y a la que se castiga con una injustificable virulencia. Pues, a fin de cuentas, ¿es un mal no saber leer ni escribir? Francamente no lo creo. E incluso pienso que deberemos vestir luto por el hombre el día que desaparezca el último iletrado.*
> EMIL CIORAN, *La caída en el tiempo*

Aquel invierno anduvieron los olivos, lo cual, para los habitantes del Hoyo, no era tan raro como cabría esperar, que cosas mucho más raras se habían visto. Desde mediados de diciembre no paró de llover hasta que se acabaron las pascuas y los reyes. Luego salió el sol y fue el verano, sin esperar a que el santo dispusiese las ollas ni los marranos. Ni los más viejos, cerca ya del centenario, recordaban un mes de enero tan seco y caluroso. De la nieve, que según dicen es garantía de bonanza, ni se hablaba. Pero a nadie le extrañó, porque llevaban más de diez años pulverizando todos los récords y reventando los termómetros. Los más pesimistas aseguraban que aquello era todo, que ya no llovía hasta el año siguiente, que ya podía ir todo el mundo guardando los abrigos y los paraguas y que a ver si algún valiente se animaba a hablar con el alcalde porque, como no soltasen el agua de las acequias, ya se podían ir despidiendo de las habas, las cebollas, los ajos y las patatas. Este tiempo está más loco que una cabra. Tal vez en señal de protesta, la tierra se echó a caminar y esto tenía sus inconvenientes. En principio, que un olivo se mueva no tiene por qué ser un problema. El problema es que cruce la linde de un vecino o que se despeñe por un barranco. En este último caso te quedaste sin él y sus aceitunas. En el primero, tendrás que discutirlo.

Ese olivo es mío.

¿Pues no va la linde por esa parte? ¿Entre los peñascos y el almez?

Sabes muy bien que yo mismo lo planté con estas manos.

Yo eso no lo discuto. Pero la linde es la linde. Y ese árbol crece dentro de lo mío. Me parece a mí que la cosa está bastante clara.

Los primeros diez años del nuevo milenio se habían ido volando. Con más pena que gloria, todo hay que decirlo. Los siguientes novecientos noventa tenían un futuro todavía más incierto. Las montañas, deshabitadas, no sabían qué pensar. Durante siglos, habían dado cobijo a gentes y animales. Ahora, eran un paseadero de turistas. El valle lucía sus encantos y trabajar la tierra no era uno de ellos. Los fines de semana era increíble el amontonamiento de excursionistas y domingueros. En la carretera nueva, las filas de coches aparcados en ambos arcenes salían del pueblo y se prolongaban durante varios kilómetros. Tan mal aparcaban en algunos lugares que el espacio era insuficiente para que se cruzasen dos coches y, a veces, hasta para que pasasen las cabras. Tal vez el turismo era un porvenir, pero las listas del paro estaban que reventaban y el banco de alimentos no daba abasto para atender la demanda.

A la salida del pueblo, por encima del Puntarrón, las tierras también se movieron en dirección al río. Anduvieron un par de huertas y los baldíos, porque allí ya no había nada sembrado ni por sembrar. Los postes de la luz se fueron con el terreno y tiraron de los cables hasta que los arrancaron. El apagón afectó al Puntarrón y al Barrio Alto. Unos operarios tendieron otros más largos, pero, a la semana siguiente, otra vez se quedaron cortos y terminaron en el suelo. Los postes seguían caminando. Fue preciso instalar dos torretas más grandes, en suelo firme, para volar el tendido eléctrico por encima de las tierras caminantes. Posados en los nuevos cables, los grajos veían pasar las huertas por debajo de sus patas. Desde la era Portachuelos el Blas y el Paco, que llevaban varios días sin luz eléctrica, también observaban cada mañana los progresos del terreno y de los electricistas.

Ya es lo que faltaba, pa cuatro huertos que quedan van a terminar en el río.

Va, pero si esto no es nada. Acuérdate de lo que pasó en los Hundideros el año de la quiebra. Las tierras se merendaron dos cortijos en una noche. No afloraban ni las chimeneas.

Ya me acuerdo, ya. Hubo que sacar los santos a la calle. Solo así se terminó el baile.

Igual sería cosa de pasear a san Antón o a la virgen del Rosario.

¿Tú crees?

Yo qué voy a creer, es solo por decir.

Pues por aquel entonces funcionó.

Eso dicen, pero me da a mí que las tierras se pararon de puro aburrimiento. ¿Adónde iban a ir? Peor que aquí no iban a estar en ningún lao.

Meter cuatrocientas cabras por un paso de tres metros circundado de coches no es tarea fácil. Era el último rebaño que quedaba en el pueblo. Cada mañana, alrededor del mediodía, después de que su dueño lo hubiese ordeñado convenientemente, salía por el Puntarrón camino del Collao. No tenía más remedio, antes de enfilar el valle, que hacer un tramo de carretera. Y los fines de semana ese tramo era angosto como cuello de botella. No es que los coches estuviesen mal aparcados, es que invadían la calzada. Los pobres animales lo tenían bien difícil con tanto cuerno para no arañar las carrocerías. Cosa que sucedía un día sí y otro también. Eso ya era bastante preocupante, pero la cosa se complicó una mañana que una cabra despistada derribó un retrovisor y se montó la gresca. Resultó que uno de los turistas que estaba haciendo fotos al rebaño era el propietario del vehículo. El hombre no daba crédito y miraba alternativamente las cabras que se alejaban y el espejo que colgaba de unos cables en la puerta del conductor. Muy bien conjuntado, con su ropa de montaña de marca, exigió una indemnización y una disculpa. El propietario de la cabra esgrimió primero sus argumentos y, luego, viendo que no había razones, su cayado. Los coches estaban en mitad de la carretera, esa no era forma de aparcar. El rebaño no cabía. Él tenía que subirlo al monte todos los días para que no se muriese de hambre. ¿Qué culpa tenían los bichos? Pero al senderista no le interesaban estas cuestiones de ganaderos o pastores, prefería hablar de coches, talleres y pólizas.

¿Al menos tendrá usted las cabras aseguradas?

Sí, no te jode, contra robos y atropellos.

Las carreteras son para los coches, no para las cabras.

Eso lo dirá usted, que no entiende de cañadas.

Yo lo único que sé es que las cabras me han roto el espejo retrovisor y eso vale un dineral.

Pues pídales cuentas a ellas porque, lo que es yo, no pienso pagar nada.

Voy a llamar a la policía.

Llame usted a quien le dé la gana. Dígales que han sido las cabras del Rescoldo y que ya saben dónde están.

¿Cómo ha dicho usted que se llama?

Me llaman el Rescoldo y en mi casa estoy pa lo que se les ofrezca.

Es usted un cateto y un maleducado. Le voy a poner una denuncia.

Y yo le voy a dar un garrotazo pa que la próxima vez aparque el coche como es debido.

Por poco la cosa no acaba a bastonazos. Pero el pastor, viendo que el rebaño se alejaba hacia el cortijo del Tito y comprendiendo que pasar a mayores no podía más que agravar las cosas, se dio media vuelta y emprendió la marcha. Allí se quedó el turista, con dos palmos de narices, escupiendo insultos y amenazas.

A la mañana siguiente, antes de tirar para la sierra, el Rescoldo se acercó al ayuntamiento. Había pasado mala noche y quería saber si lo habían denunciado. Allí no tenían noticia, ni la iban a tener.

El jefe de la policía le dijo que igual no era tan mala idea eso de asegurar las cabras a terceros.

Multar a los turistas no entraba en sus planes. ¿Quién iba a atentar contra la primera industria del país? El pastor salió por la puerta echando pestes.

Lo que es a los guiris no los multan, pueden hacer lo que les venga en gana, como si dejan el coche atravesao en la carretera del Purche; ahora, que me pillen a mí con un bicho indocumentao o haciendo fuego sin permiso, me empapelan de la misma.

El pasado está muerto y enterrado. El futuro está lleno de muescas. ¿Qué será de estas tierras cuando ni los olivos puedan soportarlo? ¿Qué será de estas tierras cuando ni las viñas sean capaces de aferrarse a la tierra desnuda? Y, sin embargo, las únicas preguntas verdaderamente procedentes son: ¿ese infierno quién lo padecerá? ¿Nuestros hijos? ¿Nuestros nietos? ¿O los hijos de nuestros nietos?

A las cabras les encanta el tabaco. Si te descuidas, se comen los paquetes enteros, plástico incluido. El Blas sostiene que prefieren los ducados antes que cualquier otra marca. Estos bichos son capaces de comerse hasta las piedras pero, si pueden elegir, tienen también sus exquisiteces y sus preferencias. Es por eso que el Garduña guarda la cajetilla en el bolsillo de la camisa, porque de los pantalones ya se lo han quitado unas cuantas veces. Por las tardes, saca a pasear su rebaño, que ya no alcanza la docena de cabras. Muchas más no podría sostener. Los días que se ve más descansado baja con los animales hasta el río. Allí se sienta en unas peñas y se entretiene viendo pasar a los turistas. La estampa que hace con el sombrero y el cayado no puede ser más pintoresca. Forma parte del mobiliario y del paisaje. Una pieza de atrezo o de museo.

El último vestigio de la vida que, no hace tanto, animaba estos parajes. Muchos excursionistas hacen un alto en el camino para fotografiarse con las cabras y con la antigualla que las cuida. Serían incapaces de datar ese rostro cruzado de grietas sobre el que, sin embargo, todavía brillan los ojillos con cierta picardía. Tal vez haría falta la prueba del carbono. Si se trata de mujeres, el Blas se levanta enseguida, se ofrece solícito y posa con ellas todo lo que quieran. Muchas le abrazan como si lo conociesen y algunas incluso le estampan un beso en la mejilla. Sobre todo las extranjeras, que quieren llevarse una muestra de su trato con los nativos. Últimamente, con tanto teléfono móvil, las chicas le echan un brazo por los hombros y juntan la cabeza con la suya para hacerse un selfie. El Garduña no entiende una palabra, pero no deja de sonreír y devuelve los abrazos con algo más que cortesía. Es bastante posible que a más de una y a más de dos aquellos achuchones le pareciesen excesivos. Debe de estar el mundo lleno de fotografías suyas, entre dos rubias enormes que le sacan la cabeza. Podría cobrar algo por cada retrato y se ganaría un dineral. Las tardes en que hay poco movimiento deja que las cabras crucen el río. Al otro lado, es parque nacional y está prohibida su presencia. Al Blas le encanta esta pillería y a sus cabras también, que todo no va a ser roer espartos. A falta de tabaco, buenas son esas laderas que miran hacia el norte y están sin rebañar.

A lo largo del río se acumulan las basuras. Si tuviera treinta o cuarenta años menos sería cosa de cargarlas en el mulo y bajarse a la ciudad. Habría que esturrearlas todas por el centro, por ejemplo, en la Gran Vía. Es posible que de ese modo sus habitantes, tan refinados cuando quieren, comprendiesen que el río no es ni un vertedero ni una papelera.

El desayuno, como siempre, son dos vasos de vino y un cigarro. El alcohol lo tiene prohibido y el tabaco, ni te cuento. Pero no ha habido forma humana ni animal de quitarle esas querencias. Que aguanten los pulmones es un milagro inexplicable. Que lo haga el hígado entra ya en el terreno de lo sobrenatural. La Antonia se pasa la vida escondiendo botellas y cajetillas. Le monta la bronca cada vez que lo pilla sirviéndose un vaso o prendiendo un cigarro. De algo habrá servido, porque el Garduña, para que su mujer no se sulfure, salvo en ocasiones especiales, procura no beber ni fumar en su presencia. Es al encender el segundo cigarrillo cuando nota el dolor en la palma de la mano. El Blas no le echa muchas cuentas. Enjaeza el mulo y sale para los Peñoncillos. Lleva haciendo esto mismo trescientos sesenta y cinco días al año durante los últimos treinta, desde que se mudaron al pueblo. Rara ha sido la mañana que no le doliese algún hueso. Pero el dolor que hoy le acompaña es de otra naturaleza y de aciagas consecuencias. Él todavía no lo sabe ni se lo imagina.

A la entrada del cementerio, otra lengua de tierra avanza imparable sobre la carretera. Todas las mañanas, muy temprano, el ayuntamiento manda un camión y una excavadora para que retiren el lodo y despejen el paso. Parece una tarea imposible. Al día siguiente está otra vez el barro inundando la calzada. Las máquinas limpian la carretera principal, pero pocas veces se toman la molestia de aclarar el acceso hacia el cementerio, un camino empinado que trepa por la ladera. Es como si la tierra se obcecase en impedir el paso hasta las sepulturas. Tal vez es que está cansada de tanto muerto y no quiere ni uno más. Se va a tener que fastidiar, porque aquí hay más de uno y más de dos con un pie del otro lado.

El dolor acomodado en la palma de la mano izquierda. Se la aprieta con la derecha por ver de conjurarlo. Luego se le va extendiendo por el brazo. Hasta un niño sabría reconocer esos síntomas en esta sociedad sobreinformada. Pero él le echa las culpas a la azada, que empuñó el día anterior para limpiar unos cerezos. El gusano cabezudo le está ganando la partida. Los árboles se han ido secando en los últimos años.

Tienen tantas ramas secas que no le alcanzan las fuerzas ni para podarlas ni para quemarlas. Desbrozar todo el terreno le parece imposible. Por eso, con la azada, limpia los pies en un radio de metro y medio alrededor de los troncos. Alberga la esperanza de que de ese modo el gusano no tenga dónde esconderse de los rigores del invierno. Claro que, con el calor que hace, estos bichos no necesitan ni guarecerse de la helada. Deben de estar encantados esperando la primavera. Tal vez debería conformarse con el cerezo de la abuela, que es el único que desborda salud en medio de la pendiente. Él solo da más cerezas de las que pueden comerse. Hace ya tiempo que no las venden. A como se las pagan, no merece la pena la trabajera de cogerlas. Pero el Garduña se resiste, no se quiere dar por vencido. Aceptar la derrota no entra en sus planes. Está dispuesto a pelear hasta el final. Incluso se ha buscado unos plantones de cerezos para sustituir a los muertos. Son de una variedad nueva. En el vivero le han dicho que esa especie es resistente al gusano cabezudo. Está esperando que aclare el invierno para plantarlos. Con este tiempo podría hacerlo cualquier día de estos. Helar no hiela, ni de broma. Ahora que, como no le ayude el Antoñito, no va a haber manera. El pico y la pala están fuera de sus posibilidades. Tendrá que buscar el modo de engatusar al nieto. Lo mismo se conforma con que le deje poner unas cuantas plantas de marihuana. Y, si no entra por ahí, está dispuesto hasta a pagarle. Pero, coño, Blas, ¿tú crees que están los tiempos como para plantar cerezos? Si esto es un suspiro y se acabó lo que se daba. Pa cuatro ratos que nos quedan, ¿te los vas a pasar cavando?

De las ramas de los árboles y de los sarmientos cuelgan letreros advirtiendo del peligro. Con letras desiguales pero claras está escrita la palabra veneno. Esto no impide que los turistas avispados se coman los frutos que encuentran a su paso. A lo largo del camino de la Solana no queda ni un racimo de uvas, ni una cereza, ni una mora, ni un higo ni una breva. Las aceitunas no se las comen porque están sin aliñar. Sería divertido que, en justa correspondencia, los dueños de estos frutos bajasen a la capital y se llevasen de los escaparates todo lo que pillasen al alcance de la mano. Tal vez entonces la ciudad comprendería, de una vez por todas, que el campo no está ahí para que lo esquilmen.

Por el camino de la Solana baja el mulo con más dificultades de las que encuentra cuando sube. Para arriba son los kilos lo que atempera sus pasos. Cuesta abajo es la inercia y la necesidad de contenerla. El animal acorta las zancadas, ralentiza los movimientos, renquea. Cualquiera diría que le duelen las rodillas, como a todo quisqui a partir de los cuarenta, cuando baja una pendiente pronunciada. Trasponiendo los años mulares a los humanos, este bicho debe de andar cerca de los cien. Al Garduña, que aún no ha cumplido los ochenta y que no los va a cumplir nunca, le pasa todo lo contrario, para arriba no puede ni con sus huesos. Hace años que no sube a pie desde el Hoyo hasta los Peñoncillos. Lo hace siempre a lomos de su mulo. El camino de vuelta, cuesta abajo, todavía puede hacerlo y lo hace todas las tardes para ejercitar los músculos. Son muchas las articulaciones que se quejan, pero le han dicho que tiene que andar una hora cada día. Quien mueve las piernas mueve el corazón. Hoy no le alcanzan las fuerzas ni para lo uno ni para lo otro. Es por eso que acercó el mulo al poyete y se dejó caer sobre la montura para que sea ella quien lo lleve hasta la puerta de su casa. Es un mediodía del mes de enero, limpio, luminoso, con un cielo azul que hace daño a los ojos y una temperatura más propia de los juanes o de los santiagos. Un ejército de moscas zumba a su alrededor. Buscan el sudor que le chorrea por debajo del sombrero. El dolor en la palma de la mano se vuelve cada vez más intenso. No ve el momento de llegar a su casa y tomarse una de esas pastillas que le da la Antonia para los dolores de cabeza. Al paso que lleva el animal, les van a dar las uvas.

Aquí ya no quedan primaveras ni otoños. Por la tarde el valle está temblando junto a la chimenea y a la mañana siguiente le estorba la camisa empapada antes de las diez. Moscas en enero, moscas por navidad. Un drama de consecuencias imprevisibles. Un desastre sin paliativos. La vida necesita las transiciones si es que quiere prosperar. Este año los almendros florecieron cuando todavía estaban verdes. Se saltaron el otoño sin mayores prevenciones. Los árboles ya no saben cuándo tirar las hojas. Las plantas cuándo florecer. Las bestias cuándo aparearse. Las zorras, con sus gritos, anuncian la primavera durante todo el año. Los hombres dudan a la hora de volear la simiente. Las mujeres no tienen muy claro si no convendría ir sacando las papas de la tierra y las nubes se han olvidado de que, de vez en cuando, no estaría mal que lloviese, a ser posible en primavera y otoño, como ha hecho siempre, si no es mucho pedir.

A la altura de la acequia suenan palos y ramajes. Paco, el Posturas, está debajo de un olivo con los mantos extendidos. El olivo tiene muchos más años que el viejo y un porte descomunal. Con la vara en alto, el Paco parece un niño intentando derribar una piñata. Le falta la venda en los ojos y le sobran las maneras achacosas de un cuerpo que ya no está para despilfarros.

Buenos días, Paco. ¿Cómo va la aceituna? Este año se ven los árboles cargados.

¿Cargados? Van a reventar, ahora que malo será que no reviente yo antes.

¿Estás solo?

Ya me ves, más solo que la una.

Esta es mucha faena para un hombre, aunque no tuviese ochenta años.

No corras tanto, Blas, que todavía no los he cumplido. ¿No quieres echar un rato?

Me gustaría, pero hoy no me siento muy bien, no sé qué me pasa que ando acansinao y encima me he fastidiao el brazo de darle a la legona.

Serán estos calores, que nos vamos a asar en pleno mes de enero.

Al menos no hay que darle al hacha. Yo hay días que no puedo ni levantarla del suelo.

Eso sí, pero se nos van a cocer los embutidos. ¿Te bajas para el pueblo? No será ni mediodía.

Ya te digo que me encuentro regular. Mañana echo un rato contigo y le damos un meneo a esos olivos.

Te tomo la palabra. Ahora vete a descansar, que se te está poniendo cara de vinagre.

Un poco más abajo, también el Pepico Ruano está peleando con un árbol. Los mantones se le han enredado en las brozas y el viejo tira de un extremo con gestos de mala leche. Extender las mantas debajo de un olivo es una tarea fastidiosa para una sola persona, más aún si tiene una rodilla hecha cisco y la espalda derrengada. Los árboles son muchos. El viejo está solo. La pelea, a todas luces, se presenta desigual. El Blas, desde el camino, no puede contener la risa por más que la escena, bien mirada, no tenga ni pizca de gracia.

Coño, Pepico, no seas bruto. Si tiras así, la vas a desgarrar. Tendrías que haber desbrozao esto un poco. Tienes el olivar que da pena verlo.

Déjate de lecciones, Garduña, y échame una mano. ¿No ves que no puedo ni menearme?

Pues estamos todos bien. Te ayudaría con gusto pero no puedo.

Venga hombre, si es solo a colocar los mantones. Me harías un favor.

Es que como me baje del mulo luego a ver cómo me subo. Y encima no sé qué me ha dao que me siento regular.

La verdad es que no traes muy buena cara. Muy mal debes de estar pa no llevar un cigarro colgando. Mejor tira pal pueblo y métete en la cama.

Eso voy a hacer. ¿Qué dice el hombre del tiempo? ¿Siguen las calores?

Yo ya no sé ni lo que dice, pero como sigamos así, se nos van a cocer hasta los pensamientos.

Qué le vamos a hacer, debe de ser lo que nos toca. Bueno, mañana nos vemos que será otro día.

Si dios quiere y el cuerpo lo permite.

La nieve se retira, busca cotas más altas donde la temperatura no le amargue la existencia. Si le alcanzasen las fuerzas, el Blas seguiría sus pasos. Se adapta mal a estos bochornos. Hace ya muchos inviernos que, en los Habices, la nieve no hace acto de presencia. Caen unos pocos copos que a duras penas se aguantan sobre el suelo. Si alguna vez la nieve es tanta como para cubrir los pastos y adornar las copas de los árboles, la gente se apresura a sacarle una foto. Se derretirá en unas pocas horas. Antes nadie la fotografiaba, no solo porque no había cámaras sino porque, durante el invierno, si alguien quería verla no tenía más que abrir una ventana. Hay que ver, con el frío que hemos pasao siempre cogiendo aceitunas y que estemos aquí ahora sudando la gota gorda. Esto no tiene ni pies ni cabeza.

En cuanto acaba la conversación, el mulo reanuda la marcha, sin necesidad de que su amo se lo indique. Basta con que el hombre vuelva la mirada hacia el camino para que el animal comprenda. A estos extremos llegan a veces las relaciones, que no hacen falta gestos ni palabras. El camino se descalabra de repente. La cuesta cada vez más empinada impone sus condiciones. El mulo achica los pasos y guiña las orejas. El Blas, con la mano derecha, se agarra a las albardas, no vaya a ser que el animal pierda las manos. El dolor, en la izquierda, se vuelve insoportable y le trepa por el brazo. El Garduña comprende que ese es el final, que el valle está acabado, que cuando falten los viejos esos olivos no tendrán a nadie que los apalee. ¿Cuánto queda para eso? Mucho menos de lo que se imagina. La idea de la muerte no ha pasado nunca de una presencia fortuita y, ahora que le sigue los pasos por el camino de la Solana, tampoco la vislumbra entre los cañaverales. Se agarra con fuerza, eso sí. Sabe que caerse del mulo a estas alturas puede ser irreparable. La Antonia y las niñas también lo saben. Hace ya años que intentan que se deshaga del animal aunque sin demasiado convencimiento. Quitarle el mulo sería lo mismo que cortarle las piernas por encima de las rodillas.

Esta vez no es una rama lo que lo derriba de la montura, sino un dolor violento que lo golpea en el pecho como un puño cerrado. Si le hubiese alcanzado un rayo el efecto no habría sido muy distinto, pero el día está claro y despejado. El animal, indiferente, sigue su camino sin volver la vista atrás. Le duelen demasiado los huesos para tener en cuenta el deber de socorro. En lo único que piensa es en llegar a su cuadra cuanto antes. Tendido sobre el asfalto, el Blas es un inventario de dolores, grandes y pequeños. De momento, no intenta ni moverse, concentrado como está en recuperar el aliento que le falta. Siente la sangre que le corre por la frente y un sudor frío empapándole la espalda. Coño, ¿dónde está mi sombrero? Lo encuentra a su lado sobre el firme, con la boca abierta hacia el cielo, una señal nefasta para un taurino. Con la punta de los dedos lo voltea como si fuese una montera. Pero luego lo coge y se lo pone, no vaya a ser que encima le dé una insolación, que está el sol muy bravo y encastado.

El miedo aparece de repente. Tiene el rostro de lo que concluye. Su cuerpo presiente el final sin una mala despedida. Mira el mulo que se aleja camino abajo y desaparece por un recodo a la altura de la Cantinilla. Esa bestia desagradecida que lo ha traído hasta el siglo veintiuno y que ahora lo abandona. El bar lleva mil años cerrado, se lo comen las zarzas y las roñas. El dolor en el pecho se afianza, incontestable. Es tan fuerte que hasta los gritos le parecen impensables.

De todos modos, nadie le oiría. Esos viejos olivareros están todos medio sordos. También le duelen la cabeza y el hombro y la espalda. Pero esos dolores son reconocibles y no le asustan. Ha caído sobre el asfalto y es su dureza lo que le lastima. Debo de tener algo roto. Ya podría haber aterrizado sobre el pasto que, aunque amarillea, está muy crecido en las cunetas. Lo que le acongoja es la opresión en el esternón o, más bien, a la izquierda del esternón, donde se aloja el órgano agotado. Si se lo estuviesen aplastando con unas tenazas no le dolería más. Solo ahora empieza a reconocer ese tormento que le ha ido subiendo por el brazo. Intenta arrastrarse fuera de la calzada. Si al menos consiguiese alcanzar las sombras de las cañas. Es increíble lo que pega el sol en pleno mes de enero. Unos pocos centímetros le cuestan un triunfo. Desiste del intento. Consigue, sin embargo, tumbarse boca arriba. Vuelca el sombrero hacia adelante para cubrirse el rostro. Cualquiera diría que se está echando una siesta en mitad del camino de la Solana. No le queda más remedio que esperar lo irremediable. Antes de la hora de comer, por aquí no pasa nadie ni de casualidad. Y eso con un poco de suerte, que si no se va a quedar ahí hasta la tarde. Si fuese fin de semana seguro que pasaba algún turista. Ese mulo desgraciao se ha llevao el vino en las alforjas. Se palpa los bolsillos en busca del tabaco. Algunos condenados piden un cigarrillo como última voluntad. Él pediría otras cosas de estar en condiciones. En el bolsillo del pantalón tantea un bulto cuadrado que bien podría ser la cajetilla. Cuando consigue sacarlo descubre que se trata de algo más duro y más plano. Es el teléfono móvil que le regalaron las niñas por su cumpleaños. Los nietos lo llaman el ladrillo porque los aparatos modernos son mucho más ligeros y más pequeños. Coño, que al final este trasto va a servir para algo. Es su mujer la que se ocupa de cargarle la batería y luego se lo mete en algún bolsillo sin decirle nada. Solo lo ha usado unas pocas veces y siempre para recibir llamadas. Él nunca ha llamado a nadie. Para todo tiene que haber una primera vez aunque sea, al mismo tiempo, la última. Pero cuando mira esos botones comprende enseguida que no va a ser tan fácil. Prueba a pulsar el botón verde, pero no oye nada al otro lado. Prueba a pulsar el botón rojo, y todos los demás botones, pero el auricular sigue tan sordo como mudo. ¿Hola? ¿Hay alguien ahí? ¿Alguien me escucha? No sabe ningún número de teléfono y, aunque supiese alguno, sería incapaz de marcarlo. Mira los signos que aparecen en la pantalla sobre una foto de los nietos. En chino mandarín no entendería menos. Insiste de todos modos, por si suena la flauta. Luego, viendo que no hay manera, lo deja a su lado sobre el asfalto. Igual, con un poco de suerte, me llama la Antonia para ver si sigo vivo. Aunque, como no espabile, me parece a mí que me va a tener que llamar al otro barrio. Su mujer lo llama todos los días, pero él no contesta casi nunca. La mayoría de las veces ni siquiera lo oye porque se deja el aparato en cualquier sitio. Y otras veces lo oye y no contesta porque no le encuentra el sentido. Esto le supone una pelea permanente. Pero ¿para qué quieres un teléfono si no contestas nunca? ¿Y quién te ha dicho a ti que yo quiero un teléfono? Mira que eres cabezota, estamos en el siglo veintiuno, hasta los niños tienen uno. Es que ellos saben manejarlo. Y tú podrías aprender si te diese la gana. Pero, mujer, ¿no te das cuenta de que ya es un poco tarde? Nunca es tarde si la dicha es buena.

De haber sabido manejar aquel cacharro, tal vez habría salvado la vida.

Cuando la Antonia ve llegar el mulo, sin su marido y a estas horas, comprende en el acto que algo serio debe de haber pasado. Le abre el portón al animal y corre a buscar el teléfono. Intenta llamar al móvil que le regalaron, pero una voz le contesta que el aparato está apagado o fuera de cobertura. Hace varios años que viene temiendo este momento. Ese hombre ya no está para andar en mulo de arriba abajo. Es por eso que le regalaron el móvil. Despliega un abanico de calamidades, todas con un final funesto. Empieza a llamar a las hijas una detrás de otra. Están todas en el paro, pero eso no impide que anden siempre ocupadas. Una tras otra, le repiten lo mismo. Que se tranquilice un poco, que no tiene por qué haberle pasado nada, que se habrá dejado el teléfono olvidado en cualquier parte, que seguramente el mulo se le habrá escapado y habrá tirado para casa. Pero la Antonia tiene la certeza del desastre y no se da por vencida. A este hombre no se le ha escapao un mulo en todos los años de su vida. Llama al Antoñito, el mayor de sus nietos, que estará en la plaza fumando porros y bebiendo litronas. El chico está colocado pero reacciona rápido. Ahora mismo voy, abuela. La recojo y subimos a buscarlo.

El primer coche tarda en pasar una hora y media. La misma hora y media que se le ha ido a la Antonia entre llamadas y sofocos. Quién sabe si no habrá sido una hora y media irrevocable. Es una vieja C15 destartalada, el vehículo oficial por estos pagos. Sus dos ocupantes, un anciano y su nieto, descubren al Blas tendido e inmóvil sobre el asfalto. Los dos lo reconocen enseguida. Coño, ¿qué hace el Garduña ahí tirao? Menos mal que no cayó en una curva. Le habrían pasado por encima. Este chaval, como tantos otros, conduce muy deprisa. Da miedo ver cómo baja por la pista. Es extraño que no haya más accidentes. El camino de la Solana ya no tiene la vida que tenía antes, que si no peligrarían los mulos, los niños y los perros. No se lo piensan dos veces. El chico saca el móvil mientras el abuelo se baja del coche. El primero comprueba que no hay cobertura, nunca la ha habido en este tramo del camino. La impericia tecnológica del Blas no va a ser tan decisiva como él había creído. El segundo comprueba que el Garduña todavía respira y que dos buenas bofetadas no bastan para despertarlo. Doscientas tampoco bastarían.

¿Qué le ha pasao, abuelo?
¿Yo qué sé? Debe de haberse caído del mulo.
Mejor no lo movemos. Hay que llamar a una ambulancia.
Aquí no lo podemos dejar. Lo subimos al coche y salimos cagando leches.

La C15 solo tiene tres puertas. Meterlo en el asiento de atrás es imposible y si lo meten a ver cómo lo sacan. Entre el abuelo y el nieto acarrean al Garduña hasta el asiento del copiloto. Lo amarran con el cinturón de seguridad y aceleran hacia el pueblo. El móvil del Garduña queda olvidado sobre el asfalto, justo al lado del sombrero. El Blas va dando bandazos debido a los baches y el anciano tiene que sujetarlo desde atrás para que no se les desgracie. En cuanto llegan a la era Portachuelos, el chico para el coche y tira del teléfono. Todo el mundo sabe que allí hay muy buena cobertura. Lo primero que hace es llamar al número de emergencias. Lo segundo, al Antoñito, que es amigo suyo y nieto del Garduña.

Abre los ojos en la ambulancia y no sabe si eso es el cielo o el infierno. Tiene una sensación extraña e indefinible. No le duele nada. Es como si su cuerpo se hubiese vuelto blando y gelatinoso. Hace muchos años que no recuerda un solo día sin dolor. O le duele la espalda, que es lo más frecuente, o le duele el tobillo o un hombro o una mano. La Antonia siempre le dice lo mismo cuando refunfuña. No te quejes tanto, marido, que después de los cuarenta si no te duele nada es que estás muerto. Demonio de mujer, tiene siempre que llevar razón. Lo único molesto es, tal vez, el ruido de la sirena que le taladra los tímpanos. La urgencia se nota en ese ruido y en el traqueteo del vehículo, que debe de ir a toda pastilla. Vayamos adonde vayamos, ¿a qué vienen tantas prisas? La Antonia está sentada a su lado cogiéndole de la mano y agarrándose como puede para sobrevivir a las curvas y los frenazos. Tiene los ojos inundados, pero sonríe cuando ve que su marido está despierto. De su otra mano sale un tubo sujeto con un esparadrapo. Hay también un enfermero o un médico que mira una pantalla. En la pantalla aparecen unos extraños dibujos y emite unos pitidos desacompasados. Este hombre, a través de una ventanilla, se dirige al conductor. Date prisa,

Manolo, que no llegamos. El Garduña se retira la mascarilla que le cubre la nariz y la boca.

¿Qué ha pasao?

Te ha dao un ataque.

¿Un ataque de qué?

Un ataque al corazón.

No me extraña, esa patata estaba ya para el arrastre. Lo que es al huerto no volvemos.

Anda ya, marido, no digas tonterías. ¿No vamos a volver?

No, se han secado los cerezos.

El tiempo no alcanza para más ni para menos. El pitido de la pantalla se estabiliza en una nota monocorde. Llegan al hospital y entran todos por la puerta a la carrera. El equipo médico ya estaba esperando y no pierde ni un segundo. La Antonia no puede seguirlos. No se lo permiten ni sus piernas ni sus kilos. De todos modos, no la habrían dejado. Se queda allí sola, delante de las puertas automáticas que, detectando su presencia, no paran de abrirse y de cerrarse. Pasan unos cuantos minutos eternos hasta que un celador, alertado por el ajetreo de los automatismos, se da cuenta de su presencia y de su confusión y la lleva del brazo hasta la sala de espera.

De nada sirven los chutes ni los desfibriladores. El Garduña ingresa cadáver, poco antes de las dos, sin que ni la ciencia ni la técnica puedan hacer nada por remediarlo. En la sala de reanimación, una vez superados los atropellamientos y los sudores, se impone un sentimiento general. Qué lástima, media hora antes y lo salvamos. ¿Cuánto ha tardado la ambulancia? Tres cuartos de hora desde que recibió el primer aviso. Es que el pobre hombre estaba en el campo. Mierda, si esto le pasa en la ciudad lo sacamos adelante.

La última vez que pisó la iglesia los bancos estaban vacíos y la Antonia iba vestida toda de blanco. Hoy, de cuerpo presente, no puede ver todas las filas repletas ni el luto riguroso que viste su mujer. El debate fue enconado porque alguna de las hijas consideraba, con razón, que el padre no habría aprobado semejante disparate. Podría haberlo dicho más alto pero no más claro. A mí me ponéis en los Peñoncillos, debajo de un cerezo. Los cementerios están llenos de cruces y de muertos. Yo allí no pinto nada. No es que no creyese en dioses ni en plegarias, es que detestaba todo lo que oliese a misas o sacerdotes. De buena gana habría quemado todos los crucifijos y especialmente aquel que llevaba su esposa colgando del cuello. Como no fue un hombre peleón, aceptó resignado esos designios. Seguramente el amor que sentía por su mujer había sido más fuerte que el odio que le inspiraba la iglesia. Pero eso era una cosa y otra muy distinta montarle estas exequias a todo trapo, indefenso, metido en una caja delante del altar. La Antonia estuvo inflexible y no dio su brazo a torcer. Hasta el último momento, esta mujer se sale siempre con la suya. Organizó unos funerales como dios manda, por más que aquello le costase todos sus ahorros y varias mensualidades de su magra pensión. Cobraba una no contributiva que apenas alcanzaba los cuatrocientos euros. Pero su fe era tan firme que no dudó un momento en ponerla a disposición de las autoridades eclesiásticas, la funeraria y sus adláteres. Y es que hoy hasta la salvación eterna es un negocio y de nada sirve que uno crea o deje de creer.

El pueblo entero se reúne en la iglesia, consternado. El templo se llena de escépticos y descreídos, de creyentes y farsantes. Todo el mundo está aquí. Grandes y pequeños, parientes y extraños, amigos y enemigos, los que lo conocían y los que no, incluso aquellos vecinos que le retiraron la palabra con el turbio asunto de la promotora y la venta frustrada del Barrio Alto. Como era de esperar, se desata el aguacero. En las primeras filas se amontonan las parientas del difunto. La esposa, las hermanas, las hijas y las nietas. Todo un ejército femenino que le rinde honores con sus lágrimas. Hay que ver este hombre lo bien acompañao que estaba. El llanto se vuelve incontenible y contagioso. Son tantas las mujeres afligidas que nadie piensa en consolarlas. Los hombres no lloran, salvo alguno de los nietos más pequeños que no pueden evitar la imitación de la llorera. Tampoco lloran el Pepico Ruano ni el Posturas, los últimos en verlo con vida, a excepción de la Antonia, para quien fueron sus últimas palabras. Discretamente sentados en los últimos bancos, siguen la ceremonia dispuestos a salir por la puerta cuanto antes. Ninguno de los dos fue capaz de imaginar la que se avecinaba, por más que su amigo, y en esto coincidían ambos, llevase cara de fiambre.

Me da a mí que, al Blas, tanto fasto y tanta pompa no le habrían hecho mucha gracia.

Ni mucha, ni poca.

¿Te has fijao que le han metido un crucifijo dentro de la caja?

Todavía se levanta y agarra al cura del pescuezo.

Hacen a pie el camino hasta el cementerio, detrás del coche fúnebre que abre la comitiva. No es más que un kilómetro, pero a más de uno, lastrado por el peso de los años, se le hace un mundo y un calvario que, a fin de cuentas, vienen a ser lo mismo. Aun así, nadie se retira. Suena lánguido un acordeón. Es el último que queda en el pueblo. Una y otra vez repite cansino la misma melodía. Otras no sabe o hace tiempo que las olvidó. La marcha la cierran los más golfos. Todos aquellos, de variadas edades, que compartieron con el Garduña farras y borracheras. Entre ellos está el Antoñito con los ojos rojos. No es que haya llorado, es que se fumó dos canutos con los colegas, aprovechando la intimidad de la plaza Alta, mientras el pueblo entero estaba en la iglesia compungido. También anda por aquí el Mauricio que es de los más animados. Son muchas las noches que compartió con el finado. La discreción con la que, al principio, mercadean con las botellas se va relajando poco a poco. El cortejo se afloja, trago a trago. Se desatan las lenguas y las imaginaciones. Todos tienen alguna anécdota jocosa que comentar sobre el Garduña. Ninguna está exenta de putas y bebercios. La borrachera más grande que recuerdan se la cogieron todos con el viejo. Su aguante proverbial aviva las admiraciones. Fue el Antoñito el que se encargó de proveer el mosto de la bodega del abuelo. La cosecha había sido magra. Las viñas pedían a gritos las tijeras. Pero, aun así, el caldo era más que suficiente para despedirlo a él y a los que viniesen, que no iban a tardar mucho en seguir sus pasos. ¿Qué mayor homenaje podían hacerle que beberse su vino incomestible? Así nos vamos con él. Tres tragos de este brebaje y te subes por las nubes.

El coche de la funeraria tiene que pararse en la carretera principal. Las máquinas del ayuntamiento limpiaron esa vía, pero no el acceso al cementerio que sube por la ladera. Al menos hoy, podían haberse tomado la molestia. El paso está obstruido por una lengua de fango que avanza centímetro a centímetro. Desde allí tendrán que llevarlo a hombros. Esto no estaba previsto; así que, durante unos momentos, se impone el desconcierto. Los familiares directos son todos mujeres y los yernos no parecen estar por la labor. Los amigos más cercanos andan en las últimas y ya veremos si son capaces de subir el repecho hasta el camposanto. Paco, el Posturas, se ofrece el primero, pero todo el mundo sabe que ya no le alcanza el corazón para esas escaladas y menos con una caja al hombro. Igual debían haberse traído el mulo y quitarse de problemas. Cuando algunos de los yernos, más por compromiso que por devoción, se deciden a cargar el féretro, se adelantan el Antoñito y el Mauricio, seguidos de otros dos golfantes a los que nadie sabría poner nombre ni apellidos. Borrachos como cubas, se echan la caja a cuestas y enfilan la pendiente hacia la inmortalidad. Es la segunda vez que lo sacan a hombros. La primera llevaba una buena cogorza y, a los pies, una zorra disecada. Hoy no podría ir más sereno y lleva, sobre el pecho, dos palos cruzados. Conociéndolo, habrían hecho mejor en meterle algunas botellas de vino mosto, rebajado con gaseosa, y unos cuantos cartones de ducados. Para hacerle más liviana la estancia en el otro mundo, como hacían los egipcios con los viejos faraones. El Antoñito está sorprendido de lo poco que pesa el ataúd. Será el ciego que llevo, pero yo diría que esta caja está vacía. No me jodas, hombre, cómo va a estar vacía. Pues, si no está vacía, está llena de plumas. La verdad es que pesa menos que una gallina muerta. Claro que, cómo va a pesar, si tu abuelo no comía. A medio camino tienen que sortear la terrera que sigue bajando indiferente hacia la comarcal. Solo hay que chapotear un poco en el barro; pero, en su estado, el traspiés resulta inevitable. Un poco más y el ataúd aterriza sobre el fango.

La urbanización está rodeada por tapias encaladas de cuatro o cinco metros de altura. No vaya a ser que a los cipreses les dé también por echarse a caminar. Los bloques se levantan entre hileras de estos árboles que, de haberlas, tocarían las nubes con sus puntas. Son edificios en miniatura con cubiertas de tejas árabes y enlucidos blanqueados. Ventanas no hay, y es una lástima porque las vistas son espléndidas. En vez de puertas son lápidas lo que cierra las entradas. Planchas de mármol sobre las que se han grabado el nombre y los apellidos, alguna frase de recuerdo y las fechas de inicio y de final. El paso está flanqueado por flores metidas en jarrones y macetas. La mayoría son de plástico, pero hay algunas de verdad. ¿Cómo se las apañarán para regar las de los apartamentos más altos? Hay escaleras pero, aunque tienen ruedas, parecen demasiado pesadas para los ancianos que frecuentan el lugar. Estas viviendas son de un solo uso. Aquí se entra pero no se sale. La construcción se levanta cinco pisos, cinco pisos sin ascensor. De todos modos, para una vez que se sube, no se justificaría el gasto en esos artilugios. Los llaman nichos y parecen zulos.

Menos mal que el Blas no está aquí para verlo. Si llega a saber que lo iban a meter en ese chiscón, te digo yo que no se muere.

Si es que ya no cabemos.

Por falta de monte no será. ¿No podrían ampliar un poco el camposanto?

A como está el metro cuadrao, no hay dios que lo costee.

Pues a mí este hacinamiento me parece un despropósito.

Natural, pero vete haciendo el cuerpo, porque después del Garduña vamos nosotros de cabeza.

Ahora los sepultureros son albañiles. Ya no tienen que cavar agujeros a base de pico y pala. Los ataúdes no se entierran en el suelo. Se apilan, unos encima de los otros, en pequeños cubículos de mampostería. Hacen falta andamios, llanas y palustras. Al Garduña le ha tocado la fila más alta. Todas las demás deben de estar llenas. En el quinto quedan bastantes espacios deshabitados, aunque en muchos de ellos está escrita con tiza la palabra reservado. Con cuerdas y poleas los operarios levantan la caja hasta las alturas, la reciben en el andamio y la introducen en el hueco que le corresponde. Luego tapian la entrada con una rapidez y una habilidad pasmosas. Se ve de lejos que llevan puestas unas cuantas decenas de miles de ladrillos. Algunas más, algunas menos. El más viejo, presumiblemente el oficial, ya está extendiendo el cemento cola sobre el tabique que acaban de levantar. Desliza la llana de abajo arriba, repartiendo el mortero uniformemente. El más joven levanta la lápida que ya tenían dispuesta en el andamiaje. Un exceso de confianza casi le cuesta un disgusto. La losa se le resbala y está a punto de salir volando.

Anda que, si se le cae, estamos aviaos. Esa piedra cuesta un ojo de la cara.

Sí, hay que ver lo caro que sale morirse.

Y tú que lo digas. Total, pa que te coman los gusanos.

El joven se rehace y coloca la lápida sobre el adhesivo. Para los que sepan leer, lleva inscrita las siguientes palabras. Tu mujer, tus hijas y tus nietos no te olvidan. Es lo que pone en casi todos los mármoles. Debe de ser lo que inscribe la funeraria por rutina cuando no recibe otras indicaciones. El viejo, nivel en ristre, comprueba que esté derecha y luego la calza con unos maderos. Se apartan los dos algunos pasos para mostrarles a todos el resultado. Bastarán unos minutos, el tiempo de colocar las coronas y las flores, y será posible retirar las maderas. El cemento cola fragua en un instante. Esta construcción es para siempre. Arrecian las penas y los llantos. Van a echar de menos al abuelo, lo mismo que sus tomates, sus acelgas, sus calabacines, sus pollos, sus huevos y sus patatas. Quién sabe, igual echan de menos hasta la leche de sus cabras y el mosto de sus barricas.

A la entrada del ayuntamiento, dentro de unas vitrinas protegidas por un cristal, están las listas de candidatos a la bolsa de trabajo. Los nombres aparecen ordenados según un baremo muy complicado que se basa en la edad, el nivel de ingresos, el tiempo que llevan en el paro, el número de hijos a su cargo y cosas por el estilo. En cada hoja hay unos treinta nombres y hay unas veinte clavadas con chinchetas sobre la corchera. Son gentes de todas las edades y de distintas procedencias. ¿Alguno de ellos sabría plantar un huerto y sacarlo adelante? ¿Alguno de ellos sería capaz de sobrevivir en un roal con la sola ayuda de sus manos y sus pies?

Tardaron cuatro días en colgar en los Peñoncillos un letrero de se vende. La mañana que subieron a colgarlo, todavía estaba el móvil sobre el asfalto en el mismo lugar en el que había caído el abuelo. Fue de ese modo que ubicaron el punto fatídico de la desgracia. Tal vez nadie lo había visto o, tal vez, alguien lo vio y no se lo quiso llevar porque era un trasto antediluviano. Del sombrero no había ni rastro. O se lo llevó un turista de recuerdo o lo despistó el viento entre las cañas y las zarzas. Dejaron el cartel colgando de la rama de un almendro, bien visible para todo el que pasase por el camino de la Solana. Las letras estaban pintadas con rotulador negro sobre un pedazo de cartón. Vende estaba escrito con b y fue la primera palabra que se borró debido a la lluvia y la intemperie. Como nadie se interesó por el terreno, no volvieron a subir a los Peñoncillos más que para deshacerse de los animales. Las cabras se las quedó el Rescoldo con la esperanza de que no arañasen ningún coche. Las gallinas volvieron a los corrales del Ruano, donde ya estuvieron una vez de vacaciones. Y el mulo se lo quedó el Posturas, que había perdido el suyo por una indigestión. La Antonia se lo regaló a su hermano después de intentar venderlo inútilmente durante varios meses. Ya nadie quería un mulo por más que supiese arar y trabajar. Acompañada de alguna de las hijas, o a veces con los nietos, subía de vez en cuando al lugar donde habían encontrado el teléfono. Dejaban flores a la vera del camino, como hace la gente en las autopistas. Era un poco más arriba de la Cantinilla, entre los cañaverales, justo en el mismo sitio en el que, hace ya tantos años, le robaron la recaudación y la honra. Nunca en su vida le había contado a nadie lo que pasó aquella noche. Ni siquiera a su marido, que ya no estaba allí para consolarla.

Se llamaba Blas y le decían el Garduña. Plantó miles de árboles y los cuidó. Tuvo seis hijas y las sacó adelante como pudo. Quiso a su mujer con todo el alma y la deseó con todo el cuerpo. La mayoría de las veces no supo decírselo con palabras, pero sus actos y sus gestos fueron elocuentes. El libro de su vida lo escribió, en grandes letras, sobre la tierra desnuda, con la ayuda de un azadón, un mulo y un arado. Algunos renglones le quedaron un poco torcidos, pero todavía están allí, en el valle de la Solana, a la altura de la acequia de los Habices, para quien quiera leerlos antes de que se los coman las zarzas y el olvido.

Monachil, 5 de julio de 2017

Este libro se terminó
de imprimir en
Casarrubuelos, Madrid,
en el mes de
septiembre de 2025